감연이설

花腔
李洱

감언이설

花腔

리얼 장편소설

박명애 옮김

문학과지성사
2009

감언이설

펴낸날 2009년 3월 6일
지은이 리얼
옮긴이 박명애
펴낸이 홍정선 김수영
펴낸곳 (주)문학과지성사
등록번호 제10-918호(1993. 12. 16)
주소 121-840 서울 마포구 서교동 395-2
전화 02)338-7224
팩스 02)323-4180(편집) 02)338-7221(영업)
전자우편 moonji@moonji.com
홈페이지 www.moonji.com

ISBN 978-89-320-1936-9

권두언(卷頭言)

나는 어제 이 책과 마주한 지 벌써 십 년의 세월이 흘렀다는 사실을 깨닫고 깜짝 놀랐다. 그러나 이 책의 주인공 꺼런(葛任)을 보다 깊이 이해하자면 앞으로도 십 년은 더 걸릴 것이고, 그럴 만한 가치도 충분하다고 생각한다.

사실 이 책은 나 혼자 쓴 것이 아니다. 이 책은 수많은 인용문으로 구성되어 있다. 나는 먼저 바이성타오(白聖韜) 의사와 수감자 자오야오칭(趙耀慶), 그리고 저명한 법학자 판지화이(范繼槐) 선생에게 감사한다. 그들은 꺼런의 개인사에 관해 증언을 해주었을 뿐 아니라 새로운 역사를 창조하는 데 참여함과 동시에 그 역사를 기술해주었다.

독자들은 그들의 서술 능력이 뛰어난 탐정소설가 못지않다는 것을 곧 발견하게 될 것이다. 그들의 진술 내용이 이 책의 원문을 이루고 있다. 그다음으로 삥잉(冰瑩) 여사, 종뿌(宗布) 선생, 황옌(黃炎) 선생, 콩환타이(孔繁泰) 선생 및 외국인 친구 안토니오 선생, 엘리스 목사, 빌 목사, 자크 페랑 선생, 가와이(川井) 선생에게도 감사를 드린다.

그분들은 이 책의 부록 부분과 서사의 한 토막을 구성하게끔 해주었을 뿐만 아니라 바이성타오 의사 선생 등이 기술한 내용을 보충 설명해주었다.

독자들은 이 책의 차례대로 읽어 나가겠지만 반드시 그 순서대로 읽지 않아도 무방하다. 예를 들어 먼저 제3부를 읽고 나서 다시 제1부를 읽어도 된다는 것이다. 먼저 한 챕터를 읽고 나서 부록을 읽어도 되고 본문을 모두 읽고 나서 다시 부록을 읽어도 무방하다. 그리고 제3부의 본문 일부분을 읽고 나서 제1부의 어느 단락 후반부를 읽어도 괜찮다. 나는 본문과 부록을 '@'와 '&' 두 개의 부호로 구분해놓았다. 일반적인 '1, 2'로 챕터를 구분하지 않고 단지 '@'와 '&'로 구분해놓은 것은 단순히 이야기의 단락을 당신에게 알려주려는 의미일 뿐이다. 따라서 당신이 내 이야기를 어떻게 이해하는가에 따라 당신 스스로 이 책의 차례를 새롭게 정할 수 있다. 내가 이렇게 이야기를 구분 지은 방식은 짐짓 기묘한 기법처럼 장식한 것이라기보다는 주인공 꺼런의 개인사가 바로 그런 방식의 서술 속에서 완성되었기 때문이다.

어떤 사람은 꺼런의 삶과 죽음이 사실은 우리 개개인의 삶과 죽음이라고들 한다. 또 어떤 사람은 꺼런에게는 꼬리가 하나 자라고 있는데, 그 꼬리는 선과 악을 제각기 지니고 있으며, 비방과 칭찬을 절반씩 받고 있는 꼬리로서 자칫 잘못하면 그 꼬리가 당신의 말초신경을 후려칠 것이라고들 한다. 그저께 아침 내가 자리에서 일어나 컴퓨터를 켜고 한 친구가 보낸 메일을 열어보니까, 꺼런은 한 장의 마술 담요인데 곧 그 마술 담요가 너를 태우고 구름 위로 올라가서 이내 심심계곡으로 떨어뜨릴 것이라는 내용이 들어 있었다. 그 말이 맞고 안

맞고는 이 책을 끝까지 읽은 독자들이 제각기 판단할 일이다.

끝으로 반드시 밝히고 싶은 것은, 비록 내가 아직 생존해 있는 꺼런의 유일한 지인이지만, 책 속의 인용문에서는 단지 화자의 관점으로 문장을 표현했을 뿐 일부러 문장을 고르거나 하지 않았다는 점이다.

독자들에게 부탁하고 싶은 것은, 이야기를 풀어낸 시점과 이야기가 전개되던 시간 사이에서 화자의 입장이 종종 바뀌는 경우가 있다는 것을 인식해야 한다는 것이다. 이러한 차이는 이야기를 하는 과정에서 생긴 착오 때문이다. 나는 독자들이 이런 착오를 정확히 알아서 이해할 것이라고 믿기 때문에 구태여 그런 것들을 일일이 바로잡지 않았다. 단지 그러한 인용문을 수집해서 그중에서 명확하게 누락된 것이 있거나 틀린 부분이 있을 때 그것들을 보충하거나 바로잡아 정리하는 것으로 그쳤다.

꺼런이 나의 지인이기 때문에 당연히 그에 대한 나의 사랑 또한 나날이 커졌다. 따라서 이 책과 함께 보낸 십 년 동안 나는 비록 직업상 냉정함과 초연함이 요구되었지만, 수많은 시간 동안 터져나오는 웃음을 참지 못했고, 혹은 소리를 죽이고 흐느끼거나 침묵 속에서 전율해야만 했다.

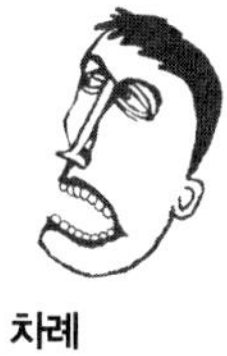

차례

일러두기

본문 괄호 속의 주(註)는 원서에도 있는 저자의 주이고, 본문 하단의 각주는 옮긴이 주이다.

제1부

제멋대로 수작

시 간 | 1943년 3월

장 소 | 바이포 진에서 홍콩으로 가는 도중

구술자 | 바이성타오 의사

방청인 | 판지화이 중장

기록자 | 판지화이의 수행원 띵쿠이

@ 소식

장군, 있는 그대로 이야기하자면, 이 소식은 티엔한(田汗)이 내게 말해준 겁니다. 그 당시 나는 여전히 후꼬우(後溝)에 있었지요. 당신 같은 군인들이라면 틀림없이 대추밭 너머에 있는 후꼬우를 알 겁니다. 그렇지요, 그곳에는 시베이(西北) 공립학교가 있었고 구치소도 하나 있었지요. 나는 당연히 구치소 안에 수감되어 있었습니다. 그곳에서 두어 달 머물렀지요. 그날 밤 티엔한이 나를 보려고 후꼬우로 찾아왔을 때, 나는 그가 틀림없이 동향 친구의 정 때문에 내가 죽는 모습을 보려고 찾아왔겠구나, 그렇게 생각했습니다. 아, 그때 나는 곧 죽을 목숨이었거든요. 나야 원래 의사 출신인 데다 전쟁터를 돌아다니며 죽은 사람을 워낙 많이 본 터라 죽는 것은 겁나지 않았습니다. 그런데, 그를 만났을 때 그의 몸에서 풍기는 술 냄새를 맡는 순간, 내 간과 쓸개는 마치 일순간에 얼음 항아리 속에 던져진 것처럼 오싹

오그라들었습니다. 티엔한이 나를 찾아와 그런 소식을 전해줄 거라고는 꿈에도 상상하지 못했던 거죠.

그는 나를 데리고 밖으로 나갔습니다. 그 정원을 나선 뒤 나는 그의 사병들을 보았습니다. 그들은 나와 십여 보 정도 떨어져 있었고, 허리를 빳빳이 세우고 걷는 모습이 흡사 나무토막이 이동하는 것 같았지요. 그들 외에 몇 명은 붉은 술이 달린 구식 장총을 들고 보초를 서고 있었습니다. 밤중이라 그 구식 총은 시커멓게 보였지요. 그때 삭풍이 매섭게 불고 더군다나 눈까지 내리기 시작했습니다. 사병 한 명이 다가와서 티엔한에게 옷 한 벌을 건네더군요. 그 옷은 사문직(斜紋織)으로 짠 옷감으로 만든 것인데, 병원에서 환자들이 입는 환자복과 비슷했지요. 그 옷감은 고향에서 짠 것보다 훨씬 부드럽고 따스했는데, 오로지 대장이나 옌안(延安)에 갓 도착한 학자들이 입던 것이었습니다. 솔직히 말하면 티엔한이 그 옷을 내 어깨에 걸쳐주었을 때, 나는 흘러나오는 눈물을 참을 수 없었고 심지어 콧물까지 흘렸습니다. 티엔한은 나를 바라보면서 무슨 말인가 하려는 것 같으면서도 줄곧 입을 다물고 있었습니다. 내 머릿속은 더욱더 혼란스러워졌지요. 한동안 밖에서 서성거리고 있는데, 그가 이곳은 너무 추우니까 후꼬우로 가자고 말하더군요. 그는 나를 구치소 안으로 들여보내지 않고 오히려 따뜻한 동굴 집으로 데리고 들어갔습니다. 벽에 붙어 있는 레닌의 사진과 교실 분포도를 보고 나서야 나는 그곳이 시베이 공립학교에 달린 사무실 중 하나라는 것을 겨우 알 수 있었죠. 그는 신발을 벗고 신발 안창을 꺼내 집게로 집어 벽에 걸려 있는 화롯불에 쪼였습니다. 사병 한 명이 들어와서 신발 안창을 불에 말리려고 하자, 그는 손사래를 치며 밖으로 나가서 기다리되 아무도 안으로 들여보내지 말라는 명령을 내렸습니다. 동굴 집 안은 그의 신발 안창이 마르면서 나는 냄새와 숯에서 피어오르는 연기로 인해 눈을 뜰 수 없었지요. 당신들이 비웃거나 말거나 그 당시 나는 그 냄새가 그렇게 좋을 수 없었고 또한 그토록 친근하게 느껴질 수 없었습니다. 그가 허리띠를 풀어 바지를 까뒤집더니 이를 한 마리 잡아서 화로 속에 집어 던지자 퍽 소리가 났습니다. 그런 뒤 그는 다시 몇 마리를 더 잡았는데, 더 이상 화로 안으로 집어넣지 않고 손톱으로 짓눌러 죽였지요.

그의 몸에서 풍기는 술 냄새에 취할 지경이었습니다. 그는 꼼지락대더니 술이 담긴 호리병을 하나 꺼내더군요. 그러고는 호리병을 나에게 건네더니 다시 술잔 두 개를 꺼내 엄지손가락으로 술잔의 안쪽을 닦아냈습니다. 그는 자신의 잔에 술을 따르고 나서 내게도 한 잔 따라주며 말했습니다. 마시게. 뭐라고? 잔을 부딪치자는 말인가? 두 달 간 그곳에 있는 동안 처음으로 다른 사람이 내게 술을 권한 것이었죠. 나는 또 눈물을 흘렸습니다. 그 사람이 가슴팍을 더듬어 돼지 족발 두 개를 꺼냈을 때 나는 재빨리 입술을 깨물었지요. 그러지 않았다면 이내 침을 줄줄 흘렸을 겁니다. 티엔한이 술맛이 어떠냐고 나에게 물었고, 나는 좋아, 정말 맛이 기가 막히네, 하고 응수했지요. 꺼런이 죽지 않았다는 소식을 내가 들은 것은 바로 그 무렵입니다. 내가 족발을 한 입 막 깨물었을 때 그가 말하는 것을 들었지요. 한 가지 자네에게 할 말이 있네. 꺼런이 아직 살아 있어. 나는 너무 놀라 자리에서 벌떡 일어났지요. 마치 불에 엉덩이를 데인 것처럼 말입니다.

솔직히 말하면 나는 내 귀를 의심했습니다. 작년, 그러니까 바로 삼십일년(즉 1942년을 말함) 겨울, 내가 전선에서 옌안으로 돌아왔을 때 티엔한이 눈물을 흘리며 나에게 꺼런이 죽었다는 것을 알려주었거든요. 당시에 그는 아주 조리 있게 이야기를 했습니다. 그러니까 삼십일 년 여름, 꺼런이 부대를 이끌고 임무를 수행하러 가던 중 황혼이 짙게 깔릴 무렵, 얼리깡(二里岡)이라는 지방에서 갑작스레 일본군과 마주쳤다는 겁니다. 얼리깡에는 관우(關羽) 사당이 하나 있었는데, 꺼런의 부대는 바로 그 사당을 둘러싸고 일본군과 몇 시간 동안 교전을 벌이다가 끝내 그가 순국을 하고 민족의 영웅이 되었다는 거였지요. 그가 내게 말하기를, 어떤 사람이 은밀히 꺼런을 관공(關公)* 같은 인물로 만들어야 한다고 말했고, 현지 백성들에게 관우 사당 안에 꺼런의 비석을 세우라고 지시했다는 거였습니다. 장군, 티엔한이 그렇게 말할 때 나는 이야기를 들으면서 뭐라고 응수해야 좋을지 몰라서 그저 눈물만 흘렸습니다. 오랫동안 나는 밤마다 꿈에 꺼런을 보았고, 그때마다 잠에서 깨어 탄식을 금치 못했지요. 아! 아직도 꿈만 같은데 놀랍게도 꺼런이 살아 있다는 거였습니다.

티엔한은 이야기를 마치고 자신의 허벅지를 탁 치며 말했지요. "니미럴, 난 정말 좋아 죽을 것 같네. 너무 기쁘지 않나. 꺼런 동지가 그런 난리통에서 죽지 않고 살아났다니, 틀림없이 큰 행운이 따를 것이네. 밤새도록 난 잠을 못 이루었다고." 이야기를 마치자마자 그는 나에게 이 일은 아직 아무도 모르고 있으며, 이 일은 반드시 비밀로 유지해야지, 만약 소문이 나버려서 일본 놈들과 국민당 놈들이 알게 되면 그놈들이 먼저 움직이게 될 것이며, 그리 되면 꺼런 동지의 생명을 어쩌면 보장하기 어려울 것이라고 말했지요.

* 관우의 존칭.

장군은 참으로 심지가 뚜렷하고 보는 눈도 확실하시군요. 맞아요, 티엔한이 눈발을 맞으며 나를 찾아온 이유는 당연히 다른 목적이 있었습니다. 나는 그것을 눈치 챘지만 그가 이야기를 하지 않으니 내가 먼저 입을 뗄 수 없었지요. 내가 족발 하나를 모두 뜯어 먹고 나자 그때서야 그가 말문을 열더군요. 나에게 자기 대신 남방으로 가서 꺼런을 데리고 오라는 거였습니다. 가만 있자, 그가 어떻게 말했던가. 아, 그래 생각났어요. 그는, "꺼런 동지가 남방에서 고생을 하고 있네. 사실 신체가 허약한 데다 폐까지 나빠 고생을 많이 하고 있어. 자네가 가서 그를 데리고 오게. 옌안에 와서 편히 좀 쉴 수 있도록 조치해주게나. 자네는 의사 아닌가. 그러니 자네를 보내는 게 가장 좋을 것 같단 말이야. 자네 의향은 어떤가? 이 임무를 수행하고 나면 내가 상부에 말해 자네가 안고 있는 문제를 해결해주겠네. 명령을 받고 파견되었다고 하면 자네도 체면이 설 테고 나 역시 면목이 설 걸세. 어느 누가 우리가 같은 고향 사람이라는 것을 알겠나? 듣기 거북한 말이지만 먼저 꺼내지 않을 수가 없구먼. 만약 임무를 성공적으로 수행하지 못하더라도 나를 원망하지는 말게나. 나는 어쩔 수 없이 눈물을 흘리며 말을 참수할 수밖에 없다네" 하고 말했죠.

그의 이야기는 너무 막연했습니다. 단지 남방이라고 말했을 뿐, 따황 산인지 바이포 진인지 그것조차 설명하지 않았지요. 그 당시 나는 일개 서생인 데다 정치 노선조차 잘못 밟은 적이 있으니 그런 임무를 수행하기가 어려울 것 같다고 말했습니다. 그래도 그는 검은 고양이건 흰 고양이건 쥐만 잘 잡으면 좋은 고양이라고 말하며 내 임무가 성공하기를 축원한다고 말했지요. 나는 조직 내에서 이미 결정된 것이냐고 그에게 물었습니다. 그의 표정이 일그러지더니 새빨갛게 달궈진 집게를 들어 올리고 말했지요. "자네 말이야, 정말 그 개 버릇 못 고쳤구먼. 지금부터 내가 하는 말 반드시 명심하게. 그건 자네가 물을 수 있는 게 아니야. 자네는 어디서든 입을 많이 열지 말고, 더욱이 함부로 이것저것 일기장에 긁적이지 말란 말이야. 자네가 입을 다물고 있다고 해서 자네가 벙어리라고 여기는 사람은 없고, 일기를 쓰지 않는다고 자네를 문맹으로 보는 사람도 없네." 나는 곧바로 부동자세로 서서 그에게 말했습니다. 내가 산 넘고 물 건너 옌안으로 온 것은 혁명 사업에 공헌하기 위해서요. 이번에 그 기회가 찾아왔으니 목이 떨어지고 피가 솟구친다고 해도 당신의 충고를 잊지 않을 겁니다.

티엔한의 지시로 그날 밤 나는 후꼬우에 머물렀습니다. 티엔한은 나 혼자 동굴 집 하나를 사용하도록 하고 사병을 시켜 교대로 나를 지키게 했지요. 그날 밤 나는 도저히 잠을 이루지 못한 채 밤새 오줌만 누러 들락날락했습니다. 나는 늘 소변을 보고 나서 오줌 방울을 털어대며 한편으로는 동굴 집에 붙어 있는 레닌의 사진을 향해 허리를 숙였지요. 눈이 내린 관계로 천지간이 모두 희뿌옇게 보여 곧 날이 샐 것처럼 느껴졌습니다. 그 밤, 닭들도 쏟아지는 눈 때문에 정신을 못 차리는지 한밤중인데도 울기 시작했습니다. 나는 닭이 울 때마다 자리에서 일어나 그곳에 서서 나도 몰래 다리를 들어 올렸지요. 그렇게 몇 번을 반복하고 나자 내 오른쪽 다리가 마비되기 시작했습니다. 나는 오른쪽 종아리 부분의 정맥에 생긴 염증이 악화되어 임무를 수행하러 가는 것을 늦춰야 하지 않을까 걱정했지요. 아, 구치소에 수감된 이후 나는 몇 차례 그곳을 발로 걷어차이는 바람에 종아리 상태를 잘 알고 있었던 겁니다.

사람이란 다른 사람이 곤경에 빠졌을 때 서로를 도와주게 되는데,

그것은 하나의 행복이 될 수 있지요. 맞아요, 꺼런이 어려운 처지에 있다는 것을 생각하니 나는 그 임무가 행복한 여정이 될 것처럼 느껴졌습니다. 그리고 꺼런이 나를 만나게 되면 분명히 얼굴이 벌겋게 달아오를 것이라고 생각했지요. 그 사람은 원래 수줍음을 많이 타는 데다 남에게 신세를 지면 곧바로 얼굴이 벌갛게 달아오르곤 했거든요. 만약 내가 천리 먼 길 떨어진 곳에서 그를 만나러 왔다는 사실을 알고서도 그의 얼굴이 붉어지지 않는다면 그것이 이상한 거지요. 나는 그렇게 생각하면서 수탉의 울음소리 속에서 어느덧 잠이 들고 말았습니다. 그런데 막 잠이 드는 순간, 갑자기 폭발음이 들리더니 곧이어 사람들이 아우성치는 소리가 들렸습니다. 그 고함 소리 중에는 어떤 사람이 울며 부모를 부르는 소리도 섞여 있었지요. 맨 처음 나는 적군이 공격을 해온 줄 알고 급하게 바닥에서 돌멩이를 집어 들고 최소한 적군과 육박전이라도 치를 생각이었습니다. 나중에 나는 구치소의 동굴 감방 중 하나가 몇 명의 수감자들에 의해 무너져 내렸다는 것을 알았지요. 판 장군, 질문 참 잘했습니다. 그 동굴 감방이 왜 무너져 내렸냐고요? 간 큰 어떤 죄수가 탈옥하기 위해 구멍을 판 것 아니냐고요? 심지어 나조차도 그렇게 생각했지요. 후꼬우의 수사과 직원조차 자연히 그렇게 생각했고요. 두피가 마비되는 듯한 느낌이 들더군요. 마치 총알이 그들의 미간을 관통하는 모습을 보고 있는 것처럼 말이지요.

내가 그렇게 상상하고 있을 때, 사람 그림자 하나가 들어서더니 나를 향해 곧바로 걸어왔습니다. 나는 그에게 물었지요. 동지, 무슨 일이오? 그는 나에게 입을 다물고 자기를 따라오라고 명령했습니다. 마당을 벗어난 다음 나는 그 사람이 티엔한의 사병이라는 것을 어렴

풋이 알아봤지요. 그 젊은 친구는 말재주가 썩 훌륭했습니다. 그는 내가 혹시 다치지 않았는지 대장이 가보라고 했다는 겁니다. 한참을 걸어 어떤 축사 옆에 다다랐을 때 나는 티엔한을 보았습니다. 그는 양피 저고리를 걸치고 팔짱을 낀 채 입에 담배를 물고 있었습니다. 그는 나에게 곧바로 옌안을 떠나 신속하게 장자코우(張家口)로 달려가 또우스종을 만난 다음 다시 남방으로 가서 꺼런을 맞으라고 명령했지요. 아닙니다. 장군, 그는 여전히 바이포 진(白陂鎭)이라고 명확하게 말하지 않았습니다. 그는 구체적인 사항은 또우스종이 자세하게 설명해줄 것이라고 말했지요. 또우스종이 누구냐구요? 그는 티엔한의 수하인데 티엔한과 죽고 사는 것을 같이하기로 한, 티엔한에 대한 충성심이 대단한 자입니다. 나중에 그 사람에 대해서도 이야기하게 될 겁니다. 그 당시 티엔한이 장자코우라는 말을 내뱉었을 때, 나는 곧바로 내 늙은 장인을 떠올렸습니다. 나이가 많은 내 장인이 바로 그 장자코우에 살고 있었지요. 나는 장인이 나로 인해 무슨 곤란을 겪게 되지 않을까 걱정되었습니다. 티엔한은 얼마나 총명한지 단번에 꿰뚫어보더군요. 내가 조금 망설이고 있자 그는 곧바로 내 마음을 읽고 나서 말했습니다. "이번 일은 자네 장인과 무관하네. 꺼런 동지의 일이야. 또우스종 동지가 자네에게 어떻게 꺼런 동지를 찾을 수 있는지 알려줄 거야." 나는 뻥잉(冰瑩)이 꺼런과 함께 있느냐고 물으며 뻥잉도 함께 데리고 오느냐고 물었지요. 티엔한이 얼굴을 찡그리며 말했습니다. "자네는 자네의 임무만 완수하면 돼. 다른 것은 더 이상 묻지 말란 말이야." 날씨가 추워 나는 옷가지를 챙기려고 숙소로 돌아가려고 했죠. 그러자 그가 나를 붙잡으면서 말했습니다. "자네를 위해 모든 것을 준비해두었네. 심지어 팬티까지 준비해놓았다고. 또우스종에게 보내는 편지는 팬티 속에 감춰두었지." 그리고 그는 나에게 그곳으로 가는 도중에 절대로 꺼런의 이름을 발설하지 말라고 특별히 당부했습니다. "명심하게. 꺼런의 암호명은 ○호야. 모든 것이 원만하게 풀린다는 의미일세. 자네가 원만하게 임무를 완수하길 바라네." 그러고는 그는 계곡 아래를 가리켰습니다. 나는 어렴풋하게 보았지요. 계곡 아래에 당나귀 한 마리와 사람 하나가 서 있는 걸 말이죠.

티엔한은 이야기를 마치고 나서 곧 돌아갔습니다. 나는 갑자기 망연자실한 채 한동안 눈발 위에 서 있었죠. 눈발은 더욱 거세지고 있었고 티엔한의 모습이 언덕 너머로 사라지고 나서야 나는 계곡 아래로 걸어 내려갔습니다. 나무 한 그루 없는 헐벗은 언덕 위로 불어오는 찬바람이 얼굴에 부딪히자 마치 칼로 살을 에는 것 같았습니다. 그러나 곧 꺼런을 만날 수 있다는 생각을 하니 그렇게 춥게 느껴지지는 않더군요. 축사 지붕을 엮은 갈대 줄기가 윙윙 소리를 내더니 결국 바람이 지붕을 날려 보냈습니다. 새 몇 마리가 놀라 날아올랐는데 그것들이 까마귀인지 까치인지는 모르겠습니다. 나는 까치와 원한 관계입니다. 왜냐하면 까치를 구워서 변비 앓는 사람을 치료해준 적이 있거든요. 까치는 영리해서 사람들에게 좋은 소식을 알려주죠. 손님이 찾아오면 깍깍대며 빨리 나가서 손님을 맞으라고 하지요. 장군, 그런데 나는 그 당시에는 꿈에도 생각하지 못했습니다. 그때 그곳을 떠난 다음, 흡사 줄기에서 따낸 박처럼 다시는 돌아갈 수 없었거든요. 뭐라고요, 그날이 언제냐고요? 음, 도저히 기억이 나질 않아요. 후꼬우에 두어 달 간 갇혀 있다 보니 머리까지 제대로 돌아가지 않았습니다.

& 얼리깡 전투에 관한 상식

『제2차 세계대전 역사—중국 전투 지역』이라는 책에는 다음과 같은 내용이 기록되어 있다. 1942년 5월 1일, 일본군 허베이(河北) 방면 군사령관 오카무라(岡村) 중장이 삼 개 보병 사단과 두 개 항공 및 기갑 여단을 인솔하고, 총 오만 명의 병력과 팔백여 대의 차량, 탱크 및 비행기를 이용해 목표 지점을 종횡으로 그물을 훑듯 반복적으로 공격하며 삼광(三光)* 작전을 펼쳤다. 그들은 화베이(華北)** 지방의 항일운동 근거지를 완전히 소탕하기 위해 두 달에 걸쳐서 작전을 펼쳤다. 오카무라 중장의 표현에 따르자면, 뱀장어처럼 미끄럽게 빠져나가는 바람에 도저히 붙잡히지 않는 팔로군(八路軍)의 주력 부대를 포위해서 섬멸하려고 기도했다. 5월 16일부터 6월 20일까지 일본군은 후투어 강(滹沱河)*** 이남과 더스루(德石路) 이북, 후양 강(滏陽河)**** 서쪽의 삼각 지대를 기점으로 반복적인 토벌 작전을 펼쳤다. 얼리깡 전투는 바로 그 당시에 발생했다. 훗날 일본에서 출판된 『대동아 전쟁사』를 보면 그것은 '전형적인 오월 대소탕 작전의 하나'로 불리고 있다.

얼리깡 전투에 대한 최초의 기록은 1942년 10월 11일 『변방지역 전투신문』에 실린 「강인한 전투력을 지닌 적진 후방의 군대」라는 제목의 기사이다. 이 기사를 작성한 사람은 황옌(黃炎)으로 그 당시 꺼런 그리고 이 책의 제3부를 서술한 판지화이(范繼槐)와 함께 여객선을

---

* 모두 죽이고(殺光), 모두 불태우며(燒光), 모두 창탈함(猖光).
** 중국의 북방 지역으로서 허베이, 산시, 허난, 베이징 일대를 말함.
*** 산시 성에서 발원해 허베이 성으로 흘러 들어가는 강.
**** 허베이 성에 있는 강 이름. 후투어 강과 만나 즈 강(磁河)을 이룸.

타고 일본으로 유학을 다녀온 사람이다. 「강인한 전투력을 지닌 적진 후방의 군대」의 세번째 단락에서 황옌은 다음과 같이 말하고 있다.

이번 소탕 작전에 맞서 중화민족의 수많은 우수한 젊은 남녀들이 희생되었다. 그들은 조국을 위해 마텐(馬田) 전투에서 아낌없이 청춘을 바쳤다. 아군의 부참모장 주어췐(左權) 동지가 지휘하는 부대는 적군을 향해 하루 종일 반복적으로 반격을 가했다. 전투가 격렬해짐에 따라 적군은 수많은 사상자를 낸 뒤 견딜 수 없게 되자 한밤중을 이용해 마텐을 빠져나갔지만, 주어췐 부참모장은 직접 부대를 인솔하며 적군을 추격하다가 스즈링(十字嶺)에서 불행하게 적탄에 맞아 장렬히 순국했다. 타이싱 산(太行山) 기슭에서 여전사 황쥔줴(黃君珏)는 적군에 포위된 채 빗질하듯 진공해오는 적군과 맞서 하루 종일 전투를 펼치다 끝내 총알이 바닥나고 더 이상 지원이 되지 않자 절벽 아래로 뛰어내려 자살하면서 여성들의 모범이 되었다. 얼리깡 전투 중 문화부 지도원 꺼런 동지는 임무 수행 도중 적군과 맞부딪쳤지만 전혀 겁내지 않고 죽을 때까지 적과 싸웠다. 그는 비록 죽었지만 살아 있는 것처럼 온 민족은 영웅을 잃은 것에 대해 통한의 아픔을 느꼈고, 인간성을 상실한 항일전쟁에 대해서 모든 군인과 백성들은 함께 애도하며, 그의 피에 대한 대가를 치르기 위해 반드시 목숨을 바쳐 침략자들에게 복수하겠다고 맹세했다.

꺼런을 '문화부 지도원'이라고 부르는 것은 사실 약간의 착오이다. 당시 꺼런의 진정한 신분은 마르크스-레닌 대학의 편집실에 근무하는 번역원이었다. 오랜 세월이 흐른 다음 황옌이 그 당시 상황에 대해 기술하게 되었을 때 그 부분의 착오를 교정했다. 황옌은 나중에 미국으로 이민을 갔고, 그곳에서 장편 회고록 『백 년 꿈을 회고하며(百年夢回)』를 저술했다. 그 회고록에서 황옌 선생은 다음과 같이 기록하고 있다.

그 당시 꺼런은 마르크스-레닌 대학의 편집실에 근무하면서 번역을 전적으로 담당하는 동시에 오래전부터 중국어를 로마자로 표기하는 연구를 계속하고 있었다. 그는 월급 외에 언제나 약간의 원고료 수입이 있었으므로 넉넉한 편에 속했다. 나는 그와 함께 일본에서 유학을 한 동창이었기 때문에, 그는 종종 그의 고향 친구 두 명과 함께 나를 초청해 식사를 하곤 했다. 그의 고향 친구 중 한 명은 항일 근거지에 있는 방첩과의 부과장인 티엔한이고, 다른 한 명 역시 항일 근거지에서 의료 활동을 하는 바이성타오였다. 우리들은 종종 함께 모여 민간의 맛있는 향토 음식을 즐겼다. 한번은 함께 외출을 하는 길이었다. 무덤가에서 민간인이 구기자를 따는 모습에 몹시 감동하는 꺼런의 모습을 발견했다. 그는 그것을 죽은 갓난아기를 위한 염주라고 불렀다. 아, 부지불식간에 세월은 흘러 얼리깡 전투가 일어난 지 어느덧 반세기가 지났다. 만약 꺼런의 무덤이 아직도 이 천지간에 남아 있다면, 내 생각에 그의 무덤 위에는 틀림없이 그 염주가 무성하게 뒤덮여 있을 것이다. 그는 중국 농민들에게 있어 소는 그들의 명줄이나 마찬가지이므로 차마 잡아먹지 못하겠다고 말한 적도 있다. 그는 늘 그런 생각을 지니고 있었기 때문에 레온 트로츠키의 작품 중에 나오는 '감자 쇠고기 구이'를 '구기자 개고기 찜'으로 번역했다.

황옌은 이러한 사실도 덧붙여 기록하고 있다. "반세기가 지난 지금도 사람들은 여전히 꺼런이 얼리깡에서 죽었다고 알고 있다. 보아하니 그것은 이미 상식이 된 것 같다." 최근 출판된 『중국 현대 문화 인명록』에도 여전히 꺼런이 1942년에 죽은 것으로 씌어 있다.

1998년 봄, 내가 얼리깡을 탐방 취재할 때 관우를 모신 사당에 갔었는데, 사람들은 그곳이 바로 꺼런이 순국한 자리라고 말했다. 현재의 관우 사당은 문화대혁명 이후 새롭게 수리된 것이다. 사당 앞에는 여행객들을 위해 현지 정부에서 돈을 대 비석을 세우고 개축한 관우 사당에 관한 내력을 적어놓았다. 문 안에 있는 돌 비석은 원래부터 관우 사당에 있던 것이다. 입장권을 판매하는 직원은 나에게 그 돌 비석이 자기 딸 시댁의 나귀 우리 울타리에 있던 것을 옮겨온 것이라고 했다. 그 돌 비석은 강희 23년에 세워진 것으로, 비문에는 관우의 파란만장한 일생이 다음과 같이 기록되어 있다.

"漢壽亭關夫子不受曺□之封而一心爲漢室, 非有功于朝□乎? 除黃巾之害, 誅龎兵于□, 非有德于百姓□? 千里尋兄, 獨當一面, 殺身成仁, 非有光于名節□?"

여행사 가이드는 나에게 비문의 글자가 깨져 없어진 것에 대해 설명했다. 첫째 원인은, 총탄에 맞아 글자가 깨진 것이며, 둘째는 당나귀의 발길질에 의한 것이라고 했다. 그리고 가이드는 곧장 나에게 한 텔레비전 방송국의 「환락 대진지」*라는 프로그램에서 그 비석을 촬영

* '쾌락대진지 환락(歡樂),' 혹은 '쾌락 대본영(快樂 大本營)'으로도 불리는 종합 오락 프로그램.

해 문제를 내고 서로 답을 알아맞히는 내용을 방영했다고 이야기해 주었다. 나는 그 프로그램의 녹화 테이프를 본 적이 있는데, 그 프로그램에서 출제한 문제는 비문의 글자가 탈락된 원인을 묻는 것이었다. 나중에 발표된 정답은 '팔로군과 일본군이 전투를 벌일 때 발생한 것'이었다. 소위 멀리서 특별히 초청되어 왔다는 특별 손님인 배우와 탤런트, 가수 등은 진행자의 반복적인 힌트로 인해, 눈 먼 고양이가 끝내 죽은 쥐를 잡은 것처럼 정답을 맞히고 상품을 받았다. 그들이 정답을 맞히고 받은 상품은 알래스카 바다표범의 기름 한 상자였다. 자신이 해박한 지식의 소유자라는 것을 과시하기 위해 프로그램 진행자는 특별히 설명을 덧붙였다.

"이 문제는 정말 너무 쉬운 문제였습니다. 왜냐하면 그건 하나의 상식이거든요. 1942년 6월 1일, 저명한 번역가이며 시인이고 언어학자인 꺼런 선생은 좁은 오솔길에서 왜놈들과 마주치자 사생 결투를 벌였습니다. 만약 꺼런 선생이 누구인지 아직도 기억나지 않는 분이 있다면 제가 뻥잉을 말씀드리면 아마 곧 생각날 것입니다. 저기 앉아 있는 방청객들께서 정말 총명하시군요. 그렇습니다. 뻥잉은 삼사십년대에 활동한 유명한 배우잖아요? 베컴의 부인은 몰라도 누드모델 빅토리아는 알잖아요? 맞아요. 꺼런이 바로 뻥잉의 남편입니다. 아, 아, 아니 참, 꺼런은 이미 죽었지요. 당시 나라를 위해 순국했습니다. 이것은 기본 상식입니다."

독자 여러분, 정말 웃기는 이야기 아닌가. 꺼런의 후예인 나는 바이성타오의 자서전을 보기 이전에도 꺼런이 1942년 얼리깡에서 죽었다는 것을 상식으로 알고 있었는데. 상식이라는 것에 취해 있다가 깜빡 다른 것을 놓치는 경우가 있다. 예를 들면 꺼런은 무슨 일로 얼리깡에 왔는지, 그가 수행하던 임무가 무엇이었는지, 그런 것들은 마치 아무런 의미가 없는 하찮은 것으로 취급되는 것 같았다. 상식이라는 것에 대해 우리들은 흡사 오로지 묵인하고 복종하거나 혹은 무관심하게 넘기는 것 같았다.

@ 마오뤼츠키

솔직히 말하자면, 티엔한은 나를 속이지 않았습니다. 나귀가 끄는 마차 위에는 생각했던 대로 먹을 것은 물론이고 마실 거며 입을 것까지 모든 것이 실려 있었지요. 술까지 실려 있었는데, 왜 그날 밤 마시던 호리병 속에 담긴 술 말입니다. 바로 그것까지 있었지요. 명령이란 산도 무너뜨린다지요. 나는 갈 길이 급해서 옷가지도 제대로 챙기지 못했는데, 티엔한이 마차 위에 얹어놓은 것은 무명 저고리와 바지 그리고 한 벌의 팬티였습니다. 마차 위에서 옷을 갈아입을 때, 나는 그 팬티가 마치 애인이나 되는 것처럼 집어 들고 꼭 끌어안았습니다.

장군, 당신은 산시 성 북쪽에 가본 적이 있나요? 좋아요, 묻지 않고 이야기만 하죠. 우선 당나귀에 대해 이야기할게요. 그런데 당나귀란 희한한 놈이어서 아마 당신은 그놈보다 더 훌륭한 머슴은 찾기 어려울 겁니다. 밭을 갈고, 방아를 찧거나 또는 땔감을 나르거나, 언제고 그놈이 없어서는 안 되지요. 변경에 사는 사람들은 이야기를 주고받을 때마다 '뤼(驢)'* 자를 붙여서 이야기하지요. 욕을 하며 상대방

* '개새끼'나 '당나귀 새끼,' '거시기'처럼 말문을 열 때 붙어 다니는 북방 지역의 고유어.

을 부를 때도 '뤼르더(驢日的)'를 붙인단 말입니다. 만약 일이 잘못되어 자신에게 화가 잔뜩 나면 어떻게 하죠? 곧바로 자신에게 욕을 하며 '뤼르더'라고 합니다. 웃지 마십시오, 내가 하고 싶은 이야기는 모두 말할 수 있게 말입니다. 기쁠 때 역시 '뤼르더'라고 내뱉는데, 마치 젊은 아줌마들이 가늘고 작은 목소리로 비밀스런 이야기를 소곤대는 것 같은 목소리로 말입니다. 내가 옌안에 처음 도착했을 당시에는 혁명의 열기가 한창 고조되어 있었기 때문에 몸을 아끼지 않고 일을 했지요. 한번은 후종난(胡宗南)의 인마가 몰려왔다는 소리를 풍문으로 들었습니다. 당시 부대는 반드시 말을 타고 이동을 했으니까요. 그런데 그 당시는 말이 부족한 때라 나는 부상병을 업고 울퉁불퉁 험난한 길을 쉬지도 않고 일 킬로미터 정도 걸었습니다. 그러자 사람들이 나에게 '작은 당나귀'라는 별명을 붙여주었죠. 나는 그 당시 마치 월계관이라도 받은 것처럼 얼마나 기뻤는지 잠을 자다가도 웃다가 깨어나곤 했습니다. 그러나 내가 나중에 트로츠키파로 몰리면서 사람들은 내 별명을 '마오뤼츠키'로 바꿔버렸습니다.

마차를 따라오던 고향 사람도 내 별명이 '마오뤼츠키'라는 것을 알고 있었지요. 그는 내가 트로츠키파로 몰릴 때 바로 내 앞에 있었다고 말했습니다. 그는 이전에 캉성(康生)의 집주인으로 있었는데, 당신은 캉성을 알고 있나요? 그 사람은 바로 중앙 사회부 부장이었습니다. 내 고향 사람은 또 몇 차례 마오(毛)를 만난 적이 있으며, 왕밍(王明)도 본 적이 있다고 말했습니다. 고향 사람은 소문난 술꾼이어서 내가 오줌을 누는 사이 겨드랑이에 끼고 있던 술병을 가로채 자신의 무명 저고리 안에 감춰버렸지요. 그러곤 술을 마시고 나면 말이 많아지기 시작해 멋대로 떠들어댔습니다. 그는 왕밍이 레닌에 대해 이야기한 것을 아줌마들처럼 있는 그대로 떠벌려댔지요.

그가 다시 술 한 모금을 마시고 나서 고개를 돌리며 이야기했습니다.

"이 사람아, 성이 마오(毛)면서 어떻게 얼굴에 털 한 가닥 없나?"

그 사람은 말을 하면서 웃어대기 시작했습니다. 그의 웃는 모습은 매우 특이해서 웃을 때 보면 목을 잔뜩 움츠리고, 웃고 나면 원래대로 목이 돌아오는 것이 흡사 목으로 웃는 것 같았지요. 나는 그 사람에게 내 성은 마오가 아니라 바이(白)며 얼굴에도 털이 돋아나 있지만 멀리 길을 떠나야 하기 때문에 모두 밀어버려서 그렇게 보이는 것이라고 말했습니다. 그는 그제서야 이미 모든 것을 알고 있었다고 말하며, 눈이 펑펑 쏟아지는 날 길을 떠나는 것이 너무 황당해서 그저 긴장이나 풀려고 농담한 것이라고 말했지요.

뭐라고 하셨죠? 장군, 내가 어쩌다 트로츠키파로 몰렸냐고요? 아, 말을 하자면, 내가 마오뤄츠키가 된 것은 그 또한 당나귀 때문입니다. 좀더 자세히 말하면 바로 당나귀 똥 때문이지요. 당나귀가 많았으니 당나귀 똥이 많은 것은 당연한 것이겠지요. 당나귀 똥이 많아지니 그 똥을 치우는 운동을 벌이는 게 문제 해결의 방법이었지요. 그래서 운동을 벌이고 보니 바로 어떤 사람들이 죽어나게 되었지요. 이야기하자면 그 똥을 치우자고 맨 처음 건의한 사람들은 바로 우리 의사들이었습니다. 그 이야기가 나오게 된 이유는 밤중에 한 병사가 회의가 개최된다는 것을 사람들에게 알리려고 밖으로 나갔다가 당나귀 똥을 밟았기 때문이었죠. 마치 얼음 조각을 밟은 것처럼 그 병사가 쭉 미끄러지면서 말뚝에 부딪혔던 겁니다. 병사의 한쪽 다리는 원래 장애를 갖고 있어서 큰 힘을 쓰지 못했는데, 그때 바로 나무 말뚝에 부딪히며 뼈가 부러졌지요. 한 간부가 전사들을 위문하기 위해 병원을 찾았을 때, 의사가 건의를 했습니다. 가능하다면 고향 사람들에게 자신의 집에서 기르는 가축의 엉덩이에 자루를 달게 해서 그 똥을 받아 모아놓았다가 거름으로 쓰면 도로도 깨끗해지고, 또 이런 종류의 사고도 미연에 방지할 수 있을 것이라고 말이지요. 간부는 그 말을 듣고 몹시 기뻐서 손바닥을 마주 문질러대며 이야기했습니다.

"뤼르더, 참 좋은 생각이오."

그 후, 그는 실제적인 문제에 부딪혔습니다. 비록 고향 사람들이 혁명을 위해 죽으라며 귀한 자식들에게 군복을 입혀 내보내긴 했지만, 그렇다고 그들에게 똥자루를 만든다며 천을 내놓으라는 것은 호랑이 입에서 이빨을 뽑는 것보다 더 어려운 일이었지요. 그러나 간부는 그 문제를 회의석상에서 꺼내며 모두들 잘들 연구해서 방법을 찾아보라고 했습니다. 우리들은 오랫동안 기다렸지만 상부의 문건은 하달되지 않았습니다. 그러던 어느 날 갑자기 상부에서 하는 이야기가, 미국 기자가 옌안에 취재차 오니까 깨끗하고 좋은 인상을 남겨주기 위해 조직의 상부에서 그가 도착하기 전에 모두들 열심히 똥 치우는 운동을 벌이기로 결정했다는 거였지요.

여론은 바로 혁명의 선도적 역할을 하는 것이라서 우리는 병원의 담벼락에 '똥은 치워 밭으로 보내고, 항일전쟁에 참여하자'라는 표어를 붙여놓았습니다. 신문사와 학교에서도 문화선전단을 조직해 춤을 추고 노래를 부르며 똥 치우는 운동을 널리 알렸습니다. 시엔싱하이와 사이커가 쓴 「생산 대합창」이라는 노래도 가사를 바꿔 불렀고요. '이월에 따스한 봄바람이 찾아왔네. 가가호호 바쁘게 똥을 치우며, 올해도 풍년이 들기를 기원하세. 더 많은 오곡을 군량으로 기증하세.' '똥 치우는 운동'을 더욱 독려하기 위해 옌안에서는 합창단을 초청해 연회를 개최했습니다. 그 자리의 주연 가수는 제2의 수도 총칭(重慶)과 외롭게 떨어져 있는 상하이에서 왔는데 현재 이곳 합창단의 일원으로 있습니다. 상하이에서 온 그 가수도 나를 찾아와 자신의 지병을 치료한 적이 있습니다. 그녀는 나에게 자신이 독일에서 머무른 적이 있으며 그곳에서 화치앙(花腔)을 배웠다고 했지요.

"화치앙? 화치앙이란 바로 말만 아름답게 꾸민다는 뜻으로서 감언이설을 말하는 거잖소? 그걸 독일까지 가서 배울 필요가 있소? 교언영색(巧言令色)이란 우리나라 사람들이 지니고 있는 가장 기본적인 능력인데."

내가 그녀에게 했던 말입니다. 그랬더니 그녀가 곧바로 손가락으로 나를 쿡 찌르면서 상식이 없는 사람이며, 소련에서 괜시리 시간 낭비만 하다가 온 사람이라고 합디다. 그런 다음 그녀는 자신의 옥처럼 아름다운 목을 손가락으로 이리저리 매만지며, 화치앙은 풍부한 서정성과 희극성을 지닌 일종의 아리아로서 단 몇 년 만에 배울 수 있는 것이 아니라고 말했지요. 나는 그녀의 이야기가 참으로 초연해서 한 곡절 들어보자고 했습니다. 하하, 내가 듣기에는 당나귀 울음소리나 별반 차이가 없는 것이 처음부터 끝까지 그냥 무작정 떨어대기만 하더군요. 그녀는 합창단의 리더에게 미국인은 그런 노래를 듣기 좋아한다고 귀띔해주었노라고 말했습니다. 그러나 리더는 미국인이 오게 되면 그래도 우리들의 「이월에 찾아오네」를 들려주는 것이 가장 좋겠다고 말했다더군요.

그 가요 연회에서 그들이 바로 가사를 바꾼 「이월에 찾아오네」를 불렀는데, 미국인이 오기 전에 거행한 예행연습이라고 볼 수도 있었지요. 총칭에서 찾아온 그 가수는 어찌나 흥분했던지 무대에 올라서

자마자 "아 유 레디(Are you ready)?"라고 소리를 질러댔고, 우리 모두는 "다 준비되었소," 그렇게 답했습니다. 그제서야 그녀는 노래를 부르기 시작했죠. 그녀는 마이크를 관중석 쪽으로 향하게 하고 관중들에게 그녀를 따라 함께 노래를 부르도록 유도했습니다. 비록 아무도 반응을 보이진 않았지만, 그녀는 아주 잘 부르네요, 참 잘 부르십니다, 여러분 다시 한 번 어때요? 그렇게 여전히 사람들에게 소리를 질렀죠.

"양쪽에 앉아 있는 동지들, 누가 잘 부르는지 시합하는 것이 어때요? 예스! 자, 박수로 응원을 보냅시다."

그녀가 큰 소리로 외치는 가운데 우리 모두 들고 있던 똥 광주리를 머리 위로 치켜들며 박자를 맞추자, 그녀는 머리와 온몸을 흔들어댔습니다.

운동이 좋은 것은 시작을 하면 곧바로 효과를 볼 수 있다는 것이죠. 남녀노소를 불문하고 모두들 버드나무 잔가지로 엮은 똥 광주리를 들고 다니며 똥 덩어리가 보이는 대로 주워댔습니다. 그렇게 줍다 보니까 더 이상 주울 똥이 없었죠. 길 위가 어찌나 깨끗해졌는지 흡사 상하이의 샤훼이루(霞飛路, 지금의 화이하이루[淮海路]) 같았습니다. 그런데 어느 날 아침, 내가 야간 당직 근무를 마치고 병원에서 돌아오는데 어떤 사람이 길에 양과 소를 풀어놓은 것을 보았습니다. 어느 때고 당나귀가 빠질 수는 없었지요. 길에서 당나귀를 끌고 가는 모습은 참으로 보기 좋거든요. 등에는 무명 천으로 만든 안장을 얹고 입에 재갈을 물리죠. 물론 목에 굴레를 씌우는 것도 빠뜨릴 수 없는 것인데, 그것은 사람들이 연회에 참석할 때 넥타이를 매는 것과 마찬가지지요. 당나귀가 그곳에서 뒹굴기라도 하면 흙먼지가 온통 사방으로 흩날리죠. 옌안 사람들은 마침 자유주의를 반대하고 있었는데, 그러나 그 짐승들은 전혀 그 영향을 받지 않은 채, 제멋대로 도처에 똥을 갈겨댔습니다. 에이, 뭐 하는 짓이야? 나는 행여 가축 시장이라도 열리는 줄 알았지 뭡니까. 나중에야 겨우 깨달았지요. 가축들이 길에 몰려다니는 것은 가축들이 길바닥에 똥을 누게 만들어 사람들로 하여금 똥을 줍도록 하기 위한 것이고, 그로 인해 똥 줍는 운동을 새로이 고양시키기 위한 방법이었던 겁니다. 나는 좀 이상하다고 생각하고 있는데, 느닷없이 나팔 소리가 들려왔습니다. 고개를 돌려 쳐다보니 허리에 북을 맨 악대와 사자춤을 추는 사람들이 우우우 몰려오는 거였지요. 사람들은 신나는 악대 소리 속에서 똥을 줍고 있었습니다. 삽시간에 길 위에 있던 똥들이 치워졌지요. 정말 잘못된 것은, 내가 도로 중앙에 있던 그 당나귀 똥 덩어리들을 보지 않았어야 하는 것이었죠. 그 몇 개의 당나귀 똥 덩어리는 흡사 원보(元寶)*처럼 길 위에 놓여 사람의 시선에 쏙 들어오게 생겼더란 말입니다. 나는 가락에 맞춰 몸을 흔들어대며 노래를 부르면서 다가갔죠. 그런데 내가 삽으로 막 떠내려는 순간 어떤 사람이 내 똥삽을 낚아채더군요. 사실 그 사람은 우리 병원의 외과 주임 장잔쿤이었지요. 그 사람은 병원의 똥 수집하는 모임의 조장으로, 소련에도 다녀왔으며 평소에 나와 대화가 통하는 사람이라 우리는 같은 동굴 집에서 생활하고 있었지요.

내가 장 조장에게 말했습니다.

"당신도 모두 보았잖소, 난 지금 똥 줍는 운동에 맞는 행동을 하고 있는 거란 말이오."

---

* 중국 역대 왕조의 화폐의 일종.

장 조장이 말했습니다.

"이 똥들은 수장들을 위해 준비해놓은 거라네. 자네가 주울 수 있는 것이 아니란 말이야. 자네가 주워버리면 수장들은 무얼 줍나?"

나는 농담 한마디를 내뱉었지요.

"당나귀가 다시 쌀 것 아닙니까?"

나는 그 당나귀 똥을 똥 광주리 안에 집어넣었습니다. 그러자 장잔쿤이 화를 벌컥 내며 내가 들고 있던 똥 광주리를 걷어차 뒤엎어버리며 소리를 질렀습니다.

"어서 줍게. 자네, 상부의 지휘를 따르지 않겠단 말이지?"

그는 그러고 나서 내 견갑골을 세차게 밀쳤는데, 하마터면 나는 그 불쌍한 사병처럼 길바닥에 자빠질 뻔했지요. 장잔쿤은 원래 성격이 온화한 사람이고, 또 나를 상당히 존중해주던 사람이었습니다. 그래서 그가 갑작스레 거칠게 행동하는 것을 나는 아무리 생각해도 이해할 수 없었지요. 그가 재차 내게 발길질을 할 때 나는 팔꿈치로 그의 가슴팍을 한 차례 내질렀습니다. 그리 세게 친 것은 아니었고, 그 역시 넘어지지 않았습니다. 그는 헤헤헤 웃으며 말하더군요.

"와! 당나귀 성질도 대단하네."

나도 그를 따라서 웃었지요. 아이고, 나는 그것으로 모든 상황이 끝난 것으로 알았는데, 전혀 예상하지도 못한 일이 벌어졌습니다. 다음 날 장잔쿤이 베개 밑에 놓아두었던 내 일기장을 훔쳐 조직의 상부에 바친 거죠. 그로 인해 골치 아픈 문제가 생긴 겁니다.

솔직히 말해서, 내 일기 중에서 골치 아픈 문제를 초래한 부분은 나와 꺼런 그리고 황옌의 첫번째 대화를 기록한 부분이었습니다. 내가 일기를 쓰게 된 것도 이야기하자면 꺼런의 말을 듣고 나서지요.

그는 일기를 쓰다 보면 내면의 생활이 풍부해지는데, 내면의 생활이 없는 사람이란 그림자 없는 사람이나 마찬가지고, 또 창문 없는 방이나 마찬가지라는 거였지요. 내가 그 이야기를 일기장의 첫 머리에 쓸 거라고는 그도 아마 예상하지 못했을 겁니다. 뭐라고요? 당신도 황옌을 알고 있다고요? 그렇죠. 그 사람은 기자였죠. 편집부 기자. 한 번은 우리들 몇 사람이 동굴 집에 모여 앉아 한담을 나누다가 트로츠키 이야기까지 나오게 되었습니다. 꺼런이 트로츠키에 얽힌 이야기를 하나 했죠. 트로츠키가 스탈린에게 숙청당해 알마티아(카자흐스탄의 옛 수도)로 추방된 그해, 집단화 운동이 대규모의 농민 폭동으로 번졌다는 겁니다. 트로츠키는 그와 레닌이 건립한 소비에트 정권이 스탈린의 폭정과 모험으로 인해 이미 망했다고 생각했답니다. 그러나 트로츠키는 기회를 이용해 반란을 일으킨 뒤 모스크바로 다시 돌아가려고 생각하지 않고, 친구에게 편지를 써서 그들에게 대국을 염두에 두고, 견해가 일치되는 것은 타협하고 그렇지 않은 것은 각자 보류하면서, 지난 과거에 맺힌 감정상의 응어리에 연연하지 말고 스탈린을 보좌해 난국을 헤쳐 나가라고 했다는 겁니다. 나는 일기장에 그 이야기를 썼습니다. 그나마 다행인 것은 내가 티엔한의 동굴 집에서 들었다는 것과 또 그 이야기가 꺼런의 입에서 흘러 나왔다는 것을 쓰지는 않았다는 것이죠. 그렇지 않았다면 그들 또한 나와 함께 불행을 당했을 겁니다. 요즘 와서 생각해도 몸서리처지는 것은, 꺼런이 말한 또 다른 이야기 하나를 하마터면 내가 일기장에 쓸 뻔했다는 겁니다. 꺼런이 하는 말이, 만약 레닌의 후임자가 트로츠키였다면 트로츠키 역시 틀림없이 스탈린과 똑같이 과거의 전우들을 모조리 처단했을 것이라는 거지요. 술이란 병 속에 담겨 있어도 술이고 조롱박에 담겨 있어도 술이라는 겁니다. 내가 훗날 생각해보니, 만약 그 이야기마저 써 넣었다면 아마 내 목이 수십 개였더라도 남아나지 못했을 겁니다.

일기장이 상부에 들어가자마자 나는 곧바로 조사를 받게 되었습니다. 지금도 당시 심문을 받던 모습을 생각하면 가슴이 조마조마하고 간이 콩알만 해집니다. 그들은 심문을 할 때마다 쾅 소리가 나게 총을 책상 위에 내려놓았는데, 사람이 깜짝 놀라 혼비백산할 지경이었죠. 분명히 알아야 할 것은, 그것은 옛날 법정에서 법관이 탁자를 두드리며 범인을 경고할 때 사용하던 나무인 당목(堂木)이 아니라 일본군으로부터 노획한 38식 장총이었다는 겁니다. 내가 구속되었을 때 마침 한 사람이 심문을 받고 있었습니다. 그 사람은 지식인으로서 수다스럽다고 트로츠키파로 몰린 사람이었지요. 한번은 그 사람이 연병장에서 열린 보고회를 듣고 나서, 옌허(延河) 강변에서 산책을 하며 다른 사람에게 이런 이야기를 했습니다.

"장칭(江青)은 이를 잡는다는 핑계로 바짓가랑이를 잔뜩 걷어 올리며 사병들에게 그녀의 허벅지를 보여주었네. 정말 염치도 없게 말이야."

그 이야기가 상부에 전해지면서 그는 곧바로 구금되어 심문을 받게 된 겁니다. 마침 왕스웨이(王實味) 역시 그와 비슷한 이야기를 했는데, 방첩과에서는 그와 왕스웨이가 한 패거리라고 판단을 한 거죠. 이리저리 조사를 하다가 보니까 그와 왕스웨이가 베이징 대학 동창인 것을 알아냈습니다. 그는 처음에 자신은 트로츠키파가 아니라고 완강히 부인했지요. 그러자 그는 사람들에 의해 곧바로 대들보에 매달리게 되었지요. 대들보에 매달리고 나서, 겨우 담배 한 대 피울 만큼도 버티지 못하고 그는 자신이 트로츠키파라고 자백을 했습니다.

나는 그 옆에 있던 수사관이 내뱉는 소리를 들었습니다.

"좋아, 드디어 바른대로 말을 하는군. 솔직히 자백을 하면 관용을 베풀겠지만, 끝까지 거짓말하면 엄중하게 다스릴 수밖에. 당신이 순순히 자신이 트로츠키파라는 것을 자백하게 되면 당신은 계란국수 한 사발을 얻어먹을 수 있소."

보아하니 그 인간은 몹시 배가 고팠던 모양입니다. 국수 한 사발을 다 먹고 나서 입술을 훔치자 수사관이 다시 자백을 강요했지요. 자신이 특수 요원이며, 따라서 계란국수를 먹을 수 있었다고 말하라는 거였죠. 입술을 닦으며, 그에게 자신이 방금 전에 먹은 국수에 들어 있던 계란이 노른자가 두 개짜리 계란이었으니 조직에 감사를 표한다고 말하라는 거였죠. 수사관은 또 다른 자백을 강요했습니다. 이번에는 장제스(蔣介石)가 그의 외조카이며, 송메이링(宋美齡)이 그의 외조카라고 허풍을 떨라는 거였죠. 송즈원(宋子文)은? 친조카라는 거죠. 미쳤지, 완전히 돌았다니까요. 후종난(胡宗南)과 옌시산(閻錫山)도 모두 그의 양아들이 되고 만 것이죠. 그는 계란국수를 먹긴 다 틀렸고 대신 몇 차례 채찍질만 당했죠. 그는 바로 그날 자진을 했습니다. 이론과 실제를 잘 결부시켜 자기 육신을 대들보에 매달고 죽은 겁니다. 그가 사용한 것은 줄이 아니라 자신이 매고 있던 허리띠였죠. 그의 유언은 단 한 마디였습니다.

"철학자가 말하기를, 자신이 지구를 떠나가는 것을 아무도 지켜보지 못한다고 했지만, 그래도 나는 해냈노라."

뭐라고요, 당신은 나 역시 대들보에 매달리지 않았었냐고 묻는 건가요? 달아매졌지요. 당연히 대들보에 매달렸습니다. 맞아요, 나 역시 그 맛있는 계란국수를 두 사발 먹었습니다. 두번째 사발의 국수를 먹기 위해 나는 심문하는 사람에게 자백을 했습니다. 내 일기에 씌어 있는 것은 사실 장잔쿤이 나에게 이야기해준 것이라고 말이죠. 나는 그를 곤경에 빠뜨리고 싶은 생각은 없었습니다. 과실을 다른 사람에게 전가하는 행위는 내 성격에 맞지 않기 때문이죠. 그런데 사람들이 나를 범죄자로 몰지 않으면 나는 범죄자가 아니었지만, 만약 나를 범죄자로 몬다면 나는 틀림없이 범죄자가 되는 것이었지요. 그 사람도 나중에 후꼬우에 수감되었습니다. 내가 후꼬우에 수감되어 있을 때, 한밤중에 장잔쿤이 미친 개처럼 우리 조상 팔대 할아버지까지 싸잡아 욕하는 소리를 들은 적이 있지요. 처음엔 나도 화가 잔뜩 나서 만약 내가 한 마리 개였더라면 틀림없이 당장 그에게 달려들어 갈기갈기 물어뜯고 싶었지요. 그러나 나 역시 사람이어서 모가지 위에 얹혀 있는 대가리를 이리저리 굴렸습니다. 나는 굳이 그 같은 생각을 해서는 안 된다는 생각을 했지요. 이렇게 당신에게 이야기하지만 처음에 나는 그래도 장잔쿤에게 미안한 감이 들어 좀 후회를 했지만, 나중에는 후회하지 않았습니다. 여전히 그 이유인데, 나는 개가 아니라 사람이며 의식을 지니고 있기 때문이었죠. 나는 그렇게 하는 것이 지난날의 잘못을 교훈 삼아 앞으로 어떤 일을 할 때 신중하게 처리해 재차 같은 실수를 범하지 않게 되는 비결이고, 그것이 바로 병을 치료하고 사람을 구하는 길이라고 생각했지요. 그렇게 생각하고 나니까 마음이 훨씬 편해지더군요. 나는 두 귀를 막고 "뭐르더, 네 맘껏 욕지거리를 해보렴." 그렇게 중얼거렸습니다. 나는 당나귀 털로 귓구멍을 틀어막았는데, 아무것도 들리지 않습디다.

사실대로 이야기하면, 후꼬우에 있을 때 각양각색의 인간들이 찾아와 사상 공작을 벌였는데, 나도 마음의 준비를 해두었지요. 나는 마음속으로 자신의 과오를 인정하고 있었습니다. 다른 것은 모두 걷어치우고 똥 줍는 문제만 가지고 이야기를 하더라도, 당시 내가 "당나귀가 다시 똥을 쌀 거요"라고 말했을 때, 사실 난 이미 용서받을 수 없는 잘못을 저지르고 만 겁니다. 수년 간 당 교육을 받으면서 일찌감치 당나귀의 입장에서 생각하는 법을 배웠어야 했지요. 그 당나귀의 먹이는 이미 줄어들 대로 줄어든 상태였음에도 혁명 사업을 위해 여전히 방아를 찧고 땔감을 나르며 밭을 갈고 있었지요. 그것들의 뱃속은 이미 텅텅 비어 있었습니다. 그러나 똥 줍는 운동에 부응하기 위해 그것들로 하여금 반드시 똥을 싸게 만들었으며, 똥을 쌀 형편이 되지 않는다고 하더라도 반드시 똥을 싸게 만들어야 했으니 얼마나 힘들었겠습니까! 그런데 나라는 인간은, 지식을 갖추고 사리에 통달했다는 지식인이 당나귀의 입장을 전혀 고려하지 않은 채, 무작정 그것들에게 여전히 똥 쌀 것을 요구한 것이죠. 그것은 당의 여덟 가지 규정에 위배된 것으로 종파주의와 주관주의에 빠진 것과 같이 엄청난 사건이지요. 계급 감정은 모두 어디로 갔는지, 개에게 줘버린 건가요? 설마 당신이 깨달았다는 게 겨우 당나귀만도 못하다는 말인가요?

앞에서 이야기하지 않았습니까? 내가 대들보에 매달려 있던 날 마차를 따라왔던 고향 사람 역시 그곳에 있었다고. 그 사람은 허풍이 얼마나 심한지 사람을 매달던 그 밧줄을 만드는 데 공헌한 사람이 바로 자신이라는 거였지요. 그 밧줄은 일반적인 짚이나 삼으로 만든 것이 아니라 조상 대대로 전해오던 것이라는 거였죠. 그렇게 좋은 밧줄을 제공한 공로로 그와 그의 아들은 계란국수 한 그릇씩을 얻어먹었답니다. 그 사람이 하는 말이 당시 그가 가장 염려했던 것은 밧줄이 끊어지는 것이었는데, 왜냐하면 당나귀를 제외하면 그 밧줄이 집안의 가장 귀중한 자산이라는 겁니다. 그는 그것으로 풀을 묶고, 가축을 잡아매고 또 사람을 붙잡아 맸던 것이죠. 그의 아들은 두뇌가 영민하지 못해 걸핏하면 아내가 친정으로 도망치려고 했답니다. 그 여자의 친정집은 자 현(褐縣) 자루 진(葭蘆鎭)에 있었고 성지(聖地)와는 매우 멀리 떨어져 있어 한번 찾아가 데리고 오려면 고생이 말이 아닌데, 밤낮으로 하루 종일 말 한마디 하지 않다가도 사돈집에는 좋은 말로 이야기를 해야만 했지요. 따라서 가장 좋은 방법은 바로 그 여자를 온돌 머리맡*에 묶어놓는 것이었지요. 그 사람은 매우 진지하게 나에게 말했습니다.

"마오뤼츠키, 우리 사이니까 툭 터놓고 이야기하는데, 이런 개 좆 같은 일을 하는데도 주변에 줄이 없으면 정말 못해먹는다네."

& 티엔한에 관한 일상 이야기

티엔한은 장수를 누렸다. 1991년 6월 5일 중풍으로 죽었는데, 그의 나이 아흔이었다. 그가 죽기 몇 년 전부터 주쉬똥(朱旭東)이라고 불리는 사람이 줄곧 그의 곁을 지키고 있었다. 주쉬똥은 바로 『티엔한 자서전』의 명의상 특별 편집위원이지만 실질적인 저자였다. 티엔한이 죽고 나서 주쉬똥은 티엔한과 자신의 담화 내용을 정리해 지속적으로 발표했다. 어느 담화 중에서 티엔한은 자신이 꺼린을 최전방으

* 중국식 온돌은 침대처럼 높다랗게 한쪽 구석에 만들어져 있고, 그곳에만 구들이 놓여 있다.

로 보내자고 조직의 상부에 건의했다고 토로했다. 바로 그 담화 중에 그는 가와다(川田)라는 일본인 이름을 거명했다.

그 당시 꺼런은 레닌과 관련된 서적을 번역하고 있었소. 혹시 라오투어(트로츠키)라는 인간이 정말 정신 나간 것 아닌가 하고 어떤 사람이 그에게 물었지. 자기 할 일은 망각하고 입이나 놀려대는 사람이 그를 정신 나갔다고 생각하면 그만이지만, 여기를 건드리지 않고 저쪽만을 건드릴 수는 없는 일이고, 그가 존경하는 형님이기에 꺼런은 트로츠키가 레닌의 친구라고 말했지. 그가 말한 것은 진리이지만 특정한 역사의 마당에서 진리는 바로 착오가 되오. 레닌이 정신 나간 사람을 친구로 두었다는 것을 세상 어느 누가 믿겠는가? 바로 그 한 마디로 인해 그가 트로츠키파의 수장으로 몰린 것이니 누구도 원망할 수 없는 것이오. 아, 그놈의 시인의 성깔이란. 내 견해로는 시인의 성깔이란 바로 당나귀 성질처럼 더럽게 질기다니까! 그 친구는 자신의 주둥이를 주체하질 못했소. 나중에 난 일부러 사람들을 찾아다니며 좋은 말로 해명을 해서 그 일을 대략 무마시켰단 말이오. 솔직히 있는 그대로 말하자면, 내가 그렇게 한 것 역시 일종의 사심에서 우러난 행동이었소. 만약 그렇게 하지 않으면 나 역시 휘말려 들어갈 수 있었거든. 왜냐하면 우리는 같은 고향 사람으로 모두 칭껑진(青埂鎭) 출신이었기 때문이오. 다른 사람들의 눈에 우리들은 한통속이었을 거요.

그런데 훗날 다시 사건이 터진 거요. 어느 날 우리는 한 통의 편지를 손에 넣었소. 그 편지는 상하이에서 온 거였지. 편지 봉투 위에 씌어 있는 필체를 보고 나서 나는 그것이 뼁잉이 보낸 거란 걸 알았소. 꺼런에 관한 업무 책임을 맡고 있던 나는 그를 대신해 편지를 뜯어보았소. 편지를 뜯은 것 자체가 문제였는데, 그것도 작은 문제가 아니어서 나는 흡사 전갈에 물린 것 같았다니까. 편지에 씌어진 내용은 최근 그녀가 프랑스로 갈 생각을 하고 있는데 그에게 그녀와 함께 갈 것인지 묻고 있었소. 만약 그가 함께 가고 싶은 생각은 없지만 그렇다고 다른 여자를 사귀고 있지 않다면 그녀가 옌안으로 찾아와 만나고 싶다는 거였소. 더군다나 만약 끝까지 답장을 보내지 않는다면 그녀 역시 다시는 편지를 보내지 않겠다고 적었는데, 그러고도 남을 사람이었지. 그녀의 표현으로 미루어볼 때, 그녀가 이전에도 적지 않게 꺼런에게 편지를 보냈다는 걸 알 수 있었소. 나는 순간 머릿가죽이 당겨지는 느낌이었지. 뻥잉은 예술가로 배경이 몹시 복잡했고, 각양각색의 사람들과 교류를 하고 있었는데, 내가 알기에도 그녀는 안토니라는 미국(혹은 영국)인과도 접촉했었거든. 그런 여자는 곧 시한폭탄과 마찬가지여서 그 위험도는 말할 수 없이 높았소. 만약 그녀가 옌안으로 찾아온다면, 아아, 그건 간단히 상상할 수 없는 일이었소. 거의 확신할 수 있는 것은, 나와 꺼런 모두 곤경에 처할 것이라는 것으로, 그것도 엄청난 곤경, 피를 봐야 할 거라는 거였소.

종이로 불씨를 감싸는 격이오. 과연 며칠 지나지 않아, 어떤 사람이 나를 찾아와 이야기를 나누자고 하더군. 그 사람은 나를 옌허(延河) 변으로 불러내, 꺼런이 아직도 뻥잉과 연락을 취하고 있는지 물었소. 내가 뭐라고 말할 수 있었겠소? 그저 시치미 뚝 떼고 전혀 모른다고 말할 수밖에 없었지. 그런 일이 있었소? 나는 그에게 물었소. 내가 워낙 진지한 표정으로 물었기 때문에 그 사람이 믿을 수밖에 없었을 거요. 그 사람이 말하기를 징전비후(懲前毖後)*를 위해, 병을 치료하고 사람을 구하기 위해서라도 사건의 진상을 낱낱이 밝히겠다고 했소. 나는 마음이 다급했지만 별도리가 없어 한 차례 넋두리를 늘어놓았지. 그가 수렁으로 빠지는 것을 보고만 있을 수 없어 나는 곧바로 레닌 학원으로 달려가 꺼런을 만나 상황을 알아보려고 했소. 내가 그곳에 도착했을 때 마침 한 무리의 사람들이 시끄럽게 말다툼을 하고 있었소. 음식 한 접시가 막 상에 올려졌을 때 왕스웨이(王實味)의 젓가락이 접시 위에 올려진 한 덩어리의 비계를 재빨리 집어 입에 넣었던 것이오. 당시에는 비계가 살코기보다 훨씬 비쌀 때였지. 나중에 왕스웨이는 트로츠키파로 몰렸는데, 그건 당신도 알 거요. 당시 왕스웨이의 문제는 거의 폭로되기 직전이었지. 주위에 있던 사람들이 몰려들어 왕스웨이를 덮쳤고, 꺼런이 바쁘게 그들을 뜯어 말리고 있었소. 그때 나는 이렇게 생각했지. 아이구, 형씨, 문제가 안 생기려야 안 생길 수 없겠구먼. 문제가 생겨도 엄청난 문제가 발생하겠어. 생각이 거기까지 미치자 나는 사지가 벌벌 떨리기 시작했소.

며칠이 지나 우리들은 중요한 정보를 하나 얻었소. 오카무라(岡村)가 아끼는, 지뽀(冀渤)** 특별구 사령관으로 부임해 있던 사카모도(坂本) 소장이 가까운 시일 내에 일본 대표단을 인솔하고 송좡(宋莊)이라는 지방의 전선을 시찰한다는 것이었소. 또한 그 대표단 중에 가와다(川田)라는 사람이 있는데, 그는 꺼런이 일본에 유학 중일 때 살았던 집주인으로 소좌 계급이며 통역관을 맡고 있다는 거였소. 우리들은 그 정보를 후투어 강 남쪽에 있는 팔로군에게 넘겨주어 그들로 하여금 사전에 대비할 수 있도록 해야 했지. 그리고 조건이 허락한다

* 이전의 과오를 뒷날의 경계로 삼다.

** 허베이 성과 발해 지역.

면 대표단 구성원 중 한두 명을 사로잡아야 했소. 정보부서에서는 누구를 파견해야 좋을지 내게 의견을 물었지. 나는 잠시 생각하고 나서 꺼런을 보내는 것이 어떻겠냐고 말했소. 괜찮겠소? 그 사람이 물었지. 나는 꺼런이 적합하다고 말했소. 그러자 그 사람이 다시 묻기를, 꺼런 그 사람은 여전히 허약한 학자인데 만일 임무를 띠고 가다가 적군과 마주치기라도 한다면 어떻게 하겠느냐고 말했소. 나는 그 사람에게 꺼런이 일본 대표단 중에 가와다라는 사람과 안면이 있다고 설명했소. 만약 실제로 일본군에게 사로잡히기라도 한다면 그는 틀림없이 빠져나올 방법을 찾아낼 것이고, 또한 가와다라는 사람을 설득해 함께 빠져나올 수도 있을 것인데, 그렇게 된다면 우리들은 가와다의 입을 통해 더욱 중요한 정보를 얻을 수 있을 거라고 설명했소. 내 생각은 아주 간단해서 그 일을 핑계 삼아 잠시 꺼런이 거친 바람을 피하도록 하자는 거였지. 왜냐하면 당시는 정풍 운동이 몰아칠 때였으니까. 물론 꺼런이 죽을 수 있다는 최악의 결과도 생각했었소. 그러나 그 문제에 관해서는 이렇게 생각했지. 차라리 일본인 손에 죽게 되는 것이 모함을 당해 죽는 것보단 낫겠다는 거였소. 아, 당시 난 그런 생각을 해봤던 것뿐인데 나중에 실제로 그렇게 되다니…… 마가 끼었지, 정말 마가 끼었던 거요.

그래서 꺼런이 송좡으로 가게 되었소. 맞아요, 지금은 송좡이 차오양포(朝陽坡)로 이름이 바뀌었소. 훗날 「차오양포」라는 연극이 만들어져 공연된 적이 있는데 바로 그 지방 이름이라는 겁니다. 꺼런은 그해 5월 말 옌안을 떠났소. 문제는 그가 차오양포(송좡)에 도착하기 전에 얼리깡에서 일본군과 마주친 거요. 쪽발이 놈들이 어찌나 교활했던지 대표단이 고찰을 하기 위해 출발하기 전에 사카모도가 먼저 정예부대를 파견해 요소에 배치하고 지뢰를 제거한 거요. 일본인들이 삼광 정책을 펼치고 있던 중이라 중국인을 보기만 하면 죽이고 불 지르고 빼앗던 때였소. 어쨌든 우리 쪽 사람들은 모두 죽었고 꺼런 역시 죽었소. 6월 1일 월요일이었지. 그날은 참 기억하기 좋은 날인데, 바로 어린이날*이잖소. 물론 피는 피로 갚는다고, 동지들의 피가 헛되지는 않았지. 그해 6월 20일 적군들이 철군할 때, 우리들은 차오양포에 매복해 있다가 멋들어진 공격을 퍼부었고, 적들은 도망치고 싶어도 도망치질 못하고 비명을 지르고 울부짖으며 부모들이 두 다리만 남겨준 것을 탓할 수밖에 없었소. 전장을 수습할 때 우리는 일본군 소좌 한 명을 포로로 잡았소. 그래요, 바로 가와다였소! 그는 자신이 중국에 온 이유가 대동아 문화의 공동 번영을 위해 찾아왔다고 떠벌려대며, 또한 자신이 후지노(藤野) 선생의 제자로서 루쉰과 선후배 관계라는 것이었소. 뭐요? 루쉰을 방패 삼으면 제놈을 살려줄 줄 안 모양이지? 내가 그놈의 귀싸대기를 후려쳤지. 나중에 그는 우리들이 감시를 소홀히 한 틈을 타서 독약을 마시고 자살했소. 아니, 그가 할복자살을 하지 못한 것은 그에게 칼이 없었기 때문이오!

훗날 생각해보니, 꺼런은 너무 일찍 죽었는데, 죽은 것 또한 묘했소. 당신도 알다시피 그가 죽은 지 얼마 되지 않아 마르크스-레닌 대학에서 그와 함께 일하던 동료인 왕스웨이가 트로츠키파로 몰렸는데, 나중에 목이 잘린 채 마른 우물 속에 버려졌지. 그러나 꺼런은 나의 기발한 묘책으로 멋지게 그 화를 피할 수 있었단 말이오. 내가 당신에게 장담하건대 만약 그가 죽지 않았다면 틀림없이 트로츠키파로

* 중국이나 대다수 국가의 어린이 날은 6월 1일이다.

몰렸을 뿐 아니라 첩자로 몰려 역사에 오명을 남겼을 것이오. 주 동지, 당신께서 한번 말해보구려. 운 좋게 죽은 것이 아니라면 무엇이겠소? 따라서 그의 사망 소식을 듣고 나는 동향으로서 자랑스럽게 생각하게 된 것이오. 맞아요, 나는 눈물을 흘렸소. 그러나, 눈물이라고 다 같은 눈물이 아니었지. 이렇게 표현할 수도 있겠지. 내 왼쪽 눈에서 흐른 눈물은 슬퍼서 흘린 거였고, 오른쪽 눈에서 흐른 눈물은 자랑스러워 흘린 거라고나 할까.

이 담화는 1990년 봄에 이루어진 것이다. 훗날 주쉬뚱 선생이 나에게 알려준 것인데, 티엔한 동지가 주쉬뚱에게 반복적으로 말하기를, "우리끼리 하는 일상적인 한담이며, 이러한 일상적인 이야기는 모두가 실화지만 드러내놓고 이야기할 필요는 없고, 또한 자서전 속에 써넣을 필요도 없다"고 강조했다는 것이다. 따라서 정식 출판된 『티엔한 자서전』에서 당신이 이 문장을 발견할 수는 없다. 그것은 『티엔한에 관한 일상 이야기』라는 제목으로 별도로 발표되었다. 말이 나온 김에 하는 말인데, 티엔한이 언급한 차오양포와 가와다의 죽음에 관해서는 앞으로 이 책에서 여러 차례 거론될 것이다.

@ 조산아

당나귀가 끄는 마차 위에 앉아서 나는 티엔한이 참으로 선견지명이 있다고 생각했습니다. 나를 선택한 것이야말로 정말 아주 적절한 인선인 것이지요. 그 첫째 이유는, 나와 티엔한 그리고 꺼런 모두 같은 고향 사람들이었고, 둘째는 내가 의사이기 때문입니다. 이처럼 중요하고 힘든 임무를 다른 사람에게 맡긴다는 것은 참으로 안심할 수 없는 일이지요. 호랑이 사냥은 그래도 친형제와 함께해야 안심이 된다고 하듯이 비록 나와 꺼런이 한 가족은 아니었지만 친형제나 다름없기 때문입니다. 그가 태어나기도 전에 나는 그를 보았습니다. 물론 내가 본 것은 꺼런을 임신한 꺼런 모친의 커다란 배였지만. 꺼런의 어머니는 글을 쓰고 그림을 잘 그렸지요. 꺼런 역시 크면서 글을 쓰고 그림 그리는 것을 좋아했는데, 아마 어머니의 영향을 받아서 그랬을 겁니다. 아, 생각나는군요. 빙잉과 꺼런의 어머니는 좀 비슷하게 생겼습니다. 이마가 닮았고 눈도 좀 닮았는데, 특히 미소로 인해 입가에 잔주름이 지는 모습은 많이 닮았지요. 얼핏 보면 같은 사람 같았습니다. 솔직히 말하면, 빙잉과 꺼런이 그토록 한이 맺혀 갈라서려고 해도 갈라서지 못하는 것은 바로 그런 인연 때문이라고 봐야 할 겁니다.

좋아요, 그런 이야기는 더 이상 하지 않고 꺼런에 관해 이야기를 하도록 하지요. 내가 기억하기로 그는 시위를 하던 도중에 태어났는데, 그때가 기해년(1889년)이지요. 그는 조산아였습니다. 우리 다섯째 형수가 바로 그를 받았지요. 무슨 시위였냐고요? 무술년에 여섯 군자의 목이 날아간* 지 일주년 되는 날이라서 당연히 그것을 기념하는 축하 행렬이었지요. 당시 꺼런의 아버지가 여섯 군자와 교류를 했었다는 소문이 떠돌고 있었습니다. 따라서 사람들의 입을 막기 위해

* 무술정변: 유신파의 핵심인물이었던 여섯 명이 양심선언을 했다가 참수 당한 사건으로서, 유신파의 핵심 인물이던 담사동(譚嗣同), 양예(楊銳), 임욱(林旭), 유광제(劉光第), 강광인(康廣仁), 양심수(楊深秀) 등은 전부 붙잡혀 베이징 채소 시장에서 참수당했고, 이 여섯 명을 역사에서 '무술육군자(戊戌六君子)'라 부른다.

그들 일가족은 거리로 나가서 시위 행렬에 참여했던 겁니다. 시위 행렬이 진(鎭)의 시가지에 있는 기린교(橋)에 다다랐을 때, 그의 어머니가 갑자기 난간을 잡고 넘어졌습니다. 주위에 있던 사람들이 서둘러 들쳐 업고 집에 도착하자마자 그녀는 급히 출산을 했는데, 일란성 쌍둥이였습니다. 그가 먼저 태어났고 다음에 태어난 아이는 여자아이였는데 목에 탯줄을 친친 감고 있어서 곧 죽을 것 같았다고 합니다. 훗날 소련에 있을 때, 꺼런이 내게 한 번 이야기한 적이 있습니다. 태어나던 순간부터 죽음의 신이 늘 자신을 따라다닌다고요. 그가 말한 것은 바로 그런 의미였습니다. 우리 다섯째 형수의 말에 의하면, 꺼런이 태어날 때 보니까 태의(胎衣)가 무척 얇았다더군요. 칭껑 진 사람들의 표현 방식을 빌리자면 그것은 바로 '사의포(蓑衣胞)'인데, 자라서 이름을 떨칠 거라는 예언이죠. 그렇지만 의학상으로는 그 사의포를 다른 식으로 이야기합니다. 태의가 얇다는 것은 바로 그가 조산아라는 거죠. 생각해보니 훗날 그가 결핵을 앓았는데, 아마 조산아였기 때문일 겁니다. 의학서에 나와 있는 설명으로는 조산아는 폐 조직의 분화가 완벽하지 못해서 폐포가 적고 혈관이 많아 쉽게 출혈을 일으킨다는 겁니다. 장군, 당신은 꺼런의 아명이 뭔지 알고 있습니까? 그래요, 바로 아쌍(阿雙)이었죠. 보아하니 당신은 꺼런에 관해 확실히 많은 것을 알고 있군요. 맞아요, 그의 머리에 가마가 두 개 있었어요. 그러나 훗날 꺼런의 말로는 자신의 어머니가 그에게 그런 이름을 지어준 것은 틀림없이 그의 여동생이 생각나서였을 거라고 했죠. 바로 죽은 그의 쌍둥이 여동생 말입니다. 그러나 내 생각으로는 그의 어머니가 그에게 아쌍이라는 이름을 지어준 데는 다른 의도가 있었을 겁니다. 그의 어머니는 매우 외롭게 생활을 했거든요. 다른 부부들은 모두 깊은 정을 나누며 함께 살았지만 오직 그녀만이 외롭게 혼자 살았답니다. 따라서 그녀가 그에게 아쌍이라는 이름을 지어준 데는 사실 남편에 대한 사념이 서려 있는 것으로, 하루빨리 꺼런의 아버지가 돌아와 부부가 만날 수 있기를 기대하는, 그런 의미가 깃들어 있다고 봐야 할 겁니다.

당시 꺼런의 아버지는 일본으로 피신해 있을 때였습니다. 꺼런은 학교에서 돌아오면 언제나 어머니를 도와 집안일을 해야 한다고 생각했지요. 그러나 그의 어머니가 시킨 일은 시내에 나가 성냥을 사오도록 한 거였습니다. 아편을 피우는 식구가 있는 집안에 다른 것은 없어도 상관없지만 성냥만은 없으면 안 되었거든요. 아편를 피우는 사람은 꺼런의 할아버지였습니다. 그는 대단한 골초였지요. 나는 어릴 적에 꺼런 할아버지가 아편을 피울 때 사용하던 기구를 본 적이 있는데, 입으로 물고 아편 연기를 들이켜던 담뱃대는 비취로 만들어져 있고, 기다란 대공 위에는 은으로 세공된 얇은 판이 감싸고 있었습니다. 침상의 가운데 부분이 움푹 들어가 있지 않았기 때문에 그의 할아버지가 드러누워 담배를 피울 때면, 발끝에 나지막한 걸상을 받쳐놓았지요. 꺼런의 어머니는 대나무로 만든 끝이 뾰족하고 가는 긴 꼬챙이로 도자기 사발 안에서 아편을 떠낸 뒤 담뱃대에 담고 연등에서 불을 붙여 꺼런의 할아버지가 아편 연기를 들이마시도록 했습니다. 그 깜빡거리는 연등은 흡사 지옥의 유황불 같았지요. 속된 말로 한 집에서 아편을 피우면 세 집에서 냄새가 난다고 하는데, 그 기이한 냄새가 담장 너머로 퍼지면 아편을 피워봤던 사람들은 모두들 하던 일을 멈추고 개처럼 킁킁거리며 코를 벌름거렸습니다. 꺼런의 어머니가 할아버지에게 조금씩만 피우시라고 말리면, 노인은 곧바로 며느리 말이 도리에 어긋난다며, 그들의 조상 꺼홍이 단약(丹藥)* 만든 이야기를 꺼냈습니다. 즉 단약을 만든 것은 아편을 피우지 않았기 때문이라는 것이고, 만일 그 당시 아편을 피웠다면 단약을 만들 필요가 없었다는 것이었지요. 꺼런이 성냥을 사올 때마다 그의 어머니는 두 개비의 성냥을 빼낸 다음 작은 칼로 조심스럽게 성냥개비 끝에 붙어 있는 붉은 인을 긁어내 빈 성냥갑에 담았답니다. 그녀는 매우 총명해서 할아버지에게 들키지 않게 하기 위해 절대로 많은 성냥개비를 빼내지 않았습니다. 그의 어머니는 꺼런에게 이렇게 말한 적이 있었지요. "아쌍아, 이 성냥갑이 가득 채워지면 네 아버지가 돌아올 거다." 꺼런 역시 몰래 성냥갑 안에 성냥개비의 붉은 인을 채웠습니다. 그렇게 하면 아버지가 더 빨리 돌아올 것으로 여긴 것이지요. 그러나 훗날 그 성냥갑이 채워졌을 때, 그의 어머니는 죽고 말았습니다.

그녀는 호골주(虎骨酒)를 마시며 그 붉은 인을 함께 먹은 겁니다. 호골주와 붉은 인이 상호작용을 일으키며 독성이 두 배가 된 거지요. 그렇지만 이튿날 오후가 되도록 그녀의 숨은 끊어지지 않았지요. 시내에서 불러온 의사가 꺼런의 할아버지에게 말했습니다. "당신이 아편을 즐기는 것을 보아하니 내가 솔직히 말해야겠소. 비록 당신 며느리의 목숨을 살려낸다 하더라도 결국 폐인이나 마찬가집니다. 그래도 목숨을 구해야겠소? 당신께서 결정을 하시구려." 당시 꺼런의 백부가 집에 있을 때였는데, 당연히 목숨을 구해야 한다며 구해달라고 했지요. 의사가 대답했습니다. "좋소, 그러면 뒷간에 가서 똥물을 떠오도록 하시요. 명심해야 할 것은 반드시 말갛게 삭은 똥물이어야만

* 도가에 나오는 불로장생의 명약.

되오." 그는 주위에 둘러서 있는 사람들에게 말하기를, 이럴 때는 독은 독으로 풀어야 한다면서 그녀가 미처 소화하지 못한 붉은 인을 토하도록 해야 한다는 거였습니다. 그러나 꺼런의 어머니는 그때까지 정신이 맑아서 입술을 꼭 깨물고 마시기를 거부했습니다. 꺼런이 학교에서 돌아왔을 때, 이미 의사는 전신에 똥물을 뒤집어쓴 상태였지요. 그날 꺼런은 피를 한 덩어리 토하더니 정신을 잃고 자기 어머니 곁에 쓰러졌습니다. 아, 그러고 보니 그 당시 꺼런이 토한 핏덩이는 자신이 태어나고 나서 처음으로 토한 것일 겁니다. 꺼런이 피를 토할 때 나 역시 그곳에 있었지요. 나중에 나와 우리 다섯째 형수가 그를 들쳐 업고 우리 집으로 온 다음 옆에 먹을 것과 마실 것을 주면서 천천히 그를 달랬습니다. 그 며칠간 나는 늘 그에게 붙어 있었지요. 매일같이 그를 따라다녔는데, 만의 하나 그가 자살이라도 하지 않을까 겁이 나서였습니다. 시간이 좀 흘러 그가 안정되었을 때에야 우리는 다시 그 일에 관해 이야기하게 되었습니다. 그는 이렇게 말했지요. "바이 형, 내가 나중에 반드시 보답할게요." 그는 자신이 한 말을 지켰습니다. 결코 헛소리가 아니었지요. 훗날 나는 그에게 많은 보살핌을 받았거든요.

& 꺼런의 족보

비록 바이성타오가 꺼(葛) 씨의 선조 꺼홍(葛洪)에 관해 이야기했지만, 나 역시 말이 나온 김에 좀 보충 설명을 해야겠다. 꺼 씨 족보에 기록되어 있는 내용을 보면 동진(東晉) 때의 꺼홍은 확실히 꺼 씨의 선조이다. 칭껑 진 일대의 꺼 씨들은 모두 광둥(廣東) 지방의 동강 북쪽에 있는 보루어 현(博羅縣)에서 이주한 사람들이다. 보루어 경내에는 루어푸 산(羅浮山)이 있다. 사료에 기재되어 있는 것을 보면 꺼홍은 어려서부터 신선 되는 놀이를 즐겼으며, 훗날 스승인 정인(鄭隱)으로부터 단약 만드는 방법을 배우게 된다. 그리고 아들과 조카들을 데리고 광둥 지방으로 간 뒤 동강 북쪽 연안에 있는 루어푸 산에서 단약을 만들었으며, 또한 『포박자(抱朴子)』*라는 책을 저술했는데, 그 책은 모두 70권으로 이루어져 있다. 그중 내편 20권은 신선이 되기 위한 수양 방법과 사악한 기운을 물리치는 도술에 대해 논한 것이며, 외편 50권은 인간사의 이해득실과 세상사의 옳고 그름에 관해 논한 것이었다. 꺼홍은 나이가 많아 죽었는데, 사후에 그는 루어푸 산에 묻혔다.

다시 위로 거슬러 올라가서 족보에 기재되어 있는 것으로 미루어 보면, 꺼홍의 증조부는 꺼쉔(葛玄)이며 꺼쉔의 선조는 바로 따위(大禹)이다. 『상서(尚書)』「요전(堯典)」에 나와 있는 내용을 보면 그 당시 수시로 큰 수해가 발생하면서 백성들이 곤경을 당하고 있을 때 따위가 물길을 다스렸다고 한다. 꺼런은 상하이에 있을 때 루쉰 선생과 교류한 적이 있다. 앞에서도 말했던 가와다라는 일본인이 젊었을 때 펴냈던 『루쉰과의 첫번째 만남에 대한 추억』에 기록한 것을 보면, 1932년 10월 11일 꺼런은 루쉰 선생과 장시간의 담화를 나누었는데 그때에도 꺼홍이 그의 선조라는 말을 꺼냈다고 한다. 꺼런은 자신이 『걸어가는 그림자』라는 제목의 한 편의 자전적 소설을 쓰고 있는 중인데, 첫머리에 그의 선조인 꺼홍에 관한 이야기를 쓰려고 한다면서 루

* 도교의 이론서.

쉰에게 물었다. "꺼홍에 관해 쓰는 것이 왕법을 어기는 것은 아니겠지요?" 그에 관해 루쉰 선생은 다음과 같이 대답했다.

> 살을 덧붙여 더욱 매끄럽게 쓰시게나. 공공(共工)*이 전욱(顓頊)**과 제위를 놓고 다툴 때 자신의 주장을 증명하기 위해 부주산(不周山)***을 무너뜨린 적이 있잖소. 내가 마침 부주산에 대해 쓰려고 하는데, 바로 왕법의 내력에 관해 쓰려는 것이오. 그것도 아주 그럴싸하게 써서 언제나 장엄 고상해야만 하는 가면을 더욱더 멋들어지게 치장하겠소. 들리는 말로는 따위가 꺼홍의 선조라던데 왜 당신은 따위에 관해 쓰지 않소? 내가 당신에게 제목을 하나 지어주지. '리쉐이(理水)'가 어떻소?

많은 사람들이 알고 있는 것처럼 최종적으로 『리쉐이(理水)』를 쓴 사람은 루쉰이지 꺼런이 아니다. 1935년 11월, 루쉰은 『리쉐이』 원고를 완성했다. 그러고 나서 몇 개월 후에 루쉰은 상하이에서 병사했다. 꺼런은 조전을 보냈는데, "진정으로 자신을 알아주는 친구가 죽어 눈물이 앞을 가리고, 이 세상 모든 사람들이 다 함께 슬퍼하니 가슴이 콱 막히는구나." 그렇게 적었다. 그 조전 속에 적은 '눈물이 앞을 가리고 가슴이 콱 막힌다.' 그것은 바로 루쉰이 『리쉐이』에서 표현한 『상서(尙書)』 「요전(堯典)」에 나오는 문장을 인용한 것이다.

그리고 후대로 한참 내려가서 20대손에 이르러 칭껑 진에 사는 꺼

---

* 염제의 후예, 강 씨.
** 전설상의 고대 제왕의 아들, 고양 씨.
*** 곤륜산을 말하며, 신들이 사는 성스러운 산으로 알려져 있다.

씨 문중의 항렬과 돌림자는 다음과 같다. '공이띵티엔징, 룽화쥐융칭, 푸웨이촨까오꾸이, 신더춘싱정(公義定天經, 榮華居永清, 福位傳高貴, 心德存行政).' 족보에 적힌 꺼런의 증조부의 이름은 꺼신탕(葛心堂)이고, 할아버지의 이름은 꺼더천(葛德琛), 부친은 꺼춘따오(葛存道)이다. 따라서 꺼런의 항렬은 '싱(行)' 자 돌림이다. 그러나 그의 어린 시절 아버지가 집을 떠나 있었고 할아버지 또한 집안을 돌보지 않았기 때문에 그는 족보에 나와 있는 정식 돌림자를 사용하지 못하게 된 것이다. 바이성타오가 말한 탯줄에 목이 감겨 죽었다는 여자아이는 당연히 '싱' 자 돌림이다. 8월 초이레, 그날이 바로 꺼런의 생일이다. 식구들이 탯줄을 감고 태어난 여자아이를 발견했을 때 얼굴이 시퍼렇고 울지도 않아 곧바로 아이를 바구니에 담아 지쉐이 강변에 버렸다. 이쯤에서 내가 먼저 귀띔을 해주겠는데, 그 여자아이는 죽은 것이 아니었고, 더군다나 기적처럼 살아났다. 그녀가 바로 나의 고모할머니이다. 그리고 나의 어머니, 즉 꺼런의 딸은 마땅히 정(正) 자 항렬이다.

나는 두 차례나 꺼런의 출생지인 칭껑 진을 찾아갔었다. 칭껑 진은 칭껑 산을 등지고 있기 때문에 얻은 지명이다. 그 산은 옛날 그림 속에 나오는 모습과 별반 다른 것이 없다. 겨울이면 칭껑 산은 하얀 눈으로 뒤덮였다. 봄이 되면 눈이 녹아 작은 골짜기로 흘러내린 물이 모여 작은 하천을 이루었고, 그 하천은 칭껑 진과 진 소재지에 있는 돌다리인 기린교 아래를 흘러갔는데, 그곳이 바로 꺼런이 태어난 곳이다. 그리고 칭껑 진에는 꺼런의 조카가 살고 있다. 항렬로 따져보면 나는 그 사람을 아저씨라고 불러야 마땅하다. 그의 이름은 꺼정신이다. 그 사람도 다른 이들과 마찬가지로 꺼런이 1942년 얼리깡 전투에서 사망한 것으로 알고 있다. 그는 나에게 꺼런이 태어날 무렵의 사건을 말해준 적이 있는데, 나의 고모할머니가 사산아로 취급되어 버려졌다고 말했다. 더 말할 필요 없이 그 모든 것은 일부 노인들의 입을 통해 얻어 들은 것이다. 그의 이야기는 바이성타오가 자술한 내용과 기본적으로 유사했다.

들리는 말에 의하면, 우리 아저씨(꺼런을 지칭함)는 시위 중에 태어났다네. 그것은 바로 운명이지. 그 사람은 나중에 커서 남북을 헤집고 다녔는데, 한 번은 일본으로 달아났고, 또 한 번은 소련을 갔었다니까. 맞아, 지금의 소비에트 연방이지. 어쨌거나 단 한 번도 가만히 있지를 못했는데 결국 죽을 때도 객지에서 횡사했다니까. 얼리깡이라고 하던가. 자네도 운명이란 것을 믿지 않으면 안 되네.

노인들 말에 따르자면 그 사람이 태어난 시각이 정오라더군. 땅바닥에 드리워진 사람의 그림자가 손가락보다 짧았다고 하더군. 우리들이 사는 이 일대 마을에서는 어린아이가 태어나면 젖을 먹이기 전에 먼저 '다섯 가지 맛'을 보게 한다네. 어떤 다섯 가지 맛이냐고? 식초, 황련, 소금, 구등 그리고 설탕이지. 식초 다섯 말을 먹어야 재상 노릇을 할 수 있다고 하지 않던가. 먼저 식초를 먹이고 나서 황련을 먹인다네. 갓난아이는 이가 없기 때문에 황련은 소금과 구등을 함께 끓여서 탕으로 만든 뒤 코를 막고 입 안으로 들이붓는 거야. 마지막으로 흑설탕 녹인 물을 마시게 하지. 고진감래라고 하잖아. 그 다섯 가지 맛을 보게 할 때, 노인들이 보니 그 여자아이가 탯줄을 목에 친친 감은 채 온몸이 새파랗더라더군. 그 아이는 식초도 마시지 않고 설탕물도 마시지 않더라는군. 이 세상에 어떤 아이가 달착지근한 설탕물을 싫어한단 말인가? 틀림없이 죽은 아이거나 정신 나간 녀석이지. 증조할아버지가 곧바로 그 여자아이를 바구니에 담고 위에 구등 잎을 덮은 뒤 마을 밖으로 나가 냇가에 버렸다더군.

노인들 말로는, 우리 둘째 할머니(꺼런의 모친을 지칭함)는 삼칠일도 되지 않은 상태에서 몰래 종종 냇가로 달려나갔다더군. 그녀는 죽은 아이를 볼 수 없었지. 어떻게 볼 수 있었겠나? 벌써 늑대가 물어갔을 텐데. 그렇지만 그 여자는 머리가 거기까지 돌아가지 못했지. 집안 식구들이 그녀를 발견했을 때, 원래 똑똑하고 예절 바르던 둘째 할머니가 울고 불며 미친 듯이 난리법석을 떨고 있었다는 거야. 한동안 그 여자의 머리에 문제가 있는 것처럼 보였다더군. 언젠가는 느닷없이 어린아이가 우는 소리를 들었다면서 눈이 퉁퉁 붓고 대추처럼 새빨개지도록 울었다네. 그녀의 말은 어찌나 실감나는지 듣는 사람이 놀라 기절할 지경이었어. 다행인 것은 그녀가 늘 그런 증세를 보인 것은 아니라서 식구들도 크게 염려하지 않았지. 노인들의 이야기에 의하면, 그녀는 때로 촛불을 밝히고 향을 사르면서 죽은 아이와 대화를 나누었다고 하더군. 나중에 그녀는 자살을 했는데, 아마 그런 해괴한 행동으로 인해 벌어진 결과일 거야. 물론 나 역시 억지 추측일 뿐이지만. 그런 일에 관한 노인들의 말도 오락가락하는데 난들 어떻게 정확하게 알 수 있겠나.

먼저 한 가지 밝히고 넘어갈 것은 그 여자 갓난아이, 그러니까 나의 고모할머니는 바로 외국 선교사에 의해 목숨을 건졌다. 그 점에 관해서는 뒤에 다시 거론할 것이다. 그 외국 선교사는 바로 빌(Samuel Beal) 목사인데 당시 칭껑 산 일대에서 선교 활동을 펴고 있었다. 꺼런이 출생하던 날 그는 카메라로 시위 장면을 촬영하고 있었다. 그 사진은 훗날 그와 엘리스 목사가 공동으로 집필한 『동방의 성전』이라는 책에 수록되었다. 고모할머니는 생전에 크게 확대해서 인화한 그 사진을 지니고 있었다. 비록 나는 군중들 사이에서 꺼런의 어머니를 알아볼 수 없었지만, 그래도 나는 그 사진을 보배처럼 여기며 늘 책상 위에 올려놓았다.

@ 모자를 이용한 마술

있는 그대로 말한다면, 꺼런을 만나러 바이포로 가는 동안 나는 꼭 죄를 짓는 것 같았습니다. 동행하는 고향 사람이 나로 인해 고생하는 것을 가만히 보고 있을 수 없어서 치치하얼(到擦哈爾)*에 도착하자 나는 그 사람에게 그만 돌아가라고 말했습니다. 그 사람은 나 혼자 남겨두었다가는 길을 가다 혹시 무슨 일을 당하면 낭패스러울 것이라며 안 된다고 했지요. 내가 말했습니다. 그럼 내가 당신에게 어떻게 고마움을 표시해야겠소? 그 사람은 목을 다시 움츠리더니 헤헤 웃으며 술이나 마시게 해주면 된다고 했습니다. 그때 날은 이미 어두워졌고 우리들은 어느 마을 입구를 들어서고 있었지요. 사방이 온통 나지막한 언덕으로 에워싸여 있었는데, 그곳에는 여기저기 채소들이 널브러져 있었지요. 우리들이 한창 이야기를 나누고 있을 때 갑자기 언덕 위에서 여자 한 명이 머리를 풀어 산발한 채 소리를 꽥꽥 지르며 질풍같이 내달리고 있었습니다. 그리고 짧은 저고리를 입은 노인 한

* 예전에는 하나의 고유한 '성(省)'이었으나 훗날 네멍구와 허베이 성 그리고 산시 성으로 분할되어 편입됨

명이 몽둥이를 하나 집어 들고 그 여자의 뒤를 쫓고 있었지요. 나는 그 노인과 대화를 나누고 싶었으나 노인은 나를 본 척도 하지 않았습니다. 보아하니 노인의 얼굴이 누렇게 삐쩍 말라 있더군요. 그래서 내가 구운 빵 하나를 노인의 손에 쥐여주었지요. 구운 빵을 한 입 깨물더니 노인은 여자의 등 뒤에 대고 소리를 질렀습니다. "제대로 된 개는 집 안에서 죽지 않는다." 나중에 나는 그 여자애가 노인의 딸이라는 것과 쪽발이 놈에게 강간당했다는 것을 알게 되었지요. 그 사람은 딸이 가문을 욕보였다고 여기고 집안에서 쫓아낸 거였습니다. 일본 놈들은 참 나빠요. 상하이에 있을 때 한 친구가 하는 말이 일본 사람들이 여자를 밝히는 것은 바로 그들이 섬사람들이라서 생선과 새우 같은 수산물을 즐겨 먹기 때문인데, 왜냐하면 수산물에는 인 성분이 풍부해서 생리적 욕구를 자극하기 때문이고, 따라서 그들은 여자와 술을 보면 환장을 한다는 것이었지요. 그리고 그 친구는 쪽발이 놈들이 중국을 정복하려는 것은 흡사 뱀이 코끼리를 삼키려는 것과 마찬가지이며, 또한 뱀이라는 생물은 가장 하급 동물이라는 거였지요. 그 친구는 풍자를 그럴듯하게 잘했는데, 심지어 본인들도 그런 행동을 하고 있으니 하물며 외국인은 말할 나위도 없다는 거였지요. 좋아요, 그런 이야기는 그만하죠. 내가 그런 이야기를 하는 데는 별다른 뜻이 있는 것이 아니라 바이포로 가는 길이 얼마나 위험한지, 재수 없으면 일본인들을 만날 수도 있으니 조심하라는 의미에서 단지 정보를 주는 겁니다.

그 진은 바로 더싱 진(德興鎭)으로 불렸습니다. 진으로 들어서자 길가에 주막 깃발이 나부끼는 게 보이더군요. 나는 수레를 몰던 고향 사람에게 고기만두와 술을 몇 주전자 사주었지요. 술은 고구마로 만든 것인데 어찌나 독한지 마치 목구멍으로 불덩이를 삼키는 것 같더군요. 그는 환장한 듯 마시더니 삽시간에 취했습니다. 술에 취하자 그는 곧바로 자기 아들이 얼마나 영민한지 모르겠다며 칭찬을 늘어놓더군요. 그는 젓가락으로 사타구니를 가리키며 말했습니다. "우리 그 녀석은 말이오, 몽둥이 하나만 달랑 든 채 말을 탄단 말이오. 무슨 서커스를 하는 거 같다니까. 서커스는 선생을 만나 배워야만 할 수 있지만 우리 아들 녀석은 배운 적도 없는데 말을 탈 줄 안다니까요." 그 사람은 미소를 지으며 말했지만 듣는 사람의 마음은 서글퍼지더군요. 주방 뒤편에 불을 지피는 아궁이가 있었습니다. 그날 밤, 나는 술을 마셨기 때문에 일찍 잠들었죠. 그러나 잠이 든 지 얼마 되지 않아 시끄러운 소리에 잠이 깨었습니다. 고향 사람이 아궁이 앞에서 주막집 주인을 붙잡고 허풍을 떨고 있었지요. 고향 사람의 입에 등장하는 티엔한은 그야말로 살아 있는 신선이었습니다. 이치적으로 본다면 그 양반이 함부로 입을 열면 안 되었지요. 왜냐하면 기밀이 새어 나갈 수 있었거든요. 그제서야 나는 문득 깨달았습니다. 주막집 주인은 사실 고향 사람과 아주 친숙한 사람이며, 우리가 우연히 그 진을 지나치게 된 것이 아니라는 것을 말이지요. 그 모든 것은 고향 사람이 사전에 준비해놓았던 것이었습니다.

그가 이야기하는 내용은 나도 익히 들어서 알고 있던 거였습니다. 바로 이런 내용입니다. 티엔한이 이끄는 인마(人馬)가 선발대로 옌안에 도착했을 때, 고향 사람들이 모두 강변에 모여 군중집회를 했답니다. 그 자리에서 티엔한이 고향 사람들에게 마술을 시연했다는 거죠. 그는 고향 사람들에게 닭을 기르느냐고 물었고, 고향 사람들이 대답하기를, 기르긴 뭘 길러, 헛소리하고 있네, 후쭝난(胡宗南)*이 몽땅 잡아가서 닭이 어떻게 생겼는지도 모른다, 눈이 몇 개인지, 다리가 몇 개인지, 심지어 지빠(鷄巴)**가 어떻게 생겼는지, 그것조차 잊었다고 대답했지요. 그러자 티엔한이 하는 말이, 그럼 내가 닭 몇 마리를 여러분들에게 줄 테니 갖다 기르라는 거예요. 그러고 나서 티엔한이 모자를 벗어 모자 속을 군중들을 향해 보여주며 안이 텅 비어 있음을 확인시켰다는 겁니다. 그러고는 한 손으로 모자를 받쳐 들고 다른 한 손으로는 모자 위를 이곳저곳 주물러댔다죠. 그러고 나서, 소매를 한 번 훑고는 엄지와 중지를 튕겨 딱 소리를 내더니 모자 속에서 병아리 한 마리를 꺼냈답니다. 그러고 나서 티엔한은 다시 군중들에게 비둘기를 기르고 싶지 않느냐고 물었지요. 그때는 이미 군중들이 모두 그의 마술에 빠져들어 있었으므로 다들 기르고 싶다고 이구동성으로 화답했지요. 티엔한이 다시 손가락을 튕겨 딱 소리를 내고 나서 모자 속에서 잡털이 섞인 비둘기 한 마리를 꺼냈답니다. 비둘기가 후닥닥 하늘로 날아오르자 모든 군중들의 넋이 나가버렸지요. 다시 티엔한이 말하기를, 비둘기란 놈은 기르기 쉽지 않은데, 마치 매국노처럼 다른 비둘기를 따라 날아가버리기를 좋아하니 기르지 말라고 했답니다. 그 말을 하면서 티엔한은 총을 쏘아 한 방에 비둘기를 죽였지요. 비둘기가 땅에 떨어지자 티엔한이 다시 입을 열었답니다. 이렇게 추운 날 고향 사람들이 모자를 쓰지 못해 모두 귀가 얼어버릴 지경이니 모자나 하나씩 나누어주겠다는 거였지요. 그러고 나서 모자가 하나, 둘, 셋…… 수많은 모자가 마치 까치처럼 그의 모자 속에서 날아올

---

* 저장 성 안지 현 출신으로 국민당 서남 군대의 행정본부 부사령관, 임시사령관, 최고사령관을 역임한 인물.

** 남자 성기의 은유.

랐다는 겁니다. 모든 군중들이 고마워 죽을 지경이었지요. 티엔한이 말하길, 이런 게 바로 공산주의라고 말했다더군요. 따라서 담배 한 대 피울 만한 시간에 군중들에게는 일종의 신앙심이 생긴 겁니다.

내가 잠에서 깨어났을 때, 고향 사람은 그 이야기에 갖은 양념을 보태가며 모자 마술을 설명하고 있었습니다. 그의 말에 따르면, 가장 먼저 반응을 보인 것은 개였다는 겁니다. 그 개들은 공중을 낮게 날아가는 모자를 구운 빵으로 여기고 모두들 펄쩍 뛰어올랐답니다. 휙 바람이 불자, 모자가 공중에서 방향을 바꾸었지요. 그러자 개들은, 역시 모자를 따라 공중에서 몸을 비틀었다는 겁니다. 그 부분을 설명할 때, 고향 사람은 개의 모양을 흉내 내며 목과 엉덩이를 비틀어댔지요. 그는 몸을 이리저리 비틀어대며 말하길, 개들은 그 물건이 아무리 물어뜯어도 까딱없다는 것을 확인한 뒤에야 모자를 주인 옆에 물어다 놓았다더군요. 어떤 사람이 당나귀를 기르고 싶다고 소리를 지르려고 할 때, 티엔한은 여러분들이 열심히 일한다면 가가호호 닭을 사육할 수 있을 것이며 당나귀 또한 기르게 될 것이라고 말했답니다. 끝으로 고향 사람은 티엔한처럼 두 손을 옆구리에 올린 뒤 손가락으로 창밖을 가리키며 티엔한의 목소리를 흉내 내서 말했지요. "당나귀도 키울 수 있을 것이오. 마누라도 얻을 수 있을 것이고, 모든 것을 얻을 수 있을 것이오." 보아하니 주막집 주인의 눈망울이 곧 빠져나올 것 같아서 나도 몰래 소리를 내어 웃었지요. 그 바람에 고향 사람은 내가 깨어났다는 것을 알게 되었지만, 그는 입을 다물 생각은 하지 않고 오히려 나를 가리키며 말했습니다. "믿지 못하겠다면 저 사람에게 물어보게." 그들의 흥을 깨기 싫어 나는 고개를 끄덕였습니다. 나는 그가 길을 떠나 이쪽으로 오면서 며느리 얻은 사연을 늘어놓은 일을 상기했죠. 바로 티엔한이 그에게 준 닭 한 마리로 며느리를 얻었다는 이야기를 떠올리곤 주막집 주인을 향해 농담을 한마디 던졌습니다. "주인장, 저 사람의 며느리 역시 티엔한의 모자 속에서 나왔소."

"아니, 모자 속에 다 큰 처녀가 들어 있었단 말입니까?" 주인장의 눈이 다시 동그래졌습니다. 나는 다시 고개를 끄덕였지요. 하하하, 그렇게 되자 고향 사람은 더욱 신이 났지요. 그는 정말로 그 닭과 모자를 이용한 마술을 하나로 묶어 떠벌렸습니다. 뭐라던가, 군중집회를 하던 그날, 그가 맨 앞에 앉아 있었다는 겁니다. 그는 자신이 눈썰미가 있고 손놀림이 민첩해 병아리 한 마리와 모자 하나를 얻을 수 있었다는 겁니다. 그 모자는 지금도 그의 아들이 쓰고 다닌다는 것이고, 그 병아리는 아들이 장가갈 때 결혼 예물로 자 현(褐縣) 자루 진(葭蘆鎮)에 있는 처가에 주었다는 겁니다. 그는 그 닭이 암탉이었다는 것을 특별히 강조했는데, 일 년 사계절 내내 알을 낳아 자루 진의 많은 사람들이 그의 집으로 찾아와 그 암탉을 구경했다고도 했죠. 거기까지 말한 다음 고향 사람은 나에게 리요우웬(李有源)을 아느냐고 물었습니다. 나는 알고말고, 바로 신천유(新天遊)*를 부르던 그 고향 사람 아닌가? 하고 대답했지요. 그가, 그래 맞아요, 리요우웬은 정말 머리가 좋은 사람으로서 노래를 부르며 농사를 잘 짓는데, 그 사람이 진에서 열리는 장날이면 장을 보러 나왔다가 반드시 그의 집에 들러 그 암탉을 쳐다보면서 봉황보다 더 멋지다고 말했다는 거였지요. 그의 말을 받아서 나는 한 마디 허튼소리를 덧붙였지요. 동쪽 하늘에

* 중국 서북 지방에서 널리 유전되는 민가.

붉은 태양이 떠오르고 새벽닭이 울 때면, 우리 자루 마을에 봉황이 날아온다고 리요우웬은 그 자리에서 목청을 가다듬고 노래를 불렀다고 말이죠. 내가 말을 마치기 전에 고향 사람이 물었습니다. "어? 당신도 그 일을 알고 있었습니까?" 그리고 그는 당시 내가 자루 진에 살고 있었냐고 물었지요. 나는 웃음이 터져 나오려는 것을 억지로 참고 말았습니다. 그러고 나서 그는 내 이야기에 살을 보태고는 리요우웬이 「동방홍」을 부르게 된 것은 모두 그의 암탉 덕분이라고 말했습니다.

고향 사람은 주막집 주인에게 옌안에 오게 되면 반드시 자신을 찾아오라고 하면서 그렇게 되면 그가 티엔한을 만나게 해줄 뿐 아니라 캉성(康生)*도 만날 수 있도록 주선해주겠다고 했습니다. 주막집 주인이 좋아 죽으려고 했지요. 입이 찢어지게 벌린 채 말입니다. 고향 사람은 허풍을 실컷 떨고 나서야 겨우 잠자리에 들었습니다. 산시 성(陝西省) 북쪽 지방 사람들은 잠을 잘 때 벌거벗고 자길 좋아하는데, 그 사람은 팬티 벗기를 망설였지요. 그제서야 그 사람은 나에게 설명했습니다. "나는 지단단(紙蛋蛋)을 지니고 있소. 길을 가면서 다른 사람과 접선을 할 때면 모두 그걸 이용한단 말입니다." 그 지단단을 그는 팬티 앞에 달린 작은 주머니에 넣고 있었지요. 그가 그곳을 주물럭거리는데 정말 보기 좋지 않더군요. 심지어 천박스럽기까지 했습니다. 그가 그 지단단을 꺼내더니 내 얼굴 앞에서 휙 흔들어 보이더니 곧 쑤셔 넣었지요. 그 잘난 지단단을 왜 그곳에 넣고 다니냐고 물었더니, 그의 대답이 성기로 그것을 지키고 있어야만 겨우 안심이 된다는 거였습니다. 그러고 나서 그가 하는 말이 그곳에 무어라고 씌어 있는

* 1938년 옌안에 있었던 중국 공산당 중앙정보부장.

지 모른다는 거였지요. 왜냐하면 자신은 무식해서 글을 모른다는 겁니다. 그의 말은 거짓말이었지요. 우리들이 길을 나선 다음 옌좡이라는 마을을 지나칠 때 마을 입구에 포고장이 한 장 붙어 있는 것을 보았는데, 그때 그는 바짝 다가서서 한동안 읽어댔으니까요. 그는 포고장의 내용을 알아보았는데, 왜냐하면 그가 그 포고장을 읽고 난 다음 고개를 가로저으며 욕지거리를 해댔거든요. 그래서 나는 그에게 한 번 보여주겠냐고 물었지요. 그가 깜짝 놀라 '아이구' 소리를 지르더니 그것은 바로 '조직'이기 때문에 다른 사람에게 보여줄 수 없다고 말했습니다. 나는 그에게 내 팬티 속에도 지단단이 하나 감춰져 있는데 그것 역시 '조직'이라고 솔직하게 말해주고 싶었지요.

그날 밤, 나는 화장실에 다녀오다가 후원으로 낙타를 끌고 들어오는 사람을 보았습니다. 그 사람은 소금 장수처럼 보였지요. 나는 그 사람도 이곳에 접선하러 온 것인가? 생각했지요. 우리들이 끌고 온 당나귀와 그의 낙타가 마치 무슨 인연이 깊은 듯이 주둥이로 상대방의 체취를 맡으며 핥아대고 있었습니다. 그 짐승들은 열렬한 공산주의자들처럼 주둥이로 여물을 물어 상대에게 건네주며 양보했습니다. 방 안으로 들어선 다음 창틈으로 밖을 내다보았더니 맑고 싸늘한 달빛이 툭 튀어 나온 낙타의 등 위에서 반짝이고 있었지요. 당나귀가 바닥에 누워 뒹굴고 있을 때 낙타가 소리를 지르기 시작했는데, 흡사 당나귀에게 갈채를 보내는 듯했습니다. 그때는 이미 달이 중천에 떠 있었는데 이목구비가 수려한 처녀의 얼굴 같았지요. 나는 한동안 그것을 쳐다보았는데 그 위에 있는 섬궁(蟾宮)*마저 똑똑히 보이는 것 같

* 월궁.

았습니다. 나는 그 빛이 멀리 떨어져 있는 수목과 수로를 비추며, 또한 머지않아 만나게 될 꺼런마저 비추고 있을 거라고 상상했지요. 꺼런은 내가 자신을 찾아간다는 것을 알고 있기나 할까? 그도 나처럼 달을 쳐다보고 있지 않을까? 나는 꺼런에 대한 생각으로 점점 흥분되었습니다. 만약 그가 남몰래 도와주지 않았다면 나는 후끄우에 있는 동굴 속에 갇혀 있을 것이고, 그렇다면 틀림없이 저렇게 밝은 달을 쳐다보지 못했을 겁니다. 당신 생각에도 그렇지 않습니까? 그 당시 나는 누군가 때려죽인다고 해도 그들이 나를 따황 산으로 보내지 않을 것이고, 내가 그런 임무를 수행하게 될 거라고는 상상도 못했지요. 그렇게 나는 아무것도 생각하지 못했는데, 다음 날 아침 동쪽 하늘에서 붉은 태양이 떠올랐을 때, 우리들의 아침식사는 놀랍게도 낙타 고기였습니다. 그리고 그 소금 장수는 이미 목이 잘린 채 마을에 있는 마른 우물 속에 던져져 있었지요. 주막집 주인이 나와 수레를 끄는 고향 사람에게 하는 말이, 그런 사람은 얼마나 돈이 많은지 비단 옷을 입는 것은 말할 필요도 없고 심지어 엉덩이 뒤에 총까지 차고 다닌다는 거였습니다. 요즘 같은 난세에 어느 누가 비단 옷을 입고 다닐 수 있겠습니까? 아무리 봐도 착한 사람으로 보이지 않는데, 틀림없이 매국노가 아니면 탈영병일 거니까 아예 죽여 없애야 한다는 거였지요.

주인이 낙타 고기를 건네주며 이런 말을 했습니다. 자신이 매국노를 죽였다는 것을 조직의 상부에 전해달라고 말이지요. 그리고 고향 사람에게는 특별히 "좋은 일은 혼자 독점하지 말고 서로 알게 되었으니 반반씩 나누세. 우리 두 사람이 합심해서 매국노를 처치했다고 말하게"라고 부탁했습니다. 그렇게 말하면서 그는 마술을 시연하듯이 소매 속에서 줄에 엮인 두 개의 물건을 건넸지요. 만약 내가 의사가 아니었다면, 그것이 무슨 보물인지 정말로 알 수 없었을 겁니다. 귀였어요! 소금 장수의 두 귀였다니까요. 칼로 도려진 귀뿌리가 반듯하게 잘려 있고 또한 깨끗하게 씻겨 있었습니다. 그것은 바로 그가 매국노를 죽였다는 명백한 증거였지요. 그때 나는 너무 놀라 한바탕 식은땀을 흘렸고, 귀에서는 윙윙 소리가 나기 시작했습니다. 아이구, 만약 고향 사람이 길잡이를 해주지 않았다면 나 역시 그 소금 장수처럼 되지 않았다고 장담할 수 없었을 것인데, 이 몸뚱어리는 어느 우물 속에 처박혔을까요? 그리고 이미 귀가 잘려나간 채 지옥에 떨어졌을 것이니 나 역시 무슨 동정을 살필 생각을 아예 말아야겠지요.

& 리요우웬의 아들

바이성타오가 이야기한 내용을 근거로 훗날 나는 그 고향 사람에 관해 알아보았다. 그 사람은 성이 우(吳) 씨이며, 개띠로서 어릴 적에 개불알로 불렸고, 성인이 되어서는 우이스(吳義士)로 불렸다. 그 사람을 찾게 된 첫번째 단서는 하나의 밧줄이었다. 바로 바이성타오를 묶어 매달았던 밧줄이자 며느리를 붙들어 맸던 밧줄이기도 했다. 두번째 단서는 바이성타오의 바보 아들이었다. 바보에게 복이 따라서 바이성타오의 아들은 네 아이를 두었는데 아들과 딸을 각각 둘씩 낳았다. 바이성타오의 작은아들 역시 개불알로 불렸다. 바이성타오가 자신의 어릴 적 이름을 아들에게 붙여주었지만 다른 사람들이 뭐라고 할 수 있는 것이 아니었다. 다행인 것은 작은 개불알이 태어날 당시 늙은 개불알은 이미 죽고 없었으므로 두 사람을 혼동할 일은 없었다. 그 두 가지 단서를 종합적으로 분석해보면 개불알이라는 사람의 정체를 아는 것은 아주 쉬웠다. 그는 1944년에 죽었다. 따라서 그에 관해 내가 더 이상 많은 말을 할 건덕지가 없다.

그러나 리요우웬 선생에 관해서는 내가 몇 마디 설명을 하더라도 상관없을 것 같다. 그는 「동방홍」이라는 작품을 창작했는데, 이 책의 제2부에서 설명할 '아칭'이라는 사람의 운명과 관련이 있다. 1996년 가을, 내가 산시 성 북쪽 지방을 취재할 때, 자 현(佳縣)의 현 소재지에서 하룻밤 묵은 적이 있다. 여관 종업원이 내게 하는 말이 현 소재지에서 리요우웬이 생전에 살았던 자루 진(佳蘆鎭)까지는 기껏해야 한 마장밖에 되지 않는다는 것이다. 그날 밤 나는 곧바로 자루 진으로 달려갔다. 그곳에 도착한 다음 알게 된 일이지만 리요우웬이 살던 마을의 이름은 장자좡(張家庄)이며 현 소재지에서 제법 떨어져 있었다. 내가 고용했던 여관 경비원은 내가 준 돈을 기어이 돌려주려고 하면서 나와 함께 그곳으로 가는 것을 원하지 않았다. 돈을 더 준다고 해도 가지 않겠다는 것이었다. 그 이유는 밤중에 길을 나서는 것이 위험하다는 것이며, 돈 몇십 위안에 목숨을 걸 수 없다는 것이었다. 다음 날 동쪽 하늘에서 붉은 태양이 떠올랐을 때 나는 혼자 장자좡으로 갔다. 그곳에서 나는 리요우웬의 아들을 만났는데, 마침 그는 동굴집 앞에 앉아서 햇볕을 쬐고 있었다. 그는 이미 칠십이 넘었고, 머리에 하얀 수건을 두르고 있었다. 사람이 다가오는 것을 보자 그는 갑자기 어린아이처럼 울기 시작했다. 그가 말했다. "해가 보이질 않는구나. 가슴속까지 캄캄해. 가슴속까지 캄캄하단 말이야." 사실 그는 실명한 것이 아니라 똑똑히 보고 있었다.

동굴 집 안에는 리요우웬 선생의 중년 시절 사진이 걸려 있었다. 리요우웬의 아들은 눈물을 훔치며 말하기를 부친이 암으로 죽었다고 했다. 도대체 무슨 암인지 그는 설명하지 못하고, 단지 거듭하는 말이 '몸이 퉁퉁 붓다가 결국 부어 죽었다'는 것이었다. 문 앞에서 바라보니 마당에는 말리기 위해 널어놓은 대추 주위로 몇 마리 닭이 옹기종기 돌아다니고 있었다. 나는 갑자기 우이스가 사돈집에 보냈다던 암탉이 생각났다. 만약 리요우웬의 아들이 말한 내용이 사실이라면 저 닭들과 그 암탉이 모종의 혈연관계를 갖고 있지 않을까? 더 멀리 바라보니 벌건 흙이 드러난 나지막한 민둥산들이 죽은 듯이 엎드려 있었다. 수십 년 전, 리요우웬 선생은 바로 저런 민둥산 위에 서서 붉게 떠오르는 태양을 바라보고, 반짝이는 별들을 바라보면서 "동방의 붉은 태양, 태양이 떠오른다, 중국에 마오쩌둥이 태어났네. 헤이헤이요, 그 사람은 인민을 구한 커다란 별이라네"라고 노래를 불렀을 것이다. 마을의 나이 많은 사람들은 모두 기억하고 있었는데, 리요우웬이 살던 시절 이곳은 전통 민요의 고장이었다. 그들은 말했다. "다른 사람이 귀 기울여 듣거나 말거나 모두들 한 가락씩 뽑아댈 줄 알았다네." 나는 마을의 젊은이들에게 민요를 부를 줄 아는지 물어보았다. 한 젊은이가 고개를 갸웃거리더니 느닷없이 목을 비틀면서 하는 말이 「봄날의 이야기」「용의 후손」「오늘 정말 즐거워」라는 노래를 부를 줄 안다고 말했다. 그는 말하기를 마흔이 넘은 사람들은 모두들 부를 줄 아는데 정월에 부른다는 것이었다. 그리고 마흔이 안 된 사람 중에는 부를 줄 아는 사람이 아무도 없는데, 당신은 거북이 자손이라서 시끄럽게 구느냐고 말했다.

나는 그곳을 떠날 때 리요우웬 선생의 아들을 찾아가 작별 인사를 했는데, 당시 노인이 중얼거렸다. "태양이 보이질 않아. 가슴속까지 캄캄해." 그러고 나서 노인은 다시 어린아이처럼 눈물과 콧물을 동시에 흘리며 울기 시작했다.

@ 장자코우(張家口)

장군, 당신은 낙타 고기를 먹어본 적 있나요? 먹어보지 못했다면 그만이지만, 육질이 무척 거친 데다 패절초 맛까지 납니다. 그렇지만 그 당시에는 무척 맛있게 먹었지요. 마르크스 방식으로 표현한다면 사용가치보다 실질 가치가 높았다고 할 수 있을 겁니다.

주막집 주인은 매우 사려가 깊은 사람이었지요. 우리들이 갖고 갈 수 있도록 낙타 고기를 밤새 벽돌처럼 눌러놓았더군요. 주막집을 나선 다음 내가 한 입 깨물어보았지요. 아, 신발창보다도 더 질기더라고요. 한동안 물고 있다가 침이 묻어 흠뻑 불어야 겨우 한 조각 물어뜯을 수가 있었습니다. 진 소재지를 벗어난 뒤 나는 수레를 몰던 고향 사람에게 낙타를 몰고 온 사람이 너무 참혹하게 죽었다고 말했습니다. 고향 사람이 하는 말이, 그러게 누가 그렇게 많은 돈을 지니라고 했느냐고 반문했지요. 정말 사람 마음은 알 수 없더군요. 그 사람과 여정을 함께하면서 그에 대해 훤히 알고 있다고 여겼는데 나는 그제서야 그의 뱃속에 불만이 가득 쌓여 있다는 것을 발견한 거였지요. 그가 하는 말이, 혁명이란 먼저 소수의 돈 많은 사람들을 때려죽이고 나서, 돈 없는 대부분의 사람들을 부자로 만드는 것인데, 그런 때가 왔을 때 비로소 공산주의 세상이 거의 다 실현되는 것이라고 하더군요. 내가 그에게 주막집 주인의 영웅적 업적을 상부에 보고해야 되지 않겠느냐고 물었더니, 그가 말했습니다. "헛소리 마시오! 만약 그자가 승진해 다른 곳으로 가고 새로운 자가 오게 되면 다음번에 여기 올 때 어떻게 고기를 얻어먹겠어요?"

그는 내가 자신의 역할을 모를까 봐 그러는지 내 코앞에서 만약 자신이 나와 함께 다니지 않았다면 내가 틀림없이 칼에 맞아 귀신이 되었을 거라고 떠들어대면서 잘난 체했지요. 맞는 말이었습니다. 내가 그에게 고마움을 표시하려 할 때 그가 갑자기 혀를 길게 늘어뜨리면서 귀신 모습을 짓더군요. 그의 혀에는 누런 설태가 두껍게 끼어 있어서 흡사 폐결핵 환자 같았습니다. 일반적으로 입술이 닭의 간처럼 검붉으면 병을 오래 앓아 건강이 회복되기 어렵다고 하지요. 나는 그 사람이 오래 살지 못할 것이라고 생각했습니다. 뭐라고요? 나보고 당신의 설태를 봐달라고요? 장군, 제가 보고 솔직히 말씀드리지요. 좋아요, 정말 좋군요. 혀의 상태만 좋은 것이 아니라 입술과 치아까지 아주 좋습니다. 백 살까지 사는 데 전혀 문제가 없겠습니다. 입술이 군왕이라면 치아는 신하지요. 입술은 입의 성곽이며 혀를 지키는 관문으로서 열렸다 닫혔다 하면서 모든 영욕이 그것에 달려 있지요. 있는 그대로 말씀드리는 것이지 결코 장군 듣기 좋으라고 드리는 얘기가 아닙니다. 장군의 입술은 살구보다 약간 붉은색이니까 힘들게 무엇을 얻으려 노력하지 않아도 부족한 게 없겠습니다. 당신(판지화이의 수행원으로 제1부를 기록한 띵쿠이를 지칭함)도 한번 봅시다. 아, 판 장군이 입술을 꼭 다물었을 때 입술 선이 곧고 긴데 무엇을 의미하는지 알고 있소? 그것은 장군이 사고가 깊고 주도면밀해서 무슨 일을 하더라도 말끔하게 처리한다는 겁니다. 그리고 또 장군의 혀가 두툼하고 긴데, 그것은 장군의 벼슬길이 탁 트여 승승장구할 수 있다는 것을 의미하는데, 한마디로 운이 탁 트였다는 걸 의미하지요. 장군, 내가 당신을 추켜세우려고 하는 소리가 아닙니다. 만약 조금이라도 거짓말이 섞여 있다면 지금 이 자리에서 날 쏴 죽여도 좋아요.

좋습니다, 다시 이야기를 계속하지요. 그러고 나서 다시 한참을 걸어간 다음 정오쯤 되었을 때 드디어 장자코우에 도착했지요. 또우스종(竇思忠)은 장자코우의 쓰마루(四馬路)에 살고 있었지요. 그의 공식적인 신분은 롱위디엔(隆裕店)*의 사장으로 모피와 골동품 장사를 하는 사람이었죠. 그곳은 분점이고 들리는 말에 의하면 본점은 베이핑**의 까오이보(高義伯) 골목에 있다고 합니다. 그리고 쓰마루에는 기생집이 몇 집 있었습니다. 기생집 중 하나가 롱위디엔과 담장을 같이하고 있었는데, 그 기생집의 이름은 취화루(翠花樓)였습니다. 그것은 당신(띵쿠이를 가리킴)이 기록할 필요가 없어요. 기록해보았자 아무 소용없습니다. 영리한 토끼가 사는 굴처럼 사방으로 입구가 트여 있어서 당신들이 그곳에 도착하면 또우스종은 일찌감치 달아나고 없을 겁니다. 그 당시 나 역시 곧바로 또우스종을 만날 수 없었습니다. 가게의 늙은 종업원이 친절히 안내를 했지요. 그는 우리들에게 두 사발의 국수를 대접하고 나서 따끈한 물을 떠오더니 우선 발을 씻고 휴식을 취하라고 했습니다. 고향 사람은 발을 씻지 않았어요. 발을 씻으면 쉽게 감기에 걸린다고 했지요. 그는 사장이 어디에 갔느냐고 물었습니다. 늙은 종업원이 대답하기를 띠화(현재의 신장 성 우루무치)에 갔는데 언제 돌아올지 그도 잘 모른다는 거였지요. 그 사람이 우리에게 젊은

* 광서제(1871~1908)의 황후인 융유황후(롱위황후)에서 유래된 이름.

** 베이징의 과거 이름.

종업원을 소개해주었습니다. 나는 대뜸 눈치 챘지요, 젊은 종업원과 고향 사람이 알고 지내던 사이라는 걸 말입니다. 왜냐하면 그들은 서로를 보자마자 '뤼르더'라고 욕을 했거든요. 젊은 종업원은 스물 대여섯 정도로 보였는데 이목구비가 수려하고 행동이 반듯했습니다. 잠시 후 나는 그가 난카이 중학을 졸업했다는 것을 알았죠. 나는 줄곧 그의 실명을 모르고 있었기 때문에 어쩔 수 없이 그를 난카이라고 불렀습니다. 그가 '뤼르더'라고 말할 때, 허리를 꼿꼿이 편 상태가 아니었고 말투도 좀 어색했는데 마치 혁명 군중들과 똑같이 보이려고 일부러 그랬던 것 같았으니 부득이 이렇게 말씀드릴 수밖에 없군요.

고향 사람은 그 집의 구조에 관해 무척 익숙해서 난카이가 안내하기도 전에 자신이 먼저 나를 인도하며 후원에 있는 사랑방으로 갔습니다. 내가 막 방에 드러누웠을 때 난카이가 방으로 들어왔지요. 그가 말했습니다. "선생님 장인께서 멍좡(孟庄)에 살고 있다고 들었는데, 이곳에서 멀지 않으니 기회를 보아 멍좡으로 찾아가 친척들을 뵙지 않겠습니까?" 그가 그 말을 할 때 내 머릿속에서 갑자기 왱왱 소리가 나기 시작했습니다. 마치 말벌을 건드린 것처럼 말이죠. 솔직히 말하면, 내 간 역시 바짝 오그라들었습니다. 그래요, 나는 그 일을 다른 사람이 아는 것을 원하지 않았거든요. 내가 마오뤼츠키가 된 다음부터 나로 인해 장인어른이 피해를 보지 않을까 늘 걱정했었거든요. 아, 나쁜 일은 바람보다 더 빨리 알려진다니까요. 보아하니 그들은 일찌감치 나에 대해 철저히 알고 있었던 겁니다. 나는 낮은 소리로 그에게 말했습니다. 가족이라는 사사로운 감정으로 인해 혁명 사업에 영향을 끼치고 싶지 않다고 말이죠. 장군, 솔직히 말하지만 난 정말로 가고 싶지 않았습니다. 내 아내가 일찍 죽는 바람에 아들이 태어나서 얼마 지나지 않아 멍좡으로 보냈는데 그 후로 만나본 적이 없었거든요. 내가 그때 느닷없이 찾아간다면 아들이 나를 또 어떻게 생각하겠어요? 나에 대한 정을 깨닫기나 하겠어요? 어쩌면 아들이나 장인에게 문전박대를 당해 우스운 꼴만 보이겠지요. 생각할수록 찾아갈 수 없더군요. 그런데 난카이가 고집을 부리며 나에게 가봐야 한다는 거였지요. 찾아가지 않는다면 그의 체면을 무시하는 거나 마찬가지라는 거였지요. 내가 말했습니다. 난 선물도 준비하질 못했고, 그렇다고 갑자기 선물을 준비하기도 늦은 데다, 빈손으로 찾아가느니 가지 않느니만 못하므로 차라리 나중에 가보는 것이 낫겠다고 말이지요.

난카이 동지가 나를 다그쳤습니다. "다른 일은 모두 뒤로 미룰 수 있지만 이 일은 미룰 수 없습니다. 노인을 존경하고 어린아이를 사랑하는 것은 중화민족 특유의 전통 미덕이기 때문이지요." 나는 그 소리를 듣고 웃음이 나오려고 했습니다. 어떻게 '특유'라고 말할 수 있는 겁니까. 그렇다면 다른 민족들은 노인을 존경하지 않고 아이들로 인해 가슴 아파하지 않는단 말인가요? 그렇지만 나는 아무런 대꾸도 하지 않았습니다. 그가 다시 말했지요. "그리고 선물은 이미 선생님을 위해 내가 준비해두었습니다. 빳빳한 양피 저고리 한 벌로 말이죠." 그때 나는 정말 입장이 곤란했는데, 옆에 있던 고향 사람이 다시 한마디 거들더군요. "너무 뻣뻣하게 굴지 마시오. 그리고 당신에겐 낙타 고기 한 덩어리가 있잖아요. 그것도 장인에게 갖다 주면 되잖아요. 왜, 아까워서 그래요?" 나는 화가 머리끝까지 솟구쳤지만 드러내놓고 화를 낼 수 없어서 우두커니 문 앞에 서 있었습니다. 어느새 난카이가 말 한 필을 끌고 왔지요. 훌륭한 말이었습니다. 갈기와 꼬리털을 모두 짧게 잘랐고 온몸이 짙은 회색 털로 뒤덮였는데 하얀 반점이 찍혀 있었지요. 난카이가 내게 하는 이야기로는, 그 말은 또우스종 동지가 타고 다니던 말로서 일본군에게 노획한 것이었답니다. 그때 그는 말의 재갈과 고삐를 잡은 채 나에게 말에 올라타라고 하면서 한마디 덧붙였지요. "이렇게 좋은 말은 다른 사람은 타고 싶어도 탈 수 없습니다." 그의 말투로 볼 때 내가 더 이상 고집을 부리며 말을 타지 않으면 주먹이 날아오겠더군요. 장군, 어떤 일은 나 역시 겨우 시간이 흐른 뒤에 깨닫게 되지요. 그들이 나를 기어코 멍좡으로 가게 한 것은 내 장인의 목숨이 그들의 손에 달려 있다는 것을 알게 하기 위한 것만은 아니었습니다. 나는 어정쩡한 마음으로 임무를 완수하기도 전에 늙은 장인을 만나게 된 거지요.

갔지요. 찾아갈 수밖에요. 감히 가지 않고 배길 수 있나요? 여전히 난카이 동지가 나를 대동했습니다. 장인이 살고 있던 멍좡이라는 마을은 장자코우에서 오륙 리 정도 떨어져 있었는데, 전설 속에 등장하는, 만리장성에 엎어져 울었다던 멍지앙뉘*가 바로 그곳 출생입니다. 나는 말 등에 앉아 길을 가며 웃기 시작했지요. 난카이가 왜 웃느냐고 물었을 때, 나는 늙은 장인이 생각나서 웃는 거라고 답했지요. 장인은 힘든 일을 마다하지 않는 사람으로, 만약 옌안에 갔다면 틀림없이 장스더(張思德)**처럼 모범 노동자가 되어 아주 좋은 나날을 보낼 사람이었지요. 그는 길을 걸을 때도 언제나 고개를 숙이고 다니다가 나뭇가지 하나라도 발견하면 집어 들고 집으로 돌아와 땔감으

* 만리장성을 축성하러 떠난 남편을 찾아가 통곡으로 만리장성을 무너뜨렸다는 전설상의 여인.

** 중국 공산당 중앙 수장 경호원으로 1944년 9월 5일 산시 성 북쪽 안채산에서 숯을 굽다가 가마가 무너져 희생된 인물.

로 사용했습니다. 만약 철사 한 토막이라도 보는 날이면 그의 두 눈동자가 번쩍거렸는데, 왜냐하면 많이 모이면 쇳덩이를 만들 수 있을 테니까요. 제 아내의 말에 따르자면, 그녀가 어릴 적에 중추절이 지나고 낮이 조금 짧아지면 장인은 곧바로 식구들에게 하루에 두 끼만 먹게 하고는 일찌감치 잠을 자라고 했다는 겁니다. 장인의 말에 따르면 일찍 잠을 자게 되면 두 가지 좋은 점이 있다는 거였죠. 하나는 배가 고프지 않아서 좋고, 두번째는 등잔을 밝히는 기름이 절약되어 좋다는 겁니다. 여름이 되면 다른 사람들은 더위에 일찌감치 일을 마치는데, 장인은 집으로 돌아갈 생각을 하지 않았다는 겁니다. 그의 등짝은 언제나 햇빛에 그을려 새까맣고 반짝거려서 사람들이 장인에게 가물치라는 별명을 붙여주었답니다. 농한기가 되면 그 역시 시장에 나가 장사를 했다고 합니다. 무슨 장사겠어요? 숲에서 종달새를 잡아 시장에 내다 팔았겠지요. 기왕 말을 시작했기 때문에 나는 난카이에게 장인이 고기 먹던 이야기를 해주었습니다. 어느 해 집에서 기르던 닭이 죽었답니다. 제 아내가 뼈와 발 같은 것은 깨끗하게 모두 버리려고 했는데 정작 장인은 버리지 않았답니다. 식구들이 모여 식사를 할 때면 장인어른이 닭발을 꺼내 자신의 국사발 속에 넣었기 때문에 국물에 기름이 둥둥 떠다녔답니다. 내 작은처남이 침을 줄줄 흘리며, 어떻게 하면 그 닭발을 자신의 국사발에 넣을까 매일같이 궁리를 했다더군요. 장인에게는 바로 그런 것을 고치는 묘한 방법이 있었다더군요. 어느 날 장인이 식구들을 모두 한자리에 불러놓고 그 닭발을 내보이며 물었답니다. "이게 뭐지?" 작은처남이 말하기를 "닭발"이라고 했답니다. 장인이 다시 말했지요. "그 개 눈깔을 크게 뜨고 자세히 쳐다보란 말이야." 작은처남이 침을 질질 흘리며 말했답니다.

"맛있는 닭발입니다." 장인은 화를 버럭 내며 귀싸대기를 후려갈겼죠. 그러고 나서 장인이 말했답니다. "아들 녀석아, 이것은 바로 가산이란 말이다. 태어날 때도 귀하게 태어나야 하지만 죽을 때 역시 편안히 죽어야 한단 말이야. 누가 맨 마지막에 죽느냐, 그 사람이 바로 가장 많은 가산을 갖게 되는 거야." 나는 난카이에게 말했습니다. 동지, 좀 있다가 양피 저고리를 갖고 돌아가게, 이 한 덩어리 낙타 고기면 장인에게는 충분하다네. 내가 말한 것을 한번 생각해보시게. 하나의 닭발을 가산으로 여기는 양반이니 이렇게 큰 낙타 고기 덩어리를 보면 아마 장인은 그것을 만리 강산으로 여길지도 모를 일이라네.

그 이야기를 하다 보니 나는 다시 웃음이 터져 나왔지요. 난카이는 귀를 기울이고 있었지만 시종일관 웃지 않았습니다. 내가 장인의 가산 얘기를 했을 때 기어이 웃음이 터져 나오는 것 같았지만 여전히 꾹 참더군요. 웃음을 참을 때 그가 어금니를 깨물어 양 볼이 불룩 솟았는데 마치 변비로 고생하는 사람 같더라고요. 그래도 나중에 그가 웃긴 했는데 그건 내가 이야기한 내용 때문이 아니라 한 마리 개 때문이었지요. 마을 입구에 들어섰을 때 삐쩍 마른 수캐 한 마리가 다리를 절룩거리며 달려왔습니다. 처갓집을 방문하는 나를 마중 나온 것처럼 말이죠. 그 개는 우리를 향해 곧장 달려오더니 우리 주위를 빙빙 돌더군요. 나는 말의 고삐를 잡아당기며 개를 쳐다보면서 다른 한편으로는 어느 골목으로 들어가야 할지 길을 찾고 있었지요. 바로 그때 그 개가 갑자기 절름거리던 다리를 번쩍 들어 올려 몸을 기울인 채 말의 다리에 대고 오줌을 갈겨댔습니다. 내가 그것을 알아차렸을 때, 개는 이미 오줌을 다 눈 뒤였지요. 저놈의 늙은 개가 배를 곯아 정신이 나가지 않고서야 말의 다리를 나무로 착각할 수 있을까? 난카이도 끝내 더 이상 참지 못하고 큰 소리로 하하하 웃음을 터뜨렸습니다. 나는 난카이가 왜 개를 보고 웃는지 알았지요. 비록 개가 자본가처럼 좀처럼 걷지 않는다고 하더라도 결국 개란 존재는 하급동물이니 그 구별이 명확하지 않기 때문이지요. 당신이 웃거나 욕을 하거나, 그것은 모두 실수하는 게 아닙니다. 그렇지만 사람은 다르지요. 인간은 계급 동물이라서 어느 정도 거리를 두고 지내야 하고, 당신 마음대로 표현하면 안 된단 말입니다. 마음대로 웃는 것도 안 되지요.

솔직히 말하면, 길을 가면서 나는 장인이 집에 없기를 바랐습니다. 그러나 내가 처갓집 대문을 들어섰을 때 그는 집을 지키고 있었습니다. 마치 내가 헛걸음하고 돌아가게 내버려두지 않겠다는 듯이 말이죠. 잠시도 헛되게 시간을 보내지 않던 사람이 그 당시에는 침상에 누워 있었는데, 나는 도저히 이해할 수 없었지요. 침상 앞에 요강이 놓여 있는 것을 보니 이미 오랫동안 침상에서 일어나지 않았다는 것을 알 수 있었습니다. 장인이 병이 났나? 곧 죽을 때가 되었나? 나는 곧바로 그런 생각이 떠올랐지요. 그리고 그런 의혹에서 벗어나질 못했습니다. 그는 원래 삐쩍 말랐지만 그래도 사람 모습은 하고 있었거든요. 그런데 당시에는 너무 오랫동안 굶어서 그런지 얼굴과 온몸이 삐쩍 마르고 초췌해 보였습니다. 그의 한쪽 다리가 밖으로 드러나 있었는데 퍼런 발뒤꿈치가 번쩍거렸지요. 의사인 나는 곧바로 그 퍼런 빛 속에 죽음의 그림자가 서려 있다는 것을 알았지요. 그는 처음에는 나를 알아보지 못했습니다. 나를 다른 사람으로 여기며 입을 열었지요. "어, 자네가 여긴 웬일인가?" 내가 이름을 밝힐 때 그는 벌건 궁둥이를 드러낸 채 침상에서 내려서며 말했습니다. "내가 말했잖

아. 이른 아침부터 나뭇가지 위에서 까치가 울더라고. 넌 옌안에 있었던 게 아닌가?" 그제서야 장인이 나를 자기 외손자로 알았다는 걸 깨달았지요. 바로 내 아들 말입니다. 내가 아들에 대해 묻자 그가 말했습니다. "아이고. 자네, 모르고 있었단 말인가? 그 녀석은 지금 펑더화이(彭德懷) 밑에서 전쟁을 치르고 있다네." 그제서야 나는 아들 역시 혁명 전선에 있다는 것을 알게 되었습니다. 나는 왜 들에 나가 일하지 않느냐고 물었지요. 그가 하는 말이, 땅이 없는데 들에 나갈 일이 있느냐는 겁니다. 나는 장인을 대신해 불을 지피고 당신을 데려다 난로 앞에 앉혔지요. 그는 고개를 숙인 채 지주로 분류되어 땅을 모두 빼앗겼다고 하더군요. 나는 가슴이 덜컥 내려앉았습니다. 솔직히 말하자면, 그 순간 이미 오랫동안 생소했던 자식에 대한 정이 봄비가 내린 뒤의 죽순처럼 솟아나고 있었는데, 갑자기 땅바닥이 바짝 말라버린 듯했던 겁니다. 나는 생각했지요. 꺼런을 옌안으로 데려온 다음 반드시 장인이 지주인 것과 아들 녀석과는 관계가 없다고 설명해야겠구나 다짐했습니다. 그런 식으로 하지 않았다가는 아들 역시 앞날이 캄캄할 것 같았거든요.

내 장인은 뻥잉을 본 적이 있는데, 그녀가 무척 영준하게 생겼다고 칭찬하며 하늘의 선녀가 범계로 내려온 것 같다고 말하면서 멍지앙뉘가 다시 태어난 거라고 말했습니다. 그는 내막을 모른 채 내가 뻥잉을 몰래 사모하는 것으로 여기며, 나를 들판의 불에 한쪽만 구워진 덜된 사람 같다고 설명했습니다. 나는 쓴웃음을 짓지 않을 수 없었지요. 나는 장인에게 말한 적이 있습니다. 그녀는 꺼런의 부인이라고, 그리고 꺼런은 내 형제니까 함부로 말하지 말라고요. 만일 난카이가 내가 꺼런의 소식을 발설하려는 것으로 오해했다면 그 동굴 집은 참으로 큰 화를 입을 노릇이었지요. 실제로 그런 일이 일어났다면 화를 입는 것은 나 한 사람에서 그치는 것이 아니겠지요. 아, 제 장인 같은 지주 신분이라면 무슨 이유를 끌어대든지 죽이는 것이야 마치 개미 한 마리 죽이는 것처럼 쉬운 일이었지요. 그런데 장인은 자신의 운명에 대해 전혀 모르고 있는 것처럼 제멋대로 하고 싶은 말을 떠들었고, 장인의 말을 듣는 나는 정말 가슴이 조마조마했습니다. 그가 말했지요. "누구, 누구더라. 마누라가 참 잘생겼어. 꼭 그림 속에서 걸어 나온 사람 같다니까." 이미 딸이 죽어서인지 그는 사위인 내 앞에서조차 어른으로서의 체면을 지키지 않고 채신머리없이 떠들어댔습니다. 그리고 장인은 다른 이야기도 했는데, 어쨌든 정말 듣기 거북했습니다. 그렇지만 천지신명에게 고맙게 생각했지요! 모르는 부분은 장인이 망각해버렸기 때문인 것이고, 그래도 내 마음을 어느 정도 알아챘는지, 반드시 이야기할 필요도 없긴 하지만, 어찌 되었든 장인이 뼁잉과 꺼런의 이름을 들먹이지 않았다는 겁니다. 나는 재빨리 화제를 장인 본인에게로 돌렸지요. 나는 그를 위로하면서 어차피 지주로 분류되었으니 모든 일을 대범하게 생각하고 혼자 모든 짐을 짊어지려고 들지 말라고 했습니다.

그러나 전체적으로 보자면 장인 가물치의 이야기는 그런대로 봐줄 만한 수준이었습니다. 장인은 이야기를 하면서 화를 내지 않았을 뿐 아니라 오히려 무척 즐거운 듯했으니까요. 거름을 뿌린 지 얼마 되지 않은 밭을 정부에 헌납했으니 그 사람 역시 혁명을 위해 약간의 공헌을 했다고 할 수 있겠지요. 나는 땅을 얼마나 갖고 있었기에 지주로 몰렸느냐고 장인에게 물었지요. 그는 10무 7푼 4리라고 했습니다. 당시 성분을 가르는 경계선은 땅 10무(畝)*였는데, 10무 이상 갖고 있었으니 지주로 몰린 거였지요. 장인이 이어서 내뱉은 한마디에 나는 하마터면 숨이 넘어갈 뻔했습니다. 장인이 나에게 고맙다고 인사를 하는 거였지요. 그 옛날 베이징에서 내가 만약 병에 걸린 자신의 종달새를 고쳐주지 않았다면 자신이 땅을 살 수 없었다는 거였죠. 종달새를 팔아 단맛을 보았기 때문에 그 후에도 그는 새를 잡아 몇 차례나 베이징으로 갖고 가 팔아 모은 돈으로 개울가에 있던 황무지 한 뙈기를 샀다는 겁니다. 장인이 그런 식으로 말하니까 나도 생각이 나더군요. 몇 년 전 내가 처가 식구들을 보려고 멍좡으로 찾아갔을 때, 장인을 도와 그 밭의 잡초들을 제거하면서 새해에는 풍성한 수확을 하길 기대했었거든요. 그런데 세상사라는 것은 참으로 예측하기 어려운 것이었지요. 그 황무지 같은 땅 때문에 장인이 지주가 될 거라는 것을 내가 상상이나 했겠습니까.

거기까지 말한 뒤 내 장인이 결론을 말했습니다. 땅을 상납하고 나니 그 역시 다른 사람처럼 늘어지게 잠을 잘 수 있더라는 거였죠. 인간이 이 세상에 살면서 두 가지 좋은 일이 있는데, 하나는 작은 방에 작은마누라 하나를 데리고 사는 거고, 두번째는 늘어지도록 실컷 잠자는 거죠. 그는 비록 작은마누라를 얻지는 못했지만 매일같이 늘어지게 실컷 잘 수 있었던 거죠. 배가 부르고 등이 따뜻하면 음욕이 생기게 마련인데, 그는 다시 빈털터리가 되었으니 작은마누라를 얻는 일은 아예 생각할 수 없게 된 겁니다. 조직에서 그를 구해주고 그가 정말로 작은마누라를 얻는다면 그것은 돌아가신 장모에게 미안한 일이었지요. 거기까지 얘길 들었을 때, 나는 내 아들의 외조모가 죽은

---

* 1무는 약 666.7제곱미터.

지 벌써 몇 년 되었구나, 그런 생각을 했죠. 내가 어찌할 바를 모르고 있을 때 갑자기 그 낙타 고기가 생각났습니다. 아, 그것으로 내 가슴속에 진 빚을 보상받을 수 있기를 바랐죠. 내가 보따리에서 고기를 꺼낼 때 장인은 눈을 지그시 뜨고 쳐다보다가 말했습니다. "젠장, 어서 빨리 꺼내게. 벌써부터 이 늙은이가 냄새를 맡고 있었단 말이네." 그런데 내가 고기를 꺼내기도 전에 그는 잽싸게 달려나갔습니다. 한 손으로 바짓가랑이를 잡고, 맨발로 뒤뚱거리며 달리는 모습이 꼭 미련한 거위 같았지요. 그는 대문을 닫더니 빗장을 걸어 잠갔습니다. 내 장인이 되돌아오기 전에 난카이가 말했습니다. "멍좡에 두 명의 지주가 더 있는데, 이 마을은 크지 않으니 두 명의 지주로도 충분히 임무를 완성할 겁니다. 따라서 조직의 상부에서 이미 결정을 내렸는데, 당신의 장인에게 씌워졌던 지주 딱지는 떼어내기로 말이지요. 단지 아직 저 양반만 모르고 있는 거예요." 그의 진지한 말투로 보아 거짓말 같지는 않았습니다. 나는 서둘러 그에게 고맙다는 표시를 하고 나서 조직의 은혜가 하해와 같고 백골난망이라고 말했지요.

나의 장인 가물치는 고기를 받은 뒤 난카이에게도 고맙다는 표시를 했습니다. 물어뜯어도 흔적조차 남지 않는 바람에 고기 덩어리가 그의 손 안에서 빙글빙글 돌았는데, 그 모습이 흡사 뜨거운 고구마를 손에 쥐고 있는 것처럼 보였지요. 어디를 물어도 요지부동이라서 그는 한 군데만 열심히 깨물었습니다. 장인이 어찌나 힘껏 깨물었는지 잇몸에서 피가 다 나더군요. 나는 장인에게 평소에 무엇을 먹느냐고 물었죠. 고깃덩이를 물어뜯던 동작을 잠시 멈추더니 장인이 눈동자를 희번덕거리며 말했습니다.

"똥."

& 바이성타오의 장인

바이성타오의 장인의 이름은 멍더췐(孟德泉)이다. 1920년 그는 베이징에서 바이성타오와 뻥잉을 동시에 알게 되었다. 그 당시 뻥잉은 프랑스에서 돌아와 베이징에서 꺼런을 찾아다니고 있었다. 당시 꺼런이 감옥에 수감되어 있던 터라 얼마 지나지 않아 그녀는 프랑스로 돌아갔고, 그 후 다시 영국으로 건너갔다. 이러한 사실은 『혼란한 시대의 절세미인』이라는 책에 기재되어 있다. 그 책의 저자는 바로 티엔한이 주쉬똥에게 이야기했던 앤서니 스웨이트(Anthony Thwaite)이다. 1938년 그는 기자 신분으로 중국에 건너와 2년 동안 머물렀다. 그 무렵 그는 영국의 헐 대학(University of Hull)에서 중국문제연구소를 맡고 있었다. 뻥잉은 다섯 명의 '절세미인' 중 한 명이었으며, 나머지 네 명은 띵링(丁玲), 린웨이인(林微因), 순웨이스(孫維世), 자오이띠(趙一荻)였다. 띵링 이외의 나머지 사람들은 확실히 절세미인이었다. 아래 소개하는 문장은 바로 그 책에서 발췌한 것으로, 뻥잉이 바이성타오와 멍더췐에 대해 회상한 내용이다.

> 기억이란 참으로 묘한 한 자루의 빗이며 또한 휘익휘익 소리를 내는 울타리 난간 같은 것이다. 어떤 사람에게는 중대한 사건을 그녀는 모두 잊어버렸다. 그러나 그녀는 바이성타오와 함께 티엔차오(天橋)에서 새를 샀던 일만큼은 아주 생생하게 기억하고 있었다. 바이성타오는 꺼런보다 나이가 많았는데, 꺼런의 소년 시절에 그를 감독하고 보호하는 역할을 했었다. 바이성타오가 베이징에 있던 꺼런을 찾아

간 것은 취직자리를 찾기 위해서였다. 그전에 바이성타오는 꺼런이 5·4운동에 참가했었다는 사실을 모르고 있었고, 더군다나 그가 보군통령아문(步軍統領衙門)의 감옥에 수감되어 있다는 것도 모르고 있었다. 바이성타오가 올라온 날 그녀는 티엔차오에 가려고 했었다. 그 당시 그녀는 사랑에 빠져 있어서 자신이 베이징에 남아 있어야 할지 아니면 떠나야 할지 방황하고 있었다. 그녀는 티엔차오에 가서 관상을 보고 앞날을 점쳐보려고 했던 것이다. 티엔차오는 황제가 하늘에 제사를 지내던 티엔탄(天壇) 밖에 위치하고 있어서 20세기 초 중국의 청명상하도(淸明上河圖)와 디즈니랜드 공원 같은 곳이었다. 바이성타오는 칭껑 진에 있을 때 교회당에서 비둘기를 사육한 적이 있었다. 뼁잉을 따라 티엔차오에 간 다음 그는 곧바로 관상용 새를 파는 시장에 매료되었다. 그곳에서 그들은 우연히 종달새를 파는 부녀(父女)를 만났다. 뼁잉은 지금도 기억하고 있는데, 새장 속에 들어 있던 종달새는 두 날개를 축 늘어뜨린 채 활기가 전혀 없었고 거의 죽어가는 모습이었다고 한다. 뼁잉이 하는 말이, 새를 파는 사람이 빨리 그 새들을 팔아 치우려고 그녀와 바이성타오를 보자 원가도 되지 않는 가격에 주겠다고 말했다고 한다. 원래 뼁잉은 관상쟁이를 찾아서 점을 보려고 했던 것인데 새를 팔던 주인에게 붙잡혀 도저히 그곳을 벗어날 수 없었다고 한다. 뼁잉은 그 사람의 성이 멍 씨라는 것도 기억하고 있었는데, 그 당시 바이성타오는 아마도 새를 팔던 멍 씨의 딸에게 홀딱 반해 있었던 모양이다. 바이성타오가 그에게 새들이 모두 병에 걸린 지 오래되었고 머지않아 하나하나 죽을 것이라고 말했다. 새를 파는 사람이 펄쩍 뛰며 화를 내자, 바이성타오가 그에게 다시 말하기를, 자신이 새들의 병을 고쳐줄 의향이 있는데 치료비 대신 뼁잉 아가씨에게 종달새 몇 마리를 주지 않겠냐고, 만약 새들의 병을 고치지 못하면 자신이 원래의 가격에 사겠다고 말했다. 뻥잉이 말하길, 마침 그 당시 그녀는 정신적으로 의지할 곳이 없어 매우 무료했던 터라 바이성타오를 따라 새를 파는 사람이 임시로 머물던 곳으로 갔다고 한다. 그래도 바이성타오는 역시 전문가다워서 메밀가루에 식초를 섞어 새에게 먹이자 과연 새가 생기를 회복했다는 것이다. 그러고 나서 바이성타오는 아편 조각을 조금 사다가 물에 녹여 새에게 먹이면서 새들이 아편에 중독되도록 했다는 것이다. 나중에 뻥잉이 하는 말이 바이성타오는 똑똑하기가 그지없었다고 했다. 일반적으로 새를 기르는 사람들은 대부분 담배를 피우는 나쁜 습관을 지니고 있었는데, 담배 연기에 중독된 새들은 일단 사람의 몸에서 담배 냄새를 맡게 되면 그칠 줄 모르고 기쁘게 노래를 부른다는 것이다. 그런 식으로 되다 보니까, 새를 기르는 사람들은 숲 속에서 가장 좋은 종달새를 만난 것으로 여긴다는 것이다.

뻥잉이 말하기를, 그날부터 새를 파는 사람의 딸과 그들이 친해지게 되었다는 것이다. 그녀와 바이성타오의 영향으로 새 파는 사람의 딸은 고향으로 다시 돌아갈 생각을 접고 베이징에 남아 학교를 다니려고 했다. 그녀의 부친은 어쩔 수 없이 새 판 돈을 남겨준 채 혼자 장자코우로 돌아갔다. 뻥잉은 자신이 꺼런이 출옥하기 전에 베이징을 떠나 프랑스로 간 듯하다고 말했다. 그 첫번째 이유는 당시 그녀의 딸이 아직 프랑스에 남아 있었기 때문에 딸을 만나기 위해 급히 돌아간 것이고, 두번째 이유는 그녀 자신이 꺼런에 대한 사랑의 미래를 확신할 수 없었기 때문이다. 출국하기 직전, 그녀는 바이성타오와 그 여자아이를 베이징 의과전문대학에 입학시켜주고 학비를 대주었는데, 그 베이징 의과전문대학은 꺼런이 수감되기 전 있었던 곳이었다. 그녀는 자신과 연락할 수 있는 주소를 가와다에게 알려주면서 나중에 가와다가 꺼런에게 전해주기를 기대했다. 가와다는 일본 사람으로 당시 베이징 의과전문대학에서 교편을 잡고 있었다. 가와다는 뻥잉에게 말하기를, 꺼런이 출옥하게 되면 반드시 꺼런을 데리고 프랑스로 건너가 그녀를 만날 것이라고 했고, 또한 그 자신의 꿈이 프랑스에서 희곡을 공부하는 것이라고 했다.

하느님 맙소사, 그 후 정말로 웃지 못할 일이 발생했다. 술에 취한 나머지 가와다는 그녀가 남겨준 주소를 잃어버린 것이다. 그 무렵 프랑스에서 우리들의 주인공 뻥잉은 눈이 빠지게 꺼런을 기다리고 있었던 것이다. 하루하루 시간이 흘러가면서 그녀의 기다림은 기약 없이 점점 요원해져갔다. 한참 세월이 흐른 뒤에 그녀는 어느 날 우연히 꺼런과 바이성타오가 소련에 갔다는 소식과 바이성타오가 출국 전에 결혼을 했으며, 그의 신부는 바로 종달새를 팔던 여자아이라는 걸 알았다.

멍더췬에 관해 내가 몇 마디 보충 설명을 해도 상관없을 것 같다. 바이성타오가 그를 다시 만난 지 한 달 후에 그는 악덕 지주로 몰려 총살당했다. 멍더췬의 아들, 그러니까 닭발로 인해 아버지에게 귀싸대기를 맞았던 걸귀의 이름은 멍웨이마오(孟維茂)이다. 멍웨이마오는 일찍이 바이성타오가 멍좡으로 오기 전에 병으로 죽었다. 그가 황무지를 개간하다 피로에 지쳐 죽었는지는 이미 알아볼 방법이 없다. 바이성타오의 아들은 멍더췬의 성을 따라 멍 씨였고, 그 이름은 멍추이위(孟垂玉)였다. 같은 마을에 살던 한 노인이 내게 하는 말이, 1951년 봄 멍추이위는 그가 영광스럽게 생각하던 인민지원군들과 함께 한국전쟁에 참가했다. 1953년, 판문점에서 휴전협정 체결을 하던 마지막 날 멍추이위는 철군을 하다 지뢰를 밟아 하늘로 날아갔다고 한다. 장자코우의 종달새는 전국적으로 유명하기 때문에, 이미 종달새는 장자코우 사람들의 일상생활에 깊이 스며들어 있었다. 따라서 그 노인은 종달새를 예로 들면서 말하기를, "추이위가 산산조각이 되어 날아가버렸대. 몸뚱이가 종달새만 한 크기의 살점으로 변했다지." 지주분자 멍더췐은 이미 후손이 끊겼다. 내가 표현하는 것을 주의 깊게 새겨야 할 필요가 있는데, 자손의 대가 끊어진 것은 멍더췐이지 바이성타오가 아니라는 것이다. 말이 나온 김에 한마디 덧붙인다면, 이 책의 제3부에서 나는 바이링이라는 아가씨를 거론할 것이다. 2000년 여름, 그녀는 내 부탁을 받고 판지화이 선생을 대동하고 바이포에서 열린 중요한 경축 행사에 참가했다. 그 바이링 처녀가 바로 바이성타오와 그의 두번째 부인 사이에서 태어난 바이성타오의 손녀인 것이다.

@ 시 낭송

날이 어두워지기 전, 나는 멍좡을 벗어났습니다. 장자코우로 되돌아왔을 때, 나와 함께 길을 나섰던 고향 사람이 산시 성 북쪽으로 돌아가려고 하더군요. 그 사람이 하는 말이, 사흘만 그냥 내버려두면 사랑채의 기왓장마저 남아나지 않는다는 거였습니다. 그는 며느리가 집안일을 성실히 챙기지 못하는 것을 염려하는 거였지요. 난카이가 그에게 일하는 방법에 관해 주의를 주라고 하자, 그는 가슴을 탁 두

드리며 말했습니다. "정신 교육을 시켜야 한다는 걸 나도 알아. 뤄르더, 나도 이미 생각해뒀어. 그년(며느리)이 다시 제멋대로 날뛰면 내가 그년의 작은 ×를 확 긁어내버릴 거네." 말을 마치고 그는 떠났지요. 아, 두 마리 당나귀도 한 울타리 속에 오래 있다 보면 정이 든다고 하는데, 하물며 두 사람 사이는 어떻겠습니까. 그래서 하는 말이지만, 솔직히 말해 고향 사람이 떠난 다음 나는 가슴 한 켠이 텅 빈 것 같았지요.

나는 어서 빨리 또우스종을 만나려고 했습니다. 다행히 그날 밤 나는 그를 만났지요. 그 시간은 이미 날이 밝을 무렵이었고, 마침 내가 꿈속에서 아들을 만나고 있었는데 갑자기 삐걱 소리가 나면서 문이 열리더군요. 나는 난카이가 문 앞에서 손에 남포등을 들고 서 있는 것을 보았지요. 그가 말했습니다. "바이 동지. 누가 왔는지 어서 맞혀보시죠." 나는 자리에서 벌떡 일어났습니다. 어떤 사람이 재빨리 온돌 앞으로 다가오더니 내 손을 잡더군요. 그 사람이 나에게 미안해하지 말고 그냥 누워 있으라고 했습니다. 그의 손은 여자의 손보다 더욱 부드러웠는데, 흡사 뼈를 추려낸 것 같더라고요. 맞아요, 그 사람이 바로 또우스종이었죠. 그는 정말 모피 장사를 하는 사람처럼 몸에서 짐승의 노린내가 풍겼습니다. 난카이가 남포등 심지를 키워 불을 더욱더 밝게 하자 뒷걸음질을 하며 물러났지요. 나는 그 자리에서 곧장 생각했지요. 또우스종은 틀림없이 띠화(迪化, 지금의 신장성 우루무치)에 가지 않았고 줄곧 롱위디엔 안에 있었던 거라고 말이죠. 그리고 나를 멍좡으로 가게 한 것도 분명히 그의 조치였다고 생각했죠.

나는 그 편지를 끄집어냈습니다. 팬티 속에 오래도록 넣고 있어서 지린내가 나길래 나는 그 편지를 입가로 가져가 후욱후욱 불어댄 다음 그에게 건넸습니다. 그것은 내가 두번째로 그 편지를 입가로 가져갔던 것인데, 첫번째는 팬티 속에 집어넣을 때였는데 당시에 나는 그 편지에 입을 맞췄습니다. 마치 애인에게 키스를 하듯이 말이죠. 또우스종이 손을 뻗어 받을 때 나는 그 편지의 내용을 절대 보지 않았으며 만일 거짓말이라면 하늘이 벼락을 칠 것이라고 말했지요. 그가 웃으며 고개를 끄덕였습니다. 그러고 나서, 그가 편지를 뜯어 한 번 훑어보더니 말했습니다. "상관없소. 그것은 단지 규정에 불과한 거요. 사람에겐 늘 지켜야 되는 규정이 있지 않소? 당신이 내용을 읽어보지 않았다는 것은 당신의 규율성이 매우 강하다는 것을 설명하는 것으로 아주 훌륭한 동지라는 거요. 당신도 한번 읽어보시오. 이 편지에는 온통 당신이 좋은 사람이라고 씌어 있소." 말을 하며 그는 편지를 꺼내 나에게 건넸습니다. 나는 보지 않겠다고 말했는데 그가 극구 읽어보라는 거였지요. 편지 위에 단지 한 줄의 알파벳이 씌어 있는 것을 보았지만, 나는 그 의미를 곧바로 알아차렸지요. "바이는 나와 ○호 동지이면서 동향 사람으로 신뢰해도 됨." 그 편지의 낙관은 '티엔(田)'이었습니다. 그러고 나서 그는 성냥불을 켜더니 그 편지를 불살라버렸습니다. 성냥이 너무 누져 있어서 몇 번이나 그어댔지만 불이 켜지지 않았지요. 나는 또다시 붉은 인 냄새를 맡게 되었고 나도 모르게 가슴이 덜컥 내려앉았지요. 그때 한 조각 잿가루와 한 줄기 회색 연기가 나와 또우스종 사이에서 날아다녔습니다. 회색 재보다 가벼운 물건은 없을 겁니다. 그러나 당시 회색 재가 내 앞에서 날아다닐 때 나는 나도 모르게 도망쳐 숨고 싶었습니다.

또우스종이 온돌 옆에 앉아 수장(首長)이 나에게 또 무슨 말을 했냐고 물었지요. 나는 티엔한이 한 이야기를 있는 그대로 그에게 전했습니다. 그는 듣고 나서 아무런 반응도 보이지 않았는데, 마치 그 일이 급히 처리할 사항이 전혀 아닌 것 같았습니다. 그러고 나서, 그는 화제를 내 장인에게 돌렸습니다. 그가 하는 말이, 자신이 띠화에 가기 전에 내 장인이 지주라는 꼭지를 떼어내달라고 이미 상부에 건의했다는 것이었죠. 그리고 그는 내 아들에 관해서도 질문을 했습니다. 그제서야 나는 허리를 곧게 펴고 말했습니다. "수장께 보고합니다. 아들은 이미 군에 갔으며 지금 팽더화이 장군 밑에서 전쟁을 치르고 있습니다." 그가 내 손을 잡고 말했지요. "참으로 영웅 아버지에 훌륭한 아들이로군요." 솔직히 말하겠는데, 그 말이 비록 입에 발린 말이긴 했지만, 그래도 하마터면 눈물을 흘릴 뻔했습니다.

잠시 후 나는 더 이상 참지 못하고 다급하게 꺼런의 근황을 또우스종에게 물었지요. 그가 대답했습니다. "○호는 바이포 진의 따황 산에 있으며, 당신은 곧 그를 만나게 될 겁니다." 그러고 나서 그는 나와 마찬가지로 꺼런에게 많은 관심을 기울이고 있으며 또한 무척 존경하고 있다고 말했습니다. "그는 옌안에 온 뒤로 높은 직위를 맡는 것을 마다하고 혁명의 이론적 근거를 제공하기 위해 번역을 하겠다고 했는데, 그것은 참으로 쉽지 않은 일이지요." 그는 주머니에서 꺼런의 사진을 한 장 꺼내며 말했습니다. "그렇지 않아도 나는 늘 그의 사진을 보관하고 있소." 그가 사진을 집어 들어 한 번 쳐다본 다음 나에게 보여주었습니다. 그 사진은 꺼런을 측면에서 촬영한 것으로 동굴 집 앞에서 찍은 것이었죠. 만약 내 기억이 틀리지 않는다면, 그 사진은 스노(Edgar Snow, 미국의 저명 기자 겸 작가)라는 미국 기자가 찍은 것입니다. 그리고 그는 또 몇 년 전에 꺼런이 지은 「나는 누구였던가」라는 시를 늘 외우고 다녔다고 말했습니다. 그는 나에게 그

시를 알고 있느냐고 물었지요. 물론 나도 알고 있었습니다. 그렇지만 말을 많이 하면 실수를 할까 봐 나는 입을 다물고 아무 말도 하지 않았지요. 그가 시를 낭송하기 시작했는데, 그의 목이 쉬어 있어서 간혹 삽을 돌에 부딪치는 것 같은 소리를 냈습니다. 또한 시를 낭송하면서 그가 갑자기 손을 앞으로 내뻗는 바람에 깜짝 놀랐습니다. 만약 꺼런이 그곳에 있었다면 아마 그 역시 도취되어 틀림없이 그 시는 자신이 지은 것이 아니라고 말할 수도 있겠구나 싶었습니다. 나는 지금도 기억하고 있는데 그가 '샤오시(小溪)'라는 부분을 낭송할 때, 그의 발음이 일본인들이 늘 입에 달고 다니는 '요오시'의 발음과 아주 흡사했지요. 더 압권인 것은, 그가 시 구절을 토막토막 짧게 끊어 박력 있게 발음한 것인데, 마치 사격을 하는 것 같았습니다.

& 나는 누구였던가

또우스종이 이야기를 꺼냈던 그 시는 꺼런의 가장 유명한 작품이다. 그 시집은 세 가지 판본으로 인쇄되었다. 첫번째 판본은 일본에서 완성했으며, 제목은 『찬또우화』이다. 유감스러운 것은 그것이 현재 유실되고 없다는 점이다. 두번째 판본은 꺼런이 옥중에서 수정해 완성한 것으로, 그 시집의 제목은 또우스종이 말했던 『나는 누구였던가』다. 마지막 판본은 제목을 다시 『찬또우화』로 수정했으며, 그것에 대해서는 제3부에서 다시 거론할 것이니 이곳에서는 잠시 유보하겠다.

『나는 누구였던가』에 관해서는 1920년 7월, 꺼런의 옥중 친구인 콩환타이 선생이 자크 페랑(Jacques Ferrand)이라는 프랑스 기자의 취재를 받을 때, 이야기한 적이 있다. 5·4운동에 관해 잘 아는 사람이라면 어쩌면 콩환타이 선생이 낯설지 않을 것이다. 그와 꺼런 모두 6월 3일 시위에 참가한 혐의로 다음 날 체포되었다. 그의 신분은 비교적 특수했다. 한 가지는 그가 기자였다는 것이며, 다른 하나는 그가 성인 공자의 74대 후손이란 사실이다. 따라서 그가 출옥한 다음 국내외의 많은 매스컴들이 경쟁적으로 그를 취재하려고 안달이었다. 그가 자크 페랑의 취재 요청을 받아들여 대담을 나눌 때, 그 시에 대해 이야기했을 뿐 아니라, 자신과 꺼런의 옥중 생활에 관해서도 토로했다. 취재를 마친 다음, 자크 페랑은 그 시와 취재 내용을 당시 명성 높은 『신세기』 잡지사에 보냈다. 그러나 잡지사에서는 '지면 관계'라는 이유로 취재 내용을 싣지 않고 단지 그 시만 발표했다.

나는 누구였던가
누가 내 거울 속의 하루인가
산골짜기를 졸졸 흘러가는 시냇물인가
아니면 개울가에 우거진 녹음 속의 찬또우화인가?

나는 누구였던가
누가 내 거울 속의 봄날이던가
나뭇가지 위에 집을 짓는 벌인가
아니면 나무 밑에서 노래 부르는 연인인가?

나는 누구였던가

누가 내 거울 속의 일생인가
미풍 속에 나부끼는 파아란 불꽃인가
아니면 어둠 속에 활짝 핀 들장미인가?

누가 어둠 속에서 나를 노려보는가
누가 군중들 속에서 나를 향해 다가오는가
누가 거울을 산산조각 내버렸는가
하나의 나를 누가 무수한 나로 만들어놓았는가?

그 취재 내용은 훗날 자크 페랑 선생의 문집 『끝없는 대화(*L'Entretien infini*)』에 실렸다. 아래 내용은 그 책에 실린 꺼런과 관련된 부분이다.

자크 페랑: 콩 선생, 들리는 말에 의하면 당신은 마구간에 갇혀 있었다고요? 그리고 그곳에서 매를 맞았다지요?

콩환타이: 아니요. 보군통령아문의 마구간은 정말 너무 훌륭했는데, 난 그곳을 향수할 수 있는 운이 따르지 않았소. (웃음) 나는 마구간에 붙어 있는 방에 감금되어 있었는데, 창문은 모두 마분지로 가려져 있었소. 그 안에 서른두 명이 함께 갇혀 있었는데 다음 날 둘러보니까 서른 명이더라고요. 두 명이 죽어 나간 것이었죠. 한밤중에는 말들이 히히잉거리며 코로 투레질하는 소리를 들을 수 있었지요. 실컷 얻어터지고 안 터지고는 모두 그들이 어느 쪽에서부터 때리느냐에 달렸어요. 마구간 이쪽부터 때리기 시작하면 피륙의 고통이 적지 않았소. 그리고 군기고 있는 쪽부터 때리기 시작한다면, 우리들 차례가 되었을 때 그들은 이미 힘이 빠져 위력이 세지 못했소. 우리는 운

이 좋았는데, 우리들이 감금되어 있는 마구간 이쪽은 냄새가 너무 고약해서 그들이 잘 오려고 하지 않는단 말입니다.

자크 페랑: 수감되어 있는 동안 당신은 어떻게 시간을 보냈나요?

콩환타이: 시를 읽고, 노래도 부르고, 참선도 하고, 졸기도 하고, 그리고 때로는 얻어맞기도 하고 보냈지요. (웃음)

자크 페랑: 시를 읽었다고요? 노래도 불렀다고요?

콩환타이: 그래요. 아주 훌륭한 시 한 수가 있소. 내 친구가 옥중에서 쓴 것인데, 모든 사람들이 그 속에서 자신의 모습을 발견할 수 있는 시였소. 만약 당신이 보고 싶다면 내가 옮겨 써주리다.

자크 페랑: 내가 가장 좋아하는 신은 바로 무사이(Mousai)*입니다. 당신께서 나를 그 시인에게 소개해주실 수 있습니까?

콩환타이: 당신도 그를 만날 수 있을 거요. 어쩌면 당신이 이미 그 사람을 알고 있을 수도 있소. 그 사람도 나처럼 시위에 참가한 혐의로 체포되었으니까. 그러나 이곳이 아니라 프랑스에서 만날 수 있을 거요. 결혼식을 올리지 않은 그의 아내가 프랑스에 있거든요. 어쩌면 그 역시 프랑스로 갈 겁니다. 그 사람이 프랑스에서 치료를 받고 싶어 했거든요. 그래요. 그는 폐병에 걸려서 감방 안에서도 여러 차례 피를 토했소. 만약 가능하다면 그때 가서, 내가 그 사람에게 편지를 보내 당신의 인터뷰에 응하라고 이야기하지요. 그 사람은 수줍음이 많은 사람이라 일반적으로 취재를 허락하지 않거든요. 당신의 커피는 너무 맛있군요. 내가 마셔본 커피 중에서 가장 맛있소.

자크 페랑: 감사합니다. 당신 표현대로라면 그 사람이 무척 수줍

* 그리스 로마 신화에 나오는 음악의 신.

음을 탄다고요?

콩환타이: 그래요. 수줍음을 너무 타서 머뭇거리지요.

자크 페랑: 부끄러움을 타며 머뭇거린다는 것은 일종의 비밀이 있다는 뜻으로, 자신만의 비밀이 있어서 그것을 보호하려는 심리에서 나타나는 행동이잖습니까?

콩환타이: 아니요, 그 사람에게 사사로운 비밀이 있는 것은 아니오. 중국인이라고 해서 모두들 개인적인 비밀을 지니고 있는 건 아니오. 그는 한 의학원(베이징 의과전문대학)의 교사이고 나는 기자였소. 우리들 모두 자신의 일이 있었고, 시위에 참가하는 것으로 임금을 받을 필요가 없었단 말이오.

자크 페랑: 콩 선생, 제가 말한 뜻은 그 사람이 꺼런(個人)*의 존엄성을 지킬 줄 아는 사람이란 것입니다.

콩환타이: 꺼런(葛任)? 당신이 어떻게 그 사람의 이름을 알고 있소?

자크 페랑: 내가 말한 것은 '꺼런(個人)'입니다. (웃음) 그렇지만, 존경하는 콩 선생님, 당신이 무의식중에 그 사람의 이름을 말했군요. 당신이 말하는 사람이 누구인지 알고 있습니다. 그리고 그의 미혼처가 뻥잉 여사이며, 후안의 딸이라는 것도 알고 있습니다.

말이 나온 김에 좀더 설명을 하겠다. 이미 우리들이 알고 있는 것처럼 훗날 꺼런은 프랑스로 가지 않고 소련으로 갔다. 오히려 콩환타이 선생은 자크 페랑의 도움으로 프랑스로 갔다. 그곳에서 그 공자의 후예는 루소의 열렬한 신도가 되었다. 1943년 봄, 그는 중국으로 돌아

* '개인(個人)'의 중국식 발음.

와 우연히 뻥잉과 이 책의 제3부를 서술한 판지화이 선생을 만났다.

@ 코피를 흘리다

또우스종이 시를 외울 때, 이미 날은 환하게 밝았습니다. 창문 틈으로 비쳐 들어온 광선이 그 사람 얼굴을 비치고 있었지요. 그 사람의 얼굴이 하얗게 빛났지만 두 귀는 무척 시커멓게 보였습니다. 마치 그 사람이 내뱉는 말 한 마디 한 마디가 모두 그 귀와 관련 있는 것처럼 보였지요. 비록 날이 무척 추웠지만 그의 콧등에는 작은 땀방울이 송글송글 맺혔습니다. 그가 가끔씩 입술 가장자리를 흡사 모기에게 물릴 때처럼 갑자기 움찔거리는 것을 나는 발견했지요. 바로 그때 하나의 사건이 발생했는데, 바로 그의 왼쪽 콧구멍에서 피가 흘러나온 겁니다.

나는 곧바로 그를 부축해 자리에 눕혔습니다. 내가 막 그를 부축했을 때 난카이가 안으로 들어섰습니다. 또우스종은 마치 아직도 시 낭송에 흠뻑 빠져 있는지 쉬지 않고 떨고 있었죠. 그 떨림으로 인해 오른쪽 콧구멍에서도 피가 흐르기 시작했습니다. 난카이가 말했지요. "수장께서는 다 좋은데 휴식을 취할 줄 모르는 그 한 가지가 정말 나쁩니다!" 내가 별것 아니니까 너무 마음 쓰지 말라고 설명했지요. 달팽이를 몇 마리 잡아 구워서 곱게 갈아 콧구멍에 넣으면 피가 멎을 거라고 말이지요. 난카이가 머리를 긁적이며 이렇게 추운 겨울에 어딜 가서 달팽이를 잡느냐고 말했습니다. 나는 골똘히 생각하고 나서 그에게 다른 방법을 시도해보자고 말했죠. 그가 무슨 방법이냐고 물었고, 나는 잠시 망설이고 있다가 결국 말했습니다. "밖에 나가 당나귀 똥을 찾아보게." 순간 난카이의 낯빛이 확 바뀌었습니다. 내가 곧 설명을 했죠. 옌안에 있을 때, 당나귀 똥을 태운 재로 코피 흘리는 사람들을 치료한 적이 있다고 말이죠. 또우스종이 말했습니다. "바이 의사가 시키는 대로 해보자구." 나는 그 말을 듣고 크게 감동받았습니다. 나는 비록 당나귀들이 모두 옌안에 보내졌다지만 똥은 그래도 남아 있겠지, 라고 생각했죠.

우리는 곧 마당가에서 당나귀 똥을 주웠습니다. 나는 재로 그것을 바짝 말린 다음 성냥불을 켜서 붙였지요. 한쪽에서 난카이가 무릎을 꿇고 앉아 조심스럽게 당나귀 똥에 붙은 불꽃이 꺼지지 않도록 바람을 막았습니다. 당나귀 똥이 전부 타서 재가 되었을 때, 난카이가 네 발로 기어와 그것을 한입 들이마셨습니다. 그의 행동을 보고 있자니 티엔한의 경호원이 생각났습니다. 나는 티엔한의 변비를 치료한 적이 있는데, 매번 약을 처방할 때마다 티엔한의 경호원이 직접 맛을 보았죠. 그러나 당시 내가 처방했던 약은 당나귀 똥이 아니라 나팔꽃과 복사꽃이었습니다. 바로 그때 난카이 역시 재를 조금 집어서 입에다 넣고 맛을 보았습니다. 나는 그에게 비린내가 조금 나지 않느냐고 물었죠. 그가 고개를 끄덕였습니다. 비린내 중에 약간 달콤한 맛이 우러나지 않소? 그가 다시 고개를 끄덕였습니다. 달콤하면서도 쌉쌀한 맛이 느껴지오? 그가 또 고개를 끄덕였습니다. "그럼 되었소." 내가 말했죠. 순간 또우스종이 나를 한 번 쳐다보더니 내가 처치를 하도록 허락했습니다. 나는 그에게 고개를 위로 향하게 하고 눕힌 뒤 당나귀 똥을 태운 재를 코로 들이마시게 했습니다. 곧바로 코피가 멎었죠. 또우스종이 입을 열기 전에 난카이가 수장을 대신해 나에게 고맙다고 말했습니다. 나는 난카이에게 고맙다는 말은 당나귀에게 해야 될 거라고 말했지요. 더군다나 그 당나귀는 혁명에 참여하고 있는 당나귀이니까요.

있는 그대로 말하면, 코피가 멎은 다음 나에 대한 또우스종의 태도가 바뀌어 단지 동지가 아니라 흡사 생사고락을 함께한 전우처럼 대해주었습니다. 그는 나에게 풍성한 아침식사를 대접했는데, 불고기와 양의 머리 그리고 양의 콩팥까지 식탁에 올렸습니다. 반쯤 익힌 양의 콩팥이 입에 가장 잘 맞는 음식이었지요. 양의 콩팥을 먹을 때, 그는 꺼런이 왜 그런 희한한 곳으로 가 있는 것인지 도저히 이해할 수 없다고 말하면서 나의 관점을 듣고 싶다고 말했습니다. 비록 꺼런에 대해서 내가 완전히 오해를 하고 있을 수도 있겠지만, 그래도 나는 솔직한 내 생각을 말했죠. 제 버릇 남에게 주지 못한다고, ○호가 어쩌면 병을 치유하기 위해서 그곳에 숨어 있을지도 모르는데, 왜냐하면 그가 폐병을 앓고 있기 때문에 남방의 촉촉한 공기와 햇볕이 필요할 것이라고 말이지요. "그리고 또 다른 이유가 있나요? 더 말해 보시죠." 또우스종이 말했습니다. 할 수 없이 나는 계속 말할 수밖에 없었지요. ○호는 사실 문인 체질이기 때문에 어쩌면 조용히 집필을 하고 싶어 따황 산으로 갔을 거라고요. 내 생각을 듣고 난 또우스종이 놀랍게도 나와 같은 생각이라며, 그 역시 그렇게 생각한다고 말했습니다. 그러고 나서 그는 따황 산에 도착하면 꺼런이 쓴 글들을 모두 챙겨 절대로 다른 사람들의 손에 들어가지 않도록 해야 하고, 그것들은 모두 혁명의 재산이므로 단 한 장이라도 타인의 손에 넘겨주면 안 된다고 말했지요. 그는 진지한 표정을 지으며 말했습니다. 이는 단지 그 자신만의 생각이 아니라 수장의 명령이라고 말이지요.

& 똥오줌학(糞便學)

솔직하게 말하면, 맨 처음 바이 의사가 자술하는 모습을 보았을 때 나는 엄청나게 답답했다. 그 사람은 걸핏하면 똥오줌 이야기를 꺼내는데, 혹시 정신이 이상한 것은 아닌지, 아니면 최소한 저속한 취미를 갖고 있는 것은 아닌가, 싶었다. 나중에 내가 그를 오해하고 있었다는 것을 알았다. 그는 똥오줌학의 전문가로서, 그런 식으로 말하는 것은 사실 직업적 습관 때문이었다.

앞서 말한 바와 같이, 바이성타오가 베이징 의과전문대학에 다닐 때, 일본인 가와다가 바로 그의 지도교수였다. 그리고 가와다 자신이 그 방면의 전문가였다. 현재 상하이 의과대학에서 박사 과정 학생들을 지도하고 있는 위청저 교수가 당시 바이성타오와 같은 반 학생이었다. 그의 기억에 의하면, 바이성타오는 반에서 가장 열심히 공부하던 학생으로서 가와다 교수가 무척 아꼈다고 한다. 위 교수는『의학백가』라는 잡지에 고정적으로 원고를 게재한 적이 있는데, 1993년 제5집에 발표한「명사의 취미」라는 글에서 우리는 다음과 같은 내용을 볼 수 있다.

> 바이성타오는 우리들보다 나이가 몇 살이나 많았으며 입학 역시 우리들보다 늦게 했다. 그가 입학할 당시, 때마침 가와다 교수는 우리 저학년의 강의를 맡고 있었다. 가와다 교수는 센다이(仙台) 의학전문학교에서 루쉰 선생과 공부한 사람으로 그들 모두 후지노(藤野) 선생의 제자이다. 그러나 그는 루쉰의 성격과는 판이하게 달라서, 요즘 우리들이 말하는 히피족 같은 느낌을 주었다. 가와다는 종종 우리들

에게 똥오줌에 대해 이야기했다. 그는 갓난아이의 똥부터 시작하면서 갓난아이의 똥이 얼마나 좋은지 모른다고 말했다. 그는 강단에 선 채 갓난아이의 똥 한 덩어리를 손에 들고 주물럭거리며 한데 뭉친 다음 그것을 다시 둘로 나누었다. 갓난아이의 똥은 미황색이기 때문에 그것들은 흡사 두 개의 작은 배처럼 보였다. 그는 강의를 하면서 똥 덩어리를 공중으로 집어 던졌다 다시 받는 동작을 반복했는데 그 모습이 꼭 마술사가 마술을 하는 것 같았다. 한번은 남녀 학생을 불문하고 모두들 그의 앞으로 불려나갔다. 그는 우리들에게 그 똥을 만져보고 냄새를 맡아보라고 했다. 더욱 예상하지 못했던 것은 놀랍게도 우리들에게 한입 깨물어 그 똥의 맛과 단단한 정도를 음미해보라는 거였다. 일부 여학생들은 놀라 얼굴을 감싸 안고 뒷걸음쳤다. 바로 그때 가와다 교수가 느닷없이 자신이 먼저 한입 맛을 보았다. 그는 그것을 씹어댔는데, 흡사 껌을 씹는 것처럼 똥 덩어리를 혀끝에 올려놓고 우리들에게 보여주었다. 내 기억으로는 제일 먼저 똥 덩어리를 깨문 사람이 바로 바이성타오였다. 나중에 그 반에서 함께 공부한 학생 중 제일 먼저 소련에 간 사람도 그였고, 가장 먼저 옌안에 간 사람도 역시 그였다. 당시 그는 옌안으로 가지 않아도 되었다. 왜냐하면 그는 당시 상하이에 개인 병원을 차렸기 때문이다. 그런데 어떻게 된 노릇인지, 아마 그가 희생된 듯했다(원문에서 발췌).

가와다는 고의로 우리들을 난감하게 만들려고 한 것이 아니라 학생 모두가 인류의 가장 은밀한 물건에 대해 익숙해지도록 하기 위한 것이라고 설명했다. 그는 대변과 소변, 고름, 가래, 혈액, 골수액, 흉막액 모두가 인간의 정상적인 생리화학 반응의 결과라고 설명했다. 그것들을 통해 인간들의 심신 상태를 이해할 수 있다는 것이다. 인간은 일생 동안 십만여 번의 방귀를 뀌며 삼십여 톤의 똥을 배설한다고 말했다. 일부 학생들이 웃음을 터뜨리자 그는 그런 것은 별로 웃을 일이 아니라고 말했다. 한 사람의 의사로서 말하자면, 그런 것을 반드시 이해하고 있어야 하는데, 그것은 목수가 나무의 특성을 잘 이해하고 있어야 하는 것과 마찬가지라는 것이었다. 그런 세월 속에서 우리들은 그로부터 대변에 관한 많은 지식을 얻었고, 그로부터 중국인 교수로부터 배울 수 없었던 대변에 관련된 종교적 지식까지 얻게 되었다. 그는 우리들에게 하나님을 믿는 사람이 있는지 물었다. 아무도 손을 들지 않았다. 그는 바이성타오의 이름을 거명하며, 자네는 교회에서 생활해보지 않았는가, 그런 식으로 물었다. 그제서야 우리들은 바이성타오가 원래 교회당에서 일을 했다는 걸 알게 되었다. 가와다가 말하기를, 서양 의사들은 하나님이 영험하고 신묘한 약들을 대변 속에 갈무리해놓았다고 여기는데, 또한 그것은 이미 경험으로 증명되었다는 것이다. 예를 들면 말똥으로는 흉막염을 치료할 수 있으며, 돼지 똥은 지혈제로 사용할 수 있으며, 인간의 똥으로는 막힌 혈관과 창상을 치료하며, 당나귀 똥으로는 피가 섞여 나오는 설사를 치료할 수 있으며, 쇠똥에 장미 즙을 섞으면 전간(정신착란증)과 경련을 치료할 수 있는데 특히 어린아이의 경기를 치료하는 데 효과가 있다는 것이다. 그의 영향으로 우리들은 평소에도 대변을 이용해 예를 드는 것을 좋아했다. 예를 들면 우리들이 의사의 응급처치 방안을 놓고 토론할 때, 만일 자네 머릿속에 똥이 들어 있다면 자네는 무엇보다 먼저 그 똥을 화장실에 펼쳐놓고 오라고 말하곤 했다.

지금 회상해보니 가와다 교수는 중국의 의학 발전에 매우 커다란 공헌을 했구나 싶다. 단순히 의학 방면에서만 말한다면, 그는 바이치우언(白求恩)* 커띠화(柯棣華)** 같은 인물이다. 의학이 발달한 오늘날, 우리들은 어쩌면 똥으로 사람을 치료하는 일은 없을 것이며, 또한 똥을 관찰해서 환자의 병세를 진단하는 일도 극히 적을 것이지만, 그러나 해방 전에는 중국이 매우 궁핍하고 낙후된 시대였기 때문에 빈번한 전쟁 기간 동안 똥을 이해하고, 똥을 이용해서 환자를 치료하는 것은 모두 의사의 가장 기본적인 역할이었다. 또한 이런 쪽에서 볼 때 가와다는 확실히 지대한 공헌을 남긴 인물이다.

바이성타오에 대해 계속 말하겠다. 상하이에서 옌안으로 온 다음, 바이성타오가 혁명 사업을 위해 공헌한 내용 역시 주로 변비를 치료하는 일이었다. 옌안에 있는 동안, 장정(長征)에 참여했던 일부 군인들은 신선한 채소와 과일이 부족한 데다 부득이 기장 같은 식물로 쌀을 대신해 허기를 채웠으므로 대부분 변비를 앓고 있었다. 그중에서 가장 유명한 변비 환자는 바로 마오(毛)***였다. 제2차 세계대전 발발 소식을 가장 먼저 보도해 세계적으로 명성을 얻은 영국의 기자 크라이얼 훠린워스는 그의 저서 『마오쩌둥, 그와 결별한 사람들』(1995년판, 하남인민출판사 발행)이라는 책에서 다음과 같이 기록하고 있다.

옌안에서 생활하면서 점차 일종의 사회와 정치 모델이 형성되어갔

* 노먼 베쑨(Norman Bethune). 캐나다 출신의 외과 의사. 1938년 캐나다와 미국 공산당의 파견 명령을 받아 의료진을 이끌고 중국 공산당을 지원함.
** 본명은 드와카나스 싼타라무 커디스(Dwarkanath Shantaram Kotnis). 인도인으로 유명한 외과 의사이다. 커띠화는 중국식 이름이다. 1937년 인도 의료지원단과 함께 중국으로 건너와 지원함. 1942년 중국 공산당 입당.
*** 마오쩌둥(毛澤東).

다. 아주 작은 사소한 일들이 외부와 단절되어 있는 단체의 구성원들에게 커다란 관심사가 되곤 해서 마오쩌둥의 변비 해결 문제는 한동안 그곳 사람들의 대화 속에 자주 거론되는 화제 중 하나였으며, 어쩌다 그가 변을 보고 나면 모든 사람들이 축하해주곤 했다. 이 사건은 좀 우습게 보이지만 장정에 참여했다가 옌안에 갓 도착한 거의 모든 사람들이 그런 고통을 겪고 있었기 때문에 그것은 과연 심각한 문제였던 것이다.

마오처럼 티엔한 역시 매번 대변을 보고 나면 유쾌한 기분으로 주위 사람들의 축하 인사를 받았다. 「티엔한과의 한담」이라는 글에서 주쉬똥은 티엔한이 병상에 누워 독백한 내용의 일부를 기록해놓았다. 티엔한이 말한 그 의사는 바로 바이성타오였다.

그 당시 순조롭게 변을 볼 수 있는지 없는지의 문제는 어떤 의미에서 이미 혁명의 최우선 과제였네. 샤오주 동지, 당신도 생각해보게. 뱃속에 늘 똥을 가득 안고 있다면 어떻게 싸움을 하겠는가? 다시 말하면, 변비 역시 우리들의 적이었다는 말일세. 말이 나온 김에 그래도 나는 의사에게 고맙다는 말을 해야겠네. 그 의사는 확실히 의술이 대단했네. 그 의사가 나에게 흑임자죽 같은 것을 주면서 마시라고 하길래 그걸 마시고 나니 확 뚫리더라니까. 당시 의사들이 모두들 내게 축하를 했다네. 내가 그 의사에게 그것이 무슨 보배냐고 물었더니 그가 하는 말이 나팔꽃 씨라더군. 훗날 나팔꽃 씨를 구할 수 없자 그 의사는 나에게 무씨를 먹게 하더군. 볶은 무씨를 말이네. 한번은 조사원을 내려보내 어떤 지주의 집을 홀딱 뒤집어엎었는데 마침 그 지주가 무 농사를 짓던 사람이라서 무씨가 무척 많더라고. 그때 무씨를 가져온 다음부터 우리들은 가볍게 화장실에 갈 수 있었지. 그 당시 유행하던 이야기 중에, 무슨 일을 하려면 편하게 똥을 누게 만들어주어야 선봉에 서서 전쟁을 치를 수 있으며, 그러면 틀림없이 혁명이 성공한다는 말이 있었네.

티엔한이 바이성타오를 바이포 진으로 파견한 이유는 어쩌면 여러 가지일 수 있지만, 그러나 그중의 하나를 가볍게 보아서는 안 된다. 즉 티엔한 같은 사람들은 이제 더 이상 변비를 앓지 않았다. 사실 똥오줌 전문가인 바이성타오로서는 이미 자신의 역사적 사명을 다한 것이나 마찬가지였다.

@ 보살 심장

나는 일찌감치 그곳을 떠나려고 생각했습니다. 그러나 또우스좡이 억지로 나를 이틀 동안이나 붙잡았습니다. 그가 하는 말이, 한번 찾아오기가 쉬운 것도 아니고, 또 꺼런은 늘 병치레를 하는 사람이라 곧 죽을 것도 아니니 이틀 더 머물고 가도 상관없다는 것이었죠. 그리고 만약 그가 제대로 접대를 하지 못하면 수장에게 면목이 없다는 것이었습니다. 솔직히 말하면 마오뤄츠키인 내 입장에서 그런 융숭한 대접을 받자니 정말 몸 둘 바를 모르겠더라구요.

그날 황혼 무렵 나는 밖으로 산보를 나갔습니다. 하늘은 짙은 회색 구름으로 뒤덮여 있고 삭풍이 매섭게 부는 것이 공기 중에 눈이 내릴 기미가 엿보였고 화약 냄새가 실려왔습니다. 그가 수장과 꺼런의 관계가 어떤지 나에게 물었습니다. 내가 대답했죠. "좋은 사이입니다. 아주 절친한 사이입니다. 그들은 혁명 동지로서의 돈독한 우의를 지니고 있습니다." 그가 다시 물었죠. 꺼런과 수장이 칭껑의 교회당에서 알게 된 사이가 아닌지 말입니다. 나는 그의 의중이 어디에 있는지 알 수가 없어서 대충 둘러댔죠. "지금 수장은 무신론자잖아요."

그는 지금 회의를 하고 있는 것이 아니니까 너무 심각하게 고민하지 말고, 하고 싶은 이야기를 마음껏 하라고 말했죠. 나는 사실 그들이 교회에서 개설한 유아원에서 알게 되었다고 말했습니다. 그 역시 유아원에 대해 안다고 말했는데, 그의 고향인 창수(常熟)에도 서양 사람이 개설한 유아원이 있다는 것이었죠. 더군다나 그는 칭껑 진에 있는 유아원이 빌 목사가 개설한 것도 알고 있었죠. 그가 말했습니다. "전도사들도 때론 좋은 일을 했소. 비록 그 좋은 일이란 것이 더 많은 사람들을 마비시키기 위한 것이었지만." 빌 목사에 대해 나는 줄곧 깊은 고마움을 지니고 있었죠. 그러나 눈앞의 상황이 어떻게 변할지 모르는 상황이라서 나는 그저 그 사람의 이야기만 듣고 있을 수밖에 없었습니다. 그리고 그는 꺼런의 모친의 죽음과 꺼런의 할아버지에 관해서도 질문을 했습니다. 나는 그에게 꺼런의 할아버지는 집안을 말아먹은 사람으로, 그가 죽을 때쯤에는 집안의 전 재산이 모두 아편 연기 속에 날아가버려서 빈털터리였는데, 그가 죽고 나서 꺼런은 빌 목사에게 이끌려 유아원에 들어가게 되었다고 설명했지요. 또우스종이 아! 소리를 내뱉고 나서 티엔한 동지로부터 그런 내용의 이야기를 들은 적이 있다고 말했습니다. 또우스종은 심지어 티엔산후(田三虎)에 관해서도 알고 있었는데, 더군다나 그를 서양 종교의 전도

활동 반대 운동의 지도자로 불렸죠. 거기까지 이야기했을 때, 그는 티엔한이 자기 외모가 티엔산후와 많이 닮았다고 칭찬한 적이 있다고 자랑스럽게 말했습니다. 장군, 티엔산후가 어떤 인물인지 당신은 대략 알고 있습니까? 그는 티엔한의 먼 친척 아저씨로 당시 사람들을 이끌고 산으로 들어가 스스로 차오가이(朝蓋)*와 비교했죠. 그러나 토끼도 제 굴 옆에 자란 풀은 뜯어 먹지 않는다고, 그는 칭껑 진 주민들에게는 그리 해를 끼치지 않았죠. 솔직히 말하면 그 사람이 칭껑 진 옆에 자리를 잡고 있는 동안 칭껑 진 주민들은 떠돌이 불량배들로부터 피해를 확실히 적게 보았습니다. 아, 말하자면 그 사람이 저지른 가장 큰 미련한 짓거리는 바로 칭껑 진에 있는 교회였습니다. 그 사람의 종말도 좋지 않았지요. 북벌 시기에 라오장(장제스)이 그를 자신의 부대에 끌어들이려고 했지만 그 사람이 응하지 않았던 겁니다. 라오장이 크게 화가 나서 그를 처치해버렸답니다. 그러나 당시 또우스종이 자신을 티엔산후와 비교할 때, 그래도 나는 황급히 그에게 알랑거리며 정말 티엔산후의 분신 같다고 말했지요.

나는 매우 답답했습니다. 또우스종 자신이 이미 꺼런에 관해 소상하게 알고 있으면서 무엇 때문에 알고 있는 내용을 다시 묻는 걸까, 의구심이 들었죠. 혹시 그의 앞에서 감언이설을 늘어놓는지 일부러 나를 시험해보려는 것인가? 그런 생각을 하자 나도 모르게 온몸이 부르르 떨렸습니다. 또우스종이 내 속마음을 알아차리지 못하게 하기 위해 나는 일부러 몹시 추운 표정을 지으며 두 손으로 입을 감싸고 입김을 호호 불며 콧물까지 흘렸죠. 또우스종은 내가 정말로 추위

* 『수호지』에 등장하는 인물.

를 타는 것으로 여기고 급히 누비옷을 벗어 내 어깨를 감싸주었습니다. 내가 입지 않겠다고 하자 그 사람이 명령이니 입으라고 했습니다. 그러면서 내가 몸살이라도 나면 곧장 임무 수행을 위해 떠날 수 없고, 그것은 혁명 사업의 입장에서 볼 때 매우 큰 손실이라고 말했지요. 명령을 따르는 것이 나을 것 같아 나는 그의 옷을 어깨에 걸쳤습니다. 그 옷을 걸칠 때, 나는 티엔한이 내 어깨에 그의 체크무늬 면 코트를 걸쳐주던 모습을 자연스럽게 떠올리면서 또한 그대로 이야기를 했습니다. "수장은 참으로 보살 심장을 가진 사람이오. 병사들을 친자식처럼 사랑하지." 또우스종이 말했습니다. 요즘 와서 생각해보니까, 그는 자신의 얼굴에 금으로 도금을 하고 있었죠. 비록 그가 티엔한을 내세워 말하고 있었지만 차라리 자기 자신을 말하고 있다는 표현이 나을 뻔했거든요. 그런 연후에 그는 내가 마오뤄츠키가 된 것에 관해 입을 열었습니다. "비록 당신이 트로츠키파로 몰리긴 했지만, 우리들은 당신을 곧바로 몽둥이로 때려죽이지 않고 오히려 당신이 공을 세울 기회를 준 것이오." 그는 결국 내가 눈물을 흘리게 만든 것이죠. 내가 눈물을 흘릴 때, 그가 갑자기 화제를 돌려 얼리깡 전투에 관한 이야기를 꺼냈습니다. 그는 나에게 얼리깡 전투에 관해 아느냐고 물었죠. 나는 안다고 답했습니다. 잠시 후 그가 감개무량한 듯 한마디 탄성을 지르더니 느닷없이 당시 꺼런이 죽었다면 정말 좋았을 거란 말을 했죠.

후꼬우에 있을 때 나는 따귀를 몇 번 맞은 적이 있습니다. 또우스종이 그런 이야기를 했을 때, 나는 내 귀에 이상이 생겨 잘못 들은 줄 알았습니다. 그러나 다시 한 번 그의 표정을 살펴보고 나서 내 귀가 나를 속인 게 아니라는 것을 알았지요. 나는 너무 놀라 숨도 제대로 쉴 수 없었습니다. 또우스종이 말했습니다. "나와 당신, 티엔 수장 그리고 그 외 수많은 동지들이 모두 꺼런을 깊이 사랑하고 있소. 아, 당시 그 사람이 의를 지켰다면 민족 영웅이 되었을 텐데. 안타깝게 지금은 아무것도 아니란 말이야. 만약 그 사람이 옌안으로 돌아오게 된다면 틀림없이 반역자로 처벌받을 거란 말이오. 분명히 알아야 할 것은, 대부분의 사람들의 생각은 폭풍우 속이나 너 죽고 나 살자는 투쟁 앞에 서 있을 때 인간은 영웅이 아니라 짐승이란 것이오. 결국 어떤 사람들은, 적과 내통하지 않았다면 그가 어떻게 생환할 수 있었을까, 그런 생각을 할 거란 말이오. 비록 나와 당신은 결코 꺼런이 적과 내통했을 거라고 믿지 않지만, 그러나 인심이 그 지경이니 어떻게 하겠소? 죽이지 않자니, 그 사람 역시 결국 트로츠키파로 몰려 혁명 대열에서 숙청될 것이고. 비록 조직의 상부에서 큰 아량을 베풀어 그에게 활로를 남겨준다 하더라도 차라리 죽는 것만 못할 것이오."

내 머릿속이 갑자기 터지는 것 같았죠. 마치 천둥 번개가 정수리 위에 떨어진 것 같았습니다. 나는 귀를 곧추세우고 그의 말 한 마디 한 마디를 놓치지 않으려고 했는데, 그러나 귀에서는 윙윙 소리만 들렸죠. 잠시 시간이 흐른 다음, 나는 정신을 가다듬고 또우스종에게 물었습니다. 그럼 어떻게 하면 좋겠습니까? 그 말을 할 때, 사실 나는 그가 어떻게 대답할지 이미 예감했었죠. 그가 머리를 긁적이며 매우 고통스런 표정으로, 온종일 그 문제로 고민했는데, 밥도 넘어가지 않고 잠도 제대로 오지 않는다고 말했습니다. 이리저리 심사숙고한 끝에 결국 한 가지 방법을 생각해냈는데, 그것은 바로 꺼런이 진짜 죽는 것이며, 그것도 귀신도 모르게 죽어야 한다는 것이었습니다. 맙소사, 내가 가장 염려했던 것이 바로 그 말을 듣는 것이었죠. 그러나 만약 당신이 귀신을 무서워할수록 귀신은 더욱 당신을 쫓아오게 마련이잖아요. 연이어 나는 그의 말을 들었습니다. "바이성타오 동지, 비록 당신이 가장 적당한 인물로 선발되기는 했지만, 만약 당신이 난감해할까 봐 조직의 상부에서는 다른 방법도 생각해놓고 있소." 나는 감히 여러 말을 할 수 없어 단지 혹시 다른 방법은 없는지 한 마디만 물었습니다. 그가 말했죠. "물론 방법은 있는데, 그것은 바로 그가 죽은 것처럼 영원히 입을 열지 않는 것이오." 나는 서둘러 말했습니다. 내가 밤낮으로 따황 산으로 달려가 그를 만난 뒤 죽은 듯이 지내라고 주의를 주겠다고 말이죠. 안타깝게도 나는 진지하게 말하는데, 그는 귀담아듣지 않았습니다. 그가 나에게 말했죠, 지금은 이미 늦었으며, 믿을 만한 정보에 의하면 조만간 꺼런이 자신의 글을 발표함으로써 그의 신분이 노출될 것이란 거였죠. 장군, 솔직히 말하면 당시 나는 그 말을 듣고 몹시 화가 났습니다. 나는 생각했죠. 그처럼 총명한 꺼런이 왜 그런 미련한 행동을 할까?

또우스종이 다시 말했습니다. "바이 동지, 우리 모두 보살 같은 심장을 갖고 있긴 하오. 그러나 혁명가의 명예와 절조(節操)를 보호하기 위해 어쩔 수 없이 그를 죽일 수밖에 없소. 맞소, 그를 죽여야 하는 것이오. 바이 동지, 당신은 그를 특정한 사람으로 보지 말고, 다만 어떤 유형의 사람으로 봐야 할 것이오. 그런 유형의 사람은 평생 뛰어나게 슬기롭고 총명하지만, 그러나 혁명의 중요한 기로에서 하늘처럼 커다란 실수를 한단 말이오. 만약 우리들이 지난날처럼 그들을 깊이 사랑하고 있다면, 그들이 소리 없이 자취를 감추게 해주는 것 외에는 달리 좋은 방법이 없는 길이오. 바이 동지, 문제를 그런 방식으로 생각하는 것만이 우리들이 괴로움에서 벗어날 수 있는 길이오." 이미 날은 어두워졌고, 나는 어둠 속에서 또우스종의 최후통첩을 받았습니다. 그는 사실 그런 생각이 그 혼자만의 의견이 아니라 꺼런을 사랑하는 모든 사람들의 뜻이라고 말했습니다. 비록 사람은 죽지만 그의 정신은 죽지 않고 여러 사람의 모범으로 여전히 남아 있는 것과 살아 있는 것이 차라리 죽는 것만 못할 경우 우리들은 전자를 선택하지 않을 이유가 없다는 것이었죠.

그의 말투는 간명해서 흡사 형을 집행하는 대원에게 명령을 하달하는 것 같았습니다. 나는 권총집에서 나는 짐승의 가죽 냄새를 맡았죠. 그 냄새는 또우스종의 허리춤에서 나는 것이었는데 대지를 뒤덮은 눈에서 나는 냄새보다 훨씬 짙었습니다. 대지 위에 쌓인 눈은 결국 녹아 없어지지만, 짐승 가죽 냄새는 세월을 초월해도 사라지지 않지요. 만일 내가 반 토막이라도 말을 한다면 내 머리통이 박살난다는 것을 이미 알고 있었죠. 장군, 근래에 들어서 나는 인간의 공포와 두려움이 머리에서부터 시작되는 것이 아니라 발끝에서부터 시작한다는 것을 어느 정도 이해하겠습니다. 먼저 발뒤꿈치가 차가워진 다음 그 한기가 종아리를 따라서 위로 올라오더군요. 그것이 허벅지를 지나면 담낭이 바짝 오그라들지요. 그러고 나서 한기는 다시 등골을 타고 위로 올라갑니다. 그리고 맨 마지막에 가서야 머릿가죽이 찌릿찌릿하게 마비되더군요. 또우스종이 어떻게 생각하느냐고 물었을 때, 나는 곧바로 대답했습니다. "수장, 당신이 시키는 대로 따르겠습니다." 그는 잠깐 나를 주시했는데, 마치 내 얼굴에서 무슨 변화가 일어나는지 알아차린 눈치 같았죠. 그러나 나의 표정이 그를 충분히 만족시켰습니다. 그는 내 옷 매무새를 고쳐주고 불쑥 솟아오른 내 견갑

골을 툭툭 두드리며 말했죠. "바이성타오 동지, 동지가 직접 손을 쓸 필요는 없소. 조직에서는 동지와 그 사람의 친분을 충분히 고려하고, 또한 동지가 의사라는 점도 고려해서 동지를 난감하게 만들지 않기로 결정했으니, 직접 손을 쓰지 않아도 되오."

나는 그 말을 듣고 다시 한 번 놀랐지요. 혹시 무슨 곤란한 문제라도 튀어나오지 않을까 두려웠습니다. 그가 설명을 덧붙였습니다. "조직에서는 모든 것을 아주 세심하게 고려했소, 흡사 무대에서 연극을 하는 것처럼 말이오. 평소에 칼 쓰는 것에 익숙한 사람에게 이번에는 몽둥이를 사용하라고 한다면 그것이 말이나 되겠소? 직접 손을 쓸 사람은 자오야오칭이오. 그는 군인으로 사람을 죽이는 데 눈 하나 깜빡이지 않는 사람이오. 당신의 임무는 명령서를 자오야오칭에게 전달하는 것과 꺼런이 쓴 글들을 단 한 장도 빠뜨리지 않고 회수해 오는 것이오." 그는 다시 한 번 강조했습니다. 그 글들은 꺼런 한 사람의 것이 아니라 혁명의 재산이라는 것과 또한 꺼런이 도대체 어떤 글을 쓰고 있던 것인지 수장이 보고 싶어 한다는 말을 했소.

롱위디엔으로 돌아오는 도중에 나를 가장 조바심 나게 만들었던 일은 아칭으로부터 전보가 왔을지도 모른다는 거였죠. 요즘 와서 내가 알게 된 것이지만, 또우스종이 나를 붙잡고 있었던 것은 사실 아칭의 전보를 기다리고 있었던 것이지요. 당시 그가 만약 아칭과 직접 연락을 취할 수 있었다면, 그는 직접 아칭에게 명령을 하달했을 겁니다. 물론 그런 식으로 된다면 나 역시 살아서 장자코우를 떠날 일이 없었지요. 아, 사람의 길흉화복은 정말 알 수 없는 것입니다. 그러나 그 당시 나는 운이 좋아서 아직 귀신이 잡으러 오질 않았죠. 내가 장자코우를 떠날 때까지 아칭으로부터는 전보가 당도하지 않았습니다.

& 동방의 성전

꺼런과 관련된 사건에서 중요 인물인 또우스종의 자료는 안타깝게도 매우 적다. 나는 단지 주쉬뚱이 저술한 『티엔한전』에서 그가 티엔한과 함께 찍은 사진 한 장을 보았을 뿐이다. 티엔한은 말 위에 앉아 있고 또우스종이 말 머리 옆에 서서 손에 고삐를 잡고 있었다. 어쩌면 기다란 말의 얼굴 때문인지 사진 속 또우스종의 얼굴은 매우 작아 보였다. 그의 머리카락은 엄청나게 길었고 구레나룻을 기르고 있어서 고양이과 동물 같은 느낌이 약간 들었다. 그것은 1936년 바오안(保安)에서 찍은 사진이었다. 주쉬뚱의 이야기에 의하면, 티엔한에게 사진 속의 옆에 서 있는 사람이 누구인지 물었을 때 티엔한은 단지 대답하기를, "그 사람 성이 또우라네. 「또우어웬(竇娥冤)」*의 또우일세," 그 말 이외에는 전혀 아무 소리도 하지 않았다고 한다. 다시 말하면, 지금까지 우리들은 바이성타오에게 들어서 알고 있는, 그가 장수 성 창수 사람이라는 것 외에 그의 경력이나 가정환경 등에 관해서는 여전히 알고 있는 것이 없다.

또우스종은 틀림없이 티엔한에게 들어서 빌 목사를 알았을 것이다. 내가 앞서 설명했던 것처럼, 칭껑 진에서 선교 활동을 하던 빌 목사는 훗날 엘리스 목사와 함께 『동방의 성전』이라는 책을 저술했다. 빌 목사는 매우 박학한 사람으로 고대 이집트의 『망령서』에서 묘사한 향기롭고 달콤한 과자로부터 『코란』에 기재되어 있는 천국에 흐르는

* 중국 십대 비극 중의 하나인 전통극으로, 원나라 관한경(關漢卿)의 작품.

네 개의 강까지 모두 연구하고 있었다. 그는 의약 분야에도 많은 지식을 갖고 있었다. 제2차 세계대전 당시 그와 엘리스 목사 모두 국제적십자사에 참여했었다. 나의 고모할머니는 그에 관해 이렇게 묘사했다. "그는 호리호리하고 키가 훤칠하게 컸고 발도 매우 컸어. 내가 그 사람에게 별명을 하나 지어주었는데, 그게 바로 촨티엔양(穿天楊)이었지. 그 사람은 매우 온화하고 부드러웠으며 목소리가 어찌나 여린지 흡사 바람이 나무 그늘 사이를 스치고 지나가는 것 같았단다."

아래 문장은 『동방의 성전』이라는 책에서 발췌한 내용이다. 이 글은 꺼런과 티엔한의 유년기의 생활 단편을 보여주고 있다. 약간 부연 설명을 하자면 문장 중에 나오는 '꺼상런'은 바로 꺼런이 어린 시절에 사용하던 이름이다.

> 나는 1898년, 즉 중국으로 따지자면 무술년에 칭껑 산에 도착했다. 칭껑 산은 단지 하나의 산을 가리키는 것이 아니라 인구 수로 본다면 유럽의 작은 나라에 해당하는 지방이다. 바로 그해 청나라 정부는 「지방관 접대 선교사 규정」을 반포했다. 그 법규로 인해 나는 현지인들로부터 양저우(洋州) 현장으로 불렸다. 내가 이곳으로 오기 전, 이곳의 교회 업무를 주관하던 사람은 엘리스(W. Ellis) 목사였다. 칭껑 교회는 명나라 만력(萬曆) 17년에 세워졌다. 그 교회가 나에게 남긴 인상은 매우 아름다웠다. 나는 지금도 벽돌로 포장된 작은 골목길과 반짝이는 황금으로 장식한 기둥 윗부분의 문양, 교회 안에 걸려 있는 예수의 수난상 및 제단 위에 놓인 성모상을 생생하게 기억하고 있다.
>
> 칭껑 산에서 나와 엘리스 목사는 공동으로 유아원을 개설했다. 우

리들이 맨 처음 받은 아이는 부모에게 버려진 갓 태어난 여자아이였다. 우리는 그녀를 지(濟) 강변에서 구출했다. 한동안 세월이 흐른 다음, 나는 꺼상런이 바로 그녀의 쌍둥이 오빠라는 것을 알았다. 꺼상런 역시 나중에 유아원에 들어왔다. 사실 그 당시에 그는 이미 소년이었다. 꺼상런은 매우 총명했고 눈동자가 이슬방울처럼 반짝거리는 소년이었다. 그의 이름은 일종의 중국 전통 종교적인 모습을 보여주고 있었는데, '런(仁)'은 유교의 중요한 하나의 이념이었고, '상(尙)' 역시 유교 학설 속에서 종종 출현하는 말이다. 그의 어머니는 총명한 여자였으나 너무 일찍 사망했다. 어머니가 죽고 나서 얼마 지나지 않아, 그의 할아버지 역시 죽었다. 그의 할아버지의 죽음과 관련해서 놀라운 이야기 하나를 하겠다. 그의 할아버지는 미미라고 부르는 고양이 한 마리를 기르고 있었다. 그는 그 고양이의 털로 아편 흡연용 파이프를 닦았고, 또한 고양이의 눈동자를 보고 시간을 알았다. 들리는 이야기에 따르자면, 고양이의 눈동자는 시간에 따라 그에 상응하는 변화를 일으킨다고 한다. 예를 들면, 고양이의 동공이 쥐 털처럼 가늘어지면서 수직으로 세워졌을 때, 사람들은 정오가 다 되었다는 것을 알았다고 한다. 그 노인이 미미에게 쏟는 사랑은 오히려 손자에 대한 사랑보다 깊어서, 자신의 옷소매를 미미의 침실로 사용하게 했다. 들리는 이야기에 의하면, 그는 고양이의 잠을 깨우지 않으려고 심지어 자신의 두루마기 소매를 잘랐다고 한다. 그러나 중국에서 사랑은 종종 화를 입게 된다! 그 미미라고 불리던 고양이는 바로 사랑의 순장품이 되고 말았다. 그는 죽기 직전 미미를 죽인 다음 바짝 졸여 탕을 만들어 마셔버렸다. 그는 틀림없이 그것이 고양이에 대한 가장 좋은 사랑이라고 여겼을 것이다. 그 고양이가 시계를 대신했다는 것으로 볼 때, 우리는 그가 자신의 죽음을 역사의 종말로 여긴 것이라고 생각할 수 있다.

꺼상런에게 유아원에서 가장 좋은 친구는 티엔총(田聰)이라는 아이였다. 유아원에서 받아들인 남자아이는 모두 부모가 죽은 아이들이었고 티엔총 역시 예외가 아니었다. 그의 숙부 이름은 티엔산후였는데, 그는 티엔총에 대한 부양의 책임을 다하지 않았다. 훗날 고아였던 티엔총은 장군이 되었는데, 그때 그의 이름은 티엔한으로 개명된 후였다. '총명할 총(聰)'을 '땀 흘릴 한(汗)'으로 바꾼 것인데, 비록 한 글자를 바꾼 것에 불과하지만 그가 이미 중국의 철학적 핵심에 깊이 빠져 있다는 것을 의미하는 것이다. 중국인들은 자기 자신이 총명하다는 것은 거부하지만 힘들여 노력하는 것을 미덕으로 생각한다. 내 기억 속의 티엔총은 총명하고 활동적이지만 좀 수줍음을 타는 편이었다. 나는 지금도 그와 관련된 한 가지 장면을 기억하고 있다. 한번은 내가 꺼상런을 데리고 객지에서 돌아올 때였다. 마당에 들어설 때 마침 아이들이 모래를 갖고 장난을 치고 있었다. 한 여자아이가 꺼런에게 다가오더니 한 줌의 모래를 꺼런의 손바닥에 놓아주었다. 저녁놀 속에서 고운 모래는 눈부신 황금색으로 빛났다. 그때 티엔총 역시 다가왔다. 그는 공중으로 모래를 휙 뿌리고 나더니 꺼상런의 앞으로 달려갔는데 발을 제대로 멈추지 못해 그만 앞으로 넘어졌고 커다란 보따리가 머리를 가렸다. 내가 이쪽에 선 채 바라보니까, 그는 넘어진 것을 매우 부끄러워하면서 일어서긴 했는데 그 모습이 흡사 여자아이처럼 얼굴이 온통 새빨개졌다.

꺼상런과 티엔한을 떠올리기만 하면, 나의 기억은 곧 눈발이 휘날리던 날에 머물곤 한다. 내가 기억하기로 그들은 종종 문밖에 쌓인 눈 속에서 기도를 했는데, 쌓이는 눈이 그들의 부모를 너무 깊이 덮어버려 그들과 더욱더 멀어질까 염려했다. 나는 두 아이들을 데리고 교외에 있는 묘지를 찾아간 적이 있다. 그들은 중국의 풍습대로 그곳에서 지전을 불살랐는데, 그런 식으로 태워진 지전이 저승으로 간 영혼들이 사용할 수 있는 돈으로 바뀐다고 한다. 티엔충은 부모의 묘를 찾지 못했지만 꺼상런은 찾았다. 그는 두 무릎을 꿇고 앉아 낮은 소리로 흐느꼈다. 그리고 어느 날, 풍향이 바뀌고 쌓인 눈이 녹는 계절이 가까워졌을 때였다. 나는 다시 그들과 함께 묘지를 찾아갔다. 그들은 다시 기도를 하면서 부모들이 천당에 가기를 기원했다. 여자아이 한 명 역시 우리와 함께 묘지를 찾아갔었다. 앞서 소개한 바와 같이 그 여자아이는 꺼상런의 쌍둥이 누이동생이었지만 그들 자신은 그런 사실을 모르고 있었다. 그때 그 여자아이는 꺼상런처럼 비통해했다. 여자아이는 입술을 깨물고 아무 말도 하지 않고 있었는데, 맑고 깨끗한 눈빛이 흡사 골짜기를 흐르는 맑은 시냇물 같았다. 당시 여자아이는 처음으로 묘지를 찾아간 것이라서 그곳의 모습을 생경하게 느끼고 있었다. 나는 지금도 그 묘지의 모습을 생생하게 떠올릴 수 있는데, 그곳은 습하고 어두침침했으며, 쌓인 눈의 무게를 이기지 못하고 부러진 마른 나뭇가지 그리고 땅에 떨어져 이미 시커멓게 썩어가는 식물의 이삭 같은 것들이 널브러져 있었다. 그러한 모든 것들은 내가 아이들에게 보여준 『성경』 삽화 속 모습과 너무 비슷했고, 제법 세월을 먹은 굵직한 등나무 줄기는 삽화 속에서 모세가 들고 있는 이집트 문양이 새겨진 지팡이를 생각나게 만들었다. 나는 두 아이를 위로했다. 비록 이곳의 모든 것이 『성경』의 삽화 속에 나오는 모습과 비슷하지만 그들의 부모는 틀림없이 천국에 있을 것이라고 말했다.

칭껑 산에서의 선교 활동은 다른 사람들이 생각하는 것처럼 쉽지 않았다. 다행히 나와 엘리스 목사는 어린아이들이 성장하는 모습을 보는 것으로 위안을 삼을 수 있었다. 내가 말하고 싶은 것은 수많은 중국인들과 진리의 관계인데, 그것은 그들의 가족 구성원의 조직과 비슷해서 종종 일부다처제 같았다. 다시 말하면 우리 주 예수에게 귀의하는 것을 많은 경우 신앙이 아니라 첩을 얻는 것처럼 생각했다. 그런 사람들 중 대다수 사람들이 말하기를, 천국은 마음속에 있는 것이 아니라 바로 옆에 있으며, 바로 옆에 놓여 있는 과자나 맥주 혹은 우유에 있다는 것이다. 내가 훗날 더 이상 선교를 하지 않고 오직 아이들에게 글자와 문법만을 가르치게 된 것은 바로 그런 연유 때문이다. 나도 생각해보니까 그 사랑스런 아이들의 입장에서 보면 지식은 곧 그들의 미래를 위해 준비하는 과자였고, 그들의 목을 축일 수 있는 시원한 물을 준비하는 것이었으며, 그들의 콧구멍을 위해 달콤하고 청량한 바람을 미리 준비하는 일이었다. 그런 생각을 하고 보니까 나도 깨닫게 되었다. 이것이 바로 천국을 뜻하는 말이라는 것을 알게 된 것이다.

그러나 천국이 나타남과 동시에 다른 문제가 발생했다는 것을 나는 미처 알지 못했다. 우연히 잘못 떨어뜨린 바둑알 하나가 형세를 종종 패국으로 몰고 가는 것처럼, 재난의 발생은 언제나 극히 작은 일과 관련지어지곤 한다. 유아원의 한 여자아이가 맨발로 고운 모래밭을 내달릴 때, 작고 보드라운 발에 채인 모래알이 날리기 시작하면서, 놀랍게도 한바탕 커다란 모래 폭풍으로 변하더니, 결국 나와 엘리스 목사를 머나먼 타향 땅에서 몰아냈다.

빌 목사가 표현한 '모래 폭풍'은 단지 하나의 비유였다. 그것은 곧 또우스종이 말했던 "서양 종교 반대 운동"이었다. 티엔산후는 확실히 그 운동의 선봉장이었다. 빌 목사의 이야기로는 그가 티엔한의 숙부라고 했지만 정확한 표현이 아니었다. 사실 그는 단지 티엔한의 먼 친척 아저씨로 고조할아버지 대 이전에 이미 갈라진 자손이다. 그 '모래 폭풍'은 실제로 한 여자아이의 발과 관련이 있었다. 왜냐하면 그 여자아이는 전족을 하지 않고 있었기 때문이다. 그 당시 사람들은 전족을 하지 않은 여자의 발을 보고 나룻배라고 놀렸다. 유아원에는 나의 고모할머니 이외에 네댓 명의 여자아이가 더 있었다. 여름이 다 가오면 여자아이들은 남자아이들처럼 종종 맨발로 마당을 돌아다녔다. 밖을 지나가던 사람들이 전족을 하지 않은 여자아이들의 발을 볼 때마다 소리를 질렀다. "꼴불견이다, 꼴불견이야, 저렇게 커다란 나룻배가 있다니."

유아원의 아이들은 비록 고아였지만 그렇다고 그들의 문중 친척들까지 모두 죽고 없는 것은 아니었다. 따라서 최초의 논쟁은 선교사와 그들의 친척들 간에 일어났다. 비록 친척들이 애초에 아이들을 데려가 키울 생각은 없었지만, 그렇다고 그들이 여자아이들이 맨발로 돌아다니는 것을 용인한다는 것은 아니었다. 그들은 빌 목사와 엘리스 목사에게 여자아이들을 내버려둔 것에 대해 배상을 요구했다. 여자아이의 발을 맨발로 자라게 내버려둔 것은 그녀들의 일생을 망치게 한 것으로, 당신들과 양저우 현에 배상을 요구하는 것도 이미 은혜를 많이 베푼 것이라는 것이었다. 배상을 하지 않아도 좋은데, 그렇다면 그들이 아이들을 데려가도록 허락하라고 요구하면서, 소 잃고 외양간 고치는 격이지만 이제부터라도 천천히 교육을 시키겠다고 했다. 내가 칭껑 산에 갔던 해에 서양 종교 반대 운동에 관해 전해져 오는 이야기들을 조금 들을 수 있었다. 그 당시 여자아이들의 친척들의 속셈은 바로 그녀들을 집으로 데려가 몇 년 힘든 잡일을 시키다가 나중에 시집을 보내려는 것이었다. 발이 큰 여자는 시집보내기가 쉽지 않은 것을 떠올리고, 그들은 미리 다른 방법을 생각해두었는데, 바로 그녀들을 기방에 팔아버리는 것이었다. 아, 어쨌든 돈을 주고 여자와 잠을 자는 사람들은 모두 천하고 못된 자들이라서 오직 발이 큰 여자하고나 잠을 잘 수 있었다.

한쪽에선 백성들이 문을 두들기며 사람을 내놓으라고 하고 다른 한쪽인 양저우 현은 문을 걸어 잠그고 사람을 내놓지 않자 일이 크게 시끄러워졌다. 바로 그런 시점에서 티엔산후가 달려와 정의를 주관했다. 최신 수정 출판된 『칭껑방지(青埂方志)』(1995년)를 보면 그 사건에 대해 거론한 부분이 있는데, 그 책 속의 글은 『홍기만권서풍(紅旗漫卷西風)』(1968년판)이라는 책에서 인용한 것이다.

> 그 위대한 서양 종교 반대 애국 운동 중 티엔산후는 마치 황하 급류 속에 우뚝 버티고 있는 띠주 산처럼 엄청난 역할을 펼쳤다. 그의 영명한 지휘 아래 교회의 담장은 무너지고, 오색 스테인드글라스 유리창은 돌멩이에 산산조각 났으며, 안에 있던 식량을 챙겨 제국주의 선교사들은 꼬리를 사린 채 달아났다.

책 속에 쓰인 어휘는 검토할 만하다. 왜냐하면 '제국주의 선교사'라는 어휘를 제외하고 '달아났다는 인물' 중에는 훗날 장군이 된 티엔한과 민족의 영웅 꺼런 그리고 마오뤄츠키 바이성타오가 포함되어 있었기 때문이다. 나의 고모할머니 역시 칭껑 진을 떠났다. 사실은 붙잡혀 민간으로 되돌아간 두 명의 여자아이를 제외하고 유아원에 있던 사람들은 모두 도망쳤다.

@ 두 사람의 동행

다음 날, 드디어 장자코우를 떠났습니다. 출발 전 나는 다시 또우스종과 대화를 나눴지요. 그 사람 역시 나에게 한 통의 편지를 주면서 아칭에게 전해달라고 부탁했습니다. 나는 당연히 눈치 챘지요. 그것이 또우스종의 명령서라는 것을. 나는 즉각 그에게 레닌 동지가 말한 것처럼 내 눈을 보호하듯 그것을 안전하게 지키겠다고 말했습니다. 또우스종이 곧바로 칭찬을 하면서 하는 말이, 동지들이 모두 당신처럼 훌륭하다면 국민당 정권은 벌써 무너졌을 것이며, 왜구들도 일찌감치 물러갔을 것이라고 했지요. 내 앞날에 관해서 또우스종 역시 나와 대화를 나누었습니다. 그는 내가 임무를 완수하고 나면 그날 밤으로 돌아오라고 했는데, 인민 대중들에게는 나 같은 의사가 필요하기 때문이라는 거였죠. 그리고 임무 수행을 위해 길을 떠나는 나에게 여정에 도움이 될 수 있도록 한 명을 붙여주겠다고 말했습니다. 장군, 당신의 선견지명은 참으로 놀랍군요. 바로 젊은 아가씨였습니다. 그 당시 나는 단지 그녀의 성이 홍(鴻)이라는 것만 알고 있었죠. 또우스종의 이야기로는 그녀가 한코우(漢口)로 가는 길이므로 마침 나와 방향이 같다는 것이었습니다. 그리고 임무 수행에 편리하고, 또 다른 사람들의 이목을 받지 않기 위해 부녀로 가장하거나 아니면 부부로 행세해도 된다는 거였죠. 나는 그 자리에서 부녀로 가장하겠다고 말했습니다. 또우스종이 이를 드러내고 미소를 지으며 말했죠. "표현이 너무 딱딱하군요. 너무 쉽게 주관주의 방공호 속으로 빠지시는군. 어쨌든 임무 수행이 가장 중요한 것이니 편한 대로 하시오." 나는 아, 내가 나이가 많으니 그래도 부녀처럼 행세하는 게 낫다고 말했습니다.

롱위점을 나설 때 나는 길게 한숨을 돌렸습니다. 솔직히 말하면 나는 또우스종이 마음이 변해 다른 미행자를 딸려보낼 줄 알았거든요. 취화루의 창틀 사이로 한 줄기 빛이 비칠 때 나는 민감하게 반응하며 고개를 돌려 혹시 누가 뒤쫓아오는지 보았습니다. 불빛으로 인해 내 그림자가 벽에 비쳤는데, 그림자는 점점 커져 마치 커다란 바윗돌처럼 담장에서 땅바닥으로 옮겨지더니 잠시 후 그림자가 사라졌습니다. 그 순간 다시 한 줄기 빛이 또 다른 높은 담장 위에서 비쳤는데, 나는 그곳이 성첩(城堞)인지 포루인지 모르겠더군요. 하늘은 구름 한 점 없이 쾌청한데 달은 아직 뜨지 않았습니다. 높은 담장 위로 은하수가 일사천리로 펼쳐졌습니다. 나는 돌연 꺼런을 떠올렸지요. 지금쯤 그 역시 은하수를 올려다보고 있을까? 그는 알고 있을까? 이번에 내가 찾아가는 이유가 어떤 임무 때문이라는 것을? 만약 알고 있다면 그는 어떤 생각을 하고 있을까? 나는 내 자신에게 다짐했죠. 홍 양과 최대한 말을 적게 하기로 말이죠. 치치하얼 경계를 벗어날 때까지 우리 두 사람은 줄곧 잠을 잤습니다. 나는 자는 척한 것이고, 그녀는 정말로 잠이 들었죠. 베이핑에 도착하고서야 그녀는 잠에서 깨어났습니다. 그녀는 베이핑에 자주 왔었던 모양인지 사람들도 익숙하고 길 또한 잘 알고 있어서 나를 데리고 이 골목 저 골목을 누비고 다니다가 나를 이끌고 차에 올랐습니다. 차 안에는 승객이 몇 명 되지 않더군요. 그 차가 비록 객차이긴 했지만 차 안에 실린 것은 거의 구호식량이었습니다. 설명하지 않아도 당신들 역시 알고 있을 겁니다. 그 식량은 모두 허난 성의 재해 지역으로 운반되는 거였죠. 황하 강 화웬코우가 뚫린 다음 허난 사람들은 편한 날을 보낼 수 없었습니다. 당연하죠. 대다수 사람들에게 그것은 좋은 일이었습니다. 왜냐하면 가난할수록 혁명에 더욱 열성적이니까. 좋아요, 그런 이야기는 그만하죠. 그 차를 타게 된 것은 모두 홍 양 덕분이었죠. 홍 양과 차를 운행하는 관병은 매우 잘 아는 사이 같았습니다. 그녀가 담배를 피우려고 하자 군인 한 명이 불을 붙여주더군요. 그녀가 물을 마시려고 하면 곧 물 컵이 건네졌죠. 그녀는 그 군인이 지니고 있는 라이터가 바로 그녀가 준 것으로 오리지널 미제라고 말했죠. 그 군인의 이름을 나는 잘 모릅니다. 정말로 모른다니까요. 그냥 편하게 그를 미제라고 부릅시다. 그 미제가 카드놀이를 하기 위해 객차의 연결 부분까지 갔다가 다시 돌아왔습니다. 그가 알 듯 모를 듯한 미소를 지으며 말했습니다. "당신들은 부부 사이, 아니면……" 내가 미처 입을 떼기 전에 홍 양이 미제의 얼굴을 어루만지며 말했죠. "군인 오빠, 질투하는 거예요?" 그녀는 결국 아무 말도 하지 않은 것이나 마찬가지였는데, 단지 다른 사람들에게 그녀와 그 군인과의 관계가 남다르지 않다는 것을 과시하려는 것 같았죠. 그녀의 행동이 가져온 효과는 실로 대단했습니다. 미제가 우리들에게 차를 가져올 때 다른 승객들은 그저 눈을 동그랗게 뜨고 놀라워할 뿐이었죠. 나 혼자만 체면을 잃은 것인데, 차 안에 있던 사람들은 내가 아버지로서 딸자식을 나무래야 하는데 그렇지 않다면 내가 녹색 모자를 쓴 남자*임이 분명하다고 여기게 되었죠. 홍 양은 바로 그런 효과를 노린 거였습니다. 그녀가 내 무릎 위에 앉았을 때, 당신은 딸이 아버지에게 재롱을 떠는 것이라고 말하거나, 혹은 아내가 남편의 질투를 가라앉히려고 하는 행동이라고 말할 수도 있겠죠. 화살 하나로 두 마리의 매를 잡는 격이었습니다. 내가 다른 사람들에게 전혀 반항하지 않고 순순히 참고 견디는 패거리로 보이지 않게 하고, 열혈 남자로 보이게 하려는 것이라고 나도 그런 식으로 생각했죠. 제기랄, 만약 어떤 사람이 당신들이 부부 사이냐고 다시 물어보았다면, 나는 바로 그렇다고 대답하면서, 어째 아니겠소, 이 여자는 내가 갓 얻은 작은마누라요,라고 했을 겁니다. 그러나 신샹에 도착할 때까지 단 한 사람도 묻지 않았습니다.

핑한으로 가는 길에 여러 가지 사건들이 자주 발생하기 때문에 객차 안의 등은 일찌감치 꺼져 있었죠. 미제가 남포등을 들고 찾아와 우리에게 왜 잠을 자지 않느냐고 물었죠. 홍 양이 잠이 오지 않는다고 대답하자 미제가 말했습니다. "혹시 밤낮이 바뀐 것 아니오? 밤이 되니까 오히려 정신이 드는구려." 아주 일상적인 한마디였지만 홍 양은 민감하게 반응했습니다. "흥, 당신이야말로 뒤바뀐 모양이네요. 당신은 지금 고개를 아래로 처박고 돌아다니잖아요!" 보아하니 그들이 입씨름을 시작하려는 듯해서 내가 급히 나서서 말렸지요. 미제가 하는 말이 자기는 화를 내지 않았다고 합니다. 그러고 나서 그가 지상매괴(指桑罵槐)**하기 시작했죠. 그 사람에게 티에메이라는 조카딸이 있는데 역시 얼마나 애를 먹이는지, 이야기가 통하지 않으면 식구들

* 천한 일에 종사하는 사람을 뜻했으나, 훗날 의미가 변해 전적으로 부정한 여자를 아내로 둔 남자를 지칭함.

** 뽕나무를 가리키며 홰나무를 욕한다는 뜻으로, 다른 사람을 욕하는 척하면서 실제로는 상대방을 욕하는 것.

을 달달 볶아대는 몰골이 흡사 모야차(母夜叉)* 같다고 말했죠. 큰일 났지요, 홍 양이 절대로 그 사람을 그냥 놔두지 않을 테니까. 그런데 내 생각과는 달리 그때 홍 양은 화를 내지 않고 단지 입을 가린 채 웃을 뿐이었죠. 웃음을 그친 다음 그녀가 미제를 향해 말했습니다. "당신을 보니 얼굴이 누렇게 뜬 것이 필시 좋은 일은 전혀 해보지 않은 것 같은데, 곧 『홍루몽』에 등장하는 자뤄(賈瑞)처럼 변할 것 같네요." 미제가 대꾸했죠. "아줌마 말씀이 옳소. 모두 당신 같은 사람들이 이렇게 만들어놓은 거요."

미제의 이야기 속에는 다른 뜻이 숨어 있었습니다. 설마 홍 양이 롱위점 옆에 있는 취화루 출신이란 말인가? 나중에 그녀가 나에게 말하기를 자신은 분명히 기녀로 일을 했었다고 하더군요. "어쨌든 당신도 결국 알게 될 거라 말하는 것인데, 그런 것이 뭐 대단한 것도 아니잖아요." 그녀의 말로는 자신은 원래 한코우 출신이며 베이핑의 극단에서 연극을 배우고 난 뒤 그녀의 예술적 표현 능력이 탁월해서 수많은 고관대작들이 그녀를 얻으려고 기를 썼답니다. 그런데 그녀는 고관대작들은 모두 거들떠보기도 싫었답니다. 나이가 어리고 무지해서인데, 나중에 귀신에게 홀렸는지 인력거 사업을 하는 아무 일도 할 줄 모르고 참을성도 없는 젊은 사내를 좋아하게 되어 그의 작은마누라로 들어앉았다는 것이죠. 그 젊은 사내가 그녀를 몹시 아끼고 사랑할 때는, 너는 내 심장 한쪽 귀퉁이 같다고 말하고, 짜증을 부릴 때는, 아무렇지도 않게 창녀라고 욕을 하거나 심할 경우에는 그녀를 벽에 내동댕이쳤다는군요. "힘들고 괴로운 날이 언제 끝나겠어

---

* 신화 속에 등장하는 여자 귀신으로 저승 세계의 여자 관료를 말함. 훗날 흉악한 여자를 가리키는 말로 사용됨.

요?" 그녀가 말했죠. 얼마 가지 않아 그의 인력거 사업은 망했고, 그녀가 도망칠 수 있겠다고 생각했는데, 갈가리 찢어 죽일 놈이 그녀를 티엔진(天津)에 있는 유곽에 팔아버렸다는 겁니다. 미인박명이라는 소리를 하면서 그녀의 눈가에 눈물이 고였습니다. "나중에 운이 좋아서 나는 귀인을 만나 지옥 같은 곳을 빠져나왔지요." 그녀가 말했습니다. 그녀가 말한 귀인은 바로 난카이였고, 난카이가 그녀를 지옥에서 건져준 것이죠. 그리고 난카이는 그녀에게 많은 사상 교육을 시켰는데, 사람이 세상을 살면서 어떻게 굴곡 없는 생을 살 수 있겠느냐고 말했다는 겁니다. 길은 굴곡을 이루고 있지만 미래에 밝은 빛이 있을 것이니 멀리 앞을 내다보라고 했다는 것이죠. 훗날 조직에서 그녀의 병을 치료해주었는데, 그렇지 않았다면 그녀는 아마 꽃다운 나이에 죽었을 겁니다. 그리고 세월이 더 흘러, 그녀는 장자코우로 돌아가서 가게에서 여러 가지 일을 했던 것이죠. 나는 그녀에게 취화루 사람들을 잘 아는지 물었습니다. 잠시 생각을 하던 그녀가 대답했지요. 그런 곳에서 일하는 여자들을 매우 동정하고 있으며 시간이 날 때마다 기루에 있는 여자들에게 노래와 연극을 가르쳤는데, 예불압신(藝不壓身)*이라고, 훗날 그녀들에게도 밝은 미래가 열릴 수 있을지 모르겠다고 말입니다.

장군, 사실 내 마음은 맑은 거울 같았지만 그녀의 이야기를 전부 믿을 수는 없었습니다. 나는 마음 한 구석에 의심이 남아 있었는데, 사실 그녀에게 다른 사명이 있었던 것이죠. 나는 그녀에게 한코우에 가서 무슨 일을 할 것이냐고 은근히 물었습니다. 그녀의 이야기를 들

* 기예가 신체를 짓누르지 못한다는 말로, 사람이 배우는 기예는 많을수록 좋다는 것을 비유함.

어보면 천의무봉이었는데, 몇 해째 한코우에 가보지 못했기 때문에 이번에 고향에 들러 일가친척들을 만나볼 계획이라고 했죠. 내가 그녀의 고향에 아직까지 누가 살고 있는지 물었더니, 그녀는 갑자기 눈물을 흘렸습니다. 부모는 일찍이 돌아가셨고, 이번에는 지난날의 사저(師姐)*를 만나보려는 것이라고 그녀가 말했죠. 그 사저가 그녀를 베이핑으로 데리고 왔던 것이며, 그녀에게는 부모나 마찬가지라는 것이었습니다. 그 사저는 인물도 잘생겼을 뿐 아니라 기예도 뛰어났으며 시와 문장도 잘 썼다고 합니다. 팔자가 나쁜 것을 빼고는 모든 것이 훌륭했다는 것이죠. 그녀는 사저가 이혼했다는 소식을 접하고 일찌감치 찾아가보려고 했지만, 조직의 상부에서는 여정의 안전이 문제가 된다고 걱정을 해서 계속 뒤로 미루더랍니다. 그러자 그녀는 수시로 울기 시작했답니다. 우는 아이가 젖을 얻어먹을 수 있다고, 조직에서는 일단 남방으로 가는 사람이 있게 되면 그때 가서 동행인을 따라갈 수 있도록 조치해주겠다고 말했답니다. 그런 소리를 듣고 보니까 내가 지금 이 여자를 호위하는 사자란 말인가, 그런 생각이 들더군요. 연이어 그녀가 말한 한마디가 내 귀에 쏙 들어왔습니다. 그녀의 말은 조직에서 그녀에게 한 가지 명령을 더 내렸는데, 그것은 그녀에게 한코우(漢口)**에서 내가 돌아오기를 기다리고 있다가 함께 장자코우로 돌아오라고 지시했다는 것이었죠. 그러고 나서 그녀는 옌안으로 갈 생각이라고 했습니다. 그녀가 듣기로는 장칭(江靑), 즉 란핑 역시 이전에 연극배우 출신이며 옌안에 간 다음 물을 만난 고기처럼 생활한다고 했습니다. 거기까지 이야기한 다음 그녀는 다시 사

* 같은 스승 밑에서 자매를 맺은 사이.
** 후베이 성의 성도 우한에 있는 지명.

저를 데리고 온 뒤 훗날 함께 옌안으로 갈 생각이라고 했죠.

사실 나는 의심을 했었습니다. 그녀가 말하는 그 사저가 바로 빙잉이 아닐까, 그녀가 빙잉을 찾아가 상황을 알아보려는 것이 아닌가 하고 말이죠. 하지만 그녀가 말한 내용을 다 듣고 나서 생각을 바꾸었습니다. 다시 말하면 빙잉은 항저우(杭州) 사람이지 한코우 사람이 아닐뿐더러 두 여성이 한 스승 밑의 자매 관계라는 것은 불가능하니까 말이죠.

단숨에 많은 말을 하더니 그녀가 피곤한 듯 잠시 내 몸에 기대었습니다. 그녀의 몸에서 퍼지는 배니싱 크림의 향기가 정말 좋았습니다. 내가 배니싱 크림이 무슨 상표인지 물었더니 그녀는 그사이 친숙해져서인지 조금은 가벼운 말투로 대답했습니다. 결국 연기자 출신이잖아요. 그녀가 말했죠. "아, 당신에게 버터 냄새가 나는 것 같았는데, 그래봤자 당신은 역시 촌사람이군요." 그녀는 배니싱 크림이 아니라 페이싱 영양 크림이라고 말했습니다. 영화배우인 후띠에(胡蝶, 1907~1989, 본명 胡瑞華)가 얼굴에 무엇을 바르면 그녀 역시 그것을 바른다는 거였죠. 장군, 당신은 못 믿겠다고요? 나는 지금 솔직히 말하는 겁니다. 그녀가 정말 말했습니다. 더군다나 그녀는 그 영양 크림이 스위스 회사인 화자양행*에서 만든 것이라고 했는데, 나는 그 여자의 환심을 사고 싶어서 그런 종류의 영양 크림만을 선물했고, 그녀가 나를 기다리고 있기를 바랐죠. 또한 그런 종류의 영양 크림을 바르기만 하면 당신이 어디를 가건, 아무리 멀리 가도 상관하지 않고 남자들이 환심을 사려고 달려든다는 거죠. "옌안으로 가는 것이 괜찮겠소?" 내가

---

* DSKH, 다국적기업.

물었죠. 순간 그녀가 얼빠진 듯 있다가 대답했습니다. "괜찮죠. 왜 괜찮지 않겠어요? 최소한 밤이라면 문제없겠죠. 어느 누가 향기를 솔솔 풍기는 여인을 이불 속에 누워 있게 하고 싶지 않겠어요?" 그 일에 관해 나는 발언권이 없었죠. 옌안에 있는 동안, 내 이불 속에 향기를 풍기는 여자가 누워 있었던 적은 없었으니까요. 그녀가 다시 말했죠. "옌안이 아니면 어때요? 소련도 괜찮지요. 듣기로는 그 대양마(大洋馬)들도 역시 영양 크림을 쓴다고 하던데요."

& 눈 위의 기러기 발자국

홍 양의 성은 큰 기러기 홍(鴻)이며, 본명은 홍옌(鴻雁), 예명은 소홍녀(小紅女)였다. 당신도 알고 있듯이 그녀가 바로 훗날 저명한 경극 표현 예술가 소홍녀이다. 1998년, 그녀는 『눈 위의 기러기 발자국』이라는 책을 출판했으며, 수년 동안 그녀가 예술학교와 일부 문예 좌담회에서 강연한 원고들을 그 책에 담고 있다. 나는 그 책을 샅샅이 뒤진 끝에 「예술가의 용기」라는 제목의 원고를 찾아내 당시 그녀가 한코우로 가던 여정에 관해 설명한 내용을 발견했다. 비록 그녀의 표현은 구름이 산을 가리고 안개가 뒤덮인 형국이었지만, 그래도 우리는 그 글을 통해 몇 가지를 알 수 있다.

방금 전 내가 이미 이야기했는데, 그래도 적지 않은 동지들이 나에게 하는 말이 이번 사흘간의 회의 기간 동안 여러분들이 얻은 수확이 매우 컸다는 거였죠. 수확이 있었다는 것은 없는 것보다 좋은 일이니 여러분들께 제가 축하를 드립니다. (사람들이 박수를 친다.) 문예 전선에 몸담고 있는 노병으로서, 지난 일들을 돌이켜보면 나는 참으로 감개무량합니다. 많은 동지들이 모두들 이미 깊이 이해하고 있는 것처럼 우리들은 비록 좌익에 반대하고 있지만, 그러면서도 우익을 반대하죠. 그러나 주로 좌익에 많은 반대를 하지요. 동지 여러분, 좌경 노선이란 사람을 잡는다고요. 그때가 어느 때건 간에 꼭 사람을 잡는다니까요. (사람들이 박수를 친다.) 해방 전 나는 하마터면 그 '좌익'에 치우치는 과오를 범할 뻔했어요. 당시 어떤 사람이 나에게 어떤 동지와 함께 남방엘 다녀오라고 지시했는데, 그곳에 가서 과오를 저질렀다는 동지를 없애라는 거였지요. 나는 당시 이렇게 생각했어요. 그 동지가 얼마나 훌륭한데, 일찍이 나라와 백성을 구하는 진리를 찾기 위해 소련으로 건너갔던 사람이 아닌가 싶었죠. 맞아요, 요즘은 구소련이라고 부르지요. 나중에 장정에도 참가했었고요. 그런 사람이 왜 죽임을 당해야 한단 말이에요? 틀림없이 왕밍 같은 사람들이 좋은 마음을 갖고 있지 않았던 거였죠. 나는 가지 않았어요. 물론 이야기하는 것도 방법이 있는 것이어서, 곧이곧대로 탁 까놓고 말할 수는 없었지요. 나는 조직의 상부에 보고하기를, "경애하는 지도자 동지, 내가 가기 싫어서가 아니라 임무를 완수하지 못할까 염려스러워서 그러는 겁니다. 당신께서는 여성 동지들이 여성 특유의 장점을 발휘할 수 있도록 보살펴주시고, 여자에게 맞는 적합한 임무를 부여해주세요." 그 동지가 하는 말이, 비록 왕밍의 잘못된 노선의 영향을 받았다고 하더라도 훌륭한 동지이므로 사리에 밝다고 했어요. 훗날 그 동지는 나에게 그 임무를 맡기지 않고 나를 우한(武漢)으로 보내 다른 임무를 수행하도록 지시했어요. 우한에서도 하마터면 큰 실수를 범할 뻔했지요. 내가 조금 일찍 깨달았기에 망정이지 아니면 난 평생 후회를 하며 살 뻔했어요. 도대체 무슨 일인지 여러분들의 귀한 시간을 빼앗는 것 같아 내가 더 이상 말하지 않겠어요. 어찌 되었든 경험이 중요하다는 결론을 얻었고, 경험에서 교훈을 얻을 필요가 있다고 생각했죠.

문맥이 잘 통하지도 않고 어법에 맞지 않는 부분이 많은 이 문단을 인용한 데는 내가 각별히 다음과 같은 내용을 설명하고 싶었기 때문이다. 즉 바이성타오가 따황 산으로 가게 된 목적을 사실 소홍녀가 명백히 알고 있었다는 것이다. 그런데 소홍녀가 우한으로 가게 된 목적은 무엇 때문이었을까?

@ 지난 출장

소련 여자들은 모두 대양마(大洋馬)란 말인가요? 나는 그 말을 듣는 순간 절로 웃음이 나왔습니다. 대양마도 영양 크림을 사용하는지에 관해서는 난 잘 모릅니다. 내가 소련에 있을 때는 몸을 마치 옥처럼 간수하고 있었기 때문에 그녀들과 한 번도 관계를 맺어보지 않았거든요. 그러나 그녀가 소련 이야기를 꺼냈을 때 그래도 나는 가슴이 덜컹했습니다. 그녀가 얼마나 연극을 잘하는지 두고 봤죠. 처음 만났을 때는 나를 모르는 척했었거든요. 그게 아니라 이야기를 하다 보니 본색이 탄로 난 거였지요. 나는 생각했어요. 그녀가 필시 내가 소련에 갔었다는 걸 알고 있었고, 또한 내 별명이 마오뤄츠키라는 것도 틀림없이 알고 있었던 것이다, 라구요.

그녀는 이야기를 마친 다음 잠시 눈을 붙였다가 다시 미제를 찾아 갔습니다. 나는 혼자 자리에 앉아 생각해봤지요. 역사가 참으로 사람을 농락하고 있구나. 마치 술집 여자처럼, 전문적으로 우리같이 망상에 사로잡힌 사람들을 희롱하고 있었다는 겁니다. 내가 처음으로 멀리 출장을 떠난 것은 꺼런을 따라서 간 거였죠. 마지막 여정은 꺼런을 찾아가는 길이었어요. 단지 지난번은 북쪽으로 갔고 이번은 남쪽으로 간다는 것만 다를 뿐, 지난번은 그를 돕기 위해 떠난 것이었는데 이번에는 그를 죽이기 위해서였죠. 맞아요, 내가 말한 지난 여행이란 소련으로 간 걸 말하는 겁니다. 꺼런이 출옥한 다음 뻥잉을 찾아 프랑스로 가려고 했었죠. 문제는 그가 뻥잉의 주소를 몰랐던 거죠. 아, 예전에 뻥잉이 주소를 남겼는데, 그녀가 꺼런에게 전해달라고 부탁한 그 사람(가와다)이 술고래라서 술에 취해 다른 사람과 싸우다가 그만 사람들에 의해 옷이 벗겨지는 바람에 그 주소를 적은 종이까지 잃어버렸던 겁니다. 꺼런은 안달이 났죠. 항저우에까지 다녀올 만큼 말이에요. 뻥잉의 아버지에게서 뻥잉의 주소를 알아내기 위해서였죠. 그러나 그 당시 뻥잉의 아버지가 마침 해외여행 중이어서, 그는 빈손으로 돌아왔습니다. 뭐라고요? 베이징 의전으로 돌아가면 되지 않았냐고요? 아, 그 역시 그럴까 고민했었지만 돌아가지 않았습니다. 출옥한 지 얼마 안 된 그를 학교 측에서 어떻게 쉽게 받아들일 수 있었겠어요?

장군은 틀림없이 알고 있을 겁니다. 러시아에서 혁명이 일어난 이후, 수많은 지식분자들이 러시아를 동경하게 되면서 모두들 러시아어를 배우기 시작했지요. 솔직히 말해 나도 러시아어를 배웠었습니다. 그래요, 나는 꺼런을 따라 배웠습니다. 그가 베이징 의전에서 학생들을 가르칠 때, 자율학습 시간에 동총부호동 10호(현재의 23호)에 있는 러시아어 전문 수련관에서 러시아어를 배웠지요. 그러나 그가 러시아어를 배운 것은 그곳에서 혁명이 일어났기 때문만이 아니라 러시아 문학 때문이었습니다. 그는 취치우빠이(瞿秋白)가 번역한 톨스토이의 작품을 손에서 놓으려 하지 않았거든요. 그는 푸슈킨도 매우 좋아했는데, 푸슈킨의 시를 보면 어린 시절 어머니가 그린 그림과 아름다운 고향 산천 그리고 청순하고 아름답고 즐겁던 시절이 생각난다고 했습니다. 그렇지만 당시 그는 러시아에 가겠다는 생각은 하지 않았습니다. 장군, 당신에게 이런 식으로 설명을 하지요. 만약 그 황지스라는 사람이 뻰질나게 그를 찾아오지 않았다면 절대로 러시아에 가지 않았을 겁니다. 장군의 이야기가 맞아요. 바로 『썬뿌보(申埠報)』를 창간한 황지스 말입니다. 어느 날 황지스가 꺼런을 찾아와 『신세기』에 실린 그의 시를 읽었는데 너무 좋았다고 말하면서 그와 함께 일을 하고 싶다고 했지요. 꺼런은 그 사람이 원고를 청탁하려고 찾아온 것으로 여기고 시는 자기 자신이 보려고 쓰는 것이므로 당분간은 발표하고 싶지 않다고 말했습니다. 잠시 대화를 나눈 다음, 황지스가 자리에서 일어나며 돌아간다고 했습니다. 그는 돌아갈 때도 기분이 좋지 않은 듯했지요. 우리들은 그 사람이 다시는 찾아오지 않을 것이라 여겼습니다. 그러나 며칠 지나지 않아 그 사람이 다시 찾아왔습니다. 그는 『썬뿌보』에서 이번에 글을 좀 쓸 줄 아는 청년을 러시아로 파견해 볼셰비키 혁명 후의 사회상을 취재하도록 할 계획이라고 꺼런에게 말했습니다. 놀랍게도 황지스는 꺼런에 대해 세밀히 파악하고 있었지요. 그가 꺼런에게 말했습니다. "호랑이 굴에 들어가지 않고 어떻게 호랑이 새끼를 잡을 수 있겠소? 당신은 러시아 문학을 좋아하지 않나요? 러시아에 간다면 러시아 문학의 미묘함을 더욱더 잘 알 수 있을 텐데요." 그렇게까지 이야기가 나왔지만 꺼런은 여전히 입을 열려고 하지 않았습니다. 그 사람이 다시 말했죠. "달걀이 맛있으면 그만이지 그 알을 낳은 암탉이 어떻게 생겼는지 고려할 필요는 없는 거지요." 그런데 황지스의 그다음 이야기가 꺼런의 혈을 찔렀지요. 황지스가 지폐 한 뭉치를 꺼내면서 말했습니다. "선생, 뻥잉을 만나기 위해 프랑스에 갈 생각을 하고 있는 거 아닌가요? 차비도 없이 어떻게 그 먼 곳을 갈 수 있습니까? 『썬뿌보』에서 원고료를 넉넉하게 드릴 테니 작업을 끝내고 그 돈으로 뻥잉을 찾아가면 되지요." 꺼런은 승낙을 했습니다.

솔직히 말하면 그 당시 나와 꺼런은 황지스가 종뿌의 친구라는 것과 종뿌라는 사람이 『썬뿌보』의 배후 책임자라는 것도 전혀 몰랐습니다. 꺼런을 소련으로 파견한 것도 바로 종뿌의 의도였죠. 종뿌는 신비로운 사람으로 신도 그 종적을 붙잡을 수 없는 자였습니다. 세상에는 무연 무고한 사랑이 없으며 또한 무연 무고한 원한도 없는 것인데, 그 사람이 무엇 때문에 우리들에게 돈을 주었는지, 도대체 무슨 꿍꿍이속이 있는 것일까요? 나는 아무리 생각해도 알 수 없었습니다. 몇 년이 흐른 뒤 내가 그와 뻥잉의 비밀을 알게 되었을 때, 나도 모르게 의심을 하게 되었지요. 종뿌가 그런 행동을 한 것은 꺼런이 뻥잉을 찾아 프랑스로 가는 것을 막기 위해 황지스를 내세워 꺼런을 빙천설지(氷天雪地)인 소련으로 보낸 것이 아닌가 싶었던 것이죠.

그 당시 꺼런이 나에게 자신과 함께 가지 않겠냐고 물었는데, 황지스가 조수 한 명을 데리고 가도 된다고 말하면서 자금은 잡지사에서 해결해주겠다고 했다는 거였습니다. 그러면서 그곳에 간 다음 나는 계속 공부를 할 수 있다고 말했지요. 나는 곧 내 혼처를 찾아가 상의를 했습니다. 혼처는 먼저 그곳에 가면 배는 곯지 않겠느냐고 물었는데, 나는 문제없다고 대답했죠. 그녀가 말했습니다. "하늘에서 빵이 떨어졌군요! 당연히 가야죠." 그러나 그 말을 마치고 나서 그녀는 울기 시작했습니다. 천고황제원(天高皇帝遠)*이라고, 그녀는 내가 자신을 버릴까 봐 걱정한 것이었죠. 내가 말했습니다. "도대체 나를 어떤 사람으로 보는 거요? 내가 그 정도로 양심 없는 사람으로 보인단 말이오?" 그러면서 스스로 양심 있는 사람이라는 것을 표명하기 위해 출국 전에 그녀와 결혼식을 올렸습니다. 아, 그래도 또우스종의 이야기가 맞았습니다. 혁명가가 해야 할 말은 신념이지 양심이 아니라고 했는데, 양심이란 말은 자산 계급에 속한 사람들과 일본인들이나 입에 달고 다니면서, 입을 뗄 때마다 누구의 양심이 아주 못돼먹었다는 식으로 떠들었죠. 그래도 내 양심은 그리 크게 못돼먹지 않았기 때문에 내 아내가 일찍 죽을 수 있었던 것이죠. 만일 내가 양심을 속이고 그녀를 걷어차버렸다면 그녀 역시 빨리 죽지는 않았을 것이라 생각합니다. 그녀는 나를 생각하다가 너무 보고 싶어 죽은 것이니까 말이죠. 아, 그 이야기는 그만 하겠습니다.

그 당시 소련으로 갈 때 나와 꺼런은 우선 기차를 타고 봉천(현재 랴오닝 성의 성도인 선양 시)으로 갔지요. 기차가 산해관 부근을 지나갈 때, 우리는 바다로부터 상당히 멀리 떨어져 있었죠. 그것은 내가 난생처음 본 해안가였죠. 눈으로 뒤덮여 있었기 때문에 해안가가 하

* 하늘이 너무 높아 황제의 권력이 미치지 못함. 즉 너무 멀리 떨어져 있어서 단속할 힘이 미치지 못한다는 뜻.

얗게 보였습니다. 둥근 아침 해가 바다 위에서 떠오르고 있었는데 흡사 거대한 불덩이 같더군요. 한 척의 여객선이 해안가 가까이 지나가며 공중에 검은 연기를 남기고 있었지요. 꺼런이 시인의 어투로 내게 말했습니다. "맡았는가, 바다의 기운을, 소금 냄새를, 자유의 냄새를." 그는 잔뜩 흥분되어 있었지요. 봉천역에 도착했을 때는 저녁 무렵이었는데, 승강장 플랫폼 위에는 온통 다리가 짤막하고 호랑이처럼 생긴 일본인뿐이었습니다. 심지어 인력거를 끄는 중국인의 그림자조차 보이지 않아서 일찌감치 이곳 만주를 일본인들에게 떼어준 건 아닌지 의심이 들 정도였지요. 다행히 꺼런이 일본어를 할 줄 아는 바람에 그가 일본인을 한 명 불러 우리 짐을 역 밖으로 들고 나갈 수 있었죠. 봉천역에 내리자 꺼런은 가와다를 만나고 싶어 했습니다. 그 사람은 내가 베이징 의전에서 공부할 때 교수였는데, 마침 일본으로 돌아가는 길이었거든요. 뭐라고요? 당신도 가와다에게 무척 흥미를 느끼고 있다구요? 좋습니다, 그러면 그와 만난 이야기를 해드리죠. 우리들이 무턱대고 가와다가 머물고 있는 곳을 찾아갔을 때, 마침 그가 밖에서 막 돌아오는 길이었습니다. 어떤 여자가 그를 부축하고 있었는데, 남자 바지를 입고 있는 데다 미처 바지의 앞섶을 채우지 못해 열린 채였습니다. 남자인 가와다는 여자의 치마를 입고 있었고요. 그가 술에 잔뜩 취해 치마 속에 있는 두 다리를 제대로 떼지 못하는 모습이 흡사 물에 빠져 무릎까지 잠긴 사람 같았지요. 그가 단번에 우리를 알아보고는 꺼런을 향해 말을 걸었습니다. "난 참으로 행복하다네. 마치 한 마리 당나귀처럼 행복하다니까." 뭐라고요? 가와다는 당나귀를 모른다고요? 그렇다면 내가 혹시 잘못 기억하고 있는 거겠죠. 어쩌면 그가 그저 한 마리 짐승처럼 행복하다고 말했을 수도 있겠죠. 네? 장군, 가와다가 어떻게 당나귀를 모르겠어요? 일본에는 당나귀가 없나요? 다시 말하면, 그가 중국에 머문 지가 얼마인데 당나귀도 모른다는 건 말도 안 되죠.

좋습니다, 솔직하게 계속 이야기하지요. 다음 날 가와다가 고집을 피우며 우리를 창춘(長春)까지 데려다주겠다는 겁니다. 열차가 커브를 돌아갈 때마다 가와다는 창밖으로 고개를 내밀며 자신은 잡음 속에서 들리는 금속의 울음소리를 가장 좋아한다고 말했습니다. 봉천은 일본인들의 본거지인 반면 창춘은 대양마들의 천하였습니다. 도처에 러시아 사람들뿐이었지요. 심지어 마부까지 모두 러시아인이었죠. 가와다는 러시아 사람이 갖고 있던 그리스 신상과 마부가 쓰고 있던 두툼한 털모자에 매료되어 있었죠. 방금 산 털모자 위에 눈발이 떨어졌을 때 그가 느닷없이 큰 소리로 웃어댔습니다. 베이징 의전에 있을 때, 그는 종종 술에 취해 있던 알코올 중독자였으며 또한 술에서 깨어나기를 원치 않았던 것 같았죠. 그 사람이 우리를 따라 모스크바로 가겠다고 떼를 쓰는 바람에 꺼런은 할 수 없이 우리들이 일단 그곳에서 안정을 찾게 되면 곧바로 연락을 할 테니까 그때 모스크바에서 만나자고 말했습니다. 그러나 훗날 그 사람은 전혀 연락이 없었지요.

홍 양이 미제를 찾아갔다가 돌아올 때, 나에게 만두 하나와 배춧국 한 사발을 들고 왔습니다. 나는 국사발을 들고 짐짓 들으라는 듯 한마디했죠. "이 국 정말 좋구만. 첨채탕(사탕무로 끓인 국) 같네. 아, 여기에 메밀죽 한 그릇만 더 있다면 더할 나위 없이 좋을 텐데." 그러고는 그녀의 반응을 살폈지요. 나는 과연 그녀가 미소 짓는 것을 보았습니다. 그녀가 웃는다는 것은 내 말의 의미를 알고 있다는 것을 증명하는 거였지요. '메밀죽'과 '첨채탕'에는 사연이 있거든요. 갓 엔

안에 도착했던 시절 수많은 사람들이 지식인을 우습게 보았지요. 나는 러시아를 다녀온 것으로 그 사람들을 반격했습니다. 내가 혁명의 심장인 모스크바에 있었다는 것을 그 사람들이 알도록 하기 위해서 말이죠. 사람들이 음식이 너무 형편없다는 등의 이야기를 할 때 나는 러시아에 있을 때 먹은 메밀죽과 첨채탕은 그것보다 더 멀겠다고 얘기해주었습니다. 하늘에 달이 있으면 사발 속에도 달이 있었다고 말이죠. 내가 말하면 그들은 입이 막혀버렸습니다. 더군다나 꺼런은 명사였기 때문에, 따라서 그의 위세를 빌려 나를 보호하며 사람들을 놀라게 하기 위해 메밀죽과 첨채탕 이야기를 할 때마다 꺼런을 끌어들였지요. 나는 젓가락으로 사발을 저어대며 그들에게 말했습니다. "꺼런은 바로 메밀죽과 첨채탕을 먹으면서 『국가와 혁명』을 번역했단 말이오. 그런데 당신들은? 좁쌀죽도 먹고, 호박찌개도 먹어대면서 아무런 업적도 남기지 않았잖소." 그들로서는 기가 막혀 죽을 지경이었지만 나에게는 어쩔 도리가 전혀 없었죠. 어느 날 병을 치료하기 위해 한 여자가 찾아왔는데, 그녀가 우물거리며 상세한 이야기를 하질 않는 겁니다. 그래도 나는 그녀가 왜 왔는지 알 수 있었죠. 그녀에게 냉대하가 너무 많다는 거였죠. 그녀 역시 지식인으로 일찍이 프랑스에서 유학을 했었죠. 프랑스는 혁명의 심장이 아니었기 때문에 그녀는 나의 러시아 경력에 대해 부러워 죽으려고 했습니다. 그녀는 나보다 일 년 먼저 옌안에 왔으므로 노혁명가라고 자처했지요. 나는 일부러 그녀에게 한마디했습니다. "당신이 러시아에 있었다면 참 좋았을걸. 그러면 늘 메밀죽을 먹었을 텐데. 그 음식은 기를 내리고 장을 부드럽게 해주며, 임질을 낫게 하고 냉대하를 없애주거든요." 여자가 얼굴을 붉히며 말했죠. "중국에도 메밀은 있다고요." 여자의 말이 맞지만 나는 들은 척도 하지 않았죠. 그 후 내가 마오뤄츠키로 몰리면서 '메밀죽과 첨채탕'은 웃음거리가 되고 말았습니다. 후꼬우에 있는 동안 간수들은 그 이야기를 갖고 나를 놀리는 걸 가장 좋아했지요. 어느 때인가는 마침 내가 좁쌀죽을 먹고 있을 때, 그들은 마치 개 밥그릇을 두드리듯 내 죽사발을 두들겨대며 물었습니다. "바이, 당신 뭘 먹고 있나? 참 맛있게 먹고 있군." 내가 좁쌀죽을 먹고 있다고 말하면 오히려 그들은 기분 나빠했죠. 만약 내가 메밀죽을 먹고 있다고 말하면 그들은 배꼽을 잡고 웃다가 뒤로 벌렁 나자빠지며 서로의 어깨를 두들겨대며, "어서 이리들 와봐. 마오뤄츠키는 심지어 좁쌀죽도 모른다고. 정말 사람을 웃다가 어금니까지 쏙 빠지게 만드네" 하고 떠들었습니다. 아니, 당시 나는 더 이상 화도 나지 않았죠. 예전에 꺼런이 내게 말한 적이 있어요. "다른 사람의 불행이 곧 자네의 불행이네." 그러나 후꼬우에 갇힌 다음 나는 그 재앙을 믿지 않았습니다. 나는 이런 진리를 깨달았죠. 당신의 불행은 곧 다른 사람의 행복이고, 한쪽 사람들이 좋은 시절을 보내게 되면 다른 한쪽 사람들은 엄청난 불운을 겪게 된다는 걸 말이죠.

이미 홍 양이 그런 이야기를 알고 있긴 했지만 나는 말을 하던 김에 그녀에게 다시 한 번 설명해주었습니다. 러시아에 있는 동안 확실히 적지 않게 메밀죽과 첨채탕을 먹었다고 말이죠. 다른 이유가 있어서가 아니라, 첫째 값이 쌌기 때문이고, 두번째는 그것으로 허기를 달랠 수 있었기 때문이었다고 말이죠. 배가 부르지는 않지만 국물로 대신 배를 채울 수 있었으니까요. 이렇게 말하다 보니까 꺼런이 한밤중에 글을 쓰던 모습이 생각나는군요. 그 당시 꺼런은 종종 밤을 새워가며 글을 쓰거나 번역에 매달렸습니다. 글을 쓰다 보면 금방 자정을 넘겼고, 허기를 느끼면 그는 시커먼 빵을 뜯어 먹으면서 메밀죽 한 사발을 마셨지요. 그가 쓴 것은 시가 아니라 각종 기사였습니다. 아니면 한자를 라틴어로 표기하는 방법을 연구했죠. 그는 수많은 번역도 했습니다. 그래요, 그 당시 꺼런의 러시아 실력은 이미 완벽했고, 또 요위스키라는 러시아식 이름도 지었습니다. 그는 톨스토이와 푸슈킨의 소설 외에 트로츠키와 레닌의 수많은 강연 내용도 번역했습니다. 물론 내가 가장 즐겨 읽었던 글은 그의 작품이었는데, 그중에서도 주로 여행기였습니다. 그것을 즐겨 읽은 까닭은 그가 글로 표현한 지방을 나도 가보았기 때문이었죠. 장군, 이런 식으로 표현할 수 있겠죠. 그의 글을 읽다 보면 당신은 아마 청량한 밤중에 자연의 부드러움과 따뜻함 그리고 평안과 고요를 느낄 것입니다. 산비둘기가 깃털을 가다듬는 소리까지 들을 수 있을 겁니다. 그는 아주 작은 것으로부터 문제를 바라보는 혜안이 있었죠. 다른 사람들은 모두들 크고 높은 곳에서 문제를 바라본다고 그가 말한 적이 있습니다. 그러나 그는 그들과는 반대로 작고 낮은 곳에서 문제를 바라본다는 거였죠. 다른 사람들은 아궁이 속의 불을 보지만 그는 아궁이 속에서 튕겨져 나오는 불꽃을 즐겨 본다는 거죠. 그는 아주 소소한 것에 관해 글을 쓰는 것과 풍경 묘사하는 것을 좋아했습니다. 예를 들면, 나뭇잎이 아침 이슬 속에서 깨어났다가 다시 한낮의 따가운 햇볕에 시들어가는 풍경, 그러고 나서 석양의 끝자락에서 다시 엄숙하고 경건하게 변하는 모습 같은 것을 묘사했죠. 아니, 아니요, 아닙니다. 그런 것은 모두 내가 한 이야기가 아닙니다. 나는 그런 이야기를 할 자격이 없고, 그것은 모두 꺼런이 한 이야기입니다. 모스크바에는 무수호라는 호수가 있는데, 지금은 사오시엔따이웬 호수라고 이름을 바꿔 부르지요. 그 호수는 우리 고향의 칭껑 산 아래에 있는 작은 호수와 아주 흡사하게 생겨서 우리는 자주 그곳을 찾아갔었죠. 그는 「무수호」라는 글을 한 편 쓴 적도 있어요. 그는 그 호수 위에 생긴 파문을 글로 표현하면서 그 파문이 너무 따스하고 부드러워 마치 파문이 아니라 성모 마리아의 머리카락 같다고 말했습니다. 우리는 교회에서 생활한 적이 있었기 때문에 교회 안에 들어가는 것을 좋아했고, 또 교회 안에 들어서게 되면 흡사 자신의 어린 시절로 돌아간 듯한 기분이 들었거든요. 그곳의 구조는 매우 정교해서 마치 레이스로 꾸민 것 같았습니다. 안으로 들어서면 당신은 숨소리마저 조심스럽게 뱉어내게 되죠. 그는 「무수호」 속에 교회 밖을 쏜살같이 내달리는 마차의 모습도 그렸습니다. 옌안에서 출발할 때, 나는 당나귀가 끄는 마차 위에 앉아 꺼런이 글 속에 표현했던 모습을 떠올리기까지 했죠. 그 마차 위에는 두 어깨를 드러낸 귀부인이 앉아 있었습니다. 여자는 무척 호사스럽게 생겼는데 단지 앉아 있는 자세가 좀 어색한 것이 아직 멋을 부리고 아양을 떠는 게 몸에 익지 않아 보였죠. 꺼런이 한 이야기를 나는 기억하는데, 어쩌면 틀림없이 그 여자가 볼셰비키 관원의 부인으로, 그루지아나 우크라이나의 작은 도시에서 이제 막 모스크바에 왔을 것이며 머지않아 진정한 귀부인처럼 될 거라고 말했습니다. 물론 반드시 그런 식으로 될 거라고 장담하긴 어렵죠. 왜냐하면 그 관원의 어떤 애인이 그녀의 자리를 대신할 가능성도 매우 높고, 또 그 관원이 숙청되어 총살될 가능성도 매우 높기 때문이고, 아니면 그 여자 자신이 다음 범인으로 몰릴지도 모르니까요.

솔직히 말하면 또우스쫑이 말한 것처럼 그때부터 꺼런이 트로츠키파로 몰리기 시작한 것 같은데, 나는 꺼런이 처음부터 트로츠키와 교류를 했다고 생각하지는 않습니다. 내 생각에 만약 그가 정말로 트로츠키파가 되었다면 아마 꺼런도 할 말이 없을 겁니다. 비록 그 역시 트로츠키를 좋게 보지는 않았지만, 내가 기억하기에 그는 한 사람의 기자로서 트로츠키와 개인적인 대화를 나누었을 뿐이죠. 사실 나보다도 다른 사람들이 더욱 잘 알고 있겠는데, 비록 그가 훗날 트로츠키가 전체적인 국면을 두루 살피고 있는 것으로 생각했다지만, 한 사람의 사내로서 당초 그는 트로츠키에 대해 좋은 인상을 갖고 있지 않았습니다. 그가 내게 말한 적이 있어요. 트로츠키라는 사람은 신경질적이고 말을 할 때 얼굴 근육이 제멋대로 움직이는데, 말을 하지 않을 때 역시 마치 말벌이 얼굴 위에 집이라도 짓는 것처럼 제멋대로 움찔거렸다는 거예요. 트로츠키는 입가에 수염이 잔뜩 나 있어서 마치 구둣솔 같았고, 그가 얼굴의 근육을 묘하게 움직일 때마다 그것은 더욱 구둣솔 같았다는 것이죠. 다른 글에서 꺼런은 그가 레닌의 강연을 듣는 모습을 표현해놓았지요. 그것은 크렘린 궁의 안드레 강당에서였습니다. 레닌은 얼마나 잘난 체를 잘하는지 독일어와 프랑스어, 러시아어 등 몇 가지 언어를 섞어가며 강연을 했답니다. 그가 표현하기를, 전등이 켜지자 레닌의 그림자가 무대 뒤에 투사되었는데, 투사된 그림자가 큼지막한 글씨로 써 붙여놓은 "전 세계 무산자들이여 다 함께 일어나자"라는 구호 중간에 비춰졌는데, 옌안에 있는 빠오타 산보다 더욱 크고 높았다(당시 꺼런은 옌안에 가보질 않았으므로 이것은 바이성타오의 비유임)는 겁니다. 그 사람이 훗날 마르크스-레닌 연구의 전문가로 불렸던 것은 바로 그가 레닌과 접촉한 것과 관련이 있었다는 것이죠. 산시 성 북쪽 지방에 '돼지고기를 먹어보지도 못했거늘 하물며 돼지가 뛰어가는 것을 어떻게 볼 수 있었겠나?'라는 속담이 있습니다. 그러나 변경 지역에서는 왕밍 같은 소수의 사람을 제외하고는 대부분 소련을 가보지 못했으니 레닌이야 더욱더 볼 수 없었죠. 그렇다 보니까 꺼런은 군계일학처럼 보였지요. 더군다나 그는 돼지가 뛰어가는 모습을 보기만 했던 게 아니라 돼지고기까지 먹어보았던 존재란 말입니다.

아니, 내가 왜 이렇게 바보 같죠? 기차를 타고 가면서 메밀죽과 첨채탕 이야기 외에 나는 꺼런에 관한 이야기를 하지 않았을 뿐만 아니라 레닌과 트로츠키에 관한 이야기는 더욱더 하지 않았습니다. 말을 많이 하다 보면 반드시 실수를 할 수 있으므로, 나는 다시는 말로 인해 죄를 짓지 않겠다고 생각하고 있었단 말입니다. 홍 양이 옆에서 속 시원하게 마음속에 있는 이야기를 하라고 부추겼지요. 나는 속으로, 저 작은 계집애가 뱀을 굴 밖으로 기어 나오도록 유인하는 것이 아닌가 생각했습니다. 나는 이야기는 얼마든지 할 수 있지만 해도 될 것과 해서는 안 될 것을 분명히 알고 있어야겠다고 생각했죠. 광대는 정이 없고 기생년은 의리를 모른다고 하는데, 어느 날 그 여자가 나를 똥이 삐져나오는 신세로 만든다면 다시 한 번 재앙을 겪게 되겠죠. 그런 것까지 생각하니 나는 가슴이 떨리는 것뿐만 아니라 우울해지기까지 했습니다. 꺼런의 그 러시아식 이름은 정말 잘 지었지요. 나 역시 요즘 매우 우울해지면서 역시 요위스키가 되어버렸습니다.

& 요위스키

바이성타오의 말에 의하면 트로츠키에 관련된 글들은 꺼런이 『썬뿌보(申埠報)』로 발송했다. 그러나 지금까지 나는 그 글들을 발견하지 못했다. 어쩌면 그 글들은 꺼런의 다른 작품들처럼 이미 소각되어버린 것은 아닐까? 사람의 운명에 따라 문자 역시 같은 운명을 겪기 때문이다.

꺼런이 소련에서 생활한 모습은 바이성타오가 구술한 내용 외에 콩환타이가 기술한 것이 있다. 페랑 선생의 문집 『끝없는 대화(*L'Entretien infini*)』 중에 콩환타이 선생의 「러시아의 겨울」이라는 작품이 한 편 실려 있다. 그 글 속에 당시 꺼런의 생활상이 비교적 완벽하게 기술되어 있다. 그 글은 꺼런이 확실히 러시아식 이름을 갖고 있었다는 것을 증명하고 있다. 요위스키는 때로는 요우위스키로 기술되어 있다.

프랑스에 도착한 지 얼마 지나지 않아 나는 꺼런 선생의 편지를 받았다. 동일한 편지에서 꺼런 선생은 나를 러시아로 초청하면서 러시아에서 만나자고 말했다. 러시아 혁명에 감화를 받은 나는 일찍부터 러시아에 가고 싶었다. 프랑스에서 러시아로 가려면 반드시 베를린을 지나쳐야 했다. 나는 혼자 기차를 타고 다시 버스로 갈아타면서 베를린에 도착했다. 베를린에서 모스크바로 가려면 두 가지 방법이 있다. 하나는 육로로 폴란드를 거쳐 리투아니아를 지나 다시 모스크바에 도착하는 방법이며, 두번째는 수로를 이용하는 방법으로, 스테이팅에서 배를 타고 페테르부르크에 상륙한 다음 다시 차를 타고 모스크바로 가는 것이다. 그때는 마침 한겨울이라 베를린의 강과 하천이 모두 얼음으로 뒤덮여 있었다. 제빙선이 지나갈 때, 깨진 얼음 조각들이 서로 밀치고 부딪치면서 종종 수면 위로 튀어오르며 하얀 얼음 조각이 파도처럼 하늘로 솟구쳤다. 그러나 공중으로 솟구친 깨진 얼음 조각들의 일부는 때로 철새들의 몸 위로 떨어졌다. 나는 그 철새들의 몸 위에서 나와 꺼런의 모습을 보았다. 우리들은 나래를 접고 편히 쉴 만한 곳이 없어 어쩔 수 없이 커다란 얼음 조각과 함께 물 위를 떠돌 수밖에 없는 신세였다. 좀더 빨리 꺼런 선생을 만나기 위해 나는 육로를 선택했다.

모스크바에 도착하자마자 나는 노동자 공산주의 대학에 숙소를 잡았다. 그곳에 있던 중국 학생들이 나에게 말하기를, 그들 역시 오래도록 꺼런을 만나보지 못했다며 듣기로는 그가 모스크바 고산 요양원에 있다는 것이었다. 그들이 말하기를, 꺼런과 함께 모스크바에 온 바이성타오 역시 고산 요양원에 머물며 한편으로는 꺼런을 돕고 다른 한편으로는 의학 공부를 하고 있다는 것이었다. 다음 날 요양원으로 찾아갈 생각이었는데 꺼런이 직접 나를 찾아왔다. 그는 러시아인과 똑같은 모습으로 단장하고 있었는데, 두툼한 펠트로 만든 방한화를 신고 손에는 둥근 예모를 들고 있었으며 코걸이 안경이 콧등 위에서 까닥대고 있었다. 급하게 서둘러 달려왔는지 목도리 한쪽이 땅바닥에 끌리고 있었다. 나는 곧바로 그를 알아보지 못했다. 그는 나를 놀리기 위해 러시아어로 콩린커프를 찾아왔다고 말했다. 그는 눈을 흠뻑 뒤집어쓰고 있어서 마치 상서로운 구름을 쓰고 다니는 착한 선지자 같았다. 그가 둥근 예모를 벗었을 때 나는 비로소 그가 오랫동안 만나지 못했던 꺼런이라는 것을 알아챘다. 콩린커프는 그가 나에게 건넨 인사 선물로서 러시아식 이름이었다. 러시아에 있는 중국 사람들은 대부분 러시아식 이름을 갖고 있었다. 천옌니엔의 이름은 수하노프였고, 그의 동생 천차오화의 이름은 크라신이었다. 그중에서 자오스옌의 이름이 가장 간단했는데 바로 라띵이었다. 꺼런의 친구 바이성타오 역시 그로메코라는 러시아식 이름을 갖고 있었다. 꺼런의 이름은 자신이 직접 지은 것으로 요위스키 혹은 요우위스키였다. 어째서 그런 이름을 지었는지에 대해 그는 자신이 늘 울적하고 또 우유부단하기 때문이라는 것이었다. 그런 이름을 지은 것은 자신이 다시는 울적해지거나 우유부단해지지 않도록 하기 위해서인데 마치 중국인들이 말하는 좌우명 같은 것이라고 했다. 그가 나에게 붙여준 러시아식 이름에 대해서, 그는 내가 어디를 가 있든 언제나 공자의 후예이기 때문이라고 설명했다.

러시아에 있는 동안 나는 그를 요위스키라고 부르면서 때로는 그를 요우위라고도 불렀다. 그는 알고 지내는 러시아인들이 매우 많았지만 친구는 매우 적었다. 그의 가장 절친한 친구는 다리를 저는 사람으로, 그의 이름은 알렉산드로비치였지만, 우리는 모두 그를 알렉산더라고 불렀다. 그는 볼셰비키파로서 동양 학자들을 연구하고 있어서 한자를 쓸 줄 알았는데 말은 잘하지 못했다. 나를 놀라게 만든 것은 그가 에스페란토를 할 줄 아는 거였다. 그는 나를 처음 만나자마자 'Cu vi parolas esperanto(당신은 에스페란토를 할 줄 아십니까?)'라고 물었다. 알렉산더의 다리는 전쟁 중에 절단된 것이었다. 그의 이야기에 따르면, 그는 중추절날 요위스키를 알게 되었으며, 당시 요위스키가 그에게 단지 책 속에서만 본 적이 있는 월병을 맛보여주었다는 것이다. 알렉산더는 우리에게 시내 서쪽에 있는 마췌 산에 놀러 가자고 적극적으로 권하면서 하는 말이, 그곳에 가보지 않는다는 것은 참으로 애석한 일인데 왜냐하면 나폴레옹이 그곳에서 불타는 모스크바를 구경했다는 것이다. 그날 요우위에게 신열이 있다며 그로메코(바이성타오)는 그곳에 가는 것에 반대했다. 며칠 뒤 알렉산더가 마차를 한 대 빌려와서는 모두 함께 톨스토이의 고향인 야스나야 폴랴나로 가자고 했다. 그는 충분한 양의 검은 빵과 볶은 메밀국수까지 준비해왔다. 더욱 사람들을 놀라게 만든 것은, 그가 설탕이 들어 있는 과자와 보드카 한 병을 구해온 것이었다. 심지어 그는 여동생까지 데리고 왔다. 그녀의 이름은 나타샤로 매번 꺼런의 러시아어 발음을 고쳐주려고 했다. 그녀는 요우위의 러시아어 발음이 리투아니아인의 발음과 비슷하다고 말했다. 그녀는 상큼하고 가녀린 매력적인 처녀로서 노래 부르는 것을 좋아하며 또한 푸슈킨의 시를 즐겨 낭송했다. 그로메코의 이야기에 따르면, 여름에는 그녀가 오빠의 심부름으로 왔다면서 수박을 들고 찾아왔었다는 것이다. 그와 꺼런이 그녀에게 함께 먹자고 권하자, 그녀는 얼굴을 붉힌 채 자기는 금방 먹고 왔다며 사양하더라는 것이다. 그러나 강권에 못 이겨 그녀가 수박을 받아들고 먹기 시작했을 때 그들은 그녀가 거짓말 했음을 알았다고 한다. 그녀가 한 입 한 입 조금씩 베어 먹고 있는 모습은 꼭 고양이가 음식을 먹는 것 같더라는 것이다. 나중에서야 알게 된 일이지만 그 처녀는 일찍부터 꺼런을 사모하고 있었다. 이번 야스나야 폴랴나로의 여행은 사실 그녀가 계획한 것이고, 나는 바로 그녀의 구실 중의 하나였다. 그녀가 꺼런에게 말했다. "선생님의 친구가 왔으니 당연히 친구 분을 모시고 바람이라도 쐬고 오셔야죠."

날이 밝기 전에 출발해, 거의 점심때가 되었을 때 우리는 투라에 도착했다. 나타샤는 우리에게 투라의 본래 의미는 '저지'라고 설명했다. 아주 오래전에 타타르인들이 모스크바를 침공했을 때, 러시아인들이 그곳에 나뭇가지를 쌓아놓고 불을 질러 그들의 진공을 막았다는 것이다. 그녀가 그런 내용을 설명하고 있을 때, 말이 갑자기 앞으로 나가지 못하고 제자리를 서성이면서 발굽으로 땅을 긁어대며 뜨끈뜨끈한 똥을 싸댔다. 말을 탄 한 무리의 사람들이 갑자기 길 옆 화추목과 침엽수림 사이에서 비스듬히 달려 나왔는데, 쌓인 눈에 덮여 있던 솔잎이 말발굽에 채여 공중으로 날아올랐다가 다시 빗발처럼 우수수 땅으로 떨어졌다. 나타샤의 오빠가 채찍을 휘두르며 말머리를 돌리려고 했으나 말은 제자리에서 꼼짝도 하지 않았다. 그가 재빨리 우리를 마차에서 내리게 하고 손을 번쩍 들고 일어섰다. 그들은 모두 일고여덟 명으로 입고 있는 옷들이 몹시 남루했다. 그중에서 가장 나이가 많은 사람이 그들의 우두머리인 듯 말을 탄 채 한쪽에 비켜서서 부하들을 말 뒤쪽으로 보내 우리들과 함께 서도록 했다. 그러고는 말 등에 앉은 채 우리를 향해 일장 연설을 했으므로 우리는 몹시 당혹스러웠다. 그 연설의 대략적인 의미는 이미 혁명이 성공해서 모든 지식인들과 유산자들은 민중들의 명령을 따라야 한다는 것이었다. 꺼런이 상황 설명을 하려는 순간 갑자기 한 사람이 말 등에서 뛰어내리더니 바지 앞섶을 까발리고 대포를 밀며 성문을 나서는 것처럼 자신의 성기를 앞으로 끄집어냈다. 그것은 이미 극도로 흥분되어 있어서 단단하기가 경찰들이 들고 다니는 곤봉 같았는데, 이렇게 앞을 가로 막고 있는 것이 그 성기와 성기의 주인공을 극도로 흥분시킨 모양이었다. 오빠의 등 뒤에 숨어 있던 나타샤는 너무 놀라 이미 기절한 뒤였다. 나 역시 너무 놀랐는데, 내가 보기에도 그 물건은 너무 커서 흡사 말의 성기 같았다. 내가 표현한 경찰봉이란, 사실 사람을 놀라게 하기 위해 일부러 과장한 말이 아니었다. 그 사람은 실제로 성기를 경찰봉처럼 휘둘러 우리가 타고 온 마차의 바퀴를 몇 차례 연속해서 내리쳤다. 그 소리는 동방의 스님이 목어를 두들길 때처럼 쿵쿵 소리를 내며 계곡 안에 메아리를 남겼다. 우두머리가 연설을 하고 성기의 주인공이 목어를 두들기고 있는 동안 말을 탄 나머지 사람들이 우리들에게 바짝 다가와 마술을 보여주었다. 그들은 말을 탄 채, 먼저 말을 급히 세워 방향을 바꾸더니 말의 앞발을 높이 치켜들게 하고 두 뒷다리로 우뚝 섰다. 그중 한 사람이 나타샤 쪽으로 달려와 뻔뻔스럽게 그녀의 몸을 만지려고 했다. 우리가 두려워 어쩔 줄 모르고 있을 때 우두머리가 휙 휘파람을 불었고, 그러자 그 사람은 동작을 거두고 제자리로 돌아갔다. 그런 다음 그들은 화추목 숲 속으로 사라졌다.

우리가 다시 마차에 올라탈 때, 나타샤의 오빠는 방금 전 상황에 대해 별로 화를 내지 않았다. 그는 마치 그들처럼 길을 가로막고 못된 짓을 하는 사람들을 충분히 이해하고 있는 듯했다. 그들이 우리를 틀림없이 곤경에 빠진 지식인 계급으로 본 것 같다고 그가 말했다. 그는 혁명이 민중들로 하여금 지식 계급에 맞서 싸우도록 부채질을 한다고 말했다. 혁명이 시작되었을 때, 지식 계급은 자유와 민주, 헌법과 빵을 논하기 시작하면서 민중들의 입맛마저 달아나게 했다는 것이다. 그러나 오늘까지 계단 밟는 소리만 요란하게 들릴 뿐 내려오는 사람은 전혀 보이지 않고, 그런 좋은 것들의 그림자 하나 보이지 않는데, 심지어 거울 속의 달이나 물속의 꽃도 아니라는 것이다. 지식 계급들은 이미 볼셰비키에게 감정이 상해 있으며 또한 보통 민중들에게도 화가 나 있다는 것이다. 마치 중국인들이 이야기하는 것처럼 감을 먹으려면 무른 것을 따야 하는 것같이 민중들은 단지 지식 계급의 머리만 겨냥해서 분풀이를 하고 있다는 것이다. 지식 계급에게는 오로지 하나의 출구가 있을 뿐인데, 그것은 바로 도망치는 것이었다. 그들은 우리 모두를 색안경을 끼고 바라보며 우리를 가냘픈 인간으로 여기고 도망친 것으로 보고 있었다. 꺼런은 나타샤의 오빠에게 당신은 어느 계급에 속하느냐고 물었다. 나타샤의 오빠는 이미 볼셰비키에 속하지도 않으며 그렇다고 민중에 속하는 것도 아니고 현재는 지식 계급에도 속하지 않는다고 대답했다. 그는 자신이 속할 계급을 찾지 못하고 있는 사람이라고 설명했다.

야스나야 폴랴나에서 마차를 강탈당할까 봐 나와 나타샤의 오빠는 톨스토이의 저택 안으로 들어가지 않았다. 나타샤가 요우위를 데리고 안으로 들어갔는데 얼마 지나지 않아 그들은 철대문 쪽으로 나왔다. 나중에 내가 꺼런 선생에게 톨스토이의 저택에 대한 인상이 어떤지 물었을 때, 그는 그곳에서 한 권의 책을 보았는데, 그것은 노자의 『도덕경』을 영어와 한자 대조본으로 인쇄한 책이라는 것이었다. 그리고 그가 특별히 이야기한 것은 저택의 주인이 그에게 정원 안의 좁은 산책로를 가리키며 톨스토이가 프랑스 오솔길이라고 불렀다는 말을 했다. 꺼런은 그 이야기를 할 때 황홀한 듯한 기분으로 말했는데, 내가 느끼기에는 뻥잉의 모습이 틀림없이 그의 뇌리에서 선회하고 있었지 않았나 싶다.

돌아오는 길에 우리는 다시 투라를 지나쳤다. 그러나 이번에는 우리 앞을 가로막는 사람들은 없었다. 우리의 예상을 깨고 요위스키가 그곳에서 쉬었다 가자고 강하게 주장했다. 나타샤가 매우 긴장했으나 겉으로는 태연한 척했고, 때로는 이야기를 나누다가 느닷없이 요위스키의 어깨를 내리치곤 곧바로 얼굴이 온통 새빨개지기도 했다. 요위스키가 우리들에게 인근에 있는 마을에서 하룻밤 묵었다 가자고 제의했는데, 우리가 반대할 시간도 주지 않고 나타샤가 박수를 치기 시작했다. 우리가 화추목 숲을 지나 마을 밖에 있는 공동묘지 부근에 도착했을 때 느닷없이 우리 앞을 가로막았던 사람들을 다시 만났다. 그들은 우리가 틀림없이 구원병을 이끌고 나타난 것으로 생각하고 잽싸게 말 등에 올라탔다. 생식기를 끄집어내어 사람들에게 내보였던 그자는 반대로 허리띠를 다시 단단히 여몄다. 꺼런이 그들을 불렀는데, 그것은 단지 그들과 대화를 나누고 싶어서였다. 성의를 표시하기 위해 그는 우리를 뒤쪽에서 기다리게 하고 혼자 앞으로 걸어갔다.

그들과 잠시 이야기를 나누더니 꺼런과 그들의 우두머리가 함께 다가와서는 우리를 마을 손님으로 초청했다. 그곳에서 우리는 메밀죽을 마셨을 뿐만 아니라 고기 수프까지 먹었다. 수프는 색깔이 거무칙칙한 것이 마치 매트리스 속에서 짜낸 것 같았다. 만약 당신에게 수프 속에 들어 있던 작은 건더기들에 대해 미리 말해주지 않는다면 당신은 그것을 바퀴벌레인 줄 알 것이다. 싫은 내색 없이 먹다 남긴 그 수프를 게걸스럽게 먹던 아이들의 모습이란, 그들이 당신에게 설명하는 것처럼, 그들이 당신을 속이는 게 아니라 그것은 그 집에서 가장 맛있는 음식이었다. 우리에게 미안하다고 이야기하다가 돌연 그 우두머리가 엉엉 울기 시작했다. 얼굴이 온통 주름살과 수염으로 뒤덮여 있어서 그 사람이 흘리는 눈물은 쉽사리 흘러내리지 못하고 얼굴에 반짝이는 한 겹의 수막을 만들었다. 내 기억으로는 그 마을을 떠날 때 요우위가 나타샤의 오빠에게, 러시아에 오기 전 그와 많은 사람들은 러시아를 '공산주의의 실험실'로 생각했다고 말했다. 그 실험실 안에서, 볼셰비키는 모두들 화학자로서 자신들의 혁명 이론에 따라 러시아인들을 유리 시험관 속에 넣고, 아래위로 뒤집고 흔들어

대다가 다시 쏟아놓아서 사회주의의 화합물이 출현한 것으로 알고 있었는데, 지금 보니 사실은 그렇지가 않다고 말했다.

내가 러시아를 떠나려고 준비하던 어느 날 아침, 나타샤가 우리를 찾아왔다. 그녀는 문을 들어서자마자 바닥에 쓰러졌다. 그녀의 오빠 알렉산더가 죽었다는 것이었다. 간밤에 오빠가 집으로 돌아오지 않아 나타샤가 찾아나섰다가 알바터 가에 있는 작은 골목에서 그를 발견했을 때는 이미 시신이 언 채 얼음 조각처럼 바닥에 단단히 얼어붙어 있었다는 것이다. 그의 관자놀이에서 흘러나온 피가 작은 구슬처럼 응결된 것이 마치 빨간 앵두처럼 맑고 투명하게 반짝반짝 빛나고 있었다. 그의 몸에서 한 차례 피가 뿜어져 나왔던 모양인지 그의 얼굴과 목덜미에도 핏방울이 맺혀 있었다. 그 핏방울 역시 한 알 한 알 얼어붙어 있는 것이 흡사 구기자 나뭇가지에 빨갛게 익은 구기자 열매가 조롱조롱 매달려 있는 것 같았다. 꺼런의 말로는 고향 칭껑진에서는 사람들이 구기자를 죽은 갓난아이의 염주라고 불렀다고 한다. 알렉산더가 쓰러져 있던 곳에 식당이 하나 있었고, 식당 문 앞 가스등의 둥근 유리 역시 총탄에 맞아 산산조각 나 있었다. 내 기억에 다음 날 경찰이 서둘러 알렉산더의 사인을 발표했는데, 처벌받을 것을 두려워한 그가 자살했다는 것이었다. 그러나 그가 도대체 무슨 죄를 지었는지에 관해서는 경찰 측에서 비밀에 부친 채 발표하지 않았다.

알렉산더가 죽은 후 꺼런은 병으로 쓰러졌다. 나 역시 부득불 여행기간이 길어질 수밖에 없었다. 바이성타오가 하는 말이, 꺼런은 묵묵히 눈물을 흘리고 있다는 것이었다. 그의 얼굴은 매끄러워 그 눈물은 아무런 방해를 받지 않고 아래턱으로 흘러내리는데 그걸 보면 꼭 처마 밑에 매달린 빗방울 같다는 것이었다. 그는 좀처럼 입을 열지 않았다. 나중에 그는 전신이 으슬으슬 춥고 떨리는 것이 마치 얼음 동굴 속에 빠진 것 같다고 말했다. 그는 쉴 새 없이 마른기침을 해대며 자신의 입에서 이상한 냄새가 난다고 말했다. 훗날 그는 각혈을 하기 시작했다. "며칠째 나는 맑은 침을 뱉어보지 못했네"라고 그가 말했다. 의심할 여지도 없이 그의 폐병이 심해진 것이었다. 그러나 그는 그것을 인정하지 않고, 어쩌면 자신의 몸 어딘가에서 혈관이 파열된 것 같다고 말했다. 그는 쉬지 않고 글을 썼으며 특히 알렉산더에 대한 추억에 대해 썼는데 마치 글을 씀으로써 자신의 병을 잊을 수 있는 것처럼 보였다. 그러나 철야로 글을 쓰는 것은 오히려 그의 병세를 악화시킬 뿐이었다. 더군다나 나는 그가 꿈의 소멸에 대해 쓰고 있다는 것을 알고 있었다. 나는 그를 말리려고 시도했다. 그러나 오히려 그는 글을 쓰는 동안 자신의 마음이 안정되고 매우 행복한 것이 꼭 달콤한 과자를 먹는 것 같다고 말했다. 나를 더욱 당혹스럽게 만든 것은 글을 완성한 다음 그가 그것들을 불살라버린 것이었다. 그는 말하기를 자신의 눈과 귀를 감히 믿고 싶지도 않고 믿을 수도 없다는 것이었다. 그는 차라리 자신이 목격한 모든 것이 단지 악몽에 지나지 않는다고 믿고 싶어했다.

바이성타오의 구술 내용을 통해 앞으로 우리는 더 자세한 내용을 알게 될 것이다. 열차 안에서 바이성타오는 하마터면 러시아에서 톨스토이의 고향으로 여행을 가던 도중에 무뢰한이 길을 가로막았던 사건, 즉 생식기를 끄집어내 휘두르던 사건을 소홍에게 이야기할 뻔했다. 그 생식기에 대해서 콩환타이 선생은 '말의 양물'과 '경찰봉'으로 다르게 표현했는데, 바이성타오는 그것을 '뤄성'이라고 표현했다. 그러나 그는 끝까지 참고 그 이야기를 입 밖에 내지 않았다.

@ 역자이식(易子而食)

홍 양의 안달에 못 이겨 나는 그녀에게 내가 소련에서 겪은 희한한 사건에 대해 이야기해주려고 했습니다. 그 당시 우리가 톨스토이의 고향에 거의 도착할 무렵 한 무리의 사람들이 우리의 앞길을 가로막았고, 그중 한 명은 뤄성처럼 생긴 생식기를 꺼내 휘둘러대며 사람들을 놀라게 만들었죠. 그러나 나는 군자였고, 따라서 아무리 애를 써도 그런 일을 입 밖으로 내뱉을 수가 없더군요. 그러나 이미 마음먹었던 것이니 속 시원하게 말해버려야 했죠. 나는 있는 그대로 이야기를 했습니다. 사람의 심리란 참으로 묘해서 요염하게 생긴 아가씨가 앞에 앉아 있으니 해서는 안 될 이야기가 더욱 하고 싶어지더군요. 다행히 미제가 다가와서 우리의 분위기를 깼는데, 그렇지 않았다면 나는 정말 곤란해 죽을 지경이었을 겁니다. 미제가 라이터로 담배에 불을 붙인 다음 나를 쳐다보며 빙그레 미소를 지으며 말을 걸었습니다. "선생님, 당신은 정말 군자로군요." 무슨 뜻으로 하는 말인지 곰곰이 생각하고 있을 때 갑자기 그가 자신의 엉덩이를 툭 치더니 정조우(鄭州)에 도착했다고 말했습니다.

정조우에 도착하자 미제는 나와 홍 양을 차에 태우더니 곧바로 카이펑(開封)으로 갔습니다. 현재 남은 사람은 나와 홍 양 두 사람뿐이었죠. 홍 양은 이미 잠이 들었으나 나는 전혀 잠이 오지 않았습니다.

나의 뇌리는 줄곧 꺼런을 향해 달려가는데 잡으려 해도 도저히 잡을 수 없었지요. 나는 미제가 우리를 안내하는 사람인 줄 알고 있었지만, 그러나 그 역시 틀림없이 지하당원이라는 것을 알 수 있었습니다. 만약 그가 안내인이 아니었다면 역시 사람을 죽이러 갔을 것인데, 그런 임무는 더욱 힘들고 더욱 큰 위험을 감수해야 할 거라는 생각이 들자 나는 그 사람과 역할을 바꾸고 싶었지요. 솔직히 말하면, 그 당시 홍 양이 정말로 내 딸이었다면 나는 그와 임무를 맞바꾸기 위해 홍 양을 그 사람에게 넘겼을 겁니다. 옛날 사람들이 굶어죽을 지경이 되면 자식을 맞바꿔 잡아먹었다는 이야기를 들었는데, 나로서는 도저히 믿기지 않았지만 지금에 와서는 충분히 이해할 수 있습니다. 자기 자식을 직접 잡아먹게 된다면 도저히 입으로 넣기가 쉽지 않겠죠. 그러나 다른 사람의 아이라면 훨씬 쉬울 테니까요. 만약 식욕만 좋다면, 어쩌면 맛있게 느껴질 수도 있겠지요.

자식을 바꿔 잡아먹는다는 생각을 하자 내 머리가 갑자기 밝아졌습니다. 장자코우를 나서면서부터 나는 줄곧 생각에 잠겼었지요. 왜 티엔한은 명령을 직접 내리지 않고 또우스종을 통해 전달했을까? 손가락 여섯 개가 가려워 죽을 지경이라면 그다음에는 어떻게 해야 하는가. 자식을 바꿔 잡아먹는다는 생각을 떠올리고 나니까 그제서야 그 이유를 알 수 있었죠. 티엔한이 나에게 직접 말하지 않은 것은 첫째 입이 떨어지지 않아서였고, 두번째는 만약 내가 안 가겠다고 하면 나에게 단단히 손을 쓰지 않을 수 없었던 것이죠. 나는 그래도 그와 같은 고향 사람이잖아요. 그러니 또우스종의 손을 빌린다면 쉽게 일을 처리할 수 있었던 것이죠. 만약 내가 명령에 불복종한다면 또우스종은 언제든지 나를 죽일 수 있으니까요. 내 손으로 직접 꺼런을 죽이게 하지 않고 아칭을 시켜 죽이게 한 것 또한 아마 그런 이유였겠죠. 내 생각에는 그런 세심한 계획 또한 필시 주도면밀한 티엔한의 배려였을 겁니다. 보아하니 나의 곤혹스러움을 그 역시 고려했던 것이죠. 아, 이렇게 이야기하다 보니 나는 그래도 티엔한에게 고맙다고 하지 않을 수 없겠군요.

나중에는 나 역시 졸음이 몰려왔지만 그래도 도저히 잠을 잘 수는 없었습니다. 나는 마대자루에 기댄 채 생각에 빠졌지요. 마대자루라면 얼마나 좋을까? 아무것도 생각할 필요도 없고. 세상에서 가장 좋은 일은 마대자루가 되는 것이었죠. 커다란 마대자루가 되어 나를 필요로 하는 곳으로 옮겨지면 되지요. 그러나 내가 그런 생각을 하고 있을 때 나는 이미 마대자루가 아니었죠. 왜냐하면 마대자루는 생각도 할 수 없으니까 말입니다. 솔직히 말하면 당시 나는 어떤 것에도 매우 민감하게 반응하면서 머리가 더욱 혼란해졌습니다. 문제가 생겼지요. 기차는 분명히 평원을 달리고 있었는데 나는 줄곧 산골짜기를 달리는 것처럼 느껴졌고, 산골짜기를 따라 계곡 안쪽으로 꾸물거리며 달리는 것 같으면서도 또한 따황 산의 바이포 진에 거의 다 온 것처럼 느껴졌습니다. 열차는 덜커덩거리며 사람들을 꿈속으로 빠져들게 만들었죠. 다른 사람들의 입장에서 보면 달콤한 꿈에 불과했지만 나로서는 백일몽이었죠. 생생한 모습으로 내 앞에 서 있는 꺼런을 보고 나는 정말이지 깜짝 놀랐습니다.

변하지 않았어요. 전혀 변하지 않았더라구요. 그는 여전히 허약한 서생 모습이었는데 여전히 둥근 테의 안경을 쓰고 있었고 얼굴이 약간 불그스름했습니다. 아니, 그것은 폐병과는 아무 상관 없었습니다. 그것은 폐결핵으로 인해 붉어진 것이 아니라 성령의 빛이었습니다.

솔직히 말하면 내가 접촉했던 혁명가들 중에 오직 꺼런에게서만 볼 수 있었던 낯선 모습의 발그레한 얼굴이었습니다. 그처럼 낯선 모습으로 나타났지만 내가 본 것은 오래도록 떨어져 있던 친구가 분명했고, 그 역시 쉽게 낯을 붉히는 사람이었거든요. 그처럼 쉽게 낯을 붉히는 사람은 유일무이할 겁니다. 사람들에게 부끄러워 얼굴을 붉히는 여자아이를 연상하게 만들었으니까요. 얼굴을 붉힌 그가 잠시 후 주머니 속에 손을 집어넣었다 빼더니 담배에 불을 붙였습니다. 담배에 불을 붙이면서 그가 말했지요. "바이 형, 당신이 담배를 피우지 않는 것을 내가 잘 알고 있으니 일부러 권하진 않겠소. 따황 산에는 어쩐 일로 오셨소? 변경에서 잘 지내고 있는 것으로 알고 있는데. 그 많은 사람들의 변비도 모두 치료해주었다던데 이곳에서는 무얼 하려고 그러시오?" 그때 나는 아무 말도 할 수 없었죠. 입을 뗄 수 없더라고요! 오직 얼굴을 다른 곳으로 돌릴 수밖에 없었죠. 그 얼마나 생생한 환각인지요. 그때 나는 아무것도 생각하지 못했지만 나중에 따황 산에서 일어난 실제 모습은 놀랍게도 그것과 전혀 다르지 않았습니다.

만약 홍 양의 방해가 아니었다면 나의 백일몽은 언제까지 이어졌을지 모릅니다. 내 기억에 나의 꿈은 갈수록 혼란스러워져 두서도 없고 정말 꼴이 말이 아니었죠. 예를 들면 나는 분명히 꺼런이 솜옷을 입고 있는 모습을 보았는데, 다시 보니까 그의 벌건 다리가 밖으로 나와 있더란 말입니다. 영양실조와 과로로 인해 그의 다리는 이전보다 더욱 가늘어져 백로의 다리 같았죠. 때마침 창밖으로 물웅덩이 하나가 나타났고, 웅덩이의 수면 위로 새들이 날아오르자 멀리서 총성까지 들려오는 바람에 나는 꿈을 꾸고 있는 것인지 아니면 열차와 함께 내달리고 있는 것인지 더욱 구분이 되지 않았습니다. 솔직히 말하면 당시 나는 실제로 걱정을 하고 있었고, 넌더리가 나는 바이포 진에 도착하기도 전에 나 자신이 먼저 미쳐버린 거였습니다.

한코우로 가던 중에 홍 양 역시 정신이 약간 혼란스러웠던 모양입니다. 그녀는 사저(師姐)가 이미 그녀가 기루에 몸을 담았다는 것을 알고 있다고 말했죠. 그러다 보니 사저가 틀림없이 인정사정없이 자신을 야단칠 거란 것이었죠. 비록 내가 그녀에 대해 일말의 의혹을 갖고 있긴 했지만, 막상 그녀가 직접 이야기를 꺼내니 그래도 조금은 안쓰러운 생각이 들더군요. 그녀 혼자 한코우에서 며칠을 보내야 할 것을 생각하니 나는 정말로 그녀가 약간 걱정되었습니다. 그녀가 세상을 좀 안다고 해도 워낙 혼란스런 시국이라 얼마든지 좋지 않은 일이 생길 수 있었거든요. 아니, 장군, 내 말은 그런 뜻이 아닙니다. 내가 어떻게 그녀를 사랑할 수 있겠습니까? 불가능한 일입니다. 우리끼리 하는 말로 그것은 단지 계급의 정이었죠. 장군, 만약 당신이 꼭 그런 식으로 말한다면 나 역시 어쩔 수 없이 인정할 수밖에 없지요. 그래요, 당나귀 두 마리를 함께 묶어놓은 지 오래되다 보니 정이 생길 수도 있겠죠. 더군다나 홀아비와 과부 단둘이 함께 있었으니까. 그러나 그것은 확실히 애정이 아니었습니다. 더군다나 나는 그녀의 손 한 번 잡지 않았단 말입니다! 하지만 솔직히 말한다면 나는 그녀에게 정말로 고맙게 생각하고 있었지요. 생각해보세요. 장자코우로부터 한코우까지 가는 동안 만약 홍 양이 동행하면서 이리저리 나를 잡아 끌지 않았다면 내 신경은 아마 일찌감치 결단났을 겁니다. 당연한 이야기지만, 그녀 역시 나처럼 고통 속에 깊이 빠져들어 신경이 바짝 긴장되었을 거라고 가정해보면, 내가 끼어들어 우스운 짓거리를 한 것이 그녀에게 전혀 득이 되지 않았다고 말할 수도 없었죠. 장군의 말이 맞습니다. 그것은 확실히 남녀가 함께 수련을 한다는 의미가 조금 들어 있지요. 당시 나는 애틋한 심정으로 그녀에게 말했지요. "홍 양, 화복(禍福)은 무상한 거야. 이번 여행이 흉한 일인지 길한 일인지 나는 아직 몰라. 그러나 나는 아무리 힘들더라도 꼭 살아서 돌아가 반드시 한코우에서 너를 찾으마."

장군, 다시 말하면 그녀 역시 여자의 도리를 아는 데다 마음도 여리고 눈물이 많은 사람이라 내가 말하자 그 여자의 눈자위가 금방 붉어지면서 얼굴의 화장이 번졌습니다. 나는 서둘러 그녀를 위로했죠. "상심하지 마. 나에겐 절대 아무 일도 없을 거야. 자네의 사저 역시 필시 사리에 밝은 사람일 테니 자네를 힘들게 하진 않을 테고." 여자란 세상 그 어떤 존재보다도 말 한마디에 잘 속아넘어가죠. 가장 쉽게 언어에 속지요. 내 말 한마디에 여자가 곧바로 웃음을 지었죠. 솔직히 말하면 여자가 웃기 시작하니 정말 예쁘더군요. 약간 수줍음을 띠고 웃는 모습이 꼭 초승달 같았습니다.

한코우에 도착하고 나서 그녀는 곧바로 사저를 찾아가지 않았죠. 그녀가 하는 말이 어차피 자신의 고향에 왔으니 그 지방 사람으로서 나에게 식사를 한 끼 대접하겠다는 거였죠. 그러고는 나를 데리고 식당으로 갔습니다. 식당의 이름은 기억나지 않지만 아마 더화 가(德化街)에 있었던 것 같아요. 내가 기억하고 있는 것은 단지 그 식당의 주인이 키가 매우 작고 이마가 툭 튀어나왔으며, 대머리인 것이 레닌을 조금 닮았다는 거였습니다. 대머리가 우리에게 현지인이냐고 묻자, 홍 양이 모피 장사를 하기 위해 왔다고 대답했지요. 주인은 고상한 말투를 썼습니다. "유붕이 자원방래하니, 불역열호라. 위로 올라가시죠." 그런 식이었죠. 그때 정말 맛있게 먹었습니다. 나는 난생처음 신선한 병어를 먹었는데 어찌나 신선한지 내 입이 지저분하게 느껴지더군요. 창문으로 내다보니 맞은편에 목욕탕과 이발소가 보이더군요. 식사를 하면서 홍 양이 내게 우선 목욕을 하지 않겠냐고 물었습니다. 나는 그래도 곧바로 떠나야 하니 목욕은 그만두겠다고 대답했지요. 그녀가 말했습니다. "당신은 더러운 것도 겁내지 않고, 피곤한 것도 모르는 것을 보니 확실히 특수한 재질로 만들어졌나 봐요. 그렇지만 특수한 재질로 만들어졌어도 역시 수시로 씻어야 한다고요. 제가 낼 테니 깨끗이 씻고 길을 떠나도록 하세요. 그러고 나서 저는 제 일을 할 게요." 나는 그녀에게 도와줄 일이 없느냐고 물었고, 그녀가 미소를 지으며 빈손으로 사저를 찾아간 적이 한 번도 없으니 사저에게 줄 선물을 사겠다고 했습니다. 그리고 그녀는 사저의 건강이 좋지 않은 것을 알고 있기 때문에 메이수까오를 사서 갖고 갈 생각이라고 했죠. "메이수까오? 그것은 구토를 멈추게 하고 해열 작용을 하는 약인데, 자네의 사저가 무슨 병이라도 있나?" 내가 물었습니다. 그녀는 사저가 오래전부터 위가 좋지 않아 메이수까오를 먹고 있었는데, 이렇게 오랫동안 떨어져 있다 보니 지금은 증세가 좋아졌는지 더욱 나빠졌는지 모르겠다고 말했습니다. 나는 그 선물이 매우 적합하다고 생각했지요, 왜냐하면 메이수까오는 확실히 위를 보호해주니까요. 그녀는 다시 나에게 목욕하러 가라고 재촉했습니다. 나는 팬티 속에 감추고 있던 서신을 떠올리고 말했지요. "홍 양, 목욕은 돌아간 다음에 할게. 결정한 거야. 이제 그만."

그 당시 우한 지역은 한창 혼란스러울 때였는데, 일본군과 중국군이 전쟁을 벌이고 중국군과 가짜 중국군이 전투를 벌이고 있었죠. 나는 오래 머물기가 불편했지만 홍 양이 고집스럽게 나를 하룻밤 묵고 가라고 매달렸습니다. 웃지 마세요. 솔직히 그녀가 내게 다른 마음이 있어서 그랬다고는 생각지 않아요. 내 생각으로는 그녀가 나 대신 나를 걱정하고 있었던 거죠. 그래도 같은 참호 속에 함께 있던 전우잖아요. 내가 말했죠. "시국이 나날이 급박하게 돌아가고, 중임을 맡은 몸이므로 나는 잠시도 소홀히 할 수 없네." 내가 고집을 피우며 길을 떠나려고 하자 그녀 역시 억지로 잡지 못했습니다. 그날 밤 그녀가 다시 연회를 베풀었는데 나를 위한 전별연이었죠. 그녀 역시 위가 좋지 않았기 때문에 나는 그녀에게 술을 너무 많이 마시지 말라고 권했습니다. 그녀는 나에게 걱정하지 말라며 아직까지 술에 취해본 적이 없다고 말했습니다. 그렇지만 그 말을 할 때 그녀는 이미 얼굴이 빨개진 상태였죠. 마치 얼굴을 가리고 있던 천을 막 벗긴 새색시처럼 말입니다. 그녀가 술에 취해 미몽에 사로잡힌 채 길을 떠나야 하는 나를 위해 노래를 한 곡 부르고 싶다고 말했습니다. 아니요, 장군, 그녀가 부른 것은 「귀비취주(貴妃醉酒)」가 아니라 「복산자(卜算子)」였습니다. 진인불로상(眞人不露相)*이라는 속담은 정말 맞는 말입니다. 정말 그리 보이지 않았는데, 그녀는 진짜 최고의 연극배우처럼 노래를 무척 잘 불렀습니다.

고독한 이 사람에게 이 몸을 좋아하는 주인 하나 없네.
눈앞에서 안개가 걷힐 때 나는 저 멀리 아득한 곳에 있네.
꽃잎이 떨어져 봄날이 지나간 것을 알 수 있도록 한 줄기 비바람이 몰아치네.

---

* 참된 자는 그 모습을 결코 노출하지 않는다.

편지에 이르길 내년 봄 다시 찾아온다니 그 향기는 틀림없이 전과 같으리.

나는 서서히 요점을 알아차렸죠. 아, 그녀가 부른 노래는 취치우빠이가 개작한 가사였고, 바이포 진에서 취치우빠이가 살해되기 전 쓴 것이었죠. 나는 취치우빠이를 만난 적은 없고 단지 티엔한에게 들은 이야기로는 소련에 있을 때 티엔한과 꺼런이 종종 함께 불렀다고 했습니다. 또한 그 두 사람은 생김새도 비슷할 뿐 아니라 아명까지 같아서 모두들 아쌍(阿雙)이라고 불렀답니다. 나는 홍 양에게 물었죠. "그 노래는 환희와 슬픔을 모두 담고 있어서 상당히 수준 높은 작품인데, 그 곡의 가사를 쓴 사람이 누구인지 알고 있나?" 그녀가 느닷없이 소매로 얼굴을 가린 채 흐느끼며 울기 시작했습니다. 그녀의 말이 사저로부터 배웠으며 누가 가사를 썼는지는 모르고 단지 자신의 신세가 가엾다는 생각이 들면서 갑자기 그 노래가 생각났다는 것이었죠. 나는 곧바로 그녀에게 변경에 가면 무슨 일이 있어도 절대로 그 노래를 부르지 말라고 당부했죠. 좋기는 좋지만, 그러나 그 노래는 혁명의 낙관주의와 부합되지 않아 쉽게 화를 불러올 수 있었죠. 그녀는 다시 한 번 내 호의에 고맙다는 표시를 하면서, 반드시 그곳에서 내가 좋은 소식을 갖고 오기를 기다릴 테니 그때 다시 혁명에 공헌한 것을 기념하며 술을 실컷 마시자고 했습니다. 그 말을 하며 그녀는 다시 술잔을 들어 올렸지요. "서두를 것 없어요. 날이 캄캄해지고 나서 이곳을 떠나도 늦지 않아요." 그러나 나는 생각지도 못하게 한 잔 한 잔 마시다 보니 결국 만취해버렸습니다.

& 메이수까오(꺼)

홍 양이 말한 '메이수까오(梅蘇膏)'란 글자 속에는 사실 한 사람의 이름이 숨겨져 있었다. 그 사람은 바로 한때 명성을 날리던 경극 표현 예술가 메이수(梅蘇) 선생을 말한다. 다시 말하면 홍 양이 말한 메이수까오는 사실 '메이수꺼(梅蘇哥)'에 음을 맞춘 것이었다. 아마 홍 양은 바이성타오가 눈치 챌 것을 염려한 나머지 일부러 메이수 선생을 그녀의 사저라고 말한 것 같다. 『이원춘추』(베이하이 출판사, 1994년판)라는 책에 기재되어 있는 내용을 보면 메이수 선생의 약력은 다음과 같다.

> 메이수(1902~1986), 원명은 수메이, 자는 웨이즈로 한코우에서 출생했으며 본적은 쓰촨 성이다. 두 살 때 부친 수밍홍을 따라 항저우로 갔다. 수밍홍은 줄곧 차 장사를 했으며 후즈쿤 같은 사람들과 함께 항저우의 4대 차상(茶商) 중 한 명이었다. 어린 시절 수메이는 종종 아버지를 따라 상하이에 있는 중국대희극원에 가서 희극을 관람하면서 모르는 사이에 그 영향을 받아 메이(란팡)파 예술에 빠져들었고, 이름을 메이수로 바꾸고 전통 희곡을 익히는 데 전념했다. 그는 훗날 명성을 얻고 나서 메이파의 대표작인 「펑환차오(鳳還巢)」「꾸이페이추이지우(貴妃醉酒)」「홍니관(虹霓關)」 등을 우한과 창사 등지에서 연출했으며, 경극 예술을 널리 알리기 위해 지대한 공헌을 했다. 메이수의 무대 위 공연 모습이 일본 전통 무용과 비슷해서 일본 친구들이 그를 몹시 좋아했다. 메이수는 민족적 기개를 깊이 지니고

있어서 일제 항거 기간 동안 축수명지(蓄鬚明志)* 적들을 위해 무대에서 공연하는 것을 거절하고 장링(江陵)으로 은거했다. 1946년 홍콩으로 건너간 다음 싱가포르와 말레이시아, 인도네시아 등지에서 화교들을 위해 공연 활동을 펼쳤다. 말년에 그는 회고록 『천녀산화(天女散花)』를 집필했고, 1986년 홍콩에서 별세한다.

『절색』이라는 책에 소개된 것을 보면 메이수와 뻥잉은 어린 시절 항저우에 있을 때 서로 알고 있었다. 1919년 뻥잉은 프랑스에서 귀국했을 때 베이징에서 수메이를 만난 적이 있다. 뻥잉의 기억에 따르면 1930년대 말과 40년대 초 그들은 홍콩과 상하이에서도 만났었다. 훗날 "몇 차례 서신을 주고받은 적이 있으며, 그의 글씨체가 멋졌는데, 살짝 옆으로 누운 귀비가 술에 취한 모습 같았다"라고 말했다. 나의 고모할머니도 내게 말한 적이 있다. 고모할머니는 메이수 선생이 평생 아내를 맞아들이지 않았다고 들었는데, 그것은 바로 그가 남몰래 뻥잉을 사랑하고 있던 것과 관련이 있다는 것이었다. 그러나 안토니 스웨이터와 대담할 때 뻥잉은 그런 말을 꺼내지 않았다. 흥미 있는 것은 『천녀산화』 속에서 메이수 선생은 오히려 자신의 그런 모습을 남김없이 솔직히 토로했다.

진주만 공습 이후 홍콩의 정세는 극도로 긴장되었고 머지않아 적의 수중에 떨어졌다. 참으로 "달빛은 환하고 가을바람은 부는데, 오

* 메이란팡(梅蘭芳)은 '화단(花旦),' 즉 중국 전통극에서 말괄량이 여자 배역을 맡은 남자였기 때문에 무대 위에서는 여자로 분장을 해야 했다. 따라서 반드시 면도를 해야 했는데 상하이가 일본에 점령된 뒤, 일본인들이 메이란팡에게 공연을 하도록 요구했으나, 그가 공연을 하지 않기 위해 일부러 수염을 길러 그의 결심을 보여주었다고 한다.

래된 피리 소리는 처량하구나." 그런 식으로 표현할 만했다. 나는 할 수 없이 다시 상하이로 돌아갔다. 나는 후 여사를 다시 만날 것이라고는 전혀 생각하지 못했다. 그때 나는 마침 정원에서 발성 연습을 하고 있었는데 그녀가 찾아왔다. 그녀를 보자마자 어린 시절 그녀에 대해 품었던 정이 다시 새롭게 돋아났다. 그녀는 전통 희극에 조예가 깊었고, 메이(란팡)파의 상(像), 청(옌치우)파의 창(唱), 쉰(휘이성)파의 봉(棒), 상(샤오윈)파의 랑(浪) 등에 관해 모두 일가견을 갖고 있었다. 그러다 보니 그녀를 만날 때마다 우리는 늘 전통 희극에 관해 대화를 나누었다. 그런데 이번에 나는 일부러 그녀를 웃기려고 말을 걸었다. "홍콩에 있을 때 당신을 보고 싶은 적도 있었지만, 당신이 종뿌 선생과 함께 있을 수도 있다는 생각이 들어 감히 찾아갈 생각을 못했소." 미처 내 이야기가 끝나기도 전에 그녀가 일부러 화난 표정을 지으며 판자 조각을 집어 들고 나를 때리려는 시늉을 했다. "그럼 혹시 꺼런 생각을 하고 있었던 건가요?" 그녀는 얼굴에 잠시 동안 수운참무(愁雲慘霧)*한 표정을 지었다. 나는 내심 그녀의 마음이 벌써부터 혼란스럽게 흔들리고 있었다는 것을 깨달았다. 그녀는 산베이(陝北)**에 있는 꺼런에게 수차례 편지를 보냈지만 전혀 답장을 받지 못했다고 말했다. 그녀 역시 그 사람으로부터 멀리 떠나려고 생각해 보았지만 꺼런과 몇 년째 헤어져 있는 딸이 마음에 걸려 이러지도 저러지도 못하고 있다고 말했다. 그녀는 늘 어리석은 생각에 빠져 있었고, 어떤 날은 딸이 곧 어느 지방에 나타날 것 같다고 했다. 아아! 시불리혜추불절(時不利兮騅不逝)***이니 이를 또 어찌한단 말인가? 그날

* 암담 무관한 모습. 수로 우수에 잠겨 고민하는 모습을 비유함.

** 섬서 성 북쪽 지방.

오후 나는 용기를 십분 발휘해서 수년 동안 그녀에 대한 사랑을 고백했는데, 그녀의 대답은 그녀 자신이 이미 심신이 피폐해져 다시는 그러한 일로 신경 쓰고 싶지 않다고 했다. 그날 이후 나는 다시는 그녀를 만나지 못했다.

그 후 얼마 지나지 않아서 나는 한코우로 돌아갔다. 대략 계미년(즉 1943년) 초, 나는 한코우에서 우연히 홍옌(鴻雁) 사매(師妹)를 만났다. 내가 만났을 때 여전히 독신으로 지내고 있었는데, 그녀는 나에게 후 여사를 혼자 사모하고 있는 건 아닌지 물었고, 후 여사와 꺼런이 우단사련(藕斷絲連)*하며 여전히 편지를 주고받는 건 아닌지 물었다. 나는 대답을 망설였고 그녀 역시 재차 묻지 않았다. 일찍이 나와 홍옌 누이는 베이징에서 전통극을 배울 때, 「대옥장화(黛玉葬花)」** 를 공연한 적 있는데, 극 중 대사 중에 "약설몰기연편편우타, 설유연저심사우성허화(若說沒奇緣偏偏遇他, 說有緣這心事又成虛話)⋯⋯ 상안중능유다소누주, 즘경득추류도동, 춘류도하(想眼中能有多少淚珠, 怎經得秋流到冬, 春流到夏)"라는 구절이 나온다. 말끔하게 씻은 듯한 밝은 달빛과 홍옌 사매가 부르는 그 노래 가사를 듣고 있자니 나는 자신도 모르게 행복하게 느껴졌는데, 실로 그 정경은 거울 속의 달과 같았고 물속에 드리워진 달빛 미인 같았다.

위 글의 내용은 옆에서 보았을 때 실제로 맞는 이야기였고, 홍 양

*** 항우가 지은 시로 뜻은 하늘에 달렸고 시절이 나에게 불리해 전투는 순조롭지 못하니 천리마조차 달리지 못한다는 뜻.

* 연뿌리는 끊어져도 실은 이어진다, 즉 끊으려야 끊을 수 없는 남녀 간의 인연이 계속된다는 뜻.

** 『홍루몽』에 나오는 일단락.

이 한코우로 가는 것은 확실히 꺼런과 관련이 있었다. 그녀는 사실 얼리깡 전투 이후 꺼런과 뻥잉이 서신을 주고받았는지, 즉 꺼런이 따황 산에 출현했다는 소식이 밖으로 전해졌는지 조사하라는 명령을 상부로부터 받은 것이었다. 홍 양이 무엇 때문에 바이성타오와 함께 한코우로 가게 되었는가를 알기 위해서는 홍 양의 또 다른 임무를 이야기하지 않을 수 없다. 만약 또우스종이 그 기간 동안 이미 아칭과 연락을 취할 수 있었다면 바이성타오는 굳이 따황 산으로 갈 필요가 없었고, 그리되면 홍 양은 한코우에서 바이성타오를 죽여야 했던 것이다. 홍 양이 "말끔하게 씻고 나서 당신(바이성타오)을 보내고 싶다"라고 말했던 것은 다 이유가 있었다는 뜻이다. 그 이유가 무엇인지에 대해서는 나는 도저히 알 길이 없다. 어쩌면 곧 죽을 사람 앞에서 그녀가 모종의 특별한 쾌감을 느끼기 위해 그런 말을 했던 것은 아닐까?

물론 우리가 이미 다 알고 있는 것처럼 홍 양은 바이성타오에게 특별히 손을 쓰지 않았다. 다만 조금만 더 추측해본다면 우리는 그 원인이 홍 양이 『눈 위의 기러기 발자국』에서 말했던 이유 때문만도 아니라는 것을 알 수 있다. 그것은 그녀 자신이 일찍 깨달았다고 표현을 한 것처럼; 그녀가 이미 또우스종이 여전히 아칭과 연락을 취하지 못한 것을 알고 있었기 때문에 또우스종이 바이성타오에게 명령을 전달해주도록 지시할 것이라는 사실을 알고 있었던 것이다. 사실 단지 조금만 더 주의를 기울인다면 우리는 『눈 위의 기러기 발자국』에 수록된 한 편의 여행기 「황학루(黃鶴樓)」 속에서 그것에 관련된 속사정을 파악할 수 있다.

우한에 도착할 때마다 나는 반드시 황학루(黃鶴樓)에 가보려고 했다. 한 사람의 연기자로서 중국의 전통문화를 이해하지 못한다는 것은 말도 안 될 일이다. 한 시간 동안 무대 위에 오르기 위해서는 무대 아래에서 십 년은 공부하고 노력해야 한다. 수없이 돌아다니며 많이 보고, 많이 생각해야 한다. 내 기억에 황학루에 처음 올라갔던 것은 해방 전으로 혹독한 시련으로 암흑처럼 캄캄하던 40년대였다. 식당에서 일하던 한 동지(바로 외모가 레닌 비슷하게 생긴 사람 말인가?)가 나를 데리고 서산(蛇山)*엘 간 적이 있다. 다 큰 처녀가 처음 가마를 탈 때처럼 그때의 흥분은 감히 말로 표현하기 어려웠다. 당시 함께 황학루에 오른 사람 중에는 한 명의 현지인(당연히 그녀의 사형인 수메이를 지칭)이 있었다. 우리는 예술에 관해 주절거리며 주위의 아름다운 경관을 감상했다. 해방 후 선전 활동의 필요에 의해 나는 다시 수차례 우한을 찾았었다. 나는 동지들에게 농담으로 저 황학이라는 것은 이미 날아가버렸고, 홍안(鴻雁)이 다시 돌아온다고 말했다. 모두들 내 손녀가 나의 예술을 계승하고 있다는 것을 알고 있었다(이 문장은 문제가 있는 틀린 문장 같다). 나는 경관을 구경하며 그녀에게 경극과 전통문화의 관계에 대해 설명했는데, 그녀 자신이 적지 않은 감명을 받은 것 같았다. 내 작은 외손자는 비록 심도 깊은 내용을 이해하지 못했지만 그래도 몹시 좋아했다. 펄쩍펄쩍 뛰었다. 외손자의 천진난만한 얼굴을 보며 나는 생각했다. 기왕 지난 일들은 이미 학을 타고 멀리 날아갔으니 우리들은 지난 과거를 잊어버리고 새로운 미래를 창조하며 보다 나은 아름다운 내일을 만들도록 하자!

* 우한 시 우창 구의 장강 남쪽에 있는 산. 산 위에 유명한 황학루가 있음.

한편으로는 전통문화를 계승하자고 강조하면서 다른 한편으로는 과거를 잊으라고 강조했다. 소홍녀 동지가 이야기하니 다른 사람은 별 도리가 없었다. 이야기가 나온 김에 하는 말이지만 소홍녀의 손녀는 바로 여러분들이 춘절 특집 오락 프로그램에서 보았던 경극 배우 샤오뉘홍이다. 판지화이 선생이 그녀와 알고 있기 때문에, 이 책의 제3부에서 나는 그녀에 관해 좀더 설명할 것이다.

@ 시백(屎白)으로 치료하다

장군, 이제 남은 이야기는 별로 없습니다. 내가 깨어났을 때 날은 이미 환하게 밝아오고 있었습니다. 홍 양은 정말 웃기는 사람이었죠. 애초에 나를 잡은 사람은 그 여자였는데 그때 나보고 빨리 길을 나서라고 재촉하던 사람 역시 그 여자였습니다. 따라서 동방의 붉은 태양이 떠오를 무렵 나는 식당을 나섰죠. 전선이 바짝 긴장된 상태이기 때문에 한코우에서는 기차가 운행을 하지 않았습니다. 그래서 식당 주인이 삼륜차를 몰며 나를 태워주었습니다. 맞아요, 바로 레닌과 흡사하게 생긴 그 대머리였죠. 삼륜차는 원래 짐을 운반할 때 사용하던 것이라 위에 고기 비늘이 달라붙어 있었습니다. 태양이 빛을 쪼이자 고기 비늘이 마치 산산이 깨진 유리 조각처럼 반짝거렸죠. 나는 갑자기 어떤 불길한 느낌이 들었습니다. 이번 여행이 어쩌면 도마 위의 물고기처럼 다시 돌아올 수 없는 길이며, 또한 홍 양 역시 다시 볼 수 없게 되는 것은 아닌가?

시내를 빠져나온 다음 주인은 돌아가버리고 달랑 나 혼자 남았죠. 그 잠시 동안 나는 말로 표현할 수 없을 정도로 후련하다는 느낌을 받았는데, 눈 깜빡할 사이에 나는 다시 외롭다는 느낌이 들었습니다. 아, 뒤에 꼬리가 달려 있을 때는 부자유스럽다고 느꼈는데 꼬리가 없고 보니 오히려 앉을 곳이 없는 것 같았습니다. 한심하죠. 제기랄, 정말 한심하네. 솔직히 말하면, 나는 도망치려는 생각은 해보지 않았습니다. 도리어 나는 이렇게 생각했죠. 가장 좋은 결과는 바로 내가 바이포에 도착했을 때 꺼런이 도망치고 없어서 내가 허탕을 치는 것 말입니다! 그러면 조직에 대해서도 할 말이 있고, 또 양심의 가책도 받지 않게 될 것이니 둘 다 좋은 것이었죠. 그 생각을 하면서 나는 웃고 말았습니다. 앞으로 한 발짝 떼면 뒤로 두 걸음 물러서고 싶은 마음이 간절했거든요. 그러나 다시 돌이켜 생각해보니 만약 내가 한 발 늦게 도착하는 바람에 꺼런이 군통(軍統)*에게 체포되어 그들에게 혹독한 고문을 당한다면 그의 인생은 정말 끝장나게 되는 것이고, 나 자신 또한 혐의를 벗어날 길이 없었죠. 그 생각을 하니 나는 자신도 모르게 더욱 발길을 재촉하게 되었습니다. 걸어서 우롱췐(烏龍泉)이라는 지방에 도착한 다음, 나는 기차를 탔습니다. 나는 속도에 희망을 걸며 속도가 빠르면 쓸데없는 생각에 빠지지도 않을 것이라고 생각했지요. 솔직히 말하면, 오롱췐에서 따황 산까지 가는 동안 내 머릿속은 걸쭉한 풀이 가득 들어 있는 듯했습니다. 차창 밖으로는 산등성이가 겹겹이 이어져 있고, 물길은 물길대로 줄줄이 이어져 있었지만 나에게는 아무것도 보이지 않았습니다. 인간의 운명은 하늘이 정해

* 중국 국민당 정부의 특수 조직. '국민정부 군사위원회 조사통계국'의 약칭.

준 것이니 아무것도 생각하지 말고 아칭을 만나게 되면 그때 가서 다시 보자고 생각했죠. 장군, 솔직히 말하지만, 그 후 만약 그 일이 발생하지 않았다면 나는 곧바로 아칭을 찾아가 또우스종의 밀서를 그 사람에게 직접 전했을 겁니다. 아, 만약 일이 그렇게 진행되었다면 지금의 나 역시 장군과 함께 앉아 있을 기회가 없었겠죠.

사정은 이렇습니다. 하루 종일 기차를 타고 가는데 날이 어두워질 무렵 차 안에서 어떤 사람이 갑자기 쓰러져서는 곧 숨이 끊어질 판이었습니다. 나는 의사였기 때문에 당연히 목숨을 구하기 위해 그를 돌봐야 했죠. 나는 그의 인중을 누른 채 티엔한이 나에게 선물로 준 호리병을 꺼내 그의 입에 물 한 모금을 들이부었습니다. 하지만 그는 깨어나지 않았죠. 그의 동행이 남포등을 들고 선 채 눈물을 흘리며 내게 다시 한 번 손을 써달라고 애원하는 것이었습니다. 나는 그에게 만약 이 사람의 명이 길다면 자수용 바늘로 귓불을 한 번 찔러주면 깨어날 것이라고 했지요. 그가 울면서 어디 가서 자수 바늘을 구하느냐고 물었습니다. 바로 그때 마음씨 좋은 어떤 사람이 내게 철사 토막 한 개를 건네주었는데, 그것은 새장에서 떼어낸 것으로 철사 위에 묻어 있던 희끗희끗한 것은 틀림없이 새똥이었죠. 사람 목숨은 하늘에 달려 있는 것이므로 어쩔 수 없이 그것이라도 이용해서 나는 환자의 귓불을 찔렀습니다. 피 한 방울이 스며나왔는데 남포등 불빛이 비치자 구기자 열매처럼 반짝반짝 빛났습니다. 그 핏방울을 보며 나는 잠시 넋이 나갔었죠. 그러던 중 누군가의 고함 소리가 들렸습니다. 살았다, 살아났다. 주위를 에워싼 채 지켜보고 있던 사람 중에서 한 사람이 나와 친해지고 싶었는지 내게 츠빠*를 권하며 먹으라고 했습니다. 그 사람은 우선 한 사람의 목숨을 구한 것은 혼자서 칠층 석탑을 쌓은 것과 마찬가지로 공덕이 한없이 큰 것이라고 칭찬하고 나서 내게 의사냐고 다시 물었습니다. 나는 그렇다고 대답했습니다. 입을 뗀 김에 나 역시 그 사람에게 상좡까지는 얼마나 더 가야 되는지 물었습니다. 왜냐하면 또우스종이 내게 상좡 역에서 내리면 바이포 진이 멀지 않다고 말했거든요. 나는 그 사람에게 무슨 일을 하는지 물었고, 그 사람은 낮은 목소리로 표고버섯을 파는데 지꽁(鷄公)과 지모(鷄嬷)도 판다고 했지요. 나는 무엇을 지꽁이라고 하는지 몰랐습니다. 그 사람이 지꽁은 바로 꽁지(公鷄, 수탉)라고 말했죠. 나중에 많은 이야기를 하고 나서야 나는 그 사람이 대부분의 말을 거꾸로 표현한다는 것을 알았습니다. 즉 꽁지는 지꽁으로 말하고, 러나오**는 나오러(熱了)***라고 말하며, 후이천(灰塵)****은 천후이(塵灰)로 말했죠. 장군, 솔직히 말하면 그 사람의 이름을 나는 훗날 알게 되었는데, 따빠오(大寶)라고 부릅디다.

한바탕 난리를 피우고 나니 날은 이미 캄캄해졌지요. 전신의 무력감을 느끼며 나는 덜커덕거리는 소리 속에서 잠이 들었지만 잠이 들자마자 곧 다시 깨어났죠. 그것도 우물 속에서 기어 나온 사람처럼 땀을 뻘뻘 흘리면서 말입니다. 그렇게 몇 차례 되풀이하다 보니 날이 밝았는데 만약 따빠오의 츠빠와 쌀로 빚은 술이 아니었다면 나는 정신을 잃고 죽었을 겁니다. 내 기억으로는 츠빠를 다 먹고 나서 나와 따빠오가 이야기를 나누고 있을 때 기차는 즈인이라는 지방에서 멈춰선 채 움직이지 않았습니다. 따빠오가 말하기를 방금 전 자신이 알

* 찹쌀을 쪄서 으깬 다음 떡 모양으로 빚어 그늘에서 말린 것.
** 시끄럽게 떠들다.
*** 뜨겁구나.
**** 먼지.

아보니 며칠 전 사람들이 철로를 폭파시켰는데 아직까지 복구되지 않았기 때문에 모두 내려야 한다는 것이었죠. 훗날 아칭을 만나고 나서 나는 철로를 폭파한 사람들이 바로 따빠오와 한 패거리였다는 것을 알게 되었습니다. 하지만 당시 따빠오에게서는 그러한 눈치가 전혀 보이지 않았습니다. 그의 말인즉슨, 자기가 마침 루진으로 물건을 사러 가는 길인데, 그곳을 가려면 상좡이라는 곳을 거쳐 가야 하기 때문에 그 기차를 탔다가 묘하게 나와 동행하게 되었다는 것이었죠. 그는 내게 어느 지방 사람이며 무슨 일로 상좡에 가는지 물었습니다. 나는 후베이 사람이며 상좡에 살고 있는 먼 친척의 병을 치료하러 가는 길이라고 거짓말을 했습니다. 그가 놀란 듯 "오!" 소리를 내고 말했지요. "후베이 사람이구나. 하늘에 구두조(九頭鳥)*가 있다면 지상에는 후베이 사람이 있다고 하던데. 후베이 사람이 가장 재주가 좋다지요."

기차에서 내린 다음 나는 그를 따라 즈인 진으로 들어갔습니다. 그는 나를 데리고 국수집으로 갔고, 그곳에는 두세 명이 앉아 그를 기다리고 있었는데 모두들 말을 끌고 왔더군요. 쌀로 만든 국수를 먹고 나자 그들은 나를 산으로 데리고 가면서, 작은 망아지를 내주며 나보고 타고 가라고 했습니다. 태양은 이미 높게 치솟았고 땅바닥에 드리워진 사람의 그림자와 말의 그림자가 마치 꿈을 꾸고 있는 듯한 느낌을 주었습니다. 나는 재차 생각해보았지요. 이런 식으로 마냥 걷다가는 바이포 진에 도착했을 때는 꺼런이 이미 병사했을 수도 있겠다고 말이죠. 그렇게 된다면 나 역시 아무 일 없이 마음이 가벼워질 테죠.

* 초나라 문화의 상징적 표지의 하나로 머리가 아홉 개 달린 봉황새. 『초사(楚辭)』와 『산해경(山海經)』에 기재된 신화 속에서 구봉(九鳳)으로 표현됨.

그 당시 우리는 산비탈을 오르고 있었고, 산비탈을 뒤덮고 있는 상수리나무 숲을 지나가고 있었습니다. 나는 식물이 풍기는 냄새를 맡았는데 들장미 향기 같았지요. 다시 수풀을 헤치고 나아간 다음 나는 조그만 공터 하나를 발견했습니다. 작은 나무들이 모두 엎드려 있는 것이 마치 방금 전 당나귀가 한바탕 뒹굴다 일어난 자리 같았습니다. 통나무로 지은 서너 채의 작은 집이 개울을 따라 이어져 있었죠. 말 울음소리를 듣고 한 여자가 통나무집에서 걸어 나왔습니다. 여자는 커다란 표주박에 물을 담아 들고 나왔는데 손목에 낀 은팔찌가 반짝반짝 빛을 내고 있었죠. 여자가 먼저 물을 두어 모금 마신 다음 우리를 향해 다가와서 내가 타고 있던 망아지 앞으로 표주박을 내밀어 망아지에게 물을 먹였습니다.

그러고 나서 그들은 나를 작은 통나무집으로 안내했습니다. 통나무집의 벽에는 두 장의 그림이 붙어 있었는데, 한 장은 연화석에 앉아 있는 보살의 그림이고 다른 한 장은 붉은 얼굴의 관우의 초상화였습니다. 장년의 한 남자가 비취로 만든 담뱃대를 손에 든 채 비스듬히 의자에 기대 앉아 있었어요. 그 모습이 내게는 너무도 익숙했죠. 그래요, 장군, 잠시 나는 꺼런의 할아버지를 떠올렸습니다. 바로 집안을 몽땅 말아먹은 그 골초 말입니다. 눈앞에 앉아 있는 장년의 남자 역시 얼굴이 시커멓다고 말할 수 있었지만, 그러나 그것은 아편을 많이 피워서 그런 것은 아니었습니다. 전문가라면 척 보면 알 수 있는 거잖아요. 나는 단지 그의 눈을 자세히 본 것뿐이지만 그 사람이 중상을 입었다는 것을 알 수 있었죠. 그 사람은 당연히 그곳의 우두머리였고, 안으로 들어선 사람들은 노소를 불문하고 모두들 그 사람에게 극진한 경의를 표했습니다. 그들은 집 안에 들어서면 먼저 그에게 다가와 살뜰히 보살피며 따뜻하게 문안 인사를 하고 나서 보살상을 향해 예를 올리더군요. 나는 곧바로 내가 후꼬우에 있던 마지막 날 밤, 나 역시 벽에 걸려 있던 레닌의 사진 앞에서 공손히 절을 올렸던 것을 떠올렸습니다. 로마에 가면 로마의 법을 따른다고 나 역시 공손히 예를 갖췄지요. 나를 안내하던 사람이 말했습니다. "사령관 동지, 사람을 데리고 왔습니다. 타지 사람인데 구두조입니다." 그제서야 나는 그 사람이 나를 데리고 온 이유가 사령관을 치료하기 위해서였다는 것을 알았죠. 사정이 그렇다 보니 별 도리가 있나요? 기왕 그곳까지 갔으니 치료를 해줄 수밖에. 그런데 내가 가까이 다가가려는 순간 갑자기 한 사람이 내 정수리를 찍어 눌렀어요.

무엇을 두고 예불압신(藝不壓身)*이라고 하죠? 솔직히 말하면, 만약 내가 그 사람의 병을 제대로 치료하지 못한다면 나는 살아서 그곳을 빠져나올 생각을 말아야 했죠. 그 사령관 역시 나를 믿지 못했던 것인데, 그는 입술을 삐죽거리며 수하에게 내가 입고 있는 옷을 모두 벗기라고 지시하더군요. 티엔한이 나에게 선물로 준 그 호리병이 먼저 바닥으로 떨어졌는데 한 사람이 비호처럼 달려들며 호리병을 차버렸죠. 그 사람은 틀림없이 그 속에 위험한 물건이 담겨 있는 것으로 여긴 겁니다. 이제 내 몸에 걸치고 있는 것이라곤 팬티밖에 없었죠. 천만다행이었죠! 집 안에 자신들의 여자가 있었기 때문에 그들은 나를 홀랑 벗게 하지는 않았습니다. 앞에서 말한 것처럼, 내 팬티 속에는 귀중한 보물이 감춰져 있잖아요. 맞아요, 바로 또우스종의 밀지 말입니다. 그들은 그러한 비밀을 모른 채 내 물건이 엄청나게 커

* 기예가 신체를 압도한다는 말. 즉 사람이 익힌 기술이 갈수록 뛰어나다는 것을 비유함.

서 그곳이 불쑥 올라온 것으로 여기고 껄껄대며 웃었지요. 한바탕 웃고 나자 따빠오의 안색이 부드러워지더니 내가 옷 입는 것을 도와주더군요. 나는 옷을 주섬주섬 입으며 그들의 우두머리에게 말했습니다. "만약 나를 버리지 않는다면 나는 당신을 위해 최선을 다해 치료하겠소."

그의 상처는 왼쪽 늑골로 명치 가까운 곳이었습니다. 상처 주위는 이미 시퍼렇다 못해 검게 변해 있었죠. 마치 토굴 속에서 썩어가는 고구마처럼. 나는 그에게 말했습니다. "이것은 금창(金瘡)이군요. 날카로운 금속 흉기로 입은 상처네요." 그 말이 끝나기가 무섭게 그의 부하들이 대단하다며 웅성거렸죠. 구체적으로 어떤 흉기인지에 대해서는 즉각 말하지 못했습니다. 나중에 알게 된 것이지만 그는 다리를 폭파시킬 때 다리 위에서 날아온 물건에 다친 것이었습니다. 당시 나는 조금 가렵지 않느냐고 물었죠. 그가 대답했습니다. "그래, 맞아요. 좀 아프면서도 가렵네." 나는 그에게 통증은 가볍지만 심하게 가려울 텐데, 만약 통증도 없고 가렵지도 않다면 목숨이 위험한 것이라고 알려주었죠. 모스크바의 고산 요양원에 있을 때, 나는 러시아 군의관으로부터 금창의 간단한 치료 방법을 익혔습니다. 하지만 그 간단한 치료 방법은 일종의 사이비 의술에 가까웠지요. 장군은 정말 똑똑하군요. 정확히 맞혔습니다. 똥을 빼놓을 수 없는 거죠. 아니 이번에는 당나귀 똥이 아닙니다. 바로 수리의 똥이지요. 참수리가 갈긴 똥 말입니다. 참수리의 똥은 맛이 차고 약간의 독이 들어 있는데, 상처를 치유하고 새살을 돋게 하는 신기한 효과가 있죠. 내 설명이 끝나자 그 두령은 또우스종처럼 처음에는 의아하게 여기다가 나중에는 겨우 고개를 끄덕였습니다. 따빠오가 몇 사람을 데리고 총을 들고 밖으로 뛰쳐나간 다음 말 등에 올라탔습니다. 나는 다시 그들을 불러 세우고 설명했죠. 필요한 것은 바위 꼭대기에 하얗게 말라붙은 참수리 똥과 참수리 수컷 한 마리인데 산 채로 잡아와야 한다고 말이지요.

다른 말이 필요 없이 그들은 정말 너무 착하게 말을 잘 들어서 날이 어두워지기 전에 참수리 똥을 구해 돌아왔고, 내가 손가락으로 그것을 찍어 맛을 보니 틀림없는 진짜 참수리 똥이었죠. 의학 용어로는 시백(屎白)이라고 부릅니다. 그리고 따빠오의 손에는 수컷 참수리 한 마리가 들려 있었는데, 살아 있었으며 날개에서는 그때까지 핏방울이 똑똑 떨어지고 있었습니다. 내가 말했죠. "사령관 동지, 이제 되었습니다." 나는 참수리의 피에 시백을 넣고 휘저어 메밀죽처럼 만들었습니다. 그 죽처럼 생긴 것을 두령의 금창 부위에 바르기 전에 나는 일부러 신비스럽게 보이기 위해 보살을 향해 머리를 세 번 조아렸는데, 그 의미는 보살에게 도와달라는 것이었죠. 두령이 내게 왜 참수리 똥을 사용하는 것이냐고 물었을 때, 나는 듣기 좋게 둘러댈 수밖에 없었습니다. "하늘에 한 점 구름이 있다면 지상에도 한 사람이 있는데, 훌륭한 남자는 지상의 수컷 참수리이니 따라서 천상의 수컷 참수리로 치료해야 합니다." 자신의 목숨을 지키고 안전하게 그곳을 빠져나가기 위해 나는 두령에게 다시 이야기했죠. "금창이 심장에 닿아 있으니 열흘 안에는 절대로 다시 살생하겠다는 생각을 가지면 안 됩니다. 만약 그렇지 않으면 금창이 터져버릴 겁니다." 아니, 나는 '나쁜 생각'이라고 말하지 않았어요. 알랑거릴 시간이 없었죠. 그리고 어떻게 감히 '나쁜 생각'이라는 말을 할 수 있나요. 자연스럽게 나는 그 사람을 벽에 붙어 있는 그림 속의 관공과 비교하면서 말했죠. "관공도 뼈를 긁어내며 상처를 치료하고 나서, 화타가 이른 대로 며칠 간 칼을 잡지 않았지요." 말을 마치고 나서 나는 다시 보살과 관공의 초상화를 향해 절을 했습니다.

남방의 봄은 일찍 찾아오죠. 그날 밤 대략 자정 무렵이 되었을 때, 하늘 저쪽 끝에서 천둥소리가 울려오더니 곧이어 비가 내리기 시작했습니다. 나와 따빠오가 묵고 있던 통나무집은 누수가 되는 바람에 나는 거의 한숨도 잠을 자지 못했죠. 다음 날 이른 새벽, 따빠오는 나를 데리고 두령을 보러 갔는데, 두령의 여자가 눈웃음을 지으며 사령관이 (상처가) 많이 좋아져서 팔꿈치를 움직일 수 있고 손 역시 여기저기 더듬어 짚을 수가 있다고 말했죠. 그 이야기를 할 때 그 여자의 얼굴이 발개졌습니다. 나는 앞으로 주의해야 될 사항을 두령의 여자에게 설명해주었죠. 그러고 나서 다시 그 여자 앞에서 목멘 소리로 내 친척 하나가 병에 걸려 다급한 상황인데 만약 한 발이라도 늦는다면 그를 보지 못할 수 있다고 말했죠. 여자는 마음이 약해져 사령관에게 사정을 설명해주겠다고 했습니다. 두령은 간신히 입을 열어 내게 하루 더 머물고 떠나라고 했습니다. 그러나 양심에 가책을 느꼈는지 저녁에 나를 보내주겠다고 하더군요. 그리고 따빠오를 통해 그는 반드시 '언필신, 행필과(言必信, 行必果)'*할 것이라고 전했죠. 나는 마음속으로 계산해보았죠, 역시 내가 했던 몇 마디에 그가 겁을 먹은 것이 아니라면 그들이 어떻게 가벼이 나를 놓아줄 수 있겠는가.

* 『논어』「자로」편에 나오는 말. 말은 반드시 신용을 지켜야 하며, 일은 반드시 과감하게 처리해야 한다는 말.

& 따빠오

따빠오, 그의 원 이름은 궈빠오췐(郭寶圈)이며 커지아(客家) 사람이다. 바이성타오가 말했던 것처럼 따빠오가 '꽁지'를 '지꽁,' '후이천'을 '천후이,' '러나오'를 '나오러' 이렇게 말하는 것은 바로 커지아 사람들의 언어 습관이다.

따빠오의 손자는 훗날 바이포 시 정부 총무부장이었던 궈핑 선생이며, 나에게 『커지아 인명록』(페이롱 출판사, 1998년)이라는 책을 보여준 적이 있다. 궈빠오췐의 이름은 다음 인물들의 이름과 나란히 수록되어 있었다. 고대의 곽자의, 장구령, 주희, 구양수, 문천상 등등에서부터 근현대의 석달개, 홍수전, 손중산, 료중개 등등과 현대의 리꽝야오, 리덩휘 등등. 궈빠오췐에 관한 설명은 다음과 같이 씌어 있다.

> 궈빠오췐, 남, 본적은 푸젠 성 롄청, 1912년 출생. 1939년 주위팅(즉 바이성타오가 앞에서 말했던 두령)이 이끄는 농민군에 가입해 완강하게 버티는 반혁명 진지를 공격하고 철도와 다리를 폭파했으며, 훗날 다시 비적을 토벌하는 데 참여하면서 오랫동안 따황 산 일대의 치안을 안정시키는 데 공헌했다. 수년 간의 혁명 생애 중, 그는 커지아인의 분투 지침인 "근면하고 성실하게 노력하는 정신을 철저하게 갖는다면, 훗날 휘황찬란한 미래에 도달한다"를 실현시켰다. 1958년 10월 11일, 궈빠오췐 동지는 용광로를 구축하면서 과로로 인해 불행하게 세상을 떠났는데 당시 나이 46세였다.

그 책 속의 인물 중 '타이완 독립'을 주장하는 리덩휘(李登輝)를 제외하고 모든 사람들의 간단한 설명 뒤에 모두 한 편씩의 문장이 첨부되어 있었는데, 주로 그 사람의 영웅적인 사적이 소개되어 있었다. 따빠오에 대한 내용을 담고 있는 문장은 바로 그가 철도를 폭파한 사건을 소개한 것이다. 원문이 비교적 길어 이곳에서는 그중 일부를 발췌해 옮긴다.

그날 밤은 수많은 별들이 하늘을 가득 뒤덮은 채로 땅 위를 밝게 비추고 있었다. 궈빠오첸이 인솔하던 동지들은 바이윈 다리 옆에 도착했다. 폭파 직전, 그들은 마지막으로 지형을 조사했다. 철로는 조용히 계곡 사이를 연결하고 있는 바이윈 다리 위에 누워 있었다. 그것은 얼마나 우둔한지 곧 제거될 것이라는 것을 전혀 눈치 채지 못했다. 소호라고 불리는 동지가 말했다. "이제 시작하죠. 이제 동지들도 더 이상 기다리는 데 지쳤습니다." 궈빠오첸 동지가 검지를 곧추세우며 그 사람에게 말하지 말라는 표시를 했다. 밝은 달빛이 비치고 있는, 꼬리가 날카롭게 치켜 올라간 궈빠오첸 동지의 두 눈썹이 그를 더욱 영준하게 보이게 했다. 소호의 형인 대호 역시 지시를 받으러 왔을 때, 모든 동지들의 왕성한 투지와 적에 대한 살의가 가슴속 깊이 맺혀 있는 것을 보고 궈빠오첸 동지는 마음속으로 희열을 느꼈다. 그는 의미심장하게 동지들에게 말했다. "동지 여러분들의 심정은 나도 알고 있소. 그러나, 무슨 일을 하든 효율을 생각해야 하오. 사반공배(事半功倍)라는 말이 무슨 말인지 동지들은 알고 있소? 다리와 함께 기차까지 폭파시키는 것이 바로 사반공배요. 기차의 헤드라이트가 바로 신호이니 모두들 내 지시에 따라야 하며, 기차의 불빛이 비치는 순간 곧바로 행동에 들어가도록." 말하는 시간은 오래 걸린 반면 정해진 시각은 빨리 찾아왔다. 바로 그때 그들은 기차가 다가오는 소리를 들었고, 기차의 헤드라이트가 밤의 장막을 갈랐다. 극도로 흥분한 모든 동지들이 제각각 주먹을 불끈 쥐고 손바닥을 비벼대며 목구멍에서는 마른 침을 넘기느라 꼴깍거리는 소리를 냈다. 궈빠오첸 동지가 칼끝을 더욱 치켜 올리고 상의의 앞자락을 옆으로 젖히며 전투 명령을 하달했다. "동지 여러분, 이제 공을 세울 시간이 되었소. 점화!" 기차가 다리에 진입하려는 순간 천지를 진동시키는 굉음이 들려오면서 철교가 물속으로 처박혔다. 기차는 미처 정지를 하지 못한 채, 마치 고삐 풀린 한 마리 야생마처럼 머리를 계곡 속으로 처박으며 거대한 물보라를 일으켰다. 곧이어 그들은 개구리 울음소리 같은 사람들의 비명과 통곡 소리를 들었다. 기차 소리를 들으며 동지들이 얼마나 기뻐했는지는 굳이 이야기할 필요 없이 모두들 마냥 즐거워했다.

기이한 것은 당시의 두령인 주위팅의 이름이 보이지 않는 것이다. 나는 그것에 관해 궈핑에게 질문한 적이 있는데 총무부장 어른 왈, "문장은 다른 사람이 쓴 것인데, 그 글을 쓴 사람이 쓰지 않은 것을 가지고 내가 그 사람의 손을 붙들고 억지로 쓰게 할 수는 없지 않소?" 그러나 그 후 얼마 지나지 않아 나는 그 책의 책임 편집자를 통해 그 글은 바로 궈핑의 대작이라는 것을 알았다. 그 편집자는 덧붙여 나에게 다음과 같은 사실을 알려주었다. "그 궈 씨가 기초(起草)한 자료는 그런대로 괜찮았는데 문장 실력은 형편없었고 전혀 생동감이 없었습니다. 부득이 나는 그 사람을 대신해 고치고 윤색할 수밖에 없었죠." 그러고 나서도 그 편집자가 나에게 추가로 밝힌 부분이 있는데, 따빠오가 명령을 하달할 때의 동작을 표현한 "칼끝을 더욱 치켜올리고 상의의 앞자락을 옆으로 젖히며"는 그가 「평원의 유격대」라는 영화에 나오는 리샹양의 동작을 참고해서 특별히 추가한 것이라고 했다.

@ 흔적도 남기지 말 것

토비들의 말은 개 방귀 소리처럼 믿을 수 없죠. 다음 날 새벽까지 붙잡아놓았다가 그들은 겨우 나를 놓아주었습니다. 따빠오의 말은, 사령관이 내가 너무 피곤할 것 같아 특별히 하루를 더 쉬도록 한 것이라는 거였죠. 아니, 그렇다고 내가 그 사람들을 원망한 것은 아닙니다. 온전하게 그곳을 빠져나왔다는 사실만으로도 제사를 지내기 위해 이미 향을 사른 것이나 마찬가지였죠. 그곳을 떠나기 직전 그들은 한 다발의 돈까지 주면서 내게 기분 좋게 받으라고 했죠. 내가 두령에게 말했습니다. "사령관의 정의감과 투쟁 정신이 그토록 높으니 참으로 관운장이 환생한 것 같습니다. 사령관의 사소한 치료를 한 것은 당연히 해야 할 도리를 다한 것뿐인데, 만약 은전까지 받는다면 몸 둘 바가 없게 됩니다." 따빠오가 억지로 내 주머니에 넣어주며 하는 말이, 그 돈을 마련하기 위해 형제들 몇이 잠도 자지 못하고 날을 샜다고 했죠. 마적들답게 그들은 어둠을 틈타 산을 내려가 인근 인가를 싹 털어왔던 것이죠. 나는 완강히 받기를 거부하면서, 의성(醫聖) 화타가 관운장의 면전에서 의롭게 의술을 펼친 것을 나는 단지 따라

한 것으로 여기겠다고 말했죠. 그 터무니없는 소리를 그들은 정말로 믿었습니다.

따빠오가 나를 배웅해주었죠. 흡사 산시 성 북쪽 고향 사람들이 방아를 찧을 때 연자방아를 끄는 당나귀의 눈을 가리는 것처럼 그는 붉은 천으로 내 눈을 가렸습니다. 아니요. 장군, 다시 말하지만, 나는 그러한 행위에 대해 아무런 불만도 없었습니다. 나를 죽이지 않은 것만으로도 황은이 하해와 같았으니까요. 산을 내려온 지 한두 시간쯤 지나자 비가 더욱 세차게 내렸지요. 어느 산비탈에 도착했을 때 그는 내 눈을 가리고 있던 천을 풀어주며 비 피할 곳을 구해야 하지 않겠느냐고 물었습니다. 내가 곧바로 대답했죠. "더 이상 신세 질 수 없소. 그러니 걱정하지 말고 돌아가시오. 난 천천히 떠나리다." 따빠오가 눈동자를 굴리며 잠시 생각하더니 말채찍으로 나무를 두세 번 내리치며 말했죠. "좋소. 기분 좋게 만났으니 좋게 헤어집시다. 선생, 조심해 가시오." 그리고 그는 하천을 따라 내려가면 봉황 계곡이라는 곳이 나온다고 일러주었습니다. 봉황 계곡에서 계속 아래쪽으로 가면 바로 바이포 진에 도착한다는 것이었죠. 나중에 알게 된 것이지만, 그 하천이 바로 바이포 진을 가로지르며 흐르는 바이윈 하천이었죠. 따빠오는 내가 바이포 진으로 간다는 사실을 모르고 "바이포 진에 도착한 다음 다시 동북쪽으로 가게 되면 바로 당신이 찾아가려는 상좡이오" 하고 다시 일러주더군요. 그는 자신이 쓰고 있던 또우리(斗笠)*를 내게 벗어주었는데, 그가 '또우리'를 '리모(커지아인들이 또우리를 가리키는 말)'라고 말하는 바람에 나는 그가 내게 즉시 사라지라

* 삿갓과 비슷한 모자.

고 한 줄 알고 다리에 맥이 풀리면서 하마터면 주저앉을 뻔했죠.

훗날 생각해보니 만약 따빠오를 만나지 못하고 비도 내리지 않았다면 나는 죽어서도 그 밀지에 씌어 있는 내용을 알 수 없었을 겁니다. 말발굽 소리가 멀리 사라지고 나서 나는 급히 커다란 나무 밑으로 들어가 비를 피했죠. 주변이 깊은 정적 속에 잠겨 있는데, 까치 한 마리가 내 옆에서 마치 나를 즐겁게 해주기 위해서 일부러 그러는 것처럼 노래를 부르고 있었죠. 내가 녀석을 쳐다보자 그 새는 깃털을 털고 있다가 까악 소리를 내며 하늘로 날아올랐습니다. 나는 까치가 틀림없이 꺼런에게 소식을 알려주려고 날아갔다고 생각했죠. 나는 망연자실한 채 그 나무 아래에 한동안 우두커니 서 있었습니다. 몇 시쯤 됐는지도 알 수 없었죠. 하늘가에서 한바탕 우렛소리가 들려올 때 비로소 나는 시간이 얼마나 흘렀는지 알지도 못한 채, 자신이 가시 넝쿨 속을 헤매고 있다는 사실을 깨달았습니다. 그리고 제 꼬리를 물려고 빙글빙글 도는 개처럼 빗속을 끝없이 헤매고 있었죠. 또 한 차례의 천둥소리에 나는 정신이 들었고, 갑자기 또우스종의 밀지가 생각났습니다. 그제서야 나는 비바람을 피할 곳을 찾아 미친 듯이 내달렸습니다. 그러나 늦었죠. 너무 늦었어요. 밀지는 이미 빗물에 흠뻑 젖은 뒤였죠. 비를 피하기 위해 커다란 바위 밑으로 들어간 뒤 서둘러 밀지를 꺼내 보니 편지 봉투에 찍힌 봉함이 이미 지워지고 없었습니다. 제기랄, 봉함은 마치 한 조각 저녁놀처럼 내 눈을 어지럽게 만들었습니다. 잠시 후 나는 실성한 사람처럼 웃기 시작했죠. 내 성기 역시 빨갛게 물들어 있는 것을 발견했던 것인데, 흡사 외국 영화에 나오는 난장이의 빨간 코 같았죠. 한바탕 웃고 나서 나는 편지 봉투 역시 빗물에 퉁퉁 불어서 열려 있는 것을 발견했습니다. 아, 어디서 느닷없이 그러한 충동이 몰려왔는지 나도 모르겠는데 어쨌든 나는 그 편지에 사로잡히고 말았습니다. 그래요, 나는 덜덜 떨면서 손가락을 봉투 속으로 집어넣었죠. 나는 마음속으로 내 자신에게 일렀죠. '고의가 아니야. 정말 고의가 아니라고.' 솔직히 말하면, 손가락을 봉투 속에 밀어 넣으며 나는 그래도 조직에서 양해해주기를 바랐죠. 편지를 펼치자 한 줄의 라틴 문자들이 줄줄이 내 눈앞에 펼쳐졌습니다. 나는 그것을 펼치고 나서 크게 놀라지 않을 수 없었지요.

○호를 죽이고, 그가 남긴 글은 남김없이 없앨 것. 상세한 내용은 나중에 보고하고, 활구부류(活口不留).

○호는 당연히 꺼런을 지칭하는 것이었죠. 맞아요, 티엔한과 또우스종 모두 말한 적이 있죠. 그 기호를 사용하게 된 이유는 모든 것이 원만하길 위해서,라고 말이죠. 그런데 도대체 무엇을 두고 '활구부류(活口不留)'*라고 하죠? 아, 내가 비록 우둔한 당나귀이긴 하지만 그래도 그 의미는 이해하죠. 더군다나 나는 미련한 당나귀가 아니잖습니까? 안개처럼 내리는 이슬비 속에서 나는 아칭이 허리에 차고 있는 권총 지갑을 본 것 같고, 또한 그것에서 풍기는 짐승 냄새를 맡은 것 같았죠.

뭐라고요. 도망쳤냐고요? 아니요. 장군, 솔직히 말하면 그러한 행동은 하고 싶지 않았습니다. 일찍이 나는 동지들에게 이야기한 적이 있어요. 한 인간으로서 만약 확고한 신앙이 없다면, 아침 일찍 잠이

* '더 이상의 말을 남기지 마시오'라는 의미.

깨었을 때 밤새도록 혼란스럽지 않았다는 것을 보장할 수 없다고 말이죠. 더군다나 나는 마침 확고한 신앙을 지니고 있었기 때문에 그러한 방식으로 처신하는 것이 꺼런의 명예를 보호하는 길이라 믿고 서둘러 따황 산으로 갔던 것이죠. 더군다나 바이포 진은 이미 손을 뻗으면 닿을 수 있는 곳이었는데 내가 무엇 때문에 달아난단 말입니까? 위산구인, 공휴일궤(爲山九仞, 功虧一簣)*인 상황인데, 안타까운 일 아닌가요? 그 밀지를 손에 쥔 채 그 커다란 바위에 기대어 나는 드디어 깨달았죠. 에이! 문제는 여전히 글귀였는데, 이제 남은 것은 당신이 그 화상을 어떻게 이해하느냐였죠. 만약 바꿔서 생각해본다면 '활구부류'를 조직에서 나에게 아칭을 없애라는 것으로 이해할 수도 있는데, 그러면 어떻게 한단 말인가? 만약 아칭이 아직도 또우스종과 연락을 취하지 못한 상태라면 나는 당당하게 편지를 그에게 건네면서 말하겠죠. "당신이 직접 읽고 알아서 처신하시오." 그래요, 아칭이 읽고 나서 어쩌면 나에게 고맙다고 하지 않을까요? 만약 아칭에게 양심이 있다면 꺼런을 도망치게 하거나 심지어 그가 꺼런과 함께 도망친다면, 그것은 나와 상관없는 일이죠. 일단 그들이 도망치고 나면 나는 조직에 보고하기를, 따황 산에 도착해 보니 아무도 없고 자오야오칭 동지가 이미 꺼런을 데리고 떠났더라고 할 수 있죠. 뭐라고요? 아칭이 나를 해치려고 하면 어쩌냐고요? 그 점은 나 역시 생각했었죠. 만약 아칭이 내용을 제대로 파악해서 또우스종이 그곳에서 나도 함께 없애라고 한 것을 알아챈다면 나는 하늘의 운명을 따를 수밖에 없었겠죠. 나는 반항하지 않았을 겁니다. 절대로 반항하지 않았

* 9인 높이의 산을 쌓는데 흙 한 삼태기가 모자라 완성하지 못한다. 참고로 1인은 여덟 자 정도의 길이에 해당함.

을 거예요. 만약 내가 죽는 것으로 꺼런의 명예를 지킬 수 있고 내 장인과 아들이 평안을 얻을 수 있다면, 나 바이의 죽음 또한 태산 같은 의미가 있는 것 아닌가요?

그날 오후, 나는 바이포 진에 도착했죠. 장군의 말이 맞아요. 계산해보니 나는 당신들보다 사흘 먼저 도착한 것이죠. 좋습니다, 계속 이야기를 하죠. 산시 성 북쪽 지방의 속담이 잘 표현하고 있었죠. 춘우격리구(春雨隔犁溝)라고, 리구 이쪽은 연일 비가 내리는데 리구 건너편은 비 한 방울 볼 수 없다는 말이죠. 바이윈 하천을 따라 하류 쪽으로 걸어가며 봉황 계곡을 지나고 다시 하나의 산을 넘었는데 갑자기 시뻘건 태양이 보였습니다. 내 그림자가 얼마나 길게 늘어졌는지 내가 걸어왔던 혁명의 길보다 더 길게 느껴졌죠. 내 앞으로 구기자나무가 연이어 나타났는데 그 나무들은 가지마다 칡넝쿨이나 가시덤불에 단단히 휘감겨 있었어요. 초봄이기 때문에 꽃이 피거나 열매가 달릴 때는 아직 아니어서 그 나무들은 단지 거무칙칙한 줄기 상태였지요. 비록 그렇기는 하지만 나는 그래도 낙조로 물든 환상 속에서 구기자 열매를 보았습니다. 그것들은 정말 예뻤어요. 꼭 아주 작은 등이 줄줄이 매달려 있는 것 같았거든요. 그래요, 순간 나는 흡사 칭껑진에 돌아가 있는 느낌이었죠. 나와 꺼런이 고향에 있을 때, 개울가에는 수많은 구기자나무가 자라고 있었고, 칭껑 교회를 사방으로 둘러싸고 심어진 구기자나무의 열매는 어찌나 조밀한지 은하수 같았습니다. 그때 구기자 나뭇가지 사이로 마을을 발견했는데 밥 짓는 연기가 그곳에서 피어오르고 있었죠. 바이포 진, 그곳은 바로 바이포 진이었죠. 나는 한바탕 미친 듯이 뛰어가다가 땅바닥에 털썩 주저앉았습니다. 젠장, 내 몰골을 돌볼 여유도 없이 헉헉 숨을 몰아쉬고 있었는데, 틀림없이 한 마리 개 꼬락서니였을 겁니다.

장군, 그 후 일어난 일은 내가 말하지 않아도 당신들이 잘 알고 있을 겁니다. 그래요, 나는 또우스종의 분부대로 곧바로 아칭을 찾아가지 않았습니다. 나는 우선 꺼런이 아직도 바이포 진에 머물고 있는지 알고 싶었죠. 마을에 사는 한 노인을 통해서 나는 꺼런이 감금되어 있는 곳을 알아냈습니다. 맞아요, 그곳은 바로 바이포의 소학교였죠. 진 안으로 들어오면서 나는 사실 그곳을 지나쳤고 또한 두 사람이 교문 앞을 서성이는 것을 보았죠. 그들은 비록 평상복 차림이었지만 깔끔하게 차려 입은 모습으로 보아 그곳 현지인이 아니었죠. 나는 곧바로 또우스종과 아칭이 아직까지 연락을 취하지 못한 게 틀림없으며, 아칭은 눈이 빠져라 내가 도착하기를 기다리고 있다고 생각했죠. 장군의 말이 맞아요. 바이포 소학교를 향해 걸어가고 있을 때 나는 이미 뒤에서 누군가가 미행하고 있다는 것을 눈치 챘습니다. 맞아요, 그들은 바로 아칭의 수하였죠. 나중에 아칭이 내게 하는 말이, 자신의 수하가 나를 미행한 것은 내가 정상이 아닌 것 같았기 때문이었다는 거였죠. 아, 그 역시 당연합니다. 당시 내 생각이 물론 모두 맞아떨어지긴 했지만 정말로 꺼런을 만날 생각을 하니까, 가슴이 떨리고 정신이 혼란스러워지며 다리까지 후들거리는 것이 걷잡을 수 없을 정도였죠. 아니, 그날 나는 꺼런을 만날 수 없었습니다. 내가 학교 정문에 도착하기도 전에 총구가 내 등줄기를 짓눌렀죠. 그러고 나서 그들은 휘파람을 불어대며 나를 바이포 진으로 압송했습니다. 제기랄, 내가 계산해놓았던 게 모두 엉망이 된 것이죠. 그래도 그것은 아무것도 아니었습니다. 아칭이 보는 앞에서 하마터면 나는 고문으로 죽을 뻔했거든요. 그들은 나를 대들보에 매달아놓고 채찍으로 두들겨 패고 다시 물을 뿌려댔죠. 하여간 또 한 번 고문을 당한 겁니다.

아칭이 모습을 드러냈을 때 나는 여전히 허공에 매달린 채 허둥거리고 있었다니까요. 아칭은 참으로 연극을 잘합디다. 그는 먼저 두 눈을 부릅뜨고 수하들을 야단친 다음 직접 나를 풀어주더군요. 발끝이 땅바닥에 닿는 순간 그가 나를 끌어안더니 내 귀를 살짝 깨물며 바이성타오라고 나를 부르더군요. 나는 다시 한 번 놀랐죠. 그가 이미 또우스종의 명령을 받은 것이 아닌가 싶어서 말입니다. 솔직히 말하면 그가 밧줄에 묶여 있던 나를 풀어줄 때 기묘한 미소를 짓고 있는 걸 보며 나는 모든 희망을 포기했습니다. 바로 눈앞이 천당인 줄 알았죠……

& 바이성타오의 결말

바이성타오의 진술은 거기서 느닷없이 끝났다. 나는 꺼런 연구회의 자료실에서 그 자료의 원본을 본 적이 있는데, 그것 역시 마지막 말은 확실히 '천당'이었다. 띵쿠이 선생은 틀림없이 오래전부터 적지 않은 금석문과 죽간, 목간 등을 살펴왔기 때문인지 그의 기록과 정리해놓은 자료는 흡사 한 폭의 완벽한 한나라 예서체의 문장을 보는 것 같았다. 바이성타오가 어떻게 아칭에게 명령을 전했는지에 관해서는 아칭이 자술한 내용을 본다면 잘 알 수 있을 것이다.

따라서 바이성타오 의사의 최후에 대해서만 간단히 설명하겠다. 그는 훗날 홍콩에 살았으며, 광둥에서 온 허렌훠라는 처녀와 결혼했다. 결혼한 지 삼 년 뒤에 그는 죽었다. 그의 아들 이름은 바이옌꾸이다. 바이옌꾸 선생은 2남 1녀를 두었고, 그의 어린 딸이 바로 내가 말한 적이 있던 바이링이다. 바이링은 그녀의 할아버지가 당시 따황산에 갔던 일에 대해 비록 들어서 알고 있긴 했지만 상세한 내막은 모르고 있었다. 그녀의 설명에 따르면, 할머니가 이야기하는 것을 들은 적 있는데, 할아버지는 마치 '먼후루(悶葫芦)*' 같아서 어떤 사람과도 이야기를 주고받은 것 같지 않다는 것이다. 그 자료의 영인본을 보고 나서 그녀는 할아버지에 대한 인상이 바뀌어 할아버지가 사실은 이야기를 잘하는 사람으로 느껴지게 되었다. 당시 할아버지의 경험에 대해 그녀는 한껏 부러워했다. "정말 짜릿하군요! 007 영화를 보는 것 같네요!"

2000년 여름, 나의 부탁과 유혹에 넘어가 바이링은 판지화이와 함께 따황 산에 갔었는데, 그곳으로 가는 길에 판지화이는 예전에 따황산에 갔었던 추억을 되살렸다. 역사의 수레가 한 바퀴 빙글 돈 셈이다. 당시에는 바이성타오가 판지화이에게 진술했지만, 지금은 한 바퀴 돌아 판지화이가 바이성타오의 손녀에게 구술하고 있으니 말이다. 그러나 한 가지 유감스러운 것은 우리는 물론 누구도 천당에 있는 바이성타오가 이에 대해 어떻게 생각하고 있을지 짐작조차 할 수 없다는 것이다.

* 말이나 일이 아주 답답해서 전혀 예측하기 어려운 상태.

제2부

까치가 나뭇가지 위에서 노래를 부르다

시 간 | 1970년 5월 3일

장 소 | 신양 신좡 노동개조대 차 농장

구술자 | 노동 개조범 자오칭야오(자오야오칭)

방청인 | 조사반

기록자 | 위펑까오 동지

@ 까치가 나뭇가지 위에서 노래를 부르다

나는 사람이 또 찾아왔다는 것을 알았소. 새벽에 자리에서 일어나자마자 까치 한 마리가 나뭇가지 위에서 우는 소리를 듣고, 또 사람이 찾아왔구나, 생각했지. 마오(毛) 주석을 걸고 맹세하지만, 아무도 내게 미리 귀띔해주지 않았소. 동지 여러분, 내게 장점이 하나 있다면 그것은 바로 내가 허튼소리를 늘어놓지 않는다는 거요. 나는 정말 까치가 주둥이를 놀려서 알게 된 거요.

지난번에 찾아왔던 사람들이 여길 떠나기 전에 『라오산편(老三篇)』* 을 놓고 갔소. 음, 바로 이거요. 이 책이 내게 지혜를 주고, 용기를 주기 때문에 읽을 때마다 책을 통해서 무궁한 역량을 얻을 수 있었소. 이번에 당신들은 내게 무엇을 남겨주려는 거요? 지금 내게 가장

---

* 마오쩌둥이 지은 세 편의 단문집으로 「인민을 위해 일하자」「우공이산」「바이치우언을 기념하며」가 실려 있다.

필요한 게 뭔지 알고나 있소? 쥐약이오! 아니, 내가 먹으려는 게 아니라 쥐새끼들에게 먹이려는 거요. 마오 주석이 말했잖소. 쥐새끼들은 네 가지 해악을 끼치는 것 중 하나라고 말이오. 이곳은 쥐새끼들이 창궐하고 있고, 나 역시 비록 잘못을 저지르긴 했지만, 그래도 아직 죽고 싶은 생각은 없소. 헤아릴 수 없이 많은 혁명의 순국선열들이야 인민의 권익을 위해 우리보다 앞서 용감하게 희생되었지. 그렇지만 나는, 죽고 싶지 않단 말이오.

그리고 난 수면제도 필요하오. 돌이켜보면 참으로 아름다운 세월의 연속이었소. 아름다운 날들을 떠올리면 난 먹는 것도 싫고 잠도 제대로 오질 않소. 무엇보다 먼저 떠나간 혁명의 선열들이 늘 눈앞에 아른거리며 때때로 그들이 내게 안부도 묻곤 한단 말이오. 어떤 자는 내게 물잔을 건네주고, 어떤 자는 담배를 권하기도 하며, 어떤 자는 내 머리를 쓰다듬기도 하고, 어떤 자는 내 어깨를 톡톡 두들기기도 하는데 친절하기가 그지없단 말이오. 아니지, 그렇다고 당신들한테 내가 담배를 달라는 것은 아니오. 좋소, 기왕에 당신들이 내가 담배 피우는 것을 말리지 않겠다면 한 대 피워야겠소. 이게 무슨 담배요? 봉황? 제기랄, 이미 난 오랫동안 담배를 피우지 못했고, 더욱이 봉황은 말할 필요도 없소. 많은 담배 중에서 내가 가장 좋아하는 것이 바로 봉황이란 말이오. 난 따황 산의 봉황 계곡에 머물렀던 적이 있으니, 뭐든 자주 보면 정든다고 하지 않소.

무척 미안한 얘기지만, 내가 있는 이곳엔 차 끓일 물이 없소. 물줄기는 농사의 명줄인데, 당신이 한 모금 더 마시면 농작물에게 줄 물이 한 모금 줄어드는 것이고, 그래서 난 일반적으로 물을 잘 마시지 않소. 난 이제 곧 왕빠(王八)*로 변할 거요. 왕빠는 물을 마시지 않아도 살 수 있잖소. 동지들은 산에 사는 왕빠를 본 적 있소? 아이고, 공기 한 모금 들이켜고도 그놈은 살아갑디다. 솔직히 말하는데, 난 왕빠를 딱 한 번 본 적 있소. 바로 돌 비석 아래 깔려 있는 놈을 보았지. 도대체 몇 년 동안이나 깔려 있었는지 모르겠지만, 그놈은 그때까지 잘 살고 있더라고. 대가릴 앞으로 쭉 내밀었다가는 다시 쏙 디밀더군. 그놈의 무궁무진한 역량은 나에게 훌륭한 귀감이 되었소. 난 왕빠로부터 물을 절약하는 방법을 익혔지.

좋소, 더 이상 허튼소리는 하지 않겠소. 말해보시오, 내가 무슨 말을 해야 할지. 여전히 꺼런에 대해서요? 과연 내 추측이 틀리지 않았군. 지난번에 찾아왔던 사람 역시 꺼런에 관해 묻더군. 그들 역시 노트북을 들고 왔었지. 내가 한 마디 하면, 그들이 한 마디 기록하고, 내가 기침을 하면 사람들은 내가 기침한 것까지 적었소. 그걸 내가 어떻게 알았냐고? 흥! 기록하던 혁명 소장이 '기침'이라는 글자를 어떻게 쓰는지 깜빡 잊어버렸던 모양이오. 내가 그 작자 낯짝을 쳐다보니까 눈동자를 다급하게 굴리더라고. 그래서 내가 소장 양반에게 말했소. 쓸 줄 모르면 그냥 병음(拼音)**으로 적으라고 했더니, 그 사람은 퍽 신기한 듯 내게 병음도 아느냐고 물었소. 웃기는 소리지! 내가 어떻게 모를까. 나는 병음을 꺼런에게 직접 배웠소. 병음뿐만 아니라 나는 외국어까지 알지. 당연하지. 자본주의를 보다 잘 비판하고, 자본주의의 병폐를 보다 더 자세히 알기 위해서는 외국어를 배워야 하니까. 만약 당신들이 가슴을 탁 터놓고 말한다면 나 자오 아무개가

* 자라를 일컬음. 그러나 사람을 지칭할 때는 일반적으로 '철면피'나 '개자식' 같은 욕설로 사용됨.

** 중국어 발음을 26개의 알파벳으로 표기한 문자.

아주 새빨갛게 물들어 있다고 말할 거요. 나 역시 그것을 반박하지는 않을 거요.

그래도 처음부터 말하라고? 거 참! 그 말부터 하라고? 마오 주석을 걸고 나는 모든 것을 거짓 없이 말할 것이오. 일찍이 꺼런이 말한 적 있소. 아칭 동지는 진솔한 사람이라고. 언제 이야기했는지 나는 이미 잊었지만, 어쨌든 한 번 말한 게 아니었소? 때때로 꺼런 동지는 나와 대화를 나누다가 느닷없이 내 어깨를 툭 치며 아칭은 참으로 훌륭한 동지요, 아칭은 정말 진솔한 사람이오, 그랬거든. 사람이 겸손하면 진보하고, 오만하면 낙오하지. 따라서 나는 그러한 이야기를 가능하면 다른 사람들에게 말하지 않소.

젠장, 당신들은 그래도 물을 마셔야겠다고? 좋소, 그럼 내가 가서 물을 떠 오리다. 누가 나와 함께 가겠소? 그만두쇼. 물 한 주전자쯤은 아직 내가 들고 다닐 수 있소.

& 노동개조대

1969년, 아칭은 허난 성(河南省) 신양(信陽) 지구의 신쫭 차 농장 노동개조대(勞動改造隊)*로 압송되어 노동개조를 받았다. 이곳의 대화는 바로 차 농장에서 진행되었다. 1997년 4월 5일, 나는 정조우(鄭州)에서 당시 조사반의 반장으로 있던 위펑까오 동지를 만났다. 위펑까오 동지가 밝힌 내용에 따르면, 아칭이 차 농장에 있을 때 사용한 이름

* 약칭 '노개대'로 불리며 중국에서 범죄자의 형벌을 집행하는 기관 중 한 곳. 형사범들 중에서 감옥 밖에서 노동을 하며 형을 대신하는 장소.

은 자오칭야오(肇慶耀)였다.

나는 상부의 명령을 받고 노개대 (차) 농장으로 갔다네. 출발하기 전, 한 상관이 나를 불러 담화를 나누다가 자오칭야오라는 사람을 조사하라고 지시했지. 광둥 성(廣東省) 자오칭(肇慶)과 동일한 자오칭(肇慶)이었네. 그가 말하기를, 농장의 책임자가 상부에 보고한 바로는, 자오라는 성을 가진 친구의 내력이 너무나 복잡해 일반적인 노동개조범이 아닌 것 같다는 것이었지. 오늘날 모든 조사가 이루어져 분명히 밝혀졌는데, 자오칭야오의 본명은 자오야오칭으로 저장 성 사람이었다네. 원래 지하당원이었지만 나중에 혁명에 반기를 들었고, 수년간 행적이 묘연했었지. 그런데 하늘의 법망이 관대한 듯하지만 죄인은 반드시 처벌을 면치 못하는 법일세. 이름을 바꾼 채 몇 년을 지내왔지만 결국 탄로가 났지. 지금은 명백히 밝혀진 일인데, 1943년 봄, 그는 주마디엔(駐馬店)*으로 달아나서 우선 먹고살기 위해 식당에서 일을 하다가 그 집 딸을 억지로 범한 뒤 나중에 정식 사위가 되었다네. 개가 똥 먹는 버릇 버리지 못한다고, 그러한 인간은 늘 백성들과 함께 다른 사람의 행동을 답습하거나 아니면 반대로 행동하면서 상대방과 대적하는 짓을 일삼지. 그는 지식인 청년들을 시골로 내려보내는 정책에 반대하다가 고발당했다네. 나 원 참, 그는 놀랍게도 시골로 내려온 지식인 청년들이 하는 짓이라곤 몰래 남의 집 닭을 잡아먹거나, 동네 처녀들을 희롱하는 짓 외에 올바른 일이 없다고 떠벌렸다더군. 훗날, 그는 지식인 청년들로부터 고발당해 차 농장으로

* 허난 성의 지명.

압송되어 노동개조를 받았지. 그 당시 상관이 내게 지시하기를, 만약 농장 책임자에게 높은 경계심이 없다면, 수년 동안 숨어 있던 계급의 적이 어쩌면 노동개조 2년으로 형을 끝내고 어물쩍 넘어갈 수도 있다고 말했다네.

나는 즉시 반응했네. 작은 일로 상관께서 마음 쓸 필요 없으며, 내가 그곳으로 가서 그 사람을 한번 조사해 오면 그만이라고 말했지. 상관 동지가 웃더군. 사실 목전의 중요한 임무는 아칭을 통해 꺼런을 조사하는 일이라면서 말일세. 꺼런이라는 사람은 당시 얼리깡에서 죽은 게 아닌가. 그 사람은 국민을 속이고 당을 속이기 위해, 죽은 자로 위장하고 곧바로 따황 산으로 달아나서 숨었단 말인가. 그래도 상관의 안목은 원대했다네. 꺼런이 이미 반역자로 판정된 것을 자오야오칭은 절대 모르게 하고, 그가 마음 놓고 내면의 이야기를 마음껏 뱉어낼 수 있도록 분위기를 만들어주라고 특별히 당부했지. 만일 그가 묻기라도 한다면, 꺼런은 여전히 민족의 영웅이라고 대답하라고 상관은 내게 지시했다네. 나는 그렇게 말할 수 없다고 답변했지. 그러자 상관은 상관없다고, 내가 자네에게 지시한 거니까 아무도 자네를 추궁하지 않을 거라고 내게 당부했다네. 신좡에 도착한 뒤, 자오야오칭을 만나자마자 나는 화가 났네. 악취가 온통 뒤덮고 있었는데, 나는 그 정도로 지저분한 사람은 본 적이 없었지. 한 백 년은 씻지 않은 사람 같았다네. 백 년은 너무 짧고 최소한 만 년은 되었을 거야. 이야기는 왔다 갔다 두서없이 횡설수설하고, 게다가 미친 사람처럼 행동하며 때때로 이야기를 하다가 끝없이 코를 풀어대면서 콧물을 이곳저곳에 발라댔다네. 한번은 일부러 그가 내 어깨를 툭 쳤는데 하마터면 콧물이 내 목덜미에 묻을 뻔했지. 그는 대단한 골초여서 담배

한 개비가 두세 모금만 빨면 그만이었네. 그때가 어느 시절인가? 담배 한 갑이 두부 몇 근보다 비쌀 때인데 말이야. 그 작자야말로 국가의 재산을 낭비하고 있는 것 아닌가? 우리는 매우 효율적으로 행동했다네. 아침부터 다음 날 새벽까지 한 무더기씩 기록했지. 그는 저장 성 사람이었으나 나중에 익힌 허난 사투리를 괴상하게 발음하더군. 그래도 나는 다행히 그의 이야기를 알아들을 수 있었지. 들리는 이야기로는 우리가 떠난 뒤 그는 얼마 지나지 않아 죽었다네. 어떤 사람의 이야기로는 간질환으로 죽었다고 하고, 어떤 사람은 우물에 뛰어들어 자살했다고 하는데, 어찌 되었든 죽었지. 이야기를 듣자마자 나는 화가 치솟았다네. 당신도 생각해보시게. 그자가 얼마나 독한지, 간에 병이 걸려 곧 죽을 지경이었는데도 우리에게 솔직하게 이야기를 하지 않았다니 말일세. 곧 죽을 지경이면서 여전히 우리에게 자신의 찻잔으로 차를 마시게 하다니, 기가 막혀서! 나에게 무슨 말을 하라는 겐가? 도대체! 우리에게 자기 찻잔으로 단숨에 벌컥벌컥 들이켜라고 그랬다니까. 고의로 (우리들을) 감염시키려는 게 아니면 뭔가? 듣자니 그자도 며칠은 의학을 공부했다는데 어떻게 그것도 모른단 말이야? 그래도 당신은 자오 성을 가진 그의 마음씨가 좋다는 거요? 한마디로 늑대와 개의 심장을 가진 것처럼 흉악하고 고약한……

위펑까오 동지는 정말 화를 냈다. 욕을 할 때 그가 너무 힘을 주고 말하는 바람에 의치가 튀어나올 정도였다. 식사할 때, 그는 열정적으로 나를 초청해서, 길 건너편에 있는 식당에서 얼굴을 마주보며 대화를 나누었다. 물론 그자가 음식을 시키고 돈은 내가 냈다. 나중에 나는 몇 차례 그를 더 초청했다. 그러나 매번 나는 한쪽에 앉아 그가 음식 먹는 것을 지켜보기만 했다. 재미있던 일은 예전의 아칭처럼 그자 역시 B형 간염을 앓고 있었다. 이것은 그의 아들이 내게 알려준 것이고, 그자 본인은 직접 그 사실을 실토한 적이 없다. 그는 단지 자신이 칼슘이 부족해 갑각류 동물, 즉 해산물을 많이 먹어야 된다고 말했을 뿐이다. 내 생각에 만약 내가 그자가 B형 간염에 걸린 것을 알고 있다고 말한다면, 비록 근 30년이라는 장구한 세월의 간격이 있지만, 그래도 그는 틀림없이 아칭에게 전염된 것이라고 말했을 것이다.

@ 가락산

좋소, 당신들이 원하는 대로 따르리다. 그래도 뼁잉과 관련된 이야기부터 말하겠소. 그때는 1943년 2월이오. 어느 날 밤, 나는 몇몇 아우들을 데리고 무도장에 놀러 갔다가 그곳에서 뼁잉, 그러니까 후뼁잉(胡氷瑩)을 만났지. 후뼁잉은 내 평생 본 여자들 중에서 가장 예쁜 여자였소. 아, 맞소, 예쁜 게 아니라 잘생긴 것이지. 예쁘다는 것은 사람이 썩으면 그만이지만 잘생겼다는 것은 그 사람과 늘 함께 나아가는 것이니까. 그 여자의 모습은 흡사 공산 혁명을 선전하기 위해 만든 현대 경극 「두견산」의 주인공 커샹처럼 생겼소. 정말이오. 당신들에게 내가 허풍 떠는 거라면 나는 개새끼요. 총칭(重慶)에 있는 가락산 공연장이었는데, 입장하려는 사람이 얼마나 길게 줄을 늘어섰는지 일반인은 입장할 수도 없었소. 내가 입장했을 때는 이미 경극이 시작된 뒤여서 모든 사람들이 룬빠(倫巴)* 춤을 추고 있었지. 룬빠가 뭔지 아오? 덜덜 굴러가는 차바퀴 '룬(輪)'이 아니라, 봉건 윤리 도덕을 말할 때 사용하는 룬(倫) 자란 말이오.

룬빠는 두 사람이 끌어안고 추는 거지. 안 그렇소? 충자무(忠字舞)** 를 추지 않으면 춤이라고 부르지 말라고 하던데, 그 말이 가장 최근의 지시 아니었소? 대장은 왜 우리들에게 가르치지 않는 거요? 좋소, 이야기를 계속하겠소. 그 춤은 이런 식으로 추는 거요. 그 찻잔을 내게 건네보시오, 내가 당신들에게 한 번 시범을 보여주지. 아, 찻잔이 너무 두껍구먼. 젓가락으로 해야겠네. 어, 젓가락도 안 되겠구먼. 너무 딱딱해. 누가 나와 함께 춰보겠소? 함께 춤을 춰보고 싶은 사람이 없다고? 사실 나 역시 추고 싶은 생각은 없소. 당신들처럼 말이오. 난 충자무를 제일 잘 춘다고. 좋소, 그럼 예를 들어 설명하지, 룬빠를 출 때는 마치 두 마리 기다란 벌레가 꼿꼿이 서서 싸우듯이 한 놈은 왼쪽으로 돌고 다른 놈은 오른쪽으로 돈단 말이오. 그러고 나서, 펄쩍 뛰어올랐다가 갑자기 고개를 돌리는 거요. 난 바로 그 여자가 고개를 돌리는 순간 그 여자를 본 거요. 그걸 다른 말로 표현하면, 그 여자 역시 나를 본 거지. 그렇지만 그 여자는 춤을 멈추지 않고 여전히 껑충껑충 뛰면서 춤을 췄지. 삐딱하게 쓴 모자에는 비스듬히 꽃이 꽂혀 있었지. 그 여자는 보드라운 천으로 만든 모자를 삐딱하게 쓰고 있었는데, 정말 멋졌소. 그 여자를 무도회장에서 가장 멋진 여자라고 해도 과분하지 않았지. 당시 나는 저 여자가 총칭에 뭘 하러 왔을까, 정말 희한한 일이라고 생각했소.

노래 한 곡이 끝났을 때, 내가 술잔을 들고 그 여자에게 다가가 인

* 룸바.
** 문화대혁명의 산물로 마오쩌둥에 대한 충성심을 보여주기 위해 공연되던 춤.

사를 했지. 그 여자가 다리를 꼬고 앉은 채 나를 주시하다가 말했소. "장관, 난 너무 피곤해서 더 이상 춤추고 싶지 않아요." 내가 말했지. "장관이란 호칭은 다른 사람들이 부를 때 사용하는 것이지 당신이 사용할 수 있는 호칭이 아니오." 그 여자가 말했소. "장관께서 틀림없이 너무 많이 마신 모양이군요, 우리는 모르는 사이 같은데요." 여러 동료들 앞에서 그 여자가 벌겋게 달아오른 내 뺨을 한 대 후려쳤소. 뭐라고 말해야 하지? 그 여자가 뼁잉이 아니었다면, 난 틀림없이 그 여자를 혼내줄 생각을 했을 거요. 그런데 그 여자는 뼁잉이었소. 죽은 꺼런의 얼굴을 생각하니 나 역시 여자에게 뭐라고 말할 수 없더구먼. 더군다나, 난 어릴 적에 그 여자의 집에서 오랫동안 살았었거든. 맞소, 말이 나온 김에 내가 강조하는 것이지만, 나 역시 노동자 가정 출신이란 말이오. 용은 용을 낳고, 봉황은 봉황을 낳으며, 쥐는 태어나면서부터 굴을 파거든. 내가 비록 노동자 가정 출신이긴 하지만 나는 태어나자마자 혁명 군중이 되었소.

좋소, 계속 이야기를 하지. 그 여자가 벌게진 내 뺨을 한 대 때렸을 때, 나는 더 이상 그곳에서 창피를 당하지 않기 위해 곧바로 자리를 옮겨야겠다고 생각했소. 그런데 몇몇 동료들은 그곳을 떠나길 싫어했고, 더군다나 그들 모두는 이미 함께 춤출 사람을 찾았기에 신나게 춤을 추고 싶어 했소. 난 혼자 앉아 한동안 술을 마시다가 근심을 해결한다는 해우소(解憂所), 다시 말해서 화장실을 찾아 소변을 보러 갔소. 뭐라고? 당신들도 해우소가 화장실이라는 것을 안다고? 난 당신들이 모른다고는 말하지 않았소. 소변을 보고 나오며 담배 한 개비를 입에 무는데 어떤 사람이 내게 담뱃불을 붙여주는 거였소. 누구긴 누구겠소? 뼁잉이었지. 내가 바짝 다가서는 순간 그 여자가 후 불어

불을 꺼버렸소. 그 여자가 아직도 화가 났냐고 내게 묻더군. 말을 하면서 그 여자가 둘둘 만 신문지로 내 머리를 한 번 쓰다듬더군. 무슨 작태인지 모르겠지만 여자가 말하니까 난 화가 말끔히 풀렸소. 내가 무슨 일로 총칭에 온 것인지 여자에게 물으려는데, 여자는 내가 담뱃불을 붙이는 짧은 시간을 이용해 소곤거리며 말했소. 나에게 볼 일이 있다면서 내게 여자가 머무는 곳에 한 번 다녀가라는 거였소.

여자는 가락산 밑에 머물고 있었는데, 무도장과는 백 보 정도밖에 떨어져 있지 않았소. 뭐 때문에 가락산이라 부르는지, 춤과 노래가 흘러넘치는 무릉도원과 관련이 있는 겐가? 젠장, 사실 나 역시 눈곱만큼 알 뿐이오. 들리는 이야기로는 고대에 치수(治水)를 하던 따위(大禹)가 바로 그곳에서 결혼을 했다더군. 따위가 성대한 연회석을 마련해 형제들에게 춤과 노래를 즐기도록 했다고 해서 나중에 가락산이라고 부르게 되었다더군. 아니, 삥잉은 방 안에 주안상을 준비해놓고 나를 기다렸던 게 아니라, 나를 데리고 쟈링 강변으로 갔소. 강바람은 세차게 불고, 등 뒤로는 깎아지른 절벽인데, 으스스하더구먼. 그러나 나는 별로 추운 줄도 몰랐지. 이런 좋은 노래가 있잖소. 홍옌상홍메이카이, 치엔리삥수앙지아오샤차이, 산지우옌한허수오쥐, 이피엔단신샹양카이(紅岩上紅梅開, 千里氷霜脚下踏, 三九嚴寒何所懼, 一片丹心向陽開)*. 여자가 추웠는지 안 추웠는지 난 잘 모르겠소. 여자는 입을 굳게 다문 채, 팔짱을 끼고 왔다 갔다 서성이는 모습이 몹시 답답한 것 같았소. 강바람이 여자의 체취를 실어와서는 내 콧구멍 속으로 들어갔소. 향기를 맡자마자 나는 항저우로 돌아간 것 같았지. 항저우에 있는 삥

* 홍암 위에 붉은 매화가 피면, 천릿길 얼음과 서리도 즈려밟는구나, 동지섣달 지독한 추위인들 무엇이 두려울까, 햇살 드리운 곳으로 향하는 마음 일편단심이구나.

잉의 집에서는 수많은 꽃을 기르고 있었소. 단지 홍매화뿐만 아니라 향기로 사람을 취하게 만드는 치자꽃도 있었지. 나중에 우리는 꽃 이야기부터 시작했소. 무슨 꽃이냐고? 찬또우화(蠶豆花)요. 뻥잉이 내게 최근에 「찬또우화」라는 시를 본 적 있느냐고 물었지. 나는 없다고 대답했소. 그녀의 말로는 그것이 바로 꺼런이 쓴 것인데, 어찌나 잘 썼는지, 정말이지 엄청나게 훌륭한 작품이니 내게 읽어보라고 했소. 그러고 나서 그녀는 다시 내게 꺼런에 관해 물었는데, 나는 들은 것을 모두 이야기했소. 나는 곧 울상이 되어 그가 너무 비참하게 죽었으며, 이 나라가 복수를 해야 하는데 아직 때가 오지 않았다고 말했지. 그녀의 말이, 됐으니 그만 징징대라더군. 그러고 나서 그녀는 작은 목소리로 아칭, 아칭이라고 말했소. 꺼런에 관한 소식을 들으면 좋은 소식이건 나쁜 소식이건 모두 자신에게 알려달라고 했지. 젠장, 꺼런은 이미 죽었는데, 또 무슨 소식이 있겠소? 난 그녀가 분명히 꺼런의 시신 안장에 관해 말하는 것이라고 생각했지. 들리는 말에 따르면, 얼리깡에서 꺼런이 죽은 뒤, 도저히 시신을 수습할 수 없어 일반 병사들과 함께 매장했다고 했거든. 나는 그녀가 아마 옛정을 잊지 못해 꺼런을 별도로 안장하려는 생각을 갖고 있는 거라고 생각했소. 나는 곧 여자에게 말했지. 아무 걱정하지 마시오. 꺼런의 영웅적인 업적은 천지가 놀라고 귀신도 곡할 정도이니, 그 사람에 관한 일은 내가 늘 가슴속에 새겨두고 있으므로, 만약 어떤 소식을 들으면 곧바로 당신에게 알려주겠다고 말이지.

그러나 그녀와 내 생각은 근본적으로 달랐소. 그녀 말은 근래 날마다 꿈속에서 꺼런을 만나는데 죽은 것이 아니라 멀쩡하게 살아 있다는 거였소. 그녀가 말을 했을 때, 나는 꺼런의 죽음이 그녀에게 너무

나 큰 충격을 주어서 마음마저 산란해진 것이고, 그렇지 않다면 이처럼 황당한 이야기를 할 리 만무하다고 생각했소. 내가 그녀를 동정하고 있을 때, 느닷없이 그녀가 말했소. 꺼런이 죽었건 안 죽었건 군통(軍統)*의 눈을 벗어날 수 없는 것이고, 만약 정말로 꺼런이 죽지 않았다면 틀림없이 군통이 나서서 꺼런에게 손을 쓸 것이라고 했소. 그녀는 내가 직접 나서서 꺼런을 찾아 데려오기를 희망했지. 말을 듣고 나서 나는 무안해져 눈물을 비 오듯 흘렸소. 이미 꺼런이 죽었다는 말은 하지 말고, 즉 살아 있다면, 내가 직접 나서서 일을 할 수 있겠는가? 그것은 바로 내 체면을 구겨놓는 것 아닌가? 내가 말했지. "뻥잉, 내 말을 들어보시오. 나 역시 사람의 젖을 먹고 자란 놈이오. 늑대나 개만도 못한 놈이 아니란 말이오." 그녀가 웃으며 하는 말이, 난 단지 당신이 꺼런을 도울 방법을 모색해, 꺼런을 안전한 곳으로 피신시켜주기를 바라는 것뿐이라는 거였소. 여자 말은 내가 다른 사람들보다 훨씬 능력이 뛰어나다는 의미인데, 그렇지만 여자의 말에 연달아 나도 입을 열었소. "꿈속에서 나도 종종 꺼런이 살아 있는 모습을 보았는데, 언제나 그는 전 인류의 해방을 위해 분투하고 있었다고 말이오."

동지들, 그러한 말을 할 때, 난 사실 의심이 들기 시작했소. 어쩌면 뻥잉의 이야기 속에 다른 뜻이 담겨 있는 것 같았지. 그냥 허튼소리를 하는 것 같지는 않았단 말이오. 그렇다면 설마 꺼런의 죽음이 헛소문이란 말인가? 그러면 그는 어디로 갔단 말인가? 일본인들에게 사로잡혀 비밀 장소에 갇혀 있단 말인가? 만약 그것이 사실이라면,

* 중국 국민당 정부의 특수 조직. '국민정부 군사위원회 조사통계국'의 약칭.

나 역시 그를 구할 방법이 없지. 당시 내 신분은 국군 소장이었으므로 모든 행동은 상부의 지휘를 받아야 했단 말이오. 당신들도 모두 알고 있듯이, 죽는 것이 무서워 목숨을 구걸하던 국군들은 절대로 귀신들과 맞서 싸우지 않았거든. 젠장, 그렇다면 단 한 가지 방법은 그 소식을 또우스종에게 전해서 그가 사람들을 파견해 꺼런을 구하는 길밖에 없었던 거요. 단, 그 정보가 증명되기도 전에 오로지 여자 꿈만을 믿고, 또한 신분이 드러날 위험을 안고 또우스종 동지에게 전보를 친다는 것은 바로 좌익에 가담하는 경거망동한 착각이었지만 말이오.

& 찬또우화

내가 이 책의 제1부에서 거론했던 「찬또우화」와 「나는 누구였던가」는 사실 같은 시이다. 둘을 비교해보면 오로지 제목만 다를 뿐이다.

뼹잉이 「찬또우화」를 본 것은 총칭으로 오고 나서였다. 그전까지, 그녀는 상하이에 머물며 경극 연출에 종사했다. 사료에 기재되어 있는 것을 보면, 그녀가 참여했던 마지막 활극은 극작가 위링이 편집한 「창예싱(長夜行)」인데, 상하이의 공공 조계지 안에서 살던 세 가정이 일본군이 조계지 안으로 들어오고 나서 비참한 생활상을 겪는다는 내용이다. 활극 공연이 강제로 금지된 뒤, 그녀 역시 당시 수많은 연기자들처럼 밤마다 악기를 연주하고 노래를 부르며 술에 의지해 근심을 달랬다.

『절색』이라는 책 속에서 안토니 스웨이트는 다음과 같이 기술하고 있다.

상하이에 있는 동안, 뻥잉은 비록 밤마다 생황을 연주하고 노래를 부르며 세월을 보냈지만 내심으로는 의지할 곳이 없었다. 전술했던 것처럼 그녀는 옌안으로 찾아가 꺼런과 함께하려는 생각을 여러 차례 했다. 그러나 꺼런이 전사했다는 소식에 그녀는 다시 갈 곳을 잃고 말았다. 그녀는 일기에 다음과 같이 서술하고 있다. "날은 하루하루 지나가고, 창가에 성에가 가득 끼어 있으니 나에게는 단 한 점 희망도 보이지 않는구나." 바로 그러한 시기에 종뿌가 다시 나타났다. 전쟁 기간 동안 그는 『썬뿌보』를 홍콩으로 옮겼었다. 그 무렵 그는 홍콩에서 돌아온 것이었다. 그의 이번 여행 목적이 무엇인지에 대해서 그녀는 전혀 알지 못했다. 그의 수염은 허옇게 변했고 의기소침한 것이 눈에 띄게 늙어 있었다. 그가 들어설 때, 눈썹 위에 눈송이가 매달려 있어서 그녀는 그의 눈썹마저 하얗게 변했다고 생각했다. 그는 우연히 근처를 지나다가 들렀다고 말했는데, 그녀는 당연히 그의 말을 있는 그대로 믿고 싶지 않았다.

그는 잡지 한 권을 들고 왔는데, 그것은 홍콩에서 출판된 『이징(逸經)』이었다. 그녀가 종뿌에게 대접할 음식을 하인에게 준비시킬 때, 그는 잡지를 펼쳐보기 시작했는데, 마치 그가 방금 전 길가에서 사온 듯했다. 국물을 마시면서 그는 마치 자문자답하듯 한마디 내뱉었다. "재미있군." 그녀는 무엇이 재미있다는 것인지 물었다. 그는 일부러 놀란 표정을 짓더니 고개를 숙이고 국을 마셔댔다. 그녀는 애초에 그 잡지를 옆으로 치워버리려고 생각했으나, 흡사 운명의 장난인 것처럼 그녀는 자신도 모르게 그 잡지를 향해 손을 뻗쳤다. 모든 사람들이 알고 있듯이, 그리스어 중에서 '운명'이란 단지 '무겁다, 심각하다,

필연적인, 가치'란 뜻만 지니고 있는 것이 아니라, '우연, 행복, 불행' 등등의 뜻도 지니고 있다. 그녀가 '우연히' 그 잡지를 집어 들었을 때, 순간적인 행복과 질기고 질긴 불행이 다시금 그녀의 어깨 위에 내려앉았다.

그녀는 자신의 딸 찬또우와 이름이 같은 「찬또우화」라는 제목의 시 한 수를 발견했다. 시를 지은 사람의 이름은 요우위였다. 이제 그녀는 깨달았다. 바로 그 시를 그녀에게 보여주기 위해 종뿌가 홍콩에서 상하이로 찾아온 것임을. 어찌 된 영문인지 그녀가 추궁하자 그제야 종뿌는 수년 전 『신세기』라는 잡지에서 그 시를 본 적이 있으며 당시의 제목은 「나는 누구였던가」였고, 작가는 꺼런이었다고 설명했다. "꺼런의 러시아 이름은 요우위스키인데, 어쩌면 이 시는 당연히 당신의 딸에게 바치는 것 같네." 종뿌는 말했다. 그는 처음에는 시를 『썬뿌보』에 발표하려고 생각했었으나 고민 끝에 철회했다는 말을 덧붙였다. "시의 내용으로 볼 때 개작한 지 얼마 되지 않은 것 같은데, 어쩌면 그가 순국 직전에 쓴 게 아닐까? 만약 아니라면, 그것은 다른 사람의 모방작일 것이고. 물론 마지막 한 가지 가능성도 있는데, 그것은 아직까지 꺼런이 살아 있다는 것이지." 종뿌가 빙잉에게 말했다. "만약 꺼런이 정말 아직까지 살아 있다면, 자네가 어서 빨리 꺼런을 만나야지." 빙잉은 기억을 회상하며, 종뿌의 표정으로 볼 때 그가 진심으로 자신과 꺼런이 다시 만날 가능성으로 인해 크게 위안을 받는 것 같다고 말했다. 바로 그 순간 그녀는 종뿌에 대한 원망이 마치 유리창에 끼인 성에처럼 서서히 녹아내렸다.

안토니 스웨이트는 이어서 다음과 같이 기술했다.

뼁잉은 내게 바로 그때부터 꺼런이 이 세상 어딘가에 살아 있을 것이라는 의구심을 떨쳐버리지 못했다고 말했다. 그녀는 곧바로 총칭으로 달려가 자오야오칭을 만났다. 일찍부터 그녀는 자오야오칭이 군통에 몸담고 있다는 것을 알고 있었고, 그는 어쩌면 꺼런에 관한 정확한 소식을 이미 알고 있을 것으로 여겼다. 종뿌는 그녀와 함께 가려고 생각했지만 그녀에게 완곡하게 거절당했다. 총칭에 도착한 지 사흘 만에 그녀는 드디어 한 술집(이는 아칭이 진술한 표현과 약간의 차이가 있음)에서 그를 만났다. 예상과는 달리 자오야오칭은 자신의 인격을 걸겠다고 말하면서 그 일에 관해 전혀 아는 것이 없다고 말했다. 그는 명백하게 거짓말을 한 것이다. 나중에 그녀가 알게 된 일이지만, 그들이 대화를 나눈 지 얼마 지나지 않아 자오야오칭은 따황 산의 바이포 진을 찾아갔다. 그녀의 표현으로는, 그 후 며칠간 가락산 허리 자락과 쟈링 강변, 부자 사당 앞에서 그녀는 마음속으로 연신 「찬또우화」를 낭송하며 묵묵히 눈물을 흘렸다.

아칭의 진술을 볼 때, 우리는 뼁잉이 사실 아칭을 오해하고 있었다는 것을 발견할 수 있다. 그들이 만났을 때, 아칭은 확실히 '전혀 눈곱만큼도 내막을 모르고 있었다'는 말이 많다. 수정된 「찬또우화」라는 시에 관해서는 나중에 다시 거론할 것이므로 이곳에서는 잠시 설명하지 않겠다.

@ 명령

재앙이 일어난 것이지. 전혀 생각도 하지 못했는데, 며칠 지나지 않아 나는 정말로 꺼련이 살아 있다는 것을 알게 된 거지. 제기랄, 조직의 상부에서 정말로 나를 따황 산으로 보내려는 거였소. 그것이 따이리(戴笠)*의 생각인지는 난 모르겠는데, 지금까지도 여전히 모르겠소.

당신 생각은 틀렸소. 따이리가 어떤 자식이오. 개똥에는 똥삽도 갖다 대지 않는데, 내가 왜 그 자식을 감싸고돌겠소. 진지하게 말하라고? 난 무척 진지하게 말하는 거요! 세상에서 가장 무서운 게 진지하라는 말인데, 그러나 오히려 공산당원들의 이야기가 가장 진지하지 않게 여겨지오. 그 당시 나는 그자를 부를 때 꼭 따이 라오반(老板)**이라고 불렀지. 따이 라오반은 염라대왕이 속세로 내려온 것일 뿐만 아니라, 사람을 죽일 때도 눈 하나 깜빡이지 않았지. 심지어 동으로 만든 호리병이라서 바람 한 점 비집고 들어갈 틈이 없었지. 길을 떠나기 직전, 나는 백공관***에서 따이리를 만났소. 그러나 그는 나와 일에 관한 이야기를 나누진 않았지. 그 시간에 지랄같이 사람에게 욕설을 퍼붓고 있었어. 당신들은 그 자식의 구두선(口頭禪)이 뭔지 아나? 그 자식의 구두선은 댐드 풀(Damned fool)! 인데, '죽일 놈의 바보 자식'이란 의미지. 당신은 영어를 모른다고? 이리 갖고 오시오,

---

* 중국 국민당 특무조직인 군사위원회 조사통계국, 약칭 '군통'의 부국장을 역임.

** 조직의 수장을 라오반이라고 부름.

*** 쓰촨 성 군벌 백구의 별장. 1939년 군통의 따이리 소관하에 범죄자를 심문하고 가두어놓던 비밀 구치소.

내가 대신 써주지. 당신 말이 아주 딱 들어맞는구먼! 만약 적들이 반대하는 것이라면 우리는 옹호해줘야지. 만약 적들이 옹호하는 거라면 우리가 반대를 해야 하고. 그렇지만 만약 욕을 먹는 사람이 정말로 바보이고 또한 악질분자라면 뭐라고 말해야겠소? 따라서 나는 따이리가 욕하는 사람이 다른 사람이 아니라 내 친구라고 생각했소. 그들은 개가 개를 물어뜯듯 입에 잔뜩 털이 달라붙어 있었소. 그렇소, 따이리는 나를 알고 있었지. 나를 알고 있는 까닭은 바로 그 사람과 내가 같은 고향 출신이기 때문이오. 내 고향은 저장(浙江)인데, 나와 그 사람 모두 저장 성(浙江省) 장산 현(江山縣) 빠오안 향(保安鄕) 사람이지. 빠오안에는 시엔샤링(仙霞嶺)이라는 산이 있소. 그 사람의 집은 시엔샤링 산골에 있는 롱징관(龍井關)에 있었고, 우리집은 시엔샤링 산 아래에 있는 봉황촌에 있었지. 그래, 담배 남은 것 좀 있소? 난 한 대 더 피우고 싶은데. 봉황을 피우며 고향 생각을 하고 싶단 말이오. 아주 그럴듯한 이야기가 있지 않소? 비록 타향의 산이 아무리 멋지고, 타향 물이 더욱더 맑고, 타향의 아가씨들이 더욱 다정다감하다고 해도 사람이란 결국 고향 생각을 하게 마련이라고 하지 않소? 좋소, 우리 이야기를 다시 본론으로 돌립시다. 내가 군통에서 확고한 자리를 잡고 있을 수 있던 것은 바로 그런 구멍 때문이었소. 그런데 따이라오반은 전혀 생각도 못했겠지. 내가 사실은 늑대 가죽을 뒤집어쓰고 있는 양이라는 것을 말이오. 표면적으로 나는 그를 공경했지만, 속으로는 언제나 장 씨 왕조*를 매장시킬 생각만 하고 있었지. 비천한 자가 가장 총명하고, 고귀한 자가 가장 우둔한 법이지. 따이리는

---

* 장제스 정부.

소의 ×처럼 씩씩거리는 나를 보려고 하지도 않았소. 그 자식은 어찌나 미련 곰탱이인지, 바로 그놈 자신이 늘 입에 달고 사는 댐드 풀(Damned fool)이었소. 그렇지 않다면 그 자식이 어떻게 내 진면목을 알아보지 못했겠소? 물론, 이것은 내가 대적하고 있는 적과의 투쟁노선과는 별개의 문제였지. 투쟁 노선은 혁명의 생명선으로 국민의 이익을 위한 것이기 때문에 나는 언제나 혁명에 대한 고도의 경계심을 유지하고 있었소.

이런 식으로 말해도 괜찮소?

나를 불러 이야기를 나눈 사람은 따이리가 아니었소. 방금 전 당신들이 말하지 않았소? 당신들은 꺼런 동지의 혁명 생애에 관해 잘 이해하고 있다고 말이오. 그렇다면 판지화이에 대해서도 잘 알 것 아니오? 그렇지, 일찍이 판지화이는 꺼런과 함께 일본에 유학 갔었지. 꺼런은 의학을 공부했고, 그는 법률을 공부했지. 동지들 모두 잘 알고 있듯이 법률이란 바로 무소불위의 국법이요, 통치 계급의 의지를 드러내는 것으로서 독재 정치 계급의 도구이지. 내가 이렇게 말하면 당신들도 이해할 거요. 판지화이란 놈이 좋은 새끼가 아니라는 것을 말이오. 판은 분명히 따이리의 뜻에 따라 나와 그 일에 관한 이야기를 나눈 것이지. 그가 나에게 말하기를, 아주 중요한 정보를 얻었는데 꺼런이 현재 따황 산 바이포 진에 숨어 있다는 거였소. 난 그 이야기를 듣고 줄곧 고개를 가로저으며 불가능한 일이라고 말하며 틀림없이 잘못된 정보라고 했소. 그가 왜 불가능한 일이냐고 물었지. 나는 사람이 죽는다는 것은 등불이 꺼진 것이나 마찬가지인데, 그가 죽은 지 이토록 오래되었고, 따라서 이미 완전히 썩어버렸을 텐데 어떻게 다시 살아난단 말이냐고 했소. 그는 맞는 말이라고 하면서, 자네가 그곳에 가서 수행해야 할 첫번째 임무는 우선 그 작자가 꺼런이 맞는지 분명히 확인하는 거라고 했소. 꺼런이 아니라면 그 작자를 그냥 내버려두고, 맞다면 그곳에서 그가 도대체 무슨 일을 하고 있는지 상세히 파악하라는 것이었지. 그는 또 특별히 내게 당부했소. 절대 경거망동하지 말도록. 풀을 베면 뱀이 놀라니까 별도의 지시가 있을 때까지 그의 솜털 하나도 다치지 않도록 조심해서 행동하라고 말이오.

미련한 놈, 미련 곰탱이! 그런 것을 지시라고 하다니. 당연히 난 절대로 그의 솜털 하나 까딱하지 않을 거요. 마음속으로는 그렇게 생각했지만 입으로는 그렇게 말할 수 없었지. 그런 식으로 말을 하는 순간 탄로가 날 것 아니오? 난 일부러 왜 그래야 하느냐고 물어보았지. 그의 설명은, 그것은 꺼런이 저명인사이기 때문에 잘못 처리하면 당과 나라의 얼굴에 먹칠을 할 수 있기 때문이라는 거였지. 판지화이가 한마디 덧붙인 말을 내가 아주 똑똑하게 기억하고 있는데, 『홍등기(紅燈記)』*에서 지우산 역시 똑같은 말을 했었지. 그가 말하기를, 이런 것을 방장선조대어(放長線釣大魚)**라고 한다더군. 너무 교활한가? 정말 교활한 짓이지. 훗날 내가 생각해보니, 그 좆같은 자식들이 나를 파견한 것은 정말 제대로 선택한 거였지. 첫번째 이유는 내가 이전에 따황 산에 가본 적이 있어서 그곳 지형에 익숙하고, 두번째 이유는 내가 꺼런에 대해 잘 알고 있다는 거였소. 물론 그것이 그들이 저지른 가장 큰 실수였다고 말할 수도 있지. 그들이 어떻게 알겠나, 내가 사

* 혁명을 소재로 한 현대 경극의 하나.

** 어떤 일을 할 때 앞날을 멀리 내나본다는 말로 비록 즉각적인 효과는 얻지 못하지만 장래에 더욱 큰 결과를 얻을 수 있는 장점이 있다.

실은 몸은 비록 조조에게 의탁하고 있었지만, 마음은 여전히 한실에 두고 있어서 붉은 심장은 늘 보탑산을 향하고 있었다는 것을 말이야.

방금 전, 누가 문 앞을 지나갔지? 혹시 당신들과 함께 온 사람 아니오? 그 사람에게 들어오라고 하시구려. 아, 원래 내 대장이었구먼. 대장이 가장 좋아하는 것은 내가 이야기하는 것을 듣는 것인데, 이번에 그 사람은 틀림없이 안으로 들어와서 듣고 싶어 할 거요. 그는 노래를 참 잘하지. 가장 잘 부르는 노래는 「마오 주석의 만수무강을 축복하며」로 남녀 이중창으로 부르는 노래요. 「동방홍(東方紅)」 역시 그는 남녀 이중창으로 부른다오. 남자가 "동방의 붉은 태양" 한 구절을 부르면, 뒤이어 여자가 "태양이 떠오르네"라고 한 구절을 부르지. 그는 그런 것을 남녀가 잘 어울린다고 말하는데, 그렇게 되면 무슨 일을 해도 힘들지 않다는 거였지. 그의 여자는 그해에 죽었소. 쥐약 한 봉지를 먹었으니 죽지 않은 게 이상한 거지. 다 큰 물소 한 마리도 나자빠질 지경인데. 여자가 왜 독약을 마셨냐고? 당연히 그런 것은 대장에게 직접 물어봐야지. 현재 대장은 어쩔 수 없이 혼자 노래를 부르는데, 남자 목소리로 한 구절 부르고, 그러고 나서 여자 목소리로 한 구절 부르지. 그 사람은 종종 나를 찾아와서 내게 노래를 한 구절 불러주고 나서 이야기를 한 단락 해달라고 했소. 아니, 난 단 한 번도 꺼런에 대한 이야기를 그 사람에게 해준 적이 없소. 수십 년간 살아온 혁명 생애 속에서 그 누구에게도 꺼런에 관한 이야기를 한 적은 없었소. 대장이 흥미를 느끼고 있던 것은 여자 요물에 관한 이야기였지. 후띠에(胡蝶)와 따이리(戴笠)의 염문에 대해 아무리 들어도 싫증 내지 않더군. 매번 한 단락 듣고 나면 그 자식은 퉤 하고 침을 뱉으면서, 그 요물은 정말 개 씹같이 낯짝도 없구나, 그런 식으로 말했소. 그럴 때 그는 틀림없이 내가 따이리와 후띠에 이야기를 또다시 해줄 것으로 알았지.

내가 어디까지 이야기했지? 그래 몸은 조조에게 의탁하고 있지만 마음만은 한실에 가 있었다고 했지. 그 당시 나는 단단하게 군통에 자리를 잡고 활동하고 있었소. 바로 특무 활동이었지. 며칠 전 산 아래에서 영화를 방영했는데, 대장이 나를 데리고 갔소. 너무 늦었기 때문에 앉아서 등짝만 쳐다보았지. 한 젊은이가 완전히 영화 속에 몰입했는지 영화를 보며 연신 중얼거리더군. "특무원 생활이란 얼마나 좋을까. 고기도 먹지, 술도 마시지, 또 따듯한 이불 속에서 여자도 끌어안을 수 있지, 정말 살맛나지." 사람들이 영화를 보는 데 지장을 초래할까 봐 참았던 것이지, 그렇지 않았다면 난 틀림없이 그 젊은이에게 정치 교육을 한바탕 시켰을 거요. 특무원 역시 아무나 할 수 있는 것이 아니오. 첫째, 낯짝이 두꺼워야 하는데 기관총도 뚫을 수 없어야 하거든. 둘째, 심장이 강해서 손을 쓸 때는 망설이지 않고 손을 써야 하거든. 그 두 가지를 구비하지 못하면 특무원이 되겠다는 생각은 한 마디로 말해 백일몽이지. 그 젊은이를 보자니 문제가 두말할 계제도 없었소. 멀거니 앉아 다른 사람이 매콤하고 달콤한 것들을 맛있게 먹는 모습을 구경만 해야 하는데, 다른 사람 뒤에 앉아 구경해 보지 않은 사람은 그 고통을 알 수 없지. 맨 처음, 조직에서 나를 군통에 가입시키기 위해 면담할 때, 나는 바로 그런 문제를 고려했었지. 그러나 나중에, 영혼 깊은 곳에서 혁명이 폭발하면서, 흔비사자 일섬념(狠批私字日閃念)*하자, 나는 결국 깨닫게 되었소. 어쨌든 혁명 과

* 사적인 잡념이 막 떠오를 때 곧바로 깨끗하게 지워버려야지 그렇지 않으면 잡념이 머릿속에서 팽창하면서 서서히 우리들의 영혼을 부식시킨다는 말.

업을 수행하는 데는 고저와 귀천이 따로 없다는 것이고, 따라서 나는 시키는 대로 하겠다고 했소. 그리고 나는 나에게 비록 기생의 역할을 맡기더라도 조직에서는 내게 패방(牌坊)*을 세워줄 것이라고 생각했소. 선은 선으로 악은 악으로 보답한다고 하는데 복수를 하지 않은 게 아니라 아직 때가 오지 않은 것이오. 어떻소, 나보고 계속 이야기를 하라고? 당신들이 나를 보려고 찾아오고, 또 나에게 담배도 주고, 또 나에게 차까지 마시라고 따라주는데 이것이 바로 나에게 패방을 세워주는 것 아니오?

& 동방홍

그 진술이 끝난 뒤, 아칭은 결국 자신의 신분이 폭로되고 조직에서 조사를 받게 된 데에 바로 자기 대장이 관련되어 있다는 것을 알아차렸다. 따라서 그가 죽기 전 마지막으로 한 일은 바로 대장을 낙마시킨 일이다. 지조우(濟州) 대학에서 퇴직한 장용청(張永勝) 교수 역시 당시 신좡 차 농장에서 노동개조를 받았는데, 그는 우스갯소리로 아칭과 노동개조 동창이라고 말했다. 내 취재를 받아들였을 때, 장 교수는 다음과 같이 설명했다.

아칭은 거짓말을 한 게 아니네. 실제로 대장은 노래를 무척 좋아했네. 그 사람의 목청이 워낙 좋아서 별명만 들어도 알 수 있었지. 차

* 옛날, 남의 모범이 될 만한 행위나 공로가 있는 사람을 표창하고 기념하기 위해 또는 미관을 위해 세운 문짝 없는 문.

농장에는 아주 오래된 아카시아나무가 한 그루 있었는데, 그 나무 위에 대형 확성기 하나를 매달아놓았어. 그것은 흡사 커다란 새 둥지 같아서 위에는 새똥이 범벅이었지. 당신은 아마 모를 거야. 전국의 대형 확성기들이 맨 처음 부르는 노래는 모두 「동방홍」이었고 마지막 곡은 모두 「국제가」였지. 그 커다란 확성기는 바로 대장의 안건이었다네.

아칭이 죽기 전, 상부에서는 이미 그에 대한 조사를 시작했네. 더군다나 상부에서는 우리들 중 적극 분자를 선동해 비리 사실을 폭로하게 만든 뒤 대장 손에 건네주라고 했지. 뭐라고, 나 역시 적극 분자였냐고? 자네가 보기에 내가 그렇게 생겼나? 우리 그 얘긴 하지 말고 아칭과 대장에 대한 이야기나 하세. 며칠간 대장은 비리 자료들을 정리하기 위해 낮에는 잠을 자고 밤에만 일을 했네. 문제는 우리들의 습관이었지. 몇 년 동안 우리는 아침에 자리에서 일어나자마자 대형 확성기를 따라서 「동방홍」을 불렀거든. 「동방홍」을 부르지 않으면 마치 세수를 하지 않은 것 같았네. 습관이란 어쩔 수 없는 것인데, 확성기에서 「국제가」가 흘러나올 때 잠자리에서 막 일어난 대장이 저도 모르게 「동방홍」을 부르기 시작했다는 거야. 확성기에서 「동방홍」이 흘러나올 때 잠자리에 들려던 대장은 자신도 모르게 되레 「국제가」를 불러버린 거란 말일세. 「국제가」를 부르지 않으면 그는 마치 발을 씻지 않은 것처럼 침상에 누워도 잠을 이루지 못했네. 괴상하지? 괴상하게 들릴지 몰라도 사실 전혀 괴상할 게 없네. 어느 날 아침 그는 아칭에게 당했지. 당시 우리는 확성기에서 흘러나오는 「동방홍」을 따라 부르고 있었고, 우리가 "후얼헤이야, 그는 인민을 구한 위대한 별이다"라는 구절을 부르고 있을 때, 대장이 마침 "유사 이래

구세주란 없었고, 신선 황제 역시 없었다"라는 구절을 불렀다네. 그 참에 아칭은 드디어 대장을 협박할 수 있는 꼬투리를 잡은 것이지. 아칭이 말했네. "우리가 위대한 별을 찬송하고 있을 때 당신은 왜 오히려 신선 황제가 없다고 떠드는 거요? 위대한 별이 뭐요, 바로 신선 아니오? 설명해보시오. 당신은 왜 맞서려고 하는 거요? 도대체 어떤 속셈을 품고 있는 거요, 당신은 마오 주석과 당에 충성하는 척하면서 한편으로는 그 반대로 행동하고 있는 것이 아니면 뭐란 말이오?" 아칭이 이렇게 협박하자 대장의 얼굴이 파랗게 질렸다네.

곰곰이 따져보니 제기랄, 아칭의 논리는 반박할 만한 약점이 전혀 없었네. 그렇지만 당시 우리들 중 그 누구도 감히 나서서 그를 지원해주지 않았지. 그 당시 아칭은 대략 자신이 살 수 있는 날이 얼마 남지 않았다는 것을 알고 있었고, 따라서 그는 죽은 돼지가 뜨거운 물을 겁내지 않듯이 대장을 잡고 물고 늘어진 것일 게야. 아칭의 명은 짧아서 얼마 지나지 않아 죽었네. 그 사람이 죽고 나서 대장 역시 조사를 받았네. 문제가 완전히 해결되기 전에 그 역시 죽었지. 아칭처럼 역시 자결했네. 지금도 나는 「동방홍」을 듣기만 하면 아칭과 대장 그리고 확성기 같은 것이 생각난다네. 맞아, 그리고 새똥까지 생각나. 아, 이야기하고 보니 아칭은 그래도 복이 있는 사람이었어. 그래, 죽기 전에 그래도 함께 끌어들인 인간이 있었으니 복이 있는 게 아니면 뭔가?

@ 분상(奔喪)*

뭐요, 내가 어떻게 꺼런과 친하게 되었냐고? 말하자면 이야기가 아주 길지. 난 먼저 그의 부친을 알았고 나중에 그 사람을 알았소. 그의 부친 이름은 꺼춘따오(葛存道)인데 항저우에서 차 공장을 경영하고 있었소. 그 사람이 캉요우웨이(康有爲)**의 후손인지는 내가 조사를 해보지 않아 발언권이 없소. 차 공장 사장의 이름은 후즈쿤(胡子坤)인데 어려서 일본에서 자랐으며 꺼춘따오와는 친구 사이요. 후즈쿤은 중풍으로 자리에서 일어나지 못하게 되어 사업을 계속할 수 없었고, 아들인 후안 또한 그 옆에 없었기 때문에 모든 일을 꺼춘따오에게 맡겼지. 그렇소, 후안이 바로 뻥잉의 아버지이며 후즈쿤은 바로 뻥잉의 할아버지요. 후촨쿠이(胡傳魁)***의 쿠이(魁)가 아니라 빙글빙글 돌아가는 첸쿤(乾坤)의 쿤(坤)이오. 그 당시, 내 부친은 차 공장에서 일을 하고 있었지. 네댓 살 무렵 우리 어머니가 돌아가셔서 아버지는 나를 데리고 고향을 떠나 항저우로 갔던 거요. 지붕에서 빗물이 주룩주룩 새도록 연일 비가 오고 나서 얼마 지나지 않아 우리 아버지 역시 돌아가셨지. 후즈쿤과 꺼춘따오 두 사람 모두 나를 쫓아내지 않아서 나는 후 씨 집에 살게 되었지. 당시 나는 매일같이 꺼춘따오를 볼 수 있었소. 그의 어깨에 걸린 부담은 몹시 무거웠고, 마음속 책임감이 강해 날마다 혁명적으로 생산을 다그쳤소. 책임자와 모든 사람들이

---

* 외지에서 친상의 소식을 듣고 집으로 급히 돌아가다.

** 1858~1927, 정치가, 사상가, 교육가.

*** 중국 공산당원.

눈을 부릅뜬 채 바삐 움직이며 부단히 승리를 위해 전진했소. 그 사람은 나를 무척 귀여워해서 나를 보고 총명하고 일을 제대로 할 줄 알며, 아직 어리지만 의지가 대단하다고 칭찬하면서, 더욱이 자신의 아들과 판에 박은 듯하다고 말했지. 그 사람이 글을 쓸 때, 나는 언제나 그 사람 옆에서 먹을 갈았소. 훗날의 꺼런처럼, 그 사람 역시 연약한 서생처럼 깨끗한 것을 좋아하고, 사람을 부드럽게 대하며 이를 깨끗이 닦는 것을 좋아했지. 그 사람이 이 닦는 모습을 맨 처음 보았을 때, 입에서 내뿜는 하얀 거품을 보고, 나는 그가 혁명의 늙은 황소로 변해버린 것이라고 생각했었다니까.

당시 어떤 여자가 상하이에서 그를 만나러 종종 찾아왔지. 그 여자는 짧게 머리를 자르고 스카프를 목에 두르고 있었는데, 영화 속에서 본 지앙제(江姐)와 비슷했소. 그녀는 올 때마다 사탕을 잔뜩 사와서 노동자들의 아이들에게 나누어 주었지. 뭐요, 당의포탄(糖衣砲彈)*이라고? 당신이 이야기하는 당의포탄은 그 노동자 계급의 후대들이 가장 좋아하며 즐겨 먹던 것이었지. 좋소, 그런 이야기는 하지 않고 꺼춘따오에 대한 이야기나 계속하겠소. 꺼춘따오 역시 자주 상하이를 다녀왔는데, 갔다 올 때마다 내게 사탕을 사다 주었지. 나는 그에게 항상, 언제 상하이에 다녀오세요? 상하이에 사는 아줌마는 언제 오죠? 라고 묻곤 했지. 매번 물을 때마다 그는 내 머리를 쓰다듬었소. 그는 내게 자기 아들처럼 내 머리에도 가마가 두 개 있다며, 아들 이름이 아쌍(阿雙)이라고 알려주었소. 그렇소, 아쌍은 꺼런의 아명이지. 내가 물었소. "언제 아쌍 형을 볼 수 있죠? 아쌍 형도 제게 사탕을 갖다줄

* 교묘하게 위장해서 상대방이 전혀 의심하지 않고 속아 넘어가게 만들어 공격하는 수단.

까요?" 그는 아쌍이 칭껑(靑埂)에 있고, 항저우에서 너무 멀리 떨어져 있다고 말했지. 그렇게 말하면서 언젠가 시간을 내어 칭껑 진에 찾아가게 되면 반드시 나를 데리고 가겠다고 했소. 그 당시 난 아직 모르고 있었지. 그가 아들을 만나본 적이 없다는 것을 말이오. 어느 날 그가 다시 상하이에 다녀오면서 내게 또 사탕을 주었을 때 나는 그 사탕을 받지 않았소. 나는 그에게 말했지. 어서 안으로 들어가 보세요, 어르신이 위험합니다. 꺼춘따오가 후즈쿤을 찾아갔을 때, 후즈쿤은 이미 숨이 넘어간 뒤였소.

내가 이런 식으로 이야기하면 되겠소? 좋소, 그럼 계속해서 이야기하겠소.

꺼춘따오는 편지를 써서 후안에게 곧바로 돌아오라고 알렸지. 역시 그 사람이 편지를 직접 썼고, 나는 옆에서 먹을 갈았소. 몇 달이 지나서야 후안은 프랑스에서 돌아왔소. 그런 것도 묻소? 후즈쿤은 벌써 매장한 뒤였지. 후안이 돌아왔을 때, 나는 이미 후즈쿤의 일을 잊은 뒤였소. 사람들이 그를 작은어르신으로 부르는 것을 보고 나서야 나는 그가 분상을 하기 위해 돌아왔다는 것을 알았지. 그는 여자 한 명을 데리고 왔는데 나보다 일고여덟 살 많았고, 화려한 치마를 입고 있었는데 신식 냄새가 펄펄 풍겼소. 그렇소, 그 여자가 바로 뼁잉이오. 혼혈이냐고? 아니, 그 여자는 혼혈이 아니었소. 그녀의 어머니 역시 중국 유학생이었거든. 그녀의 어머니는 함께 오지 않았기 때문에 난 보지 못했소. 정말 본 적이 없다니까. 당신에게 거짓말하는 거라면 난 개새끼요. 아니, 뼁잉이 내게 사탕을 사다 주진 않았지. 그녀가 데리고 온 건 어린 강아지였소. 강아지 역시 이름이 있더군. 삐스디라나, 난 개에게도 이름이 있다는 말을 전에 들어본 적이 없었소. 나는 금방 빠스디와 친해졌소. 어떤 개든지 똥 먹는 버릇은 고칠 수 없더군. 똥을 눌 때마다 빠스디를 생각했다니까. 한번은 내가 뻥잉에게 말해주었지. 빠스디가 가장, 가장, 가장 좋아하는 것은 내가 눈 똥이라고. 그러자 뻥잉이 곧바로 내가 강아지와 노는 것을 막더구먼. 그녀에게 들은 바로는, 바스티유 감옥 근처 길에서 그 강아지를 주워왔다는 거였소. 당신, 무슨 말을 하는 거요? 상갓집 자본가의 무력한 개라고? 솔직하게 말하면 나 역시 그런 생각을 했지. 그렇지만 후안이 말하는데, 프랑스에서는 노동자 계급 역시 개를 기른다고 하더구먼. 빠스디는 틀림없이 노동자 계급이 키우던 개였을 것이고, 더 이상 키울 수 없게 되자 길에다 버렸을 거요.

후안은 프랑스에서 희극을 공부했기 때문에 차 공장을 관리하는 일은 전혀 몰랐지. 그 역시 아버지에게 배운 대로 차 공장을 꺼춘따오에게 맡기고 매일같이 뻥잉을 데리고 여기저기 놀러 다녔지. 꺼춘따오처럼 그 역시 줄곧 상하이를 다녀왔는데 어느 때는 그들과 함께 가기도 했소. 나도 몇 번 따라갔었고. 그들과 함께 지앙제(江姐)*의 집에 머물기도 했소. 지앙제가 누구냐고? 내가 말하지 않았소? 종종 꺼춘따오를 찾아왔다고 했던 여자. 그 여자의 생김새가 지앙제와 무척 닮았거든. 그 여자의 성이 뭐냐고? 린(林)이오. 영원히 건강한 린뻬아오(林彪)** 부통사***와 같은 성이지. 내가 훗날 알게 된 것이지만, 당시 그들은 상하이에 박물관을 하나 세우려고 했으며 장소까지 물색해놓았는데, 지앙제의 집에서 무척 가까운 곳이었지. 후안은 프

---

* 본명은 장주쥔(江竹筠), 1939년 중국 공산당에 가입한 여성으로, 훗날 영웅으로 취급됨.

** 군인, 1907~1971. 1925년 중국 공산당 가입, 문화혁명 당시 강청 등과 사인방으로 몰려 1971년 몽골로 피신하다 항공기 사고로 사망함.

*** 중국 군부 내 직급, 부원수.

랑스에서 갖고 온 책을 모두 상하이로 옮기면서 잠시 지앙제의 집에 보관했었소. 지금도 생생하게 기억하는데, 후안은 큰 소리로 책을 낭송하길 좋아했소. 어떤 때는 낭송을 하며 울기도 하고, 어떤 때는 껄껄 큰 소리를 내며 웃기도 했지. 그의 말로는 그런 것이 바로 희곡이며, 특히 셰익스피어의 희곡이라고 했소. 셰익스피어가 누구냐고? 외국 사람이오. 그 사람이 쓴 것이 외국 희곡의 표본이지. 난 그 사람이 희곡 대사 암송하는 것을 좋아하지 않았소. 그래도 그가 자신의 연기가 좋으냐고 물을 때마다 나는 아주 좋다고 대답했지. 좋다고 말하면 나를 데리고 밖에 나가 맛있는 밥을 원하는 대로 사주지만, 나쁘다고 말하면 길가에서 파는 사오마이 몇 개를 사오라고 했거든. 사오마이가 뭐냐고? 만두 같은 거요. 속에 고기가 들어 있는 쫑즈하고 비슷하지. 나는 있는 그대로 말하는 거요. 조직의 요구대로 절대 이리저리 돌려서 말하는 게 아니오. 좀 있다가 식사를 할 때, 당신들은 될 수 있으면 고기만 먹도록 하시오. 나는 국물이나 한 사발 마시면 되니까. 사오마이가 없는 경우 그는 나를 더욱 멀리 보내 빵을 사오라고 심부름시켰소. 그 당시 나는 빵이 무엇인지도 몰라서 뼁잉이 나를 데리고 나갔지. 뼁잉이 말하는데, 프랑스에 있을 때 그녀는 매일 빵을 먹었다는 거요. 당이 뭐라고 말한 거요? 후안이 부패한 자본주의 계급의 생활을 했다고? 잘 기억하시오, 후안이 갔던 곳은 프랑스요. 프랑스가 어떤 나라요? 파리 공사(公社)가 있던 곳이오. 당신이 알아야 할 것은, 파리 공사는 신향칠리영인민공사(新鄉七里營人民公社)보다 훨씬 먼저 조직되었다는 거요. 그토록 오랫동안 프랑스에 살면서, 그는 틀림없이 파리 공사에 참가했을 것이고, 농촌으로 내려가기도 했을 것이며, 말단 민병 노릇도 하면서 반자동 소총을 어깨에 메고 다니기도 했을 것이오. 빵 하나를 갖고 자본가 계급이라고 하는 거요(이 말은 뜻이 제대로 통하지 않는데 채록된 원문이 이러함)? 좆같이, 말을 그런 식으로 하면 안 되는 거요. 레닌 동지 역시 빵을 먹었소. 교도원들이 말하기를, 빵은 물론 다른 모든 것도 다 얻을 수 있을 것이라고 했소.

한번은 꺼춘따오가 아주 오랫동안 상하이에 머물다가 집으로 돌아온 뒤 공장을 둘러보니 너무 지저분했지. 여기저기 파리가 날아다니고 쥐가 사방에 온통 구멍을 뚫어놓은 것을 보고 화가 잔뜩 났지. 그는 곧바로 우리들을 이끌고 사해(四害)*를 제거하기 시작했지. 쥐를 잡고 파리를 잡으면서 어찌 되었건 두 눈을 부릅뜨고 열을 올려댔소. 그런데 그해 봄, 꺼춘따오는 영원히 숨이 꺼졌소. 무슨 뜻이냐고? 죽었다, 죽었다는 말이지.

어떻게 죽었냐고? 총알을 맞아 죽었소. 항저우의 꺼링(葛嶺)이라는 곳이었소. 꺼링에는 보리수나무가 무척 많았는데, 암살범은 바로 보리수나무 위에 숨어 있다가, 탕, 한 방에 그의 골을 터뜨려버렸소. 이야기하다 보니 공교롭게도, 꺼링이란 곳이 마치 그들 꺼 씨 집안과 무슨 인연이 있는 것 같아졌네. 지랄같이, 어떤 것은 정말 명확하게 설명하거나 이해하기가 어렵단 말이야. 동지들도 모두 알고 있듯이, 유비의 군사 봉추(鳳雛)는 바로 낙봉파(落鳳坡)에서 화살에 맞아 죽었단 말이오. 그렇다고 내가 미신을 믿는 것은 아니고, 사실 내가 가장 반대하는 것이 미신이오. 내가 말하는 것은 단지 어떤 일은 젠장, 정말 설명하기 어렵다 그 말이오. 나중에 밝혀진 것이지만, 꺼춘따오를 사

* 온 사방의 모든 해로운 사물.

살한 것은 리볼버 권총이었지. 당신들, 리볼버 권총을 본 적 있소? 총신에서 정권이 탄생하니까, 정권은 리볼버 권총을 빼고 말할 수 없지. 오랫동안의 혁명 생활을 하면서 나 역시 여러 차례 리볼버 권총을 차고 남정북벌을 했지. 그 물건을 주머니 속에 넣어보면 그 크기가 봉황 담배 한 갑과 별반 차이가 없소. 그래, 다시 담배 한 대 피웁시다. 리볼버 권총은 워낙 작아서 좆이 성이 나면 그것보다 더 클 거요. 총구는 가늘고 아주 매끄러워 마치 갓난아이의 콧구멍 같았소.

그 사람은 명이 질겨서 총을 맞고도 곧바로 죽지 않았소. 들쳐 업혀 돌아왔을 때, 비록 낯빛은 백지장 같았지만 그래도 말은 했지. 내가 기억하기로는 그 사람이 자기 부인 이야기를 했소. 아니, 지앙제가 아니라, 꺼런의 모친 말이오. 그 사람의 말이, 이번에는 그 여자를 만날 수 있게 되었다고 했소. 그 다음 날, 그가 다시 입을 열었는데, 꺼런의 모친을 만나고 싶지 않다며 항저우에 묻히고 싶다고 했지. 후안이 그에게 말하기를, 꺼 선생, 당신은 무슨 일이 있어도 아무 말 하지 마시오. 기운을 아껴야죠. 칭껑 진으로 돌아가고 싶으면 눈을 꼭 감고, 만약 항저우에 남고 싶다면 눈을 크게 떠보라고 했소. 그는 한 번은 눈을 떴다가 한 번은 눈을 감았는데 바라보는 사람들의 기분이 기묘해졌소. 어느 날 아침, 의사가 그에게 약을 갈아주는데, 그가 갑자기 후안에게 말하기를 항저우에도 남고 싶지 않고, 칭껑 진으로도 가고 싶지 않다며, 상하이에 묻히고 싶은데 도서관을 세우려던 그 동네에 묻히고 싶다고 말했소. 그 이야기를 마치고 나서 그는 다시 아들 얼굴을 한 번 보고 싶다고 했지. 후안이 한바탕 그를 야단쳤소. 그런 이야기를 왜 미리 말하지 않았느냐고 말이오. 야단 친 것은 야단 친 것이고, 그는 곧바로 사람을 칭껑 진으로 보내 꺼런을 데려오도록 했소.

지금도 아주 생생하게 기억하고 있는데, 아들의 얼굴을 한 번 보고 싶어서, 꺼춘따오는 안간힘을 다하며 며칠을 더 버텼소. 요즘 말로 표현하면 죽지 않으려고 기를 썼지. 그러나 결국, 그는 아들 얼굴을 보지 못했소. 꺼런이 항저우에 도착했을 때 그는 이미 관 속에 들어가 있었지. 관은 바로 후 씨 집안 대저택에 놓아두었는데, 새카맣게 칠해진 관 속에서 풍기는 냄새가 사람의 코를 간질였소. 꺼런은 밤에 도착했는데 그 순간 달빛이 비쳐 관이 반짝반짝 빛나서, 지켜보고 있자면 흡사 좌초된 작은 삼판(sampan)선* 같았소. 후안에게 이끌려 꺼런이 목관 앞에 섰을 때, 그는 소리 내어 울지는 않고 오직 관만 쓰다듬어대더니, 코로 관에서 풍기는 냄새를 맡아댔소. 그는 분명히 꿈을 꾸고 있다고 여겼을 거요. 그것은 확실히 꿈같은 일이었지. 당신은 당연히 부자가 상봉하게 될 거라고 여겼을 거요. 계획했던 일이 변화를 뒤쫓아가지 못할 것이라고 어느 누군들 예상이나 했겠소? 눈 한 번 깜빡이면 늙은 암탉이 오리로 변하오. 아들이 그렇게 먼 곳에서 달려왔는데 아버지라는 사람은 눈을 감아버리다니.

& 아버지의 죽음

1900년, 영국의 엔지니어 존 브라우닝(John M. Browning)은 서재에 틀어박혀 리볼버 권총을 발명했다. 사진에 현시된 것으로 보면,

* 배 밑이 편평한 작은 배.

그의 서재 창 바깥에는 커다란 보리수나무 한 그루가 서 있었다. 14년 뒤, 리볼버 권총의 총구가 항저우 꺼링의 보리수 나뭇가지를 비집고 나와 꺼춘따오를 사살했다. 꺼춘따오의 죽음과 거의 동시에 프랑스에서는 『피가로』 잡지의 편집자인 장-루어헤이가 파리에 있는 커피숍에서 리볼버 권총에 맞아 피살되었고, 같은 해 6월 28일, 오스트리아 헝가리 이중 제국의 황태자 페르디난도가 보스니아에서 리볼버로 피살되었다. 모든 사람들이 알고 있듯이, 페르디난도의 죽음은 바로 제1차 세계대전의 도화선이 되었다. 다시 세월이 한참 흘러, 1943년 봄, 리볼버 권총의 총구가 다시 꺼런의 가슴을 노렸다. 브라우닝은 리볼버 권총을 발명할 당시, 자신의 영감이 세상에 그토록 많은 사건을 일으키게 될 것을 의식했을까?

꺼춘따오가 죽기 전 일에 대해 몇 마디 해야겠다. 현재 남아 있는 자료에 의하면, 젊은 시절 꺼춘따오는 확실히 캉요우웨이의 열렬한 추종자였다. 무술(戊戌)사변 이후, 그는 일본으로 도피했다. 망명 기간 동안, 그는 일본 교토에 있는 '후린 도서관'에서 상하이 출신의 처녀 린신이(林心儀) 여사를 알게 되었는데, 그 여자가 바로 아칭이 말한 지앙제처럼 생겼다는 여자이다. 그와 동시에 조우롱(鄒容)이란 소년을 한 명 더 알게 되었는데, 린신이와 조우롱(1885~1905, 중국의 혁명가)의 본적은 모두 쓰촨 성 빠 현인데, 일본에 자주 왕래하다 보니 조우롱 역시 그 기회로 꺼춘따오를 알게 되었다. 꺼춘따오를 알게 되면서 탄스통(譚嗣同)과도 교류를 했는데, 조우롱은 그 사람을 몹시 숭배했다. 1903년, 그들은 함께 배를 타고 일본에서 상하이로 돌아왔다. 그리고 그해 여름, 조우롱은 상하이에서 『혁명군』이라는 책을 출판하면서 청나라 정부를 무너뜨리자고 주장했다. 정부는 분개한 나머지 화를 내며 그를 잡아들이라고 명령했고, 조우롱은 할 수 없이 영국 영사관으로 피신했으며, 그와 연루된 것으로 주목받은 꺼춘따오는 린신이와 함께 항저우로 도피했다. 2년 전 후즈쿤은 차를 팔러 일본에 갔다가 꺼춘따오와 조우롱을 알게 되었다. 항저우에 도착한 뒤 꺼춘따오의 상황은 『차인(茶人)』(류친롱 지음, 1927년판 분류학사)이라는 책에서 대충 알 수 있다. 「항저우 차 모임」이라는 제목의 글에서 류친롱 선생은 다음과 같이 피력하고 있다.

조우롱 사건이 발생한 뒤, 춘따오 군은 마음에 두고 있는 예쁜 여자와 함께 항저우로 왔다. 그 당시 나는 즈쿤 선생 집에 머물고 있었기 때문에 춘따오를 알게 되었다. 하루는 후와 꺼가 후원에 있었는데, 밝은 달빛이 비추고 서늘한 바람이 불어오는 가운데 차 향기가 짙게 배어 나왔다. 춘따오 군이 조우롱에 관해 말했다. "위단(蔚丹, 조우롱의 호)은 지금 영국인들이 보호하고 있으니 그의 안전을 걱정할 필요는 전혀 없습니다." 내가 볼 때, 앞으로 양인(洋人)들이 이익에 눈이 어두워져 의리를 저버리게 되면 혹시 변고가 생길지 모르니 사전에 준비하는 것이 좋겠다고 말했다. 그러나 춘따오 군은 그럴 리가 없다며 대답했다. "영국, 프랑스, 미국 등이 위단을 보호하겠다고 말했으니 아무 일 없을 겁니다. 만약 영국인들이 실언한다고 해도 여전히 프랑스와 미국이 있잖습니까. 위단이 루소의 사상을 믿고 있으며 워싱턴의 도덕을 존중하고 있으니 절대로 수수방관하지 않을 겁니다." 즈쿤 선생 역시 옆에서 듣고 있다가 정세가 안정이 되면 자신이 직접 상하이로 가서 조우롱 군을 항저우로 데려오겠다고 말했다. 춘따오 군 역시 한마디 보탰다. "위단이란 사람은 아직 어린 남자이니,

그가 항저우에 오게 되면 우리들이 최선을 다해 그를 설득해 곧바로 결혼을 시키겠습니다." 훗날 나는 조우룽 군이 감옥에서 병사했다는 이야기를 학생들 사이에 떠도는 소문으로 들어 알았지만 실제 어떤 일이 발생했는지는 모른다. 마침 조균부지회삭, 혜고부지춘추(朝菌不知晦朔, 蟪蛄不知春秋)* 같은 시절이 아니었던가……

자료에 나와 있는 것을 보면, "조우룽 군이 영국 영사관으로 도피했을 때, 영국인들의 태도는 확실히 강경했다. 그들은 인권과 언론의 자유를 보호한다는 이유로 조우룽을 넘겨주는 것을 거절했다"(『군생보』 1903년 10월 15일). 그러나 날로 강력해지는 청나라 정부의 압력과 "사림 계층에서, 영국인들이 청나라 정부의 내정에 지나치게 억압적으로 간섭한다고 들고 일어나자"(잡지 『군언』 1905년 제13기), 영국인들은 할 수 없이 조우룽을 영사관 문밖으로 내보냈다. 조우룽은 곧바로 체포되어 수감되었다. 사료에 기재된 것을 보면, 그가 막 수감되었을 때, 지식 계층에서도 구명 운동을 한창 준비 중이었다. 그러나 얼마 후, 사람들은 이내 그 사건을 잊어버렸고 신문에서조차 그의 이름을 발견할 수 없었다. 사람들이 그 젊은이를 다시 상기했을 때는, 그로부터 2년이 지난 1905년이었다. 당시 열아홉 살이던 조우룽은 삐쩍 말라 감옥에서 병사했다.

조우룽은 사후에 예상과 달리 모두가 뜯어 먹고 싶어 하는 당승육(唐僧肉)**이 되었다. 그 당시 『군생보』는 그에 대해 시적으로 묘사했

* 『장자』 소요편에 나오는 구절. 아침에 자라나 저녁에 죽는 곰팡이가 초하루와 그믐을 알 리 없고, 한여름만 살다 죽는 쓰르라미가 춘추를 알 리 없다는 말.

** 『서유기』에 등장하는 전설로, 먹게 되면 불로장생한다는 스님의 살코기.

다. "나비의 표본은 나비를 보는 것보다 어렵다." 또 많은 정치 세력들은 조우롱의 죽음을 자기선전의 도구로 이용했다. 『혁명군』 역시 불법임에도 경쟁적으로 다시 찍어대기 시작했다. '쑨따파오'라고 불리던 쑨종산(孫中山)은 심지어 『혁명군』이라는 책 이름을 『생존을 위한 투쟁』으로 바꿔 싱가포르, 샌프란시스코, 일본 등지에서 발행하면서, 훗날 임시 대총통이 되기 위한 여론의 정비 작업을 미리 하고 있었다.

『차인』에 기재되어 있는 내용을 보면, 조우롱이 죽은 뒤 꺼춘따오는 『혁명군』의 각종 판본을 수집하기 시작했다. 『혁명군』이라는 책이 선풍을 일으키는 것에 대해, 그는 자신만이 기뻐하는 것이 아니라, 조우롱 역시 좋아할 것이라 여기면서, "만약 위단이 저승에서 알게 된다면 많은 위안을 얻게 될 것이다"(『차인』, 49쪽)라고 말했다. 어떤 사람은 그것을 보고, 꺼춘따오가 도서관을 세울 생각을 하게 된 것은 바로 『혁명군』의 각종 판본을 수집하는 과정에서 비롯된 것이라고 말했다. 만약 앞에서 이야기한 것이 맞다면, 꺼춘따오와 조우롱은 도서관에서 서로 알게 된 것이고, 그는 어쩌면 그것을 빌미로 조우롱과의 만남을 기념하기 위해 도서관을 세우려 했을지도 모를 일이다. 후즈쿤이 그의 계획에 대해 지지를 했는지 나는 알지 못한다. 그러나 그 일에 관한 후즈쿤의 태도는 문자로 기록된 것이 있다. 훗날 종뿌를 도와 『썬뿌보』를 창간한 황지스 선생은, 당시 『민보(民報)』의 편집자였는데, 그는 자신의 회고록 『반생연(半生緣)』(홍콩 비마 출판사, 1956년판)에서 다음과 같이 회고하고 있다.

> 춘따오 선생이 도서관을 세우자면 귀국한 차 상인의 찬조를 얻어

야 했다. 자고로 이기적이지 않은 상인이 없다고 했지만 그 사람은 달랐다. 그는 비록 자신을 Vieux-chinois(프랑스어로 중국인)라고 불렀지만, 말하는 것이나 행동거지는 서양인과 다르지 않았다. 도서관을 건립하면 공공기물이 되지만, 책을 보관할 장서고는 개인의 사물이라고 그는 말했다. 춘따오 선생이 옆에서 말했다. "도서관이나 장서고는 모두 책을 보관하는 것이 목적인데, 어떻게 구분하겠소? 전자는 공공의 사업이고 후자는 개인적인 사업이라니. 내 친구는 사적인 일을 초개처럼 여기며, 그런 행동을 실천하기란 쉽지 않은 것이오."

꺼춘따오는 도서관을 송후로에 세우려고 계획했다. 건축 기간에 상하이에 개인 장서고를 가지고 있는 판공밍(范公明)이라는 사람이 같은 분야에 종사하는 사람으로서 찾아와서 축하해주었다. 더욱이 그는 자신이 아끼던 "장서천고사, 득실촌심지(藏書千古事, 得失寸心知)"*라는 묵보(墨寶)를 가지고 찾아왔다. 판공밍도 일본에서 유학을 했으며 자칭 닝뽀(寧波)의 '천일각' 장서루의 주인 판친의 6대손이라고 말했다. 최근에 와서야 어떤 사람이 그가 판친과 아무런 관계가 없다는 것을 밝혀냈다. 단지 수많은 판친의 숭배자 중 한 명일 뿐이라는 것이다. 그는 꺼춘따오에게 축하 인사를 하는 동시에 꺼춘따오의 계획을 무산시키기 위한 방법을 마음속에 그리고 있었다.

물론 꺼춘따오를 따라 항저우에 찾아온 사람은 판공밍만이 아니라 또우니엔칭이라는 청부살인업자도 있었다. 근년에 어떤 사람이 망문생의(望文生義)**하면서, 고증을 통해 또우니엔칭이 또우스종과 친족

* 두보의 「우제(偶題)」에 등장하는 대목으로 "문장은 천고에 썩지 않으니 그 이해득실은 내 마음과 같구나"라는 의미를 지님.

관계라는 결론을 내렸다. 현재까지 그들이 제공했던 자료는 여전히 불완전하기 때문에 이곳에서도 굳이 제시하지 않겠다. 지나가는 길에 말하면, 또우니엔칭은 꺼춘따오 암살 사건 이후 다른 사건에 연루되어 정체가 발각되었다. 1913년 3월 20일, 또우니엔칭은 상하이 기차역에서 발생한 송자오런(宋教人) 암살 계획에 참여했다. 그 후, 송자오런 암살 사건의 수사가 폭넓게 진행되면서 또우니엔칭은 국민당 정부 기관에 의해 체포되었다. 한쪽 실 끄트머리를 찾고 나니까 실타래 전체가 술술 풀렸다. 심문을 받는 동안, 그는 꺼춘따오 암살 사건에 관해서도 솔직히 진술했다. 그러나 그것은 이미 1920년의 일이다. 다음은 당시 또우니엔칭이 진술한 내용인데, 희한한 것은 그 사람이 놀랍게도 조우롱의 숭배자였다는 것이다!

> 저 역시 늙은 혁명가입니다. 일본 유학 당시 혁명의 길로 접어들었지요. 당시 제가 가장 존경하던 사람은 페로프스카야(러시아의 무정부주의자로 황제를 피살한 혐의로 27세에 교수형을 당함)이고, 요즘 제가 숭배하는 인물은 조우롱입니다. 그 사람은 비록 예술과 문학을 좋아했지만, 그러나 사실은 강직한 사람으로 조금 과장해서 표현하자면 빗발 속에서도 소리를 내며 날아가는 화살이었죠.
>
> 일본에 있을 때, 저는 암살단에 가입해 나중에 기회가 있으면 자희태후를 암살할 계획을 세웠습니다. 페로프스카야를 모방해서 암살단원들은 모두 하얀 장갑을 끼었습니다. 장갑을 벗을 때는, 반드시 손가락 순서대로 벗었는데 매우 신기했죠. 당시 화학자 한 사람이 광

** 문자 속에 숨어 있는 깊은 뜻을 정확히 이해하지 못한 채, 표면상의 표현을 억지로 끼워 맞추며 불확실한 결론을 내리는 것.

저우에서 찾아와서 우리 단원들에게 폭탄 제조 방법을 가르쳤습니다. 귀국한 뒤 저는 또 우위에라는 사람을 알게 되었습니다. 그 사람은 바둑을 잘 두었죠. 싸우고, 위협하고, 양쪽에서 에워싸고, 겁탈하고, 쳐들어가고, 끊고, 조이며, 압박하고, 젖히고, 잡아먹고 하는 것이, 바둑을 보면 한 수 한 수가 모두 피를 보는 싸움이라고 했습니다. 훗날 그는 청나라 대신을 향해 폭탄을 던졌지요. 대신들은 한 명도 죽지 않았지만 그 사람은 갈가리 찢겨 죽었습니다. 그 일을 벌이기 전에 그 사람이 유언을 남겼는데, 어떤 특정 인물을 대상으로 거사를 벌이는 게 아니라, 이번 거사로 인해 조정에서는 더욱 강력하게 대처할 것이고 결국 무고한 사람들을 함부로 죽일 것인데, 그렇게 되면 민중들이 더욱 반기를 들게 될 거라고 말했죠. 공은 세게 찰수록 더 멀리 날아가니까.

우위에의 격려에 힘입어 저는 단독으로 암살을 시작했는데, 환속한 중처럼 고기와 비린내 나는 생선을 먹지 않다 보니 위장이 즐거울 수가 없었지요. 솔직히 말하면 저는 쉬시린을 찾아 안칭에 갔던 적도 있습니다. 쉬시린은 두 가지를 몹시 아꼈는데, 하나는 총이었고, 다른 하나는 세 치밖에 되지 않는 부인의 전족이었죠. 그에게 접근하기 위해 저는 화려하게 수를 놓은 세 치 신발을 선물로 준비해 갔습니다. 저는 일이 성공하고 나면 반드시 그 세 치 전족을 쓰다듬어보아야겠다고 생각했습니다. 그러고 나서 쉬시린을 찾아서 그에게 의지했는지 물어보려고 했죠. 어떤 사람이 저에게 은전를 주면서 그의 목숨을 가져오라고 했죠. 은전이 누구 손에서 흘러나왔는지 저는 자세히 모릅니다. 저는 단지 중개인의 손에서 건네받았지요. 그해 6월(1907년 6월), 안칭에 도착해 기방에서 놀다가 그만 좋은 기회를 놓쳤습니다. 재차 그에게 접근하려고 기회를 노리고 있는데, 그에게 사고가 발생했고, 심장마저 끄집어내서 다들 구워 먹고 난 뒤였죠. 일은 성사시키지 못한 채 돈을 모두 써버린 겁니다. 중간에 나섰던 사람이 저를 찾아와 돈을 내놓으라고 말했죠. 제가 말하기를, 손을 쓰기 전에 그 사람이 죽었지만 어쨌든 당신이 바라던 대로 된 것 아니오? 그렇게 말했죠. 젠장, 그 사람 말이, 쉬 씨가 죽은 것은 당신 공로가 아니니 돈은 반드시 돌려달라는 거였죠. 저는 너무 기가 막혀 아예 그 작자를 죽이려고 마음먹었습니다.

그리고 꺼춘따오도 제가 죽였습니다. 이번에는 의뢰자가 직접 저를 찾아왔습니다. 그의 성은 판(範)인데, 마오판(模範)이라고 말할 때의 판입니다. 저는 그에게 무엇 때문에 꺼춘따오를 죽이려는 것인지 물었지요. 그가 말하기를, 가정에는 그 집안의 식구들이 지켜야 할 도리가 있고, 사업에는 사업하는 사람들끼리 지켜야 할 도리 같은 것이 있는데, 꺼라는 인간이 도리나 규칙을 깨뜨렸다는 것이었죠. 그는 제게 외지에서 꺼춘따오를 죽여달라고 요구했습니다. 하, 상하이에서 일을 처리한다면 훨씬 쉬울 텐데. 그러나 그는 반드시 내가 상하이를 떠나서 처리해야 한다고 말했습니다. 잔소리 말라고요! 선생께서는 제가 군소리가 많다고 하시는데, 그 인간은 저보다 훨씬 군소리가 많았지요. 꺼춘따오는 항저우의 꺼링이라는 곳을 자주 찾아갔습니다. 꺼런이 그곳에서 일을 하고 있었거든요. 그가 항저우로 돌아가기 전 저는 그보다 한 발 앞서 항저우로 갔습니다. 젠장, 이런 일을 하는 사람은 매사에 호기심이 많으면 안 되는데, 저는 당시 나이가 어려서인지 호기심이 많은 게 단점이었죠. 항저우에 있는 찻집에서 그를 막 손보려는데, 갑자기 그자가 친구와 『혁명군』이라는 책에 대해 이야기 나누는 것을 들었죠. 영문판인데 그 작자 이야기가 내일 손에 넣을 수 있다는 것이었습니다. 『혁명군』은 조우룽이 지은 책으로 저 역시 몹시 좋아해서 이미 여러 종류의 판본을 갖고 있었지만 영문판만 없었지요. 저는 잠시 마음속으로 생각했죠. 하루 더 기다렸다가 그가 책을 받으면 그때 책과 함께 취하는 것이 어떨까? 그런 생각을 하고 있는데 그자가 친구와 웨이웬(魏源)*이 저술한 프랑스어판 『해국도지(海國圖志)』에 관해 이야기하는 것을 또 들었어요. 『해국도지』는 일본에서 더욱 선풍적 인기를 얻는 책으로, 저 역시 여러 차례 읽은 적이 있습니다. 그 책 속에 "사이지장기(師夷之長技)"**라는 명언이 나오지요. 그 말은 참으로 심오하고 묘한 말인데, 묘하다고 말한 건 바로 저 때문입니다. 제가 바로 "사이지장기"의 주장에 따라 리볼버 권총을 갖고 놀기 시작했으니까요.

하루를 더 기다리고 보니 생각지도 못하게 그를 다시 만나기가 어려웠죠. 그러나 이미 다른 사람의 돈을 받았으니 반드시 신용은 지켜야 했습니다. 저는 할 수 없이 항저우에서 잠복하고 기다렸습니다. 뜻있는 사람에게 기회가 온다고 며칠 지나고 나서 저는 꺼링에서 다시 그를 만날 수 있었지요. 꺼링에는 보리수나무 숲이 있는데 마침 꽃이 한창 피어 있었습니다. 저는 보리수나무 위로 올라가 숨었습니다. 비록 나뭇잎이 얼굴을 찔러댔지만 그래도 저는 몹시 기뻤습니다. 저는 검지손가락을 춘잠***처럼 방아쇠에 바짝 붙인 채 그가 찻집에서 나오길 기다렸죠. 대략 한 시간이 지나자 그가 마침내 밖으로 나

* 청나라의 저명한 사상가.
** 서양의 선진 문물을 배워 익힌 뒤 서양인들을 몰아내자는 사상.
*** 봄에 키우는 누에.

왔습니다. 그때 저는 기회를 놓치지 않았지요. 리볼버의 탄환이 보리수 가지 사이를 뚫고 튀어나가자 꺼춘따오가 얼굴을 하늘로 향한 채 쓰러졌습니다. 양쪽 끝이 모두 단 사탕수수 줄기가 어디 있나요? 그렇게 일은 말끔하게 처리했지만 저 역시 영광의 상처를 얻었지요. 나무 위에서 내려올 때 이마를 나뭇가지에 부딪치며 살점이 한 점 떨어져 나갔습니다. 나 원 참, 마치 태어날 때부터 갖고 있던 반점처럼 지금까지 흉터가 남아 있습니다.

후안은 자신이 죽게 되면 송후로 도로가에 있는 숲에 묻어달라고 꺼춘따오에게 유언을 남겼다. 그곳은 그가 세우던 도서관과 지척의 거리였다. 그가 죽고 나서 도서관을 세우는 일은 린신이(林心儀) 여사가 맡게 되었다. 일 년 후 린신이 여사가 고민하던 끝에 죽게 되자 도서관을 세우는 일은 마치 한 줌의 연기처럼 사라진 공중누각처럼 사람들의 기억 속에서 잊혀져버렸다.

@ 혁명의 우애

신양에 막 도착했을 때 나를 완벽하게 개조하겠다며 사람들이 환영회를 열어주었소. 시내에서 환영회를 마치고 나자 마음은 곧 노개대로 날아갔지. 내가 잘 아는 사람 한 명이 작년에 그 차 농장으로 왔다는 소리를 듣고 나는 한시라도 빨리 그 사람을 만나고 싶었소. 그러나 그곳에 도착하고 보니 그 사람이 죽었다더군. 나는 머리가 핑 돌아 반나절이나 정신을 차리지 못했소. 그 일을 다른 사람의 입장이 되어 생각해보자면, 꺼런이 그 멀리서 달려와 겨우 죽은 아버지 시신을 만났으니 그의 마음이 어떻겠소? 그렇지만 꺼런은 특별한 인물이라 그의 비통한 마음을 곧바로 또 다른 열정적 생활 속에 쏟아부었소.

그렇소, 부친의 장례식을 마친 다음 꺼런은 칭껑으로 돌아가지 않았소. 그는 매일같이 후 씨 집에 머물며 책을 읽고 그림을 그렸소. 맞소, 열정적 생활 속에 빠져들었다고 한 것은 바로 공부에 빠져든 것을 말하는 거요. 당시 빵잉에게 쉬위성(徐玉升)이라는 가정교사가 있었는데, 그 사람이 꺼런의 그림에 깊은 관심을 갖고 수시로 칭찬을 아끼지 않았지. 쉬라는 사람은 이전에 꺼춘따오의 친구였고, 꺼춘따오가 도서관을 설립하려고 할 때 찬조금도 보탰소. 꺼런은 쉬위성과 하루 종일 붙어 있었고, 종종 함께 여행을 하기도 했소. 당시 빵잉은 언제나 그들을 따라다니며 함께 시간을 보냈고. 똥파리처럼 따라다녔냐고? 당신 말이 맞소. 나 역시 똥파리처럼 늘 그들을 쫓아다녔지.

모두 보았을 거 아니오? 내가 헛소리하는 것 같소? 나와 꺼런의 혁명 우애는 바로 그 당시부터 쌓기 시작한 거란 말이오. 꺼런은 내가 자기를 따라다니게 내버려두었을 뿐 아니라, 내게 글을 가르쳐 책을 읽게 해주었소. 동지들, 지금은 봉건주의를 무너뜨린 데다, 제국주의 역시 꼬리를 감추고 달아났으며, 심지어 미국의 뒷마당인 라틴아메리카마저 불이 붙었으니, 이제 동지들은 독서의 무용론을 마음껏 주장할 수 있을 거요. 그렇지만 당시는 제국주의자와 봉건주의자들이 백성들의 머리 위에 똥오줌을 갈겨대고 있어서 책을 읽지 않으면 안 되었단 말이오. 나는 내 이름을 쓰는 것부터 배웠소. 난 당시 여전히 물정을 잘 몰랐기 때문에 아무것도 배우고 싶지 않다고 말했지. 내 이름을 쓰지 못해도 나는 아칭이고, 이름을 쓸 줄 안다고 해도 아칭일 뿐 아니라, 손가락이 여섯 개라도 가려운 것을 해결할 수 없는데 하나 더 있다고 무슨 소용이 있냐고 말했소. 그러자 꺼런이 하는 말이, 배우지 않는다면 저녁에 밥을 먹지 말라는 거였소. 내가 왜냐고 물었더니 꺼런이 하는 말이, 어차피 똥으로 싸버릴 것이니 아예 먹지 말란 거였지. 나는 먹지 않으면 굶어 죽는다고 말했소. 꺼런이 말하기를, 네가 지금 죽는 것도 죽는 것이고, 장래에 죽는 것도 죽는 것인데 지금 죽으면 어떠냐고 했소. 그 사람이 얼마나 사려가 깊은지 보시오. 결코 형식적인 사람이 아니오. 당신들도 보다시피 내가 더 이상 공부를 하지 않고 배겨낼 수 있었겠소? 열심히 공부할 수 있도록 나를 격려하기 위해 그가 말하기를, 공부하고 있는 한 나는 오전 여덟시나 아홉시의 해처럼 희망적이고, 모든 희망이 내 어깨에 달려 있다고 말하는 거였소. 당신에게 거짓말하는 거라면 나는 개새끼요. 내게 글을 가르치는 것 외에 그는 영어도 가르쳐주었소. 왜 내게 영어를 가르쳐주었을까, 생각해보면 사실 아주 간단한 이유가 있소. 마오 주석이 말한 것처럼 15년 후에 미국과 영국을 초월하기 위해서였지. 동지들, 이는 정말 엄청난 일이오. 건성으로 들으면 안 되지. 만약 따라잡지 못하게 된다면, 우리는 지구상에서 쫓겨나는 신세가 되는 거요. 당신 말이 맞소. 우리는 벌써 따라잡았지. 제기랄, 30년은 강의 동쪽에서, 40년은 강의 서쪽에서 쫓기다가, 지금은 거꾸로 그가 쫓겨나게 될 판이지. 이런 식으로 말하면 되겠소? 좋소, 그럼 내가 계속 이야기를 하지. 한동안 공부를 하고 나니까 심지어 후안까지도 내가 똑똑하다고 칭찬을 하는 거요. 그것은 내가 열심히 공부를 해서가 아니라, 기차가 빨리 달릴 수 있는 것은 모두 기관차 덕인 것처럼 당연히 꺼런의 공로라고 나는 말했소. 그리고 다시 세월이 흐른 뒤, 심지어 외국인들마저 엄지손가락을 치켜세우며 내가 영어를 아주 잘한다고 칭찬하는 거였소. 그들은 두 명의 목사였는데, 키가 큰 사람의 이름은 빌이고, 키가 작은 사람의 이름은 엘리스였소. 그들 두 사람은 모두 염소처럼 수염을 기르고 있어서 『라오산편(老三篇)』에 나오는 바이치우언(白求恩)과 비슷해 보였소.

목사들과 함께 한 처녀가 왔었소. 말할 필요도 없이 그녀는 오자마자 뼁잉과 친구가 되었지. 그녀는 매우 날씬한 몸매에 하얀색 치마를 입고 머리는 귀에 닿을 듯 말 듯 짧게 자른 단발머리였소. 그녀는 뼁잉보다 나이가 몇 살 많았는데 늘 뼁잉과 함께 후원에서 술래잡기를 했지. 가정교사인 쉬위성이 그녀들의 사진을 참 많이 찍어주었지. 내가 똑똑히 기억하는데, 어떤 사진에서는 두 여자가 모두 목에 스카프를 두르고 한 무더기의 꽃 주위를 돌며 춤을 추고 있었소. 도리상으로 말하자면, 여자아이들이 노는 데 내가 끼어들어서는 안 되지만, 여성 동지들과 화합하기 위해서 나는 그들과 함께 어울렸지. 후원에서는 치자나무와 부상(扶桑)나무 그리고 알로에를 재배하고 있었는데, 한번은 뼁잉이 알로에 가시에 다리를 긁혀 염증이 생겼지. 의사가 와서 뼁잉의 상처를 치료해줄 때, 그녀는 문간에 앉아 두 손으로 십자가를 그리며 합장한 채 입으로는 무슨 주문을 외워댔소. 서양 보살에게 기도를 하는 것이었는데, 서양 보살이란 바로 하나님을 말하는 거요. 그렇소, 마르크스가 말한 적 있지. 종교는 정신의 아편 같다고 말이오. 그렇지만 그녀들의 나이가 아직 어려서 아직 그 같은 이치를 알 리 없었지. 나는 훗날 종종 그녀를 떠올렸소. 내 기억으로는 그녀는 두 명의 목사와 함께 항저우에 유아원을 세우고 싶어 했지만 나중에 일을 성사시키지는 못했소. 외국에서는 보살을 보살이라고 부르지 않고 예수라고 부른다는 것을 그녀 때문에 알게 되었소. 그리고 예수가 남자라는 것까지도 알았소. 동지들, 그는 사실 우리들과 똑같은 녀석이오.

& 첫사랑(初戀)

꺼런은 항저우에서 2년 동안 머물렀다. 그 기간의 생활에 관해서 우리는 먼저 꺼런의 자술을 살펴볼 필요가 있다. 1929년 꺼런이 상하이에서 루쉰과 서로 주고받은 서신의 내용은 다음과 같다.

예전에 보았던 항저우는 합죽선 위에서 본 게 전부였죠. 쉬위성(徐玉升)이라고 불리는 선생이 칭껑으로 와서 부친을 만나러 항저우로 가자고 했지요. 그는 합죽선을 지니고 있었는데 부채 위의 그림이 곧 시후(西湖)*였어요. 그 양반이 말씀하기를 시후는 여전히 인간 세계의 천당으로 불리므로 저를 데리고 천당으로 들어가는 셈이라고 했습니다. 합죽선 위에 그려진 시후는 인두 같은 것으로 지져서 그린 것 같았습니다. 환비연수(環肥燕瘦)** 같은 모습인데, 어찌 보면 흡사 미녀가 깨진 기와와 자갈 위에서 춤을 추는 모습 같기도 했습니다.

항저우에 도착해 부친의 장례식을 다 치른 뒤에 저는 거기 남았고, 쉬위성 선생이 늘 저와 뻥잉을 데리고 시후 호숫가에서 바람을 쏘이곤 하셨죠. 그러나 시후 호숫가 주변에 오래 머물면 머물수록 점점

* 항저우에 있는 아름다운 호수.

** 양귀비는 양귀비대로 약간 통통하지만 몹시 아름답고, 조비연은 수척하지만 제비처럼 날렵하고 예쁜 것처럼 제각각 아름다운 데가 있다는 말.

더 친근해지지 않을 수 없을 것 같았지요. 시후는 사람을 미혹에 빠뜨리는데 만약 유혹되고 나면 당신은 곧 달아나고픈 생각이 들 겁니다. 시후는 눈을 즐겁게 하지만 되레 마음을 기쁘게 해주진 못합니다. 시후는 마치 화려하게 단장한 여인 같아서 손을 맞잡고 멋진 연회장으로 들어갈 수는 있지만, 결단코 한마디로 애간장을 태우는 연인은 될 수 없지요. 괴이하지요. 정말 괴이하지요. 저는 되레 시후에 미혹당하고 있었으니까요. 시후는 여름에도 여전히 공중에 눈발이 흩날리고, 겨울에는 꽃이 만발하고, 가을에는 훈풍이 불며, 봄에는 낙엽이 흩날리지요. 시후는 한 수의 한시인데, 그것은 압운을 무시한 시였습니다. 노를 젓기 시작할 때, 튀는 물방울은 마치 부드러운 손가락으로 아쟁의 현을 튕기는 듯한데 그 소리를 들어보면 참으로 애절합니다.

뻥잉은 왜곡된 항저우 여인이기 때문에 항저우에 대해서 무척 생소해서 칭껑 사람인 저보다 잘 몰랐지요. 저와 그녀는 종종 함께 시후 주변에서 노닐며 꺼링을 오르곤 했지요. 그녀는 그토록 작고 귀여워서 보는 사람으로 하여금 느닷없이 애잔한 정을 갖게 만들었습니다. 한번은 그녀가 제게 버들피리를 건네주었는데 쉬위성 선생이 그것을 보고 「정녀(精女)」*라는 시 한 수를 낭송했습니다. "드넓은 풀밭에서 띠풀을 선물받으니 진실로 아름답구나. 네가 아름다운 것이 아니라 아름다운 미인이 선물한 것이기에 아름답다네." 뻥잉이 그 의미를 이해하지 못한다고 여겼기에 쉬 선생은 소리를 드높여 그 시를 읊었는데, 제 생각으로는 틀림없이 얼굴이 온통 붉어졌을 겁니다.

---

* 우아하고 정숙한 처녀.

어떤 논자가 말하길 앞의 문장 속에 꺼런의 사상적 고민이 충분히 표현되어 있고, 이것이 그가 나중에 일본으로 건너가게 된 원인이라는 것이다(『꺼런 연구회 간행물』 제2집). 그러나 나는 되레 꺼런의 이런 낭만적 기질 때문에 2년간 항저우에서 머물렀던 시절이 그의 생애에 유일하게 행복했던 시절이라고 여긴다. 첫사랑보다 사람을 더 미혹에 빠뜨리게 만드는 것이 있던가?

꺼런을 항저우로 데리고 왔던 쉬위성 선생은 저장 성(浙江省) 시코우(溪口) 사람이다. 그 역시 꺼춘따오가 일본에서 망명 생활을 할 때 사귀게 된 친구이다. 바로 그런 이유 때문에, 그는 친히 칭껑으로 찾아가 꺼런을 항저우로 데리고 와서 그들 부자간의 최후의 만남을 주선해준 것이다. 그리고 그는 나중에 「후심팅(湖心亭)*의 설경」이라는 문장을 한 편 쓰게 된다. 그 글 속에 꺼런과 뻥잉 그리고 아칭이 언급되어 있다. 쉬 선생의 문장은 반은 문어체였고 반은 백화체였으며 중국적이면서도 동시에 서구적인 표현을 하고 있어서 시대가 선명하게 각인되어 있었다. 예를 들어 쉬 선생은 꺼런을 '아(阿)R'이라고 칭하고 아칭은 '아(阿)Q'라고 칭했으며 뻥잉은 '아(阿)Y'라고 칭했다.

> 눈이 멎고 날이 갠 밤, 휘영청 밝은 둥근 달이 떠올랐을 때 아R과 아Q 그리고 아Y가 시후로 놀러 나갔다. 세 사람이 곧바로 돌아와 내게 함께 배를 타러 가자고 했는데 그때 처음으로 시후 호수에서 배를 탄 것이다. 아R은 아직 약관에 못 미치지만 그 재능과 지혜가

* 항저우 시후의 섬에 있는 정자 이름.

평범하지 않았다. 아Q는 머리를 땋아서 아래로 늘어뜨린 아직 어린 아이였고, 아Y는 집안에서 가장 나이 어린 철부지였다. 9시쯤 되었을 때, 조각배를 타고 후심팅의 설경을 구경하러 갔다. 작은 조각배는 칠판자(七板子)라고도 불렸는데 더할 수 없이 아름다웠다. 배 안의 격자 창틀은 심혈을 기울여 조각한 흔적이 역력하고 더군다나 유리창은 꽃무늬로 장식되어 있었다. 배 앞에는 난간이 설치되어 있고, 그 난간은 둥글게 생긴 지붕을 떠받치고 있었는데 지붕 밑에는 화려한 조명등이 걸려 있어서 마치 만추에 잘 익은 과일이 주렁주렁 달려 있는 듯하고, 또 어찌 보면 운무 속에 피어나는 연꽃 봉오리 같았다. 선창에 서서 호수 양쪽 기슭의 경치를 둘러볼 수 있었다. 그 시각에는 하늘과 산이 서로 교접하고 구름과 물이 서로 마주치며 시후를 가로지르는 긴 제방이 군데군데 가려지고 작은 정자가 가물가물 보였다. 아R과 아Y가 앞쪽 선창에 서서 경관을 둘러보고 있고, 아Q는 선후에서 물장난을 하고 있었다. 나는 홀로 선창에 누워 술을 홀짝거리며 혼자 즐기고 있었다. 유유자적 노 젓는 소리는 마치 구름이 느릿느릿 흘러가는 소리 같았다. 취기가 몽롱하게 오르는 것이 흡사 수면 위에 잔잔한 파문이 이는 듯하구나.

제방을 연결하고 있는 둥그스름한 다리를 지나자 홀연히 간드러진 노랫소리가 들려왔다. 다리를 구성하고 있는 벽돌이 마치 시커먼 돌처럼 보이는 것이 장구한 세월을 버텨왔음을 사람들에게 보여주고 있었다. 부드러운 옥구슬 구르는 듯한 노랫가락이 나에게 감사의 뜻을 표시하도록 감흥을 일으켰다. 화려하게 장식한 놀잇배 한 척이 다리 바깥에서 그림자를 드리운 채 어둠 속에서 조용히 움직이고 있었다. 그때, 갑자기 노랫소리가 멈췄다. 선주가 말하기를 쑤샤오샤오

(蘇小小, 육조 시대의 저명한 기녀)가 다시 태어나 노래를 부르는 것이라고 했다. 아R이 불쑥 중얼거렸다. "오호라! 쑤 집안의 소녀 이름은 오래전부터 들어왔는데, 바람결에 흔들리는 버들가지와 별반 다름없네. 쑤 집안의 가냘픈 버드나무는 아름다움을 가득 머금은 듯한데, 악비(岳飛)*의 묘 앞 커다란 푸른 소나무는 꿋꿋하게 충성을 간직하고 있구나." 화려하게 장식한 놀잇배의 갑판 위에는 과연 두 눈을 짙게 화장한 여자 한 명이 올라가 있었다. 술을 마시며 노래를 듣는 기분이 어떻겠는가. 밝은 달은 높이 걸려 있고 마음은 한없이 평온해졌다. 나는 아R에게 화려한 배 위에 있는 여자를 불러 함께 술을 마시자고 했다. 아R이 말했다. "쑤샤오샤오는 평범한 기생이 아니라 저잣거리의 소문난 여자인데다 내 마음속에 성스러운 부호처럼 새겨진 사람이므로 나는 그녀의 노래를 들으며 마음속으로 그녀의 모습을 그리는 것으로 족합니다." 그러고는 아Y의 손을 잡고 선창 안으로 들어갔다.

결국 아R, 아Q, 아Y는 칠판자 배 위에 남아 있었다. 후심팅에 이른 다음 털옷을 끼어 입고 화롯불을 끌어안은 채, 아Q에게 술을 가져오게 한 다음 술에 잔뜩 취해 돌아왔다.

시코우 사람 쉬위성, 갑인년 겨울(1914년) 끝.

쉬위성 선생에 관해서는 이 책의 뒷장에서 여러 차례 거론하게 될 것이다. 나중에 그는 홍콩으로 건너가서 『이징(逸經)』이라는 잡지를 편집 출판했다. 앞에서 설명한 것처럼, 1943년 초 뻥잉은 바로 그 잡지에서 꺼런의 시 「찬또우화」를 읽게 되었고, 그로 인해 상하이에

* 남송 시대의 충신

서 총칭(重慶)으로 찾아가게 된 것이다. 쉬위성 선생은 나중에 『쳰탕몽록(錢塘夢錄)』 한 권을 저작했다. 「후심팅의 설경」이란 작품은 바로 『쳰탕몽록』에서 발췌한 것이다. 책의 전면에는 뻥잉과 꺼런, 아칭이 함께 찍은 사진이 수록되어 있다. 나는 그 사진 속에서 나의 고모할머니를 발견했는데, 아칭이 설명한 것처럼 빌과 엘리스 목사와 함께 항저우로 찾아왔다는 바로 그 아가씨였다. 사진 위에서 아칭은 맨 앞줄에 무릎을 꿇고 앉아 과피 모자를 쓰고 있었는데, 카메라 렌즈를 대하는 표정이 약간은 수줍어하는 듯했다. 뻥잉은 회백색의 우의를 착용하고 있었고 부츠를 신고 있었으며 체크무늬의 스카프 한쪽이 우의 바깥으로 노출되어 있어서 그녀 특유의 매혹적이고 아리따운 모습을 드러내고 있었다. 꺼런은 뻥잉 가까이에 서 있었는데, 카메라 렌즈를 쳐다보고 있는 것이 아니라 흡사 다른 곳에 시선을 빼앗긴 듯한 모습이었다. 그의 시선을 따라가 보니 그곳에는 한 무더기의 깨진 기와와 자갈 더미 같은 것이 있었다. 나의 고모할머니는 바로 그 깨진 기와와 자갈 더미 위에 서 있었다. 고모할머니는 품에 갓난 여자아이를 한 명 안고 있었다. 고모할머니가 나에게 알려준 바로는 항저우 거리에서 버려진 아기 하나를 주워왔었는데 나중에 불행하게도 요절해버렸다는 것이다. 그녀의 뒤로 한 무리의 하얀 거위가 시골 동네 안에서 시원스럽게 걸어 나오고 있었다. 마침 아칭이 설명했던 것처럼, 고모할머니는 당시 백색 치마를 입고 있었으며 귀까지 내려오는 단발을 하고 있었다.

꺼춘따오가 피살되었다는 소식을 듣고 고모할머니는 일부러 항저우까지 찾아왔던 것이다. 그러나 고모할머니가 너무 늦게 도착한 바람에 꺼춘따오의 시신은 보지 못했다. 훗날 그녀가 내게 말하기를 두 목사가 한담을 나눌 때 우연히 꺼런이 그녀의 쌍둥이 형제라는 것을 알게 되었다는 것이다. 항저우에서 그녀는 약 반년 동안 머물렀다. 그 시절 그녀는 이미 꺼런과 뻥잉이 서로 사랑하는 사이라는 걸 알게 되었다. 꺼런과 뻥잉이 서로를 보는 시선을 통해 고모할머니는 두 젊은이가 첫사랑을 하고 있다는 것을 알게 되었다.

그들의 첫사랑에 관해서는 아무래도 뻥잉에게 직접 듣는 것이 가장 좋은 방법일 것이다. 안토니 스웨이트의 책 『절색(絶色)』 안에 기록된 바로는, 뻥잉이 꺼런을 사랑하고 있다는 것을 충분히 느끼고 있다고 고백하고 있으며, 그 시기는 바로 꺼런이 일본으로 떠나기 전날이었다.

> 심지어 뻥잉 역시 꺼런이 언제부터 그녀를 사랑하게 되었는지, 또 그녀 자신이 언제부터 꺼런을 사랑하게 되었는지 분명하게 알고 있지 못했다. 그녀가 말했다. "그가 항저우를 떠나 일본으로 건너가려고 할 때, 나는 비로소 이미 그를 떠날 수 없다는 걸 알았으며, 놀랍게도 소녀의 수줍음도 잊은 채 그를 꼭 끌어안고 놓아주지 않으려고 했어요. 바로 그전까지만 해도 우리는 단지 죽마고우처럼만 여기고 있었거든요." 뻥잉 여사의 이야기는, 꽃봉오리였던 그녀 자신이 어떻게 해서 만개한 꽃송이가 되었는지 모르겠다고 다른 사람들에게 습관처럼 말하듯이 그렇게 들렸다. 청년기의 연애는 나뭇가지 위의 이슬방울 같다고 나는 뻥잉에게 말했다. 그것은 공기 속에서 가장 촉촉한 부분들이 응집되어 만들어진 것이며 또한 시간이 지남에 따라 햇빛이 변화하듯 세월이 지나면 여러 가지 다양한 색채를 띠게 된다. 내가 이슬방울이란 말을 꺼냈을 때 뻥잉 역시 피식 미소를 지었다.

그녀는 분명히 그런 이야기를 알고 있었던 것이다. 그런데 나는 그들의 첫사랑을 묘사할 방법이 없었는데, 그것은 마치 내가 고상하고 운치 있게 이슬방울을 표현하지 못하는 것과 비슷한 이치다. 이슬을 얼마나 고상하고 운치 있게 표현하는가 하는 문제는, 제아무리 기술이 뛰어난 카메라맨이라도 과연 얼마나 많이 포착할 수 있는가에 달려 있으며, 또 얼마나 누락시키느냐에 달려 있게 마련이다.

뻥잉의 설법은 이어서 진술하는 아칭의 대화 속에서 검증된다.

@ 일본으로 간 꺼런

그 당시 나는 꺼런과 뻥잉이 영원히 헤어지지 못할 것이라고 여겼소. 그런데 예상 밖으로 그가 그렇게 빨리 일본으로 가버릴 줄은 몰랐지. 이치상으로 말하자면, 나는 당연히 그를 붙잡고 계속 나를 교육시켜달라고 요청해야 했는데, 그러나 나는 결코 에고이스트가 아니기 때문에 그를 가로막지 않았소. 그 사람이 왜 일본으로 갔냐고? 그런 것까지 묻소? 당연히 나라를 구하고 백성을 구하는 진리를 얻기 위해서였지. 당신 말은 그러니까 어째서 그가 의학을 공부했느냐, 그런 뜻이오? 그것은 모순이 아니지. 의술을 배우는 것이 바로 나라를 구하고 백성을 구하는 길 아니오? 안 그렇소?

일본으로 가는 여비는 후안이 건네주었소. 나와 후안 그리고 뻥잉은 상하이까지 가서 그를 배웅했소. 사실 뻥잉 역시 애초부터 가려고 했지만 후안이 확답을 해주지 않았소. 뻥잉은 짜증을 냈지. 그녀는

"마오 주석이 말씀하시길, 시대가 달라져 남녀는 모두 동일하니 아녀자도 이제 하늘의 절반을 떠받칠 수 있는 존재가 되어야 한다고 했는데, 어째서 저를 가지 못하게 막느냐"고 떼를 썼소. 그녀가 끝까지 떼를 쓰자 결국 후안이 항복하고 말았지. 가도 되지만 일 년 후에 가야만 한다고 말이오. 꺼런이 일본에서 근거지를 마련하고 확실하게 자리를 굳히게 되면 그때서야 너를 보낼 것이라고 후안이 대답했소. 상하이에 도착한 뒤 뻥잉이 다시 문제를 일으켰지. 꺼런을 끌어안은 채 매달리며, 자신은 물고기 신세라서 물을 떠나면 생존할 수 없고 씨앗을 뿌리지 않고서는 참외를 딸 수 없다고 뻥잉이 말했소. 꺼런 동지는 얼마나 수줍음을 많이 타는지 그 말을 감당하지 못하고 얼굴이 관공(關公)*처럼 벌게졌지.

& 대정환호(大貞丸號)

나의 고모할머니가 일찍이 말씀하시기를, 목사 두 분과 함께 항저우를 떠난 지 얼마 되지 않아서 꺼런이 비명횡사할 뻔했다는 소식을 들었다는 것이다. 나중에 나는 황옌이 펴낸 『백 년 간의 꿈을 회고하며(百年夢回)』라는 책 속에서 이와 관련된 내용을 보았다. 마침 내가 이 책의 제1부에서 제기했던 것처럼, 얼리깡 전투를 최초로 보도한 사람은 황옌으로 꺼런과 판지화이와 더불어 일본으로 건너갔던 사람이다. 당시 그들이 함께 타고 갔던 여객선의 이름은 '대정환호'였다.

---

* 관우를 지칭함.

『백 년 간의 꿈을 회고하며』 제3장의 표제 역시 '대정환호'이다. 이 글에서 일본으로 건너간 꺼런의 일상생활을 단편적으로 기록하는 한편, 꺼런의 말을 인용하면서 애초에 그가 일본 유학을 가게 된 원인 중 하나가 피난을 위해서였다고 설명하고 있다.

비가 내려 더욱 깊어진 가을, 일본의 여객선 대정환호가 난징을 떠날 무렵 날은 이미 맑게 갰으나 강바람은 여전히 서늘한 느낌이었다. 상하이에 도착한 뒤 대정환호는 잠시 머물렀다가 급히 떠났다. 그 무렵 중국 대륙은 마침 군벌 간에 세력을 확장하기 위해 혼전을 벌이고 있었다. 이 나라를 떠나고 싶도록 마음속에 근심과 불만이 가득하긴 했지만 더욱 힘들게 하는 것은 피곤함이었다. 파도 소리를 베개 삼아 나는 곧 잠이 들었다. 꿈속에서 나는 죽은 부친과 다시 조우했다. 내가 일본으로 건너가기 위해 배에 오르던 날은 바로 부친이 돌아간 지 만 일 년하고 삼 일째 되는 날이었다. 부친은 혼전이 계속되던 작년 9월 1일 전사하셨고, 그곳은 난징이었다. 꿈에서 장면이 바뀔 때마다 보이는 것은 온통 죽은 사람들뿐이었고 사람의 목을 치는 모습이 흡사 과일을 자르고 채소를 다지는 것 같았다. 나중에 나는 꿈결에 신음 소리를 내뱉으면서 일어났다. 깨어난 뒤 나는 말끔하게 생긴 소년이 내 앞에 서 있는 것을 보았는데 매우 수려하면서도 고운 용모를 지닌 그 소년은 약간 부끄러워하면서 멈칫거리고 있었다. 나중에서야 나는 그의 이름이 꺼런이란 걸 알았는데, 그 역시 일본으로 유학을 가는 길이었다. 당신 몸이 어디 불편한 게 아닌가요? 그는 몸을 굽히며 조용히 물었다. 내 입장에서 보자면 그것은 자연스럽게 받아들이기 힘든 위로였는데, 나의 고통은 그 누구도 위로하기 어려웠기 때문이었다. 지금 생각해보면 그 당시 내가 조금 불손하게 대응했던 것 같다. 꿈을 꾸었는데, 꿈속에서 이 선박이 해저 깊숙이 침몰하면서 선박 안에 있던 모든 사람들이 죽었노라고 나는 그에게 대답했다. 내 옆에 선 그는 손을 쉴 새 없이 비벼댔고 얼굴은 온통 빨갰다.

그것은 내 청년 시절 가장 먼 항해였다. 나는 일찍부터 이런 식의 항해를 꿈꾸어왔다. 공간적으로 멀리 떨어짐으로써 불행을 잊으려고 했던 것이다. 그러나 삼등 선실의 갑판 위로 점점이 떨어지는 물방울에 새벽 여명과 저녁놀이 비칠 때 나는 여전히 부친의 검붉은 피를 떠올렸다. 심지어 갑판 위에 나동그라진 사탕 봉지와 병마개까지 나에게는 참수를 연상시킨다고 꺼런에게 말했다. 이른 아침 뱀에 물리면 십 년 동안 두레박 밧줄조차 무서워한다는 식이었다. 그러나 뱀은 사람을 물어 죽이지 않겠지만 오히려 두레박 밧줄은 사람을 목 졸라 죽일 수 있는 것이다. 나는 난징의 성곽에 걸려 있던 사람의 머리를 목격한 적이 있다. 상처는 아주 오래되었으나 여전히 부릅뜬 두 눈의 눈꺼풀이 위로 약간 뒤집어진 채 대롱대롱 매달려 있었는데, 그 장면은 마치 머리를 매단 끈이 도대체 어떤 짐승의 가죽으로 만들어진 것이기에 그토록 질긴지 테스트하는 장면 같았다.

어느 날 정오쯤, 꺼런은 갑판 위에 나뒹굴고 있던 사탕 봉지와 병마개를 바다 속으로 던져버렸다. 그는 내 옆으로 다가와 품안에서 뉘얼홍(女兒紅)* 황주 한 병을 꺼냈다. 바로 그때 나는 그가 수줍음을 타면서 멈칫거리는 것이 알 수 없는 번민 때문이라는 것을 깨달았다. 그렇지만 그는 매우 호탕하고 쾌활했다. 병마개를 뽑아 내던지는 동

* 저장 성 사오싱 지역의 찹쌀로 빚은 술 이름.

작과 술을 마시는 자세를 보건대 일반적으로 그 또래들의 과장된 동작이 그에게도 전혀 없었던 것은 아니었다. 그는 상하이에서 배를 탔다고 내게 말했다. "당신은 난징에서 탔지요? 내가 배를 타면서 보니 당신이 배 난간에 서서 노래를 부르고 있는 모습이 흡사 교회당의 성가대에서 도망친 사람 같더군요." 그의 얘기에 나는 좀 답답함을 느꼈다. 여러 해가 지난 뒤에 나는 비로소 그가 유아원에서 생활했던 적이 있다는 사실을 알게 되었다. 저녁에 우리는 잠자리를 옮겨서 서로 나란히 누웠다. 우리 옆에는 두 사람이 있었는데 한 사람은 키가 몹시 작았고 다른 한 명은 매우 컸다. 키가 왜소한 사람의 이름은 판지화이로 그는 현재 중국에서 모르는 사람이 없을 정도로 유명한 법학계의 권위자이다. 그러나 그 당시 그는 털끝만큼도 사람의 이목을 끌지 못했다. 사람들의 이목을 끈 사람은 바로 키가 큰 사내였다. 무슨 영문인지 알 수 없었으나 때때로 그는 혼자 소리를 내며 웃곤 해 주위 사람들을 바짝 긴장시키곤 했다. 그의 무릎에는 상처가 있었는데 배에 승선할 때부터 이미 곪아 있었다. 저녁 무렵 상처 딱지는 얇아져서 마치 젤리의 표면처럼 보였다. 그러나 다음 날 아침이 되면 그는 기필코 상처 위의 딱지를 손톱으로 뜯어 고름이 비집고 흘러나오는 모습을 보고 난 뒤에야 안심한 듯 숨을 내쉬곤 했다. 꺼런과 그가 이야기를 나눌 때 그는 단지 자신이 안칭 사람이라고 소개하더니 더 이상 말할 게 없다고 했다. 꺼런은 나와 얘기를 나눴다. 그는 미스 후라는 아가씨에 대해 내게 얘기했는데, 원래는 당연히 함께 배를 탔어야 했지만 서운하게도 배를 타기 직전에 그녀의 부친이 그녀를 보내주지 않았다고 말했다. 그의 이야기를 듣자니 미스 후라는 아가씨는 당연히 그의 애인이었다. 여러 해가 지난 뒤에 나는 미스 후가 중국 최초의 연극배우인 뼁잉 여사라는 것을 알았다.

지금 생각해보건대, 젊은 사람들의 애정이란 대부분 흡사 선창에서 내다보는 밤 풍경 같다. 바닷물과 하늘 사이에서 밤 풍경은 마치 기름 먹인 종이처럼 반투명했다. 기계 소리가 커졌다가 작아졌다가 하자 배의 속도 역시 빨라지거나 느려지면서 반투명의 밤빛 또한 수시로 변화했다. 나 역시 나의 애인을 떠올렸다. 만일 그녀를 나의 애인으로 간주할 수 있다면 말이다. 그녀는 나의 사촌 여동생으로 우리는 어려서부터 허물없이 어울리곤 했다. 그런데 그녀는 그해 설날 무렵 출가를 하고 말았다. 자연스럽게 그녀의 남편을 만나게 되었는데, 그는 도독의 수하에 있는 부관이었다. 딱 한 번 만났을 뿐인데도 그는 이후 내 꿈에 수시로 나타났다. 결국 그는 그에 상응하는 대가를 치르게 되었다. 손으로 목 졸라 죽이고, 끈으로 목 매달아 죽게 만드는가 하면, 복사뼈가 의자에 걸려 접질려서 그 통증으로 죽게도 했으며, 가장 무딘 칼로 목을 자르고, 제일 예리한 칼로 찔러 죽이기도 했다. 그들이 성애를 즐기고 있을 때 그들을 질식해서 죽게 만들고, 총을 손질하도록 시킨 다음 도중에 총알이 발사되어 죽게 만들고, 옷을 제대로 입지 않았다고 견장을 잡아당겨 목 졸라 죽게 만들기도 했다. 그를 단 한 번 대면했기에 그의 용모를 분명하게 기억할 수 없음에도 불구하고 내 꿈속에 등장하는 그는 내가 기른 적이 있던 개처럼 얼굴을 잔뜩 일그러뜨리고 있었다. 내가 난징을 떠날 무렵, 그녀는 나를 만나러 찾아왔지만 감히 내 눈을 똑바로 쳐다보지 못했다. 그녀는 직접 뜨개질해서 만든 양말 한 다발을 내게 선물로 주었다. 그녀는 어디선가 일본에는 양말이 없기 때문에 일본인들이 모두 맨발로 다닌다는 말을 들었노라고 했다. 그리고 다시 이어진 꿈속에서 나는 그 남자의 얼굴에 고린내가 물씬 나는 양말을 뒤집어씌웠다. 그것은 두 겹이었는데, 그 때문에 그는 갑갑해 죽을 지경이었다.

되레 꺼런의 꿈은 시적인 정취와 그림 같은 모습이었다. 그는 성정이 무른 사람이었고, 또한 평생 그런 성품을 지닌 채 살았다. 그가 내게 알려준 바로는 그는 후와 화원 안에서 한가롭게 거닐며 산책을 즐겼다고 한다. 치자나무 꽃과 부상 그리고 수련이 에워싸고 있는 화원 안의 정자 주위를 맴돌면서 산책을 했다는 것이다. 그의 이야기로는, 그녀의 몸에서 수련 같은 향기가 흘러나오고 있었으며, 게다가 저녁 무렵이 되면 청량한 박하 향기로 변했는데, 청량한 박하 향기 속에 쌉쌀한 차 향기가 어리어 있었다고 한다. 그는 말을 할 때 부끄러운 듯 거의 혼자 중얼거렸다. 홍수첨향야독서(紅袖添香夜讀書)*를 할 수 있었을 텐데, 왜 일본으로 가느냐고 내가 그에게 물은 적이 있다. 그는 먼저 친구의 호의를 거절하기 어려워서라고 말하고 나서, 일본으로 가게 된 것 역시 어쩔 수 없는 일이었다고 했다. 항저우의 어느 차 회사에 있을 때 한 차례 피습을 당한 적이 있는데, 그의 친구들 생각으로는 그것은 분명 자신을 해칠 목적이었으며 만약 그의 명줄이 길지 않았다면 그도 부친처럼 일찌감치 황천으로 갔을 거라는 거였다. 나는 당시 그의 부친이 누구인지 잘 몰랐지만, 나중에서야 상하이에 처음으로 공공도서관 건립을 기획한 꺼춘따오 선생이 바로 그의 부친이라는 사실을 알았다.

내 기억에 상하이에서 일본까지 가는 데는 근 열흘이 걸렸다. 당시 내 느낌으로는 그 기간이 마치 내가 그때까지 걸어온 인생 여정처럼

---

* 아리따운 아가씨 옆에서 행복하게 공부한다.

길게 느껴졌다. 또한 열흘 사이에 나와 꺼런은 무슨 말이든 하지 못할 말이 없는 절친한 친구 사이가 되었다. 그는 맑은 공기를 좋아했고, 요원한 하늘 끝에서 빛을 발하고 있는 별들을, 간혹 대정환호에 내려앉는 새들과 새들의 빨간 부리, 흡사 한 무리 가축 떼들의 들썩거리는 등짝처럼 꿈틀거리며 몰려오는 파도를 좋아했다. 꿈이 있다면 세상에서 가장 아름답고 신기한 사물과 현상을 만나고 싶고, 또 귀 기울여 자연의 소리를 듣고 싶으며, 고상한 예술 작품의 신운(神韻)을 감상하며, 이슬방울처럼 촉촉하고 부드러우면서 온화한 것을 어루만지면서 그것들의 비범함과 아름다움 그리고 오묘함의 근원을 밝히고 싶다고 그는 내게 말했다. 만일 자신이 오묘한 근원을 밝히지 못한다면 자신의 모든 사랑을 쏟아 부어 아이를 양육해, 아이에게 그것을 하나하나 밝히도록 하겠다고 덧붙였다.

어느 날, 저물어가는 석양이 황량한 빛을 막 거두려고 할 무렵, 한 사건이 발생했다. 우리 바로 옆 침대를 사용하던 안칭 사람이 흡사 바람에 날려 빨랫줄에서 떨어지는 침대 시트처럼 바다 속으로 떨어진 것이다. 대정환호는 여전히 앞을 향해 빠르게 항해를 계속했고 파도가 그를 휘감아버렸다. 사람들은 한결같이 그가 실족했다고 여겼기 때문에 안쓰러워하며 탄식하기 시작했다. 해안에 도착할 무렵 어떤 사람이 그의 짐 보따리 속에서 유서를 발견했다. 원래 그의 이름은 인지푸(尹吉甫)였고, 천두시우(陳獨秀)의 친구였다. 당시 천두시우는 일본 도쿄에 있는 아테네 프랑스어 학교에서 공부하고 있었다. 나중에 우리가 천두시우를 만났을 때, 그는 우리에게 인지푸는 상하이 아동(亞東) 도서관에서 근무하던 직원이었고, 그가 일본으로 오게 된 이유는 『갑인(甲寅)』이라는 잡지를 편집하는 일을 자신과 토론하기 위해서였다고 말했다. 그를 통해 우리는 인지푸가 시인이었다는 사실도 알게 되었다. 여객선이 부두에 접안할 무렵 나는 우리가 이미 바다 위에서 한 세기를 거쳐온 듯한 느낌이었다. 우리는 부두에 내리면서 모두 발을 힘껏 내디뎠는데 그것은 마치 이제 일본에 도착했다는 것을 확인하는 행동 같았다. 이국의 서글픈 안개가 몰려올 때 나는 어깨가 저절로 추켜세워졌다. 순간 나와 꺼런 그리고 이름을 알 수 없지만 선박에 함께 동승했던 수많은 학생들의 눈에는 눈물이 그렁그렁했다.

안토니 스웨이트의 책 『절색』 안에서 나는 꺼런이 피격 당시 머물렀던 찻집의 이름이 이샹웬(怡香圓)이라는 걸 알게 되었다. 당시 중국 전역에서 암살이 성행하고 있어서 삥잉 역시 어떤 사람이 고의로 쏜 것이었는지 아니면 다른 곳에서 날아온 유탄이었는지 확실히 알지 못했다. 그렇지만 꺼춘따오가 피살된 것을 거울 삼아 후안은 경계를 소홀히 하지 않을 수 없어 꺼런을 일본으로 피신시키게 된 것이다.

꺼런은 일본에 도착한 뒤 잠시 안정을 찾자 삥잉에게 한 통의 편지를 보내면서 빠른 시일 내에 일본에서 만날 수 있기를 고대한다고 썼다. 『절색』에는 편지 중의 일부가 수록되어 있다.

화팅(華亭, 상하이를 지칭한다)을 일별한 지 어언 스무 날이 흘렀습니다. 일본인 친구 와다 집에 잠시 머무르고 있는데 일체 모든 것이 편합니다. 머물고 있는 거소는 나무판자로 지어졌는데 지척에 마당이 있습니다. 창문을 여닫는 손잡이는 흡사 나비의 날개처럼 정교하게 만들어져 있습니다. 만일 당신이 이곳에 있다면 틀림없이 흡족해할 것입니다. 하루 종일 당신에 대한 생각으로 물이 마른 수레바퀴 자국 속의 붕어 신세인 듯합니다. 만일 빠른 시일 내에 당신을 일본에서 조우할 수 있다면 무척 행복할 것입니다.

그 시절 꺼런이 어떻게 상상이나 할 수 있었을까. 그가 다시 뻥잉을 만나게 될 날을 기다리고 있는 동안, 뻥잉은 놀랍게도 이미 한 아이의 어머니가 되어 있었다.

@ 족제비가 닭에게 세배를 하다

꺼런이 떠난 뒤 나는 곧 홀아비 신세가 되었고, 더불어 놀아주는 사람이 없었소. 뻥잉은 나와 함께 놀지 않았고, 그녀는 콧물을 줄줄 흘리는 나를 늘 혐오했지. 나는 마오 주석 이름을 내걸고 앞으로는 절대 콧물을 흘리지 않겠다고 다짐했는데, 그래도 아무 소용 없었소. 그 무렵 그녀는 경극을 즐겨 관람하면서 쑤메이(蘇嵋, 메이쑤를 지칭함)라고 불리는 사람을 알게 되어, 언제나 쑤메이와 더불어 놀거나 심지어 함께 경극을 관람하려고 상하이까지 갔지. 어느 날 그 두 여자가 경극을 구경하려고 또다시 상하이로 갔다가, 비가 내리는 바람에 이튿날 바로 돌아오게 되었소. 종뿌가 차로 그녀들을 데리고 돌아왔지. 나중에야 겨우 알게 되었지만 종뿌는 후안의 친구였고, 그날 밤 그 두 여자는 종뿌의 집에 머물렀던 거요. 그렇소, 종뿌는 훗날 신문을 발간한 적이 있는데 아마 『썬뿌보(申埠報)』라고 하는 것 같았소. '썬뿌'가 누슨 말이냐고? 썬뿌는 바로 상하이 탄(灘)을 말하는 거요. 젠장, 그는 상하이 탄이라고 부르지 않고 굳이 썬뿌라고 불렀는데 그것은 일반 시민들이 알아보지 못하게 하려는 속셈 아니겠소? 그런 속셈은 일반 백성들과 대적하겠다는 거 아니겠소? 제기랄, 어느 누구라도 상하이 군중들과 맞선다면, 그 누구도 절대 좋은 말이 나올 수가 없지. 그 사람은 그래서 마지막을 좋게 보내지 못한 거요. 퉤!

내가 분명히 기억하는 것은 그날 종뿌가 항저우에 머물렀다는 거요. 후안은 좋은 뜻으로 그에게 밥을 같이 먹자고 청했지만 그는 되레 주식에 투자하라고 사람의 마음을 부추기면서, 녹차 장사에 비해서 주식이 훨씬 더 많은 돈을 벌 수 있다고 말했소. 무엇을 주식 투자라고 하는지 아시오? 말이 나온 김에 당신에게 설명해주지. 손에 고린내 나는 돈을 들고 거래소 안에 처박혀 있다가, 값이 떨어지면 사들이고 값이 오르면 팔아서 이득을 챙기는 것인데, 돈을 벌게 되면 낯짝을 활짝 펴고 웃는 거요. 나중에 인민정부에서 주식 거래를 단속했지. 단속하길 잘했지. 그것도 조금 잘한 게 아니라 아주 잘한 일이야. 주식은 혁명 군중과는 털끝만큼도 관계가 없고, 단지 극소수의 부자들만 살찌우게 만들기 때문이지. 당시 후안의 입장은 단호해서 그의 꼬임에 휩쓸리지 않았소.

좋소, 계속 얘기하겠소. 그 무렵 종뿌에게는 현미경이 하나 있었는데, 옥황상제의 요술 거울보다 훨씬 대단하다고 허풍을 떨어대자 뻥잉이 단박에 빠져들었소. 당신들은 현미경을 본 적이 있소? 당신 얼굴이 얼마나 깨끗한지는 말할 필요도 없고, 심지어 음모(陰毛) 위에 기어 다니는 세면발이 기생충까지 보인다니까. 종뿌가 말하기를 이런 것을 두고 만물은 무에서 나오는 것이라고 했소이다. 그는 뻥잉에게 재미있는지 물었지. 뻥잉은 참 재미있는 물건이라고 대답했소. 그는 현미경을 뻥잉에게 주었소. 나이가 어리니 아무것도 모르던 때였지. 더군다나 다른 사람의 달콤한 말이 어떤 의미를 갖고 하는지 몰랐고, 왜 그런 식으로 이야기하는지 몰랐던 거요. 오래 지나지 않아서 그는 차를 타고 항저우로 찾아와서 자신의 현미경을 찾아가겠다고 했소. 그런데 뻥잉은 벌써 현미경을 깨뜨린 상태라서 그에게 돌려줄 수가 없었지. 뻥잉은 심지가 매우 곧은 사람이라서 반드시 그에게 배상을 하겠다고 말했소. 그는 배상이라니, 어떻게 배상할 거냐고 물었지. 나중에 나는 그가 뻥잉을 일찍부터 노리고 있었다는 것을 알게 되었는데, 결코 하루 이틀 기회를 노린 것이 아니었던 거요. 뻥잉에게 현미경을 장난감으로 건네주었던 것도 기실 족제비가 닭에게 세배를 가는 것처럼 음흉한 속셈이 있었던 것이지 결코 좋은 뜻으로 건네준 게 아니란 말이오. 아, 만약 꺼런이 떠나지만 않았더라면 종뿌가 뚫고 들어갈 구멍이 없었을 거요. 당신 지금 무슨 소리를 하고 있는 거요? 깨지지도 않은 알에 파리가 달려들겠느냐고? 난 이 일로 당신과 언쟁하고 싶지 않소. 그렇지만 그 무렵 뻥잉은 아직 어리고 적과 싸워본 경험도 많지 않았다는 것을 알아두시오.

나중에 뻥잉의 배가 불룩 튀어나오게 만든 장본인은 종뿌요. 그녀가 하루가 다르게 통통해지는 것을 보고 나는 뻥잉을 쫓아다니며 무슨 맛있는 음식을 먹었기에 그렇게까지 빨리 살이 찌느냐고 물었소. 그녀는 내 말에 대답은 않고 다만 내 귀를 붙잡고 비트는 바람에 하마터면 귀가 떨어져나갈 뻔했소. 나 원 참, 어떻게 표현해야 하나. 당시 나는 너무 어렸고 싸울 의지도 그리 강하지 못했소. 그렇지 않았다면, 나는 당시에 그를 죽여 없애버렸거나, 최소한 그의 음모가 성사되도록 내버려두진 않았을 거요. 나는 다시는 그를 보지 않겠다고 맹세했소. 그러나 생각조차 하지 않고 있었는데, 여러 해가 지난 뒤에 나는 놀랍게도 또다시 따황 산(大荒山)에서 그를 만나게 되었소.

& 현미경

종뿌의 현미경은 캉요우웨이(康有爲)*의 것이었다. 광서(光緖) 10년(1884년) 전도사 한 사람이 캉요우웨이에게 현미경을 준 적이 있다. 『캉난하이즈편 연보(康南海自編年譜)』(중화 서적 관리국, 1992년판)에 기재되어 있는 내용에 따르자면 캉요우웨이는 현미경을 보고 '제동(齊同)' ** 사상을 느꼈다고 한다. '현미경은 수천만 배 확대해서 볼 수 있기 때문에 이같이 작은 것도 수레바퀴만큼 크게 보이고, 개미도 코끼리처럼 보이므로 '대소제동(大小齊同)*** 사상'의 진리가 담겨 있으며, 광선은 일 초에 수십만 리를 갈 수 있으므로 '구속제동(久速齊同)**** 사상'이 들어 있다는 것이었다. 캉요우웨이는 이 현미경을 탄스통(譚嗣同)에게 빌려준 바 있다. 『탄스통 전집』(중국 서적 관리국, 1988년판)에 기재된 내용에 따르자면 탄스통은 그것을 보고 난 뒤 어쩐지 믿을 수가 없다고 표현했다. 탄스통은 서양인들이 기기를 통해서 얻은 지식은 마치 "모든 행성들은 지구를 위해 존재하며, 어떤 별에서의 하루는 일 년이고, 미진(微塵)의 세계나 한 방울의 물속에도 헤아릴 수 없을 정도로 많은 생명들이 살고 있다고 말하는 것으로, 이는

* 무술정변이라 불리는 개혁의 중심적 지도자.

** 모든 사물이 일체 하나가 되는 사상.

*** 세상 만물은 크고 작고 모두 동일하다는 사상으로 장자 철학에서 유래됨.

**** 세상 만물은 아주 느릴 수도 있고 아주 빠를 수도 있지만 모두 동일하다는 것.

이미 불경 속에서 모두 표현된 바 있다"는 것이다. 그는 결국 다시 그 현미경을 캉요우웨이에게 건네주었다.

무술정변(戊戌政變)*이 실패하고 나자 탄스통은 죽고 캉요우웨이는 달아난다. 당시 캉요우웨이를 따라서 달아난 사람 중에는 꺼춘따오도 있었다. 이로써 미루어 짐작하건대 꺼춘따오와 종뿌 역시 안면이 있던 사이였으나 현재까지 그들의 내왕에 관해 문장으로 남아 있는 것은 별반 없다. 일본으로 도망을 가기 전, 캉요우웨이는 자신의 추종자 종뿌에게 기념품을 건네주게 되는데 그것이 바로 현미경이다. 어째서 그런 물건을 선물로 주었을까? 그것에 대해 종뿌는 스스로 해석했다. 『반생연』 안에서 황지스(黃濟世)는 종뿌가 말한 내용을 이렇게 적고 있다.

> 종뿌 선생은 그것이 안경이나 전혀 다를 바 없다고 생각했노라고 말했다. 이유는 첫째, 둘 다 유리로 만들어졌고, 두번째는, 선명하게 보인다는 것뿐이었다. 그런데 나중에 난하이(南海)** 선생이 그에게 설명하기를, 안경을 통해 볼 수 있는 것은 원래 있던 것을 보는 것이지만, 현미경으로는 육안으로 보이지 않던 것도 훤히 볼 수 있다고 했다는 것이다. 종뿌는 점차 현미경의 가치를 깨달았고, 난하이 선생이 현미경을 빌려준 이치를 깨닫게 되면서 그 물건의 감독과 책임에 최선을 다하라는 의미로 받아들였다. 그 시절은 옛것이 허물을 벗고 새로운 것으로 대체되는 시기인데다 이념과 사회가 극도로 혼란한

---

* 1898년에 청나라 덕종이 채택한 변법자강책을 반대하던 서태후 등의 보수파가 덕종을 유폐한 사건.

** 캉요우웨이의 사(字).

때였으므로, 작은 것을 제대로 알려고 노력하면 결국 부귀영화를 볼 수 있을 것이며, 또한 입신양명하는 날이 찾아올 것이라고, 종뻐는 그렇게 이해했다.

그처럼 중대한 의미를 지녔으니, 종뻐는 자연히 신주단지처럼 여기며 가는 곳마다 그것을 지니고 다녔다. 캉요우웨이가 망명을 떠난지 얼마 되지 않아 종뻐도 망명을 떠났는데 홍콩을 경유해서 프랑스로 갔다. 우리는 그의 행랑 속에 그 현미경이 틀림없이 들어 있었을 것이라고 상상할 수 있다. 이국 타향에서 지내면서 그는 현미경에 다시 새로운 의미를 부여했다. 황지스 선생은 이렇게 쓰고 있다.

> 망명을 가는 와중에도 종뻐는 늘 그 현미경을 갖고 다녔다고 말했다. 비록 그 현미경은 서양 물건이었지만 당시 그는 늘 조국에 대한 상념에 사로잡혀 있었기 때문에 조국의 백성에 대한 애잔한 사랑을 그것에 의지했다는 것이다.

흥미 있는 일은, 종뻐가 프랑스로 망명을 떠나던 때 마침 후안 역시 같은 여객선을 타게 되었다. 홍콩에서 배에 승선할 때까지만 하더라도 그들은 서로 알지 못했다가 나중에 우연한 사건으로 인해 서로 알게 된다. 안토니 스웨이트의 책 『절색』 안에는 종뻐가 황지스에게 보낸 편지가 인용되어 있는데, 편지 글 안에 그가 후안을 알게 된 경위가 나타나 있다. 나는 편지의 원본을 볼 수 없었기 때문에 『절색』 안에 있는 다음의 내용을 인용한다.

여객선이 남중국해로 진입할 무렵 태풍이 크게 불어닥쳐 선박이 뒤집힐 것 같았지요. 몇 사람이 말하기를 일단 선박이 뒤집히면 총으로 자살을 해야 한다고 하더군요. 목숨 붙은 채 상어 밥이 되고 싶지 않기 때문이라는 거죠. 태풍이 지나가고 나자 과연 한 노인이 죽어 있었는데, 자살로 죽은 것은 아니고 배가 요동을 치는 바람에 죽은 것이었죠. 바다 위에서의 관습에 따르면 사람이 죽게 되면 오로지 고기밥이 되어야 했습니다. 노인의 장례를 치를 때 나와 중국에서 온 젊은 사람이 나란히 서게 되었지요. 그의 성은 후 씨였으며 항저우에서 왔다고 했습니다. 그는 노인의 안색이 하얗게 변하면서 경련을 일으키며 죽는 모습을 똑똑히 보았다고 말했지요. 시체를 파도가 일렁거리는 바다로 던지는 순간, 나는 마음이 바짝 긴장되었습니다. 왜냐하면 어느 날 나 역시 그렇게 죽어갈 수 있다는 생각 때문이었지요. 그러나 후 씨는 오히려 자신도 죽으면 그런 식으로 파도에 휩쓸려 가기를 희망한다더군요. 후 씨는 무슨 일이든지 호기심을 보였는데, 스산한 싱가포르도 좋아했고, 시란(錫蘭, 지금의 스리랑카)의 큰 코끼리나 코브라와 마술사도 좋아했으며, 스리랑카 여자가 기르는 원숭이 역시 무척 좋아했습니다. 내 현미경을 보더니 손을 놓을 줄 몰랐지요. 인도에 정박해 있을 무렵 나는 뱀을 갖고 노는 어느 여인을 좋아하게 되었는데, 그녀와 그녀의 뱀을 사서 내게 줄 테니 현미경하고 바꾸자고 제안하기도 했습니다. 나는 받아들지 않았지요. 왜냐하면 일 년 후 인도의 어느 야자수림 속에서 뱀을 갖고 노는 작은 소년을 만날지도 모른다는 생각이 들었거든요.

이 편지는 한 가지 사실을 설명하고 있는 듯하다. 즉 1915년, 종뿌와 후안과의 우정이 돈독해진 것은 단지 현미경 때문이지 아칭의 말처럼 삥잉을 얻기 위한 종뿌의 계략이라고는 볼 수 없다는 것이다. 그러나 아칭의 말이 완전히 틀린 것은 아니다. 며칠 뒤 종뿌는 항저우에 도착하게 된다. 그때 종뿌가 항저우로 찾아간 것은 일차적으로는 후안과 지난일을 이야기하고자 함이었고, 두번째는 자신의 보물인 현미경을 되찾기 위해서였다. 아칭의 화두에 비추어 보면 그 현미경을 삥잉이 망가뜨렸다는 것이다. 그러나 삥잉의 말에 따르면 현미경을 깨뜨린 사람은 아칭이라는 것이다. 『절색』 속에서 안토니 스웨이트는 그 일에 관한 삥잉의 회상을 이렇게 적고 있다.

종뿌가 항저우에 왔을 때 내게 갖고 놀라며 주었던 현미경은 이미 깨진 상태였어요. 어느 날 아침, 나와 아칭이 그것을 들고 개미를 관찰하고 있는데, 그때 마침 꺼런이 보낸 한 통의 편지가 배달되었죠. 내가 화원 안에 몸을 숨기고 편지를 읽고 있을 때, 느닷없이 아칭이 우는 소리가 들리더군요. 다급히 뛰어나간 나는 아칭이 개미를 관찰하러 나무 위로 올라갔다가 떨어졌다는 것을 비로소 알게 되었죠. 종뿌가 항저우에 다시 오자, 나는 너무 놀라서 미칠 지경이었어요. 처음에는 그를 피해 숨어 다녔으나 나중에는 그와 함께 항저우를 돌아다녔죠. 그는 프랑스 말을 조금 할 줄 알아서 그것 때문에 나는 유년 시절을 회상했고, 타향에서 우연히 예전부터 알고 지내던 지인을 만난 것 같은 느낌이 들었어요. 그 무렵 종뿌는 무척 예의를 지키는 사람이어서 나를 건드리거나 하지는 않았죠. 그가 현미경에 대해서 물었을 때 나는 그것을 어디에 두었는지 모르겠다고 거짓말을 했어요. 아칭이 현미경을 깨뜨렸노라고 일러바치지는 않았죠. 왜냐하면 아칭은 이미 너무 놀라 사색이 되어, 마치 상갓집 개처럼 불쌍해 보였거든요. 나는 그에게 어느 날 느닷없이 그 현미경이 잃어버린 열쇠처럼 어디선가 튀어나올지도 모른다고 말하며 그를 안심시켰어요. 그러자 종뻐가 말하기를, 아마도 너희 아버지가 잘 간수해두었을 것인데, 너희 아버지가 현미경을 만지다가 싫증이 나서 꺼내놓게 되면 그때 다시 찾아와서 현미경을 가져가겠노라 했죠. 여러 날이 지난 뒤에 그가 과연 다시 찾아왔어요. 우리 아버지께서 현미경을 새로 사서 종뻐에게 주겠다고 말씀하셨다고 하자 그는 불쾌한 낯빛이 되더군요. 아무리 좋은 현미경이라고 해도 종뻐는 자신이 원래 갖고 있던 낡은 현미경과 비교가 되지 않는다고 말했죠. 당신이 보기엔 그것이 억지로 사람을 난감하게 만드는 행동 같지 않나요?

내가 그 사람을 다시 만나게 된 것은 장훈복벽(張勛復壁)* 직전이었어요. 그는 우리집에 머물고 있었죠. 나중에 장훈복벽이 뜻을 이루지 못하게 되자 그는 이곳저곳으로 피해 다니는 처지가 되었어요. 그 무렵, 세상 사람들의 이목을 피해야 했기 때문에 어디를 가더라도 그는 늘 나를 자기 딸로 분장시켰죠. 처음에는 그저 재미있게 느꼈지만, 나중에는 모든 것이 달라져버렸더군요.

다시 항저우로 찾아온 종뻐는 이미 임무를 부여받은 몸이었다. 캉요우웨이의 지령을 받아서 장훈복벽을 지지하는 현지 군인들과 접촉하며 푸이(溥儀)**를 복위시키고 입헌군주제를 도모하게 된다. 항저우에 머무는 동안, 그는 초심으로 국가 대사를 다루면서 자신의 딸로

* 캉요우웨이의 청제 복원 운동.

** 중국 마지막 황제 선통제의 이름.

분장시켰던 뼁잉을 사랑하게 된다. 이 기간 동안 종뿌는 뼁잉에게 아주 많은 연애편지를 써서 보내게 되는데, 뼁잉을 '멍커(夢珂)'라고 불렀다. 커(珂)는 '옥처럼 아름다운 돌' 혹은 '말의 재갈을 장식하는 장식품'을 뜻한다. 만일 두번째 의미를 취한다면 그 '커' 자는 바로 말의 애칭인 것이다. 어떤 사람은 그것으로 미루어 짐작하건대 기실 종뿌는 뼁잉을 자신의 동지로 여겼다고 생각한다. 그러나 안토니 스웨이트가 지적한 멍커는 사실 mon coeur(프랑스어로 '나의 마음')의 음역(音譯)이다.

1917년 7월, 장훈복벽이 한 편의 소동으로 끝나자 종뿌는 현지 군인에게 지명수배를 당하는 사태에 직면한다. 그는 뼁잉을 데리고 상하이로 도망을 가서 친구인 황지스 집에 숨어 있게 된다. 황지스는 그때 일을 『반생연』에서 이렇게 적고 있다.

> 장훈복벽 실패 후 네덜란드 공관으로 피했다. 난하이 선생(캉요우웨이)은 미국 대사관으로 도피해 조용히 유교의 경전인 『춘추(春秋)』를 일독하고 있었다. 종뿌 선생은 상하이로 되돌아왔다. 그는 한 소녀를 데리고 있었는데, 후안이 천금처럼 여기는 딸로서, 마치 달력 속 광고 모델이 걸어 나온 것처럼 매력적인 아름다움을 지니고 있었다. 소녀는 말을 하던 도중에 마치 토라진 듯 고개를 한쪽으로 비스듬히 돌리곤 했다. 그들은 의심할 여지없이 동거하게 되었다. 그 무렵 상하이 부호 집에선 어린 여자가 시중드는 것을 영광으로 여겼다. 어린 여자아이의 시중을 어린 돼지 새끼로 만든 요리를 즐기거나 어린 싹으로 만든 질 좋은 차를 마시는 것처럼 여기고 있었다. 그것은 마치 『서유기』 중에서 마왕이 어린 사내아이와 어린 여자아이만 잡

아먹는 행위와 같았다. 그러나 종뿌 선생은 되레 특별한 유형에 속하는 사람이어서 어린 여자아이가 허튼소리를 해도 모두 받아들였다. 여자가 조금이라도 성질을 부리면 그는 마치 대적할 수 없는 적을 만난 듯이 고분고분해졌는데 일반 사람으로선 상식을 벗어난 뜻밖의 태도였다. 나의 어리석은 견해로 볼 때, 그는 여자를 사랑했던 것이 아니라 여자아이를 통해서 자기 과거의 고통과 잃어버린 청춘을 되돌아보고 있었으며, 그녀는 단지 그의 고통과 청춘을 비춰주는 동경(銅鏡)일 뿐이었다.

뻥잉의 기억도 황지스의 묘사와 그다지 차이가 없다. 그녀의 기억에 따르자면 그 당시 황지스의 집은 이층의 작은 건물이었는데, 거실은 아주 컸지만 이층으로 올라가는 계단은 매우 좁았으며, 계단 위의 난간은 이미 파손되어 있었다고 한다. 늘 어떤 사람들이 그곳을 찾아와서 여러 가지 일을 얘기하곤 했는데, 그들 중 대다수는 서양에서 생활했던 사람들로 황제를 찬양하고 정부와 변발한 군인을 욕하거나, 혹은 황제를 욕하고 정부와 변발한 군인들을 찬양하기도 했다. 허풍을 떨거나 서로 아첨을 하다가 시를 낭송하거나 슬프게 탄식하는가 하면 눈물을 흘리거나 큰 소리로 웃기도 하면서 무슨 맹서를 해대기도 했다. 방 안에는 담배와 아편 그리고 샴페인과 정종, 마작, 카드가 놓여 있었다. 누군가 도박 기구를 들고 와서 러시아식 도박인 룰렛을 했다. 그럴 때면 뻥잉은 계단 끝에 있는 방에 몸을 숨긴 채 화장대 위의 둥근 거울을 보며 묵묵히 눈물을 흘렸다. 그 거울은 황지스가 설명한 동경(銅鏡)이 아니라 유리 거울이었다.

뻥잉의 말로는 둥근 유리 거울에 금이 하나 가 있었는데 그것은 그녀 자신이 깬 것이라고 했다. 그녀는 말했다. "저는 늘 손으로 얼굴을 가리고 지냈는데, 감히 거울 속의 내 모습을 볼 수가 없었지요. 제 스스로 느끼기에, 저는 타락한 여인이었고 수많은 책 속에서 묘사된 그런 나쁜 여자 같았어요. 종뿌가 들어올 즈음이면 저는 이유 없이 성질을 부리곤 했지요. 하루 종일 정신없이 잠만 자고 싶으니까 마치 오염된 물 위를 떠다니는 수련 같았어요. 꿈속에서 나는 늘 꺼런을 보았지요. 그리고 꿈에서 깨어난 뒤 언제나 생각했지요. 내가 꿈속에서 꺼런을 만난 것일까, 아니면 꺼런이 꿈속에서 나를 만난 것일까? 혹시 그 시각 꺼런이 꿈속에서 내가 내 아버지보다 훨씬 나이 많은 사람과 같은 침상에서 동침하고 있는 것을 본 것은 아닐까? 생각이 여기에 미치자 저는 거울을 통해서 본 제 자신이 수치스럽게 여겨졌지요. 거울의 깨진 금이 내 얼굴을 둘로 갈라놓았어요. 그 때문에 저는 자신이 두 배로 치욕스럽게 느껴졌어요."

그리고 뻥잉의 독백은 무의식중에 한 소녀의 욕정과 복잡한 내면세계를 노출시키고 있다. 그녀가 말했다. "내가 가장 겁내는 것은 내가 어떤 때 그런 부끄러움을 모두 잊는다는 거였지요. 어느 날, 나는 종뿌를 따라 그의 친구 집에서 춤을 추게 되었어요. 그곳에는 여러 명의 소녀들이 있었지요. 몇몇 소녀들이 남자들 면전에서 부끄러워하면서 손과 발을 어디에 두어야 할지 몰라 쩔쩔매는 모습을 보고 나는 놀랍게도 이런 생각이 들었어요. 딱하게도 저 여자애들은 아무것도 모르는구나. 남자들과 어울려 놀 줄도 모르고 남자에 대해서도 모르는 철부지 어린애들이야. 나는 스스로 내 생각에 깜짝 놀라긴 했지만, 집으로 돌아간 뒤에는 그의 입술 위에서 여전히 달콤한 악의 쾌락에 빠져버렸어요."

그 티크로 만든 침대 위에서 그녀의 마음은 점점 더 꺼런에게 가까이 다가갔으나 몸은 더욱더 꺼런으로부터 멀어지고 있었다.

그런 식의 생활은 결코 오래 지속되지 못했다. 어느 날 아침, 잠에서 깬 종뿌는 그녀가 떠난 사실을 알게 되었다. 그 티크나무로 만든 침대 위에는 뻥잉이 남겨둔 메모 한 장이 놓여 있었는데, 메모에는 자신을 찾지 말라고 적혀 있었다. 그런데 뻥잉은 항저우로 돌아간 것이 아니라 톈진(天津)으로 간 것이었다. 앞에서 설명한 것처럼 그 당시 나의 고모할머니와 빌 목사는 톈진에 고아원을 건립하고 있었다. 소녀의 수치심으로 인해 그녀는 나의 고모할머니에게 자기 자신과 종뿌의 일에 관해 설명하지 않았다. 나중에 그녀는 나의 고모할머니와 함께 항저우로 돌아가게 되었다. 그리고 곧이어 그녀는 아버지에게 떠밀려 프랑스로 가게 되었다. 당시 뻥잉의 어머니는 여전히 파리에 머물고 있었다. 그때 이미 뻥잉은 아이를 임신하고 있었는데 그 아이가 바로 나의 어머니인 찬또우(蠶豆)이다.

뻥잉이 떠나버린 뒤 종뿌는 넋 나간 사람 같았다. 나는 종뿌의 그런 넋 나간 모습을 좋아했는데 왜냐하면 그것으로 뻥잉에 대한 종뿌의 사랑이 설명되기 때문이다. 솔직히 말해서 나는 종뿌와 뻥잉 간에 사랑이 존재했었다고 기꺼이 인정하고 싶다. 그런 사실은 내 입장에서는 매우 중요하다. 앞에서 설명한 것처럼 '나'라는 존재는 종뿌와 뻥잉의 직계 후손이기 때문이다. 나는 그들의 정감 어린 생활을 직접적으로 묘사하고 아름답게 표현한 글들을 찾아보려고 무척 노력했었다. 그렇게 해야만 비로소 어머니와 내가 세상에 존재하는 것이 합리적으로 설명될 수 있는 것처럼 여겨졌기 때문이다. 그러므로 나는 『절색』이라는 책 속에서 종뿌의 편지를 발견했을 때 마치 보석을 얻은 기분이었다.

멍커, 당신의 아버지로부터 당신이 프랑스로 갔다는 걸 알게 되었소. 나는 시시각각 당신을 기다리고 있소. 마치 사막의 노새가 수로를 찾는 것처럼 말이오. 나는 교양 없는 촌놈처럼 당신의 콤팩트 케이스에 조심스럽게 입을 맞추며 그것을 소중하게 간직하고 있는데, 왜냐하면 그것에 아직 당신의 향기가 남아 있기 때문이오. 당신이 깨버린 거울에도 입을 맞추고 있소. 왜냐하면 그 깨진 거울을 원래대로 다시 맞추는 것이 세상에서 가장 아름다운 키포인트이기 때문이오. 나는 당신의 신발을 부러워하지. 날이면 날마다 그 신발이 당신을 볼 수 있기 때문이오.

멍커, 내게 편지 좀 보내주시오. 비록 단 한 줄이라도 좋으니. 제발 나의 잘못을 지적해주시오. 제발 그렇게 빨리 나를 완전히 잊지 말고, 최소한 나를 기억하는 척이라도 해주시오. 제발 나를 기만해주시오. 침묵보단 차라리 거짓말이라도 하는 게 좋소. 나의 모든 것을 바쳐 당신을 사랑하고 있소. 나는 비록 백골로 변한다 해도 여전히 당신을 사랑할 거요.

그녀는 프랑스에서 이 편지를 받았다. 안타깝게도 그녀가 이 편지를 받고 감동을 받았는지는 알 수 없다. 그녀가 안토니오에게 그 무렵 나의 고모할머니로부터 한 통의 편지를 받은 적이 있다고 밝혔다. 나의 고모할머니는 그녀에게 꺼런이 일본에서 곧 돌아온다고 알려주었다. 또한 꺼런이 일본에서 현미경을 부쳐왔는데, 그것은 아칭이 편지를 써서 보내달라고 요구했기 때문이라고 나의 고모할머니가 뻥잉에게 알려주었다.

@ 귀여운 찬또우, 착한 찬또우

내가 이런 식으로 말해도 괜찮소? 좋소, 그럼 난 계속 이런 식으로 이야기를 하겠소. 그 당시 나는 꺼런에게 편지를 보내 종뿌가 뻥잉을 유혹한 사실을 알려줄까 생각했었소. 그런데 곰곰이 생각해보니 편지를 쓴다는 건 좋지 않습디다. 린 부통사가 말하기를 작은 일을 참지 못하면 큰일을 도모하기 어렵다고 했지. 마침 꺼런이 혁명을 위해 학습에 전념하고 있던 때라서 그런 사소한 일로 그를 혼란스럽게 하고 싶지는 않았소. 곰곰이 생각해보니까, 만약 내가 그런 일을 알려주게 된다면 꺼런은 어쩌면 화를 내면서, 나더러 오로지 작은 일에만 관심을 지니고 큰일에는 관심이 없다고 나무랄 것이란 생각이 들었거든.

오, 당신들도 전부 보았겠지만 나는 이미 지나간 냉혹한 시대의 조잡한 기억만을 회상하고 있을 뿐이오. 설령 이미 많은 사건들이 내 기억에서 사라졌다고 하더라도 말이오. 그러나 무릇 꺼런과 관련 있는 일이라면 나는 분명하게 기억하고 있소! 왜냐고? 나는 이 늙은 골통이 아직도 유용하다는 것을 알고 있소. 어느 날 조직에서 아침저녁으로 사람을 파견해 내게 꺼런의 영웅적인 업적을 듣겠다고 조바심을 낸 거요. 그러니 까치가 나뭇가지 위에서 울어대는 소리를 듣는 순간, 나는 조직에서 사람을 파견했다는 걸 알게 되었던 거요. 담배 한 대 더 피웁시다.

다음에는 무슨 말을 해야지? 여전히 같은 말이지만 당신들이 듣고 싶어 하는 것에 대해 얘기해주지. 여러 해 동안 나는 아주 잠깐이라도 그를 만난 적이 없소. 일본에서 돌아온 뒤 그는 베이징으로 갔소. 그가 베이징에 있다는 소리를 듣고 나는 그를 찾아가서 만나고 싶은 마음이 굴뚝같았소. 그를 만나러 가는 김에 천안문 성곽도 한번 둘러보고 싶었지. 붉은 태양이 떠오르는 곳 말이오. 그리고 다시 인민 영웅 기념비도 둘러보면서 혁명 선열들을 회고하고 싶었소. 뭐라고? 당시에는 아직 그런 기념비가 없었다고? 아, 아무튼 나는 베이징으로 가 그를 만나고 싶었소. 나 원 참, 그런데 곧이어 들려온 소식에 따르자니 그가 또다시 소련으로 갔다고 합디다. 아니, 그때의 소련은 수정주의 소련이라고 부르진 않았지. 나는 여러 해 동안 그를 다시 만날 수 없었소. 나중에 그가 소련에서 돌아와 상하이 대학에서 교수 생활을 하고 있다는 소식을 듣고 나는 궁둥이에서 불이 나게 곧바로 달려갔소.

동지들, 이야기를 그런 식으로 하면 안 되지. 대학에 있는 교수라고 해서 전부 초우라오지우(臭老九)*는 아니오. 마오 주석 역시 상하이에 있는 대학에서 강의를 했었고, 꾸어마오루어(郭沫若)**와 리따아자오(李大釗) 또한 마찬가지였소. 꺼런과 리따아자오는 늘 함께 어울려 다녔소. 정말이라니까. 당신에게 거짓말한 것이라면 내가 개새끼요. 학교가 어디에 있었냐고? 가만, 생각 좀 해봅시다. 링윈루(凌雲路)인 것 같소. 오래전에 링윈지(凌雲志)***라고 있었지. 「다시 징깡 산에 오

* 문화대혁명 당시 지식인을 아홉번째로 냄새 나는 숙청 대상이라고 지칭함.
** 중국 현대 문학의 대가.
*** 중국 공산 혁명가의 한 사람.

르다」)*에 나오는 '링윈'(아칭의 기억은 틀린 것임. 그곳은 칭윈루〔青雲路〕이고, 상하이의 자베이구〔閘北區〕에 있음) 말이오. 교수가 된 그는 예전보다 훨씬 더 말라 있었지만 정신은 매우 맑았고 투지는 활활 타오르고 있었소. 당시 그는 소련 문학을 가르치고 있었는데, 톨스토이가 러시아 혁명의 거울이라는 말을 나는 바로 그 사람으로부터 들어서 알게 되었지. 하하, 너무 그렇게 서둘러 반론을 제기하지는 마시오. 사실 그건 그자가 언급한 것이 아니라 레닌의 말이오. 톨스토이는 혁명의 거울이고, 때문에 레닌 자신도 거울이라고 언급했던 것이오.

상하이에 도착하자 꺼런 선생은 먼저 나를 데리고 나가 식사를 했소. 얼마나 배불리 맛있게 먹었던지 나는 트림까지 해댔지. 그러나 결국 다 먹지 못하고 남긴 빠오즈(包子)** 한 조롱을 싸 들고 어슬렁거리며 학교를 향해 걸어갔소. 길에서 몇 명의 삐에산***들을 만났는데 그들이 그 빠오즈를 빼앗으려고 했지. 나의 잽싼 발길질에 삐에산은 놀라서 똥오줌을 못 가렸지. 계속 걸어가다가 또다시 한 사람을 만났소. 병이 들어 빌빌거리는 환자였는데 배까지 고픈 탓에 이미 움직이지도 못하더군. 나는 들고 있던 빠오즈를 모두 그에게 주었소. 꺼런 동지의 눈빛을 보아하니 마음이 흡족한 모양입디다. 그가 먼저 나에게 무엇을 할 생각인지 물었소. 무엇을 할 생각이냐고요? 당신처럼 계속 공부를 해야죠, 라고 답했지. 그가 한동안 생각하고 나더니, 아칭, 너는 총명하고 담대하며 세심하니 아무래도 의학을 공부하는 것이 가장 적당할 듯하구나, 내가 의학을 공부할 수 있도록 소개해주겠

* 마오쩌둥이 지은 시.

** 밀가루 반죽 속에 고기나 야채를 넣고 만든 중국식 만두의 일종.

*** 상하이 사람들이 지칭하는 불량배.

노라, 또한 의사는 사회적으로도 아주 인지도가 좋다고 말했소. 나에게 그의 말은 모두 성지(聖旨)였소이다. 나는 두말할 것도 없이 좋다고 대답한 뒤 다음 날부터 공부를 시작했소. 그러자 꺼런은 돈을 대주며 상하이 의과대학에서 내가 본격적으로 오랫동안 공부할 수 있도록 배려를 해주었소. 허풍을 떠는 게 아니라, 만약 내가 공부를 모두 마쳤다면 틀림없이 훌륭한 의사가 되었을 것이오. 그러나 나중에 나는 학업을 계속하기가 싫었지. 왜냐하면 학비가 너무 비싸서 꺼런에게 더 이상 부담을 주고 싶지 않았기 때문이오.

어느 날 나는 수업이 끝난 뒤 상하이 대학에 있는 그를 찾아갔소. 그는 교재를 겨드랑이에 낀 채 막 정문을 나서고 있었소. 나를 보더니 그는 어떤 사람을 만나러 가자고 했소. 우리는 인력거를 타고 갔지. 무얼밍루(현재의 마오밍베이루〔茂名北路〕)에 도착한 다음 작은 정원 안으로 들어가서 문을 똑똑 노크하자 한 사람이 나왔소. 당신 짐작엔 누구 같소? 짐작할 수 없다고? 그렇지. 여인이었소. 사실, 뻥잉이었소. 그녀의 뒤쪽에 어린 여자아이 하나가 따라 나왔는데, 그 모습이 꼭 서양 인형 같은 게 행동이나 모습이 꼭 어린 시절의 뻥잉이었소. 그런데 여자애가 뭐라고 말을 하는데 나는 한 마디도 알아들을 수 없었지. 사실 그 여자애가 말한 것은 외국어였거든.

당신 말은 그러니까 그 여자애가 누구의 딸이냐는 것이오? 당연히 뻥잉의 딸이지. 좋소, 기왕지사 동지들이 알아버렸으니 이참에 내가 소개하리다. 틀림없소. 그 애는 뻥잉과 종뿌 사이에 태어난 자식이오. 문제는 그 딸아이가 아주 어릴 때부터 적과 친구를 분명히 구별할 줄 알았고, 또한 적과 나의 모순이 무엇인지 분명히 이해하고 있었다는 것이지. 그 애는 애초부터 종뿌라는 못돼먹은 인간을 알은체도 하지 않고 꺼런을 자신의 친아버지로 여겼다니까. 따라서 그 여자애가 꺼런의 친딸인지 아닌지는 전혀 문제가 되지 않았소. 동지들 모두 『홍등기(紅燈記)』를 보았을 테니까, 리티에메이(李鐵梅)는 리위허(李玉和)가 낳은 게 아니란 것을 알고 있을 것이오. 리위허 역시 리나이나이(李奶奶)가 낳은 것이 아니라는 것도 알고 있을 거요. 그러나 그들은 친부모 자식보다 더 가깝게 지냈소. 그러므로 직접 낳은 소생인가 아닌가, 그런 것은 상관없는 거요. 당신, 지금 무슨 말을 하는 거요? 용은 용을 낳고 봉황은 봉황을 낳고 쥐는 태어나면서부터 구멍을 뚫는다고? 마오 주석이 우리들한테 그런 식으로 가르쳤던가? 무슨? 그 말은 내가 만들어낸 소리라고? 그렇다면 당신은 그것을 내가 방귀 뀐 소리로 여기고 잊어버리시오.

좋소, 계속해서 얘기하지. 리위허는 모든 일을 말끔하게 처리하는 사람이었소. 꺼런 역시 마찬가지였지. 그 여자애 이름이 찬또우였는데 그 이름 또한 꺼런이 지어준 거요. 찬또우에 대해 꺼런은 정말 손안에 두고도 날아가버릴까 봐 걱정했고 입에 넣으면 녹아버릴까 염려하면서 어떻게 보살펴줘야 좋을지 몰라 전전긍긍했소. 당시 찬또우가 갓 돌아왔을 무렵, 조그만 얼굴이 노래서 흡사 배 같았지. 꺼런은 직접 손을 놀려서 뭐든 좋다는 것이 있다면 그 애한테 만들어 먹였소. "찬또우도 꺼런을 너무 좋아해서 어디를 가든지 꺼런과 함께 가려고 했소. 심지어 항저우로 자기 외할아버지를 만나러 갈 때에도 꺼런에게 함께 가자고 졸랐소. 꺼런은 그 애에게 동요를 한 수 지어주었소. "찬또우화, 찬또우화, 너는 아빠의 마음속 상처야. 저녁에 잠을 잘 때면 울고 난리를 치다가도 아침에 일어나면 하하 웃지." 당신 말은 그러니까 내가 부르는 노래가 틀렸다는 거요? 그럼 어떻게 불러야 맞는지 어디 당신이 한번 불러보시지. 좋소. 기왕지사 동지들이 틀렸다고 했으니까 내가 다시 생각해보지. 아, 생각났소. 당연히 이런 식으로 노래를 불러야지.

"귀여운 찬또우/착한 찬또우/여덟시나 아홉시에 해가 떠오르네/대해를 항해하는 선박은 조타수에게 의지하고/먼 장래에 내가 의지할 착한 찬또우……"

아무튼 그가 동요를 한번 부르면 찬또우는 떼를 쓰지 않았소. 그런 연후에 꺼런은 책을 읽기 시작했소. 뻥잉은 아녀자들이 하는 일을 시작했지. 신발을 만드는 바느질 말이오.

그렇소, 신발을 만드는 바느질이라니까. 당신에게 뻥 치는 거라면 내가 개자식이오. 사실 나는 이미 잊었었소. 그런데 이틀 전 힘들고도 달콤했던 지난 과거를 회상하면서 지금의 달콤한 생활을 소중하게 생각하고 있을 때, 돌연 그 생각이 떠올랐던 거요. 당시는 대장의 명령으로 모두들 겨와 나물로 입에 풀칠을 하던 시절이었소. 누군가 그런 음식을 먹고 며칠 후 다시 그런 음식을 먹을 수 있느냐고 물었지. 그러자 대장은 곧바로 모든 사람들에게 사상 교육을 시켰소. 그가 먼저 물었지. "마오 주석이 평소에 뭘 먹는지 당신들은 아시오?" 대답을 하는 사람이 없었소. 그는 장용성(張永勝)이라는 사람에게 앞으로 나와 그 문제에 대해 대답하게끔 했소. "장 씨, 당신은 마오 주석의 선집을 연구한 열성분자니까 당신이 말해보시게." 그 장 씨라는 사람은 담이 작아서 방구를 뀔 때조차 발꿈치로 똥구멍을 틀어막던 사람이었소. 그는 얼굴이 발갛게 되어서 감히 아무 말도 못했는데 흡사 입에 재갈을 물려놓은 듯했소. 재차 다그치자 그 사람이 말했소. "대장, 당신이 지난번에 말씀하지 않았나요? 마오 주석의 베개 옆에는 두 개의 단지가 놓여 있는데, 단지 하나에는 뻥탕(氷糖)*이 들어 있고, 다른 하나의 단지에는 깨엿이 들어 있어서, 뻥탕을 먹고 싶으면 뻥탕을 꺼내 먹고 깨엿을 먹고 싶으면 깨엿을 꺼내 먹었다고 하셨는데요." 대장이 말했소. "그래, 그 말을 내가 했었지. 그렇지만 마오 주석 역시 억고사첨(憶苦思甛)**하면서 워워토우(窩窩頭)***를 먹는다고 했소." 그는 또다시 물었소. "당신들 장칭(江靑)**** 동지가 평소에 무슨 일을 했는지 아시오?" 이번에 그는 그것을 나에게 물었소. 나는 그런 것도 질문이라고 하느냐면서 틀림없이 『라오산편(老三篇)』을 공부했을 거라고 대답했소. 그 사람이 또다시 물었소. "『라오산편』을 모두 익힌 다음에는 무슨 일을 했지?" 나는 모른다고 말했소. 나 혼자만 모른 게 아니라 다른 사람들 역시 알지 못했지. 대장이 말했소. "좆같은 것들, 자네들 중 아는 사람이 아무도 없단 말이야? 장칭 동지는 평소 『라오산편』을 공부한 다음에 곧바로 마오 주석의 옆에 앉아 신발을 만들었단 말이야." 그러나 억고사첨할 시절에는 헝겊으로 신발을 만들지 않고 짚신을 삼았소. 맞소, 그 당시 대장의 이야기를 듣는 순간 나는 잠시 뻥잉이 헝겊을 꿰매며 신발을 만들던 일을 떠올렸소. 꺼런이 책을 읽고 있는 동안 뻥잉은 그 옆에서 바느질을 하며 헝겊으로 신발을 만들고 짚신을 삼았단 말이오. 꺼런에 관해서 말하자면 그는 책을 읽는 것 이외에 글을 쓰기도 했소이다. 그는 이미 한 다발의 원고를 써두었는데 그 책의 제목은 '걸어가는 그림자'였지. 무슨 뜻이냐고? 당신은 아직도 잘 이해를 하지 못하고 있구먼. 당신

* 투명한 설탕.

* 힘들었던 지난 과거를 돌이켜보면서 현재의 행복한 생활을 소중히 여기다.

*** 옥수수나 수수 가루 등의 잡곡 가루를 원추형으로 빚어서 찐 속이 텅 빈 빵.

**** 문화대혁명 당시 권력을 휘두른 마오쩌둥의 부인.

이 어디로 가건 당신 그림자도 함께 따라간다는 의미인데, 몸이 바르면 그림자가 비딱할까 걱정할 필요가 없다는 말이오. 나는 늘 그에게 물었소. "이것 보세요, 이제 그림자가 갈 데까지 다 가지 않았나요?" 그는 아직 너무 이르다고 대답했소이다. 그는 줄기차게 쓰면서 아주 열심히 고쳤지. 내가 그에게 그만 자자고 재촉해도 그는 잠을 자지 않았소. 그의 말은, 나는 상관 말고 자네나 가서 자게, 그렇게 말했소. 뻥잉이 불러도 소용없었소. 때때로 뻥잉은 찬또우에게 그를 불러오라고 시켰지. 그러면 그는 할 수 없이 잠시 손을 놓고 찬또우에게 동요를 불러주었소. 어떤 노래냐고? 앞에서 내가 말하지 않았소? 당신 대체 무슨 소리를 하는 거요? 방금 전에 했던 말을 기록하지 못했단 거요? 내가 노래를 너무 잘 부르는 바람에 동지들이 정신없이 노래만 듣느라고 받아 적는 것을 잊은 거 아니오? 좋소, 동지들이 좋아한다니까, 내가 다시 한 번 노래를 불러주지. "귀여운 찬또우, 착한 찬또우, 태양이 떠오를 때까지 자거라, 새빨간 태양이 솟아올랐다, 자리에서 일어나 나와 함께 혁명하세." 찬또우가 꾸벅꾸벅 잠이 들면 그는 다시 글을 쓰기 시작했소.

참, 또다시 세월이 흐른 후에는 그가 글을 쓸 시간이 없었소. 무슨 일 때문이냐고? 그보다 더 중요한 일이 그를 기다리고 있었기 때문이지. 그는 당의 부름을 받고 따황 산으로 갔소. 그 당시 따황 산은 소련 관할이었소. 그렇소, 그는 따황 산에 두 번 갔는데 그때가 첫번째였지. 그 사람이 어디를 가든지 나는 곧 그를 따라다녔지. 맞소, 내가 바로 그 사람의 그림자였단 말이오. 그가 소련 관할 지역으로 갈 때 나도 당연히 소련 관할 지역으로 가려고 했지. 다시 세월이 흐른 다음에 혁명 과업을 위해서 나는 연기를 하게 되었고 부득이 그와 떨어질 수밖에 없었소. 그러나 물고기는 물을 떠나서는 살 수가 없고 참외는 모종을 하지 않고서는 얻을 수가 없으니 어디로 가든지 상관하지 않고 나의 마음은 시시각각 그와 함께 있었소.

& 걸어가는 그림자

내가 제1장에서 제기한 것처럼 5·4 운동 이후에 뻥잉은 프랑스에서 베이징으로 돌아왔다. 그러나 그 당시 꺼런은 옥중에 수감되어 있는 몸이라서 그들이 만날 수는 없었다. 프랑스에서 돌아온 이후에도 꺼런의 소식을 지지부진 얻을 수 없게 되자 뻥잉은 다시 어머니를 따라 영국으로 가서 서스턴에서 머물게 된다. 서스턴은 그 유명한 케임브리지에서 불과 6마일 떨어져 있는 경치가 무척 아름다운 작은 촌락이다. 『절색』을 창작하기 위해서 안토니 스웨이트는 서스턴을 방문한 적이 있다. 그의 말에 따르자면 서스턴에는 작은 잡화점이 딱 하나 있었다. 그 잡화점 주인의 딸이 지금까지 기억하는 바로는, 아름답고 늘씬한 한 중국 여자가 늘 아이를 데리고 잡화점으로 찾아와서 담배를 샀는데, 그녀는 레이스로 만들어진 숄을 어깨에 걸치고 다녔으며, 표정이 늘 우울해 보였다고 한다. 뻥잉의 회상 또한 그런 표현과 기본적으로 부합한다.

어느 날 담배를 사려는 순간 편지 한 통을 발견한 적이 있다고 뻥잉은 말했다. 그것은 린훼이인(林徽因)의 편지였다. 린훼이인은 훗날 국가의 휘장과 도장을 설계한 사람이다. 그 편지는 린훼이인이 쉬즈모(徐志摩)에게 보낸 편지로 그곳에 보관해둔 지 아주 오래된 것이었다. 편지 때문에 그녀는 비로소 쉬즈모가 예전에 서스턴에 머문 적이 있다는 걸 알게 되었고, 서스턴의 편지가 전부 그 잡화점을 경유해서 전달된다는 것도 알게 되었다. 그녀는 곧 파리로 편지를 보내 그곳에 있는 친구에게 자신의 편지를 서스턴으로 보내달라고 부탁했다. 그해 만추에 그녀는 파리에서 온 편지를 한 통 받는다. 중국에서 온 편지였다. 교회 일에 종사하는 한 여자 친구(나의 고모할머니이다)가 보내온 것으로, 어디서 그곳의 주소를 알아냈는지 알 수 없었으나 편지에 꺼런이 러시아에서 돌아왔다고 적었으며, 먼저 톈진의 고아원에서 빌 목사의 사무 처리하는 일을 돕다가 당시 상하이 대학 총장으로 재직하고 있던 위요우런(于右任)과 공산당원 덩종샤(鄧中夏)의 초청을 받아들여 상하이 대학에서 교편을 잡고 있다는 내용이었다. 그녀는 꺼런이 지금 홀로 외로운 신세이며 여전히 의연하게 마치 사슴이 계곡 물을 그리듯 그녀를 사랑하고 있다는 걸 빵잉에게 알려주었다.

기억은 거친 소음을 막는 장벽이다. 일단 장벽을 열어젖히자 지나간 여러 가지 일이 마음속에서 용솟음쳤다. 기억으로 인해 입이 고통스럽게 되었다. 그녀는 근 몇 년 동안 꺼런을 걱정하던 자신의 심경을 어머니에게 쉬지 않고 떠들어댔다. 곧바로 귀국해 꺼런을 만나고 싶은 생각으로 가슴이 터질 것 같았다. 그리고 어머니와 이별한 뒤 딸을 데리고 사우스햄튼 항구에 도착했다. 그리고 나중에 일기에 이렇게 쓴다. "잉글랜드의 만추는 날이 아주 일찍 어두워진다. 배에 오를 때 날은 이미 저물었고, 눈앞의 잉글랜드 해협의 파도는 일만 창파였다. 고향에 돌아가고 싶은 마음이 화살 같았기 때문에 아무튼 나는 여객선이 마치 제자리를 맴돌고 있다는 느낌이 들었다. 나중에 일체 적막 속으로 빠져들었고, 저 멀리 해협에 접해 있는 와이트 섬에는 이미 등불이 아로새겨져 있었다."

장거리 여정을 마치고 그녀가 드디어 상하이에 도착했을 때는 거친 바람과 썰물로 인해 배가 도저히 항구에 접안할 수 없었다. 그래서 그녀는 외항에서 이틀 동안 발이 묶였다. 넘실거리는 물로 가로막혀 지척이 천리여서 도일하던 해와 비슷했다. 여러 해 전에 그녀는 그곳에서 꺼련을 배웅했었다. 어린 딸아이의 얼굴을 보며 여러 해 전 꺼련과 이별하던 기억을 떠올리는 그녀의 얼굴 위로 진주 같은 눈물이 흘러내렸다.

그것은 1923년 가을의 일이다. 그 당시 꺼련은 상하이 대학에서 교편을 잡고 동료 교수인 취치우빠이(瞿秋白)와 함께 러시아어를 강의하고 있었다. 그들은 무얼밍루(현재의 마오밍베이루〔茂名北路〕)에서 임시 거주했으며, 취치우빠이와 그의 부인인 왕젠홍(王劍虹)의 거처와 인접해 있었다. 나중에 저명한 작가가 된 띵링(丁玲)도 그 당시 상하이 대학의 학생이었고, 그녀 역시 무얼밍루에 살고 있었다. 아칭 역시 상하이에 도착한 이후 꺼련과 뻥잉의 집에 거주하게 된다. 꺼련은 1927년까지 상하이 대학에서 머물게 되는데 나중에는 교직을 사임하고 번역에 전념하게 된다. 푸슈킨의 작품을 번역한 것 이외에 안톤 체호프 그리고 톨스토이 등의 소설을 번역했으며, 또한 러시아로 된 셰익스피어의 『맥베스』를 다시 중국어로 번역했다. 여러 해 전부터 그는 줄곧 문학 창작에 전념할 생각을 하게 된다. 그 당시 그는 갑자기 자기 가족사와 자신의 경력을 떠올리며 한 편의 자전적 장편소설을 창작하게 되는데 그 작품의 제목이 '걸어가는 그림자'이다. 이 제목은 『맥베스』의 제5막 제5장에서 나온 것이다.

> 인생은 마치 걸어가는 그림자 같고 은막 위에서 서툰 공연을 하는 연기자 같다. 잠시 등장했다가 곧바로 소리 소문도 없이 사라질 뿐이로다. 그것은 어리석은 사람이 꿈 이야기를 하는 것처럼 잔뜩 소란스럽고 어지러울 뿐이다.

그 당시 빌 목사는 이미 상하이를 방문해서 꺼런과 뻥잉의 안부를 묻기도 했다. 『동방의 성전』이라는 책 속에서 빌 목사는 꺼런이 그 작품에 대한 구상을 어떻게 했는지 자세히 기록하고 있다. 그는 자신이 꺼런의 원고 일부를 보았다고 표명하고 있다.

> 한 묶음의 황토색 종이 위에 꺼런 부친의 스토리가 적혀 있었다. 내 눈에 비친 꺼춘따오 선생은 서툰 무대 예술인으로 잠시 등장했다가 그림자처럼 소리 없이 사라졌다. 그는 자기 부친에 대해 다 쓰고 난 뒤 그 자신에 대해 창작하고 그다음에는 딸인 찬또우에 대해 쓸 생각이었다. 그는 평생 동안 그 '걸어가는 그림자'를 창작하려고 했다. 귀동냥으로 들은 것을 토대로 비유하면서, 금(琴, 현악기의 일종)으로 수수께끼를 해결하듯이, 나는 그 책의 제목이 아주 온당하고 적절하다고 그에게 말해주었다. 왜냐하면 「시편(詩篇)」에서 "세인의 행동은 사실 환상이다"라고 표현하고 있기 때문이다.

지금 남아 있는 자료에 따르면 이 책은 꺼런이 죽을 때까지 완성되지 못한 것으로 나타나 있다. 1932년 일본군은 상하이 자베이(押北)로 진공하게 된다. 전쟁이 끝난 뒤 꺼런은 곧바로 소련 구역인 따황산으로 갔다가 나중에 다시 장정(長征)에 참여하게 된다. 뻥잉의 말로는 꺼런이 따황 산에 갈 때 특별히 그가 창작 중인 원고를 챙겨 갔다고 말한다. "그는 원고를 챙겨 갔고 또한 나와 찬또우를 데리고 갔어요. 그가 말하기를, 우리들은 그곳에서 새롭고 자유로운 생활을 다시 시작할 수 있다고 했습니다."

@ 양펑량(楊鳳良)

내가 이런 식으로 진술하면 동지들은 기본적으로 이해할 거요. 다만 처지를 바꾸어서 한번 생각해보면 당신들도 명백하게 알 수 있을 텐데, 수년 뒤 판지화이가 나를 따황 산으로 보내 꺼런을 만나게 하겠다는 소식을 접했을 때 나는 마음속으로 아주 즐거웠소. 좆같이, 심장마저 목구멍을 뚫고 튀어나올 지경이었지. 맞소, 내가 앞에서 서술했던 것처럼 그 당시 판지화이는 이렇게 말했지. "자네가 그곳에 간 다음 가장 먼저 수행할 임무는 그 사람이 도대체 꺼런인지 아닌지 확실하게 알아내는 것일세." 그러고 나서, 아니지, 그를 그냥 놓아두라고 했소. 그렇소, 그래야만 그가 거기에서 무슨 일을 하고 있는지 분명히 알 수 있기 때문이었소. 판이 그런 식으로 말하는 순간 나는 그런 식으로라도 꺼런을 한번 만나게 되면 무엇보다 좋겠다고 생각했소. 판이 내게 당부하기를 경거망동하지 말고 또한 절대로 꺼런의 솜털 하나라도 다치게 하면 안 된다고 말할 때 나는 마음속으로 껄껄 웃지 않을 수 없었지. 미련한 놈, 제기랄, 정말 미련한 놈이지! 그걸 말이라고 씹어뱉나. 당신이 그런 말을 하지 않더라도 나는 당연히 꺼런의 솜털 하나도 다치지 않게 할 거란 말이야.

내가 자리를 뜨려고 하는데, 판지화이가 나를 붙잡았소. 이미 어떤 사람이 따황 산에 가 있는데 그의 이름이 양평량이라고 말했소. 판은 내게 그곳에 도착하면 먼저 양평량과 접선한 다음 임무를 어떤 식으로 수행할 것인지 계획을 세우라는 거였소. 좆같은 것, 양평량도 갔단 말이야? 나는 깜짝 놀라서 생각을 다급히 바꿔버렸소. 그 사람이 꺼런이 아니라면 차라리 좋겠는데. 만일 꺼런이라면 내가 감히 내 마음대로 꺼런을 놓아줄 수 없겠다는 생각이 문득 들었기 때문이오. 왜 그러냐고? 만약 내 손으로 직접 꺼런을 놓아준다면, 나는 군통에서 더 이상 활동할 수 없게 되고 또한 지하 조직이 와해되어버릴 거 아니오. 나는 판지화이에게 말했소. "장군, 장군께선 다른 사람을 파견하실 수 없습니까?" 판지화이가 묻더군. "무엇 때문에?" 나는 입에서 나오는 대로 그럴듯하게 거짓말을 늘어놓았는데, 내가 양평량과 한바탕 의견 충돌을 한 적이 있어서 그 사람과 도저히 마음을 열고 진지하게 함께 일할 수 없다고 대답했소. 판지화이 이 인간이, 제기랄, 정말 어떻게 돌아버렸는지 대뜸 관심을 보이는 거요. 판이 어디 한번 구체적으로 말해보라는 거였소. 나는 양미간을 찌푸리며 잠시 생각하다가 계속해서 입에서 튀어나오는 대로 떠들었소. 양평량은 그릇 속에 담겨 있는 것만 먹는다고 떠드는 위인이지만 사실은 솥 안에 든 것을 노리는 인간으로, 내가 어렵사리 한 여자를 사귀게 되었는데 그 여자마저 며칠 못 가서 양평량이 꾀어내는 바람에 돈도 없고 배운 것도 없는 나는 빈 떨거지가 되었다고 했소. 하하하, 동지들,

내가 그런 식으로 말을 하자 판 씨가 걸려들더라고. 그는 완전히 믿었을 뿐만 아니라 되레 나를 위로했다니까. 그가 말하더군. 돈도 없고 배운 것도 없는 것이 나쁜 것 같지만 기실 좋은 것이라고. 가난은 생각을 전환시켜 일을 하도록 만드는 동기를 제공하며 혁명을 도모하게 만든다는 거였소. 아무것도 씌어 있지 않은 백지 위에는 아무런 부담을 갖지 않고 제일 좋고 멋진 글을 쓸 수 있으며 제일 좋은 그림도 그릴 수 있다는 거였지. 마오 주석을 걸고 맹세하건대, 판이 정말로 그렇게 말했다니까. 당신에게 내가 허풍 떠는 거라면 나는 개새끼요. 여자는 얼마든지 있으며, 양펑량은 따황 산에서 침어낙안(沈魚落雁),* 폐월수화(閉月羞花)** 같은 여자를 만났다고 판이 말하는 거였소. 상대방의 공격에 반격하지 않으면 군자가 아니라고 하면서, 그 사람과 노동으로써 경쟁을 벌여 재빨리 먼저 큰일을 처리하고 나서 그 여자마저 손에 넣으면 되지 않느냐는 거였지.

이런 식으로 말하면 되겠소? 좋소, 그럼 계속 말하지.

그때 나는 황급히 감히 어떻게 그렇게 하겠느냐고 말했소. 그가 하는 말이, 참 좆같은 말이었지. "자네, 평소에는 그렇게 대단하더니만 결정적인 순간에 와서 왜 그렇게 약해지는 건가?" 그런 말을 판이 하더구먼. 나는 말했지. "장군, 제가 약해진 게 아니라 제 조건이 그 양반보다 못해서 자신 없습니다, 저에 비해 그 양반은 격식을 갖추었고 천성적으로 여자를 좋아하니까 도저히 저는 그를 이길 수 없습니다." 그러자 판지화이가 나한테 화를 냈소. 겸손은 사람을 진보하게

* 물고기가 보고 수면 깊숙이 숨고, 날아가던 기러기가 보고 넋이 나가 날갯짓을 멈추는 바람에 공중에서 떨어질 정도로 아름다운 여자를 형용하는 말. 『장자』의 「제물론」에 나오는 글.

** 달이 숨고 꽃이 부끄러워할 정도로 아름다운 용모를 지닌 여자를 일컬음.

하지만 교만은 사람을 뒤떨어지게 만드는 법인데, 내가 그런 식으로 말하면 매우 기분이 나쁘다는 거였지. 그런 연후에 그는 다시 내게 알려주었소. 조건이 되면 반드시 덤벼들어야 하고 조건이 안 되면 조건을 만들어서라도 덤벼들어야 한다는 거였지. 그가 그런 식으로 말을 하니, 나는 생각해볼 수밖에 없었지. 개 좆같은 양펑량 그놈은 확실히 좋은 인간이 아니니까 내가 정말 그 여인을 손에 넣는다면 그것 또한 여자를 재난 속에서 구출해내는 것이나 마찬가지라는 생각이 들었소.

동지들은 제발이지 나와 양펑량이 이성 문제로 서로 쟁탈전을 한다는 식으로 인식하지 마시오. 그 인간은 좋은 놈이라고 할 수 없소. 사실 그 인간은 원래부터 좋지 않은 놈이오. 꺼런이 따황 산 일대에 출현했다는 정보를 그가 곧바로 판지화이에게 전해주었으니까. 그해 그의 아버지가 죽자 푸젠 성(福建省) 창띵(長汀)으로 분상을 위해 돌아갔소. 따황 산을 지나칠 무렵 그 개새끼는 자신이 오래전부터 사귀고 있던 계집이 생각나서 중도에서 길을 멈추고 바이포 진에 들른 거요. 그의 계집은 그곳에서 차관(茶館)을 열고 있었는데, 그 자식에게 어린 반혁명분자를 하나 낳아주었소. 양펑량은 바이포 진에서 사흘 머물렀고, 나흘째 되던 날 아침에 그 여자와 아들이 그를 정류장까지 배웅해주었소. 그 정류장은 상좡처잔(尙庄車站)이라고 불렸는데 바이포 진에서 매우 가까웠소. 말을 탄다면 아마 국수 한 사발 먹을 시간이면 닿을 수 있었지. 바로 상좡으로 가는 길에 그의 아들이 꺼런을 목격한 거요. 그 무렵 꺼런 역시 마침 상좡에서 되돌아오던 길이었지. 그 어린 강아지가 꺼런을 발견하자마자 달려가서 허리를 숙이며 꺼런에게 공손하게 절을 했소. 그 순간 양펑량이 꺼런을 알아본 것은 아니었고, 다만 꺼런이 약간 안면이 있는 것 같다는 느낌만 받았을 뿐이지. 꺼런이 떠난 뒤 양펑량이 그 계집에게 물었소. 저 사람이 누구인데 저 조그만 녀석이 그를 보자마자 껌뻑 죽는 시늉을 하는 거지? 그 망할 계집의 대답이, 그 사람은 요우(尤) 씨로서 요우위(尤郁)로 불리는데 대학에서 교편을 잡던 사람이라고 했소. 맞소, 요우위는 꺼런의 별명이었던 거요. 일은 원래 그런 식으로 끝날 것이었는데, 공교롭게도 그날 상황 북쪽 몇십 리 떨어진 곳에서 누군가 철로를 폭파시키는 바람에 복구를 하려면 며칠은 걸릴 거라는 소식에 양펑량은 어쩔 수 없이 바이포 진에서 다시 머물러야 했소. 나중에 그는 그 요우위라는 사람이 꺼런이라는 걸 분명히 알게 되었지. 그가 말하기를, 당시 자신은 너무 좋아서 죽을 지경이었는데, 그것은 바로 장제스(蔣介石)가 꺼런의 목에 현상금 일만 은(銀)을 걸었기 때문이라는 것이었소. 그가 곧바로 꺼런을 때려죽이지는 않았소. 왜냐하면 그 인간은 제법 멀리 볼 줄 알았거든. 누군가의 목숨 값이 많이 나갈수록 함부로 목을 치면 안 된다는 것을 알고 있었기 때문이지. 왜냐하면 국민당과 공산당이 모두 그를 노리고 있었거든. 그는 만약 독단적으로 행동했다가는 상금을 얻을 수 없을 뿐만 아니라 어쩌면 자신의 목숨마저 잃을 수도 있다고 생각했지. 그는 급히 총칭에 그 소식을 알렸고, 또한 그곳에 장기적으로 머무를 준비를 갖추었소. 이쯤에서 내가 사전에 알려주고 넘어가지만, 양펑량 그 개자식은 평생 동안 총명했지만 한 순간 멍청했다는 것이고, 그가 꺼런을 알아보는 순간 기실 그 자식의 목 위에 이미 칼날이 걸쳐져 있었다는 것이오.

따황 산에 도착한 뒤 나는 양펑량과 인사를 한 다음 밥도 먹지 않고 곧장 꺼런을 만나러 갔소. 그때는 마침 정오였고, 양펑량이 나를 안내했소. 당신들, 짐작해보시오. 개 좆같은 양펑량이 우리의 꺼런을 도대체 어떤 곳에 가두어놓았을지 말이오? 망할 새끼, 그 자식이 기껏 생각해서 꺼런을 감금해놓았다는 곳이 팡커우(枋口) 소학교인데, 그건 고의적으로 꺼런의 상처 위에 소금을 뿌린 수작 아니겠소? 왜 이런 식으로 말하는 줄 아시오? 그 소학교는 바로 꺼런의 장인인 후안이 돈을 출자해 건립한 곳이기 때문이오. 그때가 1934년인데, 학교를 세울 때 나 역시 한동안 몹시 바빴었소. 몇 차례 돌도 나르고 통나무도 짊어지고 나르면서 기반도 다졌으며 담장 쌓는 일도 거들었지. 지금도 나는 어린 학생들이 책가방을 등에 메고 등교하는 모습을 보면, 그 당시 우리가 학교를 세우던 광경이 떠오른단 말이오. 학교는 바이윈(白雲) 강가에 세워져 있었소. 학교와 그다지 멀리 떨어져 있지 않은 곳에 작은 호수가 하나 있었소. 강 위에는 수문이 하나 있었기 때문에 꺼런은 그 소학교의 이름을 팡커우 소학교라고 지었지. 동방홍(東方紅) 할 때의 방(方) 자 앞에 목(木) 자 변이 붙은 글자인데, 그 의미는 수문이라는 뜻이오. 꺼런은 이번에 찾아와서 건물을 다시 한 번 수리했소. 그는 사실 그곳에서 매우 훌륭한 혁명 계승자들을 배양해낼 생각이었으나 양펑량 그 개자식이 그곳을 꺼런의 감방으로 만들어버린 거요.

학교로 가는 길에 나는 양펑량에게 말했소. "양펑량, 상부에서 나를 파견한 것은 내가 꺼런의 오랜 친구이기 때문인데, 내가 그와 이야기를 나누면 그를 충분히 항복시킬 수 있을 것이고, 그에게 당과 국가를 위해 충성을 다할 수 있도록 기회를 줄 수 있다네." 양펑량은 내 말을 듣더니 연신 고개를 끄덕이면서 허리를 굽실거리며 그렇지, 그렇소, 그러더군. 그러면서 바로 그런 점 때문에 그가 꺼런을 각별히 보살피고 있는 것이며 꺼런이 불편하지 않도록 최선을 다하고 있다고 말했소. 나도 대꾸했지. 그것은 참 잘한 일이며, 내가 상부에 그 점을 보고해, 상부에서도 당신이 임무를 제대로 수행하고 있다는 것을 알게 만들 것이라고 말했소. 내가 그렇게 말하자 그는 다시 담배를 꺼내 권하더니 불까지 붙여주었소. 아니, 내가 당신들에게 담배를 달라는 얘기가 아니오. 내 말은 양평량이 담배에 불을 붙여 내게 주었단 얘기요.

좋소이다, 그럼 나도 담배 한 대 더 피웁시다. 내가 이런 식으로 말하면 되겠소? 좋아요, 그럼 계속 말하리다.

학교 문 입구에 도착했을 때, 나는 몇 명의 군인을 만나게 되었는데 그들은 평상복 차림으로 교문 앞에 서 있었소. 비록 이 어르신의 신분은 모르고 있었지만 양평량이 이 어르신의 면전에서 굽실거리는 모습을 보고 나서 그들은 이 어르신이 상관이란 것을 알아채고 다들 서둘러 이 어르신을 향해 예의를 갖추었지. 나는 손을 흔들면서 말했소. "동지들, 수고 많구먼." 그들은 서둘러 외쳤소. "각하, 수고하십니다." 나는 이어서 그들에게 말했지. "자네들은 신성한 사명을 이미 영광스럽게 완수했으므로 머지않아 조직의 상부에서 틀림없이 포상을 할 것이니, 이제 자네들은 안심하고 양 장군을 모시고 집으로 돌아가게. 내가 미리 자네들의 승진과 치부를 축하하는 바일세." 그 개 같은 자식들이 내 말을 듣더니 다들 기뻐 껑충껑충 뛰면서 경례를 하고 박수를 쳐대는데, 심지어 나를 향해 무릎을 꿇고 대가리를 처박으려고 했다니까. 나는 그 자리에서 양평량을 한껏 치켜세워주면서 그 자식에게 미혼탕(迷魂湯)*을 들어부었소. 나는, 강한 장군의 수하에는 약한 병사가 없다고 하더니, 당신 부하를 살펴보니까 양 장군이 병사들을 통솔하는 데 일가견이 있다는 것을 알겠더라고 말했지. 양평량의 얼굴에 대뜸 웃음꽃이 피더군. 무슨 꽃이냐고, 개새끼 꼬리 꽃이지. 무쇠는 달궈졌을 때 두들겨야 하는 것처럼 나는 저녁에 연회를 열어 그들의 노고를 치하하겠다고 선포했소. 바로 그 순간 공산주의의 숭고한 이념이 마치 한 다발의 불꽃처럼 나의 심중에서 활활 타오르기 시작했소. 나는 너무 많은 것을 고려할 필요는 없다고 마음속으로 생각하면서, 국제공산주의를 하루빨리 실현하기 위해서라도 나는 최대한 빨리 그 개 떼를 전부 손봐줘야겠다는 생각을 했소. 단지 린부통사의 가르침, 즉 작은 일을 참지 못하면 큰일을 도모할 수 없다는 말이 떠올라, 나는 즉각 행동으로 옮기지는 않았소. 내 생각에 그때는무엇보다 먼저 연기를 하는 것으로 충분하다는 생각이었소.

곧 꺼런을 만날 수 있게 되자 나는 몹시 흥분했고 줄곧 심장이 두근거렸소. 양평량이 눈치를 챌까 봐 나는 서둘러 안으로 들어가지 않고 마치 감사를 나온 사람처럼 양손으로 뒷짐을 진 채 우선 건물 밖 주변을 한 바퀴 둘러보았소. 다시 학교 정문 앞으로 돌아와서 나는 양평량에게 말했소. "양 장군, 똑똑한 사람도 생각을 너무 많이 하다 보면 틀림없이 한 번은 실수하게 마련입니다." 그는 그 말을 듣자마자 단박에 덜덜 떨기 시작했소. 내가 말했소. "어떤 문제를 볼 때 반드시 둘로 나누어 보아야 하는데, 하나는 능력이 발휘되는 성적을 보아야 하고 다른 하나는 부족한 부분을 보아야 한단 말이오." 내가 그런 식으로 말을 하자, 그는 부디 가르침을 달라고 다급하게 말했소. 나는 마치 파리를 내쫓듯 먼저 주변에 있던 강아지 새끼들을 한쪽으로 몰아

* 사람 혼을 빼놓을 듯이 유창하게 말하는 교언영색의 일종.

내고 나서 양펑량에게 말했지. 바로 이런 식으로 말이오. "당신은 어린 학생들을 집으로 쫓아 돌려보낼 것이 아니라 마땅히 그들이 계속 학교에 나와 공부를 할 수 있도록 해야만 비로소 주인에게 푹 빠지게 되는 거요. 제기랄, 당신이 현재 이런 식으로 일을 하면 모르는 사람들은 우리들이 지금 벌이는 일이 무슨 귀신 씻나락 까먹는 짓거리로 오해할 것이고, 그렇게 되면 앞으로 과업을 전개하는 데 불리하단 말이오." 내가 이렇게 말하자, 그는 또다시 몸을 부들부들 떨었소. 나는 한편으로 웃으면서 다른 한편으로는 그를 위로하면서 말했지. "안심하시게, 나는 절대로 상부에 그런 것을 보고하진 않을 테니." 그러자 그는 연달아 허리를 굽실거리면서 그 역시 그 점을 고려했었으며 따라서 학생들의 수업을 결강시키지 않으려고 다른 선생 한 명을 초청했으며, 또한 학생들을 지금 진(鎭)*에 있는 절간에 모아놓고 수업을 진행하고 있다고 말했소. 양펑량은 또 내게 말했소. 대외적으로는 요우위 선생이 지금 병에 걸려 잠시 수업을 진행할 수 없다고 알렸다는 것이었지. 내가 말했소. 좋아요, 소 잃고 외양간 고치는 격이지만 아직 늦은 것은 아니오. 그러나 어떤 불상사도 일어나길 원하지 않는다고 말이오.

양펑량은 나를 대동하고 안으로 들어가길 원했는데, 나는 손을 흔들면서 그에게 바깥에 머물라고 시켰소. 무슨 까닭으로 내가 그를 안으로 들어가지 못하게 했는지 동지들이 알아맞혀보시오. 잘 모르겠지? 오, 총칭에서 출발할 때부터 나는 이미 생각을 해놓았지. 꺼런을 만나게 되는 순간, 만약 꺼런이 나를 알아보지 못하는 척하게 되

---

* 행정 단위의 하나이며 한국의 '군'과 유사함.

면 좋은 연극을 펼칠 수 있기 때문이었지. 왜냐하면 양평량에게 나는 되레 이렇게 말할 수 있기 때문이오. 양 장군, 양 장군, 대체 어떻게 된 거요? 사람을 잘못 잡았잖아, 저 인간이 어떻게 꺼런이란 말이오? 이 세상에 똑같이 생긴 나뭇잎은 없다지만 비록 저 인간이 꺼런과 제법 비슷해 보이긴 해도 완전히 다른 사람이오. 그가 어쩌면 반박하고 나올지도 모른다는 생각에 나는 미리 그에 대한 대책까지 생각해두었었지. 나는 이런 식으로 그에게 설명할 작정이었소. 더 말할 필요도 없소, 꺼런에 대해서라면 가죽이 홀딱 벗겨졌더라도 나는 뼈다귀만 보고도 알아볼 수 있다고 말이오. 그럴듯한 연극을 성공적으로 펼치기 위해서 나는 반드시 사전에 꺼런에게 귀띔을 해주어야 했던 거요. 나는 양평량에게 말했소. "양 장군, 당신은 우선 밖에서 잠시 쉬고 있도록 하시오, 내 걱정은 하지 말고. 기껏해야 문약한 서생이잖소. 닭 한 마리 잡을 힘도 없는 인간이니 내게 위험을 가할 일은 없지." 어떻소? 제법 똑똑하잖소? 내가 그렇게 말을 하니, 과연 그가 수긍을 하고는 발뒤꿈치를 척 갖다 붙여 차려 자세를 취하고 경례를 하면서 "각하, 조심하십시오"라고 말하더군. 내가 말했소. "당신의 호의에 고마움을 표하는 바이오. 혁명이 아직 성공하지 못했지만 동지들이 여전히 열심히 노력하고 있다는 것을 내가 잘 알고 있소"라고 말이오. 나는 담배에 불을 붙인 다음 안으로 들어갔소.

그 당시 꺼런은 맨 안쪽에 있는 방에 갇혀 있었소. 방이 무척 컸는데 아마 한 장(丈)*은 넘었을 거요. 내가 들어갔을 때, 꺼런은 마침 잠이 들어 있었소. 실내가 무척 습해서 벽 아래쪽에서는 심지어 버섯

* 3.33m의 열 배.

이 자라고 있었지. 그는 문짝을 눕혀 급조한 침상 위에서 손에 책 한 권을 쥔 채 잠들어 있었소. 마오 주석을 걸고 맹세하지만, 나는 감히 그를 깨울 수 없었소. 꿈속에서도 그는 아마 혁명 후계자들의 문제를 염려하고 있었을 거요. 잠시 그의 옆에 서 있는 동안 나는 가슴이 펄펄 끓어올랐소. 나는 마음속으로 말했지. 봐, 혁명을 위해 꺼런이 얼마나 피곤한지. 이런 모습이야. 꺼런 동지는 원래 마른 사람이었지만 그때는 더욱 삐쩍 말라 있었소. 육체는 혁명의 밑천이라고 하는데, 그곳에 누워 있는 그를 보니 흡사 종이로 만든 인형 같았단 말이오. 나도 모르게 코끝이 시큰거리더라고. 내가 밖으로 나오니 양펑량이 쏜살같이 다가오며 내게 어떠냐고 물었소. 내가 할 수 있는 말이라곤 단지, 당신은 뭐가 그리 다급한가! 요우위는 지금 낮잠을 자느라고 아무 말도 하지 않더군. 그가 돌아서려고 할 때, 나는 그를 붙잡고 말했소. 당신 역시 고생했소. 조금 있다가 내가 술 한잔 사겠소, 그렇게 말했지.

아니오, 동지들, 마오 주석을 걸고 말하지만 나는 결코 다른 뜻을 갖고 있는 게 아니오. 정말이지 당신들에게 술을 얻어먹으려고 헛소리한 거라면 난 개새끼요. 좋소이다, 기왕 당신들이 술을 마시고 싶다고 하니 내가 군자로서 가만히 있을 수는 없지.

& 양펑량에 관해서

아칭이 거론한 양펑량 역시 사실은 꺼런의 옛 친구다. 그가 무슨 일로 따황 산에 갔는가에 관해서는 판지화이 선생이 뒤에서 설명하게 될 것이다. 이쯤에서 우리는 우선 어떤 사람의 기억을 통해서 간단하게 양펑량을 이해하고자 한다. 그 사람은 바로 현재 서양 철학계의 저명한 현상학자 더크 보더(Derk.Bodde)* 선생이다. 그의 본명은 쑨궈장(孫國璋)으로 일찍이 양펑량의 수행원이었다. 2000년 겨울, 쑨 선생은 푸조우 사립 해협대학교장인 왕지링(王季陵) 선생의 초청을 받고 귀국해 강의를 맡게 된다. 왕지링 선생 역시 이전에 양펑량의 수행원이었다. 나는 그런 소식을 듣고 곧바로 푸조우에 찾아가 쑨 선생을 만난 적이 있다. 다음 내용은 당시 취재했던 녹취록이다.

나와 양(펑량) 선생은 동향으로, 모두 푸젠(福建) 성 창팅 사람입니다. 창팅은 참으로 좋은 지방으로 개구리, 삿갓, 가죽으로 만든 베개, 찻잎 등이 모두 천하에 널리 알려져 있습니다. 동향 사람이다 보니 양 선생은 나를 굳게 신임했지요. 그러나 그를 따라서 따황 산으로 가기 전에 나는 그 사람의 확실한 동기는 잘 모르고 있었지요. 단지 그 사람이 분상을 하기 위해 고향으로 돌아가는 길에 바이포 진에 들러 애인과 만난 것으로 알고 있었죠. 여정 중에 그는 일종의 달콤한 고통을 곱씹고 있었을 겁니다. 바이포 진에 도착한 이후 비로소 그는 자신이 그곳에 온 진정한 목적이 바로 애인과 함께 멀리 떠나기 위한 것이라고 내게 말해주었지요. 그렇지요. 그는 일찍부터 정치에 환멸을 느끼고 있었으며, 정치판에서 상대방을 서로 속이는 것에 염증을 내고 있었습니다. 그가 즐겨 말하는 명언이 하나 있는데, 말해야 할지 말아야 할지 모르겠습니다. 그는 이 세상에 두 개의 가

* 20세기 중반 중국 철학을 서방세계에 번역해서 서구 학계에서 꾸준히 연구함.

장 더러운 물건이 있는데, 하나는 정치이고 다른 하나는 여자의 성기라고 말했습니다. 그렇지만 모든 남자들이 그 두 가지 모두를 극히 좋아한다는 것이었지요. 그가 다른 남자들과 달랐던 점은 여자야 그도 다른 사람들처럼 사랑했지만, 비인간적인 정치에 대해서 그는 이미 깊이 혐오하고 있었다는 겁니다. 그는 줄곧 총칭을 벗어날 기회를 엿보고 있었지만 안타깝게도 좋은 기회를 얻지는 못했지요. 때마침 판지화이 중장이 그를 불러 이야기를 나누다가 꺼런이 다시 따황 산에 나타났다는 중요한 정보를 알려주었습니다. 판지화이 장군은 따황 산에서 활동하고 있는 사람이 꺼런이 맞는지 확인할 증거를 찾으라고 그에게 지시했죠. 꺼런이 죽었다는 것은 아녀자나 아이들까지 모두 알고 있던 터라 양 선생은 자연히 누군가 엉뚱한 정보를 제공한 것으로 여기고 그 말을 믿지 않았습니다. 그는 따황 산은 중앙 정부의 권세가 미치지 않는 곳이므로 이번에 임무를 위해 그곳에 갈 수 있다는 것은 천재일우의 좋은 기회로서 그것을 핑계로 정치 소용돌이에서 벗어날 수 있다고 생각했습니다.

그가 꺼런의 이야기를 꺼냈을 때 나 역시 적지 않게 놀랐지요. 그보다 먼저 나도 꺼 선생이 얼리깡에서 전사했다는 풍문을 들었단 말입니다. 바이포에서 며칠 머물고 있는 동안 우리는 꺼런이 그곳에 있다는 정보를 얻지 못했지요. 나는 곧 양 선생에게 보고했습니다. 장군, 시간을 질질 끌지 말고 꺼런이 따황 산에 나타났다는 정보는 풍문에 불과하다고 총칭 쪽에다 보고를 하시지요, 그렇게 말입니다. 양 선생은 나에게 보고서를 작성하라고 지시하면서 한편으로 길 떠날 채비를 갖추었습니다. 그는 행복했던 수년 간의 그곳 생활에 이미 빠져 있어서 그곳을 벗어나려고 하지 않다가 우리의 설득에 못 이겨 겨우 그곳을 떠나려고 마음먹은 것이죠. 그러나 바로 그날 밤, 결국 일이 벌어진 겁니다. 그날 밤 우리가 막 잠이 드는 순간, 하늘 끝에서 한바탕 몰려오는 천둥소리처럼 음울한 소리가 들렸습니다. 다음 날 들려오는 풍문에 따르면 부근의 철로가 누군가에 의해 폭파되어 수많은 사상자가 났으며 남북을 오가던 열차가 이미 운행을 중단했다는 것이었죠. 우리는 할 수 없이 그곳에 좀더 머물 수밖에 없었습니다. 수년 후 그 일을 돌이켜보니, 그것은 미셸 푸코가 말한 진리 의지의 체현이라는 생각이 들더군요. 그리고 며칠 후 우리는 정말 놀랍게도 바이포에서 꺼런을 만났습니다. 바이포 소학교에서 선생으로 가장하고 있던 사람이 바로 꺼런이었죠. 그는 그곳에 은거한 지 이미 여러 날 되었고 학생들을 가르치는 일 외에 저술에 매달려 있었습니다. 중국 대륙에 개혁 개방 정책이 실시되면서 덩샤오핑 선생의 실사구시 정신이 존경받고 있었지요. 이쯤에서 나 역시 당신에게 실사구시로 설명을 해주지요. 지난날의 교분과 또한 꺼런 선생 본인의 높은 덕망과 뛰어난 학식 때문에 양 선생은 꺼런 선생을 몹시 존중하면서 털끝만치라도 그 사람을 불편하게 만들지 않았습니다.

지나가는 길에 한마디 덧붙이자면, 쑨 선생이 말한 철도 폭파범은 내가 앞서 말했던 따빠오(꿔빠오췐) 무리를 지칭하는 것이다. 비록 역사에는 가정이란 있을 수 없지만, 그러나 쑨 선생은 만약 철도가 폭파되지 않았다면 꺼런의 생애가 어쩌면 행복하게 마감되었을 것으로 믿고 있다.

철도가 폭파되면서 양 선생의 계획이 혼란스러워졌지요. 그런 일이 발생하지 않았다면 꺼런 선생은 남은 생애를 행복하게 지냈을 겁니다. 당시 양 선생은 어떤 식으로 총칭에 보고할 것인가에 관해 나와 토론했습니다. 그는 자신과 꺼런의 친분이 남들과 다르므로 반드시 좋은 방법을 모색해야 한다고 말했지요. 아, 계보학, 정감의 계보학이지요. 이번에 귀국해서 나는 국내 학자들에게 미셸 푸코의 변증법과 계보학 그리고 책략 세 가지를 결합시켜 함께 연구할 것을 제안했습니다. 왜냐하면 그 세 가지는 상황에 따라서 인간의 실천 형식을 결정하게 만들거든요. 강단에 서서 그것을 이야기하다 보니 수년 전 양 선생과 나누었던 대화가 마음 한쪽에서 자연스럽게 떠오르더군요. 내가 기억하기로는, 판지화이가 장군을 그곳으로 보낸 것은 그 사람 역시 그 정보를 믿지 못한다는 것을 의미하는 것이며, 그가 꺼런 선생이라는 것을 도저히 단정할 수 없었기 때문이지요. 바로 그런 점을 빌미로, 제공된 정보와는 달리 꺼런이 아니라고 보고한 뒤 우리가 멀리 달아나버리면 그만이라고 판 장군은 누누이 설명했습니다.

그런데 모든 것은 꺼 선생과 면담을 한 후에 다시 결정해도 늦지 않다고 양 선생은 머뭇거리면서 말했지요. 그들이 면담을 나눌 때 양 선생은 얼리깡 전투에 관해 질문했고, 꺼런은 미소만 지을 뿐 대답을 하지 않는 것으로 보아서 발설하기 곤란한 부분이 있는 듯했습니다. 양 선생은 꺼런에게 그곳을 함께 빠져나가자고 제의했으나 꺼런은, 나는 이제 병이 너무 깊어 더 이상 힘들게 살고 싶지 않다, 그렇게 대답했지요. 그러나 당시 꺼런의 건강은 그다지 나쁘지 않아서 얼마든지 먼 길을 떠날 수 있었습니다. 만약 당시 그곳을 벗어나 푸조우 같은 곳에서 제대로 치료를 받았더라면 꺼런은 아마 회복되었을 겁니다. 그러나 철도가 복구되기를 기다리는 동안 사정이 복잡하게 변하기 시작했지요. 세상에 바람이 뚫고 들어가지 못하는 벽이 없다고 하더니, 먼저 종뿌라는 사람이 따황 산을 찾아왔습니다. 그곳으로 찾아온 종뿌와 이야기를 나누다가 나는 그 자신의 말처럼 단지 한 명의 교사 자격으로 꺼런을 찾아온 게 아니라는 것을 눈치 챘지요. 떠나기 전 어느 날 밤, 결국 종뿌는 본색을 드러냈습니다. 그 후 판지화이가 파견한 사람 역시 찾아왔지요. 그 사람은 자오 성을 가진 장군이었는데, 그의 말에 따르면 본인도 꺼런의 옛 친구라고 말했습니다.

자오 장군이 도착하고 나서 며칠 뒤 나는 바이포 진을 떠났습니다. 철도가 복구되지 않은 상태라서 나는 걸어서 바이포 진을 떠났지요. 그 당시 나는 이미 불길한 예감이 들었습니다. 양 선생과 이별하면서 이렇게 말했지요. "제가 먼저 선생님을 대신해서 돌아가 장례식을 치를 테니 선생님께서도 최대한 빨리 이곳을 떠나십시오. 시간을 오래 끌다 보면 무슨 변고가 생길까 봐 염려되어 말씀드리는 것입니다." 그랬지요. 그 한마디 말이 딱 들어맞는 예언이 될 줄 어떻게 알았겠습니까. 내가 그곳을 떠남과 동시에 그것이 실제로 그와의 영원한 이별이 되었지요. 창팅에서 나는 더 이상 그를 기다리지 않았습니다. 나는 당시 양 선생이 전혀 예측할 수 없는 변을 당했을지도 모른다는 걱정이 들기 시작하면서 심지어 어떤 자가 창팅까지 나를 추격해 죽여버리고 입을 봉할 것이라는 생각도 했으니까요. 그러니까 지금의 선전* 부근에서 작은 목선을 타고 홍콩으로 건너간 뒤 다시 외국으로 나갔어요. 나는 여전히 무용지물이며, 평생 철학에 몸을 바

* 현재 광둥 성의 심천.

쳤지만, 그 철학이란 것이 세상에서 가장 쓸모없는 학문이라는 것을 발견했지요.

아칭의 주장에 따르면, 양평량은 판지화이에게 전보를 쳐서 꺼런이 따황 산에 있다고 보고했다는 것이다. 이 책의 제3부에서 판지화이 역시 비슷한 이야기를 한다. 그의 표현에 따르자면, 양평량이 판에게 보낸 전문의 내용은 다음과 같다. "○호가 바이포에서 묘하게 변장하고 지냄." 그러나 그것이 사실이었는지 내가 조심스럽게 질문을 하자 쑨 선생의 대답은 다음과 같았다. "내가 거짓말을 할 필요는 없잖소. 양 선생이 전보를 보냈다는 것은 불가능한 일이오. 꺼런을 존중하는 모습으로 볼 때, 그는 절대로 꺼런을 정부에 갖다 바칠 사람이 아니오. 반드시 알아야 할 것은, 그가 나와 함께 길을 나서지 않은 이유는 자칭 꺼런의 친구라는 자오 장군과 상의해서 꺼런을 데리고 따황 산을 떠날 방법을 찾기 위한 기회를 만들기 위해서였어요." 그는 연이어 말했다. "당초 작성하던 전문은 마지막까지 내 손에 쥐고 있었고, 그때까지 발송하지 않았단 말이오." 그러나 내가 아칭과 판지화이의 주장을 그에게 그대로 전해주자 그는 아무 말도 하지 않고 단지 콧방귀만 뀌면서 터무니없는 소리라는 식이었다. 독자들께서는 이 책을 모두 읽고 나서 각자 판단을 내릴 것이라 나는 생각한다. 내가 지금 말하고 싶은 것은 만약 쑨귀장 선생이 말한 내용이 모두 사실이라면, 양평량 선생이 나중에 아칭의 손에 죽은 것은 엄청난 오해로 인해 벌어진 일이라고 말하지 않을 수 없다.

@ 비밀 전보

난 이미 술을 너무 많이 마셔서 정신이 없소. 방금 술을 마실 때, 난 이미 공산주의 세상이 도래한 것 같은 느낌이었소. 이곳 노개대 대장이 이런 식으로 말한 적이 있지. 공산주의 세상이 실현되면 맛있는 음식을 먹든 독한 술을 마시든 모두 당신 마음대로 골라 먹고 마시라고 했거든. 그리고 또한 그때가 되면 어떤 사람이든지 똥구멍 밖으로 기름이 스며 나오고 방귀를 뀌어도 기름 방울이 휘날린다고 했소. 난 그런 날이 오기를 밤낮으로 고대했지. 당신 말이 맞아요, 공산주의 세상으로 가는 길은 평탄하지 않소. 오직 조직에 단단히 의지해야만 비로소 승리에 승리를 거듭하여 결국 공산주의를 실현시킬 수 있지.

난 항상 마음속에 조직을 염두에 두고 있었소. 꺼런을 만났던 그날 밤, 나는 조직의 상부에 밀전을 보냈지. 당시 나는 또우스종 동지의 비밀 지령을 받고 있었거든. 당신들은 또우스종을 알고 있소? 모른다고? 그럼 내가 굳이 이야기하지 않겠소. 나 역시 그 사람에 대해 자세히 아는 건 없고 처음에 티엔한 동지가 나에게 그 사람과 연락을 취하라고 해서 알게 된 것이오. 나는 밀전에서 꺼런을 만났으며 그가 따황 산에 잡혀 있다고 말했소. 또우스종이 내게 비밀 회신을 보냈는데, 그때 하는 말이, 이후 꺼런을 칭할 때 '○호'로 부르라는 거였지. 나는 깜짝 놀랐소. 왜냐하면 총칭을 떠나기 전 판지화이가 꺼런을 지칭하는 암호를 하나 지어 붙였는데 그 비밀 암호가 바로 ○호였단 말이오. 참으로 희한한 일이지, 좌우익 양쪽 모두 ○호로 지칭하는 데

도대체 무슨 연관이 있는 것인가? 나는 생각에 생각을 거듭해보다 결국 깨닫게 되었지. 틀림없이 조직의 상부에서 또 다른 경로를 통해 이미 정보를 얻은 것이라고 말이오. 그런 것을 장계취계(將計就計)*라고 하는 거요. 그러나 나중에 내가 바이성타오를 만났을 때 그의 말이 조직에서 ○호로 지칭하게 된 것은 원만하게 성공하라는 뜻에서였다는 거였소. 나는 그 당시 조직에서 곧바로 사람을 파견해 꺼런을 구출할 방법에 대해 모색할 것이라고 생각했소. 또한 나는 틀림없이 최후의 일각까지 동지들이 도착하길 기다리겠다고 사람들에게 맹세했소. 맹세한다는 말을 할 때 나는 마음속에 전혀 아무것도 고려하지 않았는데 그것은 쓸데없는 허튼소리였지. 일은 분명히 벌어졌고 그 임무를 제대로 수행하지 못하면 꺼런을 구할 수 없을뿐더러 내 한 목숨까지 걸린 마당이라 나는 또우스종에게 가장 좋은 방법으로 여자들을 파견해달라고 건의했소. 그렇소, 그냥 여자들이 아니라 여성 동지를 지칭하는 거요. 여성 동지들은 쉽게 적들을 마비시키거든. 그러나 누가 알았겠소. 결국 나중에 파견된 여성 동지가 노린내 나는 늙은이들일 줄. 물론 나 역시 이해하지. 그것은 조직에서 나를 아끼기 때문이라는 것을 말이오. 혹시 내가 물건을 잘못 놀려 풍파를 일으키는 잘못을 저지를까 염려한 조처라는 것을 알고 있소이다.

다음 날 막 여명이 비치기 시작할 때, 그러니까 까치도 아직 나무 위에서 울기 전에 나는 자리에서 일어나 꺼런을 만나러 갔소. 양평량이 찰거머리처럼 따라 나서려고 했소. 그러나 내가 허락하지 않았지. 내가 들어섰을 때 마침 꺼런은 문짝을 눕혀 만든 침상 위에서 무언가

* 상대방의 계책을 이용해 상대를 이길 작전을 펼치는 것.

를 쓰고 있었소. 참으로 희한한 것은 내가 들어서는 것을 발견하고도 그가 전혀 놀라는 기색을 보이지 않았다는 거요. 그는 나를 향해 미소를 지으며, 자오 장군, 고생이 많소, 그렇게 말하는 거였소. 그의 말을 듣고 나는 하마터면 눈물을 흘릴 뻔했소. 우리는 서로의 손을 꼭 움켜쥐었지. 그의 손은 마치 혁명의 숯불처럼 뜨끈뜨끈하더군. 그는 나에게 이미 한 번 여길 다녀가지 않았느냐고 물었소. 나는 그걸 어떻게 아느냐고 물었지. 그는 느닷없이 정판교(鄭板橋)*의 시 한 구절을 읊었소. "꿈속에서 꿈을 꾸는 것이 가장 기쁜 일 아니던가, 나비가 나를 선경 속으로 인도하는구나." 그런 시였지. 그는 그 시가 정판교의 「서강월-경세」에 나오는 구절이라고 말했소. 꺼런이 내게 자신의 꿈속에서 나를 보았다고 말했단 말이오. 그래도 나는 물을 수밖에 없었소. 아주 많은 이야기들을 도대체 어디서부터 시작해야 할지 순간 아득했지. 그가 말했소. "자오 장군, 농담하는 게 아니네. 며칠 전 난 이미 자네가 따황 산으로 올 거라는 걸 예측하고 벌써부터 기다리고 있었단 말이네," 그렇게 말했소. 그 말을 듣고 나는 혹시 양평량이 내가 온다는 소식을 그에게 미리 알려준 게 아닌가, 그런 생각을 했지. 나는 곧바로 그에게 물었소. "혹 양평량이 그런 말을 했소?" 제기랄, 만약 양평량이 그런 정보를 사전에 발설했다면 그것은 참 잘된 일이라고 나는 생각했소. 그렇다면 나는 그의 목덜미를 이미 움켜쥔 거나 마찬가지고, 손오공이 여의봉을 휘둘러 요괴들을 때려잡듯이 그를 기밀 누설죄로 한 방에 때려죽일 수 있는 것이었지. 그러나 꺼런의 대답은 그렇지 않았소. 양평량과는 그런 이야기를 전혀

* 청대(淸代) 인물로 시서화에 능통했던 명인, 문학가.

나눈 적이 없다는 것이었지.

지금 당신, 뭐라고 했소? 내가 사전에 꺼런에게 귀띔해준 거라니? 젠장, 어떻게 그런 일이 있을 수 있소? 수만 리나 떨어져 있어서 내가 연락을 취하고 싶어도 할 수 없었단 말이오. 마오 주석을 걸고 맹세하지만, 내가 하는 말은 모두 진실이오. 꺼런은 혁명 과업에 대한 예견이 너무도 탁월하기 때문에 스스로 이미 예견하고 있었던 거요. 믿지 못한다면, 내가 다른 예를 하나 다시 들려주겠소. 나와 대화를 나누고 있을 때, 그는 심지어 바이성타오가 따황 산으로 찾아올 것을 예견했고 더군다나 바이성타오가 티엔한의 명령을 받고 올 거라고 말했소. 그 당시 난 아직 바이성타오가 누군지 모르고 있을 때였지. 그는 바이성타오가 자신의 친구라고 말했소. 내가 물었지. "어떻게 바이성타오가 온다는 것을 압니까?" 그가 대답하기를, 바이성타오가 그의 친구일 뿐 아니라 티엔한의 친구이며 동시에 의사이므로 가장 적합한 사람으로 뽑혔을 거라고 했소. 귀신이었지, 정말 귀신이었다니까. 나중에 찾아온 사람은 과연 그 바이 성을 가진 사람이었소.

내가 그와 대화를 나눌 때 실내에 한기가 술술 돌았소. 나는 밖으로 나가 졸개들에게 명령해서 곧바로 불을 피우라고 했지. 실내로 들어왔더니 꺼런이 침상에 걸터앉아 나를 아래위로 훑어보면서 아직도 담배를 피우느냐고 물었소. 그 사람이 피우던 담배는 비마표 담배였고, 담뱃갑 위에 한 마리 준마가 인쇄되어 있는데 말 잔등에 날개가 돋아나 있어 공산주의 세상을 향해 질주하는 모습이었지. 한 모금 빨아보니까 그 담배에 이미 곰팡이가 피어 있었소. 나는 곧 내가 갖고 있던 시가를 그에게 권했소. 그는 한 모금 빨더니 연신 기침을 해대는데 어찌나 심하게 기침을 해대는지 얼굴마저 빨개졌지. 그렇지만 그는 곧 익숙해졌소. 나는 침상에 뚫려 있는 두 개의 구멍을 발견했는데 그것은 문고리가 달려 있던 자리였지. 어떻게 꺼런을 그런 침상에서 자게 만든단 말이오? 나는 곧바로 밖으로 달려 나가 그 잡것들에게 둘레에 난간이 달려 있고 위쪽에 장막이 쳐진 침대를 구해오도록 명령했소.

한바탕 난리를 피운 다음 나는 마음을 가라앉히고 꺼런과 대화를 나누었소. 나는 수많은 이야기를 그에게 하고 싶었는데, 실제로 만나게 되니 대체 무슨 말부터 해야 할지 모르겠더군. 내가 꺼런에게 말했소. "이곳에서 고생이 많으셨지요, 무엇이든지 필요한 게 있으면 말씀하세요." 내 추측과는 달리 꺼런의 대답은 그곳에서 그리 고생하지 않았고, 또한 그곳에서의 생활이 아주 즐겁고 행복하다고 했소. 동지들, 솔직히 말하면 난 당시 그의 이야기를 이해하지 못했소. 난 순간적으로 정신이 멍해졌지. 그리고 겨우 그에게 필요한 것이 있으면 무엇이든지 말씀하시라고 해놓고, 사람들을 시켜 구해오도록 지시하겠다고 했소. 그는 글을 쓰고 싶은데 종이가 좀 필요하다고 했소. 그제서야 그는 비로소 내게 설명을 했지. 그는 줄곧 한 곳에 자리 잡고 글을 쓰고 싶다는 생각을 해왔으나 늘 기회가 없었는데, 이제서야 그 기회를 그런대로 잡은 것 같긴 한데 문제는 몸이 말을 듣지 않는다는 것이었소. 나는 그가 쓰려는 것이 '걸어가는 그림자'냐고 물었소. 그는 긍정도 부정도 하지 않았지. 나는 그에게 말했소. 시간은 얼마든지 있으니 서두르지 말라고 말이오. 그리고 건강은 혁명의 밑천이며, 또 숲이 우거진 산에 살면서 땔감이 떨어질 것을 걱정할 필요는 없다고 말했소. 그는 즉각 나를 나무라더군. "아칭, 그런 식으로 생각하면 안 되네, 마오 주석이 우리들을 인도하면서 말하지 않았는가. 일만 년은 너무 길다, 그러니 오직 아침저녁에만 투쟁하자고." 그는 확실히 그렇게 말했소. 내가 허튼소리하는 거라면 개새끼요. 그는 그런 식으로 말했을 뿐 아니라 그런 식으로 행동했지. 나는 재차 그에게 물었소. 그가 쓰려는 것이 '걸어가는 그림자'가 맞느냐고 말이오. 그가 웃으며 말했소. "자네 정말 너무 세심하게 질문하는구먼, 날 심문하는 건가?" 그랬단 말이오. 난 서둘러 그런 뜻이 아니라고 대답하면서 단지 생각난 김에 묻는 거라고 했지.

그쯤에서 나는 비로소 깨달았소. 사실 그가 말을 돌려서 나에게 경각심을 주는 거라는 것을 말이오. 즉 조직의 규율을 준수하자면, 묻지 말아야 할 것은 묻지 않는 것이 좋다는 것을 내게 경각시켜준 거요. 당신들도 알고 있듯이 우리들의 우수한 전통은 바로 비판과 자아비판이란 말이오. 따라서 그가 그런 식으로 말했으니 나는 곧바로 자아비판을 했소. 내가 쓸데없는 질문을 하지 않아야 했는데 실수했다고, 반드시 수정하겠다고 말이오. 내가 그렇게 빨리 자신의 잘못을 깨닫고 신속히 진보하는 모습을 보면서 그가 얼마나 즐거워했는지는 굳이 설명하지 않겠소. 동지들, 신속히 진보한다는 말은 내가 지어낸 말이 아니라 꺼런 동지가 한 말이오. 그의 칭찬을 듣고 나니 오히려 쑥스러워지더군.

그가 칭찬을 마치고 나자마자 그 잡종놈들이 쿵쾅거리며 침대를 들고 들어왔소. 그 녀석들은 그런대로 눈썰미가 있어서 탁자와 의자 그리고 세숫대야를 받치는 받침대까지 가져왔지. 다시 그 일만 년은 너무 기니 아침저녁으로 투쟁하자는 이야기를 해야겠소. 꺼런은 곧바로 자리에 앉더니 탁자에 엎드려 다시 일을 하기 시작했소. 그때 나는 뭘 했냐고? 우선 그를 방해하고 싶지 않았고, 게다가 또우스종의 밀전이 궁금해서 곧바로 찻집으로 돌아왔소. 그렇소, 당시 나는 찻집에 머물고 있었거든. 양평량과 그의 애첩이 원래 그 집에 살고 있었소. 내가 온 다음 양평량은 부득불 바이윈 강 맞은편 푸티사로 거처를 옮겼지.

찻집에 도착한 지 얼마 되지 않아 나는 밀전을 받았소. 밀전에는 바이성타오라는 작자가 곧 따황 산으로 갈 것이니 그와 협조해서 임무를 수행하고 또한 그가 별도의 비밀 지령을 내게 전해줄 거라고 했지. 동지들, 당신들도 한번 상상해보라구. 그 밀전을 받고 꺼런에 대해서 내가 얼마나 존경스러웠겠는지 말이오. 아마 오체투지를 하겠다고 말해도 전혀 과분하지 않았을 거요. 그는 정말로 미래를 예측하는 귀신같은 존재였소. 다시 얘기하지만 내가 사전에 그에게 귀띔을 해준 게 아니라 스스로 머리를 굴려 짐작한 거요. 내 생각이지만, 전혀 이상할 것이 없었지. 왜냐하면 마오쩌둥 사상으로 두뇌를 무장한 결과니 말이오. 비밀 전문을 보고 있을 때, 내게 밀전을 해석해주던 여자가 이런 말을 했소. "장관, 제게 어떻게 고마움을 표하실 거죠?" 그 여우 같은 것이 살랑살랑 엉덩이를 흔들며 다가왔소. 나는 어쩌면 그 여우가 양평량에게 비밀 전문의 내용을 누설했을 거라는 생각이 얼른 들었소. 이 일을 어쩌면 좋지? 책략은 혁명의 생명선이라 어떤 경우에라도 책략을 중시하는데 말이오. 나는 뻣뻣하게 대하지 않고, 그 여자가 내게 기댔을 때, 그 여자의 계책을 그대로 역이용하기로 마음먹고 그녀를 끌어안았소. 그러고는 여자의 목을 움켜쥐고 천천히 힘을 가했지. 처음에 여자는 간지럼을 타는 듯이 낄낄대며 웃어댔소. 젠장, 그 여자는 정말 체면도 없더구먼. 여자가 억지로 젖꼭지를 내 입에 밀어 넣는 바람에 내 주둥이 끝이 꼭 찢어질 것 같았단 말이오. 젖탱이를 밀어 넣으며 깔깔대며 웃더라고. 우습다고, 그렇게 우습다고 말이오. 나는 그런 생각을 하면서 움켜쥐고 있던 백조 목 같은 여자의 목에 신뢰불급엄이(迅雷不及掩耳)*처럼, 가을바람이 낙엽을 휩쓸어가는 듯한 기세로 힘껏 힘을 가했소. 친애하는 동지들, 그렇게 우두둑 소리와 함께 여우 같은 계집은 염라대왕을 만나러 갔소. 무척 깔끔하게 처리했지! 적에게 발각되지 않기 위해서 나는 모스부호 전신기를 박살내버렸을 뿐 아니라 여자의 바지까지 벗겨버렸소. 바지를 벗기는데 여자의 허리띠가 아무리 기를 써도 풀리지 않는 바람에 어찌나 조바심이 나던지 목구멍에서 연기가 납디다. 난 내 자신에게 말했소. 아칭, 마음이 급하면 뜨거운 두부를 먹을 수 없다, 좀 마음을 가라앉히고 냉정해져라, 그렇게 스스로 주문했소. 결정적인 순간에 당은 내게 지혜와 대담함을 주어서, 나는 칼을 빼 들고 여자의 바짓가랑이를 찢어댔고, 그러자 여자의 하얀 허벅지가 드러납디다. 그런 다음 나는 여자의 사타구니를 한 방 걷어찼소. 거짓말이 아니고 얼마나 멋지게 찼는지 똥까지 삐져나오더라니까. 그제서야 안심이 되었지. 누가 보더라도 흉악범이 저지른 짓으로 여길 테니 말이오. 그 일이 벌어진 다음 누구도 나를 의심하는 사람이 없었다는 것은 두말할 필요도 없었지. 물론 사건의 진상을 정확히 밝히기 위해서는 반드시 범인을 찾아야 하고, 피로 진 빚은 피로 갚아야 하는 것이지. 따라서 나는 부하들을 시켜 한동안 그 사건의 진상을 파악하는 것처럼 행동했소. 그리고 여자의 죽음을 양펑량에게 뒤집어씌웠지.

* 번개가 치고 나서 귀를 틀어막기도 전에 곧바로 천둥소리가 들려오다. 즉 상대방이 미처 방어할 틈을 주지 않고 민첩하게 행동하는 것을 비유하는 말.

& 미스터리가 풀리다

바이성타오가 진술한 내용을 읽으며, 나는 줄곧 또우스종이 왜 아칭과 재차 연락을 취하지 못했을까, 의구심을 가졌다. 이제서야 나는 그 의문점이 해결되었다. 그 이유는 바로 아칭이 무전기를 부숴버렸을 뿐 아니라 담당자까지 죽였기 때문이었다.

@ 별을 보고, 달을 보며

그 여우 같은 계집을 처치하고 나서 나는 거리로 나갔소. 바이윈 강변에 서 있자니 가슴이 점점 벅차왔지. 티엔한 동지를 대표해서 바이성타오가 오게 되고, 또 바이라는 의사는 꺼런의 친구라고 하니, 그가 오게 되면 모든 일이 순조롭게 풀릴 것 같았지. 나는 별을 보고 달을 올려다보며 바이성타오가 빨리 오기를 고대했소.

이런 식으로 이야기하면 되겠소?

아 참, 다시 그 이야기를 해야겠군. 난 물론 티엔한 동지가 현재 우지(吳稽) 지역위원회 서기라는 것을 알고 있소. 작년 여름, 대장이 사람들을 모아놓고 회의를 할 때, 내게 그를 대신해 신문을 읽도록 했었소. 신문 기사에는, 수도에 있는 마오쩌둥 문예 사상 선전대가 우지에 가서 공연을 했으며 티엔한 서기가 고마움의 표시로 그들에게 비단으로 만든 기(旗)를 보내고 그들과 함께 기념 촬영도 했다고 합디다. 티엔한 서기의 이름을 읽을 때 나는 너무 감동해 울먹였다니까. 대장이 내게 발길질을 해대며 이렇게 말했소. "좆 빨라고 울어대느냐, 제대로 읽기나 해." 그렇게 야단쳐서 할 수 없이 나는 계속해서 읽었지. 그 기사에는 티엔한 동지의 인솔하에 선전대의 소홍녀(小紅女) 동지가, 바로 「차오양포(趙陽坡)」에 나오는 그 부녀대장 말이오, 밭머리로 나가 어려운 농민 동지들에게 「차오양포」를 불러주었소. 그곳까지 읽었을 때, 대장이 소리쳤소. "잠시 중단하라면 중단하는 거지. 좆같이, 야! 읽는 걸 잠시 중단하란 말이야." 나는 할 수 없이 읽던 것을 중단했지. 그가 말했소. "다들 귀를 똑바로 세우고 잘 들어. 내가 너희들에게 「차오양포」 한 가락을 들려줄 테니." 동지들, 차오양포를 알고 있소? 그렇지, 바로 얼리깡 근처에 있소. 비록 그곳이 이름 있는 큰 동네는 아니지만 그래도 최소한 샤오진좡*과 비슷하지. 신문 기사에서 소홍녀는 줄곧 차오양포 생활에 깊숙이 빠져들었다고 서술했소. 깊숙이 빠져들었다는 말이 무슨 뜻인지 난 모르겠지만. 생활이면 그냥 생활이지, 생활에 깊이 빠져들었다는 게 뭐요? 훗날, 소홍녀가 종종 차오양포 출신 사람들과 함께 먹고 자고 했다는 것을 내가 들어서 알게 되었고, 생활에 깊이 빠져들었다는 게 우선 함께 먹고 자면서 다시 창극을 했다는 뜻이라는 것을 알았지. 아니, 이 이야기는 대장이 한 소리가 아니오. 그 작자가 개뿔이나 알긴 뭘 알아. 물론 그 작자가 이런 걸 모르긴 했지만 노래는 할 줄 알더구먼. 그렇지, 그자가 부른 것은 「차오양포」의 한 대목이었소. 그 대목은 나도 부를 줄 알지. 괜찮다면, 내가 한번 불러볼까? 참, 급하기는. 부르고 나서 다시 이야기해도 늦지 않소. 평소 늘 노래를 부르다 보

* 톈진 근처의 작은 마을로 문화혁명 당시 강청이 즐겨 찾던 문화혁명의 시범 마을.

니 하루라도 노래를 부르지 않으면 목구멍이 근질근질하고, 이틀을 안 부르면 가슴속이 뒤숭숭하단 말이오.

차오양포, 유사 이래 바람이 자고 파도가 고요한 날이 없던 차오양포
평화도 평화가 아니라, 두 귀를 기울여 들으면 총과 포성이 들리네
토지개혁을 하고 개 같은 지주들을 뒤집어 엎어놓고
하루 종일 소리가 나도록 이빨을 갈며 세상이 바뀔 날을 염원한다
오늘에 이르러 문화혁명의 승리의 노래를 소리 높여 부른다
제국주의자와 수정주의자, 반혁명분자, 복권을 기도하는 개들이 담장 넘어 미친 듯이 다급하게 달아나는구나. 급변하는 세상 속에서
지식인 청년들이여, 다 함께 구국의 열정으로, 혁명사상으로 견고하게 무장하세
계급주의 적들이 이 위대한 운동을 훼손하지 못하게 절대 용납하지 말자
동지들이여, 두 눈을 비비고 반짝거리는 눈으로 놈들의 음모가 성공하게 방치하지 말자
따뜻한 봄날에도 찬바람이 불고 서리가 내린다는 것을 반드시 명심해야 하네
승리를 얻은 뒤에도 복권을 기도하는 자들과 더욱더 투쟁을 지속해야 한다네
당이여, 친애하는 당이여, 당신은 사철 푸른 송백 같구려
뿌리 깊고 잎은 무성하며 만고에 늘 푸르른
당신의 이야기는 언제나 우리의 가슴속에 각인되어 있다네

이곳 차오양포에 당당하게 우뚝 선 우리는 영원히 떨지 않을 것이라네

어떻소? 별로라고? 보아하니 난 아직도 한참 노력해야겠구먼. 동지들은 틀림없이 나보다 훨씬 잘 부를 거요. 곤란한 처지에 빠져 제정신이 아닌 사람의 말은 귀 기울여 듣지 않겠지. 솔직히 말하면, 대장이 부르는 노래는 곡소리보다도 듣기 싫었소. 정말이지, 차라리 내가 훨씬 낫지. 그러나 그 사람이 노래 부를 때 난 그래도 귀를 쫑긋 세우고 노래 속에 완전히 빠진 것처럼 행동했소. 사실 그가 노래 부를 때 나는 티엔한의 사진을 쳐다보고 있었지. 사진 속의 티엔한 서기는 밭두렁에 걸터앉아 혁명 군중들과 무릎을 맞대고 허심탄회하게 이야기를 나누고 있었소. 그는 활기찬 모습으로 얼굴이 온통 붉게 상기되어 있었지. 그리고 지금의 내 모습처럼 두 다리를 굽힌 채 종아리를 꼬고 앉아 한 손에는 커다란 찻잔을, 다른 한 손에는 『마오 주석 어록(毛主席語錄)』을 들고 있었소. 티엔한 동지의 건강한 모습을 보니 나는 정말이지 기뻤소.

좋소, 계속 이야기하지. 내가 허풍을 떠는 게 아니고, 더군다나 얼굴에 철판을 깐 것은 더욱더 아니오. 말하자면 티엔한 서기와 나 사이의 혁명 우의는 하늘보다 높고 바다보다 깊소. 마오 주석을 걸고 하는 말이지만, 내가 그럴듯하게 없는 말을 지어내는 것이 아니라, 내 이야기는 모두 사실이오. 당신을 속이는 거라면 난 개새끼요. 그와 꺼런은 같은 고향 사람으로 모두 칭껑 출신이오. 물론 난 그를 만났었지. 그는 마술을 부릴 줄도 아오. 눈 한 번 깜빡이면 늙은 암탉이 느닷없이 오리로 변하는데, 그게 그 사람의 특기지. 내가 그 사람

을 처음 만났을 때 그는 지금보다 훨씬 여위어 있었고, 몸에 이가 설설 기어 다녔으며 여기저기 퉤퉤퉤 가래침을 뱉어댔는데, 흡사 거지 같은 꼴이었소. 그렇지만 그가 기르는 비둘기는 되레 비두대이(肥頭大耳)*였소. 그가 항저우로 꺼런을 찾아왔을 때, 그 당시 꺼런은 일본에서 갓 돌아와 여전히 베이징 의과전문대에서 강의를 맡고 있었소. 그는 빈손으로 돌아갔지. 당신, 지금 무슨 소리를 하는 거요? 헛소리 하고 있다고? 누가 헛소리를 하고 있단 말이오? 아, 생각났소. 비둘기는 귀가 없다? 엥, 보아하니 당신이 말했구먼. 비둘기가 어떻게 커다란 귀를 가질 수 있느냐고? 커다란 귀를 갖고 있지 않다면 그것들이 어떻게 티엔한 서기의 지시를 알아들을 수 있겠소? 이러쿵저러쿵해도 하여간 귀는 작지 않았소. 그 비둘기들은 티엔 서기의 말을 워낙 잘 따르던 무리들인데, 티엔 서기가 "가, 가거라, 가서 나무의 해충이나 잡아라" 그러면, 비둘기들은 고분고분 나무로 날아가서 해충들을 박멸시켰다고. 티엔한 서기가 "이리 와, 이리 와서 『라오산편』이나 읽어봐" 그러면, 비둘기들은 구구구, 구구구, 『라오산편』을 외우기 시작했단 말이오. 티엔한 서기가 비둘기들에게 "피곤하지 않느냐? 가서 양정축예(養精蓄銳)**한 다음 다시 도전하자"라고 말하면, 비둘기들은 곧바로 머리를 날갯죽지 밑에 파묻고 나서 고분고분하게 코를 골기 시작했소.

훗날 티엔한 서기 역시 베이징으로 갔소. 베이징으로 가서 5·4 운동에 참가했단 말이오. 떠나기 전 티엔한 서기는 내게 그 비둘기들을

---

* 머리에 살이 찌고 크다. 신체가 전반적으로 살이 찌고 당당하게 생긴 것을 형용하는 말로서 멍청이, 위장술에 강한 자 등 여러 가지 뜻을 지니고 있음.

** 나관중의 『삼국지연의』 제34편에 나오는 성어. 정신을 충분히 함양하고 역량을 축적하다.

맡기고 갔소. 동지들, 티엔한 서기가 비둘기를 내게 맡긴 것은 아주 큰 의미가 있는 것이오. 모든 사람들이 알고 있듯 비둘기는 평화의 상징이라, 그것들은 제국주의와 수정주의 반혁명분자들을 소멸시켜 전 인류를 해방시키도록 시시각각 나를 독려했단 말이오. 그가 그렇게 떠나고 난 뒤 나는 몇 년 동안 그를 만나지 못했소. 다시 만났을 때 그는 이미 홍군(紅軍)*의 지휘관이 되어 있었지. 앞에서 말했듯이, 그해 나는 꺼런을 따라 따황 산으로 갔소. 어느 때 한번은 아주 낯익은 사람을 발견했는데 도저히 이름이 생각나지 않더구먼. 내가 꺼런에게 물었지. "저분이 누구시죠?" 꺼런이 말하기를, "누구를 말하는 건가?" 내가 대답하기를, "저기 양즈룽(楊子榮)**보다 훨씬 영준하고 근엄하게 생긴 동지 말입니다." 꺼런이 검지를 구부려 내 코를 잡아 비틀며 하는 말이, "에이 이 친구야, 자넨 어떻게 저 사람도 못 알아보나? 저 사람이 바로 티엔한 동지야," 그랬소. 티엔 서기의 기억력은 나보다 훨씬 좋아서 다가오자마자 나를 알아보았고, 더군다나 친근하게 나를 작은 귀신이라고 불렀소. 나는 가슴이 뭉클해졌고, 눈물방울이 흡사 줄 끊어진 진주목걸이처럼 후드득 쏟아졌지.

동지들도 상상해보시구려. 바이성타오가 티엔 서기 심부름으로 찾아온다는 것을 안 내가 얼마나 흥분했겠는지. 나는 바이성타오를 만나는 것은 옌안으로 가서 티엔 서기를 만나는 것이나 마찬가지라고 생각했소. 그리고 난 또 임무를 완성한 후 조직에 진언을 해서 이곳에서 떠나게 해달라고 요청할 생각이었지. 인간도 아니고 귀신도 아닌 지긋지긋한 생활에서 벗어날 생각이었소. 잘 있거라, 군통. 잘 있

---

* 중국의 혁명전쟁 당시 중국 공산당이 지휘하던 군대.

** 1917~1947, 중국 팔로군 정찰대의 영웅.

거라, 스튜어트 존 레이톤(Stuart, John Leighton)*이여. 젠장, 궁둥이 탁탁 털고 옌안으로 가야지.

& 눈부시게 아름다운 야생화

나는 『우지방지(無稽方志)』(1990년 편)의 215쪽에서 아칭이 제기했던 우지(無稽)에서 활동한 소홍녀에 관련된 보도 내용을 발견하고 다음과 같이 옮긴다.

> 비바람이 불어 봄을 돌려보내는가 싶더니 흩날리는 눈발이 오히려 봄날을 맞이한다. 최근 베이징에 있는 마오쩌둥 문예사상 선전대에서 혁명의 동풍을 타고 우지 지역을 방문했다. 하늘이 물고기 배처럼 하얀 모습을 갓 드러냈을 때, 선전대는 티엔한 동지의 인솔하에 우지 절벽 아래에 있는 교외의 계단식 논밭으로 나가 혁명 군중들을 위해 「차오양포」를 공연했다. 극중 부녀대장으로 분장한 소홍녀 동지는 높다란 바위 위에 올라서서 서서히 떠오르는 태양을 마주보며 동지들을 위해 가장 유명한 노래인 「유사 이래 바람이 자고 파도가 고요한 날이 없던 차오양포」를 불렀다. 그녀가 "지식인 청년들이여, 혁명사상으로 견고하게 무장하세"라는 대목을 부를 때, 밭에서 일을 하던 지식인 청년들은 두 팔을 번쩍 추켜올리며 큰 소리로 "마오 주석 만세! 만세! 만만세!"를 외쳤다. 노래 한 곡을 마친 후, 지식인 청년들

* 1876~1962, 미국 출신의 선교사, 교육가. 외교관으로 주중 대사를 역임함.

의 손이 돌멩이와 망치 자루에 닳고 닳아 해지고 군살이 박힌 모습을 보고 소홍녀 동지는 뜨거운 눈물로 눈가를 적시며 그 자리에서 시 한 수를 지어 헌사했다. "곤경은 바윗돌, 굳은 결의는 망치라네. 망치로 바윗돌을 깨니 곤경은 더욱 줄어든다." 티엔한 동지 역시 그 자리에서 즉석 연설을 했다. "반고가 천지를 개벽한 이래 삼황오제를 거쳐 오늘에 이르기까지 이곳 우지 절벽 아래 산등성이에는 오직 잡초와 나무만 자라왔을 뿐, 농작물이 길러진 적이 없었소. 뭐 야생화가 눈부시게 아름답다느니, 새들이 정겹게 노래를 부르고 꽃향기가 넘쳐난다느니 하는 말들은 모두 부르주아 계급들에게나 어울리는 알량한 표현이오. 현재 우리들은 달을 따기 위해 하늘로 기어 올라가고 별주부를 잡기 위해 바다로 뛰어든다(可上九天攬月, 可下五洋捉鱉)*는 정신을 발휘해 이곳의 나무를 모두 베어버리고 잡초를 깡그리 뽑아내 이곳을 우리들의 가나안 땅으로 만들어야 하오. 선전대의 소홍녀 동지가 다시 한 번 우지를 방문하게 되면, 우리는 반드시 깎아지른 산비탈의 계단식으로 만들어놓은 논에서 수확한 쌀로 밥을 지어 대접해야만 하오. 동지들, 그렇게 할 수 있습니까?" 모든 동지들이 큰 소리로 확고한 의지를 지니고 있다고 화답했고 그 함성은 하늘을 찔렀다. 소홍녀 동지의 격려와 티엔한 동지의 지휘 아래 동지들은 사기가 충천하고 불굴의 투지를 발휘해 일의 능률이 증폭되었으며, 많은 동지들은 전쟁터에서 피 흘리며 죽는 것을 겁내지 않고 적과 싸우듯이 자신의 몸을 사리지 않고 일했다. 정오가 되기 전에 커다란 나무들은 모두 벌목되었으며 잡초들도 모두 불태워졌다. 민둥산이 되어

* 마오쩌둥의 시 「물소리 노래 · 진강 산에 오르다」에 나오는 구절.

버린 산비탈과 불어오는 바람에 산비탈에서 펄럭이는 홍기를 보는 동지들의 얼굴에는 승리의 미소가 서려 있었다.

마치 아칭이 말한 "눈 한 번 깜빡이면 늙은 암탉이 오리로 변한다"는 말 그대로였다. 조사반이 아칭을 만나 심문한 지 얼마 지나지 않아 티엔한은 숙청되었다. 티엔한이 숙청된 원인은 바로 앞에 소개한 글과 관련이 있다. 『우지방지』의 223쪽을 보면 이런 글이 실려 있다.

최근 우지 지역의 홍위병들은 '능지처참될 것을 각오하고 황제를 말에서 잡아 끌어내린다'는 정신을 발휘해서 혁명대오 내부에 숨어 있던 특무대원 티엔×를 붙잡았다. 티엔×의 반혁명 언행은 트럭으로 한 대 가득 실을 만해서 사흘 밤낮을 이야기해도 끝이 나지 않을 것이다. 가장 최근의 예를 들어 말하면, 그는 놀랍게도 감히 벌건 대낮에 공개적으로 우리의 가슴속에서 가장 붉게 빛나는 홍 태양에게 반기를 들었다. "야생화가 눈부시게 아름답다는 것은 부르주아 계급의 사고다"라고 말하는 등 헛소리를 해댔다. 우리들을 영도하시는 위대한 영도자 마오 주석께서 "비바람이 봄을 돌려보내고, 휘날리는 눈발이 봄을 맞는다. 야생화가 눈부시게 아름답게 피었을 때, 그녀는 어느 곳에서 미소를 짓고 있는가." 그렇게 말씀하시던 구절을 설마 그가 모르고 있었단 말인가? 하얀 종이에 까만 글자로 씌어 있으니, 차근차근 진을 쳐가며 확실한 방법으로 몰아가다 보면 그가 아무리 발버둥을 쳐도 달아날 수 없고 기를 쓰고 궁둥이를 닦아대도 깨끗해질 수 없다. 왜냐하면 이미 그의 흑심이 백일하에 만천하에 드러났으며 또한 계속해서 드러나고 있기 때문이다. 머지않은 장래에 우리는 언제든지 모든 혁명 군중들에게 티엔×의 반혁명죄를 공개하게 될 것이다. 절대절명의 역사적 순간에 우리는 '능지처참될 것을 각오하고 황제를 말에서 잡아 끌어내린다'는 정신을 지속적으로 함양 발전시키며 티엔×의 구린내 나는 죄상을 다시 한 번 짓밟아서 다시는 그가 영원히 세상에 모습을 드러내지 못하도록 하자.

내가 주목하는 것은, 주쉬뚱이 완성한 『티엔한 자서전』에도 이와 같은 문장을 그대로 인용했는데, 그 뜻은 문화혁명 당시 티엔한이 불공정한 대우를 받은 적이 있다는 것을 설명하는 것이다. 또한 『우지방지』에서 '티엔한'을 '티엔×'로 표기한 것은 『우지방지』가 출판될 당시 티엔한 동지가 이미 누명을 벗고 복권되었기 때문에 재차 그의 이름을 밝히는 것은 대역무도한 일이었기 때문이다.

@ 가용할 수 있는 모든 역량을 활용하다

별을 보고 기원하고 달을 쳐다보며 기원했으나 하루하루 날짜만 흘러가고 바이성타오는 나타나지 않았소. 나는 마음이 조급해 미칠 지경이었지. 시간을 때우기 위해 나는 하루 종일 찻집에 박혀 있었소. 어느 날 아침, 태양이 서서히 동쪽 하늘 위로 솟아오를 무렵 마침 찻집에서 차를 마시고 있던 나는 양평량이 회색 두루마기를 입은 사람과 함께 마을에 있는 사당 앞을 걸어가고 있는 것을 발견했지. 그 사람의 모습이 무척 눈에 익었소. 비록 아주 멀리 떨어져 있었지만 그가 바로 바이성타오가 아닌가 하고 생각했소. 바이성타오라는 가명을 사용하고 있는 것 아닌가?

사소한 것을 참지 못하면 큰일을 할 수 없다고 생각하고 나는 참고 또 참으며 그들의 뒤를 쫓아가지 않았소. 그때 나는 찻집에 있는 여자를 잡아 끌어내 옆자리에 앉혔지. 그 인간의 주목을 끌기 위해 나는 여자의 머리에 꽂혀 있는 비녀를 뽑아 여자의 엉덩이를 콕 찔렀소. 아이야, 좆같은 년이 비명을 질러댔지. 비명을 질러대며 여자가 순순히 내 무르팍 위에 올라앉았소. 여자의 엉덩이는 큼직하고 통통해서 내 좆 대가리가 시큰거리며 빳빳하게 섰지. 그 인간과 양펑량이 과연 고개를 돌립디다. 정말 좆같이 저질이더구먼. 그런 인간들은 영원히 저질스런 취미를 버리지 못한다니까. 하루 종일 지켜 서서 그것만 쳐다보고 있더라고. 그러나 거리가 너무 멀리 떨어져 있어서 그 인간이 누구인지 명확히 알아볼 수는 없습디다. 나는 성질이 나서 여자의 엉덩이를 다시 한 번 쑤셔댔소.

하루 종일 난 마음이 불덩이처럼 다급했소. 밤이 되어 내가 막 잠자리에 들었을 때 내 수하 한 명이 갑자기 방문을 두드렸소. 그의 말이 어떤 사람이 나를 만나고 싶어 한다는 거였지. 나는 곧바로 바이성타오가 찾아왔구나, 라고 생각했소. 나는 옷 입을 겨를도 없이 맨몸뚱이로 달려 나갔지. 바로 낮에 봤던 그 사람이었소. 그는 여전히 회색 두루마기를 입고 있더군. 그는 탁자 앞으로 곧바로 걸어오더니 등불을 밝게 하려고 심지를 키웁디다. 천지가 놀라 기겁하고 귀신이 곡할 지경으로 그제서야 나는 그가 누구인지 똑똑히 알아봤소. 하마터면 소리를 지를 뻔했지. 그는 놀랍게도 종뿌였소. 비록 내가 좆도 모르는 놈이긴 하지만, 그래도 난 그가 꺼런의 일로 찾아온 거라는 걸 알아차릴 수 있었지. 더군다나 나도 수년 동안 당에서 교육을 받은 터라 이제 좆도 모르는 놈은 아니었거든. 그러나 그가 누구의 지령을 받고 있으며 양평량 놈과 어떤 사이인지는 알 수 없었소.

그가 자신을 소개했지. 그는 지금 장사꾼이며 종종 따황 산 지역을 찾아와 찻잎과 표고버섯 그리고 연밥 같은 것과 누에 콩*을 구매한다는 것이었소. 헛소리하고 있네! 따황 산 어디에 찬또우가 있단 말인가? 거짓말을 해도 그럴듯하게 해야지, 너무 어처구니가 없잖아? 나는 마음속으로 그렇게 생각을 하면서도 입으로는 그런 식으로 말하지 않았소. 단지 그의 눈을 주시하며 그가 또 무슨 입에 발린 소리를 하는지 지켜보았지. 그는 오해를 받지 않으려고 변명하는 것인지, 자신은 지금 구매하려는 찻잎이 아직 나오기 전이라 그곳에 있는 사립학교에서 선생 노릇을 하고 있다고 설명했소. 나는 마음속으로 생각했지. 그래, 열심히 엮고 꾸며대보시오. 버드나무 가지를 먹고 똥구멍으로 광주리를 끄집어내라고. 뱃속에서 열심히 엮어. 네놈이 몽땅 꾸며댈 때까지 기다렸다가 내가 다시 네놈의 낯가죽을 벗겨주마. 그가 말했소. 양평량이 자기를 찾아와 학생들을 가르쳐달라고 부탁해서 승낙을 한다고, 어쨌든 하나를 가르쳐도 가르치는 것이고 둘을 가르쳐도 가르치는 것 아니냐고 말했소. "당신과 양평량은 상당히 관계가 좋아 보이는데, 불알친구인가요?" 나는 그렇게 물었소. 그가 곧바로 대답하기를, 이전에는 모르는 사이였다고 했소.

그날 밤, 나와 그 사람은 그리 많은 이야기를 나누진 않았소. 하루인지 이틀인지 지나고 나서 그가 다시 나를 찾아왔지. 나와 함께 산보를 하고 싶다고 합디다. 내가 물었소. "당신은 학생들 가르치는 일

* 일명 찬또우.

에 전념할 것이지 뭘 하자고 찾아온 거요?" 그의 말이 오늘 수업은 모두 마쳤다고 합디다. 내가 그에게 오늘 학생들에게 무엇을 가르쳤냐고 묻자 『논어』를 가르쳤다고 합디다. 학이시습지면 불역열호라(學而時習之, 不亦說乎),* 유붕자원방래하니, 불역열호라(有朋自遠方來, 不亦說乎),** 인부지이불온이면 불역군자호라(人不知而不慍, 不亦君子乎),*** 그런 내용을 가르쳤다고 했소. 그래서 내가 그에게 물었소. 그런 쓰레기 잡동사니를 조국의 꽃봉오리들이 알아듣더냐고. 그는 다른 것도 가르쳤다고 말했소. 물새는 강 한복판의 작은 섬에서 노래를 부르고, 요조숙녀는 군자에게 어울리는 배필이구나, 뭐 그런 내용도 가르쳤다고 글쎄 주둥이로 낭랑하게 읊어대는 거였소. 동지들도 다 같이 생각해보시구려. 그 무슨 귀신 씻나락 까먹는 짓거리요. 나는 속으로 바짝 긴장되더이다. 퉤! 제대로 된 것은 가르치지 않고 그런 썩어빠진 몹쓸 내용이나 가르치다니. 그런 것은 조국의 꽃봉오리들을 고의적으로 삐딱한 길로 유인하는 것 아니오?

좋소, 계속 이야기하리다. 활용할 수 있는 모든 방법을 이용하기 위해 나는 그와 함께 밖으로 나갔소. 동지들, 따황 산의 경치는 정말 좋소이다. 산과 계곡은 정말 장관이라 무수한 영웅들을 끌어들였소. 아쉬운 점이 하나 있다면 혁명의 봄이 아직 완전히 도래하지 않아 모죽(毛竹)****이 혁명의 형태를 갖추지 않은 상태였다는 거요. 나는 가장 높은 산등성이 위로 올라갔는데 그 아래쪽이 바로 봉황 계곡이었소. 그 지방 토박이 말로는 아주 오래전에 그곳에 수많은 봉황이 살

* 배우고 때로 익히면 또한 기쁘지 아니한가.

** 벗이 있어 먼 곳에서 찾아오면 또한 즐겁지 아니한가.

*** 남이 알아주지 않더라도 성내지 아니하면 또한 군자가 아니겠는가.

**** 대나무의 일종으로 크고 굵어 가구나 농기구 펄프 제조 또는 건축재로 사용됨.

고 있었다고 합디다. 그래, 담배 한 대 더 피워야겠소. 앞에서 말하지 않았소? 내가 봉황표 담배를 좋아한다고 말이오. 바로 그런 연유로 나는 봉황 계곡을 찾아갔었다니까. 그 당시 산봉우리에 올라서서 두 손을 허리춤에 대고 산 아래 계곡을 내려다보았더니 심장이 펄떡거리며 뛰는데, 혁명에 대한 열정이 나도 모르게 치솟습디다. 그곳에서는 꺼런이 감금되어 있는 팡커우 소학교도 볼 수 있었는데, 시커먼 담장과 푸른 기와지붕이 보였소. 난 단도직입적으로 종뿌를 향해 질문했소. "당신, 솔직히 말하시오. 당신이 이곳에 온 이유는 바로 꺼런 때문 아니오?" 그 사람은 여전히 솔직하게 대답하지 않고, 자신도 이곳에 찾아오고 나서야 꺼런이 감금되어 있는 것을 알았다고 합디다. 좆같은 자식, 어느 누가 그 귀신 씻나락 까먹는 이야기를 믿겠소? 나는 다시 그에게 어찌할 작정인지 물었소. 뻥잉의 얼굴을 생각해서 꺼런을 구출할 작정이냐고 말이오. 그렇게 말하자 그는 벙어리가 되더군.

잠시 침묵이 흐른 뒤 그가 공을 내게 던졌소. 내게 어떻게 할 계획이냐고 묻습디다. 제기랄, 그렇다고 내가 지금 바이성타오를 기다리고 있는 중이라고 말할 수는 없잖소. 그래서 나는 상황을 유리한 방향으로 진전시키기 위해 사방팔방으로 방법을 알아보고 있는 중이라고 말했소. 그가 극히 부자연스럽게 억지로 미소를 지으며 내뱉는 말이, 좋아요, 좋습니다, 그러더군. 어느 좆 대가리가 그 인간이 좋다고 하는 말의 의미가 무엇인지 알아차리겠소. 그 말을 하고 나서 그 인간은 곧바로 산 아래쪽으로 걸어 내려가기 시작합디다. 나는 그 작자의 속마음을 알 수 없어 어쩔 수 없이 그를 뒤쫓아 내려갔소. 걸어 내려가다가 어떤 커다란 바위 옆에 다다랐을 때, 그 작자가 바위틈에서 진달래 가지 하나를 꺾었소. 진달래 꽃봉오리가 막 피는 중이었는데, 그 작자가 진달래꽃을 코끝에 갖다 대고 향기를 음미하면서 눈까지 지그시 감더구먼. 향기를 음미하고 나서 그가 진달래꽃을 다시 바위 위에 올려놓습디다. 그의 그런 자본가 계급의 정서로 인해 난 뱃속이 부글부글 끓어올랐소. 그렇지만 나는 성질을 부리지 않았는데, 이유는 아직 그의 대답을 기다리고 있는 중이었기 때문이었지. 나는 마음속으로 꽃향기도 맡았고, 수작도 부릴 만큼 부린 것 같으니 이제 솔직히 대답할 차례가 오지 않았을까, 그런 생각을 했소. 그러나 그는 여전히 대답을 하지 않고 다시 산 아래쪽으로 걷기 시작했소. 한참을 걸어 어느 작은 개울가에 도착했을 때 비로소 걸음을 멈추더군. 그 작자는 한동안 개울물을 지켜보고 있기만 할 뿐 여전히 아무 말도 하지 않았소. 허름한 장삼 차림의 스님 몇 분이 개울가로 지나쳐갔는데, 그들은 모두 푸티사에서 내려오는 중이었소. 어찌나 허름하고 가난해 보였는지 심지어 염주조차 없습디다. 스님들을 쳐다보던 종뿌는 아예 눈을 지그시 감고 있더군. 그러더니 잠시 후 그렇게 지그시 감고 있던 눈을 뜨더니 드디어 입을 엽디다. 소인배의 생각으로 군자의 마음을 읽는다고, 동지들도 그 작자가 어떤 식으로 말을 했는지 들어보시구려. 그 작자가 말하기를, 이곳은 중앙에서 워낙 멀리 떨어져 있어서 권력이 미치지 못하므로 꺼런이 이곳에 온 것은 몸을 숨기기 위해 온 것이라더군. 그 작자의 말은 똥보다 더 구린내가 났지. 그런데 그는 구린내가 나는 것을 느끼지 못했을 뿐 아니라 되레 그럴듯하게 여기고 있었단 말이오. 그의 말은, 그 역시 따황 산에 도착하자마자 꺼런과 같은 생각을 하며 이곳에 묻혀 살고 싶더라고 했소. 그리고 하는 말이 나더러 군통에 보고를 하되, 꺼런은 이미 정치에 전혀 관심을 갖고 있지 않으며 전혀 이용가치가 없으니까 차라리 스스로 먼지로 돌아가도록 내버려두는 게 났다고, 그렇게 될 수 있도록 잘 설명하라는 거였소.

난 지금도 기억하는데, 그 당시 나는 뒷짐을 쥐고 있던 손을 움직이려고 했소. 그렇소, 하마터면 나는 안전핀을 풀고 그 자리에서 그 작자를 쏴 죽일 뻔했단 말이오. 안전핀을 풀지 않은 것은 바로 그 말 때문인데, 작은 일을 참지 못하면 큰일을 하지 못한다는 그 말 말이오. 맞소, 바이성타오가 도착하기 전에 가능하면 일을 시끄럽게 만들고 싶지 않아서였소. 그렇게 생각을 하며 나는 치미는 울화를 꿀꺽 삼켰소.

되돌아가는 길에 종뿌가 느닷없이 내게 양펑량은 언제 떠나느냐고 물었소. 그리고 또 반드시 양펑량을 조심하라는 거였소. 결정적인 순간에 양펑량은 무슨 일도 벌일 수 있다면서 말이오. 당신이 굳이 말하지 않아도 그 인간 양심이 불량하다는 것쯤은 나도 알고 있다고 대답했지. 그는 연신 줄담배만 피우며 아무 말도 하지 않았소. 그러더니 나한테 담배를 피우지 않겠냐고 묻더군. 동지들, 그가 그렇게 말하는 순간 난 바짝 긴장을 했지. 상대가 부드럽게 나오면 이쪽에서도 부드럽게 나가야 하는 것이 사회생활의 기본 아니겠소? 나는 손을 내밀려고 하다가 다른 생각이 떠올라 그만 참고 말았소. 그러나 다시 다른 쪽으로 생각해보니, 자기 쪽에서 보면 탐욕과 부정, 낭비는 엄청난 범죄행위지만, 적의 물건이라면 내가 그 적의 재물을 낭비하면 할수록 혁명에 대한 공헌이 커지는 거란 생각이 들더군. 그래서 나는 그의 담배를 받아 피우기 시작했지. 그 사람이 피우는 담배가 무슨 담배였냐고? 바이진룽(白金龍)이오. 난양 연초회사(南陽燃草會社)에서 만든 바이진룽이었소. 당신 말이 딱 들어맞소. 그 담배 이름을 듣는 순간 당신은 아마 호화롭게 사치하고 진부하게 썩은 쾌락적 생활이 생각날 거요.

내가 그의 재물을 낭비해버리고 있을 때 그가 갑자기 묻더군. 어떤 구실을 만들어 양펑량을 따돌릴 수 있겠냐고 말이오. 그 말을 듣는 순간 나는 피식 웃으며 대답했소. 종뿌 선생, 그 양 가 놈이 내 뱃속의 똥 덩어리라면 내 마음대로 그를 쫓아버렸을 것이지만 애석하게도 그렇지가 않다고 말이오. 내 예상과 달리 그가 기다렸다는 듯 반응을 보이더군. 그는 양펑량이 하루 빨리 푸젠 성으로 돌아가도록 일을 꾸밀 수 있다는 것이었소. 난 그에게 너무 쉽게 말을 한다고 하면서, 만약 당신이 실제로 그 사람을 쫓아보낸다면 나는 틀림없이 당신에게 큰 고마움을 표시할 거라고 말했지. 그자는 큰소리를 떵떵 치면서 내게 잠시 기다려달라고, 사흘 후에 그 인간이 순순히 따황 산을 떠나 푸젠 성 창띵으로 돌아가게 만들 거라고 했소. 보시오. 희한한 일들이 모두 내게 일어났단 말이오. 일개 글방 선생이 놀랍게도 국민당의 장군을 마음대로 좌지우지한다는 거였소. 그 일이 만약 성공해서 그 말이 사실이라는 것이 입증된다면 국민당 군대는 이미 아무 희망도 없다는 뜻 아니겠소? 중국의 인민군대는 중국 공산당의 지휘에 무조건 따라야 한다는 원칙이 있는데, 어떻게 글방 선생이 군대를 지휘할 수 있겠소? 젠장, 그렇다면 이미 엉망진창이라는 말 아니겠소?

이런 식으로 내가 이야기해도 되겠소? 좋소, 그럼 계속 이런 식으로 이야기하지. 당신, 지금 뭐라고 말하는 거요? 종뿌와 양펑량이 사전에 입을 맞춘 결과 아니냐고? 나 원 참, 설명을 하면 당신 앞니가 쏙 빠질 거고, 수운장(신양 노개 차 농장 부근의 회족 마을)의 소들마저 모두 웃다가 죽을 거요. 다음 날 그자가 나를 찾아와 하는 말이 양평량과 이야기를 했으나 양평량이 콧방귀도 뀌지 않는다는 거였소. 내가 양평량과 무슨 이야기를 했는지 묻자 그의 말이, 양평량에게 운명을 점쳐주며 그의 집에 변고가 생겼다고 말했다더군. 양평량이 무슨 변고냐고 묻자, 그는 확실한 내용은 자신도 잘 모르겠지만 그러나 틀림없이 묏자리와 관계있는 일이라고 말했다고 합디다. 사실 내가 그에게 양평량의 식구 중 한 사람이 죽었다는 것을 말해준 적이 있는데 그가 그 이야기를 그럴듯하게 다시 양평량에게 설명한 것이었소. 그는 양평량에게 서둘러 공무를 마치고 하루빨리 고향에 돌아가보라고 권고했던 거요. 양평량이 말하기를 오래전부터 자기 조상의 묏자리에 문제가 있다는 것을 알고 있었고, 따라서 그가 집안의 대를 잇는 데 문제가 있기 때문에 각처로 돌아다니며 쓸 만한 여자를 찾아다니는 것이며, 마음에 드는 여자가 있으면 씨를 뿌리면서 각지를 돌아다니고 있는데, 그렇게 잔뜩 뿌려놓다 보면 그중에 훌륭한 녀석도 나오지 않겠냐고 대답했다는 거요. 그리고 또 하는 말이, 난쟁이 속에서도 장군이 나온다고, 그렇게 많은 자식들 중에 쓸 만한 인재 하나 나오지 않겠냐고 말했다고 합디다. 종뿌는 그 이야기를 듣고 할 말을 잊었다고 합디다. 그가 턱수염을 비비 꼬며 한나절을 고민하다가 다시 양평량에게 엄포를 놓았답디다. 만일 그가 고향으로 급히 돌아가지 않으면 본인의 목숨조차 문제가 생길 수 있다고 말이오. 양평량이 종뿌에게 그것이 사실이냐고 묻자, 종뿌는 그 말이 거짓이면 자기가 개자식이라고 말하고, 만일 거짓말이 반 토막이라도 섞여 있다면 지금 당장 선생 노릇을 그만두겠다고 했답디다. 그리고 또 종뿌는 양평량에게 몇 푼의 돈을 쥐여주며 고향으로 돌아가는 여비에 보태라고 했답디다. 맞소, 그가 양펑량에게 뇌물을 준 거지. 나 역시 종뿌에게 물은 적 있소. 당신의 감언이설이 그 개자식에게 먹혀들던가, 그렇게 말이오. 종뿌가 대답하기를, 먹혀들었소, 대번에 먹혀들더군요, 그렇게 대답하더군. 종뿌는 양에게 이런 말을 했다는 거요. 자신이 관상을 보건대 양 장군은 관운과 재물 운이 운수 대통할 팔자를 지녔으니 나중에 그렇게 되면, 자신이 양 장군에게 도움을 청할 일이 있을지도 모르겠고, 그럴 때 지금의 인연을 생각해서라도 모르는 척하지 말아달라고 넉살을 떨었다고 합디다. 종뿌가 그런 식으로 이야기를 하자 그 개자식이 홀딱 넘어가 돈을 받더랍디다. 그러나 동지들, 양펑량의 탐욕은 코끼리를 삼키려는 뱀 못지않아서 한 번 돈을 받고 나더니 돈을 더 우려낼 생각을 했다는 거요. 그렇소, 그 작자는 여전히 라오장*으로부터 포상금이 내려오기를 기다리고 있었소. 그래서 여전히 그곳을 떠나지 않았던 거요. 당신, 지금 뭐라고 했소? 나도 종뿌로부터 뇌물을 받지 않았냐고? 받았지. 나 역시 받았소. 앞에서 말하지 않았소? 적들의 재물을 최대한 많이 소비시킬수록 우리의 혁명을 성공시키는 데 공헌하는 것이라고 말이오.

양펑량을 고향으로 돌려보내는 일이 실패하자 종뿌는 낯짝을 들 수 없어서인지 그 다음 날 그곳을 떠났소. 잘 가게 「사도 스튜어트」** 였소. 그 후 나는 단 한 번도 그를 만난 적이 없소. 어찌 되었건 그는 오래전에 역사의 쓰레기 더미 속으로 묻혀버렸으니 우리는 더 이상 그에 관해 이야기하지 맙시다. 난 정말 그를 만난 적이 없소. 마오 주석을 걸고 맹세하는데, 내가 말한 내용은 모두 사실이오. 아니라면

* 장제스를 지칭함.
** 마오쩌둥 작품의 제목 중 하나.

개자식이라니까. 당신이 말하지 않아도 나 역시 역사에 대한 책임이 무엇인지 알고 있소. 역사는 국민들이 쓰는 것이고, 나 또한 한 사람의 국민이잖소. 누가 당신을 기만하려 드는가 하면, 그자는 바로 미제국주의자에게 알랑거리고, 수정 소비에트 제국에 아부하는 자오 성을 지닌 자로서 이름은 저우(揍) 혹은 쥬오(做)가 아니던가. 이쯤 되면 이제 당신들도 믿겠소?

& 종뿌의 따황 산 여행

종뿌가 따황 산에 간 것이 자신의 부탁에 의해서라는 것을 뼁잉은 일언지하에 부인했다. 사실 종뿌가 따황 산에 간 것을 알게 된 뼁잉은 머리끝까지 화가 치밀었다. 뼁잉의 입장에서 보면 종뿌는 꺼런 구조에 도움을 주기는커녕 오히려 그를 더 빨리 죽도록 유인한다는 생각이었다. 뼁잉이 그렇게 말하는 이유는 '종뿌의 출현이 꺼런으로 하여금 잃어버린 자신의 인생을 돌이켜보게 만들고, 그를 더욱 절망 속에 빠지게 만들었다'는 것이다. 굳이 애를 쓰지 않고도 우리는 그 말 속에 한 가지 분명한 의미가 담겨 있다는 것을 알 수 있다. 즉 뼁잉은 자신이 종뿌와 결혼한 사실을 수치스럽게 생각하고 있었으며, 일이 그렇게 되도록 내버려둔 것을 꺼런이 자기 일생의 가장 큰 실수로 여길 거라고 자기 나름대로 생각했던 것이다.

1943년 초순의 눈이 내리던 어느 날, 종뿌와 뼁잉은 상하이에서 헤어진 뒤, 뼁잉은 총칭으로 종뿌는 홍콩으로 각자 떠났다. 홍콩에 도착한 다음 날, 종뿌는 「산또우와」를 발표했던 적이 있던 잡지사

『이징』을 찾아갔다. 그는 그곳에서 편집장 쉬위성으로부터 꺼런에 관한 상세한 정보를 얻으려고 했다. 그러나 당시 쉬위성은 홍콩에 없었다. 쉬 선생의 『첸탕몽록(錢塘夢錄)』이라는 책을 통해 내가 알게 된 것이지만, 그 당시 그는 부모의 묘소에 성묘를 하기 위해 항저우로 돌아가 있었다. 따라서 홍콩으로 갔던 종뻐는 일말의 정보도 얻지 못했다. 다시 말하면 그는 홍콩에서 따황 산으로 떠날 당시만 해도 꺼런이 그때까지 살아 있는지조차 확신하지 못했다. 단지 그는 꺼런이 아마 살아 있을 것이며, 그렇다면 따황 산에 있을 가능성이 매우 높다고 생각했던 것이다. 그렇다면 그는 어떻게 그런 추측을 할 수 있었을까? 그 질문에 대한 대답은 황지스 선생이 쓴 『반생록』이라는 책에 다음과 같이 기재되어 있다.

근래 며칠 동안 종 선생은 『이징』 잡지 한 권을 손에 쥔 채 넋이 나간 표정을 짓고 있었는데, 얼굴에 온통 눈물과 콧물이 뒤범벅이 되어 극도로 슬픔에 잠긴 모습이었다. 내가 잡지를 달래 읽어보니 기사 중에 특별한 내용은 없었다. 기사 중에는 장중정(蔣中正)*이 송메이링과 함께 이집트의 카이로로 가는 길에 비행기가 히말라야 산맥을 넘던 중 기장이 갑자기 심장마비를 일으켜 하마터면 비행기에 타고 있던 장과 그 부인이 목숨을 잃을 뻔했다는 내용이 실려 있을 뿐이었다. 종 선생은 장 씨 정권에 대해 불만을 지니고 있던 터라 그런 일로 인해 마음을 상할 일이 없었다. 더군다나 그가 지니고 있던 잡지는 발행된 지 오래된 것이었고, 장 씨 부부는 이미 11월 21일 카이

* 장제스의 다른 이름.

로에 도착했으며, 또한 그날 영국의 처칠 수상과 회담을 했다.

또 어느 날 오후였다. 날이 약간 어두침침한 것이 흡사 저녁나절 같았는데 그가 다시 당황스런 모습을 보이기 시작했다. 내가 연유를 캐묻자 그가 설명하기를, 『이징』에 「찬또우화」라는 시가 한 편 실렸는데 비록 필명은 요우위지만 그의 생각에는 꺼런의 새로운 작품인 듯하며, 따라서 꺼런은 분명히 이 세상에 살아 있을 것이라고 말했다. 그렇게 이야기를 하면서 덧붙이기를 만약 특별한 일이 없다면 꺼런은 마땅히 따황 산에 은거하며 그의 딸 찬또우와 함께 세월을 보낼 것이라고 했다. 그의 이야기에 따르면 찬또우 역시 갑술년(1934년)에 따황 산에서 실종되었다고 한다. 상황을 그런 식으로 미뤄보면 얼리깡 전투는 어쩌면 꺼런이 새로운 삶을 얻기 위한 계략일 것이라고 그는 말했다. 목숨을 구해 달아난 후 꺼런은 딸을 찾기 위해 따황 산으로 달려갔을 것이라고 했다. 당시 종뿌의 나이가 칠순이라, 스스로 생각해보니 앞으로 할 일도 많지 않아 오직 딸에 대한 생각밖에 없으므로 직접 따황 산으로 찾아가고 싶다고 말했다. 그런 종뿌의 의지가 워낙 강경해서 극구 고집을 부리며 찾아 나서겠다고 했으므로 다른 사람이 막을 도리가 없었다.

말이 나온 김에 한마디 더 하자면, 근래 해외에 있는 일부 학자들은 바로 앞의 문장을 인용해 꺼런이 따황 산으로 가게 된 동기는 바로 자신의 양녀를 찾기 위한 것이라 여기고 있다. 그런 견해가 사실과 부합되는지에 관해 나는 감히 쉽게 결론을 내릴 수 없다. 왜냐하면 마침 바이성타오가 말한 것처럼 "꺼런에 관해 이해하고 있는 대부분의 내용이 어쩌면 모두 왜곡된 것"일 수도 있기 때문이다. 그렇지만 일부는 사실이다. 즉 종뿌가 따황 산을 찾아간 것은 애초부터 꺼런의 요청이 아니라 단지 자신의 친딸인 찬또우를 보고 싶어 갔던 것이다. 아쉬운 일은 그가 찬또우를 만나지 못했다는 사실이다. 일찍이 1934년 홍군이 따황 산에서 철수한 지 얼마 지나지 않아 우리 고모할머니는 엘리스 목사와 함께 따황 산을 찾아가 찬또우를 데리고 그곳을 떠났다. 이에 관해서는 내가 나중에 별도로 이야기할 예정이므로 이곳에서는 더 이상 거론하지 않겠다.

황지스 선생은 종뿌가 따황 산을 찾아갈 때 짐 속에 거액의 돈을 챙겨 갔다고 설명하고 있다. 그 돈은 그의 딸 찬또우를 위해 준비했던 것으로, 만약 찬또우가 이미 결혼을 해서 다른 사람의 부인이 되었다면 그 돈을 시댁에 주어 아버지로서의 성의 표시를 대신하려고 했던 것이다. 그는 딸을 만나지는 못했지만 가지고 갔던 돈을 모두 써버려서 홍콩으로 돌아왔을 때는 호주머니 속이 텅텅 비어 마치 거지 같은 행세였다. 그는 가지고 갔던 돈을 모두 어디에 써버렸을까? 아칭의 진술서를 보고 나서 나는 그가 지니고 있던 돈을 모두 양펑량과 아칭에게 뇌물로 주었다는 것을 알게 되었다.

2000년 봄, 쑨귀장 선생이 나의 취재에 응했을 때, 그 역시 종뿌와 양펑량이 한 차례 같이 앉아 이야기를 나눈 적이 있다고 말했다. 찬또우를 만나지 못한 데다 꺼런 역시 곤경에 처해 있던 상황이라 종뿌는 애초에 가졌던 생각을 바꾸어 돈으로 양펑량을 매수해 꺼런을 구출하고 싶었던 것이다.

내가 그곳을 떠나기 전날 밤 종뿌는 기어코 솔직한 모습을 드러냈소. 철학에서는 이런 현상을 심정사유(心精思惟)라고 하지요. 그는 자신이 그곳에 온 것은 꺼런 선생을 구출하기 위해서라고 극구 주장하며 양 선생에게 조건을 제시하라고 입을 뗐어요. 내 기억으로는 일찍이 종뿌와 꺼런의 부친이 캉요우웨이를 추종하는 단체에서 활동하다가 서로 알게 되었으며, 또 훗날 꺼런 선생과도 교류했었다고 주장했어요. 그러나 그 교류 과정에서 종뿌가 꺼런에게 부담을 주었다는 것이 문제지요. 양 선생이 말하기를, 그렇다면 꺼런에 관한 상세한 이야기를 해주길 원한다고 했어요. 그러자 종뿌 선생은 그 당시 자신이 자금을 지원해 꺼런을 소련에 보냈다는 겁니다. 맞아요, 지금은 구소련이라고 부르죠. 바로 그런 경력 때문에 그 후 꺼런이 당내에서 높은 지위에 오르게 되었고, 또 오늘날 그에게 고액의 현상금이 붙고 감금까지 되었다는 겁니다. 양 선생이 다시, 혹시 당신이 빙잉과 잘 알고 지내는 사이가 아니냐, 그렇게 물었지요. 이제야 알겠구먼. 일전에 꺼런이 자기 아내를 캉 씨 추종자에게 빼앗겼다는 소문을 들었는데, 그게 바로 눈앞에 있는 당신 소행이었구먼. 그 말을 듣는 순간 종뿌는 얼굴에 식은땀을 줄줄 흘리며, 그런 일로 인해 수년 동안 깊이 참회하고 있다고 말했어요. 그러니 지금이라도 자신이 거액의 자금을 들여서 꺼런의 목숨을 구하고 싶다고, 그렇게 해야만 마음이 편할 것 같다고 했어요. 그러자 양 선생이 곧 철도가 복구될 것이니 그때 꺼런과 함께 떠나면 될 것이고, 꺼런의 목숨이 어찌 될까 걱정하며 마음 졸이지 말라고 말했습니다. 그 당시 종 선생은 양 선생의 말을 굳게 믿지 않았지요. 이미 많은 사람들이 양 선생이 이리저리 재면서 망설이는 바람에 변고가 생겨 꺼런이 바이포에서 죽게 생겼다고 생각하며, 만일 꺼런이 바이포에서 죽게 되면 양 선생은 역사의 죄인이 되고 만다고 했습니다. 양 선생은 무릎을 문지르면서 큰 소리로 웃더군요. 종 선생, 조금도 염려하지 마시오, 그랬습니다. 내가 알고 있기로는 그날 밤 양 선생은 그 돈을 꺼런에게 건네주려고 했답니다. 꺼런이 그 돈을 받았는지 받지 않았는지 그건 나도 알 수 없어요.

『절색』이라는 책에 보면 종뿌는 홍콩으로 돌아온 뒤 뻥잉에게 편지를 한 통 보냈다. 그는 순진하게도 반드시 꺼런을 구할 테니 그녀에게 꺼런에 관한 좋은 소식이 올 때까지 안심하고 기다리라고 했다. 그는 자신이 지은 죗값을 치렀다고 말했다. 마치 포로로 잡혀 있는 꺼런을 구출하는 것이 바로 역사가 그에게 기회를 준 것으로 종뿌는 해석하고 있었다. 그는 잃어버린 찬또우에 관해서도 이야기를 꺼내면서 그 일이 바로 자기 평생의 한이라고 했다.

여기까지 이야기했으니 생각난 김에 한 가지 더 언급하고 싶다. 독자들이 이미 읽어서 알고 있는 것처럼 아칭의 진술 내용 중에서 종뿌의 모습은 형편없이 그려져 있다. 그러나 아칭의 후손이 내게 말한 바로는 당시 아칭은 단지 허장성세를 부리기 위해 어쩔 수 없이 물에 빠진 개를 두들겨 패는 모습을 보였을 뿐이라고 한다. 조사에 참여했던 위펑까오 선생 역시 당시 아칭은 겉으로는 조사에 충실히 응하는 태도를 보였지만, 실제로는 정반대의 태도를 보였으며, 몸에 익은 특수공작원의 실력을 모두 발휘했다고 내게 말했다. 그렇다면 아칭은 종뿌에 대해 실제로 어떤 태도를 보였을까? 아칭의 후손 말에 따르면 그는 평소에 글을 쓰고 그림을 즐겨 그렸으며, 일부 작품을 남겼는데 훗날 그의 작품들은 모두 위펑까오 선생의 손에 넘어갔다고 한다. 그러나 내가 다시 위펑까오 선생을 찾아갔을 때 그는 이미 유골함 속에 들어가 있었다. 위펑까오의 작은아들 위리런이 말하기를 그 자료들은 모두 자기 손에 있다고 했다. 그러고 나서 그는 화제를 다단계 판매회사인 '화위소비연맹'으로 돌려 그 회사를 어떻게 하면 좋겠느냐고 물었다. 여기서 어떻게 하면 좋겠느냐는 의미는 바로 어떻게 하면 큰돈을 벌 수 있느냐, 그런 뜻이었다. 내가 이 책의 제1부에서 소개한 바와 같이 모 티브이 방송국에서 얼리깡을 소재로 한 프로그램에서 출연한 고객들에게 상품으로 지급했던 물건들이 바로 알래스카 바다표범 기름이었다. 나도 그 자료들을 보기 위해 부득이 그의 다단계 판매회사에 가입할 수밖에 없었다. 그 뒤 위리런은 유골함 밑에 놓여 있던 작은 금고를 열쇠로 열고 붉은색 표지의 다이어리를 꺼내 펼치더니 그 속에 끼워놓았던 잔뜩 구겨진 편지 한 장을 꺼냈다. 편지지 위쪽에는 마오 주석의 어록에 나와 있는 "내가 틀렸다는 것을 이미 알고 있다. 그러나 그것을 고치고 싶은 마음은 없다. 나 자신이 자신으로부터 자유를 얻고 싶기 때문이다, 이런 사람이 바로 열한번째 인간이다—반대 자유주의"라는 글이 인쇄되어 있었다. 그 밑에 아칭의 필적이 다음과 같이 남아 있었다.

오늘 조사반 동지들이 나를 찾아와(아칭이 의미 있는 것을 거론할 때 자신을 '엄(俺)'이라고 지칭하는데, 이곳에서는 '아(我)'로 표현하고 있다) 꺼런 동지의 마지막 영웅적인 업적을 알고자 했다. 그들은 내일 다시 찾아올 것이다. 나는 부득이 종뻐를 들먹이지 않을 수 없었다. 여하튼 종뻐는 이미 한 줌의 재가 되어 날아가버렸으니 그들이 아무리 기를 써도 대질 증언을 들을 수 없기 때문에 나는 물에 빠진 개가 급히 뭍으로 올라올 때를 힘들게 기다리지 않고 마구 두들겨 패듯,

종뿌를 향해 실컷 욕설을 퍼부었다. 종뿌, 만약 당신이 지하에서 이런 사실을 알게 된다면 제발 나를 이해해주시오. 나는 당신을 마주볼 수 없소이다. 내가 당신 앞에 무릎을 꿇고 머리를 조아리리다. 많은 변명을 늘어놓지는 않겠소. 왜냐하면 곧 우리들이 만나게 될 것이기 때문이오. 내가 당신 앞에서 사죄를 하며 내 귀를 잘라 당신에게 술안주로 바치리다. 나는 당신에게 이 모든 것이 꺼런을 위해서라는 걸 인지시켜주겠소. 더 이상 이야기하지 않겠소. 그곳에서 만나게 되면 다시 이야기합시다. 그곳으로 가면 나는 아무것도 겁내지 않을 것이오. 밥을 먹든 걸쭉한 죽을 먹든 난 전혀 겁나지 않소. 밥을 먹든, 죽을 먹든, 멀건 죽을 마시든. 씨발, 겁나지 않는단 말이오. 당신이 원하는 바가 있다면 내 꿈에 찾아오시오. 내가 반드시 당신 소원을 풀어주리다. 그러나 내가 먼저 당신에게 하고 싶은 말은 만약 당신이 찬또우 사진을 갖고 싶다고 부탁한다면 그것만은 들어줄 수 없소. 나는 사진을 갖고 있지 않소. 진정이오. 당신에게 거짓말하면 개새끼요.

보름 정도가 지나고 나서 자오야오칭은 우물로 뛰어들어 자살하고 말았다.

@ 바이성타오의 목이 다시 매달려졌다

종뿌가 허풍을 떠는 바람에 나는 뜨거운 가마솥에 빠진 개미처럼 다급해졌소. 바이성타오가 그곳에 도착하기 전까지 나는 다른 일은 하지 못하고 오로지 어떻게 하면 꺼런의 건강을 회복시킬 것인가, 그것만을 생각했으며, 충분히 그 일이 실행될 거라고 여겼소. 나는 그를 찾아가 무엇을 먹고 싶은지 물었소. 그가 말하기를 두부가 먹고 싶다고 했지. 그것은 오히려 나를 곤란하게 만들었소. 왜냐하면 바이포에서는 누런 콩을 재배하지 않았거든. 왜 두부를 먹지 않으면 안 되느냐고 묻자 그의 말이 중국의 두부가 세계에서 가장 맛있기 때문이라는 거였요. 나 원 참, 그런 처지에 있으면서도 그는 나라를 사랑하는 마음으로 우리의 두부를 먹겠다는 거였지. 동지들, 말이 나온 김에 한마디 물어봅시다. 당신들, 오늘 저녁 내가 두부볶음 한 접시 먹을 수 있도록 배려해줄 수 있겠소? 나는 이미 여러 날 동안 세상에서 가장 훌륭한 두부를 먹지 못했거든.

그 당시 나는 그가 먹는 음식의 요구 조건을 아주 높게 격상시켜놓았었소. 매 끼니 반드시 술과 고기를 함께 내주도록 했는데 두부가 빠져 있었던 거요. 그렇지만 그가 말을 꺼냈으니 나는 방법을 모색하기 시작했소. 나는 뤼진으로 사람을 파견했고, 표고버섯과 말린 원추리꽃을 두부와 바꿔 오도록 시켰소. 그가 두부 요리 먹는 모습을 보고 내가 얼마나 기뻐했는지는 말할 필요도 없겠지. 그가 말하기를, 자오 장군, 당신도 함께 맛 좀 보시구려. 그가 나를 자오 장군이라 부르는 바람에 나는 정말 몸 둘 바를 몰랐소. 나의 간곡한 부탁을 받아들이고 나서야 그는 비로소 나를 아칭이라 부르더군. 아칭, 내게 수술할 줄 아는 의사가 한 명 필요하다네, 그가 그렇게 말했소. 나는 그의 말이 무슨 의미인지 알아채지 못하고 상세히 이야기해달라고 했지. 그는 자신이 이미 죽을 때가 다 되었으니, 자신이 죽고 나면 폐를 떼어내 병원에 보내 해부용으로 제공하고 싶다는 거였소. 그래야 앞으로 폐결핵 환자들을 진단하고 치료하는 데 도움이 될 거라는 거였소.

동지들, 천지가 개벽한 이래 삼황오제 시대를 지나 오늘날까지 자신의 내장을 꺼내 병원으로 보내 임상 자료로 쓰겠다는 사람이 있었소? 없지, 전혀 없었고말고. 그런 것이 무슨 정신이냐고? 그것이 바로 철저한 유물주의 정신이란 말이오. 당신, 지금 무슨 소리를 하는 거요? 취치우빠이 역시 그런 말을 했다고? 좋소, 그럼 내가 헛소리를 했다고 칩시다. 그 당시 그 말을 듣는 순간 나는 곧바로 꺼런에게 말했소. "무슨 말씀을 하시는 겁니까, 당신이 가긴 어디를 가신다는 겁니까. 그런 불길한 말씀 절대로 다시는 입에 담지 마십시오. 당신에게 결코 아무 일도 일어나지 않을 겁니다. 제가 맹세하건대, 절대로 당신에게 무슨 일이 일어나지 않을 겁니다. 아니면 제가 정말 개새끼입니다." 내가 몹시 당황하는 모습을 보고 꺼런이 웃으며 말하더군. "좋아, 그럼 내가 그 말을 취소하겠네."

그 당시 나와 꺼런은 그가 묵고 있던 방 앞의 우물가에서 이야기를 나누었소. 우물에는 지붕과 도르래를 걸쳐놓은 원목의 받침대와 두레박이 있었는데 만든 지 얼마 되지 않은 새것이었소. 두레박을 우물 속으로 집어넣으면 도르래가 끼익끼익 소리를 내며 회전을 했지. 그는 여름이 되면 두레박에 수박을 매달아 우물 안으로 넣어 차갑게 했다가 아이들에게 주면 아이들이 시원한 수박을 아주 맛있게 먹을 거라고 했소. 그렇게 되면 나 역시 아주 맛있게 먹을 거라고 대답했지. 아쉽지만 자네는 내가 시원하게 만들어놓은 수박을 먹지 못할 거라고, 그는 웃으면서 대꾸했소. 그날 밤 꺼런의 기분은 잔뜩 들떠 있었지. 나는 사람들에게 몇 가지 음식을 더 장만해서 내오라고 시킨 뒤 꺼런과 함께 우물가에서 달을 바라보며 술을 마셨지. 나중에 꺼런이 내게 돌아가라고 계속 채근했소. 급히 처리해야 할 무슨 일이 나를 기다리고 있을지 모른다는 거였소. 당신을 돌보는 일이 나로서는 가장 중요한 사명인데 또 무슨 일이 있겠느냐고 대꾸했지. 그렇지만 그는 여전히 내게 돌아가라고 채근했소. 휘영청 밝은 달이 우물의 지붕을 벗어났을 때, 그가 피곤하고 머리가 아프다며 집 안으로 들어가 잠을 자고 싶다고 말했소. 나는 신체는 혁명의 밑천이니 내가 돌아간 다음 반드시 취침에 들라고 당부했지. 절대로 다른 일을 하지 말고, 만리장정을 떠나는데 이제 겨우 한 발짝을 떼놓은 것이니 앞으로 가야 할 길이 매우 멀다고 말했소.

내가 달빛 속을 걸어 숙소로 돌아와 막 자리에 누웠을 때, 수하가 찾아와 급히 보고했소. 수하의 말이 낯선 사람을 체포했는데, 외지인이며 행색이 수상해 이미 한바탕 고문을 하긴 했는데 좀더 심하게 고문을 해야 입을 열 것 같다는 것이었소. 나는 퍼뜩 영감이 떠올랐지. 생각해보니 이번에 찾아온 사람이 어쩌면 바이성타오일 거라는 느낌이 든 거요. 나는 방금 전 꺼런이 했던 말을 다시 떠올렸소. 그가 나에게 빨리 돌아가라고 재촉했던 것이 어쩌면 티엔한과 또우스종이 사람을 파견했다는 걸 예측했었단 말인가? 정말 선견지명이 있구나. 귀신이로구나. 수하는 내 얼굴에 미소가 드리워진 모습을 보고, 자기들에게 상을 주려는 것으로 생각하고 어떻게 외지인을 체포했는지 내 앞에서 장황하게 떠벌렸소. 저런 개 잡종놈들 같으니라고. 나를 골치 아프게 만드는 일 빼고는 할 줄 아는 게 없는 잡종들. 그러나 그들이 눈치 채지 못하도록 나는 정말로 그들에게 약간의 포상금을 주었소. 동지들, 눈을 동그랗게 뜨고 쳐다보지 마시오. 나는 이렇게 생각했소. 조만간 그 포상금은 국민들에게 되돌아갈 것이라고 말이오. 그들이 얼마나 등쳐먹든지 하여간 때가 되면 모두 똥으로 빠져나올 것이란 말이오.

내가 바이성타오를 만났을 때, 그를 지키고 있던 수하들이 대들보에서 그자를 풀어 내려놓았소. 나는 온화함과 위엄을 동시에 갖추고 먼저 그를 한 번 노려본 다음 허리를 굽혀 그를 부축해 일으켰소. 개똥은 똥삽으로 치울 필요 없다고, 그는 어떻게 처신해야 할지 몰라서 몸을 일으키지 않으려고 버둥거렸소. 난 아직도 그 당시 그 작자의 모습을 기억하고 있소. 그는 그곳에 무릎을 꿇고 앉아 두 눈을 꼭 감았는데, 콧등에는 온통 진흙이 묻어 있었고 온몸을 덜덜 떨고 있었소. 내가 그의 귓가에 대고 가볍게 두 마디 했소. "바이성타오, 바이성타오." 니미럴 개자식, 그 자식은 내 말에 전혀 콧방귀도 뀌지 않더군. 그의 머리카락은 거의 모두 빠져버렸고 대머리가 되기 직전인지라 이마가 무척 넓어 보였는데, 그 위에 한바탕 땀을 흘려 번질거리고 있어서 마치 방금 전 물속에서 기어 나온 한 마리 사마귀 같았소. 맞소, 훗날 그가 내게 하는 말이 그의 머리카락은 따황 산으로 찾아오는 도중에 모두 빠졌다고 했소. 그 당시 나는 줄곧 의아하게 생각하고 있었소. 도대체 옌안에서는 어쩌자고 저런 연약하고 무능한 인간을 보냈단 말인가? 다시 말하면 어째서 저런 인간 한 명을 보냈을까. 도대체 다른 인간들은 모두 어디 있단 말인가? 좆같은 것, 그가 어디서 왔든 우선 그를 안정시킨 뒤 다시 이야기해야겠다고 생각했소. 그가 바이성타오가 아니라 단지 장사꾼이라 하더라도 필경 제대로 처리해야 했지. 두들겨 팬 다음 갖고 있는 걸 빼앗은 뒤 병신으로 만들어야 했소. 무엇 때문이냐고? 나 원 참, 그것도 질문이라고 하는 거요! 첫번째는 재산이 많은 놈으로부터 재물을 빼앗아 가난한 사람들을 구제해 혁명 사업에 공헌해야 하고, 두번째는 잡종놈들 앞에서 본보기를 보여야 했지. 그 잡종놈들에게 이 어르신이 당과 국가를 위해 어영부영하지 않고 철두철미하게 일한다는 것을 보여주어야 했기 때문이오. 동지들, 훗날 바이성타오는 혁명에 반기를 들고 판지화이를 따라 도망쳤소. 그렇지만 당시 그는 본성을 드러내기 직전이었고, 주제에 깡다구는 남아 있어서 고문은 물론 죽는 것도 두려워하지 않는 듯했소. 왜냐하면 그자가 바이성타오인지 내가 확신을 갖기 전에 그 잡종놈들이 내가 보는 앞에서 그를 다시 대들보에 매달았는데, 그때 내가 앞으로 나서서 제지하지 않았거든. 그 친구는 아직도 덜 두들겨 맞았는지 전혀 반항도 하지 않고 오히려 순순히 매달리는 것을 반기는 눈치 같더라니까. 대들보에 매달려질 때 그는 더 높이 매달아달라고 합디다. 한마디 더 곁들여서 하는 소리가 달아맬 때마다 계란국수 한 사발씩 먹을 수 있다면 몇 번이고 매달아달라고 하더군. 공중에 매달린 채 이리저리 흔들거리는 모습이란, 좆같은 것, 꼭 한 마리 커다란 거미 같더구먼. 주둥이 역시 다물지 않고 연신 중얼거리더구먼. 무슨 소리를 중얼거리더냐고? 당신들, 멀찌감치 떨어져 있게, 혹시 줄이라도 끊어져 자네들을 깔아뭉갤지 모르니 말이야, 그렇게 말하더구먼. 하여간 모두 헛소리였지만 듣는 사람은 화가 치밀어 올랐소. 그리고 한마디 더 떠들었는데, 기왕이면 당나귀 고삐로 사용하는 밧줄을 이용해서 매달라고 하더군. 그것도 가장 좋은 고삐로. 그런 밧줄이 가장 튼튼하다고 떠들어댔다니까. 니미럴, 뭣 같은 자식, 아예 총구멍을 향해 고개를 들이미는 격이었지. 도끼에 엉덩이가 찢겨 똥을 줄줄 흘리며 죽으려고 환장한 거지. 그 같은 인간들이 당시에는 엄청 많았소. 바이성타오가 나타나기 전에도 난 그런 자식을 한 번 만난 적이 있었지. 그 녀석은 돈을 들고 집을 떠나 객지에서 장사를 하다 망해버린 뒤 하는 수 없이 집으로 돌아왔는데, 집에 돌아와 보니 가난뱅이들이 들이닥쳐서 가산을 모두 휩쓸어 가버리고 가족들도 모두 죽었으니 그야말로 개좆 같았소. 그 친구는 빨리 죽고 싶은 생각밖에 없었으니까, 두들겨 패면 팰수록 그 친구의 가려운 곳을 긁어주는 격이었지. 죽으면 죽었지 개과천선하지 않는 주자파(走資派)를 만나게 되면, 단 한 방에 쳐 죽이는 길밖에 정말이지 다른 좋은 방법이 없소. 그 당시 나는 그것을 의식하고 바이성타오를 한 번 달아맨 뒤 곧바로 아랫것들에게 그를 바닥에 내려놓으라고 지시했소. 그가 땅바닥에 놓여지는 순간 내 수하 한 놈이 채찍질을 한 번 해댔소. 그러자 그가 목을 주욱 잡아 늘이고 우웩거리는 것이 흡사 뭔가를 토하는 듯했지만 아무것도 게우지 못하더군.

당신 말이 맞소. 역시 작전이었지. 따라서 나는 더 이상 잔머리를 굴릴 필요가 없었소. 그날 밤, 나는 사람을 시켜 그에게 맛있는 음식을 먹게 하고 또 찻집에서 여자 두 명을 불러 그놈의 시중을 들게 했소. 식사를 하면서 그 작자는 굶어 죽은 귀신은 되고 싶지 않다고 말하더군. 그러나 오늘은 그것이 서질 않아 여자는 필요 없다며, 한 이틀 지난 다음에 생각해보겠다고 말했소.

다음 날 나는 단독으로 그와 면담을 했소. 먼저 그에게 정중하게 사과를 한 뒤, 욕설을 퍼붓고 때린 것은 사랑하고 아끼기 때문이며 밧줄이 당신 몸을 결박하고 있었지만 그 고통은 내 마음속에 있었다고 말했지. 나는 그가 그 이야기를 이해하도록 하기 위해 주유가 황개를 두들겨 팼던 고사를 말해주었소. 어떤 공동의 목표를 위해 당신과 나 둘 중의 한 사람은 자진해서 때리고 한 사람은 자진해서 얻어 맞아야 한다고 말이오. 나는 확실하게 그에게 밝혔소. "내가 바로 아칭이오." 그런 연후에, 당신은 꺼런의 일로 찾아온 것이 아니냐고, 그에게 다그쳤소. 그제서야 그는 자신의 신분을 밝히더군. 그런데 그는 또우스종 동지가 내게 보낸 밀지를 잃어버렸다더구먼! 우한을 지나올 때 어떤 자에게 습격을 받아 그 밀지를 잃어버렸을 뿐만 아니라 목숨까지 잃을 뻔했다고 그가 말했소. 그는 내게 걱정하지 말라, 길을 막고 강탈하는 무리들은 무뢰한 같은 패거리들이고 그들의 관심은 오로지 금전에 있을 뿐이라고 말했소. 자기 대가리를 내걸고 담보하건대, 밀지는 당국의 손안에 떨어지지는 않았을 뿐만 아니라, 이미 지하 조직을 거쳐서 또우스종 동지에게 보고되었다고 그가 말했소. 그리고 그 편지가 자신과 나를 연결시켜주는 그저 보통의 소개 서신일 뿐 다른 용도는 없다고 이미 또우스종이 말했다는 거였소. 당신이 일을 처리해서 안심을 했고, 새로 방침을 세우기로 이미 결정을 했다고 또우스종이 얘기하더라는 말도 덧붙였소. 내가 기다리는 것도 그것이었기에 방침이라면 어떤 방침을 세웠느냐고 나는 연달아 그에게 물었소. 그는 조직에서 그가 ○호를 데리고 따황 산으로 가는 것을 방침으로 세웠다고 말하더군. 그러고는 그를 데리고 갈 장소가 정확하게 어디인지 그것은 조직의 엄격한 기밀이라는 거였소. 기밀이 새어 나가는 것을 엄격하게 방지하기 위해 또우스종이 그에게 각별히 인수인계를 해준 것이니만큼, 꺼런을 데리고 따황 산에 도착하기 이전에 다시는 조직과 연락을 취해서는 안 된다고 말했지.

진행할까? 계속 얘기합시다.

나는 그에 대해서 의심할 필요가 없이 사기라고 말했소. 그자가 기만을 일삼는 것이 아닌지 보다 분명하게 해두기 위해서 나는 고의적으로 그자를 향해 티엔한 동지의 정황에 대해 물었소. 내가 알고 있는 내용과 완전히 동일하다고 그자가 말하더니, 그는 일찍이 티엔한의 병을 보살폈고 티엔한이 아주 커다란 문제를 해결하는 데 도움을 주었다더군. 무슨 문제? 대변 문제라는 거였소. 만리장정을 지나는 동안 티엔한 동지와 여러 명의 지도자들은 똥을 누지 못했지. 옌안에 도착했어도 티엔한 동지는 여전히 고생스럽고 고달픈 생활 풍토를 그대로 지니고 있어, 온종일 검은 콩만 먹을 뿐 부하가 사과를 보내와도 아까워서 먹지 못했고, 배를 보내 와도 차마 아까워서 먹지 못했소. 그러니 티엔한의 변비는 줄어들기는커녕 오히려 점점 더 심해졌지. 나는 그 당시 총칭에 머물고 있으면서 그 소식을 듣긴 들었지만 어떻게 손을 쓸 수가 없어서 귀를 긁다가 턱을 쓰다듬었소. 나중에 티엔한 동지의 변비가 해결되었다는 소식을 듣고 나는 너무 즐거워서 밤새도록 잠을 이루지 못했소. 얼마 후에 나는 곧바로 바이 성을 가진 의사가 그를 치료해주었다는 말을 듣긴 했지만 그 의사가 바로 바이성타오인 줄은 몰랐소. 당신, 어디서 그 말을 들은 거냐구? 당연히 군통(軍統) 안에서 들었지. 나중에 장제스가 만성 복통 설사에 시달렸고, 대변이 오줌보다 묽게 나와도 썩 훌륭한 치료를 할 수가 없게 되자 그는 따이리에게 도움을 요청해서 누가 설사를 치료할 수 있는지 물어봤소. 오래 지나지 않아 상하이에 바이 성을 가진 의사가 그 병을 치료할 수 있다는 얘기를 듣게 되지만, 그 의사가 티엔한의 변비를 치료하기 위해 옌안으로 달려갔다는 걸 알게 되었소. 변비를 치료할 수 있다면 설사도 치료할 수 있는 게지. 그들은 나중에 상하이에서 바이 의사의 제자 한 사람을 찾았는데 아마도 위(余) 씨 성을 가진 사람일 거요. 그는 총칭으로 가서 장제스의 병을 치료해주었소. 이제와서 다시 티엔한의 변비 증세를 알게 되니, 그가 누구든지 우리 편이라는 생각이 들긴 들더군. 그런데 약간 납득이 되지 않는 점이 있었지, 어떻게 그 작가 혼자 온 것일까? 그 작자는 감언이설에 능하고, 또우스종은 인간이 많으면 주둥이도 가지각색이라고 말했었으니, 소문이 퍼져 나갈까 봐 그 작자만을 파견했던 거요.

& 만성 설사

따로 증명할 방법이 없어 바이성타오에 관해서는 아칭의 일방적인 증언에 의지할 수밖에 없었지만, 그의 얘기를 듣고 우리도 대수롭지 않게 여기게 되었다. 여기서 내키는 대로 편안하게 얘기하자면, 라오장을 치료해주었다고 아칭이 증언한 의사는 성이 위(余)가 아니라 위(于) 씨였다. 그러니까 내가 『대변학』에서 언급한 바 있는 위청저(于成澤) 선생이다. 위 선생은 앞에서 언급한 것처럼 바이성타오의 제자가 아니라, 바이성타오의 후배였다. 『의학백가』 1993년 제7기 「명인취담(名人趣談)」에서 위청저 선생은 다음과 같이 회고하고 있다.

> 1942년 봄, 사복 경관 몇이 나를 지켜보았다. 애초에 나는 그들이 일본의 스파이일 것이라고 의심했으나 나중에서야 그들이 따이리의 부하라는 걸 알게 되었다. 그들은 나더러 자신들과 함께 가자고 했다. 함께 가자면 가긴 하겠지만, 그 무렵 나는 그야말로 죽음을 자초하는 일인 듯했어도 코너에 몰리자 하늘도 땅도 무섭지 않았다. 그들은 바

이성타오에 대해서 수소문해보았느냐고 내게 물었다. 나는 한동안 그를 만나지 못했다고 말해주었다. 기실 나는 바이성타오가 옌안에 갔다는 것을 알고 있었다. 사복 경관들이 나를 데리고 먼저 시안(西安)에 도착하더니 나중에 시안에서 비행기로 곧장 총칭으로 갔다. 그들은 나를 아주 예의 바르게 대했고 극진하게 보살폈다. 그들이 나를 데려가는 것이 아무래도 중요한 인물의 치료와 관련이 있겠다는 예감이 들었다. 그러나 그 인물이 장제스라는 것은 내게도 전혀 뜻밖이었다.

장이 앓고 있는 병은 만성 복통이었다. 총칭에 도착한 이후 나는 그의 병적 상황에 관한 자료를 읽었다. 당연한 일이겠지만 그 자료에 장의 이름은 적혀 있지 않았다. 내게 파견된 조수가 알려주기를 환자는 침례교 교주로서 50세를 막 넘긴 사람이라고 했으나 장의 나이는 그때 55세였다. 그 자료를 검토하던 나는 이 교주가 매일같이 여덟 번 내지 열 번씩이나 설사를 하는 데다가 점액성에 고름과 약간의 실핏줄까지 섞여 나온다는 것이었다. 병을 진단하는 것까진 쉽지만 가장 중요한 관건은 병의 원인을 조사하는 일이었다. 대변이 밀고 나아가 결장(結腸)*에 매달린 뒤 연동한다고 우리는 알고 있다. 통상적인 상태에서 대변은 하루에 두 번 내지 네 번까지 연동하게 되어 있다. 나는 환자를 직접 대면할 수가 없었기 때문에 오로지 다른 전문가에게 그 환자의 결장과 소장의 연동 상태를 관찰해보라고 지시하면서 아울러 대변을 현미경으로 살펴서 화적 검사를 해보고 그 결과를 알려달라고 했다.

이틀 뒤에 각종 관찰 결과가 나와서 나는 개괄적인 결론을 얻었다.

---

* 맹장과 직장을 잇는 대장(大腸)의 중간 부분.

이 침례교 교주는 장 운동이 불규칙해서 설사가 야기되고 있다는 것이었다. 반유동체의 멀건 죽 같은 물질이 장에 머무르는 시간이 너무나 짧기 때문에 수분을 흡수할 수 있는 시간도 부족했다. 그 외에 신경 조직이 기능을 상실해 결장이 경련을 일으키는데, 그것 역시 설사를 초래하는 중요한 원인이었다. 신경 조직이 기능을 상실한 것은 아무래도 정신적인 배경이 요인이었다. 이 침례교 교주는 필경 늘 수면 부족 상태여서 정신이 산만하게 흩어져 있다고 나는 파견된 조수에게 말해주었다. 침례교 교주는 마음의 평안이 곧 행복을 고취시킨다고 인식하고 있겠지만, 보아하니 이 침례교 교주는 똥을 덩어리째 배설하지 못하고, 농액이 묻어 있는 희소한 똥을 약간씩 누고 있으므로 환자는 기실 불행하다고 나는 조수에게 말해주었다.

내 말투는 다분히 농담조였는데, 뜻밖에도 내 조수가 갑자기 온몸을 벌벌 떨며 얼굴이 회색빛이 되었다. 여러 날 후에 나는 그 환자가 장이라는 것을 알게 되었고, 나는 비로소 조수가 어째서 겁이 나서 온몸을 벌벌 떨었는지 알게 되었다.

역사는 그처럼 골계적이다. 나는 일본인 가와이와 의학 학술대회를 통해 장제스가 일본의 중국 침략으로 인해 긴장을 겪음으로써 만성 복통 설사를 초래했다는 사실을 알게 되었고, 그로 인해 내가 장을 치료하게 되었다는 것도 알게 되었다. 편안하게 한마디 하자면, 문화대혁명 시절 누군가가, 내가 장제스를 만난 적이 있다고 주장했다. 나는 당시 그 사실을 부정했다. 그렇다. 사실을 얘기하자면, 내가 목격한 것은 오로지 장제스의 똥이다.

어떤 유명한 의사가 하는 말이 장제스의 똥을 보게 된 것은 기실 그 똥 주인을 만난 것보다 중요하다는 것이다. 그로 인해서 위청저는 전국에서 제일 저명한 똥 전문가가 되었는데, 그것은 일찍이 장제스의 똥을 보았다는 것과 대단히 큰 관련이 있다. 장제스의 똥과 관련된 이 담화가 발표되고 난 뒤 그의 명성은 점점 더 커져서 중국 똥학계의 일인자가 되었다. 생애 최후의 몇 년간 그는 박사들을 거느리면서 개인 병원의 고문으로 초빙되었다. 나는 그 개인 병원의 복도에서 여러 명의 환자들이 길게 줄을 선 채로 아주 엄숙하고 경건한 자세로 복식호흡을 하며 엉덩이를 수축시키는 기공 연습을 하고 있는 모습을 보았다. 그 환자들을 봐주는 건 위청저 본인이 아니라 그의 제자들이었다. 그의 제자가 농담으로 하는 말이긴 하지만, 장제스의 똥이 그들 병원의 제일 좋은 광고라는 것이었다. 그 환자들을 보고 있자니 나는 이런 생각이 들어서 견딜 수가 없었다. 만일 당시 위청저가 사복 경관들을 따라 걸음을 하지 않았다면 바이성타오 그리고 꺼런의 스토리는 다른 국면에 이르지 않았을까?

@ 바이성타오, 꺼런을 만나다

바이성타오가 꺼런을 급히 만나야겠다고, 꺼런의 상태를 점검하기 위해서 만날 필요가 있다고 말했지. 나는 그를 데리고 팡커우 소학교로 갔소. 그가 옌안에서 왔기 때문에 꺼런은 아주 즐거워하면서 만나자마자 친구가 있어 멀리서 찾아오니 즐겁지 않을 수가 없다고 말하더군. 보아하니 꺼런의 옷이 세숫대야에 담겨 있어서, 나는 간수에게 물을 떠와 세탁을 하라고 일렀소. 그랬더니 간수 말이 비누를 찾을 수가 없어서 세탁을 할 수가 없다는 거였소. 나는 한바탕 야단을 쳤지. “니미럴, 정말 멍청하군 그래. 어디 가서 훔쳐 오면 될 것 아닌가.” 그러자 간수는 누구네 집에 비누가 있느냐고 물었소. 듣자니 그걸 저우빠피(周扒皮)*라고 부른다지. 오리도 기르고, 닭도 기르고, 비둘기도 기르니까 육해공이 전부 해당되지. 머슴이 일찍이 일을 하기 위해서는 닭 울음소리를 배운 뒤 야밤삼경에 닭장으로 들어가야 하는 거요. 어쨌거나 먼저 닭 울음소리를 완전히 배우고 나면 집 안을 뒤져 반드시 비누를 찾을 수 있을 테니까. 동지들, 내가 모든 백성들에게 약탈을 부추긴다고 절대 그렇게 인식하진 마시오. 그때 따황 산은 너무 가난해서 등불을 피울 기름도 없었고, 밭을 갈 소도 없었으며, 이웃집 아가씨들이 즐거우려야 뭐 즐거울 수가 없었지. 무슨 뜻이냐고? 그 당시엔 남자들이 일찍 죽어버렸기 때문에 개 좆도 없었거든. 좋소, 계속 얘기하리다. 비누라고 해야 전부 돈 있는 집에만 있었기 때문에 빈농이나 하층 중농 집안에서까지 비누를 쓸 수가 없었지. 물론 그런 상황은 머지않아 바뀔 것이오. 당연한 말이지만 내가 그 조수에게 비누를 구해오라고 보낸 것은 적당한 구실로 따돌리자는 것이었소.

바이성타오는 꺼런에게 몸 상태가 어떠냐고 묻더군. 무엇을 물었느냐고? 체중이며 먹는 것 그리고 수면 상태를 물었지. 듣고 있자니 나는 마음속에서 열이 치솟더군. 개자식, 내 얼굴을 긁자는 게 아닌가? 꺼런이 내 수하에 있는데 먹는 것이나 잠자리가 좋지 못할까? 바이성타오는 각혈은 하지 않는지, 낮잠을 자고 일어나면 열이 나지

* 쥐가 닭장에 들어가서 닭 울음소리를 흉내 낸다는 의미에서 유래.

않는지 물었소. 내가 끼어들었지. 꺼런은 시간을 다투면서 조직의 일을 하느라 단 한 번도 낮잠을 잔 적이 없다고 말했소. 그는 다시 꺼런에게 기침은 하지 않는지 물었소. 꺼런은 기침을 하지 않는다고 대답했소. 그런데 그 말을 하는 순간 갑자기 기침을 하기 시작하더니 한 덩어리의 가래를 뱉어냈소. 그 눈처럼 길쭉한 한 덩어리의 가래는 바이성타오의 예리한 귓불까지 곧장 날아갔지. 이 개새끼, 정말 야단스럽게 굴기는. 나는 꺼런이 바이성타오에 대해 참을 수가 없어서 고의적으로 그런 행동을 했다고 인식했소. 그런데 그 바이 성을 가진 자는 정말 얼굴이 두꺼웠소. 너무 두꺼워서 기관총을 발사해도 뚫지 못할 것 같았지. 그는 여전히 생질이 초롱불을 들고 외삼촌을 비추듯이 세심했지. 검지 손가락을 둥글게 말아서 꺼런의 흉부 오른쪽과 왼쪽을 톡톡 두들겨대는 거였소. 내가 그에게 물었지. "이봐, 자네 지금 뭐 하자는 거야?" 그는 진찰을 해보는 거라고 했소. 진찰을 마친 후에 그는 비로소 귀에 들러붙은 가래를 닦았소. 그는 앞으로 잠을 잘 때는 옆으로 누워 자야지 반듯하게 누워 자면 안 된다고 꺼런에게 말했소?" 그러자 꺼런은 못을 박듯 단호하게 대답했소. "나는 언제나 옆으로 누워 자는 사람이니 그런 말씀 하지 마시게. 내 몸은 어떻소?" 꺼런은 또다시 바이성타오에게 물었지. 오로지 조용히 요양을 하고 정시에 약을 들면 몸은 곧 좋아질 것이며 별다른 문제는 없다고 바이성타오가 대답했소. 여기로 온 목적이 내 병을 봐주려는 것만은 아니지 않소, 꺼런은 갑자기 바이성타오에게 물었지. 좆같은 것, 바이성타오의 얼굴이 귓불까지 벌게졌소. 그는 한동안 작은 목소리로 중얼거리더니, 자신은 상부의 지시를 받들어 꺼런을 데리고 여기를 떠날 것이라고 말했소.

내가 이런 식으로 말해도 좋소?

당신이 바이포를 떠날 때는 병세가 좋아질 수 있을 듯했는데, 여기는 병원도 적고 약도 부족하니 당신에게는 좋지 않은 곳이라고 바이성타오가 그에게 설명해주었소. "어디로 가는 거요?" 꺼런이 물었소. 바이성타오가 말하기를, 그 자신도 모르겠고, 자신은 꺼런을 데리고 따황 산으로 가는 일의 일부분만 감당하고 있는데, 바깥에 어떤 사람이 대기하고 있다고 말했소. 꺼런은 내게 매우 인상 깊은 말을 남겨주었소. 나는 동지들에게 폐를 끼치지 않을 생각이고, 동지들은 나 때문에 개죽음을 당할 필요가 없다, 그는 그런 식의 말을 했던 것이오. 그리고 그는 천리 먼 길을 달려와 자기 병을 보살펴준 바이성타오에게 감사의 표시를 하였소. 그 말을 하던 끝에 꺼런은 티엔한 동지의 정황에 대해서 물었소. 티엔한 동지는 매우 건강하고, 바야흐로 티엔한이 부탁을 해서 찾아온 것이라고 바이성타오는 대답했소. 티엔한 동지는 이미 변비 문제를 해결했노라고 내가 옆에서 끼어들었지. 그 말을 듣게 된 꺼런은 아주 즐거워하면서 바이성타오의 손을 거머잡고 이렇게 말했소. "수고했소, 정말 수고했소. 나는 당과 인민을 대표해서 당신한테 감사드리오. 당신 장인어른은 어떠시오?" 꺼런은 다시 바이성타오에게 물었지. "좋아요, 아주 좋은데 장인어른은 토지 개혁에 참가해서, 토지 개혁 사업을 적극적으로 지지하는 사람이 되었어요." 바이성타오는 그렇게 대답했소. "당신 아들은 어떻소?" 그 애는 이미 군대에 들어갔고, 바야흐로 전 인류의 해방을 위해 투쟁하고 있다고 대답했지. 아들 얘기 끝에 바이성타오는 다시 꺼런을 위해서 제일 좋은 병원을 준비해두고 가장 좋은 약품까지 준비를 해두었다고 말했소. 그러자 꺼런은 손을 흔들면서, 그 약은 동지들에게 나눠주라고, 자신은 그 약이 필요 없다고 대답했소. 그 순간 꺼런의 창백한 얼굴을 바라보고 있던 나는 저절로 눈물이 글썽거렸는데, 흡사 끈 풀린 진주목걸이의 진주가 쏟아져 내리는 듯했소. 아니오, 동지들, 그것은 프티 부르주아 정서는 아니오. 첫째, 나는 티엔한과 꺼런의 숭고한 혁명과 우정에 감동했기 때문이오. 둘째, 꺼런의 숭고한 혁명 정신에 감동을 했기 때문이오. 보시오. 그는 언제든지 남의 일을 먼저 생각하고 자기 자신은 돌보지 않았소. 그는 털끝만큼도 이기적이지 않았고 온전히 남에게 이로운 사람이었지. 그것이 무슨 정신이겠소? 그것은 바로 공산주의 정신이오. 인간이 일생을 살면서 한 번 좋은 일을 하는 것은 어렵지 않지만 일평생 오로지 좋은 일만 하고 나쁜 일은 하지 않는 것은 정말이지 어려운 일이오. 그는 목숨이 경각에 달린 상황에서도 여전히 마음속으로 동지들을 생각하고 있었소. 당신들도 그 자리에 있었다면 필경 나처럼 눈물을 흘렸을 거라고 나는 믿소. 당연한 말이지만 바이성타오는 예외적이었소. 처음부터 끝까지 그 작자는 눈물 한 방울도 흘리지 않았지. 그 작자의 똥오줌은 그렇게도 진귀한지? 음!

나는 일찍이 ○호의 건강 상태가 어떤지 바이성타오에게 살짝 물어본 적이 있었소. 동지들도 한번 생각해보시오. 그 심보가 지독하게 악랄한 사내 자식이 뭐라고 말했을 것 같소? 그 작자의 말이 개방귀보다 지독하다고 해도 그놈은 전혀 억울할 게 없소. 그놈 말이 ○호의 건강은 이미 망가질 대로 망가져서 오늘 저녁 신발을 벗으면 내일 아침 다시 신발을 신을 수 없을 것이고, 이미 너무 늦어 손을 써볼 수도 없다는 거였소. 그게 무슨 뜻이오? 나중에서야 나는 알게 됐지. 좆같은 것! 그 작자는 결국 자기 위세도 추락했을 뿐만 아니라 원수의 야심까지 키운 것 아니오?

어느 날 나는 초보적인 단계의 내 계획을 그들에게 들려주었소. 시간이 되면 사람들을 파견해 당신들이 따황 산을 떠날 수 있도록 호송하게 할 것이라고 말했지. 어떤 사람이 믿을 만하냐고 꺼런이 물었소. 그들은 전부 내 손으로 뽑은 자들이니, 어디든 내가 지시하는 대로 갈 것이고 전부 믿을 만한 자들이라고 나는 대답했소. 그들에게 칼산으로 올라가라고 지시하면 고분고분 칼산으로 올라갈 것이고, 불바다로 내려가라고 하면 고분고분 불바다로 내려설 것이며 감히 딴소리를 내뱉을 수가 없었지. "나중에 비밀이 폭로되지 않을까 자넨 두렵지 않은가," 꺼런이 내게 물었소. 보시오, 그 무렵 꺼런은 나의 안전 문제를 고려하고 있었던 거요. 당신은 쓸데없는 걱정할 필요가 없다고, 수레가 산 앞에 도달하면 반드시 길이 있게 마련이고, 배가 다리목에 닿으면 필경 멈추기 마련이듯 모든 일은 적당한 시기가 되면 자연스럽게 무슨 수가 생긴다는 식으로, 나는 오로지 그렇게 대답했소. 그런데 꺼런은 여전히 마음을 놓지 못하더군. 사후에 일절 말이 없도록 계획했던 대로 일이 마무리되길 기다렸다가 그들을 전부 해치워버릴 것이라고 나는 꺼런에게 말했소. 어떻게 말했는가 하면, 손으로 목을 깔끔하게 베어버리는 동작을 취해 보였던 것이오. 그랬더니 꺼런이 나를 격찬했지. "아칭이 최근 몇 년간 많이 발전했군 그래," 그는 그렇게 말했소. 그렇게 추켜세우더니 어이없게 또 추락시키더군. 조직의 요구에 아직도 한참 뒤떨어져 있고, 아직도 너무도 요원하기에 당연히 그 모든 일을 스스로 해치울 것이라고 나는 다급하게 의사표시를 했소.

그러자 꺼런은 자신은 말을 타지 않을 생각이라고 말했소. 나는 즉시 들것을 사용해서라도 그를 데리고 가겠다는 의사 표시를 했지.

& 투명하고, 경쾌하고, 아름다운 적색

꺼런의 증세에 관해 이미 여러 사람들이 언급했지만 내 느낌은 여전히 매우 애매모호하다. 때문에 여기서 나는 엘리스 목사의 말을 인용할 필요가 있다고 느낀다. 마침내 지금에 이르러서야 꺼런의 증세와 관련된 내용 중에서 가장 상세하고 철저하게 쓰인 문맥을 보게 되었다. 따황 산에서 순회 진료를 하던 엘리스 목사는 우연히 꺼런이 따황 산에 도착했다는 것을 알게 되었다. 이 내용과 관련된 정황은 이 책의 제3부에 서술되어 있으므로 독자들은 부디 뒷부분을 참작해서 읽어주기 바란다. 십 년 전 나의 고모할머니를 모시고 찬또우를 찾아 따황 산으로 왔던 엘리스 목사는 두 번 다시 그 지역을 벗어나지 않았다. 왜냐하면 나중에 그는 적십자에서 구조 일을 하게 되었기 때문인데, 그로 인해서 따황 산의 여러 마을에는 엘리스 목사의 잔영이 많이 남아 있다.

그로 인해 그는 『동방의 성전』이라는 책에서 충분히 "선각자로서 미리 알고 깨닫다"는 식으로 쓸 수 있었다. 그러나 그 역시 따황 산 바이포 진에서 갑자기 꺼런과 아칭을 다시 만나게 될 줄은 전혀 예상하지 못했다. 게다가 아칭은 이 부분에 대해서 전혀 언급하지 않고 있는데, 잊어버린 것인지 알 수 없다. 어쩌면 말이 많으면 쓸 말이 적다고 염려했던 것일까?

다음은 엘리스 목사가 꺼런의 증세에 대해 기록한 내용이다.

뜻밖에 바이윈 강가에서 연금 상태의 창런(꺼런)을 보게 되었을 때, 나는 그를 쉽게 알아보지 못할 뻔했다. 그는 머리가 아주 길었고, 온 얼굴에 병세가 드리워진 데다 전신이 산달을 목전에 둔 임부의 모습이었다. 게다가 그는 내가 부축해주어도 내가 누군지 인식하지 못했다. 나는 비로소 땔나무를 하던, 이름이 요우위(尤郁)라고 하던 현지인에게서 그가 아주 멀리에서 왔다는 것을 알게 되었다. 그로 인해 나는 그가 창런이라는 것을 알 수 있었다. 나는 다급하게 주둔지로 돌아갔다. 주둔지에서 약간의 필요한 사무를 처리한 뒤 다시 바이포 진으로 갔다. '바이포.' 그 마을의 이름은 매우 풍부한 의미가 함축되어 있다. '바이(白)'라는 글자는 색채를 지칭하는 것 이외에도 순결이나 창백의 의미를 지녔고, 때때로 부당한 소모의 의미를 지칭한다. '포(陂)'의 의미도 마찬가지로 매우 복잡한데 발음은 뻬이(bei), 피(pi), 포(po) 등등 몇 가지 종류가 있다. 그 의미는 물가, 연못, 강변, 산비탈, 위험한 길 등등을 지칭한다.

나는 일찍이 창런이 폐병 환자라는 것을 알았기 때문에 아주 특별히 약간의 페니실린을 지참해왔다. 국제적십자회에서 일하는 동료 중에 페니실린을 발명한 알렉산더 플레밍(1928년 페니실린을 발명하고 1945년 노벨 의학상 수상)을 나는 잘 알고 있었는데, 그가 내게 세계에서 가장 신기한 약을 제공해주었다. 나는 그 약으로 창런의 병이 치료되길 기도할 뿐이었다. 지금에서야 말하는 것이지만, 그 당시 나는 최악의 상황까지 이미 생각하고 있었다. 그는 우리들의 주를 떠난 지 아주 오래되었다. 만일 그의 병을 약으로 치료할 수 없다면 나는 오로지 기도를 할 뿐이다.

나는 항저우에 있을 때 구면이었던 사람(아칭을 지칭함)을 통해서 결국 창런을 가까이하게 되었는데, 그의 건강 상태를 조사하기 위해서였다. 그의 가장 심각한 병은 역시 폐병이었다. 그 무렵 중국의 폐병 환자에 대해서 언급하자면 생존할 가능성이 아주 적거나 거의 희박했다. 그 당시 창런의 몸은 내가 예상했던 것보다는 좋았다. 모든 군중들이 주지하는 것처럼 영어 단어 중에 폐결핵과 동의어인 '소모'*라는 용어가 있다. 피의 양이 감소하고 곧바로 소모되고 부식된다. 그런데 창런은 비록 폐병이긴 했지만 모든 신체가 거의 절망적이어서 오히려 질병에 의해서 마모될 신세는 아니었다. 그런데 전혀 상반되게도 그의 얼굴은 점점 더 우아하고, 준엄했으며, 영성을 띠기 시작했다. 비록 그의 신체는 마모된 한 권의 책처럼 허약했지만 흡사 꽃 속에 깃든 표범나비처럼 경쾌하고 아름다웠는데, 생존에 대한 매우 의연한 기운이 있어서 오히려 샘물가에 핀 꽃송이의 엽맥처럼 투명하고, 경쾌하게 아름다운 적색의 느낌이었다. 오직 세심하게 몸조리를 잘하기만 하면 그는 필경 회복될 것이라고 나는 믿었다.

내 기억에 내가 온 지 그다지 오래지 않아서 바이 의사가 찾아온 듯하다. 그는 예전에 일찍이 칭껑 교회당을 안팎으로 깨끗이 청소한 적이 있던 사람이었다. 나중에 그는 베이징에서 러시아 의학 공부를 했었다. 내가 창런의 증세에 관해서 판단한 내용을 그는 인정했다. 그는 창런이 양약을 복용함과 동시에 한약을 쓰면 아주 빨리 좋은 효과를 낼 수 있다고 생각했다. 그가 당시 처방을 펼친 한 가지 방법을 나는 아직 기억하고 있는데, 위쪽에 씌어진 글씨는 모두 한약 명

---

* consumption, 소모, 소비, 마모.

칭이었다. 천동(天冬), 맥동(麥冬), 백약(白葯), 백합(百合), 생지황(生地黃), 사삼(沙參), 천동(天冬), 찰벼뿌리(糯稻根), 행인(杏仁), 지골피(地骨皮) 등등이다. 수십 종의 맛이 있지만 내 기억은 완벽하지 못하다. 내가 기억하는 것 중에서 여우 똥이 있는데 그것도 숫여우 똥으로, 불에 구워서 공복에 술과 함께 먹어야 했다.

이 글은 다음과 같은 사실을 설명하는 문장이라고 할 수 있겠다. 즉 비록 꺼런이 병으로 인해 몸이 허약했으나 판지화이가 도착하기 전에 말을 타고 이동하는 데는 별문제가 없었던 것으로 보인다.

@ 양펑량의 죽음

담배 한 대를 피우고 얘기를 계속할 테니 급하게 굴지 마시오. 잠시 후에 나는 바이성타오를 데리고 팡커우 소학교로 갔소. 비누를 찾으러 갔던 녀석이 막 돌아왔지. 그 자식의 꼴사나운 모습에 나는 화가 났소. 얼굴은 벌겋고 좆같이 금니까지 떨어져 나가고 없었으므로 입을 벌려 말을 하면 말이 바람결에 마구 흩날려버려서 한참 동안 흥흥거려야 했소. 나는 비로소 무슨 일인지 분명히 알게 되었소. 사실 양펑량의 부하도 그 저우빠피(周扒皮) 집에서 물건을 약탈하려고 행동을 취했던 것인데, 그놈은 비누를 훔쳤을 뿐만 아니라 닭까지 약탈했소. 그들이 서로 맞닥뜨려서는 치고받고 한바탕했던 모양이오. 나는 부하에게 양펑량 쪽 부하가 비누를 어디에 쓰려 하느냐 묻지 않더냐고 물었소. 그 녀석 말이 그들이 당연히 물어보긴 했지만 비누를 거머잡은 손을 놓지 않더라는 거였소. 나는 곧장 혁명의 경계심을 고양시키면서 도대체 그때 뭐라고 대답했는지 다그쳤지. 그러자 녀석 말이, 비누를 자오 장군에게 줄 거라고 대답했다는 거였소. 그러자 양평량의 부하가 녀석에게 되물었다더군. "자오 장군은 이 비누로 뭘 하려는 거요?" 자오수장(教書匠)*인 요우위 선생에게 주려는 것이라고 그 녀석이 대답했다더군. 그러자 그들이 또 물었답디다. "요우위 선생은 비누로 뭘 하려는 건가?" 녀석은 사실 그대로 상대방에게 다 말했답디다. 요우위 선생은 아마도 멀리 떠나실 모양이고 좀 깨끗하게 단장할 모양이라고 했다는 거요. 맙소사, 나는 속으로 이를 갈면서, 이 멍청한 새끼가 죽을 때가 되었다고 생각했지.

사람을 우롱해도 분수가 있고, 개를 때려도 주인의 체면을 봐야 한다고 했거늘, 누가 너를 때리려고 했는지 어디 명확하게 밝혀보렴, 이 어른이 너를 대신해 혼을 내주겠다고 녀석에게 말했더니, 그 녀석이 곧장 나한테 머리를 불쑥 디밀었소. 녀석을 앞세우고 가는데 녀석은 걸음이 토끼보다 빠르더군. 어찌나 빨리 걷던지, 정문을 떠받치던 지팡이에 발이 걸려 자빠졌지 뭔가. 너무 크지도 않고 너무 굵지도 않은 것이 무기로 아주 적당했소. 부하 녀석이 얻어맞은 곳에 도착한 뒤, 나는 녀석에게 다그쳤소. "너 한 번 더 비굴함을 감수해야겠다. 금니 하나를 날린 것뿐이라면 그만이지만, 보아하니 여기저기 피를 흘리는 게, 네 꼬락서니를 생각해서라도 양평량의 수하를 끌어내 군법에 회부시켜야겠군." 녀석은 내가 자기 이빨을 한 번 더 확인하고 싶어 하는 줄 알고 살그머니 눈을 감고 입을 벌렸소. "꼴좋군!" 나는

* 교육 방법이 구태의연한 교사.

한마디한 뒤 그 나무 막대기를 집어 들고 녀석의 머리통을 힘껏 내리쳤소. 마오 주석이 우리들을 가르칠 때 하신 말씀이 있었으니, 반혁명분자를 진압할 때는 은밀히 때려잡되 정확하게 조준해야 한다는 거였소. 나는 곧장 그렇게 했소. 아주 멋지게 해치웠더니 녀석은 찍소리 없이 염라대왕을 만나러 갔소.

하, 정말 영웅의 견해 같소이다. 그렇소, 나는 완전히 일을 해치운 뒤 양평량을 찾아 나섰소. 그의 부하가 내 부하를 죽였노라고 그에게 따질 계획이었지. 그런데 바이성타오가 나와 함께 가지 않겠다는 거였소. 나는 눈을 사납게 부릅뜨고 그를 노려보았소. "뭐? 가지 않겠다고? 가기 싫어도 가야만 하는 것이고, 이리 재고 저리 재면서 어떻게 혁명 과업을 수행할 생각인가?" 내 추궁에 그는 딱히 할 말이 없었고, 결국 나와 함께 가야 했소. 앞에서 서술했던 것처럼 양평량은 그 어린 창기와 함께 푸티사(菩提寺)에 머물고 있었소. 내가 노상에서 살인 방화를 일삼을 때 그는 바야흐로 그 나이 어린 창기와 함께 푸티사 안에서 운우의 정을 나누고 있었던 거요. 심상치 않은 일이 벌어졌다고 나는 그를 불러서 말해주었소. 그는 총칭에서 또 사람이 왔느냐고 물었소. "그런 게 아니라 당신 부하가 내 수하를 죽이는 바람에, 지금 내 부하들이 큰 소동을 일으키고 있어서 이 사태를 어떻게 처리할 것인지 상의하기 위해 이렇게 급히 달려온 거요." 그는 한숨을 들이쉬더니 누구 짓인지 물었소. "표범 간을 먹었나, 감히 자오 장군의 앞길을 가로막다니?" 바이성타오가 옆에 서 있는 것을 발견한 양평량이 곧장 나한테 이 사람은 누구냐고 물었소. 나는 여러 말을 하지 않고, 이 사람은 의사일 뿐이며 얻어맞아서 푸르둥둥해진 상처를 치료하고자 불렀다고 말했소. 나는 다시 양평량에게 한마디 덧붙였소. "우리는 형제나 마찬가지니 일은 분명하게 처리하되, 이미 벌어진 일은 적절한 선에서 잘 마무리하고 더 이상 번거롭게 만들지 맙시다. 말이 위에까지 전해지면 모두들 체면을 구기게 될 테니까. 군통에서 밥을 먹을 때도 서열을 따지는데, 죽어간 그 후(胡)라는 형제는 후띠예(胡蝶)와 동향인 것으로 알고 있고, 후띠예와 따이리 사장은 서로 밀통하는 사이지 아마. 후 형제는 말단에서 훈련하던 자로 지금까지 아침저녁으로 훈련을 게을리하지 않았는데, 혁명에 성공하기도 전에 어처구니없게 죽어버렸소. 이 일을 조사하자면 나와 당신이 짊어져야 할 책임이 너무 크고 뒷일을 감당하기도 어려울 거요."

개새끼, 혼줄이 나고 있었지. 잠시 후 그가 허리띠를 붙잡고 있던 손을 놓자 바지가 발목까지 내려왔소. 그는 내게 어떻게 하면 되느냐고 물었지. 나는 양미간을 찌푸리면 계책이 떠오르는 사람이오. 난 미간을 찌푸리며 그 작자에게 말했소. "나는 당신과 상의할 필요도 없이 애당초 세 가지 방안을 고려해보았소. 첫째 방안은, 이 일을 꺼런의 머리말으로 무작정 끌어들입시다. 꺼런이 달아나려 하자 나의 형제가 옆에서 저지했고, 꺼런이 그만 냉정을 잃고 한 대 후려갈기는 바람에 그가 죽게 된 거라고 합시다. 따이리 사장에게 그렇게 보고하면, 정확하게 말할 수는 없지만 따이리로부터 열사라는 명예를 얻게 될 것이고, 혁혁한 공을 세웠으니 가문을 빛내게 될 것이오." 그 말을 듣던 양펑량은 절묘한 아이디어라고 연신 치켜세우는 거였소. 절묘하다면 절묘하달 수 있지만, 꺼런은 지식인 출신이라는 것을 알아야 하고, 병을 앓고 있어 원기가 없으니 닭 한 마리 잡을 힘도 없거늘, 내 부하를 그렇게 해치울 수 없다고 나는 말했소. 다시 말해서 꺼런이 내 부하를 해우치고 도망을 갔다는 것은 좀 석연찮은 구석이 있다는 거였지. 여러 사람들 얼굴을 봐서라도 어디로 달아났다는 것은 보기 좋은 모양새가 아니라고 나는 연달아 말했소. "그렇구나, 그렇군요." 양평량도 그렇게 대답했소. 두번째 방안은, 내 부하 녀석이 민간인 집에서 물건을 약탈하다가, 민간인에게 발각되어 맞아 죽은 걸로 하자는 거였소. 그렇게 일을 처리하면 유리한 점도 있는데, 시체를 그 민간인의 집으로 끌고 가서 파묻으면 만사대길이 되는 거잖소. 좀 나쁜 점은, 전심전력을 기울여서 송두리째 뿌리까지 다시 제거해버려야 한다는 것인데, 그렇지 않으면 후환이 생겨 일가 전부가 재산을 몰수당하고 참형당하는 수가 있다고 말했다. 그 문제는 고려해봐야 한다고 그가 말하더군. 그럼 제3의 방안은 어떤 것인지 그가 내게 물었소. 세번째 방법은, 무모한 짓을 일삼던 형제를 내가 처치한 것으로 하자는 거였소. 그는 고개를 수그리고 거의 반나절 동안 생각하더니, 어떻게 처치한 것으로 하자는 것인지 나한테 물었소. 나는 말했소. "장군은 안심하시오. 우리 형제들에게 본보기를 보이기 위해서 내가 그 녀석을 감금해왔던 것인데, 또다시 배반을 일삼기에 그 녀석을 없애버린 것으로 하면 되오." 나는 끝으로 이 일은 하늘도 알고 땅도 알고, 당신도 알고 나도 아는 일이지만 절대로 다른 사람은 알게 해서는 안 된다고 강조했소. 나의 주도면밀함에 그는 아무런 의심 없이 걸려들더니 드디어 바지를 끌어올렸소. 그리고 녀석은 말했소. "저한테는 신경 쓰지 마시오. 내가 가서 그 녀석을 붙잡아매 두겠소."

담배를 열심히 빨던 양평량은 그 재수 없는 녀석을 붙잡아맸소. 그 녀석은 이마는 높고 눈자위는 깊숙한 것이 완전히 인형의 얼굴이더군. "이런 깅도리고 처 죽일 놈! 이 어른 짐을 깨우다니, 누가 이 어르신을 불렀는가." 들어보니 녀석이 쓰촨 성 출신이었기에 나는 그 녀석에게 말했소. "거북이 새끼, 네가 이 어른을 불렀냐?" 녀석은 내 손을 잡아끌더니, 이렇게 말했소. "주무시는 걸 방해해 죄송합니다만, 어찌 된 영문인지 여쭙고 싶어서요." "네 성이 뭐냐?" 그러자 녀석 말이, 취우(邱)라는 거요. 나는 분명하게 듣지 못했기 때문에 녀석의 성이 취우(球)인 줄 알았소. "도대체 성이 뭐냐고?" 그러자 녀석은 얼른 말을 바꾸더니 자기 성이 판(范)이라는 거였소. 좆같은 녀석, 아까는 취우라고 하더니 지금은 판이라고 하다니, 나는 화가 치밀어올랐소. "도대체 네 성은 뭐냐고?" 아주 큰 소리로 소리를 치자, 그제서야 녀석은 자기 성은 취우인데, 취우샤오윈(邱少云, 항미 원조 전쟁 당시의 영웅이라는 것이 아칭의 설명)의 취우라는 거였소. 녀석은 정말 그렇게 한참 동안 떠들어대다가 자기 입으로 자기 이름이 취우아이화라고 말했소. 나와 그 녀석은 걸으면서 얘기를 나누었고, 한참을 걸어 마침내 사건이 발생한 지점에 당도하게 되었지. 손전등으로 비추자 시체의 엉덩이가 보였소. "이 녀석을 네가 때려죽인 게 아니냐?" 나는 취우아이화에게 다그쳤소. 취우아이화는 여전히 소 새끼처럼 얼굴을 들고 목을 흔들더니 말했소. "망할! 어떻게 된 건지 저도 모르겠습니다." 잠시 후에 그 옆에 서 있던 양평량이 취우아이화에게 말했소. "네가 그랬으면 그렇다고 시인하면 될 일이지, 거짓말을 할 필요는 없는 것이다." 나는 취우아이화에게 알아듣도록 말했소. 그러자 취우아이화는 곧 바닥으로 맥없이 쓰러지더군. 좆같은 녀석, 원래부터 간이 작은 놈이었소. 그 때깔도 곱고 선명한 대갈통이 대뜸 현기증이 일었던 모양이오.

나는 바이성타오에게 녀석을 들것에 싣고 강변으로 가자고 말했소.

그곳은 아주 외지고 궁벽한 곳으로 나무들이 무척 많았소. 양평량은 내가 어디로 가자는지도 모르고 따라 걸었소. 강변에 도착한 뒤 나는 바이성타오에게 그 쓰촨 성 병사를 풀어놓으라고 했지. 바이성타오는 바닥에 쓰러져 있는 그 녀석을 잠시 동안 바라보더니 이렇게 말했소. "장군, 녀석이 정말 혼절한 모양인데, 손을 써볼까요, 어쩔까요?" 양평량은 한쪽에서 녀석에게 욕을 하면서, 몸을 구부린 채 무언가를 골똘히 생각하는 눈치였소. 니미럴, 생각하고 자시고 할 것이 뭐가 있담! 나는 마음속으로 욕을 한 번 하고 손을 움직였소. 사실 나는 총을 쏠 생각은 없었고, 은밀하게 죽여버릴 심산이었으나 싸움을 끝내야겠기에 그 녀석에게 총을 한 방 쏘았소. 동지들, 걱정하지 마시오. 두번째 총알은 소리가 나지 않는 법인데, 누군가 소리를 들었다면 그것은 조심하지 않아서 불발된 것이오. 내가 녀석에게 한 방 먹였더니, 녀석의 명치는 한 방에 나가떨어졌소. 연달아 나는 그의 대갈통에 몽둥이 한 방을 먹였소. 꽈당 소리가 한 번 울리더니, 그 녀석은 곤두박질치고 말았지. 나는 발로 그 녀석의 불알이 한쪽으로 치우치지 않게 뭉개주려고 걷어찼소. 동지들, 과거에 당신들도 불알이 짓밟혀 뭉개지는 소리를 들은 적이 없소? 그 소리는 마치 애드벌룬이 터지는 소리하고 아주 흡사하지. 그러고 나서 나는 그 녀석을 바이윈 강으로 날려버렸소. 어쨌거나 인간이 살아 있다는 것은 정말 아름다운 것이지. 하지만 그 쓰촨 성 병사를 살려줄 수는 없었소. 그 녀석은 땅바닥에 누워 있었고, 내가 장차 양평량을 해치우자면 우선 단칼에 기세를 꺾어놓아야 했소. 아이구 어머니, 당신이 나를 찍 소리도 못하게 죽이는구나, 흥흥, 쓰촨 성 사투리로 그 녀석이 중얼거렸소. 고개가 삐딱거리더니, 좆같이 죽어갔지.

좋아요, 얘기를 계속하지. 두 명의 개새끼들을 해치운 뒤 나는 압록강을 향해서 위풍당당하게 걸어갔소. 그렇군, 압록강이 아니라 바이윈 강이오. 다리 위에서 바이성타오는 나한테 어디로 가는 것이냐고 물었소. 나는 푸티사로 간다고 대답했지. 푸티사로 가서 향을 피우는 것보다 꺼런을 구하러 가는 것이 급하다고 바이성타오가 말했소. "향을 피우다니? 무슨 향을 피운다고 그래? 모든 것이 봉건 시대의 미신일 뿐이지." 나는 그를 한 차례 비판하고, 교육을 시킨 뒤에 이렇게 말했소. "장차 국민당 장제스 일당이 추격해오면, 명예를 위해서 물불을 가리지 않는 항우장사라고 해도 안 될 것인데, 당신 항우장사 같은 생각을 갖고 있는 것이오? 그렇다면 당신은 우경(右傾) 기회주의의 잘못을 저지르게 되는 것이오." 그는 벙어리가 되어 조용히 나를 따라왔소. 동지들, 그날 저녁 내가 친하게 지냈던 양평량을 기만해서 푸티사에서 나오게 한 뒤 단칼에 그 부하 녀석을 죽여 없애버리자, 바이성타오는 너무 놀라 얼떨떨해진 거요.

존경하는 동지 여러분, 나는 당연히 그 잡종 새끼를 풀어주지 않았소. 다만 그 잡종 새끼를 양평량의 그 냄새 나는 창녀에게 넘겨주었소. 그 녀석을 어디다 내버렸느냐고? 그 녀석은 그 후로 반공도산(反功倒算)*이 되어서 사회주의 담벼락을 후벼 파 먹고 있지 않소? 혁명의 일만 군중이 대답이 없구려! 그 말은 결국 장차 국민당 장제스 일당이 추격해오면, 제아무리 명예를 위해서는 수단과 방법을 가리지 않는 항우장사라 해도 맞설 수 없다는 말과 같소. 뿌리까지 완전히 제거해버려야 하는 것이오. 귀엽게 간들거리는 그 반혁명분자들은

* 무산계급에 밀려난 지주 등이 유산 계급의 세력을 업고 무산 계급 '농민'에게 반격을 가하여 재산을 되찾는 행위.

두부나 녹두묵 같다니까. 바닥에 던져버린 뒤 발로 짓밟았더니 녀석은 곧 널브러져버렸소. 허점을 남겼다고? 당신 나를 아주 우습게 보는구먼. 어떻게 허점을 남길 수 있겠소? 그러니 당신들한테 이제 알려주는 거요. 나는 그들을 전부 고기밥으로 강물에 던져버렸소.

당신들, 바이성타오는 어떻게 했느냐고 묻는 거요? 오, 너무 급하게 굴지 마시오. 그 작자는 한 마리 고기보다 못하지. 고기도 원수의 살인 줄 알고 먹으며, 원수의 근육을 물어뜯는 거요. 그런데 그 작자는 이미 원수인지 친구인지 구분이 불가능했거든. 나는 스스로 내 손을 끌어당겨 잡고서, 나 스스로에게 이제 어떻게 해야 좋을지 물었소. 헛소리! 머리통이 내 어깨 위에 달렸는데, 어깻죽지가 내 몸에 달렸는데, 내가 어떻게 모른단 말이오? 계급투쟁이란, 어떤 계급은 승리하게 마련이고, 어떤 계급은 소멸하게 마련이오. 이것이 역사이고, 이것이 몇천 년 동안의 문명사요. 내가 그 무렵 일가 세 식구를 고기밥으로 던져준 것은 기실 역사의 창조요. 당신도 각성하시오. 역사는 인민이 창조하는 것이오. 나는 당연히 그 점을 인정하오. 어떻게 얘기하든 상관없이 나 역시 인민의 일원 아니오? 나 이 사람은 두 가지 장점이 있으니, 첫째는 감언이설로 희롱하지 않는다는 것이고, 둘째는 남의 후광을 업고 살지는 않는다는 것이오. 당연한 것이지. 동지들이 나한테 비행기를 태워주고 싶은 모양인데, 공로는 없어도 고생은 있게 마련이라는 말에 나는 의의를 제기하지 않겠소. 내가 일부러 겸허하게 구는 게 아니오. 어떤 혁명가인들 거행하지 못할 일이 뭐가 있겠소?

그런 연후에 나는 양펑량 부하와 더불어 푸티사에서 작은 집회를 열었소. 국민당은 세금을 많이 걷고, 공산당은 회의를 많이 소집한다는 말이 있지. 세금을 거두는 것은 다른 사람 주머니에서 꺼내는 것이고, 다른 사람의 수표가 필요하지만, 회의는 다른 사람의 머리에 갈무리된 생각을 열어젖히는 것이니 말하자면 회의가 많이 열리더라도 세금을 거두어들이지는 않소. 그 회의에서 나는 그들을 향해서 공수표를 던졌소. 나는 먼저 그들에게 말했지. "양 장군은 특수 임무를 집행하려고 떠났으니까 잠시 동안 돌아오지 않을 것이기에 임시로 자오가 형제 여러분들을 보살펴줄 것이오. 이후에 형제 여러분들에게 필요한 것이 있다면 자오가 도와줄 것이고, 자오는 필경 수고에 대한 대가를 지불할 것이며, 절대 만사를 불공평하게 대하지 않을 거요." 그의 부하 중에서 어떤 작자가 아마도 내 말을 믿을 수 없었던 모양인지 양펑량 장군이 누구와 함께 갔느냐고 내게 물었소. 나야 일찍부터 그런 상황에 기지를 발휘할 수 있었고, 그래서 금방 자리를 잡고 앉은 뒤 책상다리를 하고 나서 담배 한 개비에 불을 붙이면서 아주 천천히 말했소. "그것은 당국의 기밀이기 때문에 말을 해주면 안 되는 것이지만, 형제들이 외지인들도 아니기에 간단히 말해주겠소. 양펑량 장군은 취우아이화와 함께 갔소." 그들은 먼저 나를 물끄러미 바라보더니, 동지들 나를 좀 보시오, 그들은 곧바로 갑자기 한쪽 발을 뒤로 돌려 쿵 부딪치더니 차려 자세를 취하고서, 손을 들어 거수경례를 했소. 좆같은 것들, 어쨌거나 허풍 떨어댄다고 세금 내는 것 아니라니까. 나는 곧장 그들에게 공수표를 던졌소. "따황 산에서 형제들이 고생을 했으니, 나중에 제2의 수도로 돌아가게 되면 내가 반드시 제군들의 공로에 대한 포상을 상신해서 여러분 각자에게 골고루 배당해줄 것이오." 공수표를 얻은 그들은 더 말할 필요도 없이 아주 즐거워하면서, 또다시 경례를 하고, 읍(揖)*하느라 무척이나 바쁘게 움직여댔소.

& 취우아이화

쑨궈장(孫國璋) 선생이 넌지시 내비친 말에 따르면, 그와 하이샤(海峽) 대학교 총장 왕지링(王季陵) 선생이 한담을 나누는 동안, 왕지링 선생이 취우아이화의 죽음에 대해 언급한 적이 있다는 것이다. 그는 취우아이화의 죽음이 원망스럽다고 말하면서 아칭의 부하와 충돌을 빚은 건 취우아이화가 아니라 바로 왕지링 그 자신이었기 때문이라고 말했다. 명청 시대의 홍목 가구가 놓여 있는 거실 안에서 왕지링 선생은 최종적으로 나의 인터뷰를 받아들였다. 해외의 유명한 도붓장수로 여겼는데, 자질구레한 일에도 지나칠 만큼 신경을 쓰는 그는 과거 시대의 오래된 가구처럼 내게 매우 깊은 인상을 남겨주었다. 나는 일찍이 그와 약정을 했었다. 그가 죽기 전에는 우리가 나눈 담화 내용을 출판물로 공개해서는 안 되고, 다만 사후에는 마음대로 해도 된다는 약속이었다. 그는 만일 그렇게 하지 않는다면 인터뷰를 하지 않겠다고 말했다. 2000년 가을, 그가 뇌출혈로 유명을 달리했기 때문에 나는 그 당시 기록해두었던 인터뷰 내용을 공개하는 것이고, 결국 약속을 위배하지 않은 셈이다.

먼저 본인은 꺼런의 안건과 관련된 것은 전혀 알지 못한다는 것을

---

* 중국 전통식 경배 자세로 양손을 가슴에 공수하고 아래위로 움직임.

밝히는 바이오. 본인은 이념에 종사해온 사람으로서 영원히 역사를 존중하며 일을 조작하지는 않소. 꺼런은 얼리깡에서 죽은 것이고 이것은 역사적 상식이오. 오로지 상식에 복종해야 자기가 필요한 활동 공간에서 반드시 승리할 수 있소. 팡커우 소학교에 갇혀 있던 죄인이 어째서 신선의 길을 걸었는지 본인은 분명하게 알지 못하오. 오! 쑨궈장 선생이 꺼런에 대해 얘기하던가요? 말이야 자유롭게 할 수 있는 것이고, 그것은 그 사람의 자유이지 본인과는 무관하오. 눈으로 목격해야만 사실인데, 나는 눈으로 본 적이 없으므로 입에서 튀어나오는 대로 지껄일 수는 없소.

해와 달이 질주하고 빛은 화살 같소이다. 아주 많은 일들을 본인은 모두 잊어버렸소. 그러나 취우아이화에 대해서 본인은 오히려 개괄적인 얘기를 하겠소. 사실 취우아이화는 본인을 대신해 죽은 거요. 애당초 한 덩어리의 비누 때문에 자오 장군의 부하와 충돌이 벌어졌던 사람은 바로 소생이지 취우 군이 아니오. 그 비누가 있던 집의 주인은 저우(周) 씨였소. 아니오, 저우빠피가 아니라 저우칭수(周慶書)였소. 그는 지식인이었는데, 지식인에게 어쩌면 그와 같이 천박한 이름이 붙을 수 있을까. 본인이 저우칭수 선생의 집에서 비누를 빌리려다가 우연히 자오 씨의 수행원을 만났는데, 사소한 언쟁 끝에 서로 맞붙어 싸우게 되었으나 서로가 한 번은 이기고 한 번은 지고 그랬소. 그날 저녁 양펑량 선생이 자오 씨 부하 면전에서 우열을 가리기 어렵다고 사람을 깔본 사람이 누구냐고 물었소. 본인은 그때까지도 자신의 허물을 남에게 전가시킬 줄 모르는 자였기에 그것은 본인이라고 인정했소. 양 선생은 이를 드러내면서 웃더니, 그 일은 그러니까 누구에게도 피해를 주지 않았으니 결코 경거망동하지 말라고 말했지.

본인이 나이가 어리다는 것 때문에 혹은 같은 고향 사람으로서의 정리로써 양 선생은 본인에게 말 한 마리를 빌려줄 테니, 달려가서 취우아이화를 영접하라고 했소. 취우 군은 기개와 도량이 드높고, 마치 남작처럼 외교에 아주 특별한 재능이 있어 외교사절로 선발하기에 아주 적당한 인물이었소. 그런 그가 한 번 가더니 종적이 묘연했지. 그가 죽었다고는 추호도 생각지 못했소. 그날 저녁 무렵 자오 장군이 양평량 선생의 주둔지인 푸티사로 왔을 때, 양 선생과 취우아이화는 외지에서 군무를 집행하고 있다고 분명히 표명했소.

그 당시 분위기는 아주 엄숙해서 커다란 먹구름이 에워싸고 있는 형국이었지. 그런데 취우아이화와 양 선생은 이미 운명해서 황천으로 간 것이 아닌가 하는 생각이 본인에게 문득 들었소. 본인은 밤새 한숨도 자지 못하고 날이 밝기도 전에 뢰진으로 달려갔고, 그 후 다시 광저우에 이르렀소. 나머지 모든 일의 사정은 본인이 잘 모르겠으니, 제발 당신은 너무 지나친 요구를 하지 마시오.

왕지링과 아칭, 그 양반들 중에서 누가 취우아이화와 좀더 가깝다고 주장했을까? 그 일에 대해서 나는 전혀 알 방법이 없다. 취우아이화의 외모는 거론하고 싶지 않지만, 내가 재미있게 느끼는 것은, 양평량이 어째서 엽총을 대포로 바꾸고, 취우아이화를 아칭에게 건네주었느냐 하는 것이다. 왕지링이 말하기를 취우 군은 기개와 도량이 드높고, 외교에 아주 특별한 재능이 있다고 했거늘, 과연 깊이 있게 고려해서 결정한 것일까. 아칭에게 묻고 싶은 것은 왜 아무런 이유도 없이 취우아이화를 살해했는가 하는 것이다. 이 일에 대해서 우리는 판지화이의 진술을 보고 나서야 비로소 그것이 오묘한 것임을 비로소 명백하게 알 수 있다.

@ 꺼런은 오히려 가지 않았다

다시 보니 바이성타오는 멍청이요. 푸티사에서 나온 뒤 그는 내 뒤에서 종종걸음으로 발을 내딛으면서, 나더러 무섭지 않으냐고 연신 묻는 거였소. 좆같은 것, 무섭기는 뭐가 무섭다고 그래. 위대한 영도자이신 마오 주석께서 우리들에게 가르쳐주시기를, 철저한 유물주의자는 그 어떤 것도 두려울 게 없다고 말했다고 나는 대답했소. 그래도 그는 또다시 이제 어떻게 할 거냐고 물어댔소. 나는 이렇게 대답했지. "장애물을 깔끔하게 제거해버렸으니 이제 만리장정의 첫걸음은 디딘 셈이고, 이제야 비로소 꺼런 동지를 구하러 갈 수 있겠군."

나는 그를 데리고 팡커우 소학교로 갔소. 교정으로 들어서는 순간 갑자기 꺼런 동지 방의 등잔불이 꺼지는 거였소. 아니, 아니, 아니오. 그는 잠을 자는 게 아니었소. 당신, 그렇게 생각한다면 속임수에 걸려든 거요. 속임수요! 그는 자는 척하는 거요. 왜 위장하느냐고? 그 점에 대해 말하자면, 첫째, 내가 자신을 어떻게 할까 봐 두려웠을 거요. 둘째, 과로하면 몸이 망가지니까 나를 일찍 돌아가서 쉬게 하려는 배려였을 거요. 그 사람은 그런 식이었으므로 동지들도 같은 상황에 놓이면 마치 봄날처럼 따뜻해질 거요. 그 당시 나도 그런 생각을 약간 떠올렸더니 얼굴 위로 눈물꽃이 피어납디다. 나는 아주 명백하게 깨달았소. 내가 가고 나면 그는 곧장 등잔불을 완전히 새롭게 밝히고 까치가 나뭇가지 위에서 노래를 부를 때까지 일을 계속할 거요. 그런데 바이성타오 그 멍청한 자식이 꺼런을 잘못 이해한 거요. 아무래도 꺼런은 다른 사람이 자신을 귀찮게 하지 말았으면 하고 바라는 것일지도 모르니까, 우리들은 그만 돌아가서 잠이나 자자는 거였소.

잠이라니? 그는 말을 잘못 뱉어낸 거요. 중차대한 혁명의 순간에 어찌 잠을 잘 수 있단 말이오? '밝은 달이 떠오르고 별빛이 찬란하니, 까치들이 남쪽으로 날아가는구나. 오늘 이동하기에 가장 좋은 시기이니, 이 마을 지나면 이런 여관이 없다'는 말처럼 때를 놓치면 일이 성사되지 못한다고 나는 바이성타오에게 말했소. "잠시 기다렸다가 안으로 들어가서 당신은 반드시 함께 떠나야 한다고 그를 설득해야만 하오."

과연 내 예상대로 잠시 후 꺼런은 방에 다시 등잔불을 밝혔소. 나는 안으로 들어가서 그에게 양펑량의 일을 얘기해주었소. 내가 양펑량은 이미 강물 속에서 고기밥이 되었을 거라는 얘기를 들려주자, 그는 웃으면서 이후로 자신은 물고기를 먹지 않겠다고 말하더군. 동지들, 보시오. 그 순간에도 그는 농담을 했소. 그것은 어떤 문제를 설명하는 거겠소? 그것이 어떤 문제를 설명하건 상관없이 그는 강렬한 혁명의 낙관주의 정신으로 충만되어 있었소. 통로를 막고 있던 호랑이를 이미 제거해버렸으니 당신과 바이성타오는 이제 떠날 수 있게 되었으므로, 내가 당신들이 따황 산을 떠날 수 있도록 부하들을 시켜 호위해드리겠다고 말했지. 자신을 데리고 가면 불상사만 일어난다고 그는 다시 한 번 염려하더군. 염려놓으시고, 당신들을 호송한 자들이 돌아오면 말끔하게 처치해버릴 거라고, 나는 다시 한 번 강조했소. 만일 무슨 일이 있었냐고 물으면, 내가 양펑량을 해치웠다고 말하면 되지 않느냐, 어차피 죽은 사람과는 대질 심문을 할 수 없으니까. "나를 데리고 어디로 가려는 것인가?" 꺼런은 눈을 부릅뜨고 바이성타오에게 물었소. 바이성타오는 따황 산을 벗어난다면 그곳이 어디건 좋을 거라고, 바깥에 사람이 기다린다고 대답했지. "나는 여기가 너무도 좋으니까 아무데도 가지 않겠노라." 꺼런은 몇 번인가 웃으면서 말했소. 그리고 그는 아주 무서운 말을 나한테 하더군. "나를 데려가려고 하지 말고, 먼저 나를 죽인 뒤에 시체를 들고 나가면 되는 것 아닌가." 그는 태연하게 웃으면서 그렇게 말했소. 그리고 바이성타오를 향해 당신 혼자 떠나게 되면 시간이 지나면 지날수록 걷기가 편해진다고 말했소. 꺼런의 말이 떨어지기 무섭게 바이성타오는 털썩 주저앉으면서 눈물과 콧물을 흘려대더니 자신은 꺼런과 함께 죽겠다는 의사 표시를 했소.

앞에서 말했듯이 나는 그 순간 바이성타오의 진면목을 정확히 인식하지 못했는데, 그는 정말 다른 사람을 기만했소. 나중에 그의 가면을 벗겨내고 난 뒤에야 나는 비로소 그가 진실을 은폐했다는 것을 알았소. 이제 나는 그에 대해서 털끝만큼의 회의도 하지 않고, 문틈으로 사람을 얕잡아보듯이 그를 경멸하오이다. 너의 꼴사나운 모습을 보아하니 꺼런과 한 덩어리가 되어 죽겠다는 소리가 아니더냐, 나는 그 순간 마음속으로 그런 생각을 했소. 꺼런 동지의 일생은 위대하고, 죽음도 영광스러운데, 너는, 너는 개 좆보다 가치 없는 존재가 아니더냐. 바이성타오 그 녀석은 한바탕 울어대더니, 꺼런 동지를 쉬게 해야 하니까 여기서는 곡을 해서는 안 되겠소, 나한테 그 따위 말을 하는 거요. 나는 말하자면 바이성타오에게 농락당하고 있었던 셈이오.

나는 밤이 깊어진 뒤에 앞으로 어떻게 해야 할지 그와 의논할 생각이었소. 이리저리 뒤척이다가 밤이 아주 깊어졌는가 싶더니, 눈 깜짝

하는 사이에 물고기의 청백색처럼 동쪽이 훤하게 밝아졌소. 적당한 시간을 놓쳐버린 거요. "꺼런은 왜 떠나지 않으려 했겠소? 체력적으로 감당할 수 없다고 여겼을까? 어떻게 된 노릇인가? 혁명가는 죽음도 두려워하지 않는데, 그깟 체력을 걱정하다니? 꺼런은 어디가 됐든 떠나는 걸 원하지 않는 게 아니오?" 바이성타오가 나한테 물었소. 한 차례 심사숙고한 뒤 나는 손가락을 꼽아가며 그에게 말했소. 먼저, 만일 내가 꺼런을 놓아준다면 나는 군통에서 더 이상 구차하게 살아가기 힘들어질 것이고, 그것은 군통의 조직으로 보자면 아주 커다란 손실이라는 걸 꺼런이 나를 대신해 걱정하는 것이라고 말했소. "그 다음으로 꺼런은 자기 일생의 혁명 경험을 총결산하기 위해 시간을 최대한 아끼려는 것이오." 내 말에 바이성타오는 감탄한 듯, 존경을 표하는 표정이었지. 시간은 점점 더 긴박해지고 있으며, 점점 복잡해지는 형국이니 당신은 꺼런을 데리고 어서 떠나기나 하라고 나는 말했소. 멀리 가면 갈수록 좋을 것이고 나머지 일은 내가 알아서 처리한다고 덧붙였소. 오, 바이 성씨를 가진 자가 뭐라고 대답했는지 당신들도 한번 생각해보시구려. 모든 일은 꺼런과 상의를 해야 하고, 결국 꺼런이 가지 않겠다고 하면 자기로서도 방법이 없다고 갑자기 그렇게 말하는 거였소.

나는 기가 막혀서 죽을 지경이었고, 부아가 나서 폐가 터질 듯했소. "티엔한 동지가 당신을 왜 이곳으로 파견했는지 모르오? 꺼런을 구해내기 위해서라는 것을 모르오?" 나는 그에게 물었소. "멍청한 겁쟁이는 이제 보니 바로 당신이군, 거기다가 꺼런의 몸이 좋지 않다는 이유로 그 책임을 돌리고 있는데 대관절 당신 속셈이 뭐요?" 그는 내게 온몸이 성한 데가 없을 정도로 한 차례 얻어맞고는 벙어리가 된 채 말이 없었소. 훗날 그자가 판지화이에게 투항을 하고 난 뒤에 나는 비로소 그 개새끼가 품었던 야심을 알게 되었는데, 그 새끼는 그러니까 그때 고의적으로 시간을 질질 끌었던 것이오.

& 참된 통한

나는 어쨌거나 아칭이 바이성타오를 고의적으로 어릿광대로 묘사한 것에 대해 회의적이었는데, 일찍이 종뿌도 그런 식으로 비슷하게 진술했다. 그렇다면 바이성타오의 진심은 무엇일까? 그것은 그곳에서 일종의 다단계 회사를 운영한 위펑까오(余風高)의 아들 위리런(余立人)에 의해 좀더 명확하게 밝혀진다. 당연한 일이지만 거기에는 대가가 따랐다. 모든 자료를 볼 때마다 나는 화웨이(華偉) 소비자 연맹에다 한 사람씩 가입시키기 위해 소개를 해야 했는데, 즉 한 세트가 네 상자인 알래스카 바다표범 기름 1,600위안어치를 구입하게 되면 비로소 자료를 열람할 수 있는 100위안의 등기비가 생겼고, 비로소 한 장의 회원 카드를 수령할 수 있었다. 회원 카드는 인쇄 제작한 것으로 아주 정교하고 아름다웠는데, 공산당원 증서나 박사학위 증서 혹은 은행 예금 증서보다 정교했다. 당신이 누군가를 소개해서 가입시키면, 당신은 그와 접선이 이루어지는 것이고, 그것을 직업적인 은어로 '상부 접선 회원'이라고 부른다. 소비자 연맹에서는 투웨이 방식을 채택하고 있는데, 전산망을 통해서 가입자를 적립식으로 총산하고 있다. 상부 접선 회원은 자신의 좌우 하부 접선 조직망을 통해 두 사람을 추천하게 되는데, 이때 추천된 두 사람이 제각기 알래스카 바다표범 기름을 한 세트 사게 되면 당신은 1,000개의 적립식을 획득할 수 있게 된다. 좌우 하부 접선 조직망이 다시 두 사람을 추천하게 되면 금자탑이 형성된다. 하부 접선이 점점 많아지면 많아질수록 점점 더 많이 적립된다. 1만 개에 도달하게 되는 순간 당신은 2,000위안의 상여금을 획득할 수 있게 되고, 5만 개에 도달하게 되면 당신은 1만 1,000위안의 상여금을 획득하게 된다. 내 친구는 이 방식에 대해서 전혀 흥미를 느끼지 않았다. 그러나 나는 돈을 모으기 위해 차츰 내 친지와 지인의 이름을 위리런의 다단계 회사에 가입시켰다. 말하자면 나중에는 뻥잉, 종뿌, 후안 모두 그 회사에 가입되었다. 위리런은 언제나 매번 새로운 회원 카드를 보고 난 뒤에서야 나에게 아칭의 문장을 볼 수 있게 허락했다. 그런데 바이성타오와 관련된 문장을 읽고 난 뒤에서야 비로소 내가 상상했던 것과 사실이 크게 다르다는 것을 발견하게 되었다.

아래에 있는 아칭의 문장은 종전처럼 한 장의 편지지에 적혀 있었다. 편지의 화두는 전례대로 마오 주석의 어록과 일치한다.

"병사가 교관을 가르치고, 교관이 병사를 가르치며, 병사가 병사를 가르치는 것이 군중 훈련 방법 운동이다."

조직에서 조사를 할 때 바이성타오를 크게 주의하지 않은 듯하다. 전부 내가 그들에게 주도적으로 얘기를 해준 것이다. 세상에서 내가 제일 두려워하는 사람은 류샤오치(劉少奇)를 제외하면 바로 바이(白)다. 류샤오치 자산 계급의 사령부는 이미 마오 주석에 의해서 비판받고 타도되었다. 비판하는 것은 좋은 것이고, 누구든지 타도해야 한다. 하여간에 내게 최고 두려운 대상은 이제 바이만 남았다. 마오 주석이 이런 말을 했다. "옌국(燕國)*에 큰 비가 내리자 백설 같은 파도가 용솟음치는구나. 진시황이 섬 바깥으로 고기를 낚으려고 해도 양양대해가 보이지 않거늘, 어디로 가야 하는지 누가 알겠는가?" 그렇다. 나는 이미 바이에게 꺼런을 위탁하고자, 그에게 꺼런을 데리고 가라고 했건만, 그는 계집애들보다 더 계집애들 같아서 지지부진 미루고 있다. 당연한 일이지만, 나도 겁쟁이라는 것을 인정한다. 만일 내가 판지화이에게 전보를 보내던 그 순간 그 사람이 꺼런이라는 걸 인정하지 않았다면, 판지화이는 오지 않았을 것이고, 꺼런은 죽어도 땅에 묻힐 곳이 없게 된다. 나는 내가 원망스럽다. 스종(思忠)**의 가르침에 따르자면, 나는 결국 원위치에서 명령을 기다려야 한다는 것이다. 모든 것을 꿰뚫어볼 수 있는 긴 안목이 내겐 없는데, 바이가 항복할지 내가 어떻게 알겠는가. 바이성타오야, 바이성타오야, 내가 너의 18대 조상을 간음하였다고, 네가 이 어른신을 이렇게 괴롭히는구나.

읽어보면 바이성타오에 대한 아칭의 통한은 어쩔 수 없는 진심이라고 할 수 있다. 말이 나온 김에 한마디하자면 바이링 아가씨 역시 앞의 문장을 읽었지만 그녀는 더 이상 화를 내지 않았다. 그 이유는 아주 간단하다. 아칭이 바이성타오의 18대 조상을 간음했다고 했기 때문인데, 그녀는 바이성타오의 후손이긴 했으나 아칭이 간음을 하였건 간음을 하지 않았건 전부 자기 자신과는 아무런 관계가 없다는 것이었다.

* 오늘날 허베이 성 동북부 지역.
** 『중국 국민 자질의 위기』라는 책을 쓴 근대 시기의 지식인.

@ 말고삐

나는 입술이 너무 얇은 사람이라 이렇게도 말하고 저렇게도 말하는 거요. 바이성타오는 꺼런과 함께 떠나는 것에 비로소 동의했소. 그 무렵 날은 이미 밝았고 꺼런은 밤새도록 일을 하다가 또다시 잠이 들었소. 그가 눈을 좀 붙일 수 있게 해야 하니까 날이 어두워지면 떠나겠다고 바이성타오가 말했소. 오, 그 작자는 하여간 전심전력을 다해서 질질 끌기만 하더군. 오후가 되어서 내가 꺼런에게 가보았더니 그는 이미 일어났더군. 나는 그에게 이젠 이동해야 한다고 말했소. 내 말을 다 듣더니 꺼런은 봉황 계곡으로 산보를 갈 생각이라고 말했소. 그곳의 산천과 이별할 결심인 모양이라고 나는 생각했지. ○호를 모시고 산보를 다녀오너라, 나는 심복에게 다급하게 말했소. 그 심복은 아주 충성스런 부하였는데 개보다도 충성스러운 녀석이었지. 만일 내가 수탉이 알을 낳는다고 말하면 그 녀석은 직접 보았노라 말할 거요. 뚝배기로 마늘을 찧을 수 있다고 말하면 그 녀석은 뚝배기로 마늘을 찧으면 썩지 않는다고 말할 거요. 당신도 한가하게 있지 말고 어서 빨리 꺼런의 물건을 수습해서, 날이 어두워지는 대로 급히 떠나라고, 나는 바이성타오에게 또다시 일러주었소.

이렇게 얘기하면 되는 거요?

말을 준비해서 나는 봉황 계곡으로 가보았소. 봄이 머지않을 때여서 두견화가 도처에 피어 있었는데 봉황 계곡에 가장 많이 피어 있었지. 꺼런은 돌 위에 앉아 담배를 피우고 있었소. 나를 발견한 꺼런은 기분이 고조되어 마오 주석의 시 「물소리 가요·진강산을 다시 오르다」를 음송하더군. 정말이라니까. 시끄럽게 굴면 당신은 개새끼야. 잠시 후에 바이성타오가 왔소. 그는 표면적으로 언제나 꺼런에게 호의적이었지. 담배를 피우지 마시오, 담배를 피우면 건강에 좋지 않다고 말했소. 꺼런은 아무 말도 하지 않고 바이란 놈의 몰상식한 태도도 내버려두었소. 그는 한 가지 요구가 있다고 말했소. 모든 것이 다 부족해도 되지만 술과 담배가 부족하면 안 된다는 거였지. 나는 그의 가슴을 건드리면서, 부디 안심하시오, 마오 주석을 걸고 보증하리다, 술과 담배는 절대적으로 보장하겠다고 나는 그에게 의사 표시를 했소.

날이 어두워질 무렵 나는 그에게 팡커우 소학교로 돌아가자고 했소. 식탁 위에 요리와 술이 차려져 있었지. 물론 사전에 내가 전부 지시해둔 것이었소. 당신, 말이 많소. 두부가 대부분이었지. 꺼런은 술만 마셨고 요리도 먹지 않았으며, 밥도 먹지 않았소. 내가 밥을 먹으라고 권유했지만, 그는 술은 양식으로 만든 것이고, 양식으로 정제한 것이니까 술을 마신다는 것은 곧 밥을 먹는 것이라고 대답했소. 그가 내게 권해서 우리는 두 잔을 나란히 마시면서 과거의 일들을 이야기했지. 아주 여러 해 전에 그가 일본으로 떠날 무렵 우리는 상하이에서 한 차례 술을 마신 적이 있소. 그 당시 우리가 마신 술은 뉘얼홍(女兒紅)*이었지. 그 무렵에 나는 술을 잘 마시지 못했소. 지금은 술을 마실 수 있긴 하지만, 오히려 그와 함께 여러 잔을 마실 수는 없었는데, 왜냐하면 그는 곧 급히 길을 떠나야 했기 때문이었소. 나는 마당 안에 있는 말안장에 꺼런을 앉으라고 했소. 그 말은 부근에

* 중국 고량주의 일종.

있는 시관장(西官庄) 우체국으로 사람을 파견해 약탈해온 것으로, 앞에서도 여러 번 언급했을 거요. 그리고 나는 나지막한 목소리로 바이성타오에게 옌안에서 보자고 말했소. 바이성타오가 뭐라고 말했겠소? 당신 생각에는 그가 또 뭐라고 의견을 제시했다고 여기겠지만, 그는 오로지 옌안에서 보자는 말만 했소.

나는 그들에게 빨리 떠나라고 재촉했소. 나의 심복은 이미 어깨에 꺼런의 짐을 메고 있었지. 나는 말고삐를 꺼런에게 건네주었소. 꺼런은 그 말고삐를 바라보더니 말을 타기를 원하지도 않고, 말을 몰 줄도 모른다고 말했소. 그는 말고삐를 바이성타오에게 주었지. 꺼런은 그런 식으로 일을 하는 사람이오. 기실 공산주의 품격이 고양된 것이고, 앞에서 고생을 감수하고 뒤에서 따라가는 것에 만족을 얻는 사람이었으니, 다른 사람에게 말을 몰게 하고 그 자신은 뒤에서 걷는 사람이었소. 그런데 바이성타오의 주둥이에서 튀어나온 말 때문에 좆같이 그 맛이 완전히 변해버렸소. ○호는 정말 확실히 말을 몰 줄 모르니까, ○호에게 가마를 내줄 수 없느냐는 거였소. "니미럴, 좀 일찍 말할 것이지, 당신은 의사인 주제에 그런 문제라면 좀더 일찍 생각했어야지, 항문에서 똥이 흘러나오는 순간에야 어떻게 당신은 화장실을 생각한단 말인가, 아직도 이르단 말인가?" 나는 화가 나서 코까지 비뚤어졌소. 하늘에는 예상치 못한 풍운이 있게 마련이어서, 곧 비가 내리게 생겼으니 ○호가 감기에 걸릴지도 모르니, 그는 어쩔 수 없이 상급자 티엔한 동지에게 그 문제를 보고하겠다고 말하는 거였소. 무슨 방법이 있겠소? 나는 꺼런을 다시 정원 안으로 모셨소.

그날 저녁 나는 눈을 붙이지 못했소. 뭘 했느냐고? 사람들에게 가마를 만들라고 재촉했지. 나는 사람을 파견해 목공 두 사람을 구했고 그 밤에 가마를 만들게 했소. 조건이 잘 갖춰진 목공은 없었고, 오로지 빠팡(扒房)*뿐이었지. 그런데 빠팡은 풀을 베다가 뱀을 놀라게 할 수 있다는 표현처럼 정말 위험천만한 사람들이었소. 나는 다급해서 죽을 지경이었지. 그리고 나중에는 찻집 뒤뜰에 몇 그루의 나무가 있다는 걸 떠올렸고, 나는 즉각 사람을 파견해 나무들을 베어오라고 했소. 그러자 나의 심복이 그곳에는 오동나무, 아카시아나무, 보리수나무가 있는데 그중에서 대체 어떤 나무를 베어오라는 얘기냐고 물었소. 니미럴, 베고 싶은 그 나무를 베어오면 될 게 아니냐, 마음이 급해진 나는 그렇게 말해버렸소. 그럼 보리수나무로 베어오겠다고 심복이 말했소. 내가 왜 그 나무를 베어오느냐고 물었더니, 보리수는 영험한 나무이니 모든 일을 길하고 순조롭게 도모할 수 있을 것이며, ○호의 안녕을 신령이 보우할 수 있을 거라고 심복이 대답했소. 뭐라고? 그건 유심주의(唯心主義)라고 말하는 거요? 유심이든 유심이 아니든 그 따위 것은 나와는 아무런 관계가 없소. 그 말은 내가 한 것이 아니기 때문이오.

좋소, 얘기를 계속하리다.

날이 밝아질 무렵 결국 가마를 다 만들었소. 비밀이 샐까 염려가 되어 나는 심복에게 명령을 내려 두 사람의 목공을 죽여버리라고 한 뒤에 뒤뜰의 깊숙한 우물 속에 밀어넣었소. 내 부하 두 명이 그 가마를 들고 팡커우 소학교로 갔지. 전속력으로 팡커우 소학교에 도착했을 무렵 세 발자국마다 검문소요, 다섯 발자국마다 초병들이 지키고 있는 걸 목격했소. 천지가 놀라고 귀신이 곡할 노릇이었지. 나는 재

* 집을 허무는 막노동자.

빨리 머리를 굴렸지. 늦었구나, 판지화이가 이미 도착했으니, 꺼런은 떠나기 틀렸구나, 나는 즉시 그런 생각을 했소.

다급한 와중에도 지혜가 떠올라 나는 부하에게 재빨리 왔던 길로 되돌아가자고 말했소. 길에서 나는 그 두 명의 부하를 전부 해치워 강물 속에 고기밥으로 던져주었지. 마오 주석을 걸고 말하건대, 나는 조금도 인정사정 두지 않았소. 그 개 잡종들을 바이윈 강물 속으로 처넣은 뒤 나는 다시 팡커우 소학교로 갔소. 그때도 지금처럼 날이 밝은 뒤였지. 팡커우 소학교 교문 앞에서 나는 바이성타오가 판지화이의 면전에다 허리를 숙이고 굽실거리는 장면을 보았소. 그 순간 나는 눈이 벌게지면서 바야흐로 바이성타오를 쳐 죽이는 것이 추세에 따르는 것이라는 생각이 들었지만, 결국 꺼런을 떠나보내는 것을 저지당하고 말았지. 나는 그자의 의미를 이렇게 이해하오. 그자는 이미 희생물을 준비해왔던 것이오. 차라리 그는 자기 자신의 목숨을 희생할망정, 나 자신의 신분이 노출되는 것을 원하지 않았던 것이오. 지하 조직이 훼손될 위험에 직면하게 되는 것이니까.

동지들, 이 점은 중요한 얘기요. 나머지는 얘기하고 싶지 않은데, 좋은 얘기가 아니기 때문이오. 혁명 사업을 위해서 꺼런은 따황 산에서 영광스럽게 희생된 거요. 여러 해 동안 그 일을 생각하면서 나는 칼로 도려내듯 마음이 아팠소(위펑까오 동지가 각별히 해명한 바로는, 아칭의 통곡은 마치 부모가 돌아가신 것처럼 애통한 것이었다고 했다). 그러니 그 일에 대해서 나는 말하지 않을 수가 없었소. 그러니까, 꺼런이 희생되기 전에 나는 결코 내 신분을 노출하지 않았던 것이오. 내 기억은 아주 분명하오. 판지화이는 그곳에 도착한 뒤 나와 양펑량을 물색하고 상부에 그 임무를 보고했소. 교활한 적이 번선에서 삼언이설로 희롱하고 있으니, 약간의 허점에도 주의하지 않으면 조직 전체에 위험을 초래할 수도 있다는 걸 알아야 할 필요가 있다는 것이었소. 그 당시 나는 죽음의 위험에 직면해서도 두려워하지 않았고, 얼굴색 하나 변하지 않았으며 가슴도 전혀 뛰지 않았다는 걸 말하고 싶고, 동시에 판지화이에게 마음으로도 복종하고 입으로도 복종했다고 떠벌리는 것이오. 나는 그 양반에게 말하겠소. 장군, 양평량이 여기서 한 손으로 하늘을 가린 채 도리에 어긋난 짓을 일삼고 제멋대로 까발리고 있었으니, 그의 십악(十惡)을 용서할 수 없었나이다. 내 부하를 때려죽였고, 내 심복을 박살냈으며, 그리고 자신의 부하인 취우아이화를 때려죽였으므로 저는 참으려야 참을 수가 없어 오로지 당국을 대신해 그 벌레 같은 인간을 제거했나이다. 오, 제 말을 믿는 방법 이외에 판지화이 당신은 정말 뾰족한 수가 있을 수 없소이다. 동지들, 웃지 마시오. 내 말은 모두 진실이오. 내가 마지막으로 하고 싶은 말은 나 개인의 능력이 한계가 있어서, 비록 내가 꺼런을 구출해내지는 못했지만, 그러나 나는 전심전력을 다했기 때문에 벌써 뒈졌다고 해도 여한이 없소이다.

& 아칭의 죽음

이것은 내가 읽은 아칭의 자술서 전문이다. 위펑까오 동지의 말에 따르자면, 1970년 5월 4일 아침, 차 농장 부대장이 그들을 불러서 아침을 먹으러 갔을 무렵, 아칭도 그들과 함께 차 농장의 작은 식당으로 같이 갈 생각이었다는 것이다. "다시 뒤섞여 한 끼니의 밥을 먹지만, 두 번 다시 그를 상대할 사람은 없구나." 그 이틀 사이에 신좡차 노동개조대 부대장에게 두 가지 임무를 인계하라는 지시가 다시 내려와 위 동지는 그 취지를 받들었다고 말한 바 있다. 첫째, 아칭의 동향을 엄밀히 파악하라. 둘째, 활동이 비교적 양호한 노동개조범 몇 명을 동원해 그 자료를 폭로하라는 지령이었다. 그런데 자료를 미처 수집하기도 전에 아칭이 죽어버렸다. 그 당시 아칭과 같은 노동개조범이자 현재 퇴직한 교수인 장융청(張永勝) 선생의 증언에 따르면, 아칭이 우물로 뛰어들어 자살하기 전까지 쉴 새 없이 반복해서 이렇게 말했다고 한다. "나 자신은 꺼런에게 미안하고, 티엔한의 간절한 기대에 미치지 못해서 미안하구나."

어느 날 그를 만났는데, 갑자기 그가 밑도 끝도 없이 내게 꺼런과 티엔한의 얘기를 들려주어서 나는 깜짝 놀랐소. 그의 숨소리를 듣자니 마치 어깨를 나란히 하고 합동 전투를 치르는 듯했지. 그 순간 나는 이 녀석의 개인사가 매우 복잡하다는 걸 비로소 깨달았소. 그 당시 그의 병은 아주 무서울 정도로 깊었는데, 배가 아주 커다랗게 팽창되어서 우리는 녀석이 또 뭔가 위장하고 있다고 단정했소. 아칭이 다른 사람의 물건을 훔쳐 먹었을 뿐만 아니라 노동개조대의 돼지 식량까지 훔쳐 먹었다고 노동개조대원들 모두가 자료를 작성해 폭로했지. 사실 돼지 식량을 훔쳐 먹었던 사람은 노동개조대의 영양사였소. 그 영양사는 오늘날 박사과정 학생들을 이끄는 교수가 되었고, 그의 체면과 그의 얼굴이 있으므로 그의 이름을 거론하지는 않겠소.

죽기 전에 아칭의 배는 한결 더 커져서 쌍둥이를 임신한 것 같았지. 사람들 말을 듣자니 간에 복수가 찼다더군. 사실대로 말하자면 그 병은 매우 고통스러운데, 그는 그렇지 않았소. 그는 마치 아주 즐거운 듯했지. 중앙방송국 바이옌송(白岩松)의 말을 인용하자면, 아픔 또한 쾌락이라는 거요. 그가 죽기 하루 전날, 나는 화장실에서 우연히 그와 조우했소. 자기 자신은 꺼런에게 미안하고, 티엔한의 간절한 기대에 미치지 못해서 미안하다고 그는 내게 말했소. 그리고 그는 여전히 자신은 판지화이의 어떤 사람으로 불린다고 언급했지. 그 순간 판에 대해서 무슨 말을 했는데 지금은 전혀 기억나지 않소. 그런데 오늘날 내가 그의 이름을 상기할 수 있게 된 것은 나중에 신문지상에서 그 이름을 항상 볼 수 있었기 때문이오. 이튿날 그는 우물에 빠져 죽어버렸소. 그를 물에서 건져 올렸을 때 배는 한층 더 커져 있었지. 날은 뜨거웠고, 매장해서 돌볼 틈도 없이 그의 배가 흡사 자동차의 타이어처럼 펑 하고 터져버렸소. 밥을 계속해서 먹을 수 없었는지, 그런 건 다시 언급하지 않겠소. 그 당시 신좡 노동개조대에서는 나의 붓글씨가 썩 훌륭하다고 알려져 무슨 표어는 전부 내가 쓰는 것으로 귀결되었지. 그가 죽은 뒤 나무 위에 온통 표어를 붙였는데, 주된 의미는 자오칭야오(肇慶耀)는 형벌을 두려워해서 자살했다는 내용이었고, 죽어도 그 죄는 남는다는 내용이었소. 뭐라고? 당신, 지금 그의 원래 이름은 '자오야오칭(趙耀慶)'이라고 했소? '자오칭(肇慶)'의 '자오(肇)'가 아니란 말이오? 제기랄, 정말 대단히 해학적이군. 자신의 성과 이름까지 잃고 나중에는 폭발해버렸으니, 시체까지 남기지 않고 송두리째 잃어버린 셈이구나.

죽기 하루 전날, 판지화이에 관해서 아칭은 장융청에게 무슨 말을 한 듯하지만 나로서는 알 길이 없다. 죽는 순간까지 줄곧 판지화이에게 심혈을 기울였던 아칭의 태도를 도무지 이해할 수 없었으나, 어쩌면 그럴 수도 있겠다는 생각도 약간은 든다.

제3부

피차 서로

시 간 | 2000년 6월 28~29일

장 소 | 베이징에서 바이포 시로 가는 도중

구술자 | 판지화이 선생

방청인 | 바이링 아가씨

기록자 | 바이링 아가씨

@ 나는 여전히 원했다

아가씨, 나는 비행기를 타지 말자고 제의하는 바요. 나는 바이포시 책임자 동지에게 말하겠는데, 여전히 돈이 남아돈다면 소학교에 투자하길 바라겠소. 기차를 타고 가면 무척 피곤하지만 그 대신 조국의 꽃송이들이 연필을 많이 구입할 수 있다는 생각이 들면 난 무척 즐겁소. 아가씨도 나 때문에 억울하게 당한 거요? 베이징에 도착하면 내가 아가씨에게 적절히 보상하리다. 좋소, 그런데 뭘 또 생각하는 거요? 난 이선으로 물러나긴 했지만, 그렇다고 역사의 무대에서 물러난 건 아니오. 베이징에선 이런 말이 아마 적절한 효과가 있을 거요.

비행기 티켓보다 기차 침대칸이 더 비싼 거요? 당신은 잔꾀가 많아서 무슨 일이든 속일 수가 없구려. 그렇소, 나는 비행기를 타는 게 무섭소이다. 내가 아가씨한테 사고(思考)를 업그레이드시킬 수 있는 문제를 하나 내겠소. 센뼁(餡餠)*과 비행기 중에서 어느 것이 더 가치 있소? 우리는 변증법 유물론자들이니까 변증법 방식으로 말해보시구려. 하늘에서 센뼁이 떨어지면 좋은 일이지만 하늘에서 비행기가 떨어지면 좋지 않지. 권위 있는 부서의 통계에 근거하자면 전 지구화된 오늘날 36시간마다 한 대의 비행기가 떨어지고 죽어 자빠질 거요. 그러나 마음속으로야 그런 생각이 들더라도 생존 문제를 그런 식으로 표현하긴 곤란한 법이고, 때문에 다만 돈이나 절약하자고 애기하는 거요.

당연히 기차를 타고 가는 것이 분위기를 띄우기도 수월하오. 당신, 나한테 전기(傳記)를 써주겠다고 말하지 않았소? 내가 알아보지 못할 거라고 여기지 마시오. 시치미 떼고 내 말을 경청할 작정이겠지. 당신은 그것이 최상이란 걸 알고 있으니까.

이것은 곧 바이포에 있는 꺼런과 나의 역사의 한 단락이오. 그럼 바이성타오는? 좋소. 그 사람 얘기를 하리다. 나는 언제나 변비가 있을 때면 그를 상기했소이다. 근거 있는 말에 따르자면 그 양반은 나중에 홍콩으로 건너갔다가 아주 비참하게 참사를 당했다더군. 젊은이는 역사란 일체의 해로움이 없다는 걸 알아야 하오. 마르크스가 『자본론』에서 말하기를 역사를 공부하게 되면 고통이 줄어들고 고통을 가볍게 이겨낼 수 있다고 했소. 당신이 애를 낳아보면 산다는 것에 대한 마르크스의 진리를 알게 될 거요. 이런 식으로 마르크스는 우리 삶의 이론적 기초를 제공해주었소.

예전에 나를 취재하려고 사람들이 몰려온 적이 있소. 국내는 물론

* 중국식 미트 파이로 밀가루 반죽을 얇게 빚어 그 속에 고기와 양념을 넣어 둘둘 싼 뒤 굽거나 튀긴 과자.

이고 국외에서도 왔고 남녀노소 구분도 없었소. 그러나 내가 전부 쫓아냈지. 그중 누군가 내게 말했소. "당신은 말씀하지 않으셨지만 우리는 당신께서 꺼런을 죽였다는 걸 알고 있어요." 그리고 다른 작자는 이렇게 말했소이다. "우리는 자칭 꺼런 연구회라고 부릅니다." 내 쓰허위엔(四合院) 문 앞에서 마치 반달과 개가 교미를 하듯 꾸물거리며 뱅글뱅글 돌고 있었지만 나는 아직 그녀를 보지 못했소. 급해서 담을 뛰어넘으면서 그 망할 계집애가 나한테 최후통첩을 내리더군. "뭐라고 떠들어도 종이로 불을 감싸진 못하는 법이니까, 제일 좋기로는 선생님 입으로 얘기를 하셔야 한다는 것입니다." 흥, 인간은 젖을 먹고 성장하는 것이지 협박을 처먹고 크는 게 아니지. 나는 비서를 통해서 이렇게 그녀에게 알렸소. "당연히 얘기를 꺼낼 수 있긴 하지만, 당신한테는 말하지 않겠소." 틀림없소. 나는 종이로 불을 감싸지 못한다는 걸 인정하오. 이것은 객관적 사실에 부합하고 절대로 뒤엎을 수 없는 진리요. 그러나! 나는 구름 사이로 드러난 다른 인간의 용의 비늘 한 조각과 발톱 반쪽을 알아챘다고 감히 말할 수 있소. 바이성타오는 죽었고, 자오야오칭(趙耀慶)도 죽었고, 뻥잉도 죽었고, 티엔한도 죽었고, 그 일과 관계되는 사람들은 전부 죽었는데, 나, 이 늙은 판지화이만 남아 있는 거요. 만일 나까지 입을 꽉 다물고 찍소리하지 않는다면 나는 이 역사를 따라 빠빠오 산(八寶山)으로 들어갈 거요.

그러나 나는 지금 얘기하고 싶소. 당신도 보았겠지만 내 몸은 비교적 건강한 편이라고 말할 수 있소. 반드시 어느 날이라고는 말할 수 없지만 문틈으로 마르크스가 초대장을 밀어놓았더군. 출발 전에 당신에게 말한 것처럼 이번 행차에서는 경축 행사에 참석해 희망 소학교 축성 기념식 테이프 커팅을 할 생각이었기 때문이오. 기실 나는 분주하게 꺼런에게 갔지. 내가 원했던 거요. 여러 해 전에 나는 꺼런과 마주 앉아 묘 터를 거론한 적이 있지. "잘 있게 친구. 이다음에 나는 봉황 골짜기로 다시 돌아와서 친구를 만나겠네. 반드시 돌아올 거야." 지금 내가 그걸 원한다고 할 수 있소. 이제 봉황 골짜기로 찾아가서 살펴보고, 걸어 다니면서, 향을 피우고 머리를 조아릴 생각이오. 아, 세월이 쏜살같이 지나갔구려. 눈 깜짝할 사이에 반세기가 지나가버린 거요. 당신은 운이 좋소. 그 시기는 잘못되었소. 내 얘기를 당신이 듣는다고 생각하면 장난칠 기분이 아니오. 새는 죽을 때가 되면 지저귀는 소리가 애달프고, 사람은 죽을 때가 되면 선한 말을 하게 된다지. 내 말은 전부 사실이오. 아주 대단한 실화지. 때문에 역사에 대한 책임을 져야 한다는 정신으로 나는 이 단락의 역사적 평가를 후대에 남겨두려는 거요.

오직 당신에게 한마디만 일깨워주려는 것에 불과하오. 내가 지금 당신에게 얘기한 것을 외지인은 알지 못하게 하는 게 가장 좋소. 됐소? 후즈(胡適)가 누군지 당신은 알 거요. 그 양반이 가장 가치 있는 명언을 남겼소. "만일 자신의 명예를 소중히 여기지 않는다면 오늘 우리가 과연 무엇에 대해 말할 수 있겠는가?" 그러므로 당신이 쓴 전기는 반드시 내가 죽은 뒤에 출판해주시오. 됐소? 내가 죽은 뒤에 당신이 뭐라고 나를 유린한들 나는 상관할 수 없지. 그땐 하늘이 무너져 내려도 나와는 상관없는 일이지. 이건 아주 모순된 것 아니오? 그 어떤 사물이라도 전부 하나같이 대립된다고 여겨지지만 기실 전혀 그렇지 않소.

& 약간의 설명

여러 해 동안 나는 늙은 판지화이를 취재하기 위해서 정말 계략을 짜내야 했다. 그러나 나는 최후에는 원하지 않은 것이나 다름없다. 그의 비서가 이렇게 말했다. "중국 법학계에서 권위적인 방식으로 일하는 인물이고, 그분은 이미 21세기 초까지 일정이 짜여 있으니, 당신도 기다리시죠. 저도 여러 차례 그 댁으로 찾아갔으나 늘 쫓겨났어요. 이젠 당신도 알게 되었을 거예요. 늙은 판지화이 선생의 문 앞에 마치 개가 교미를 하듯이 뱅글뱅글 맴돌고 있는 인간이 바로 저라는 사실을 말입니다."

2000년 5월 초 내가 바이포로 가서 취재를 할 무렵, 뜻밖에도 바이포에 곧 판지화이가 찾아온다는 사실을 알게 되었다. 근래 바이포는 그 규모가 급속도로 커져서 1983년 진(鎭)에서 현(縣)으로 바뀌더니 1997년에는 시(市)가 되었다. 지금은 판지화이 선생의 생전에 시 정부가 시 건립 3주년 행사에 참석해달라고 요청한 상태라서 이참에 희망 소학교 건립 기념 테이프 커팅을 준비하고 있었다. 판지화이는 비행기 타는 걸 두려워하는 증세가 있어 나는 그가 출발하기 전에 반드시 열차를 타게 해야겠다고 마음먹었다. 때문에 나는 밤새 서둘러 베이징에 도착한 뒤 바이링 아가씨와 만나기로 약속했다. 그리고 그녀를 대동하고 판지화이 노인을 만나러 바이포로 가서 그의 목소리를 녹음했다.

내가 이미 언급한 것처럼 바이링은 바이성타오의 손녀로, 그 당시 베이징에서 연수를 하고 있었다. 앞에서 나는 그녀에게 바이성타오의 자술서를 보여준 바 있는데, 그녀는 조부의 당시 활동에 대해서 무척 흥미로워했다. 판지화이의 손녀 판예(范曄)를 통해서 그녀가 늙은 판지화이를 알게 되면서 두 사람은 나이에 상관없이 우정으로 맺어졌다. 두 사람의 우정이 바이링 아가씨의 미모 때문에 이루어졌는지 나는 알 수 없다. 바이링은 판지화이의 전기를 쓰는 일도 우리들에게 먼저 상의했다. 하늘과 땅에 감사한다며 판지화이는 완전히 믿었다.

따황 산에서 돌아온 바이링은 내게 전화를 걸어왔다. "오오! 물건을 손에 넣었으니, 당신이 돈을 건네주면 물건을 넘겨드릴게요." 나는 그녀가 취재하는 것으로, 일이 완성된 것이라고 이미 답변한 바 있다. 그녀를 대신해 1년치 학비를 지불했고, 책이 출간되고 난 뒤에는 그녀에게 또다시 한 차례 원고료를 건네주었다. 녹음한다는 것은 언제나 예상치 못한 곤란한 문제가 생기게 마련이었다. 그래서 나는 바이링을 대동하고 함께 재정리 작업을 했다. 재정리 작업이 끝난 뒤 바이링은 제목에 대한 영감이 조금 떠올라서 이렇게 말했다.

"「OK, 피차 서로」로 하면 되겠어요. 이건 그 양반 입버릇이니까."

그러므로 내가 각별히 주석을 달자면 제목을 포함에서 이 부분의 내용은 바이링의 공로라는 것이다. 내가 진정 그녀에게 감사를 해야 하는 것은, 만일 그녀의 도움이 없었다면 이 단락의 역사는 정말 늙은 판지화이의 말처럼 그가 빠빠오 산으로 가져갔을 수도 있기 때문이다.

@ 과거 망각, 그 의미는 곧 배반

나는 부지런히 꺼런에게로 갔소. 희망 소학교의 테이프 커팅은 나와 꺼런이 함께 관련되어 있소. 지금의 소학교는 가와이라는 일본인이 건립했소. 그는 일미(日美) 선플라그(龜式, SUNFLAG) 회사의 사장으로, 그의 회사는 일본 선플라그 회사에 버금가는 주식회사 형태로서 미국인과 합작한 큰 재단이었소. 이번에는 그 역시 가야지. 그 일본인은 앞뒤가 꽉 막힌 사람이어서 원래는 '꺼런 소학교'란 명칭을 고집했지. 나는 '꺼런'이라는 두 글자가 동반되지 않는다면 테이프 커팅에 갈 필요가 없다는 걸 깨달았소. 그는 나름대로 철두철미하게 묻지 않을 수 없었던 거요. 외국인에게 중국 국정에 대해 설파한다는 건 소가 피아노를 치는 것과 비슷하오. 오케이, 그 양반과 농담한 거요. 꿈속에 나타난 꺼런이 내게 덕을 베풀 거라고 암시하더라고 그에게 말했소. 이런 식으로 말해야 귀신조차 물리칠 수 있는 거요.

난 꺼런을 기념하지 않을 수 없는 가와이의 심사를 이해할 수 있었소. 아주 오래전에 나와 꺼런이 일본에서 유학할 당시 나는 그의 집에 가본 적이 있소. 그 무렵 우리는 막 도쿄에 도착해서 동아고등학교 예비학교 일어 복습반에서 공부하고 있었는데, 학교 기숙사에 침대가 충분하지 않아서 따로 집을 구해 지내야 했지. 그 당시 다른 중국 유학생 한 명이 같이 거주하고 있었는데, 그의 이름이 황옌(黃炎)이오. 나중에 그는 옌안으로 돌아와서 신문을 만든 적이 있지. 지금은 친척 방문을 명목으로 미국에 갔소. 그는 정말 일생 동안 혁명을 한 인물로 나이가 들어 되레 자본주의를 도입하겠다는 마음을 품고 있었소. 그와 나는 상반된 길을 걸은 셈이지. 나는 자본주의 국가에서 반평생을 머물렀지만 늙고 난 뒤엔 또다시 사회주의로 돌아갈 마음을 품고 있었거든. 아, 우린 영원히 두 갈래 길을 달려가는 자동차인 셈이었소.

좋소, 그 출세하지 못한 녀석을 가와이라고 부르겠소. 일본인은 작다고들 하더니 가와이 그 사람의 체격은 작지 않았소. 가와이의 형이 가와다인데, 나와 꺼런보다 대여섯 살 많았지. 가와이는 나와 꺼런보다 대여섯 살 어렸고. 우리가 묵은 집에는 작은 다락방이 있었는데 앞쪽에 작은 정원이 있어 우리가 지내는 이층에서 창문을 열면 정원 안의 찬또우화를 볼 수 있었소. 가와이와 가와다의 어머니는 젊은 시절 미인이었을 법한데 아주 늙은 그 시절에도 우아한 자태를 지니고 있었지. 그녀가 기모노를 입고 정원을 걸을 때면 마치 목어(木魚)를 두들기는 듯했소. 그녀는 중국 문화를 좋아해서 자녀들과 함께 우리의 한자를 배웠소. 가와다의 누이동생 요코는 그해 겨우 예닐곱 살이었는데 늘 깔끔한 게 마치 작은 도자기 인형 같았지. 당시 우리는 평화 공존의 결의 아래 두터운 우정으로 맺어졌는데, 중일(中日) 관계가 퍽 우호적이던 시절이었기 때문이오. 많은 중국인들이 그 정원으로 찾아오곤 했는데, 가장 저명한 분이 천두시우(陳獨秀)요. 그는 일찍이 가와다에게 물었지. "정원 안에 심어진 찬또우화는 무엇으로 쓰는 게 가장 적절한가요?" 가와다가 말했소. "찬또우를 심는 것은 먹기 위해서가 아니라 병을 치료하기 위해서인데, 찬또우화 끓인 물을 마시면 고혈압을 치료할 수 있습니다." 그의 어머니는 고혈압을 앓았는데 찬또우화를 마셨더니 효과가 있었다고 하더군. 일본에 오기 전에 나는 찬또우가 위와 폐에 좋다는 걸 알고 있었소. 그러나 찬또우화 꽃이 여전히 병을 치료하는 효능이 있다는 건 몰랐지. 마음만 먹으면 어디서든지 배울 점이 있소.

본론을 말하자면 나는 나중에 전공을 법학으로 바꿨소. 가와이의 형인 가와다의 영향을 받은 셈이지. 일본에 막 건너갔을 무렵에는 나 역시 의학을 전공하고 있었소. 일본으로 건너간 사람들은 십중팔구 의학을 전공하고자 했지. 내 부친과 모친도 한의사였으니 내게 의학을 배우게 한 게 당연했고. 가와다가 내게 말했소. "의사란 직업이 제일 흥미가 없어. 매일같이 뭔가 불완전하고 부족한 사람들을 돌봐야 하지. 만일 치과 의사가 된다면 매일같이 네 앞에서 입을 일그러뜨리고 말하는 환자들을 바라보아야 할 테지. 만일 정형외과 의사라면 매일같이 어깨나 다리가 부러진 사람들을 만나게 될 테지. 그리고 만일 네가 산부인과 의사라면 네 인생은 끝장이야. 매일같이 여자의 대퇴부 앞에서 바쁘게 오락가락하게 될 테니까." 아가씨, 웃지 마시오. 실사구시(實事求是), 그는 정말 그렇게 말해주었소. 그가 내게 물었소. "넌 무슨 일을 해야 보람을 얻을 수 있다고 생각하지?" 마치 찬물을 뒤집어쓴 듯 나는 동서남북을 분간할 수 없었소. 나는 꺼런에게 의견을 구했지. 꺼런의 의견은 기본적으로 가와다와 상통했소. 그가 말했지. "문리출신(門里出身)*은 남의 의견을 가볍게 듣고 자기 주관이 없지. 너는 의학 지식은 이미 적지 않게 구했으니 다시 새로운 지식을 익혀보지 않으려는가. 중국은 법률을 공부한 인재가 필요할 텐데 법을 공부해보는 게 어때? 내 생각에는 오케이야! 앞으로 법치국가가 될 테고 개혁 개방이 되면 법 쪽의 인재가 필요할 거야." 그렇게 해서 나는 법학으로 전공을 바꾸게 됐소. 꺼런은 의학 공부를 하는 시간 이외에는 습작을 했지. 무슨 글인 줄 아시오? 시가요. 그는 시 창작하는 걸 좋아했지. 그 당시 그는 시를 한 수 지었는데, 「찬또우화」라는 제목으로 정원 안의 그 꽃을 보고 쓴 것이오. 5·4 운동

* 전문 업종에 종사하거나 전통 기술을 보유한 집안 또는 그런 업계 출신이라는 의미.

시절 꺼런은 그 시를 새롭게 개작했는데 제목을 바꾸어서 「그 누구는 일찍이 나였노라」였소. 당신은 곧 당신이라는 것이고, 달리 말하자면 일찍이 누구라고 언급한 건 곧 당신 자신이란 뜻이지. 그 시를 조금도 멀리하지 않았기 때문에 나는 비로소 이렇게 확실하게 기억하오.

가와다는 일찍이 후지노 선생의 제자로서 도쿄의 병원에서 일하고 있었소. 그러나 그는 자리를 지키지 못하고 언제나 우리에게 달려와 함께 놀곤 했지. 그는 미식가여서 늘 우리들을 데리고 요릿집으로 가곤 했소. 우리가 항상 드나들던 요릿집 이름은 '시즈랑(喜之郎)'이라고 불렸는데, 도쿄 '키마찌쿠(鞠町區)'의 '히라가와마찌(平河町)'였소. 천두시우 역시 늘 그곳을 드나들었지. 가와다는 두말할 필요가 없소. 어린 것들이야 사람이 찾아오면 실성을 했지. 당신이 어딘가로 가면 그들도 따라가는 형국이었소. 그곳에서 만드는 두부는 아주 훌륭했는데, 꺼런은 그곳 두부 먹는 걸 제일 좋아했소. 나와 꺼런 그리고 천두시우와 가와다 형제가 처음으로 그곳의 단골이 됐지. 나중에는 한 명이 열 명에게, 열 명이 백 명에게 전하고, 백 명이 천만 명에게 전하는 식으로 아주 많은 유학생들이 그곳에서 밥을 먹곤 했소.

& 남쪽은 천(陳), 북쪽은 리(李)

판지화이의 화두를 빌려서 꺼런의 일본 생활을 약간 좀 보충해야 한다. 『동아 예비학교 교사(東亞預備學校校史)』(1957년판)에는 이렇게 기록되어 있다. "당시 중국 유학생은 4,000명 남짓이었고 동아학교는

360명이었다. 그 때문에 중국 유학생들이 교외에서 기숙하는 현상은 아주 보편적이었다. 황옌 선생의 저서 『백 년 꿈을 회고하며』에는 집을 빌려 기숙하던 당시 생활이 묘사되어 있다. 여기에 판지화이에 대한 일화가 언급되어 있다.

가와다의 집에서 가장 인상 깊었던 것은 그의 여동생과 남동생이었다. 그의 여동생은 당시 아주 어렸다. 그 아이는 맨발로 집 안을 왔다 갔다 하기를 좋아했는데 전혀 아무렇지도 않은 모양이었다. 우리는 또 응석받이의 발을 묶고 다니는 여인을 보았는데 간혹 드물게 발을 풀고 맨발로 걸어가는 모습도 볼 수 있었다. 꺼런 말로는 여자아이의 발은 설날에 사용하는 찹쌀로 만든 떡과 같이 가늘고, 귀여우며 달콤한 맛이 풍긴다고 했다. 내 기억에 그 당시 꺼런이 「좋은 강남」이라는 한 수의 시를 읽어준 듯하다.

"허리에 비단으로 된 청록색 띠를 두른 아름다운 저 꽃 은가락지에 귀밑머리에는 옥비녀 질렀구나. 연기 같은 것이 한 줄기 퍼진다."

걷는 모습이 연기 같았던 가와다의 어머니가 있었다. 그녀가 게다를 신고 정원 내의 돌로 된 오솔길을 걸을 때면 따가닥따가닥 소리가 들렸다. 그 소리는 흡사 시곗바늘이 균일하게 요동치는 듯했다. 그 소리를 듣고 있노라면 나는 때때로 갑자기 중국의 아주 먼 과거로 돌아가는 느낌이었다. 난간에 빙글빙글 맴도는 찬또우화 틈새로 바깥을 바라보고 있노라면, 어느 집 한쪽에 씌어 있는 한자 때문에 그런 인상이 점점 더 깊어졌다. 내 기억에 그녀는 쪽빛 기모노를 입고 있었는데 옷에 그려진 도안은 근거 있는 말에 의하자면 고베의 풍경이었다.

한참 지나자 우리는 또다시 사진 찍기에 빠져들었다. 가와다의 환자 중에 카메라를 갖고 있던 이가 있었다. 그 절뚝발이 환자는 가와다를 무척 존경했기 때문에, 가와다는 그 환자에게 카메라 사용법을 배웠다. 내 기억에 아주 많은 사진에 천두시우(陳獨秀)가 찍혔을 것이다. 그는 사진 찍히는 걸 좋아했다. 우리는 도쿄 외곽의 다까다무라(高田村)에서 천두시우를 알게 되었는데, 리따자오(李大釗)*도 동시에 알게 되었다. 그러나 애석하게도 그 사진들은 불살라져버렸다. 옌안 시절, 어떤 사람이 일본에 있을 때 천두시우와 마주친 적이 있느냐고 내게 물어왔다. 나는 모른다고 머리를 흔들면서 잡아떼긴 했지만 감히 말을 잇지 못했다.

황옌은 도쿄 교외 지역에 있는 작은 농장인 '다까다무라'를 언급했다. 꺼런은 일찍이 부친의 친구인 쉬위청(徐玉升) 선생을 통해 그곳을 알게 되었다. 부친이 일본으로 도망갈 무렵 일찍이 그 촌락에 갔었다는 걸 알고 있었다. 그래서 일본에 도착한 이후 꺼런이 처음으로 짬을 낸 것도 부친에 대한 일종의 그리움 때문이었다. 나중에 그는 나의 고모할머니에게 '다까다무라'에서 본 것을 모두 얘기해주었다. 그 촌락 안의 민가는 무척 단출하고 누추했다고 한다. 촌락 옆에는 작은 산이 하나 있고, 산 뒤쪽으로 쇠락한 고찰이 하나 있긴 했다. 고찰은 낡은 건축물이었는데 불시에 짐승의 울음소리가 들리곤 했다. 연못가에 있는 버드나무와 아카시아나무 사이로 몇 마리의 까마귀가 날

* 『신청년』 『매주(每週)평론』과 같은 지면에다 러시아 혁명을 높이 평가한 『볼셰비즘의 승리』, 마르크스주의 이론인 『나의 마르크스주의관』을 발표하면서 중국공산당 창당의 사상적 준비에 크게 기여한 인물.

아들었다. 그 연못은 고찰의 담 뒤쪽에 있었다. 버드나무가 녹색을 띠고 아카시아나무가 까만색을 띠면 흡사 예전에 모친이 그림을 그릴 때 사용하던 기다란 숯 같았다고 한다. 현지인 한 사람이 그에게 말하기를 예전에 어떤 중국인 남자와 여자가 여기 살았다는데, 그는 자기 편할 대로 그 중국인이 자기 부친이고 그 여인은 린신이(林心儀)일 것이라고 생각했다. 그는 촌락 바깥을 돌아보며 부친의 도피 생활을 상상해보았더니 지난날 부친의 그림자를 찾아낼 수 있겠다는 생각마저 들더라고 했다. 어느 날 그는 작은 산 옆에 아주 쇠락하게 자리를 잡고 있는 낡은 민가의 문 한 귀퉁이에서 중국 한자를 보게 되었다. '월인정사(月印精舍).' 그는 아주 빠르게 이런 생각을 하기에 이르렀다. '이건 부친이 남긴 것이 아닐까?' 그러나 잠시 후에 그는 그것이 한 모더니스트 남성이 남겨둔 것이라는 걸 알게 되었다. 그 사람은 리따자오(李大釗)*였다. 리따자오는 고상한 인품에 좋은 이야기를 많이 하는 사람으로서 훗날 중국 건립에 기여한 천두시우에게 중요한 영향을 끼쳤다. 일찍이 실종된 부친을 찾다가 비슷한 시기에 꺼런이 찾아내게 된 이 인물은 나중에 중국 신문화 운동의 양대 산맥으로 '남쪽은 천, 북쪽은 리'라고 불리게 된다.

나중에 황옌, 가와다와 판지화이 등등의 인물이 월인정사로 찾아가서 함께 놀았다. 황옌은 이때의 일을 책 속에 기록하고 있는데, 그들이 도쿄에서 함께 놀았던 한 시절이 언급되어 있다.

리따자오는 상고머리를 했는데 이마가 아주 컸으며 쉬지 않고 입을 놀려댔다. 천두시우는 흡사 시인처럼 목소리가 아주 밝았고 손사래질을 잘했다. 그가 손사래질을 할 때면 흡사 일본 칼을 휘두르는 듯한 느낌을 받곤 했다. 어느 날 천두시우가 우리들에게 인지푸(尹吉甫)에 대해 물어보는 순간, 우리는 즉시 대정환호(大貞丸號)의 우편선에서 떨어져 죽은 그 사람을 떠올렸다. 꺼런이 말하기를 인지푸가 죽기 전에 사탕 봉지 위쪽에다 여러 편의 시를 남겼다는 것이다. 그의 기억력은 아주 좋아서 당장 몇 편의 시를 천두시우에게 조용히 낭송해주었다. 천두시우는 울기 시작했다. 때마침 내가 바로 앞에 있었고, 우리는 천두시우로부터 인지푸가 상하이 도서관의 유명 편집인으로 있었다는 사실을 알게 되었다. 일본으로 찾아와서 상의한 바 있던 바로 그 잡지사에서 일했다는 것이었다. 나는 인지푸의 상처에 화농이 있었다는 걸 상기했다. 아직도 마음 한구석이 시리지 않을 수 없어서 마치 노래를 부르듯 상처 자국을 어루만지는 셈이었다. 내 기억에 그 당시 꺼런은 자기 부친에 대해 언급했다. 남쪽에는 천, 북쪽에는 리, 이 두 사람은 다들 두 살 때 부친이 죽었고, 리는 세 살 되던 해 모친이 죽었다. 꺼런과 처지가 비슷했는데, 꺼런 역시 어린 시절부터 부친을 보지 못했고 나중에 모친마저 돌아가셨다. 그들은 다들 부모가 없는 사람들이었기 때문에 공통적인 화제가 무수했다. 내 기억에 두번째 주말, 천두시우는 꺼런이 남겨둔 주소를 따라 가와다의 집을 찾아낸 듯하다. 꺼런이 그의 시 「찬또우화」 한 수를 꺼내면서 천두시우에게 공경의 뜻으로 교정을 청했다. 세월이 많이 흘러버려서 나는 이미 기억하기 어렵긴 하지만 천두시우는 그 시 한 수를 평가해준 듯하다. 그러나 나는 천두시우가 꺼런의 한 문우로서 항상 함께 시에 대해 토론했던 것으로 알고 있다.

꺼런과 그들의 우정이 돈독했기 때문에 여러 날 지난 뒤 꺼런, 가와다 그리고 나는 '남천북리(南陳北李)*를 따라 도쿄의 카나가와(鴨川)

로 함께 유람을 갔다. 카나가와는 가나가와(賀茂川)와 다까노가와(高野川)가 분리되는 지점인데,** 성격이 온유하고 부드러운 꺼런이 되레 물에 먼저 들어갔다. 꺼런은 예전에도 일찍이 희랍 풍토와 전혀 다른 시대의 한 풍토인 일본을 비교한 바 있었다. 두 나라를 비교하자면 완전히 까발리는 것은 불가피하다고 여겼으며, 그렇게 해야 한 국가의 개성과 정신력에 대해 모방할 가치가 있는지 알 수 있다고 말한 바 있다. 그런 그가 정말 많은 군중들 앞에서 흡사 한 마리의 용상어가 되어버린 듯이 행동할 수 있다는 생각을 나는 미처 예상하지 못했다고 표현하고 싶다. 때마침 용상어처럼 수중에서 직립하기 시작할 무렵, 나는 심지어 그의 생식기에 걸려 있는 물방울까지 볼 수 있었다. 꺼런이 물속으로 들어가 가와다를 불렀으나 가와다는 오히려 물속으로 들어가는 걸 귀찮아했다. 그는 기슭에서 석산화(石蒜花)***를 꺾어 병원의 유명한 간호사에게 줄 것이라고 말했다. 천두시우가 갑자기 물속으로 가와다를 밀어 넣었다. 그러자 그는 재빨리 물 위로 올라왔다. 수면 위를 쏜살같이 헤엄치는 천두시우는 마치 한 마리의 매 같았다. 어쩌면 이것은 나중에 내 인상에 그려진 것으로서, 역사의 여러 가지 인상들이 서로 뒤섞여 만들어진 것일지도 모른다. 그렇다. 나중에 모든 변화가 이루어지고 난 뒤에 나는 그 한 마리의 새가 변신하는 것을 보았고, 그가 매 떼를 잡아먹는 프로메테우스처럼 여겨졌다.

* 남쪽에는 천두시우, 북쪽에는 리따자오라는 중국 근대사를 장식한 두 인물을 상징하는 용어로서 이후 '남천북리'로 간략 표기함.

** 카나가와(鴨川) 성은 북쪽에 가(賀)와 다까니가와(高二川)로 분리되어 있다.

*** 산스크리트어로는 만주사카(manjusaka)라고 하며 지상에 마지막 남은 마지막 잎까지 말라버린 뒤 외줄기로 솟아 오른 붉은 꽃.

자유롭게 일갈하자면, 꺼런과 천두시우는 나중에 주로 서신을 통해 연락을 주고받았다. 때문에 그들의 주요 관심사는 중국 문자의 라틴어 표기 문제였다. 그래서 천두시우는 1929년 중국 병음 문자 초안을 완성하게 되고, 초고를 만든 뒤 꺼런에게 한 권을 보내면서 그 초안 속의 발음을 교정해줄 것을 청하게 된다. 1942년 천두시우가 병사할 당시 꺼런은 송장(宋庄, 현재의 지명은 자오양푸〔趙陽坡〕)으로 가던 도중이라 그 소식을 어떻게 할 도리가 없었다. 때문에 천두시우의 일생에 대해 꺼런이 어떤 평가를 내렸는지 우리는 부득이 알 수가 없다. 그와 리따자오(李大釗)의 관계는 일찍이 아칭과의 관계에서 언급된 바 있는데, 그들은 상하이 대학에서 같이 일했던 동료들로서 자주 만나던 사이였다. 1927년 4월 28일 리따자오가 장쭈어린(張作霖)* 에게 죽을 무렵, 꺼런은 한 통의 편지를 나의 고모할머니에게 보내왔다. 이 편지에 꺼런은 이렇게 썼다. "시우창(守常, 리따자오의 호)이 갑자기 작고했다고 하는데, 저는 슬픔을 예감하고 있습니다. 그분은 중국의 예수로서 나무 막대기에 목이 매달려서 죽어갔습니다. 손바닥과 발이 나무 막대기에 못 박힌 것은 아니라서 되레 중국인이 인자하다고 불려졌다지요. 그해 저는 다까다부라(高田村)에서 제 아버지의 오래된 종적을 찾을 때 시우창을 만났고, 자연스럽게 부형의 예우로 대했습니다. 근거 있는 말에 따르자면 그는 죽는 순간 혀를 길게 내밀어 뭐라고 말을 했답니다. 심지어 그는 손님들에게는 관심도 없고, 손

* 1913년부터 28년까지 만주 지방과 중국 북부 일부 지역을 지배했던 인물이며, 일명 라오솨이(老帥)라고도 한다. 일본에게 만주 지방의 이권을 얻게 해준 대가로 일본의 암묵적인 지지를 받아 자신의 권력을 유지함.

님들을 보느니 차라리 위쪽에서 떨어지는 재를 보겠다고 했답니다."

꺼런과 리따자오의 정이 깊었다는 걸 이로써 알 수 있다.

@ 과거 망각, 그 의미는 곧 배반(속편)

먼저 의학을 공부하고 또다시 법률을 공부했기 때문에 일본에 머문 시간은 내가 가장 길었소. 돌아온 뒤 상하이 사람을 대신해 관사에 머물러 있었지. 얼마 지나지 않아 나는 가와다가 중국에 왔다는 소리를 들었소. 베이징 의학전문학교 주임교수로 왔다는 소리를 들었는데, 듣자니 꺼런도 그곳에 있다고 하더군. 5·4 운동 이후 나는 베이징으로 가서 그들을 찾았소. 당연히 나도 애국운동에 참가하기 위해서였지. 꺼런은 이미 군사 통치 관아에 붙잡혀 들어가서 만날 수가 없었지만 가와다는 만났소. 그는 베이징의 뤼주훠자오(鹵熟火燒)*를 좋아했고, 중국의 쵀두부(臭豆腐)**에 빠져 있었소. 내가 말했소. "아니, 파리도 아니고, 어쩌면 이렇게 냄새 나는 것을 좋아할 수 있을까." 나는 그를 초대해서 몇 번 밥을 먹으러 갔소. 처음 밥을 먹으러 갔을 때 그는 연신 입을 닦으면서 "오이시오이시"***라는 말을 멈추지 않았지. 나는 당시 가와이에 대해 물었소. 그가 말하기를 가와이는 지금 도쿄 상업학교에서 공부를 하는데, 학교에 중국어과가 개설되어 있지 않아서 가와이가 중국말을 할 때면 모호하게 부르짖는 듯

* 소금물에 푹 삶아낸 고기를 다시 불고기 형태로 구워내는 요리.
** 약간 썩힌 두부를 기름에 튀겨 먹는 요리.
*** 일본어로 '맛있다'는 뜻.

했다더군. 하기사 베이징 사람들은 그렇지 않다고 말했지만.

오래지 않아 나는 가와다가 사직했다는 말을 듣게 되었소. 궁둥이가 들썩거려서 앉아 있을 수가 없었을 거요. 여러 해가 지나는 동안 나는 그의 소식을 듣지 못했소. 항일 항전 이후 나는 갑자기 그가 다시 중국으로 왔다는 걸 알게 되었지. 아가씨, 아가씨는 내 개인사를 잘 알고 있다고 말하지 않았소? 아가씨는 반드시 당시의 내 신분을 알아야 하오. 맞소, 아가씨. 나는 당시 정보부에서 일하고 있었소. 정보부에서 일하자면 눈은 천리안이고 귀는 순풍이지. 그때 우리는 가와다가 대동아 문화 공영 연구 이외에도 런(任) 소좌의 번역관으로 일했다는 정보를 입수했소. 나중에 소문을 듣자니 그는 자오양푸(趙陽坡)에서 팔로군에게 공격을 받아 죽었다더군. 2년 전에 주쉬뚱(朱旭東)이 쓴 문장 한 편을 내가 읽은 적이 있는데, 티엔한의 입을 빌리자면 가와다는 스스로 약을 먹고 죽은 걸로 적혀 있었소. 어떻게 적혀 있든 상관없고, 하여간 그는 죽어버린 거요. 내가 해외에 있을 무렵 말을 듣자니 티엔한은 문화대혁명 후기에 운수가 사나웠다고 들었소. 나중에 오류를 바로잡자니 쉬운 노릇도 아니었고, 그는 오히려 여러 해 동안 침상에 누워서 지내게 되었소. 그렇소, 운명이란 모든 사람들에게 전부 공평한 거요. 누가 한평생 영광을 보장할까. 가와다 역시 그처럼 일찍이 몇 해 동안 유유자적하게 지내다가 결국 이국의 타향에서 죽었소.

가와다는 죽었지만 그의 남동생 가와이는 아직 살아 있었지. 가와이는 나중에 군대에 참전해서 중국으로 왔소. 그가 중국으로 찾아온 진정한 목적은 자기 형님을 찾자는 거였지. 양국이 전쟁 중이었기 때문에 나는 어쩔 수 없이 그를 만날 수 없었소. 1943년이 되자 특수한 사명 하나가 내게 주어졌소. 그러나 나는 괴로워서 그 일을 착수할 수가 없었지. 그 무렵 나는 갑작스레, 그야말로 우연히 가와이를 만나게 되었소. 때문에 나는 그와 함께 따황 산의 바이포 진을 한 차례 다녀오게 되었소. 그렇소, 그 무렵 꺼런이 따황 산 바이포 진에 있었던 거요. 가와이는 부지런히 꺼런을 찾아갔고, 아마도 꺼런에게서 자기 형님이 죽었다는 소식을 들었을 거요. 가와이는 그 순간 중국의 바이포 진이라는 지방을 알게 되었을 테지. 나중에 나는 그의 소식을 듣지 못했소.

아, 순식간에 수십 년이 지났소. 수 년 전에 나는 법조계 대표의 한 사람으로 일본을 방문한 적이 있소. 비록 일정은 빡빡하고 임무도 중요했지만, 그러나 난 어렵사리 짬을 내서 시즈랑(喜之郎)을 찾아갔소. 그 음식점의 사장은 중국 대표단이 찾아왔다는 소식을 듣고 매우 열정적으로 뛰어다니면서 몇 장의 사진을 우리에게 보라고 주었소. 그 사진을 보고 나자 지난 일 때문에 마음이 뜨거워졌지. 그중의 한 장은 나와 꺼런, 천두시우 그리고 가와다와 가와이는 물론 예전의 그 집 사장도 함께 찍은 단체 사진이었소. 가이드가 우리에게 알려주기를, 중국 사람들이 찾아오기만 하면 사장님은 저 사진을 꺼내서 자랑을 한다고 했소. 그 때문에 사람들은 시즈랑의 역사가 아주 깊다는 걸 알게 되었고, 동시에 이곳이 중국과 일본의 우호적인 역사에 일획을 남겼다는 걸 알았다는 것이었지. 그 사장님을 통해서 나는 아직 가와이가 죽지 않았다는 걸 알게 되었으며, 동시에 아직도 이곳으로 찾아와 밥을 먹는다는 걸 알게 되었소. 그날 가와이와 연락이 되지는 않았소. 귀국한 뒤에 가와이가 전화를 걸어와서 살아 있는 동안에 중국을 한 번 더 다녀와야겠다는 말을 했지만. 내 생각이긴 하지만 가와이는 대략 말은 그렇게 했지만 아직 안심을 하지 못하고 있는 듯했소. 전우나 마찬가지인 이 오래된 친구는 오고 싶다는 말을 해놓고, 더군다나 따황 산 바이포 진에 투자를 하겠다고 했소. 중국에 도착한 뒤 그는 다급하게 내게 연락을 했소. 그 당시 나는 광저우(廣州)에서 요양을 하고 있었는데 가와이가 그곳까지 나를 찾아왔지. 하지만 나는 바이포 진에 투자하는 것은 반대했소. 그는 결국 나를 만나보고 난 뒤 돌아갔소. 아가씨, 당신한테 어떻게 말해줄까. 나는 이미 준비를 마쳤던 거요. 만일 그가 일본인의 대표라면 나를 향해 참회를 해야 하는 것이기에 나는 가와이를 향해 이렇게 말했소. "가와이, 우리는 반드시 역사를 기억해야 하는데, 과거를 망각해버린다면 그 의미는 곧바로 배반이기 때문이야." 아가씨, 나를 말리지 마시오. 나는 기필코 이 말을 해야만 하오. 내 생각에는 가와이에게 명백하게 옳은 말을 했으니 필경 그의 인격에 해를 끼친 것이 아니라고 여겨지오. 사실대로 말하자면 그것은 나라의 자격과 관련되는 것이지 개인의 인격과는 무관한 것이오. 인격이란 약간 소홀해도 괜찮지만 국가의 자격은 절대 소홀할 수가 없는 법이오.

& 희망 소학교

1997년 7월 홍콩으로 갔던 일미(日美) 선플라그 회사의 사장 가와이 선생은 사업 기회를 포착하기 위해 홍콩으로 갔다가 나중에 다시 선전(深圳)에 왔다. 일주일 후에 그는 여행자이자 상인의 신분으로 떠난 시 수 년 만에 바이포로 찾아왔다. 바이포가 앞으로 바이윈 강에

30만 킬로와트의 수력발전소를 건립할 계획이라는 걸 그는 알고 있었다. 그는 한 차례도 허탕을 치지 않았다. 왜냐하면 그것은 실로 어마어마한 사업 기회였기 때문이었다.

사실 가와이는 판지화이가 말하는 중국적 정서를 이해할 수 없었던 것이 아니었다. 그는 부시장을 위해 연회 자리를 마련하고 친분을 텄다. 그리고 나중에 자신의 비서를 보냈다. 그 당시 철로 폭파의 영웅이었던 꿔빠오췐(郭寶圈)의 아들 꿔핑(郭平)이 호텔로 그를 찾아왔다. 꿔 비서는 관례에 따라 진상을 보고하면서, 공사를 책임지고 완수할 수 있는 업체를 선발할 필요가 있다고 알렸다. 나중에 꿔 비서는 마치 아무런 일도 아니라는 듯 한 가지 작은 사건을 얘기했다. 팡커우 소학교는 아주 오랫동안 수리를 하지 않아 비가 내리면 벽이 무너지곤 하는데 얼마 전 여학생 두 명이 압사한 사건이 발생했다는 것이다. "일찍 죽는 것은 교묘하게 죽는 것만 못하지요(이 말은 내 귀에 익숙했다. 나는 갑자기 티엔한이 얼리깡 전투로 찾아와서 이 말을 하던 순간을 상기했다)." 그 당시 계획으로는 중국의 혁명기지 중의 한 곳인 희망 소학교를 세우는 것이었을 뿐, 팡커우 소학교는 원래 명단에 선정되어 있지 않았다. 일이 이렇게 되자 팡커우 소학교는 재건립 명단에 오르게 되었다. 작업 속도를 최대한 높이자는 게 목표였기에 바이포에 자금이 아주 빠르게 살포되었다. 그런데 이때 바이포는 현(縣)에서 시(市)로 개정되는 과정으로 한창 달아오르던 때여서 말하자면, "돈을 써야 할 곳에 쓰지 않으니 좋은 기회를 놓쳐버렸고, 백성들이 시민이 될 수 없었으니 자기 낯짝을 향해 욕을 하던 시기였다." 때문에 그 돈을 공관의 비용으로 임시 충당하게 되었다. 여기까지 말을 해놓고 꿔 비서는 일순간에 화제를 돌렸다. "본 안건은 시로 승격된 뒤 부채를 메울 생각인 모양이지만, 아마 몇 번 적지 않은 경축 행사를 열게 될 터이고 시의 재정은 압박을 받아 그 부채를 메우기가 어렵게 될 겁니다."

가와이도 결코 멍청하지 않아서, 즉각적으로 중국 교육 사업 발전에 공헌하고 싶다는 의사를 표시하면서 시 정부의 자원이 부족하더라도 소학교를 건립하겠노라고 약속했다. 꿔가 말했다. "그렇게 해주신다면 저희로서는 더없이 기쁘겠습니다. 저희도 시민들에게 공기가 늦춰지는 건 제일 좋은 학교를 짓기 때문이라고 전할 생각입니다. 원래 시 정부에서도 외자(外資)를 도입해 기초를 세울 생각이었습니다. 공정이 크고 공사 기간이 자연히 길 것 같았기 때문입니다." 꿔 비서는 부시장의 대변인으로 가와이에게 말했다. "소학교가 완공된 뒤 학교 문 앞에 가와이 선생의 공덕을 기리는 기념비를 세울 생각입니다." 그런데 가와이 선생은 그 기념비에 대해서 아무런 흥미를 느끼지 못했다. 여러 해 전에 자신의 친구 때문에 여기로 찾아온 적이 있었다고 그는 말했다. 기념비보다 자신의 친구를 위해서, 꺼런 소학교라고 불러주면 좋겠다고 말했다. 그의 예상과 달리 꿔 비서는 뜻밖에도 꺼런이 누군지 모르고 있었다. 꿔 비서는 한결같이 가와이의 의견을 반드시 영도자에게 전하겠다는 뜻을 밝혔다. 꿔 비서는 이렇게 말했다. "일체 모든 중심은 경제 건설이고, 오로지 이익이 있어야 경제 건설인 것이며, 영도자는 이익이 있어야 반드시 파란 등을 켭니다."

그러나 가와이는 누구보다 판지화이가 그 이름에 반대할 것이라는 생각을 하지 못했다.

그러니까 지금의 희망 소학교의 완전한 이름은 '광커우 희망 소학교(枋口希望小学)'인데 이 몇 글자는 판지화이가 직접 손으로 써 베이징에서 우편으로 보내온 것이었다.

@ 뱃멀미

좋소, 재미있는 얘기 하나 하리다. 나는 원래 바이포 진에 두 차례 다녀올 생각이었소. 두 차례 모두 꺼런과 관련이 있었지. 여러 해 동안 나는 눈을 감으면 따황 산 바이포 진을 볼 수 있었소. 그렇소, 지금은 바이포 시라고 부르지. 그곳의 나무 한 그루 돌 하나도 내겐 아주 익숙하오. 최근 몇 년간 난 가족들에게 혁명 전통 교육을 하면서 그 효과를 실천적으로 증명했소. 뭐랄까, 어린 가정부조차 따황 산 바이포 진을 알고 있을 정도니까. 어린 가정부는 따황 산 얘기만 나오면 내가 바이포 얘기를 할 거라는 걸 알고 있었지. 그 어린 가정부는 나에게 암호를 전달해준 셈이오. 그 계집애는 아주 많은 걸 이해해주었소. 앞에서 일본을 방문할 때 나는 특별히 그 여자애를 데리고 갔지. 그런데 방문단을 맞은 일본 친구가 아주 귀여운 그녀가 누군지 부인에게 밝히지 않았던 거요. 오래지 않아 일이 터지고 말았지. 그 부인이 먼지떨이로 우리를 모두 쫓아냈는데, 그 여자애 때문이라고 모두들 얘기하더군. 환장할 지경이었지!

좋소, 이제 정사(正事)를 이야기합시다. 처음으로 따황 산 바이포 진에 갔을 때는 1934년 계유년이었소. 앞에서 말했지만 나는 일본에서 법률을 공부했으니까, 귀국한 뒤 학문을 세워서 어떻게든 곧바로 조국에 보답하고자 했소. 귀국한 뒤 나는 상하이에서 서양인을 대체

한 판사로 일하게 되었소. 그 무렵 중국인 중에는 판사가 없었으니까. 관청의 문은 활짝 열려 있었지만 아무나 드나들 수가 없었소. 서양인만이 권력과 세력을 갖고 있었지. 나는 서양인을 대신한 판사였으니까, 상층부 건축이란 자연히 물질적 기반 위에 구축되는 것이고 결정되는 것이잖소. 당연한 일이지만 나의 초심은 달랐소. 그런데 무슨 다른 방법이 있겠소? 나는 칭윈로(青雲路)를 늘 오락가락하면서 마음속으로 고심을 하다가 꺼런을 찾아가 한담을 나누었소. 그 무렵 꺼런은 상하이 대학의 교수로 재직하고 있었지. 그는 언제나 나를 무얼밍루에 있는 그의 집으로 초대해 함께 술을 마셨소. 어느 날 그를 찾아갔더니, 그는 짐을 정리하며 아주 먼 곳으로 여행할 준비를 하고 있었지. 그가 말을 하지 않았으나 나는 따황 산 소비에트 구역으로 갈 준비를 한다는 걸 알았소. 왜냐하면 그가 이미 여러 번 얘기했었으니까. 그 무렵 꺼런은 이미 폐병이 심해져서 안정을 취할 만한 곳에서 요양을 할 필요가 있다는 말을 했었소. 그런데 그 양반은 잠시도 한가하게 있지 못하는 사람이었지. 그 당시 루쉰이 그 양반에게 요양 치료를 하라고 권했지만 그는 듣질 않았소. 아가씬 루쉰을 어떤 사람으로 알고 있소? 자기 학생과 연애를 하는 작가로 알고 있소? 맞긴 맞소. 그 여학생 이름은 쉬광핑(許廣平)이지. 그렇지, 그 여학생은 장만위(張曼玉)와 좀 닮았는데 쌍꺼풀 없는 눈에 눈두덩이가 좀 부어 있었지.

꺼런을 위해 송별연을 베풀 때 그는 나를 물에 잠기게 할 생각이었소. 소비에트 한쪽 구석은 사람들이 한바탕 땀을 흘리는 장소로 알맞다는 말을 했으니까. 저녁때 나는 그를 초대해서 영화를 보러 갔소. 제목이 아마 「동물의 세계」였을 거요. 아니, 자오충향(趙忠祥)의 「동물의 세계」가 아니라 할리우드 영화였소. 영화관에서 우리는 루쉰과 마주쳤지. 『루쉰 일기』를 보면 알겠지만, 루쉰 역시 영화에 빠져 있었소. 그날 1934년 1월 7일은 일요일이었고 낮엔 바람이 많았고 밤엔 진눈깨비가 내렸지만, 상하이 오페라 하우스로 가서 영화 「UBANGI: 괴상한 동물의 왕국」을 보았다고 루쉰은 일기에 썼지. 그 당시 뻥잉도 같이 영화를 보러 갔는데, 뻥잉은 루쉰을 한 번 보더니 쉬광핑은 왜 데리고 오지 않았느냐고 물었지만 다투는 것은 아니었소. 좋아요, 또 생각이 났소. 아가씨는 뻥잉과 흡사하게 생겼구려. 눈과 양미간 그리고 코도 비슷하고, 그리고 웃는 모습이 아주 흡사하구려. 뻥잉은 아주 대단한 미인이었소. 자빠오위(賈寶玉)*가 아가씨와 부인 이렇게 두 가지 형상으로 나누어진다면 뻥잉은 영원히 아가씨 형상일 거요. 영화관에서 나온 뒤 꺼런은 답례로 커피숍에서 만나고 싶다는 말을 했소. 상하이는 동물의 세계이니까 우리도 신스지(新世界)**로 가서 비벼보자는 거요. 우습지요! 나라는 사람 말이오. 상하이에서 나는 첩을 두었고, 밤에 책을 읽었으며, 돈을 벌어 들였고, 영화를 보았으며, 커피를 마셨고, 정신문명을 갈구하면서도 물질문명을 넉넉히 받아들이고 있었으니, 그 황폐한 산과 더러운 물 구덩이 속에서 대체 무엇을 하자는 것이었는지 모르겠소.

좋소, 사정은 이렇게 된 거요. 나중에 어떤 사건으로 인해 나는 법을 개정하고 싶었소. 역사가 굴절될 때 내 운명도 한 차례 꺾이더구만. 그해 여름 나는 수천만의 상하이 사람들과 마찬가지로 그 유명한 영화배우 뤤링위(阮玲玉)에 빠져 있었소. 그녀는 후띠에(胡蝶) 아가씨와

* 중국의 유명한 고전 작품인 『홍루몽』의 여자 주인공 이름.

** 1930년대부터 지금까지 운영되는 상하이의 유명한 종합 디스코텍.

는 달랐는데, 후띠에 아가씨가 온화하고 화려하면서 진귀한 스타일이었다면 웬링위는 고상하면서 우울해 보이는 스타일이었소. 그 당시 상하이롄화공사(上海聯華公司)에는 가사일을 전담하고 있는 화단(花旦)*이 만인을 유혹하던 때였소. 그 당시 나는 권력도 없고 세력도 없었으니 아가씨가 나에게 관심을 갖겠소? 더군다나 그 유명한 배우가 나 같은 걸 거들떠보기나 하겠소? 짝사랑한 셈이오. 나는 현장으로 찾아가 그녀가 영화 찍는 것을 보곤 했지. 「신여성」이라는 영화를 찍었는데, 늘 끝까지 자리를 지켰지만 그녀는 한 번도 나를 돌아보지 않았소. 나를 바라보지 않는 것이야 상관없었소. 왜냐하면 그녀가 거들떠보지 않는 사람은 아주 많았으니까. 오래 지나지 않아서 나는 우연히 한 여자를 알게 되었는데 웬링위와 아주 똑같았소. 뾰족한 턱, 바깥쪽 눈꼬리가 위로 약간 올라간 눈에다 가늘고 길며 아름다운 눈썹, 곱슬곱슬한 머리카락, 꽃무늬 치파오를 입고 영국제 럭스 비누를 사용하며 살갗은 흐르는 물처럼 한들거렸소. 틀림없이 복제인간이 나타난 거요. 나중에 그녀는 할아버지 사기 사건으로 소송을 준비하려고 나를 찾았소. 한두 차례 왕래가 있고 난 후 그녀가 나를 유혹하더군. 웃지 마시오. 나는 실사구시형 인간이오. 나는 결코 감언이설로 희롱하지 않았소. 그녀가 먼저 나를 유혹했다니까. 당연히 내가 먼저 그녀를 유혹할 생각이었는데 뭐가 잘못되었을까? 후즈(胡適)가 했던 말이 아주 적절하오. "아무도 말을 하지 않는다면 어느 고양이가 봄을 부를 것인가?" 운이 나빠서 내 아내가 곧 눈치를 채고 말았다오. 아이고 할머니! 개 코는 정말 예리하지요. 연달아 우리 집안에

* 남성이 여자 배역으로 꾸미고 영화 혹은 연극 무대에 등장하는 역할.

는 닭이 날고 개가 담장을 뛰어넘었소. 경험으로 미루어 보건대 관건은 확고부동하다고 나를 다그쳤는데, 그 확고부동이라는 것이 일체 모든 것을 압도했소. 그러나 뾰족한 수가 없으니 그 확고부동한 주장을 끌어내릴 수가 없었던 거요. 제기럴! 달아날 수 없는 걸 어떻게 하겠소? 바깥으로 달아나서 피할까 싶기도 하지만 아내는 간사해서 되돌아오는 순간 성질을 내기 마련인 것을.

기연(機緣)이 없으면 문제가 생기지 않는다고 말하지 않을 수 없구려. 그 무렵 후안(胡安)이 상하이로 나를 찾아왔소. 후안은 자본가로서 차를 팔아 돈을 모았지. 나중에 항저우와 상하이에서 부동산 사업을 하게 되자 불에 기름을 부은 듯 사업이 일어났지. 그 양반은 개 한 마리를 안고 왔소. 그 양반 말이 그 개는 프랑스에서 데리고 온 삽살개라고 합디다. 만일 내 기억이 틀림없다면 그 양반의 개는 서양 이름을 사용했고, 아마도 바스티유라고 기억되오. 그가 말하기를 그 개는 프랑스산 개의 후손이라고 하더군. 그 양반이 바로 삥잉의 부친으로서 꺼런의 장인이었소. 하하하, 방금 전에 당신이 흡사 삥잉처럼 생겼다고 말했을 때 기분 좋아하면서도, 마음속으로는 전혀 즐겁지 않은 것 같더니 이제야 알겠구려. 내 말은 당신과 삥잉이 다 같이 규수라는 말이오. 칭찬한 거요. 후안이 소비에트에서 돌아왔소. 꺼런이 가버린 뒤 삥잉은 꺼런을 그리워하고 있던 터였고, 자기 딸이 소비에트로 가겠다고 하자 그는 딸과 외손녀를 전부 보내주었소. 후안은 처음 걸음에 그곳을 잘 알 수 없다고 다시 찾아갔던 거요. 나는 그 양반에게 물었소. "라오후, 그곳이 도대체 뭐가 좋길래, 대체 무슨 가치가 있다고 몇 차례나 다녀오는 거요?" 그가 대답했소. "그곳에는 투쟁이 있지. 날이면 날마다 투쟁이 벌어져. 연못에 빠져 죽는 듯한 상하이나 항저우 같은 곳은 볼성사납고 의미가 없어. 의미가 없다고." 그는 내게 재차 말하기를, 돌아온 김에 상하이와 항저우의 부동산을 팔아 다시 따황 산으로 돌아가겠다고 말했소. 그리고 내게 함께 가지 않겠느냐고 물었지만 내가 가지 않겠다고 하자 그는 그럼 그 개하고 같이 가겠다고 했소. 갔다가 돌아오는 데 시간이 얼마나 걸리느냐에 따라 내 마음이 움직일 수도 있다고 답하자 그가 말하기를 달맞이하는 것에 불과하고 여비는 그가 전부 부담하겠다더군. 그렇소, 그는 나를 동반자로 끌어들일 작정이었소! 그가 말했지. "자네 부인이 물으면 따황 산으로 간다고 하지 말고 소송 문제를 해결하기 위해 난징(南京)으로 간다고 하게." 좋소. 그가 내 아내에게 알리지 않을 거라면 더군다나 좋은 일이라 나는 결심을 굳혔소. 가자, 가자, 가자, 나는 갈 거요! 왜냐하면 꺼런이 폐병을 앓고 있다는 걸 알고 있었기에 나는 가는 김에 특별히 약을 가져갈 셈이었소. 나는 먼저 말을 하지 않을 생각이었고 친구를 만나러 간다는 생각만 할 생각이었소.

그 당시 따황 산 바이포 진으로 가는 비밀 교통선이 있었소. 먼저 상하이에서 배를 탄 뒤 우송커우(吳淞口)에서 남쪽으로 향해 출발해서 홍콩에 도착했지. 나는 여태껏 뱃멀미를 하지 않았는데 그땐 뱃멀미를 해서 다 토해냈소. 홍콩에 도착하자 중국의 지하 교통 조직원이 우리들을 인솔해서 뱃머리로 바꿔 탔소. 그러고 나서 자오안(潮安)에서 기차를 갈아타고 다시 바이윈 강에서 바이포 진으로 가는 배를 갈아탔소. 제기랄! 정말 고생이 말이 아니었소. 언제나 밤에 길을 가고 낮에는 산 정상에 숨어서 실컷 잠을 잤지. 따푸(大埔)라고 불리는 지방에서는 교통 조직원이 후안이 안고 있던 개를 발견하고 우리들을 아주 나쁜 사람으로 간주한 뒤 여차하면 우리를 다 해치울 기세였소.

그 사람이 우리에게 총을 쏘지 않은 것만도 다행이었지. 그 사람은 총알을 절약하기 위해 리볼버 권총으로 내 뒤통수를 가격했소. 후안은? 그는 잘 이겨내고 있었소. 그가 정신이 흐리멍덩해진 채 말을 하기만 하면 우리는 고기 신세가 되어 잘게 짓이겨질 판국이었소. 사람도 아니고 귀신도 아닌 그런 나날 속에서 고생이란 이루 다 말할 수가 없었소. 후안이 말하기를 고생이 있어야 낙이 있다고 합디다. 그렇게 고생을 겪는 게 좋다면서 날이면 날마다 그렇게 뛰어다녔으면 좋겠다고 말했지. 판예(范曄)가 말했소. "나도 당신하고 똑같이 아주 높이 점프하는 걸 좋아하고 그것을 고봉 체험(高峰體驗)이라고 부르지요." 하하하, 후안은 기실 고봉 체험을 원하고 있었던 것이오. 당시 나는 후회를 했지만, 그래도 화살이 머리를 관통한 것은 아니라서 여전히 단단한 두피로 그를 뒤쫓아갔소. 이런 식으로 줄곧 근 한 달이 걸려서 비로소 우리는 바이포 진에 도착했소. 그 당시 나는 얼굴이 붓고 신발 바닥은 마모되었으며 발에 온통 물집이 생겨서 흡사 맨발의 신령 같았지.

& 교통선

화웨이(華偉) 소비연맹 창조인은 완췐수(宛權樹)의 부친인 완꽌시(宛關熙)로서, 당시 그는 지하 교통 조직원이었다. 그의 별명은 '손바닥 국자'였는데, 그 의미는 밥을 짓는다는 뜻이었다. 완꽌시는 판지화이가 언급한 것처럼 따푸 교통 거점에서 일하고 있었다. 그것은 이 교통선 중에서 가장 중요한 교통 거점이었다. 저우언라이(周恩來), 예젠잉(葉劍英), 류사오치(劉少奇), 항잉(項英), 런삐스(任弼時), 보꾸(博古), 장원티엔(張聞天), 리떠(李德) 등등이 이 교통 거점을 통해 소비에트를 출입했다. 1949년 이후 완꽌시 동지는 고향인 푸젠(福建)으로 돌아가서 현장(縣長)을 지냈고, 문화대혁명 기간에는 장시 성(江西省) 위원회의 중요한 책임자 중의 한 명으로 일을 하게 되었다. 완꽌시가 1970년 사망할 당시 완췐수는 겨우 열여섯 살이었는데 따푸에서 몇십 킬로미터 떨어진 황탕공사(黃塘公社) 생산부대에서 일하게 되었다. 완췐수는 인터넷으로 판매하는 방식의 다단계 판매 회사에 채용되었는데, 그것은 예전 지하 교통원의 조직 방식이었다. 주로 단선으로 연결되었고, 위아래의 카드를 제외하면 다른 사람은 어차피 알 수가 없었다. 다단계 판매의 책임자도 서른 명이었고 그해 따푸의 지하 교통요원들도 딱 서른 명이었다. 당연하겠지만 양자는 동일하지 않았다.

완꽌시 교통요원들이 홍색 정권을 수립하기 위해서 조직되기 시작했다면, 완췐수의 요원들은 잔혹한 착취 수단으로 부귀영화를 얻고자 했다. 그리고 나중에는 국외로 도피해서 타국에서 떵떵거리며 살고 싶어 했었는데, 그러나 그 목표를 이루지 못하고 구속되어 조사를 받아야 했다.

완꽌시의 아들 완췐수가 꺼런과 판지화이에 대해 부정적으로 언급했다는 걸 나는 부득이하게 알고 있다. 그러나 약간 긍정한 것이 있다면 그것은 꺼런, 후안, 뻥잉, 찬또우, 판지화이 등등이 교통선상의 가장 중요한 거점으로 행동했다는 것이고, 모두들 따푸를 통해서 소비에트로 진입했다는 점이다. 이 책을 위해 그해 그들의 교통노선이었던 따푸와 바이포 진 사이의 노선을 구체적으로 그려보면 다음과 같다.

따푸(大埔)—칭지(靑溪)—잉닝(永定)—라오핑(饒平)—띵저우(汀州)—까

오청(高城)—단진(端金)—양린(陽林)—샤오탕(小塘)—창장(尙庄)—바이포(白破)

반세기가 넘게 지났지만 그 노선은 여전히 울퉁불퉁하면서 견디기 어려울 만큼 진창이라 정말 걷기 힘들다. 비록 화웨이 소비 연맹은 이미 해산되었지만, 아직도 어떤 사람이 언제나 소비 연맹에 참가해서 알래스카 바다 물개 오일을 사라고 나에게 권유하기 때문에, 나는 여전히 겁을 먹고 있다.

@ 첫날밤

따황 산에 도착하기란 정말 쉽지 않았고, 더군다나 나는 바로 꺼런을 만날 수도 없었소. 그는 회의 때문에 단진(端金)에 가 있더군. 후안은 나를 데리고 다른 사람을 만나러 갔는데, 그가 바로 티엔한이오. 티엔한은 그 당시 외지인에 대한 책임을 맡고 있었지. 그는 내가 꺼런의 친구라는 말을 들었다며 무척 열정적으로 대해주었소. 그럼에도 그는 한 차례 나를 취조하더군. 내게 어디 사람인지, 어디에서 오는 길인지, 여기는 왜 왔는지 물었지. 나는 사실 그대로 전부 말했소. 나중에 나는 티엔한에게 뼁잉은 어디 있는지 물었소. 티엔한은 뼁잉을 잘 아느냐고 내게 물었지. 나는 뼁잉이 아주 오래된 친구이고 잘 안다고 대답했소. 티엔한이 말하길 그녀는 막심 고리키 연극 학교에서 교수 생활을 하고 있고, 지금은 신티에신(心貼心) 예술단원을 따라 시골로 연극 공연을 나갔다는 것이었소.

아가씨, 신티에신 예술단 말이 나왔으니까 내가 약간 보충을 하는 게 자연스럽겠소. 작년에 나는 우연히 소홍녀(小紅女)와 그녀의 손녀인 샤오뉘훙(小女紅)을 만나게 되었소. 아가씨는 소홍녀를 모르오? 뭐라고? 그녀가 덩리쥔(鄧麗君)을 닮았다고? 당신이 그렇게 말하는 걸 들으니 나도 두 여성이 많이 닮았다는 걸 알겠구려. 아무튼 소홍녀가 조직한 예술단을 신티에신이라 불렀소. 그녀 말로는 자신이 만들었다는데, 어떻게 그녀가 예술단을 조직할 수 있겠소? 터무니없는 거짓말이지. 그해 뻥잉이 예술단에 참가했을 때에도 신티에신이라고 불렀소. 그녀는 정말 설쳐댔다니까. 역대로 나 이 사람은 남에게 선을 베풀었소마는, 그녀를 높이 추켜들지는 못하겠소. 두 사람을 비교해서 말하자면 나는 그녀의 손녀인 샤오뉘훙을 훨씬 더 좋아하오. 맞소. 그녀는 잘못된 길로 들어서서 밀수죄를 저지르고 남의 둘째 부인이 되었지. 밀수죄를 저질러 체포된 뒤 그녀가 나를 찾아왔었는데, 통사정을 하면서 나더러 손을 써달라는 거였소. 나는 얼굴이 굳어진 채 그녀를 향해 한바탕 욕을 했소. 가까운 사람을 욕하고 때리는 것도 사랑이오. 나중에 그녀는 결국 용감하게 그 밀수 조직과 결연했소. 아가씨, 언제 아가씨도 그녀가 무반주로 노래하는 걸 듣고 싶소? 내가 그녀에게 전화를 하면 금방 달려올 거요. 그녀가 감히 오지 않는다면, 내 그녀의 작은 궁둥이를 때려줄 거요.

좋아요, 각설하고 뻥잉 얘기를 하겠소. 나는 티엔한에게 그곳에 무대가 있는지 물었소. 티엔한이 말하기를, 그곳은 어디나 고양되어 있어 어디든지 다 무대라더군. 아, 사실은 노천극장이었지. 티엔한이 우리에게 알려준 바로는 뻥잉이 출연하는 연극은 「모든 방법을 다해 승리해야 한다」는 제목이었는데, 그녀가 맡은 역은 장님이었소. 내가 말했소. "저건 좋지 않군 그래. 뻥잉의 눈은 저렇게 크고 밝은데,

장님을 연기하다니 저건 인력 낭비가 아닌가?" 티엔한이 말했소. "장님이 어때서? 장님 역시 인민 대중의 일원이야." 그 말 한마디로 나는 숨이 막혀 할 말을 잃었소. 그저 역할이 장님이었을 뿐이니 후안은 신경을 쓰지 않았던 거요. 딸이 연극 공연을 한다는 소리를 듣고 그는 곧바로 의욕이 솟구쳐서 내가 연극 공연을 볼 수 있게끔 내버려두었던 거요.

그런데 연극이 공연되는 장소를 티엔한은 후안에게 말하지 않았소. 후안은 마음이 초조했지만 어쩔 도리가 없었소. 티엔한은 후안이 안고 있는 개를 가리키면서 말했소. "이런 종류의 개는 몇 냥의 고기에 불과한데 왜 데리고 다니는가?" 후안이 대답했소. "이건 외손녀에게 갖고 놀라고 줄 거야." 그리고 후안은 외손녀가 어느 지방에 있는지 물었소. 티엔한이 말하기를, 그 여자애가 하루 종일 고기를 먹고 싶다고 소리를 지르는 바람에 꺼런이 회의가 열리는 곳으로 그 여자애를 데리고 갔다고 말했소.

아니오, 나와 후안은 같이 묵지 않았소. 그날 저녁 후안은 꺼런이 묵던 곳에 머물렀고, 나는 티엔한을 따라 다른 곳에서 묵었소. 그 지방은 창장(尙庄)이라는 곳인데 인근에 철로가 있었소. 티엔한이 나를 데리고 어느 작은 촌락의 조그마한 마당으로 들어가더니 이렇게 말했소. "오늘 밤 꺼런을 만나지 못해 실망스럽겠지만 꺼런이 돌아오는 대로 만나게 해주겠네." 마당 안에는 작은 교회당이 있었는데, 근거 있는 말에 따르자면 외국인이 건립한 것으로, 안쪽의 신상은 이미 부서져서 머리는 큰 조각의 돌덩어리에 불과했소. 티엔한이 아랫사람들에게 지시해 내게 깨끗하고 좋은 옷을 갈아입히더니 돌아가더군. 그 가운데 자오야오칭(趙耀慶)이라고 불리는 사람이 있었는데 나는 상하이에서 그와 일면식이 있었소. 아마 내 기억에 꺼런이 그를 아칭이라고 불렀던 듯싶소. 나는 그가 꺼런이 어디로 가든 꺼런을 따라다닌다는 인상을 받았소. 내 생각에는 티엔한이 불러서 그가 왔겠지만, 그는 도대체 꺼런의 친구는 못 된다는 판단이 서더군. 제기랄! 한 가지 사건으로 인해 나는 티엔한이 나의 길 안내자인 후안을 완전히 신임하지 않는다는 걸 알 수 있었소. 아칭은 내게 세숫대야 하나를 내밀더니 신발을 씻는 데 사용하라고 말했소. 보아하니 세숫대야 안에 약간의 밀가루 침전물이 있기에 나는 그에게 깨끗하게 하기는 틀린 게 아니냐고 물었지. 아칭이 말하기를 그렇지 않다고 했소. 여러 가지 기능을 동시에 할 수 있는 대야이기 때문에 얼굴도 씻고, 발도 씻고, 밀가루 반죽도 하고, 술도 담그며, 밥도 짓고, 뭐든지 가능하다는 거요. 그 말을 듣고 나자 밥을 지을 수 있을 듯해서 나는 발을 급히 오므렸소. 아칭은 하하 웃더니, 당신은 쓸 수 없겠지만 나는 사용할 수 있다고 말했지. 비록 말은 그런 식으로 했지만 그는 결코 그 대야를 사용하지 않았소.

그 대야에 맑은 물을 담아서 줄곧 침상 앞에 놓아두었소. 그날 유난히 둥근 달이 물속에 비치자 마치 꿈속 같았지. 나중에 잠이 들긴 했는데 얼마 동안 잠을 자지 못하고 깨어 있었소. 소변을 보고 싶다는 생각이 들었소. 아니오, 내 말은 지금 소변을 보고 싶다는 게 아니오. 내 말은 그 당시 오줌이 마려워서 깨어났다는 뜻이오. 깨어나서 보니 누군가의 노래 소리가 먼 곳에서 시작해 가까이 들려왔소. 전사들이 전선에서 돌아오고 있었지. 그들은 「홍군 규율가」와 「거북이 등딱지 같은 적군을 부수자」를 노래했소. 대부분의 노래는 건강에 좋고, 사람 마음을 흥분시키는데, 나는 예전에는 그런 노래를 들어본 적이 없었소. 하긴 그 당시도 나는 오줌이 급해서 그 노래를 듣고 있을 여유가 없었소. 나는 일어나서 문을 열었는데, 열리지 않는 거요. 다시 열었지만 여전히 열리지 않았소. 아가씨 말이 맞소이다. 아칭이 문을 잠근 거요. 아칭이 문밖에 서 있는 듯해 그에게 열어달라고 했더니 그가 이렇게 말했소. "당신 대야에 오줌을 싸시오." 나는 급해서 발을 동동 구르면서 그렇게 오줌을 눌 수는 없다고 말했소. 그리고 곧 아칭이 발을 구르며 뛰어가는 소리를 들을 수 있었소. 아가씨도 생각해보시구려. 그가 무엇을 하려고 달려간 것 같소? 추측해도 모를 거요. 그는 지시를 하달받으려고 간 거요. 그가 지령을 받기 위해 달려갔다 올 무렵 나는 이미 오줌보가 터질 듯했소. 다행히 그 당시 나는 젊어서 전립선에 아무런 병이 없었기에 망정이지 그렇지 않았다면 아마 바지에 오줌을 싸고 말았을 거요.

좋소, 함께 가자고 아칭이 말했소. 그는 나를 데리고 가다가 담장의 과수 나무 한 그루를 가리켰소. "당신 마음껏 해방하시오." 그 무렵 나는 담장 모퉁이에서 누군가 고문당하는 소리를 들었소. 어떤 사람의 신음 소리가 들렸고, 그리고 어떤 사람은 아버지 어머니를 부르며 울고불고 야단이었지. 아칭이 내게 말하기를 저 사람들은 사실 백군들로서 포로가 된 뒤에 홍군에 가입한 자들인데, 이틀만 몽둥이로 때리지 않으면 다시 또 도망갈 생각을 한다는 거였소. 아가씨, 아가씨는 아직 모르고 있소. 사람이 울 때는 지방 사투리가 동반되어 흘러나오게 마련이오. 나는 그들의 울음소리를 듣고 그들 중 누구는 내 고향 사투리를 쓴다는 걸 알았소. 나는 어쩐지 반나절 동안 벌벌 떨지 않을 수가 없었소. 마치 가까이에서 울어대는 사람 같았지. 여러 날이 지난 뒤에 나는 아칭의 행동을 인정했소. 그가 그 담 모퉁이에서 산을 건드려 범을 놀라게 했던 이유는 나를 교육시키기 위해서였다는 걸 말이오. 그날 울부짖는 소리를 얼마나 들었는지 알 수가 없었소. 왜냐하면 전쟁에서 이기고 돌아온 홍군이 다시 노래를 부르기 시작했기 때문에 그 울음소리가 짓눌려버렸기 때문이오. 장군과 사병들이 나와 그다지 멀리 떨어지지 않은 곳에다 모닥불을 밝혀놓고 불을 에워싼 채 다시 노래를 부르면서 뛰어다니곤 했소. 결국 한쪽에선 머리가 잘려 목숨이 달아나고, 한쪽에선 승전의 개선가를 소리 높여 노래 부르고 있었소. 온통 불빛에 달구어진 우리의 얼굴은 불콰해서 마치 납땜 인두 같았고 흡사 하늘가의 석양 같았지. 나는 그 개선가가 들리는 교회당을 향해 걸어갔소. 앞으로 걸어가던 내 그림자는 횃불을 따라 흔들거리며 멈추지 않았지. 그 그림자는 점점 더 길어져서 마치 영원히 앞으로 나아갈 수 없을 듯했소. 그런데 아주 어렵게 교회당 앞으로 갔더니 어떤 검은 그림자가 불쑥 솟구쳐 올라와서 나는 깜짝 놀라 펄쩍 뛰었소. 그 사람은 세숫대야를 단정히 받쳐 들고 모닥불을 향해 뛰어가더군. 그 세숫대야는 혁명의 노고를 치하하는 술을 담는 그릇이라고 그 엉덩이에서 술 향기를 풍기는 자가 나한테 말했소.

& 극단

판지화이의 기억은 뒤섞이고 있다. 뻥잉이 참가한 극단 이름은 결코 '신티에신 예술단'이 아니라 '중앙 소비에트 구역 연극단(中央蘇維埃劇團)'이었다. 그는 소홍녀를 원망했다. 당연한 일이겠지만 '중화 소비에트 구역 연극단'과 소홍녀가 나중에 창시한 '신티에신 예술단'은 여러 가지 측면에서 비슷한 점이 많이 있었다. 예를 들자면 둘 다 순회공연을 했고, 둘 다 선전정책을 폈으며, 둘 다 간부 대중과 밀접한 연관성이 있었다. 그해에 빵잉이 참가해서 공연한 연극 제목도 「모든 방법을 다해 승리해야 한다」가 아니라 「이유 여하를 막론하고 승리해야 한다」였다. 그 연극에 관해서 안토니 스웨이터는 『절색』에서 이렇게 쓰고 있다.

소비에트 구역 생활을 추억할 때면 겹겹이 안개가 끼인 빵잉의 눈빛은 먼지가 휘날리는 옥수수 타작 마당 위로 떨어져내렸다. 그것은 그녀가 최절정에 이른 연극 무대였다. 그녀의 기억에 따르면 연극 제목은 「이유 여하를 막론하고 승리해야 한다」였다. '이유 여하를 막론하고'의 의미는 도달하고자 하는 목적일 뿐 선택의 여지가 없다는 뜻이었으며, 그것은 혁명 논리의 중심 수칙이기도 했다. 연극 레퍼토리를 얘기하자면, 즉 열 살이 채 안 된 아동과 두 눈을 실명한 그의 누나에 대한 스토리였다. 백군이나 백군 오랑캐로 지칭되던 정부군이 모진 고문을 가해도 그들은 홍군의 종적이 새어 나가지 않도록 죽기 살기로 기를 쓰고 혁명 기밀을 엄수했다. 빵잉이 분장을 한 역할은 그중에서 누나 역할이었는데, 그녀는 이렇게 기억했다. "백군 분장자가 비록 채찍으로 우리 몸을 후려갈기지 않아도 나는 어린 연극 단원의 눈 속에서 공포를 볼 수 있었는데, 그건 진정한 두려움이었어요. 나는 그 어린 연극 단원이 바지에 오줌을 지리고 있는 모습을 보았다니까요." 그 당시 백군 분장자는 현실 생활 속에서도 망나니 같은 존재로, 확실히 홍군의 형을 집행하는 대원이라고 말할 수 있었다. 때문에 그의 연기는 무척 사실적이어서 관객들이 그에게 격분했다. 여러 차례 관객들이 "백군 오랑캐를 때려죽이자" 하고 고함을 쳐서 그는 슬그머니 달아나곤 했다. 그가 출연할 때는 경호원을 배치해야 했다. 왜냐하면 머뭇거리다 보면 분노한 관객이 그를 진짜 백군 오랑캐로 여기고 죽여버릴 수도 있었기 때문이다.

뻥잉의 기억에 따르자면, 백군 오랑캐 분장자는 궁색하게 도망가는 자와는 달랐다고 하는데, 그 어린 연극 단원은 매번 연극이 끝나고 나면 열정적인 관중에 둘러싸여 있었다는 것이다. 사람들은 고구마 따위의 먹을 것을 꺼내놓거나 마름을 보내 어린 연극단원의 부모는 금방 부자가 되었다. 그러나 비극은 빨리 찾아왔다. 어느 날 그의 부모가 살해되면서 집 안의 모든 물건은 완전히 강탈당했다. 어쨌거나 역사의 모든 연극은 전부 다채롭다. 누구든지 아무것도 예측하기 어려운 것이다. 여러 해가 지난 뒤에 그 시절의 고아는 여러 차례 단련 과정을 거쳐, 「이유 여하를 막론하고 승리해야 한다」의 현대판 연극 대본에서 가장 유명한 특별 단원이 되는데, 즉 마오쩌둥 역을 공연하게 된 것이었다. 더군다나 그는 자신이 마오쩌둥이 대장정 도중에 잃어버린 '갓난아기'라고 주장하기도 했다. 어떤 사람이 그의 나이와 마오쩌둥이 잊어버렸던 갓난아기의 나이가 전혀 맞지 않는다고 지적했다.

안토니 스웨이터의 문장 말미의 주석은, 1992년 12월 26일 『황하만보(黃河晩報)』 오락판 중 그 연극 단원과 관련된 한 편의 보도자료에서 찾을 수 있었다. 사실 그 연극 단원은 되레 조우쉬에(走穴)* 활동 외에도 소홍녀가 조직한 신티에신 연극예술단의 연극 활동에도 참가하게 된다. 물론 신티에신에 참가해 활동하는 것은 조우쉬에 활동이었고, 그들의 연출 형식도 완전히 동일했다. 『황하만보』에 게재된 다음의 문장은 그가 1992년 연말 얼리깡과 차오양포 사이에 있는 후뤼진(葫芦鎭)에서 조우쉬에 연극 활동을 한 광경을 묘사하고 있다.

그가 뒷짐을 지고 연극 무대 뒤로 나가는 순간의 배경 음악은 「동방홍(東方紅)」이었다. 조우쉬에를 조직한 대표자와 체결한 계약서에 따르면 그는 무대 위에서 5분간만 머물러 있으면 되는 것이다. 때문에 그는 아주 천천히 무대 중앙으로 걸어 나와 얼굴을 드러냈는데, 그렇게 걸어 나오는 데 1분이 걸렸고, 이어서 그는 관중들에게 1분간 박수치는 시간으로 할애해주었다. 관중들의 환호에 그는 손을 흔들면서 사오산총(韶山冲, 마오쩌둥의 고향) 발음을 모방하며 군중들을 향해 안부를 물었다. 물론 신티에신 예술단으로 참가해서 그 순간 조우쉬에 활동을 하고 있었지만, 그의 말은 조금도 변하지 않았다는 걸 기자는 발견했다.

"인(印)은 인(人)민을 좋아하고, 거위 아(鵝)인 나(我) 역시 인(印)의 인민들을 매우 그리워하노라. 인(印)이란 인민의 진정한 영웅이니 인(印)이 곧 인민이요, 오로지 인(印)이 인(人)민일 때 비로소 역사(歷死)는 곧 역사(歷史)의 창조자가 되는 것이오. 고향의 친인척들을 아주 오랫동안 만나지 못했구려. 아(鵝)의 아(我)는 즐겁구나. 그렇게 많은 말을 하지 않아도 아(鵝)의 아(我)는 출타한 지 아주 오래되었건만, 마르크스는 유명한데, 아직 유명하지 못하므로, 아이(愛)는 다만 아이

* 국가 문예 단체 소속 연기자가 정규 공연 이외의 시간에 따로 출연하여 돈을 벌어들이는 연기.

(族)의 널빤지에 불과하구나."

이 말을 하는 데 2분 남짓 걸렸다. 그러고 난 뒤 나머지 1분간 느릿느릿 퇴장을 하면서 관중들에게 거대한 배경만을 남겼다. 퇴장한 뒤에 그는 30분간 철저하게 자기의 보수를 점검하면서 조우쉬에 지배인과 다음번 활동에 대해 논의했다.

당일 공연이 끝나면 일부 연극 단원들이 탈세를 하는 경우가 있어서 세무부서에서는 부득이하게 연극 단원을 남게 했다. 기자는 무슨 일이 일어났다는 정보를 얻게 되면, 연극 단원들의 숙소인 황허 호텔로 분주히 달려갔다. 그 호텔의 로비에서 기자는 같은 연극에 참가했던, 그 당시 아주 유명했던 샤오뉘홍을 만나게 되었다. 모든 사람들이 다 알고 있는 것처럼, 샤오뉘홍은 그 무렵 개작한 「차오양포」에서 한 단락을 뽑아내 공연을 한 뒤 관중들로부터 열렬한 박수갈채를 받았다. 세관 직원들은 샤오뉘홍에게 가장 먼저 세금을 부과할 것이라고 말했다. 그녀의 인품과 예술성에 관해서 세관 직원들은 칭찬을 마다하지 않았다. 마침내 그녀가 지나갈 때 기자는 비로소 그 특별한 연극 단원이 묵고 있는 방을 찾을 수 있었다. 그 당시 마침 방에서 종업원 아가씨가 히터를 틀어 웅웅거리는 소리가 새어 나오고 있었다. 샤오뉘홍의 소개로 기자는 그 전문배우를 유쾌하게 취재할 수 있었다. 취재 후반부에 기자는 그 소문도 분분하고 민감하며 전설적인 이야기, 즉 그가 정말 마오쩌둥이 대장정 도중에 잃어버린 갓난아기인지 물어보려고 시도했다. 그는 흡사 영화에 출연한 마오쩌둥처럼 책상다리를 하고 앉아 담배를 꺼내 물면서 말했다. "그건 사실이고, 나는 충분한 증거를 갖고 있습니다." 그때 기자는 한 편의 보도자료를 꺼냈다. 마오쩌둥의 아들이 대장정 도중에 출생했다는 설명과 그가 일찍이 출연한 연극 「이유 여하를 막론하고 승리해야 한다」는 대장정 전에 공연된 적이 있으며, 게다가 뻥잉과 뻥잉의 부친인 후안 선생까지 동시에 그 연극에 출연한 바 있지 않느냐고 말을 하자, 그는 갑자기 이렇게 말했다. "소수는 다수에게 복종해야만 하는데, 아주 많은 사람들이 나라고 여기면 그것은 곧 나요. 나는 민(民)의 주장이 집중되는 원칙을 위반할 수 없소이다."

아주 급하게 자기 생각을 표출하고 있었기 때문에 그는 마오쩌둥의 사투리를 모방할 수가 없었다. 기자는 그가 말하는 '다수'라는 것이 무대 아래에서 박수갈채를 보내는 사람들을 전부 포함하는 게 아니냐고 묻고 싶었지만, 물을 시간도 없이 기자는 그에게 떠밀려 방을 나오고 말았다. 그리고 펑 하는 소리와 함께 문이 닫혔다. 호텔 문을 나설 때 샤오뉘훙 동지가 그 전문 연극배우의 예의 없는 행동을 대신해 기자에게 사의를 표시하며 그 전문배우의 행동이야말로 할머니 소홍녀의 행동을 반영한 것이라고 설명하면서, 노인들은 연극을 사상 교육으로 간주한다고 말했다. 기자는 감개무량하지 않을 수 없었다. 연극 대원들이 모두들 샤오뉘훙 동지처럼 덕과 예를 갖춘 두 가지 향기를 낼 수 있다면 우리 문예 백화원(百花園)*은 마땅히 발전할 것 아닌가.

간단히 더 보충하자면, 샤오뉘훙이 공연한 「차오양포」의 한 대목 중에서 일부 문장을 골라 제시하겠는데, 소홍녀의 예전 그 유명했던 창가 「차오양포는 아직 풍랑이 일지 않고 조용하구나」 중에서 한 대

* 청소년 중심의 중국 종합 문예 활동 단체.

목을 개작한 것임에 분명하다.

차오양포는 아직 풍랑이 일지 않고 조용하구나.

양쪽 귓가로 가늘게 들리는 비바람 소리 평화 속에서도 불안정하구나.

개혁 전의 구세력 깊은 뿌리는 근본적으로 단단한데

하루 종일 황토를 맞대고 하늘을 등지고 산다네.

오늘 시장경제의 개선행진곡을 높이 연주하고

소강상태의 농공상이 가지런히 서로 손을 맞잡고 번영을 향해 나아가는구나.

세상의 풍운은 환상이요, 나라 전체를 위한 프롤레타리아 혁명 사업에 대한 충성심은 동일하구려.

농민 형제들이여, 과학기술을 배우고 익혀야 좋습니다.

어찌 근거 없는 소문으로 치부를 교란하는 행동을 할 수 있으리오.

동지들, 구시대의 관습은 두 번 다시 유행할 수 없다는 걸 똑똑히 지켜봐주십시오.

봄철 따뜻한 시기일수록 반드시 찬 기류와 서리 내리는 계절을 유의해야 한다는 걸 알아야지요.

승리를 한 뒤에는 투쟁을 견지하고 용감히 앞을 향해 나아가야 합니다.

당(黨)이여, 친애하는 당이여, 너는 흡사 사계절 푸른 소나무와 측백나무 같구나.

뿌리가 깊으면 잎새가 무성하고 만고에 푸르리라.

우리들 마음속에 너의 말을 시시각각 기억하노라.

우리가 여기 차오양포에 우뚝 세우니 영원히 시들어 떨어지지 않으리라.

일찍이 후안이 이와 같이 전문 연극배우의 무대 공연을 일갈했기 때문에 판지화이는 이어서 다음과 같이 언급한 바 있다.

@ 꺼런이 권유해서 나는 간 거요

다음 날 나는 꺼런을 만났소. 그는 필마로 한 바퀴 돌고 나서 창장(尚庄)에 도착했소. 그의 말은 흑색이었는데, 그는 말의 이름을 훼이진(灰燼)이라고 불렀소. 당시 나는 깜짝 놀랐소. 오오 틀림없소. 이 백면서생이 벌써 말을 탄단 말인가? 마치 다른 사람처럼 보였소. 그는 조금도 폐병 환자처럼 보이지 않았지. 혁명의 기운 때문인지 그는 병세를 모두 잊고, 자기 자신마저 망각한 채 일체 모든 것을 잊은 듯했소. 보기에는 정말 그의 몸이 확실히 좋아진 듯싶었지. 내 약은 아마도 쓸모 없을 것 같았소.

뜻밖에도 꺼런은 나를 한 번 보더니 가라고, 빨리 가라고 채근하는 거였소! 정말 기이하게도 처음에는 내게 오라고 재촉하더니 이제는 다시 가라고 채근하는 거였지. 그가 나를 테스트하고 있다고 여겨져서 나는 어지러울 지경이었소. 그런데 그가 또 말을 하는 거였소. "판 형! 여긴 당신이 머물 곳이 못 됩니다. 그러니 빨리 가시오." 나는 발에 물집이 생긴 것을 그에게 보여주면서 말했소. "나더러 숨도 돌리지 말란 얘긴가?" 그가 말하기를, 그렇다면 한 이틀간 말미를 줄 테니까 쉬었다가 어서 떠나란 거였소.

그날 저녁 꺼런은 먼 곳에서 찾아온 나를 위해 음식을 대접하고 환영회를 열어주었소. 그러면서 그는 재차 나에게 소비에트 구역을 떠나라고 채근했소. 나는 물었소. "왜 그러는 건가?" 그가 말하기를 전시가 날이 가면 갈수록 긴박해지고 있기 때문에 나의 안전을 보장할 수가 없다는 거였소. 뻥잉도 있었소. 그녀 역시 방금 전에 샤오탕(小塘)*에서 이제 막 돌아왔더군. 나와 꺼런이 대화를 나눌 무렵, 그녀는 줄곧 딸을 데리고 놀아주고 있었지. 그러던 와중에 한마디 끼어들면서 역시 내게 일찍 떠나라고 권유하는 거였소. 그녀의 목소리는 연극 공연 때문에 약간 쉬어 있었지.

그 당시 연극 무대에 옷차림이 눈길을 끄는 한 젊은이가 있었는데, 아주 우아하고 침착해 보이는 모습이 보아하니 공부를 하는 사람 같아 보였소. 그 사람은 일체 자기 의견을 말하지 않고 줄곧 옆에서 구름을 들이마시고 안개를 내뿜듯 조용히 있었는데, 마치 굴뚝 같았소. 꺼런을 향해 담배 한 개비를 요구하는 그를 나는 주의 깊게 살폈소. 두 사람의 관계는 좋아 보였지. 꺼런의 소개를 듣고 나는 비로소 그가 일찍이 차이띵카이(蔡廷鍇) 장군 부하로 있었던 양평량이라는 것과 막 홍군에 가입했다는 것도 알았소. 나중에 나와 친한 사이가 되자 비로소 양평량은 내게 알려주기를, 그가 여기 머무는 것은 대기후(大氣候)**와 소기후(小氣候)***의 결정이라고 말했소. 그의 대기후는 혁명이고 소기후는 사랑이었지. 그는 그곳에 애인을 두고 있었던 거요.

* 라오닝 성에 위치함.

** 비교적 큰 범위 안에서 나타나는 정치 경제의 사상적 흐름 또는 세력.

*** 비교적 작은 범위 안에서 나타나는 세력.

그의 애인은 아주 대단했는데, 차 예법도 알고, 연극도 할 줄 알았으며, 거문고도 켤 줄 알았고, 아주 정감이 가는 여성이었소. 아이고! 그 여자가 허리에 두른 붉은 복대와 위로 치켜 들린 불룩한 두 개의 유방은 마치 오렌지 같았지. 나는 일찍이 그녀의 연극 공연을 몰래 본 적이 있소. 그녀가 제일 잘하는 것은 「선화조(鮮花調)」였소이다. 아가씨는 '선화조'가 뭔 줄 아시오? 그것은 나중에 '모리화(茉莉花)'*라고 불렸소. '좋은 모리화 한 송이, 좋은 모리화 한 송이, 정원에 화초가 가득해도 모리화 한 송이를 이기지 못한다네.' 좋소? 내 목소리도 괜찮소?

맞아요, 만일 「선화조」가 아니었다면 양펑량이 거기 남아 있을 리가 없었소. 문예작품이란 특수한 의식 형태의 상층부에서 구축되는 행위의 일종이기 때문에 반점 하나를 보면 표범 가죽 전체를 알 수 있는 것처럼 그 역할이 대단한 거요. 아, 그 애인의 노래는 정말 좋았소. 그 창을 듣는 사람의 마음을 간질이고 뼛속까지 얼얼하게 만들었지. 나중에 나를 데리고 총칭으로 갔다가 그곳의 기녀들이 다들 「선화조」 부르는 걸 발견했소. 양펑량은 일찍이 내게 허풍을 떨었지. 총칭에 도착하면 작은 불똥이 온통 들판을 태울 수도 있다는 거였소. 거리에서 팔짱을 끼고 물건을 팔면서도 노래를 불렀다고 했소. 군부대 안에서도 따리(戴笠)**의 노래가 가장 훌륭했지. 따리의 음성은 아주 컸고 가장 높은 음을 구사했지. 어느 해 성탄절 날 간부와 군중의 긴밀한 관계를 위하여 따리가 우리들에게 처음으로 공연을 해주었소. 그는 여성의 목소리를 흉내 내서 노래를 불렀지. "장미꽃이 그릇처럼

* 일명 재스민 꽃.
** 장제스의 부관.

탐스럽게 피었구나. 아주 탐스러운 장미꽃. 노비가 한 송이 꺾어 머리에 꽂고 싶지만, 가시에 또 손을 찔릴까 봐 두렵다네." 그는 노래를 부르면서 엄지와 중지를 구부리고 나머지 손가락을 위로 치켜 올리곤 했소. 웃지 마시오. 그가 엄지와 중지를 구부리고 나머지 손가락을 위로 치켜 올리는 자세는 나보다 훨씬 아름다웠으니까. 후띠에 아가씨가 배우려고 찾아왔었는지 그건 잘 모르겠소. 앞에서 말했지만 후띠에는 온화하고 화려하면서 진귀한 스타일의 여인으로서 만인을 미혹시켰소. 그녀는 우리가 데리고 간 사장의 정부였소. 내 꿈속의 애인인 웬링위(阮玲玉)처럼 그녀도 상하이 위에편파이(月份牌)* 광고의 단골손님이었지.

방금 전에 어디까지 얘기했소? 맞아, 양펑량 얘기를 했었지. 당시 꺼런은 내게 양펑량을 소개한 후, 나와 양펑량이 함께 떠날 수 있도록 적절하게 조치를 취했소. 도중에 서로 만나기가 좋다는 것이었지. 왜 나를 굳이 보내려고 하는지, 나를 그와 조심스럽게 연결시키려는 게 아니냐, 나는 그렇게 꺼런을 추궁했지만 그래도 그는 대답을 하지 않았소. 며칠 지난 뒤에야 꺼런이 나를 보내려는 이유가 사실 나를 보호하려고 했기 때문이라는 걸 비로소 알게 되었지. 그 당시 정부군 측에서 바야흐로 소비에트 구역을 포위해 토벌하려고 박차를 가하고 있었고, 게다가 홍군 측에서는 반혁명분자 숙청 운동이 일고 있었기 때문에 나 같은 외래인은 양쪽에서 좋은 소리를 듣기는 틀렸다는 거였지. 말하자면 그는 친구의 체면을 생각해서 비로소 한마디 했던 거였소. 그러나 문제는 외부의 포위가 철통같은데, 나더러 어떻게 달아

---

* 1930년 상하이 사교계를 주름잡던 여성 스타들.

나란 것인가? 정확하게 말할 수 없지만 따황 산을 나갈 수 없다면, 나는 죽어서 마르크스를 만나볼 작정이었소. 사정이 이렇게 돌아가고 있었기 때문에 돌을 두들겨가며 조심스럽게 강을 건너야 했고, 한 걸음 걸을 때마다 조심스럽게 말을 할 필요가 있었지. 그렇소, 그래서 나는 더 머물러 있게 되었소.

& 한 송이 모리화

내가 자술한 원고를 정리하는 동안, 내 귓가에는 언제나 그 「선화조(鮮花調)」의 익숙한 멜로디가 울렸다. 나는 늘 참지 못하고 이런 생각을 했다. 만일 양펑량이 그 어린 애인을 우연히 마주치지 못했다면, 만일 그 어린 애인의 노래가 「선화조」가 아니고 다른 곡이었다면, 이 책은 아마도 다른 방식으로 정리되었을 것이다.

그 노래에 대해 거론하기 전에 먼저 꺼런과 양펑량의 교우 관계를 잠시 소개하겠다. 빵잉의 기억에 따르자면 꺼런이 양펑량을 처음 알게 된 것은 1932년이었다. 모든 사람들이 알고 있듯이 그해 1월 28일은 차이띵카이의 19로군이 상하이 쟈베이(閘北)에서 일본군과 교전하던 날로서, 역사는 이날을 '1·28 항전'이라고 칭한다. 한 달 넘는 기간 양쪽은 전투를 전개하면서 한편으로는 대화를 시도했다. 그 당시 양펑량은 중국 측 담판자였다. 일본어를 통역하는 문제 때문에 양펑량은 일찍이 마오얼밍루로 사람을 보내 꺼런을 방문하게 했다. 그러나 당시 그들 두 사람은 만난 적이 없다. 전쟁이 끝난 뒤 양펑량은 차이띵카이와 함께 푸젠으로 돌아갔다.

1933년 차이띵카이는 푸젠에서 항일 전쟁을 펼치는 장제스에게 반대하며 '중화공화국' 건립을 선포하고 푸조우(福州)를 수도로 정하기 위해, 푸른 하늘에 일장기를 없애고 붉은색에다 푸른색을 상감한 뒤 그 안에 황색 별 다섯 개가 박힌 새로운 국기를 세우고 '중화공화 원년'이라고 선포했다. 중국 지역은 그 무렵 세 가지 명칭이 혼재했다. 즉 중화민국, 중화공화국, 소비에트 구역을 중심으로 한 중화 소비에트 공화국이었다. 그해의 정황은 마치 손권과 유비가 결탁을 해서 조조에게 항거하는 것처럼, 나중에 결맹한 양자는 중화민국을 공략하기 위한 전략상의 동맹이었다. 쌍방이 결맹을 맺은 뒤 '중화 소비에트 공화국 및 농공(農工) 홍군과 푸젠 인민혁명정부 및 인민혁명군의 반일 반장제스 초보 협정' 제6조에 따라, 상호 대사를 파견한다는 것이었다. 뤼이진파(瑞金派)에 주재하는 푸조우의 대사 이름은 판한니엔(潘漢年)이었고, 푸조우파에 주재하는 뤼이진파의 대사 이름은 인스종(尹時中)이었다. 양펑량 선생은 그 당시 인스종 대사의 부관으로, 현재의 참사관에 해당한다.

양 참사관은 뤼이진의 그 '차 예법도 알고 연극 무대에서 노래도 부르던 애인'을 알고 있었다. 쑨궈장(孫國璋) 선생이 취재를 받아들일 당시 내게 다음과 같이 언급한 바 있다.

> 우리 푸젠 성 사람들은 입술을 가볍게 술잔이나 찻잔에 대는 걸 좋아한다. 외교관으로 있을 당시 양 선생은 차관(茶館)에 들르는 것을 아주 좋아했다. 양 선생은 일찍이 나하고 말한 바 있다. 그 당시 늘 뤼이진 사람의 차관에 드나들었는데, 타오(陶) 성을 지닌 사람이 차관을 개설한 곳으로 찾아가서 푸젠의 우롱차를 즐겨 사 마셨다. 뤼이

진에 회의가 열릴 때 꺼런은 차관에 일찍 도착해 작은 모임을 가졌다. 그는 타오 씨 부부와 아주 친하게 지냈다. 그러나 오래 지내지 않아 소비에트 정부의 공무에 얽혀 타오 씨 부부는 따황 산 바이포 진으로 가게 되었다. 그 기회에 양평량 선생도 바이포 진으로 가게 되었다. 타오 씨는 이미 달아나버리고, 어쩌면 죽었는지 어디로 가고 없었는데, 어쨌거나 그 집에 여인 한 명이 남아 있었다. 그 여인은 원래 저장 성(浙江省)* 일대의 사람으로 말주변이 아주 좋았고, 노래하는 솜씨가 아주 일품이었다. 양 선생은 미혹에 빠졌는데, 외지에서 친상 소식을 듣고 집으로 급히 돌아간 것처럼 이제 다시 바이포 진에 도착해 자신의 행복을 찾은 것으로 여겨졌기 때문이었다.

『민가간사(民歌簡史)』(망원출판사, 1979년판) 소개에 따르자면 「선화조」가 초기에 유행한 고장은 류허(六合), 이청(儀征), 양조우(楊州) 등과 쑤조우(蘇州) 북부 지역 및 안후이(安徽), 텐장(天長) 남부 일대였다. 쑨궈장 선생은 그 여인의 발음이 저장 성 사투리와 연관이 있다고 언급했는데, 그 여인의 노래 첫구절을 따황 산에서 가져왔다는 것을 우리는 알 수 있다. 다시 말해서 그 여인의 노래 첫구절은 나중에 널리 알려지면서 역사적 가치를 발휘하게 된 것이다. 『민가간사』에 수록된 「선화조」의 가사는 다음과 같다. 아래의 글 내용을 살펴보면 확실히 남녀가 농탕치는 분위기가 엿보이고, 기방 안에서 전해지기에 적합해 보인다. 예전에 판지화이가 이 노래를 듣고 "사람의 마음을 간질이고 뼛속까지 얼얼하게 만들었다"고 표현한 것도 무리는 아닌 듯싶다.

* 중국 상하이 남부 지역.

'좋은 모리화 한 송이, 좋은 모리화 한 송이, 정원에 화초가 가득해도 모리화 한 송이를 이기지 못한다네. 노비가 한 송이 꺾어 머리에 꽂고 싶지만, 내년에 꽃대가 발아하지 않을까 봐 두렵다네.

좋은 인동꽃 한 송이, 좋은 인동꽃 한 송이, 인동꽃이 피면 꽃대보다 좋구나. 노비가 한 송이 꺾어 머리에 꽂고 싶지만 꽃을 보는 사람들이 이 노비를 욕하겠지.

좋은 장미꽃 한 송이, 좋은 장미꽃 한 송이, 장미꽃이 그릇처럼 탐스럽게 피었구나. 아주 탐스러운 장미꽃. 노비가 한 송이 꺾어 머리에 꽂고 싶지만, 가시에 또 손이 찔릴까 봐 두렵다네.'

나중에 「모리화」는 「선화조」를 배태한다. 주로 개작된 곳은 두 단어에 국한된다. 첫째, 원래 '인동꽃'과 '장미꽃'이었던 것이 전부 '모리화'로 고쳐진다. 둘째, '노비'가 '나'로 바뀐다. 1957년 수정 개작한 「모리화」는 중앙인민텔레비전 녹음실에서 중국창가필름공사 출판으로 한 장의 레코드에 녹음된다. 1965년 이 노래 가사가 처음으로 해외에서 불려질 당시 완룽(萬隆)* 회의에 중국 대표단과 함께 출석하게 되었다. 나중에 이 노래의 멜로디는 여러 차례 모스크바, 부다페스트, 티라나,** 바르샤바, 평양, 아바나, 하노이, 바그다드에서 울려 퍼졌다. 나도 이미 여러 차례 텔레비전에서 이 노래를 들었고, 그것을 근거로 해서 기악 작품과 춤곡의 백그라운드 뮤직으로 개작되어 공연한 바 있다.

* 헤이룽장에 있는 지명.

** 알바니아의 수도.

1997년 6월 30일 저녁, 중국과 영국 정부 간의 홍콩 이양식이 거행되는 모습을 텔레비전을 통해 보는데, 중국 군악대가 「모리화」를 연주하는 것이었다. 그것이 마지막이었다. 그 당시 나는 그 노래의 역사에 대해서 아는 것이 전혀 없었다.

@ 후안의 사망

멍청하게 그냥 지켜보고 있어야 했소. 영웅의 무력도 소용없었거든. 나는 꺼런에게 내게 완전히 새로운 직책을 맡기라고 얘기했소. 아무 일 없이 있는 것도 그렇고, 정말이지 견디기 어려웠거든. 꺼런이 말했소. "좋아요. 바이포에 국어 교사가 한 명 부족하던데, 당신이 한 이틀간 대신해보시오." 나는 단 한 번도 아이들의 스승이 된다는 생각을 해본 적이 없었소. 그런데 한번 생각을 해보니까 아이들을 가르친다는 것은 나라를 일으키는 것과 관련이 있는 듯해서 나도 더 이상 물리치지 않았소. 나는 대답했소. "좋아요. 직책이 주어졌다는 것으로 충분하오." 이렇게 해서 꺼런 덕분에 법을 공부한 내가 나이 들어 마침내 교편을 잡은 것이오. 맞소, 지금의 희망 소학교요. 원래 그 자리는 사당 터였는데 후안이 처음으로 찾아갔을 무렵 거금을 기부해 당장에 학교를 건립하게 된 거요. 그 당시 학생들은 정말이지 다양해서 어떤 학생은 벌써 아버지였고, 어떤 학생은 개구멍 바지를 입고 있었소. 학습 태도가 좋지 못하면 나는 혁명의 이름으로 아무 때나 그들을 마구 단련시켰소. 나는 수업을 진행할 때 깨끗한 옷차림의 학생을 좋아했고, 그리고 한 여학생을 좋아하게 되었지. 지금 아가씨처럼 그 여학생도 은으로 된 머리핀을 꽂고 있었소. 그건 내가 그 여학생에게 선물로 준 것인데, 따푸에 들렀을 때 구입한 것으로 사실 집으로 돌아가면 아내에게 선물로 줄 생각이었는데, 지금은 아무런 쓸모가 없게 되었구려. 아가씨, 웃지 마시구려. 혁명과 사랑은 일란성 쌍생아 같은 것이지. 자고로 영웅은 미인의 관문을 넘기 어렵고, 미인 역시 영웅의 관문을 넘기 어려운 법이오. 서로 피차일반이지. 혁명이 있는 곳에는 반드시 사랑이 있게 마련이오. 꺼런이 내게 말하기를, "낙불사촉(樂不思蜀)*하는 듯하니 당신 여기서 사랑을 하고 있는 게 아니냐"고 물었소. 나는 대답했지. "그렇소, 그렇다니까. 상하이 생활에 비해서 여기는 아주 편안해요. 상하이에서는 매일 아내의 눈치를 살펴야 하지만 여기서는 다른 사람이 내 안색을 살피고 있으니 말이오." 제기랄! 나는 사실 거기 생활이 이런 식으로 편안하게 여겨진다는 생각을 해본 적이 없었건만. 전쟁이 터지려면 터지라는 식이었소.

그해 여름, 장제스(張介石)의 명령 아래 탕잉바이(湯恩伯)가 소비에트를 공격했소. 장제스는 정말 유머가 있는 사람이오. 그 양반은 대머리였지만 전술을 정할 때는 머리카락을 빗질한다는 말이 있소. 마오쩌둥은 빗질을 하는 거요? 아가씨, 나는 단 한 번도 그렇게 생각해보지 않았소. 틀림없이 그 당시의 마오쩌둥은 어깨까지 머리카락이 길었소. 더 이상 당시 소비에트 구역의 대권은 마오쩌둥의 손 안에 있지 않았소. 그 무렵 소비에트 구역은 좌경(左傾) 노선에 따라 관리되

* 촉한(蜀漢)이 멸망한 후, 촉(蜀)의 후주(後主)이자 유비(劉備)의 아들인 유선(劉禪)은 위(魏)나라의 도읍인 낙양(洛陽)에 안치되었는데, 어느 날 사마소(司馬昭)가 그에게 촉한이 그립지 않냐고 묻자 유선은 이곳에 있는 게 즐거워 촉이 그립지 않다고 대답하였음.

고 있었으며, 군사권은 리떠(李德)의 손 안에 있고, 마오쩌둥은 배제되었소. 나는 당연히 마오쩌둥을 만났소. 때때로 마오쩌둥은 취치우빠이(瞿秋白) 동지와 함께 바이포 진으로 와서 꺼런과 한담을 나누곤 했지. 마오쩌둥은 배제되었기 때문에 모든 것이 갑갑하고 뜻을 이루기 어려웠소. 취치우빠이와 꺼런은 무척 많은 잡담을 나누었기 때문에 무슨 얘기든지 하지 못할 말이 없었지. 하루는 꺼런이 내게 이렇게 말했소. "취치우빠이 동지와 내가 무슨 얘기를 하는지 알겠소?" 나는 모르겠다고 대답했소. 그러자 그가 말하기를, 취치우빠이 동지와 자신의 경력은 유사하기 때문에 무슨 얘기든지 다 나눌 수 있고, 마치 아명을 부르듯이 서로 아쌍(阿雙)이라고 부른다고 했소. 내가 기억하기로는, 취치우빠이 동지와 꺼런이 처음으로 중국 문자의 라틴어 표기법 문제로 토론하고 있을 때, 또다시 마오쩌둥이 찾아왔었소. 정방형으로 이루어진 중국 글자는 정말 배우기 힘들기 때문에 국민들의 자질이 향상되지 못한다는 입장을, 꺼런과 취치우빠이는 마오쩌둥에게 분명히 전했소. 덧붙여 말하기를, 새로운 문화인은 당연히 중국어 병음 문자를 배워서 사용해야 하고, 위에서부터 시작해 일반 군중에게 알려 나가야 한다고 주장했소. 그 사람들은 스스로 생각하기에 병음 문자를 사용하면 국민의 자질이 대폭 고양된다고 느낀 거요. 그 두 사람의 서생은 중국어 라틴어 표기에 대해 의견을 나누긴 했지만, 수박 겉 핥기 식이었고 완전한 것은 아무것도 없었소. 마오쩌둥이 말했소. "서생 여러분, 중국어의 라틴어화에 대해서는 더 이상 이야기하지 맙시다. 멀리 있는 물로 갈증을 해소하려 들지 말고 가까이 있는 물로 갈증을 해소합시다. 좋소?" 우리들은 수다를 떨기 시작했소. 무엇을 일러 수다를 떨었다고 하겠소? 그러니까 그것은 잡담이오. 그는 『삼국지』와 『수호지』처럼 잡담을 늘어놓았소. 아가씨, 허풍이 아니오. 나는 처음으로 지도자 동지와 접촉했던 거요. 이미 봉황은 날개를 달았소. 내가 기억하기로 그 당시 마오쩌둥은 버드나무처럼 말랐소. 왜냐하면 머리가 어깨까지 내려오는 긴 장발이었기 때문에, 말하자면 축 늘어진 수양버들 같았지. 어떻게 말할까. 턱 위의 그 작은 사마귀를 제외하면, 나중에 백 위안짜리 지폐에 그려진 모습과 정말 똑같았지.

그렇소, 머리가 어깨까지 내려왔다니까. 아가씨, 현대의 젊은이들이 머리카락을 어깨까지 기르는 장발을 유행시켰다고 생각지 마시오. 그 무렵 마오쩌둥이 처음으로 머리가 어깨까지 내려오는 장발 헤어스타일을 유행시켰으니까. 좋소, 『성경』에도 좋은 말이 있지. 하늘 아래 새로운 것은 없다고 말이오. 그런 장발도 일찍이 있었다는 거요. 나는 일찍이 내 딸 판화와 격론을 벌인 바 있소. 그녀 말로는 펑크 록을 노래하는 가수가 새로운 형태라고 하더군. 새롭기는 방귀 뀌는 소리라고 말했지. 남자는 장발에다, 여자는 술을 들고 산리둔(三里屯)*으로 가서 북적북적 야단스럽게 굴면 새로운 유행이오? 여자가 남장하고 남자가 여장한 것을 새로운 유행이라고 말한다면, 아가씨들 고모할머니뻘 되는 화무란(花木蘭)** 축영대(祝英臺)는 뭐라고 부를 거요? 부글부글 끓는 포말로 말할 것 같으면, 내가 당신들보다 술을 많이 마셔서 주징(酒精)이 많다면 나도 신인이 되는 거요? 판화는 화가 나서 '오오' 소리치며 테이블과 의자를 두들겨댔소. 아마도 나를 죽이고 싶었을 거요. 나를 죽인다고 해도 그녀는 '다른 새로운 존재'

* 베이징 지하철 2호선의 역 이름.

** 중국 근대 가수.

는 아니라 오직 신종 범죄자가 될 뿐이었지. 그녀가 말하기를 자신은 사람을 죽이지 않는 게 철학이라고 합디다. 타인이 자기를 건드리지 않으면 자기도 타인을 건드리지 않는다고 합디다. 그러나 만일 다른 사람이 자기를 건드리면 자기도 기필코 다른 사람을 건드리겠다고 말했소. 그 말을 듣자니까 즐겁더군. 입에서 나오는 대로 뭐라고 마구 지껄이지만 그건 마오 주석의 어록 아니오? 그 말이 언제부터 그 여자의 철학이 되었단 말이오? 아가씨는 판화의 좋은 친구이니, 내가 참호 안에 서 있다는 것을 나도 알고 있소이다. 내가 바라보는 시각에 아가씨가 동의하지 않아도 상관없소. 그래도 우리는 변론할 수 있으니까. 실천은 진리를 검증할 수 있는 유일한 표준이라 했소. 진리는 등의 심지 같은 것이라서 돋우면 돋울수록 밝아지는 법이오.

좋아요, 그 얘기를 하지 않았으니까, 그렇다면 장제스가 머리 빗는 얘길 하겠소. 그는 서남쪽에서 시작해 동남쪽으로 머리를 빗었소. 처음 머리를 빗을 때는 그럴 듯하지 않았지만 빗질을 하면 할수록 그럴듯해 보이기 시작했지. 그 당시 소비에트 지역의 지휘권은 리떠의 손안에 있었소. 아가씨는 축구 관람을 좋아하오? 좋아하지 않소? 나? 나야 당연히 좋아하지. 해외에 있을 때 나는 항상 축구를 관람했지. 요즘 한 2년간 나도 중국의 실업 팀 리그전에 관심이 많아요. 그 작은 고무공을 우습게 보지 마시오. 그것은 중국 역사와 현실의 축소판이니까. 아가씨도 즐겨 본다고? 그렇다면 아주 좋소. 내 얘기가 아주 분명하게 들릴 테니까. 10월 혁명의 포탄이 한 번 터지자 우리에게 마르크스-레닌주의가 도래하였소. 개혁 개방의 포탄이 한 번 터지자 우리에게 보라 밀루티노비치(Bora Milutinovic)*가 도래했소. 그렇소, 보라 밀루티노비치는 국가대표 감독이오. 그는 말할 것도 없이 클럽 출신이오. 리떠는 외국 국적의 감독인 셈이지. 외국 국적의 감독이 중국의 실정을 이해할 순 없소. 마오쩌둥은 은밀한 약속 아래 말하기를, 비록 리떠는 군사전문학교 출신의 고급스런 인재라고는 하지만 그의 수준은 우리 토팔군(土八軍, 그 당시는 팔로군〔八路軍〕이라는 명칭이 존재하지 않았다)의 쑹장(宋江)보다 못하다고 말했소. 쑹장은 주쟈장(祝家庄)을 세 번 때리니** 한 걸음에 발자국을 내리찍고 한 바퀴 돌면 거점을 확보했소. 리떠는 어땠을까. 그는 중국 국정에 어두웠기 때문에 비록 작전의 책임을 맡고 있었지만 적의 침입을 완전히 막을 수 없었소. 좌경 노선이 사람을 잡는다니까. 국군(國軍)*** 은 나프탈렌 줄에 매달린 개미들 같아서 차마 기어올라오지 못한다고 그가 말했소. 그러면서 수비도 반격도 하지 않으면서 토탈 사커 작전으로 한 방에 득점을 하겠다고 그가 말했으니, 장기전에 들어가자 죽을 지경이었지. 그 결과는 공격수는 공격을 하지 못하고, 수비는 지키지 못하는 거였소. 그런 과정이 여러 차례 반복되다가 최전방에 있던 우리 편이 패널티에어리어에서 패널티킥 기회를 얻었소. 그런 식으로 우리 팀은 상대 팀에게 연달아 손을 썼을 뿐만 아니라 우리 몸으로 골문을 건드려 결국 자살골을 두 번씩이나 먹었지. 그러자 리떠에게 준 나프탈렌을 거둬들이지 말고 차라리 박하유를 약간 보내서 정신을 바짝 차리게 하자고 그 당시 동지들이 은밀하게 모여 거론을 했소.

나는 티엔한이 말하는 것을 들은 적이 있는데, 나무랄 데 없는 방

* 1990년대 중국 축구의 명감독.

** 『수호지』에서 유래된 고사.

*** 국민혁명군(國民革命軍) 혹은 국부군(國府軍)으로도 불리며, 1925년부터 47년까지 존재했던 중국 국민당의 군사 조직.

어 진지라도, 포탄 한 방이면 날아갈 수 있다고 했소. 당시 중국군이 사용하던 포는 엎드리는 방식의 독일산 산포(山砲)*였소. 그리고 102구경의 묵직한 박격포가 있었지. 그 물건은 아주 대단했소. 방어 진지를 공격할 때면 호두로 마구 때리는 듯했지. 삼십육계 줄행랑이 최고였소. 그 무렵, 홍군은 이미 퇴각을 준비하고 있었소. 우리는 오직 꿈속에서 엉뚱하게 북이나 두들기고 있었던 것이오. 어느 날 나와 꺼런이 산보를 하고 있는데, 느닷없이 바이윈 강 서쪽을 향해 달아나는 홍군을 목격하게 되었소. 그들 중 군부대의 취사부 주방장이 있었는데 그는 참 진실한 사람 같아 보였지. 그가 꺼런에게 찾아와서 예의를 갖춰 인사를 하자 삥잉이 그에게 물었소. "당신들, 어디로 가려는 거죠?" 그는 아무 대꾸도 하지 않았소. 그가 가버리고 난 뒤 삥잉은 그가 예의가 없다고 말하더군. 아가씨도 좀 들어보시구려. 언제부터 삥잉이 예의를 따졌을까. 그러자 꺼런이 그녀에게 말했소. "그 사람들 상관이 막말을 하지 못하게 하기 때문에 자연히 벙어리 행세를 할 수밖에 없고, 그것은 무쇠 같은 규율이오." 같은 날, 나는 나하고 친하게 지내던 사람 손에 핏방울이 맺혀 있는 것을 보고, 삥잉에게 어떻게 된 일인지 물었소. 그녀가 대답하기를, 여학생들이 매일 다섯 켤레의 짚신을 삼는다는 거였소. 그녀도 애를 썼지만 내게 망신을 당할까 봐 보여주지는 않았소. 많이 짰다고 해봐야 겨우 두 켤레를 초과했을까. 오호, 적합하지 않았소. 대적군은 면전에 있는데 공적인 일은 도모하지 않고 그렇게 많은 짚신을 삼아서 어쩌자는 것인지? 저녁에 잠이 들면 나는 그녀의 머리카락에서 무슨 냄새를 맡을 수 있

* 산악전에 적합하도록 만들어진 소형 대포로 무게가 비교적 가벼우며, 신속하게 분해와 조립을 할 수 있어 운반에 편리함.

었소. 볶은 국수 냄새 같았지. 나는 그녀에게 물었소. "낮에 국수를 볶았소?" 그녀가 대답하기를, "당신은 살아남을 가능성이 있어요" 하더군. 나는 곧장 꺼런에게 가서 물었소. 꺼런은 단진(端金)에 회의가 있어서 갔다가 얼마 전에 도착했다는 걸 알고 있었거든. 그는 이미 리떠에게 물어보았다고 했지. 리떠가 말하기를 홍군 부대는 얼마 전에 조직되었고, 전선(前線)을 이끌고 훈련에 훈련을 거듭했더니 매가 되어서 비상하더라는 거요. 여러 해가 지난 뒤에 이 구절을 나는 마르크스의 논문 『루이 보나파르트의 브뤼메르 18일』*에서 읽은 적이 있소. "이 매는 최초로 비상하다." 이런 구절 말이오. 비상이라니? 관건은 명백하게 철수하는 것인데, 비상이라니? 어째서 비상이라고 말하는 것일까? 나는 마음을 놓을 수가 없어서 티엔한을 찾아가서 물어보았소. 티엔한의 말이 자신도 모르겠다고 하더군. 나는 그들에게 말했소. 우리도 때가 되면 손과 발이 바빠서 허둥지둥하게 될까 봐 일찍부터 서둘러 준비를 하고 있었다고 말이오. 그들이 나에게 어떻게 그걸 알았느냐고 묻더군. 나는 곧 짚신 삼는 일과 국수 볶는 일을 이야기했지. 그러자 그들은 내게 함부로 떠들면 안 된다고 주의를 주더군. 꺼런은 내게 양수(楊修)** 이야기를 아는지 물었소. 아가씨, 아가씬 양수 이야기를 알고 있소? 좋소, 양수는 『삼국지』에 나오는 사람인데 아주 총명했지. 조조 승상이 한(漢) 전선의 유비를 토벌하려고 출병할 때, 어느 날 하루 계조(鷄助)***의 구령을 내린 바 있

---

* 1852년 마르크스가 쓴 논문으로, 현실과 국가에 대한 자신의 개념을 조화시키려고 시도함.

** 『삼국지』 스토리의 경우 한국 독자들에게 한국식 한자 발음법이 익숙하기 때문에 한국식 발음으로 표기하는 것을 원칙으로 함.

*** '진퇴양난'의 의미.

소. 양수 동지 양미간에 주름살이 지더니, 즉시 조조의 의중을 간파하고 나서 사방이 왁자지껄 시끄러우니 철수하라고 했소. 사실 양수는 조조의 용의주도한 심중을 헤아리기 어려웠지. 자칫하면 황천길로 떨어질 판국이니까. 꺼런의 말을 듣고 나는 등골이 오싹했소.

철수를 사흘 앞둔 어느 날, 후안을 우연히 만났다는 게 나는 지금도 의아스럽게 기억되는구려. 소비에트 구역에 도착한 이래 나는 줄곧 후안을 만나지 못했으니까 말이오. 그는 산골짜기에 임시 가옥을 짓고 한 사람의 도움을 받아가며 위폐를 제조하고 있었소. 그 시절 위폐는 바이취(白區)*에서 사용할 목적이었는데, 일찍이 국민당은 이 위폐 때문에 금융 체계가 무척 혼란스러운 상황에 직면하게 되었소. 후안은 집을 팔고 사는 부동산업으로 돈을 모아 전부 위폐를 만드는 준비 작업에 쏟아 부었지. 후안은 앞면에 미국 초대 대통령인 워싱턴의 두상이 인쇄된 다량의 미국 위폐를 만들었소. 그 지폐는 정말 진짜 지폐와 흡사했고, 위쪽에 이런 글귀도 한 줄 새겨 넣었소. IN GOD WE TRUST(우리는 하나님을 믿는다). 그때 내가 후안을 만난 것은 그가 아주 많은 정보를 거머쥐고 있다고 여겨졌기 때문이었소. 사위와 사업적으로 중요한 정보를 교환하고 있었던 거요. 기둥을 치면 대들보가 우는 식으로, 나는 변죽을 울리면서 어떤 풍문이든지 그에게 묻고 듣기만 했소. 그런데 그는 오히려 대단히 멍청했고, 아무것도 모르고 있었소. 그는 바스티유 감옥에 가보았다고 말하더니 나중에는 더 이상 참을 수가 없다고 말하면서 연극 공연이라고 실토했소. 연극 공연이라니? 뭐가 연극 공연이라는 거요? 그가 말하기를, 때가

* 일명 'White Area'이며, 1927년부터 37년까지 제2차 중국 내 혁명전쟁 시기에 국민당이 통치하고 장악하던 지역을 말함.

되면 자네도 알게 될 거라고 나한테 말하더군. 내가 한 발 물러서자 그는 또다시 참을 수가 없다고, 산골짜기에서 숨이 넘어갈 것 같다고 말했소. 돈만 바라보고 살아온 자기 일생은 똥 무더기 같은데, 지금도 자신은 매일 위폐를 만들어 교부하고 있으니 머리가 아파 죽을 지경이라는 거였지. 그는 일찍이 연극 공연을 할 생각이 없었소. 영도자가 놓아주지 않았으니까. 그런데 그 순간 영도자가 은혜를 베풀어서, 그는 세상 밖으로 나와 다시 연극광이 되어 「모든 방법을 다해 승리해야 한다」와 「이유 여하를 막론하고 승리해야 한다」 공연에 참가하게 된 거요. 그리고 그는 말하기를 프랑스로 가서 셰익스피어의 「맥베스」 공연에 참가했다고 덧붙였소. 그리고 나와 등을 지고 아주 논리정연하게 셰익스피어 작품의 대사를 한 구절 읊어주었소.

"어떠냐?" 그가 나한테 물었소. 실사구시 정신을 얘기하는 그는 여전히 연극 공연을 꿈꾸고 있었소. 그는 진정 당연하게 상하이에 머물면서 웬링위(阮玲玉)와 맞서 겨루어야 했소. 그는 내게 이렇게 말했소. "여러 해 동안 줄곧 무대에 올라갈 기회가 없었어. 그러나 지금 나는 어쨌든 내 재능을 나타내고 싶구나." 나는 그에게 무슨 연극을 하고 싶은지 물었소. 그는 영웅적인 인물을 연기하고 싶지는 않다고 말하더군. "자네가 심각하게 나오니 말하겠는데, 백군을 연기하고 싶다네. 그리고 순풍에 깃을 올린 채 감독이 연출하는 장면을 보고 싶다네." 나중에 나는 돌아갈 날이 멀지 않았다는 것을 알게 되었소. 원래 백군을 연기한다는 것은 이 동지의 복잡한 감정으로는 불가능한 것이었소. 그 양반은 돌아버린 거요. 그 당시 후안은 무척 격앙되어 얼굴이 온통 발갰소. 나는 한참 동안 눈을 부릅뜬 채 그를 바라보면서 생각했소. 실마 내가 공연한 걱정을 하는 것은 아닌가? 만일 장차 철수하게 된다면 조직의 유유(悠悠)한 심정과 안일(安逸)한 흥취는 어디로 갈 것이며 다들 어디서 연극을 보게 될 것인가?

연극이 공연되는 곳은 창장(尚庄)이었소. 앞에서 얘기했던 것처럼 원래는 삥잉이 그 연극 공연의 각색을 맡기로 되어 있었지만, 그날 피치 못할 사정이 생겨서 결국 다른 여성 단원이 가게 되었소. 나는 비로소 꺼런으로부터 그녀가 임신한 사실을 알게 되었지만, 두 번 다시 장마비가 내리진 않았지. 그렇소, 그날은 부슬비가 내렸소. 그녀가 가지 못하자 꺼런도 가지 못하게 되었지. 취치우빠이는 그날 꺼런을 찾아와서 중국어 병음 문제를 토론하고 있었는데 꺼런이 가지 못하겠다고 하자 그 역시 가고 싶어도 자기 의지대로 할 수가 없었지. 나 말이오? 당연히 갔지. 비록 비는 내렸지만 그래도 갔소이다. 후안의 얼굴을 봐서 안 갈 수가 없었소. 후안은 모자를 쓰고 가죽 허리띠를 풀어 온갖 거드름을 피우며 단장을 했고, 무대 위에는 여인이 모진 고문을 당하고 있었는데, 그는 불시에 여인의 오른쪽 뺨을 만지작거렸으므로, 관객이 보기에 홍군의 위세가 추락되지 않을 수 없었소. 후안의 그런 모습에 나는 즐거웠지. 나는 옆에서 어떤 사람이 입을 가린 채 쉴 새 없이 웃고 있는 것을 보았소. 나는 그가 양평량이라는 걸 알아챘소. 양평량은 거들먹거리면서 자신이 저 여자 배우를 알고 있다고 내게 알려주더군. 그녀가 항상 자기를 찾아와서 둘 사이가 자연스럽게 좋아졌고, 그녀에게 노래를 배우고 차를 마시는 예절을 배웠다고 했소. 우리 옆에 있던 사람들이 조용히 해달라고 해서 우리는 입을 다물었소. 나는 우리 옆의 그 사람들이 주먹을 움켜쥐고 백군 토비를 때려죽이라고 고함 지르는 것을 보았소. 아가씨 말이 옳소. 그것은 후안의 연기가 고조되어 있었기 때문이지. 나와 양평량도 백군 토비를 때려죽여라, 때려죽여라, 연달아 그렇게 소리를 질렀소. 무엇을 백군 토비라고 부르는지 아시오? 국민당 군은 홍군(紅軍)을 적군 토비라고 부르고, 홍군은 국민당 군을 백군 토비라고 불렀소. 나와 양펑량이 연극을 구경하면서 박수 갈채와 고함을 질러대느라 목이 쉴 지경이었으니, 후안의 연기는 두말할 필요 없이 요동을 쳤던 거요. 양 손가락을 쫙 펼친 채 허리에 대고, 가래를 내뱉으면서, 무대 위에서 가로로 걸어 다니는데 흡사 커다란 게가 입에 거품을 물면서 게걸음을 치는 듯했소. 무대의 그 여자 배우는 이미 혼절해버린 뒤였는데도, 그는 미련이 남아서 돌아다니고 있었던 거요. 내가 기억하기로는 마지막 일 막(一幕)은, 그 여자 배우가 아주 힘겹게 바닥을 기다가 한 차례 연극 대사를 낭독하고 나서 아주 큰 소리로 소비에트 공화국 만세, 스탈린 만세, 홍군 만세, 때려죽이자 백군 토비, 때려죽이자 장제스(張介石), 때려죽이자 탕잉바이(湯恩伯), 이런 식으로 소리치는 장면이오. 그 여자 배우가 손을 번쩍 들고 소리를 지르고 있을 무렵 무대 앞에서 갑자기 죽 솥단지가 엎어지더니 총성 한 발이 들렸소. 일이 너무도 다급하게 일어나서 나는 백군 토비가 살해되었다고 여겼지. 혼미한 상태가 지나가고 난 뒤 나는 비로소 관람석에서 누군가 총을 쏘았다는 것을 알았소. 그 총성으로 인해 거꾸러진 사람은 다름 아니라 나를 혁명의 대열로 이끈 후안이었소. 그는 그 순간 막 무대에서 내려서던 중이었고, 아직 무대용 의상과 화장으로 분장하고 있었지. 그는 성질이 아주 급한 사람이었소. 자신의 연기력에 영향을 받은 어떤 관중이 때리는 소리를 듣고 있었을 뿐 전혀 아무것도 묻지 않고 의연하게 총성을 받아들였소. 빗물에 젖은 바닥에 누운 그는 입을 아주 크게 벌리고 눈자위에는 온통 진흙이 묻은 데다, 귀

한쪽은 찢어져 있었으나 보기에 따라서는 마치 승리의 브이 자를 펼친 듯했지.

좋아요, 이렇게 여러 해가 지나갔지만 후안의 그림자는 지금도 내 눈앞에서 흔들리는구려. 촨징(川井)에 있던 나를 희망 소학교로 가라고 제안한 뒤로부터 후안은 내 눈앞에 어른거리더니 다시 부지런히 흔들거리는군. 작년 어느 날, 나는 현실의 여러 일과 부딪치면서 지난날을 돌이켜보다가 도무지 잠을 이룰 수가 없었는데, 한 순간 심혈(心血)이 출렁거리면서 시 한 수가 떠올랐소. 아내는 아직도 내가 그 아가씨한테 줄 생각으로 창작한 시라고 여기면서, 읽어봐야겠다고 벼르곤 했소. 제법 잘된 시라고 여겼기 때문에 내 시를 읽은 사람이 시에 대해 말하지 않는 게 오히려 좋았지. 몇 군데 신문에서 서로 경쟁하듯 발표해주겠다고 했고, 나중에 『시학(詩學, 『중국시학』)』으로 발표하게 되었으니, 행동이 민첩해 일찍이 목적을 달성하게 된 셈이구려. 그 시에서 나는 후안이라는 큰 이름을 밝히지 않았는데, 쓰지 않으려고 했던 게 아니라 쓸 수가 없었던 거요. 그 이유는 아주 간단한데, 그는 역사의 아웃사이더였기 때문이오. 오늘날까지 나는 어느 책에서도 그에 대해 거론한 것을 아직 보지 못했소. 과연 누가 그를 알고 있겠소? 그 누구도 모르기 때문에 그 이름을 써봤자 쓸데없는 거요. 그러나 다시 한 발 더 나가 얘기하자면, 중국 시가의 평측(平仄)을 연구할 때 후안이라는 두 글자를 빼버린리면 압운(押韻)마저 좋지 못하오.

나는 『중국시학』 2000년 제3기에 실린 판지화이 선생의 그 시를 읽은 적이 있다. 시를 읽어 내려가던 중에 일찍이 판지화이 선생이 확실히 바오포 진에서 노닌 적이 있다는 것을 상기할 수 있었다.

꿈속에도 산과 내 천리 길을 건너, 연극 무대 등잔불 조명 아래 지내온 반평생.

군과 민이 다 같이 밝게 부르는 군가, 바이포 진 달빛이 바이윈 강을 비추는구나.

동쪽으로 큰 소리 외치고 서쪽으로 화합하며, 전막(前幕)은 당기고 후막(后幕)은 열어젖힌다.

온갖 방법을 다 동원해 승리를 이끌며, 넌 적군 토비로 불리고 나는 백군으로 불리는구나.

외국인 교관이 동진(東進)해서 짧은 병기로 접전을 펼치는데, 본지 군관은 서쪽을 향한 긴 장정(長征)에 쓰러지는구나.

황산(荒山) 팡커우뤄는 의구(依舊)한데, 소비에트를 상기하는 늙은 노인 눈에 흘러내리는 눈물이여.

그 시에는 후안이라는 이름이 과연 보이지 않았고, 후안의 영웅적인 사적(事適)은 더군다나 제기되지 않았다. 위폐를 만들어 국민당 정부의 금융 질서를 교란시켰기 때문이라는 것이다. 판지화이 선생의 말은 결코 틀리지 않았다. 『시학』의 각도에서 보자면 '후안'이나 '위조'라는 그런 글자를 시에다 뒤섞어놓으면 정말 압운이 좋지 않게 생겼다. 그런 시각에서 보자면 외조부 후안은 역사의 아웃사이더이기도 하고, 또 『시학』의 아웃사이더이기도 하였다.

일찍이 외조부가 동굴 집에서 위폐를 제조할 당시 바오포 진 십오 리 이외에는 전부 산골짜기였다. 그러니 재미있게도 앞에서 서술한 것처럼 그곳을 후꼬우(后溝)*라고 불렀고, 감옥에 수감된 바이성타오는 옌안의 후꼬우에 갇힌 셈이었다. 나는 일찍이 그 후꼬우로 가보았다. 세월이 흘러 지금은 그곳에 오직 한 칸짜리 돌집만 한 무더기 있었다. 이름을 알 수 없는 야생화 몇 송이가 깨진 돌집 가운데 길게 자라나 있었는데 마치 꿈속의 사물을 바라보는 듯했다. 돌집 주변에 온갖 나무들과 야생화가 자라고 있었는데, 나뭇가지마다 새똥이 가득 떨어져 있었다. 일찍이 그 석옥은 이미 사람들에게서 잊혀지고 빛이 다했다는 것을 설명해주고 있었다.

후안의 부고를 가장 먼저 실은 곳은 상하이의 『민췐바오(民權報)』와 톈진의 『진먼바오(津門報)』였는데, 두 기사는 근본적으로 비슷했다. 다음 문장은 민국(民國) 23년, 즉 1934년 10월 10일자 톈진의 『진먼바오』에서 뽑은 것인데, '적군 토비의 위폐를 제조하던 고수 후 모모'라고 문장이 제기되어 있는 부분이 정부의 어떤 보안에 걸려 삭제하라는 명령이 시달되었고, 결국 판지화이가 진술한 내용과 현저한 차이가 있다.

근래에 기자는 ××보안 제××단으로부터 정보를 획득했는데, 적

---

* '뒤뜰' 혹은 '뒤쪽 골짜기'라는 의미.

군 토비의 위폐를 제조하던 고수 후 모모가 사살되고 나자 국경절 행사에서 정중하게 모셨다. 민국 20년, 즉 1931년 9월 국민당 중앙당 부서에서 국민 정부에게 편지를 보내, 적군 토비 범죄자에게 현상금을 걸도록 제의한 바 있고, 그 적군 토비는 이미 여러 차례 타격을 입은 바 있다. 후 모모는 비록 적군 토비는 아닐지라도 위조지폐를 제조함으로써 민국의 위해를 도모하여서 안정과 단결 국면을 훼손한 바 있으므로, 현저한 모반인 것이니만큼 그 혁명을 얕보아서는 안 되는 것이다. 소식통에 따르자면, 후 모모는 이번에 당의 영도자로부터 지독한 공격을 받았고, 당과 군부대의 참으로 우스꽝스런 활동으로 인해, 나는 정부 보안단 구성원으로 가장하고 그를 총살해버렸으니 죽어도 속죄할 수 없는 죄를 저질렀다고 할 수 있으리……

만일 이 기사가 사실이라면 사건의 내막이 참으로 미심쩍어진다. 만일 외조부가 보안 당국으로부터 총살당한 것이 맞다면, 관례에 비추어 보건대, 소비에트 구역에 있던 그는 혁명 열사였으니 소급하여 인정해주어야 하지 않겠는가. 그런데 외조부에게 열사(烈士)라는 명칭은 추호도 붙어 있지 않다. 빌 목사가 쓴 『동방의 성전』 중의 한 단락에서 아마도 이 사건의 의혹이 풀릴 듯싶다. 그가 가장 먼저 썼고, 나의 고모할머니가 『진먼바오』에 발표된 문장을 읽게 되었다. 이 문장을 읽고 난 뒤 나의 고모할머니는 당장에 의심이 들었다. 문장 속에서 거론된 '후 모모'는 필경 꺼런의 장인인 후안인 듯한데, 꺼런에 대한 예우를 전혀 갖추지 않고 있다. 이에 빌 목사는 다음과 같이 썼다.

『진먼바오』에서 일찍이 공표한 바 있기 때문에 무릇 천하의 모든 신문은 게재하지 않을 수가 없게 되었다. 'ALL THE NEWS THAT'S FIT TO PRINT.' 그러므로 위쪽의 보도자료는 허구적인 것이다. 그러니 나는 이에 대해 설명을 덧붙이고 싶다. 어떤 간계에 민중이 유혹되었을 가능성이 무척 많기 때문이다. 그런데 세월이 너무도 많이 흘러서 나는 그녀를 위로할 수도 없다. 그녀의 의혹이 나날이 구체적으로 증폭되었다. 국제적십자회에 있던 친구에게 과연 후안 선생을 죽인 게 누구인지 조사해줄 것을 부탁했다. 머지않아 국제적십자회에서 팩스를 보내왔는데, 후안 선생은 확실하게 홍군에게 총살당했다는 내용이었다. 홍군은 이미 패배를 하고 있었기 때문에 바야흐로 그 도모가 전이되어, 후안 문제로 인해 홍군을 조사한다는 것은 아무짝에도 쓸모가 없었다. 때문에 정부에서 보안단으로 위장해 그를 소비에트 구역으로 침입시킨 까닭을 밝힌 바 있지만, 기실 그것은 정부가 계획한 일과는 거리가 있었다. 당시 정부의 의도는 아주 명백했고, 이로써 홍군 내부에서 반혁명분자를 숙청하고 자기들끼리 잔인하게 죽이는 일이 확대되어 사태를 회복될 수 없는 심연으로 몰고 갔다.

내가 이런 식으로 말하는 것은 내가 판지화이의 설법(說法)을 믿는 경향이 있고, 외조부가 죽은 뒤로 많은 관객들이 예술과 현실의 경계선을 혼동해서 오도하는 경향이 있었기 때문이다. 내 생각이긴 하지만, 만일 후안 외조부가 연극을 열렬히 사랑해서 연극을 공연하다가 저승으로 가게 되었다면 『진먼바오』와 『동방의 성전』에서 거론하는 방식을 그 역시 인정하지 않았을 것이다. 외조부는 아마도 관중의 손에 죽었다고 인식하고 있기 때문에 영광스럽지 못한 죽음으로 말했던 것 같다.

내키는 대로 보충하자면, 나는 최근 『남방금융시보(南方金融時報)』(2000년 10월 12일자)에 처음으로 게재된 외조부의 이름을 보았다. 지금 모든 군중은 이미 물질만능주의 시대가 도래했다는 것을 알고 있다. 신문에서 후안의 이름을 발견하자마자 나는 외조부의 이름임을 알아챘다. 문장의 제목은 '위조지폐 범인 라이즈꾸어(賴治國)를 양도해 사형 집행하다'였다. 홍콩과 미국 경찰의 합동 작전 아래 최근 공안 부서에서는 위조지폐단을 포획했는데, 장차 그 위조지폐단 두목인 라이즈꾸어를 미국으로부터 양도해 사건을 종결한 셈이었다. 숨김없이 허심탄회하게 털어놓은 라이즈꾸어의 말에 의하자면, 그는 자기 조부의 영향을 받아 범죄의 길로 들어섰다는 것이다. 그의 조부가 살아생전에 자신에게 토로한 바에 의하자면, 조부의 수하는 따황산에 있는 후안이라고 불리는 사람에게서 자신의 뛰어난 재능을 배웠다는 것이다. 다음의 한 문장이 아주 재미있다.

기자의 방문을 받은 경찰이 말하기를, 위조화폐는 아주 오래전에 후안이라는 사람에 의해서 고안된 것이고, 아무런 분별없이 행동한다고 해서 그를 '집행 장관'이라고 불렀다는 것이다. 경찰은 우리의 남쪽 어떤 지역에 후안과 관련이 있는 범죄단이 반드시 은밀하게 숨어 있을 것으로 인식한다고 말했다. 동지들의 영예를 생화로 호소하고 선전해대는 경축 행사장에서 그 행사와 관련이 있는 영도자가 인민들의 새 공적을 재평가하기 위해 반드시 머리를 산뜻하게 유지시킬 필요가 있다고 역설했다. 그러자 그 자리의 동지들은 '집행 장관' 후안 사건을 종결하는 데 있어 그들이 조직의 기대를 저버리는 후안무치한 일은 하지 않을 것이며 오만과 방자함을 경계하면서 그들 자신의 경험을 총동원하겠다고 다들 의견이 분분했다.

무슨 방법이 있더란 말인가? 바야흐로 후안은 역사와 시학의 아웃사이더로 여겨지고 있는 것을. 그들이 그 범죄를 이런 식으로 잘못 알고 있다면 조직의 기대는 어차피 헛되이 저버리는 셈이 아닌가.

@ 어떤 사람의 머리카락은 매일같이 허얘진다

후안이 죽던 날 저녁 무렵 뻥잉은 울다가 몇 차례 혼절했는데, 두 눈동자가 마치 두 개의 수밀도 같았소. 꺼런 동지가 나를 부르더니 뻥잉 모녀를 데리고 재빨리 소비에트 구역을 떠나라고 했지. 그의 말로는 좌경 노선이 점점 더 우위를 점하고 있으니 지금 가지 않으면 더 이상 시간이 없다는 거였소. 나는 대체 무슨 일인지 물었소. 나와 꺼런 자신이 일본에 있는 천두시우와 내왕한 적이 있는 것으로 많은 사람들이 알고 있을 거라고, 그러니 우리들에 대해서 안심하지 못하고 있을 거라고 그가 말했소. 아가씨, 내가 앞에서도 말하지 않았소? 일본에 있을 당시 천두시우는 일찍이 여러 차례 가와다 집에 다녀간 적이 있고 우리들의 우정은 아주 깊었다고 말이오. 내가 어떻게 오늘날 우리들의 역사적인 문제를 생각할 수 있기나 했을까. 나는 꺼런이 깨우쳐준 것을 무척 감사하게 생각했소. 여러 해가 지난 후에 나는 꺼런을 풀어줄 방도를 강구하면서, 과거 그 무렵 나를 구명해준 은혜를 고려해볼 참이었소. 좋아요, 아가씨 말이 맞소. 당시 만일 내가 떠나지 않았다면, 정확하게 말하긴 어렵지만 좌경 노선의 칼에 귀신이 되었을 거요. 현재 일이 이렇게 제기되고 보니까, 나는 사람 잡는 좌경 노선을 가장 심각하게 받아들인 것이고, 우리는 이미 좌익도 반대하고 또 우익도 반대하긴 하지만, 무엇보다 중요한 것은 좌익을 반대한다는 거요.

담화(談話)를 나눈 곳은 팡커우 소학교 후면의 봉황 골짜기였소. 주위가 무척 안정되어 있어서 우연히 개 짖는 소리를 한 번씩 들을 수 있는 곳이었지. 나는 총을 쏜 자를 찾아내지 못했느냐고 물었소. 그는 내 물음에 대답을 회피하고 빨리 가면 갈수록 좋다고 재촉할 뿐이었소. 지난날의 정분을 보아서라도 뻥잉 모녀를 톈진까지 모셔다드려야 한다고 그는 내게 말했소. 그곳에서 두 명의 목사가 뻥잉 모녀를 돕고 있었는데, 한 사람의 이름은 빌이었고 다른 한 사람은 엘리스라고 했지. 난 꺼런에게 어떻게 할 것인지 물었소. 그가 말하기를 자기 이름은 '꺼런(keren)'인데 이 꺼런과 '일개인의 꺼런(個人)'은 발음이 동일하니 자기 운명상 호주가 될 수 없고 개인으로 살아야 한다고 대답하더군. 아칭이 우리들을 호송해서 소비에트 구역을 벗어나게 해줄 거라고 꺼런이 알려주었소.

그가 숙소로 돌아가자 뻥잉은 완전히 깨어 있었소. 시관장(西官庄)이라고 불리는 시골 동네의 촌부에게 맡겨두었던 딸이 그녀를 찾아올 시각이었소. 그녀는 줄곧 연극 무대에서 생활했기 때문에 꺼런 옆에 두자니 폐병을 앓고 있어서 쉽게 전염될까 봐 걱정이 되어 자기 딸을 시관장의 촌부 가정에다 위탁해둔 거였지. 꺼런이 말하기를 아칭을 시골로 내려보냈으니 곧 딸을 데려올 것이고, 그러니 짐을 재빨리 꾸리라는 거였소. 우리는 아주 오랫동안 아칭을 기다렸소. 제기랄! 한밤중이 되어서야 아칭이 돌아오긴 했는데 얼굴은 온통 피범벅이었고, 다리를 절뚝거리는 거였소. 아칭의 말로는 시관장에서 빵잉의 딸인 찬또우를 보긴 했으나, 데리고 올 수 없었다는 거였소. 꺼런이 왜 데리고 오지 못했는지 물었지. 시골의 그 사람은 사기꾼이었고 특히 어린 꼬마 녀석이 있었는데 찬또우를 건네주지 않으려고 개를 풀어놓아서 물리고 말았다고 아칭이 설명했소. 그런데 얼굴은 왜 그러냐고 꺼런이 묻자 길에서 한 떼거리의 굶주린 사람들을 만나 두들겨 맞았고 심지어 말까지 상처를 입게 되었다고 말했소. 나중에 그는 일명 홍군이라는 한 필의 말이 자기 자신에게 불하된 것을 비로소 알게 되었소. 빵잉은 다시 혼절했지. 꺼런은 나중에 반드시 찬또우를 찾아 톈진으로 보내주겠다며 그녀를 위로했소. 빵잉은 취치우빠이와 이 문제를 상의하면 어떠냐고 꺼런에게 말했소. 그러자 꺼런은 취치우빠이는 지금 자기 일신도 보호하기 어려운 처지인데 우리가 그를 난처하게 하면 안 된다고 빵잉에게 말하더군. 우리가 이런저런 이야기를 나누고 있을 때 티엔한이 드디어 통행증을 보내왔지. 좋소, 이 사건을 살펴보자면 티엔한과 그의 친구인 꺼런의 우정은 확실히 일반적인 것이 아니었소. 통행증은 생명을 구하는 지푸라기인 것이고, 통행증이 없을 경우 소비에트 구역을 빠져나간다는 것은 백일몽이었소. 그 순간 티엔한이 비로소 우리에게 진실을 알려주었지. 홍군은 지금 숙영지를 옮길 생각이고 이동하기 전에 정리 작업이 진행될 거란 얘기였소. 아가씨는 무엇을 정리한다는 말인지 아시겠소? 반혁명분자를 숙청하겠다는 것인데, 모든 사람들을 체로 대강대강 쳐서 조금이라도 의심이 생기는 자는 혁명의 대열에서 깨끗이 청산하겠다는 얘기였지.

우리는 결국 출발했고, 사정이 다급해졌기 때문에 좋아하는 사람을 데려갈 수가 없었소. 이미 그는 살아 있는 사람이 아니었지만 후안의 노선을 생각했소. 나는 쉴 새 없이 후안의 죽음을 상기했지. 뇌리에서 줄곧 총성이 울렸는데, 흡사 연발로 터지는 폭죽이 내 머릿속에 걸려 있는 듯했소. 운명이란 진정 추측하기 어려운 것이라서 얼마 전에 후안이 나를 데리고 소비에트 구역으로 왔거늘, 그 순간에는 글쎄 내가 후안의 딸인 뻥잉을 데리고 소비에트 구역에서 달아나고 있었소. 황천으로 영면한 후안이 알게 된다면, 어떤 감상에 젖게 될지 알 수 없구려.

그 당시 우리는 밤낮을 가리지 않고 달려서 결국 따푸에 도착했소. 앞에서 말했지만 따푸는 아주 중요한 교통의 거점이오. 따푸에 도착해 보니 교통 조직원이 보이지 않았소. 나는 어쩔 도리가 없어서 그 지역의 촌부에게 뻥잉을 맡겼지. 당연히 나는 그 촌부에게 적지 않은 돈을 건네주었소. 위폐냐고? 아가씨는 정말이지 잔꾀가 많구려. 맞아요, 그것은 틀림없는 위폐였소. 어떻든 상관없이 나는 한숨을 돌리게 되었다고 말하고 싶구려. 아칭이 내게 어디로 갈 것인지 물었소. 나는 다시 돌아갈 거라고 그에게 대답했지. 그가 왜 다시 돌아가느냐고 묻더군. 나는 내가 좋아하는 것이 소비에트에 있다고 말했소. 나처럼 나이 먹은 사내가 이런 식으로 개 방귀 소리를 내지르며 달아나 버리면 그 사람에게 정말 미안한 일이라고 말이오. 그리고 나를 기다려준다면 내가 좋아하는 그 사람을 데리고 나와서, 다시 홍콩으로 돌아 톈진으로 갈 거라고 했지. 그랬더니 아칭은 나하고 함께 가겠다고 하더군. 난 뻥잉에게 자문을 구했소. 내가 다시 돌아가서 그녀의 딸 찬또우를 데리고 나오겠다고 말이오. 뻥잉이 좋다고 말해주더군. 그녀는 정말 좋은 사람이었소. 반복해서 내게 당부하기를 제발 조심하라고, 그녀는 시시각각 나를 위해 축도(祝禱)하겠다고 했소. 그런데 나와 아칭이 막 따푸를 떠나는 순간, 원수에게 포로로 붙잡히게 된다는 걸 나는 미처 생각하지 못했던 거요.

아가씨, 막 포로로 붙잡히는 순간 나는 결코 투항하지 않았소. 나는 여러 날 동안 버텼지. 그들이 말하기를, 당신네 성권은 곧바로 바람 앞에 등불 신세가 될 것인데 여전히 폭력 혁명을 선동하고 있는 게 아니냐고 하더군. 그것이 곧 폭력 혁명인데, 폭력 혁명은 불가피한 것이고, 우리는 곧바로 소비에트 구역으로 진격할 것이라고 그들이 말했소. 당시 나는 당연히 '국가와 혁명'이라는 레닌의 논리에 따른 그들의 관점에 동의할 수 없었지. 나는 말했소. 좋소, 레닌은 마르크스와 엥겔스에게서 폭력 혁명은 불가피하다고 배웠다면서, 부르주아 국가에게 일침을 가해야 한다고 답했소. 그들은 부르주아 국가는 프롤레타리아 국가를 대체하고 있지만 스스로 자멸하기란 불가능하고, 일반적인 규율에 근거하자면 오직 폭력 혁명만이 가능하다고 말했소. 프롤레타리아 국가의 소멸은 스스로 자멸할 수 있지. 그들은 마르크스는 알았지만 엥겔스는 잘 몰랐소. 그들이 내 말을 알아들을 때까지 나는 반나절은 족히 기다렸는데, 느닷없이 내 따귀를 한 대 후려갈기더군. 말해봐. 말해보라고. 엥겔스는 기업주의 아들이니까 부르주아 계급이 아니냐는 거였소. 그 따귀를 한 대 맞고 나자 이목구비에서 전부 연기가 튀어나왔소. 여러 날 동안 더 버티긴 했는데, 나는 결국 버틸 수가 없게 되었소. 투항하지 않으면 좋지 못하다는 말도 있잖소. 누군가 말하기를 나는 일평생 쉴 새 없이 투항할 것이고, 여자만 보면 머리를 조아리고 절을 한다는 거였소. 아가씨, 내가 아가씨한테 머리를 조아리고 절을 하던가? 그런 일 없었소. 또 누군가 말하기를 나는 천성적으로 반역자 기질을 타고났다는 거요. 웃기는 소리지! 반역이라는 덮개를 내게 씌우려고 하다니? 참새가 야망을 품을 일이군! 난쟁이가 어떻게 거인의 갑옷을 입겠소? 그들이 하는 말을 듣고 있자니 전혀 신앙이 없더군. 아주 틀렸어! 나야 물론 신앙이 있소. 나의 신앙은 국가가 강성(强盛)하는 것을 희망하는 것이고, 좀 일찍이 현대화를 실현하는 거였소. 그런데 강성을 실현하자면 아주 은밀하게 압도해야 한다는 것이오. 법학을 공부한 사람은 결국 법치국가와 질서를 추구한다는 것을 아가씨는 알 수 있을 것이오. 안정된 단결이 아니면 그 어떤 것도 성공을 거둘 수 없소. 애당초 그 사람이 나를 돕는 척하고 감언이설을 늘어놓았던 것에 대해서도 아가씨는 괴상하다고 말했지만 사실은 괴상하지 않소. 내 말에 진정 마음이 움직였다고 말하지 마오. 나중에 나는 투항하고 말았다니까. 그건 대기후와 소기후의 결정이었지, 나 본인이 원해서 투항한 것은 아니오. 사실 사람들이 매일 투항을 했는데, 흡사 매일 허애지는 어떤 사람의 머리카락 같았소. 나중에 매일같이 어떤 자가 내 앞에서 떠들어대긴 했는데, 내 대답은 동문서답이었지. 나는 곧 루쉰의 말을 한 구절 떠올렸소. '내 길을 가자면 다른 사람이 이야기하게 하라.'

투항을 한 뒤에 나는 국민군 부대의 소분대(小分隊) 부대장으로 임명되었는데, 그것은 말로만 임명된 것이 아니라 행동으로 실천해야만 하는 것이었소. 안정과 단결을 옹호한다는 것을 내 스스로 드러내기 위해서 나는 조폐공장을 제공해야만 했소. 어떻든 홍군은 떠났고, 조폐공장은 쓸모가 없었으며, 후안도 죽었으니, 모두 말해버린다고 해도 상관없었지. 내가 투항하지 않아도 아칭이 투항을 해서 조폐공장을 제공했을 거요. 1943년이 돌아오자 나는 따황 산에서 바이성타오를 만나게 되었고, 그때서야 비로소 아칭이 줄곧 티엔한의 사람이라는 걸 알게 되었소. 얼마 전에 내 비서가 주쉬똥(朱旭東)이 쓴 자료 하나를 보라고 해서 살펴보았더니, 앞서 말한 것처럼 그해 아칭이 투항을 하자 티엔한이 그를 보살펴준 것으로 되어 있었소. 당시 상황을 다시 상기해보았지만 나는 의혹을 참을 수가 없었소. 설마 그해에 내가 포로로 잡히게 된 것이 아칭이 누설했기 때문은 아니겠지? 나는 추측을 해보았지만 그 어떤 사실적 근거도 없는 것이 당연하오. 뭐라고? 뻥잉을 제공했다고? 아니오, 아니라니까. 아니오. 나는 아니고, 아칭도 아니라고 나는 여전히 보증할 수 있소.

& 아칭에 관한 약간의 보충

판지화이 노인은 자료를 하나 발견하게 되었는데, 그것은 주쉬똥이 나중에 정리해서 발표한 『티엔한 장군 그리고 한담』 중의 한 단락이다.

나는 늘 자오야오칭을 천거했으나 티엔한 장군은 그를 분명하게 기억하지 못했다. 그런데 처음으로 티엔한 장군이 자기 입으로 거론했다. 내가 사람을 보내 뻥잉을 보살펴주라고 했는데, 그 사람 이름이 아칭이라고, 그가 말했다. 나는 일부러 이리저리 캐물으면서 「사자방(沙家浜)」*의 그 아칭이 맞느냐고 물었다. 그는 다른 아칭이라고

* 근대 연극 대본.

대답했다. 나중에 다시 티엔한이 입을 열더니, "하루는 내가 발을 씻고 있는데 아칭이 달려와서 휴가를 청하더니, 꺼런이 자기한테 뻥잉을 데리고 소비에트를 떠나라는 부탁을 하기 때문에 가지 않을 수가 없다"고 그렇게 말했다. 그것은 나와 꺼런이 이미 상의한 일이었다. 그 당시 좌경 노선이 잘못되면 대단히 엄격하게 다루었기 때문에 뻥잉이 가지 않으면 위험해서 안 된다고 꺼런이 누차 말했었다. 나는 아칭에게 길게 말할 필요 없이 꺼런이 말한 대로 따르고, 가라는 데로 가라고 말했다. 그는 길에서 백군 토비인 '허연 개'를 만나 그들의 포로가 될까 조심스럽다고 말했다. 나는 당을 위하는 일을 하다 보면 포로로 잡힐 수도 있다고 대답했다. 그가 눈을 가늘게 뜨고 나를 바라보기에 이것은 초소를 변경하는 일과 같다고 말했다. 당시는 레이펑(雷鋒)을 반드시 학습할 필요가 있었는데, 주쉬뚱의 설명에 따르자면 티엔한 동지는 모호한 측면이 있는데, 그것은 그 당시 이 일을 처리하는 데 있어 레이펑을 학습하지 않았기 때문이다. 자신이 일하는 분야에 애정을 가지고 일을 해야 혁명의 나사못을 영원히 박을 수 있다. 나는 그에게 만일 포로가 된다면 적에게 그 골짜기의 조폐공장을 보고해도 좋다고 지시를 내렸다. 그것은 실사구시였고, 결코 사기는 필요 없었다. 그렇게 해야 적이 너를 믿을 것이고, 너를 손님으로 대접할 것이며, 그래야만 네가 적의 내부로 순조롭게 잠입할 수가 있다고, 그렇게 말했다. 그는 바닥에 쓰러지더니 감히 입을 열지 못했다. 나는 그의 후두부를 쓰다듬으면서 말했다. 너는 어쩌면 곰 같구나. 일어나렴! 조폐공장은 이미 못 쓰게 되어서 한가하기 때문에 바야흐로 백군 토비에게 주어도 그만이었다. 만일 백군 개새끼들이 그 조폐공장에서 위폐를 만들게 된다면 그것이야말로 나중에 국민당의 금융 체계를 교란시키는 것이고, 그렇게 되면 그들의 흉부를 예리하게 진격해 들어가는 것보다 효과적이다. 아칭이 그 말을 듣더니 쿡쿡 웃어댔다. 그는 원숭이보다 노련하게 그 일을 흠잡을 데가 없게 완벽하게 처리하겠노라 말했다. 당연하지만 그것은 따이리(戴笠)와 관련이 있었다. 아칭과 따이리는 같은 고향 사람이었다. 국민당은 반동파를 향해 매우 저속하게 굴었고, 동향이 어떤 동향을 만나면 주시했고, 양쪽 눈에 눈물을 주룩주룩 흘리면서 원칙 없이 일했다. 나중에 많은 정보가 아칭의 인편에 보내져 왔다. 그런데 그가 갑자기 실종된 것이다. 문화대혁명 시기에 그가 허난(河南)에서 적지 않게 쓴맛을 봤다는 말이 나중에 들려왔다. "사탕수수는 양쪽이 다 달콤할 리 만무하다. 우리는 전선(前線)에서 고생할 때 너는 총칭에서 안락하고 행복하게 살았지. 그런데 지금은 고생스러우니 따져보면 마찬가지야." 내 말을 듣던 그는 감정을 추스르지 못하는 듯했다. "어떻게 인민은 가치를 함께 이야기할 생각이 없단 말인가요?" 마지막으로 그는 말했다. "우물에 몸을 던지는 격으로, 곧 절명하면 그만입니다. 입을 더럽혀 정말이지 꼴불견이군요."

나는 티엔한에게 그 당시 꺼런이 아칭의 투항이 사전에 모의되었다는 것을 전혀 모르고 있었느냐고 물어보았다. 그러자 티엔한은 손을 내저으면서 말했다. "마땅히 꺼런 본인에게 물어봐야지, 나는 꺼런의 뱃속에 든 회충이 아니오." 그의 말은 정말 깜찍하다. 내가 어디로 가서 묻는단 말인가? 모든 군중이 알고 있는 것처럼, 꺼런은 십수 년 전에 일찍이 얼리깡 전투에서 사망한 것을.

따푸에 남은 뻥잉은 판지화이와 아칭을 기다리고 있었다. 나중에 그녀는 안토니 스웨이트에게 따푸 외곽에 산이 하나 있는데 그 산의 이름을 징센 산(敬賢山)이라고 부른다고 말했다. 어떤 사람이 그녀에게 말하기를, 징셴 산의 산골짜기에서 봉황 계곡으로 갈 수 있다고 말해주었다. 그녀는 언제나 산골짜기에 서서 멀리 내다보며 딸이 나타나기를 고대했다. 시간은 나날이 흘러가고 그녀의 절망은 점점 더 깊어지고 있었다. 그녀는 다시는 자기 딸을 볼 수가 없다고 여기고 있었기 때문이다. 사실상 찬또우만 볼 수 없었던 게 아니라 뱃속의 태아까지 볼 수가 없게 되었다. 안토니 스웨이트는『절색』에서, 뼁잉의 말을 인용해 이렇게 적고 있다.

눈 깜짝할 사이에 부친의 장례식을 치른 지 3개월이 지났다. 중국인은 '삼칠(三七)'이라고 부르며 망자에 대한 조의를 표하는데, 나는 징셴 산에 향을 피우고 부친의 제사를 지냈다. 제 향의 연기가 빙글빙글 돌아가는 순간 나는 흡사 딸아이의 우는 소리는 들은 듯싶었고, 꺼런이 맞은편에서 딸아이를 어떻게 달랠 수가 없어서 쩔쩔매는 모습을 본 듯하였다. 그 순간 나는 두 번 다시 꺼런을 보지 못할까 봐 조심스러웠다. 나는 울었다. 그 순간 나와 동향인 사람이 내 뒤에 서서 나를 바라보고 있다는 사실을 나는 불현듯 알아챘다. 그가 하는 말이 어떤 사람이 나를 찾는다고 했다. 나는 그가 판지화이나 아칭이라고 여겼기 때문에 아이를 데리고 있지 않더냐고 물었다. 그는 아이는 없더라고 대답했다. 나를 찾아온 사람은 연극 단원으로, 「이유 여하를 막론하고 승리해야 한다」에서 백군 토비 역을 했던 사람이었다. 그는 내게 판지화이와 아칭이 이미 정부군에게 투항했다고 알려주었다. 나는 그에게 그걸 어떻게 아느냐고 물었다. 그러자 사람을 데리고 소비에트 구역으로 들어가 산을 샅샅이 뒤졌는데, 판지화이와 아칭은 벌써 덩치가 큰 말을 타고 손에는 흰 장갑을 낀 채 허리에는 권총을 차고 있더라고 했다. 나는 찬또우는 어떻게 되었는지 물었으나 그는 조금도 알지 못했다. 나는 가장 좋은 결말을 상상했는데, 꺼런이 이미 찬또우를 데리고 안전한 곳으로 이동했을 것이라고 상상했던 것이다. 그러나 그날 나의 마음은 슬픔과 공포로 뒤틀렸다. 대략 이삼 일 지난 뒤에 나는 유산을 하고 말았다. 기왕지사 꺼런이 딸아이를 좋아했으니까 나는 반드시 딸이었을 것이라고 생각했다. 이때부터 나는 꺼런에게 줄곧 진 빚을 갚을 방법이 없어서 마음이 꺼림칙했다. 세상에 대한 나의 괴로움은 아직도 끝나지 않았다. 일 년 뒤 나는 산베이(陝北)에서 찾아온 친구에게서 꺼런을 보았다는 얘기를 들었으나 찬또우는 보지 못했다는 것이다. 내 눈앞은 갑자기 새까매졌다.

@ 개의 철학

내 짐작에는 당시 꺼런과 그들의 소분대가 이미 후꼬우로 이동했을 거라는 생각이었소. 인쇄기는 훼손되지 않아서, 나는 급히 사람들에게 그것을 끌고 가서 부근에 주둔해 있는 보안단에게 건네주었소. 나는 죽을힘을 다해 당국을 위해 일하겠다고 맹세했기 때문에, 상관이 그런 소식을 접하고 나서 나에게 즉시 사람을 파견해 표창을 내리게 했으니, 나는 곧 아칭을 되돌아오게 할 계획이었소. 나중에 상관은 내게 여러 차례 강의할 수 있는 기회를 마련해주었소. 강의의 중점 내용은 안정 단결이 항일의 필요조건이라는 내용이었지. 재빨리 강의를 마친 뒤 나는 비로소 요원을 데리고 소비에트 구역으로 되돌아갔소.

금의환향? 집어치우시오. 나는 아는 사람을 만날까 봐 조심스러웠고, 아는 사람 얼굴을 마주하면 무척 민망할 거라는 생각을 했소. 사람들이 알아보지 못하게 하려고 안경을 쓰고 갔지. 처음에는 금테 안경을 둘렀는데, 내 부하 말이 상하이탄(上海灘)*의 부랑자 같다고 하더군. 난 곧바로 다른 안경으로 바꾸었소. 그러자 부하들은 부랑자 같다는 말을 하지 않고 이번에는 내가 지주 집 회계사 같다고 했소. 그 시절 돈이 있는 사람이면 누구든 상대방의 오금을 저리게 할 수 있었지. 나는 아깝긴 했지만 그 안경을 부숴버렸소. 이렇게 해서 나는 흡사 복면한 사람처럼 되었소.

사실대로 말하자면 내 걱정은 공연히 객쩍은 것이었소. 곧장 단진(端金)에 도착했지만 아는 사람을 만나지는 못했지. 홍군과 국민당 군이 이미 여러 차례 격전을 벌였으므로 여기 사람들은 이미 다들 도망을 가버리고 남아 있는 사람들은 죽어 있었소. 죽은 사람을 몇몇 목격하긴 했는데 얼굴도 없고 살가죽도 없었지. 나는 정말 괴상하다고 느꼈는데, 나중에 알고 보니까 개들이 물어뜯었다더군. 아니오, 아가씨. 아가씨를 겁줄 생각이 아니었소. 이 세상에 귀신은 없으니까 무서워하지 마시오. 유물주의자로서 나는 귀신을 믿지 않소. 그래도 아가씨가 정말 두렵다면 내 옆에 누워도 되오. 그렇게 하면 귀신도 감히 아가씨를 어떻게 하지 못하지. 좋아요, 비집고 들어올 자리가 없

* 외래문화를 재빨리 흡수한 상하이 특수 문화 계층.

다고? 비집고 들어올 자리가 없다면 상상력을 발휘해도 되지. 우리는 이미 문제를 발견하는 데 능숙하고, 문제를 해결하는 것도 능숙하잖소. 그것 보시오. 아가씨가 이런 식으로 일을 방해하니까 내가 어디서부터 얘기해야 할지 종잡을 수가 없잖소.

맞소, 죽은 사람들 얘기를 했었지. 죽은 사람들은 얼굴도 없고 살가죽도 없었고 남아 있는 것은 뼈와 해골뿐이었소. 해골들의 입은 아주 크게 벌어져 있어 보기에 따라서는 웃고 있는 듯했지. 눈자위는 시커먼 구멍이 뚫려 있어 얼른 보면 흡사 검은 선글라스를 끼고 있는 듯했다니까. 좋아요, 좋아, 좋아요. 아가씨 겁먹지 마시오, 뭐 그리 자세히 얘기한 것도 아닌데. 어느 지방에서 찾아왔는지 알 수 없었으나 몇 명의 목사들이 아무 말도 하지 않고 침묵을 지키면서 논밭 가장자리에 시체를 묻고 있었소. 나는 그들에게 다가가 말을 걸었지만 그들은 전혀 대답하지 않았고, 전혀 표정이 없는 그들의 얼굴은 들판에서 떠도는 원귀들 같았소. 그들 중에서 몇 명은 외국인이었기 때문에 마음대로 희롱할 수가 없어서 난 그들을 그만 내버려둔 채 계속 바이포 진으로 나아갔소. 도착하고 보니 바이원 강의 교각 사이의 아치형 공간에도 죽은 사람이 있었소. 어떤 시체는 머리카락이 아주 길었고 앞쪽에 은으로 된 머리핀이 꽂혀 있었지. 하나님, 내 심장은 즉각 목구멍까지 튀어나올 지경이었소. 그렇소, 내가 좋아했던 그 여학생일 가능성이 높았지. 긴급 명령을 받은 것처럼 물속의 시체를 급히 건져 올렸소. 그 순간 나는 한 무리의 개 떼를 보았지. 그 개 떼가 눈을 부릅뜬 채 한 발 한 발 나를 향해 다가오고 있었는데, 정말이지 나는 그 순간에는 무슨 용건으로 그 개 떼들이 내 쪽으로 걸어오고 있는지 전혀 몰랐소. 내 부하가 돌멩이를 던지자 쾅 하는 소리에 놀란 개 떼들이 시체 옆에 얼씬거리지 못했지. 내 주위를 뱅글뱅글 돌던 개 떼들이 바이윈차오(白雲橋)를 통과해서 아칭을 향해 몰려갔소. 그 순간 아칭은 뒷짐을 지고 그 강가를 산책하고 있었소. 그때 아칭의 손이 뒷짐을 지고 있으면 개 떼들이 그를 향해 걸었고, 아칭이 손을 내리면 그 자리에 굳건히 서서 아칭을 노려본다는 걸 나는 알 수 있었소. 제기랄! 동화의 한 장면 같았지.

나중에 그 개 떼들이 아칭을 먹어버렸다는 사실을 알게 되었소. 개는 사람과 통하고, 개의 철학이란 곧 인간의 철학이오. 몇 차례 전쟁의 시련을 겪는 동안 개들은 인간이 두 부류로 나뉜다는 걸 배운 거지. 한 종류의 인간은 총에 노획된 존재로, 손이 등 뒤에 돌려져 있는데, 그들은 통상 범인이거나 포로이기 때문에 곧 죽을 거니까 잡아먹을 수 있다고 여긴 거요. 다른 한 종류의 인간은 수중에 총을 들고 있는데, 가슴에 단정하게 총이 들려 있는 경우 그들은 쓰러지기 전에 총을 갈길 것이기 때문에 그런 종류의 사람은 먹을 수 없다는 게 개들의 철학이오. 그리고 사람은 개고기를 좋아하고 개는 인육을 좋아하지. 좋소, 피차일반이오. 그 순간 나는 아주 어렸을 적에 보았던 여자 시체를 막 떠올렸는데, 왜냐하면 어렸을 때 본 그 여자들의 시체는 얼굴과 유방이 물어뜯겨 이미 성별이 모호한 사람으로 바뀐 상태였소. 여러 해가 지난 뒤 꺼런에게 항복하라고 권고할 당시, 나는 그 개 이야기를 꺼냈소. 내 말을 듣고 있던 꺼런이 눈물을 흘렸지. 나도 일찍이 눈물을 흘리고 싶었으나 일을 긍정적으로 좋게 생각했소. 사실은 그렇게 간단한 게 아닌데도 말이오.

그 여인을 건져냈소. 확실히 똑같은 모양의 머리핀이 맞는데, 다른 사람이었소. 오, 내가 잘못 본 거요. 그 사람 광대뼈 위에 구멍이 하나 뚫려 있더군. 그건 물어보나마나 당연히 총 구멍이었소. 물에 잠기자 총 구멍이 아주 크게 변해서 쇠몽둥이로 짓찧은 듯했소. 갑자기 나는 그 구멍 안에서 방게가 기어 나오는 걸 보았소. 뭐라고? 아가씨, 뭐라고 했소? 초현실주의 회화라고 했소? 나는 초현실주의가 무엇인지 이해할 수 없으니 뭐라고 표현하긴 어렵고, 나는 오직 현실주의만 알고 있소. 내 기억에, 그날 나는 꺼런에게 그 방게를 언급한 듯하오. 꺼런은 그 당시 구토를 했소. 피를 토하듯 울어대는 두견새처럼 한 차례 토하더니 피를 쏟아내더군.

나는 바이포 진에서 이미 그의 유체를 수색했다고 꺼런에게 말했소. 내 말은 사실이었소. 그 당시 나는 꺼런이 숙청되었다고 여겼기 때문에 말에서 내려서 자세히 살펴본 거요. 나의 공은 상을 주어 마땅하다며 꺼런은 농담을 했소. 좋아요, 나는 조금도 부정하지 않소. 그 당시 나는 확실히 그의 행방이 묘연해서 걱정을 했던 거요. 말이 공교롭게 나오긴 했는데, 바이포 진에서 그다지 멀리 떨어져 있지 않은 시관장 촌락에서 나는 우연히 찬또우를 보았소. 그 아이는 문간에서 불장난을 하고 있었는데, 흡사 더러운 말뚝망둥이 같았고, 손안에 뼈 하나를 거머쥐고 놀고 있었지. 노인 한 명이 그 여자애 옆에서 눈을 가늘게 뜨고 그 애를 지켜보고 있었소. 우리를 보자 그 노인이 황급히 찬또우를 이끌고 담장 뒤쪽으로 가버렸지. 나는 그 당시 그녀를 데리고 가는 걸 노인이 원할지 원하지 않을지 알 수 없었소. 머릿속에서 이런저런 생각들이 한 차례 아주 격렬하게 부딪친 뒤에 스스로 최종적으로 결론을 내린 것이 결코 경거망동하지 말자는 거였소. 나는 이런 생각을 했던 것이오. 만일 꺼런이 살아 있다면, 그가 되돌아와서 딸을 데리고 가려는 순간 딸이 없다는 것을 알게 된다면 안타까워서 죽을 것 아닌가?

좋아요, 그날 저녁 나는 바오포 진의 소학교에서 묵었소. 여러 해가 지난 뒤에 나와 꺼런은 다시 한 번 여기서 만나게 되고, 나와 그는 또다시 여기 좁은 협곡에서 상봉하게 된다는 걸 그땐 아직 생각지 못했소. 저녁에 나는 잠을 이룰 수가 없어서 봉황 계곡으로 나가서 산보를 했지. 사방이 어두컴컴한 가운데 어딘가에 걸린 와사등 불빛만이 밝게 빛나고 있었소. 길게 자란 구기자와 가시덤불 속에서 누군가의 신음 소리가 들리는 것을 나는 알아챘소. 전사(戰士)들도 들었고 막강한 적이 가까이 있을지도 모른다는 생각에 모두 일제히 포복을 하기 시작했지. 귀신이 무서웠던 것이오. 나는 부하들에게 가서 조사해보라고 명령했소. 부하들은 고양이처럼 허리를 굽힌 채 그 소리를 따라 가서 주위를 서서히 에워싼 뒤 그 우는 사람을 일으켜 세웠소. 그 사람은 이미 상처를 입어서 제대로 설 수조차 없었지. 나는 그의 얼굴을 볼 수가 없었소. 그는 어깻죽지 사이로 머리를 떨어뜨리고 있었기 때문에 흡사 날개 아래로 머리를 감춘 닭과 같았소. 나는 사병을 시켜 그자의 머리를 잡아당겨 올리라고 했더니, 그자가 '와와' 소리를 내며 아주 사납게 울었소. 그자의 모습을 바라보고 있기가 난처해서 나는 이런 생각을 했소. 혁명의 인도주의 정신을 떨쳐 일으킬 필요가 있는가? 총을 한 방 더 날려서 천당으로 그를 보내야 하지 않을까? 이렇게 머뭇거리고 있는데, 칠흑 같은 어둠 속에서 작고 밝은 점들이 다가오고 있었소. 마치 도깨비불이 번쩍이는 듯했지. 하하, 아가씨, 보아하니 겁을 먹고 있군. 내가 말하지 않았소? 유물주의자들은 역사 이래로 귀신을 믿지 않는다고 말이오. 그건 귀신이 아니라 개였소. 몇 마리의 개들이 주위로 몰려와서 그자를 뜯어 먹을 순간을 기다리고 있었던 거요. 개 짖는 소리가 나자 그자는 어깻죽지 안에 감추고 있던 머리를 들어올렸소. 와사등에 비친 그의 얼굴은 온통 피투성이였지. 그는, 판지화이 나를 살려주세요, 하고 외쳤소. 그가 나를 보고 판지화이라고 부르자 나는 비로소 그가 누군지 알 수 있었소. 제기랄! 그는 양펑량이었소. 나중에 그가 내게 말하기를, 작은 소도시에 그 선화조를 배웅하고 난 뒤 돌아온 순간 도처에 죽은 사람이 있는 것을 발견했고, 때문에 꺼런도 죽었을 거라고 생각했다는 거였소. 좋아요, 그의 말을 자르고 나는 긴급히 시관장으로 가서 찬또우를 찾았지만 찾을 수가 없었소.

그날 이후로 나는 차츰 꺼런의 소식을 기다리면서 신문지상의 보도를 유심히 살폈지만 그에 관한 그 어떤 소식도 접할 수가 없었소. 나는 정말 그가 죽었다고 여겼소. 나는 또다시 그 여자애를 떠올렸소. 따황 산을 떠나던 전날 밤 나는 꿈속에서 그 여자애를 보았는데, 얼굴은 바짝 말라서 오이 같았고, 눈은 아주 컸으며, 눈썹은 길게 자란 데다 눈자위가 허옇고 입술이 새파랗게 질려 있어서, 마치 한밤중인데도 쾌청한 한낮 같았소. 꿈속에서 그 여자애는 눈을 부릅뜬 채 나를 노려보았지. 꺼런과 나의 우정을 다시 떠올리고 나자, 나는 미안한 마음을 다시 한 번 느꼈소. 결국 믿을 만한 사람 몇을 데리고 시관장으로 다시 가보았소. 수소문 끝에 어렵사리 찬또우를 기르고 있던 그 노인을 만날 수 있었지. 그 노인이 내게 알려주기를, 찬또우를 어떤 사람이 데리고 갔다는 거였소. 그가 누군지 물었더니 노인장은 여자가 데리고 갔다고 했소. 노인은 손짓을 해가면서 그 여자의 생김새를 내게 말해주더군. 그의 설명을 듣고 있자니 뼁잉 같았소. "제기랄! 흰소리 아니오?" 뼁잉은 그곳을 떠난 뒤 두 번 다시 돌아오지 않았던 것으로 알고 있었소. 나는 노인에게 한바탕 정치 연설을 늘어놓으면서 그 사건의 중요성을 알려줌과 동시에 만일 노인이 나를 속였다는 게 밝혀지는 날에는, 일이 해결된 뒤에 반드시 그 대가를 치르게 해주겠다고 했소. 노인이 여러 번 되풀이해서 대가를 치르겠다는 그 구절을 음미하자 나는 화가 나서 초주검이 될 지경이었소. 내가 다시 그 노인에게 겁을 주려는 순간, 갑자기 내 부하가 그 노인에게 총을 쏘았소. 제발, 기억하시오. 내가 총을 쏜 것이 아니라 국민당 반동파가 총을 쏜 거요. 내가 아가씨에게 맹세하는데, 나는 평생 총으로 사람을 죽인 적은 없소. 내 손은 깨끗하오. 노인은 임종할 당시 손가락을 하늘로 향하고 있었는데, 찬또우가 어디에 있는지 하늘만 안다고 말하는 듯했소. 꺼런의 딸을 보살펴준 그 노인의 입장을 고려해서, 나는 그 노인의 시신을 거두어주었소. 아니오, 고기밥이 되라고 강물 속으로 던진 적은 없소. 구덩이를 파고 그 노인을 묻어주었다니까. 대단하오? 어떻게 말하든지 그건 관계없는데, 아무튼 개들이 그 노인을 물어뜯지는 않았소.

& 바스티유 바이러스

나의 모친 찬또우를 보살펴준 그 노인의 이름을 알아보려고 했지만 방법이 없었다. 앞에서 서술한 것처럼 찬또우는 확실히 나의 고모할머니가 데리고 갔다. 손가락으로 하늘을 가리키던 그 노인이 판지화이에게 한 말은 대부분 거짓이 아니었고, 하늘이 자신을 증명해줄 수 있다는 뜻으로 그 노인은 손가락으로 하늘을 가리켰던 것이다.

나의 고모할머니는 1934년 10월 따황 산을 향해 여정에 올랐다. 위조범 후안이 이미 총에 맞아 사살되었기 때문에, 할머니는 그 여정에서 꺼런과 빵잉을 만날 수 있을지 예측하기 어려워 걱정이었고, 고아 신세가 된 찬또우가 걱정이었다. 할머니는 배를 탔고 푸젠 천조우 해안에 이른 뒤 다시 바이포 진으로 들어갔다. 내가 앞에서 잠시 언급했지만, 엘리스 목사가 그녀와 동행하게 되었다. 바이포 진에 도착한 뒤 그녀가 본 그곳의 경관은 판지화이가 보았던 경관과 동일했다. 사람 그림자도 보이지 않고 황량한데, 들개들만이 사방을 돌아다니는 광경이었다. 그녀 또한 판지화이가 보았다던, 아무 말 없이 일만 하는 그 성직자들을 보았다. 엘리스 목사의 책 『동방의 성전』에 따르자면, 그 성직자들은 국제적십자회의 명령을 받들고서 장시(江西) 지우장(九江)에서 시체를 수습하기 위해 급히 달려온 것이다. 그들은 그곳에서 나의 할머니와 엘리스 목사가 찾는, 그 외지인 발음을 하는 여자애를 시관장 촌락의 노인이 보호하고 있다는 걸 알았다. 몇몇 성직자들은 노인에게 여자애를 데리고 떠나라고 요구했지만, 그 노인은 고집스럽게 그곳에 남아 있었다. 그 성직자들이 나의 고모할머니에게 알려준 바로는, 노인과 여자애가 내내 작은 개 한 마리를 기르고 있었다고 했다. 나의 고모할머니 생각에 그 개는 후안이 프랑스에서 가져온 '바스티유'의 후손일 가능성이 높았다. 그 유일한 단서를 근거로 해서 고모할머니와 엘리스 목사는 시관장 촌락의 노인과 찬또우를 찾아나섰다. 바스티유 감옥의 문 앞에서 주워온 개라고 해서 나중에 그 개의 후손을 바스티유라고 부르게 되었다. 고모할머니는 결코 그 개를 본 적이 없었다. 고모할머니와 엘리스 목사가 따황 산에 도착하기 며칠 전에 바스티유는 다른 개에게 물려 죽고 말았던 것이다. 당시 노인은 배고픔을 견딜 수가 없어서 바스티유를 내던지지 못하고 그 개를 삶아 먹었다. 찬또우가 손에 쥐고 놀던 장난감은 바로 바스티유의 다리뼈였는데, 가느다랗고 미끈미끈한 모양이 마치 담뱃대 같았다. 이튿날 고모할머니는 찬또우를 데리고 톈진으로 돌아가는 여정에 올랐다. 엘리스 목사만이 그곳에 남게 되었다. 그는 먼저 시체를 수습하고 재해나 질병을 예방하면서 지내다가 수 년 후에 다시 한 번 꺼런을 만나게 되었다.

나의 고모할머니는 따황 산에서 톈진으로 돌아온 뒤, 지속적으로 열이 내려간다거나, 한밤중에 깜짝 놀라 소리치거나, 혹은 느닷없이 등불을 입으로 불어서 꺼버리는 등의 증세를 보이기 시작했다. 찬또우의 증세는 날이 가면 갈수록 깊어져서 나중에는 침상에서 일어나지 못할 정도로 나빠졌다. 고모할머니는 찬또우가 오래 살지 못할 것이라는 생각이 들었다. 고든 톰슨(Gordon Thompson)이라고 불리던 톈진에서 가장 유명한 의사가 진단한 바로는 찬또우는 일종의 희귀병에 감염되었다는 것이었다. 그 의사의 눈이 나중에 찬또우가 갖고 노는 담뱃대 모양의 그 뼈다귀에 머물렀다. 그것이 개뼈다귀라는 것을 알게 된 의사는 무척 겁이 났다. 고모할머니 말로는 그 어린 아가씨가 이미 개고기를 먹었다는 사실을 알게 된 의사는 구토까지 했다는 것이다. 의사는 어린 아가씨의 병이 그 바스티유 개와 상당한 관련이 있다고 단정지었다. 그 뒤 의사는 이 신종 희귀병을 '바스티유 바이러스'라고 불렀다. 고든 톰슨은 그 병을 종잡을 수가 없다고 말했는데, 나중에 고든의 말은 발 없는 말이 달려가듯 아주 빠르게 퍼졌고, 최종적으로 그의 견해는 『대영백과전서－의학분책(大英百科全書醫學分冊)』에 실려 현대 의학에 일대 공헌을 하게 되었다. 고든 톰슨이 전심전력을 다해 치료한 덕에 나의 모친 찬또우는 다행히 죽음을 면할 수 있었다. 그러나 그녀는 이후 평생 동안 바스티유 바이러스의 작용으로 점점 더 성격이 급해지고 기쁨과 노여움의 감정이 수시로 변하면서 뼈를 깎는 고통을 감수해야 했다. 여러 해가 지난 뒤에, 뼈를 깎는 고통을 감내하고 있는 그녀를 보고 있을 수 없어서 나의 부친은 아무에게도 알리지 않고 집을 나가버렸다. 나의 모친 찬또우는 1965년 어느 봄날 죽었는데, 그때 내 나이 두 살이었다. 나는 고모할머니의 손에서 자랐다. 고모할머니는 우리가 흡사 격대가정(隔代家庭)*의 어미 소와 어린 송아지 신세 같다고 말했다. 고모할머니 말에 따르면, 나의 모친은 온몸이 마비되어 죽어갔다는 것이다. 죽기 며칠 전에 모친은 눈꺼풀을 부르르 떨면서 목구멍으로 경련을 일으켜, 입에서 물이 쉴 새 없이 흘러나왔다고 한다. 베갯잇을 짜내면 매일같이 족히 한 타구의 물이 흘러나왔다고 한다.

앞에서 언급했지만 대변 전문학자 저(澤) 선생의 임시 숙소에서 나는 우연히 이 전염병과 관련된 의사와 맞닥뜨린 적이 있고, 아울러 그 의사가 바스티유 바이러스에 관한 지식이 있다는 말을 들은 바 있다. 내가 이렇듯 집요하게 관심을 갖는 이유는 모친의 병이 나 자신에게 유전될지도 모른다는 염려가 생겼기 때문이다. 부서의 문서를 정리하던 중에 나는 수시로 초조하고 불안했으며 어떤 때는 잠깐씩 의식 상실 증세가 나타나곤 했다. 나는 원고를 완전히 정리하지 못하고 이 세상을 하직할까 봐 두려웠다. 그 전염병 전문의가 내게 말하기를, 바스티유 바이러스에 감염된 사람은 아주 빠르면 2주 안에 사

* 친손이나 외손의 학업과 생계를 꾸려주는 조부모를 의미함.

망할 수도 있긴 하지만 이 바이러스는 무척 오랜 기간 동안 신체 내부에 잠복해 있으면서 오랜 시간에 걸쳐 천천히 당신을 죽게 만들 수도 있다고 설명해주었다. 내가 그 의사에게 이 병이 유전되지 않느냐고 물었더니, 그는 엉뚱한 대답을 했다. 매일 바스티유 바이러스에 감염된 환자를 만나니 그 자신도 아마 보균자일 거라고 말했다. 우리가 이런 대화를 나누고 있을 때 저 선생 밑에서 공부하는 박사 과정 학생 한 명이 병원으로 들어섰던 것으로 나는 기억한다. 그 역시 우리들의 대화에 끼었다. 그가 우리에게 알려주기를 지난주 금요일 컴퓨터에도 일종의 신종 바이러스가 출현했는데 그 바이러스 이름이 바스티유라고 했다. 컴퓨터상의 그 바스티유 바이러스도 의학상의 바스티유 바이러스와 유사한 특징을 갖추고 있었다. 철저하게 근절시킬 수가 없고, 부정기적으로 발작했다. 그 박사 과정 학생의 말에 따르자면 이 신종 바이러스를 치료하기 위한 프로그램도 없을 뿐더러 바이러스를 예방하기 위한 백신 프로그램까지 이 바이러스에 감염될 정도라는 것이었다. 그 박사 과정 학생의 말대로 고든 톰슨 선생 본인의 운명도 어찌할 수가 없었던 모양이다. 1954년 고든 톰슨 선생은 바스티유 바이러스에 감염되어 발작을 일으키다가 사망했다. 톰슨 선생이 나의 모친에게 전염되었는지 아니면 다른 환자로부터 전염되었는지 나는 알 수가 없다. 톰슨 선생이 죽은 뒤 그의 학생이었던 페르난도 갈비아티(Fernando Galbiati)는 나중에 노벨 의학상을 수상하고서 끊임없이 탄식을 했다. 그자가 쓴 책 『부서진 물결(*The Broken Wave*)』에 스승인 톰슨 선생과 찬또우의 질병에 대해 언급되어 있다.

나의 스승인 톰슨 선생의 운명은 한 중국 영웅의 후예인 여자아이 때문에 바뀌었다. 그 여자애는 중국 항일 영웅인 꺼런의 후예였다. 톰슨 선생은 그 여자애가 바스티유 바이러스(Bastille Virus)에 감염되었다는 것을 발견했다. 바스티유는 개의 이름으로, 꺼런이 그 유명한 바스티유 감옥 앞에서 데리고 온 애완동물이었다. 그런데 아주 괴상한 것은 이 바이러스가 1970년대 말경 비로소 프랑스 파리에 출현했다는 점이다. 「세계위생연도보고」에 표시된 내용에 따르자면, 근년에 아프리카, 러시아, 중국 서부 지역과 그 밖에 걸프 지역인 아라비아 국가에 바스티유 바이러스가 만연된 추세이다. 그런 생각에 빠질 때면 나는 늘 나를 우려함과 동시에 나의 스승인 톰슨 선생을 가슴 깊이 그리워한다.

@ 염증을 일으킨 편도선

2년 후에 나는 우연한 기회에 꺼런이 아직 죽지 않았다는 걸 알게 되었소. 신문지상에서 꺼런이 루쉰에게 애도의 조전(弔電)을 보낸 것을 보게 되었지. 그 당시 나도 루쉰에게 애도의 조전을 보냈으니까. 그 며칠간 나는 아주 특별히 나의 조전이 신문에 게재되었는지 유의해서 살펴보았소. 나의 조전은 발견하지 못하고 되레 꺼런의 조전을 보게 되었지. 앞에서도 말했지만 꺼런과 루쉰는 내왕이 있었소. 다들 문인(文人)이니까 의기투합했고, 총명한 자는 자기처럼 총명한 자를 아끼게 마련이지. 그래서인지 꺼런은 제법 거창하게 썼더군. "인생의 지기여, 뜨거운 눈물이 흘러내리는구나. 여기 일생의 비애를 동반하니, 품은 산이 광대하구나." 그 조전을 보고 난 뒤에야 나는 비로소 꺼런이 대장정(大長征)에 참가했을 뿐만 아니라 산베이(陝北)에 무사히 도착했다는 걸 알 수 있었소. 그러나 그 후 몇 년이 지나는 동안 나는 그의 소식을 알지 못했소. 그 무렵 나는 이미 군사 통치권을 맡고 있었지. 산베이로 밀정을 파견했더니 내게 보고하기를, 꺼런은 옌안에서 톨스토이를 번역하고 있다는 거였소. 아가씨는 톨스토이를 아시오? 아니오, 그는 패션 디자이너가 아니고 작가요. 레닌이 말하기를 톨스토이는 러시아 혁명의 거울 같은 존재라고 했소.

국공(國共) 양당이 건립되고 통일전선이 성립된 이후 때때로 불시에 사람들이 옌안으로 가곤 했소. 가장 먼저 한 패거리의 미국 기자단이 상하이에서 총칭을 거쳐 옌안으로 가서 취재를 했지. 그 기자단 중에 골드만이라는 사람이 있었는데, 그는 일찍이 총칭을 다녀간 적이 있어서 나와는 비교적 안면이 있었소. 나는 그를 초대해서 식사를 하면서 꺼런에 대해 알아봐달라고 도움을 요청했소. 그는 내가 정보를 수집해달라고 부탁하는 것으로 잘못 알아듣고 자신은 기자로서 취재를 할 뿐 정치에는 가담하지 않겠다고 말하더군. 나는 그 기자에게 꺼런의 동창이자 좋은 친구로서, 듣자니 꺼런이 톨스토이를 번역하고 있다는데 그 책을 총칭에서 출간했으면 하는 생각이지 별다른 의도가 있는 것은 아니라고 서둘러 해명했지. 그러자 골드만이 말하기를, 자신이 상하이를 막 나설 무렵 빙잉이라고 불리는 한 연극배우도 역시 꺼런을 알아봐달라고 했으며, 꺼런의 폐병 상태가 어떤지 알고 싶다고 하더라는 거였소. 그렇소, 나는 그제서야 비로소 생각이 났소. 꺼런은 아직도 폐병 환자가 아니었던가.

골드만이 옌안에서 돌아올 무렵 나는 막 외지로 떠난 뒤라서 총칭에 있지 않았소. 그러므로 꺼런의 정황을 분명하게 알지 못했지. 그 다지 오래 지나지 않아 그가 일본군과 교전 중에 죽었다는 것을 알게 되었소. 아주 참혹하게 죽었는데, 전군(全軍)이 전멸했다는 거였소. 그렇게까지 큰 전투였음에도 옌안의 그 머저리 새끼는 사람을 파견해놓고도 전혀 모르고 있었던 거요. 아가씨는 내가 왜 그를 머저리 새끼라고 부르는지 알겠소? 무엇보다 먼저 그가 확실히 머저리 새끼인 것은 그의 성인 샤오(蕭)가 차오(草)라는 글자와 머리글자가 같기 때문이오. 아가씨가 믿든 말든 당장 마주친다고 해도 나는 얼마든지 그를 머저리 새끼라고 부를 거요! 당연히 그는 이미 죽었고, 머저리 새끼라고 불러도 이젠 들을 수 없소. 머저리 새끼는 내게 정보를 알려주지 않았고, 나는 오로지 신문만 보고 있는데 신문지상에도 보도가 되지 않았소. 나는 초조해서 불이 났고, 잇몸이 또 붓더니 편도선이 염증을 일으켜 결국 고름이 생겼소. 아가씨, 아가씨가 이쪽으로 와서 살펴보시오. 보았겠지만, 나는 편도선이 없소. 그 시절 나는 편도선을 잘라냈으니까. 잘라내지 않으면 좋지 않았소. 편도선에 오랫동안 화농(化膿)이 생기기 때문이오. 아무튼 한 구절 언급하자면 그 당시 나는 일이 급하긴 했지만 어쩔 도리가 없어서 편도선을 칼로 절개한 거요. 그 당시 『신화일보(新華日報)』는 뱀 대가리 같은 요새 총칭에서 발행되었던 것으로 나는 기억하고 있는데, 공산당이 발행하던 신문이었소. 나는 일찍이 호랑이 소굴로 사람을 파견해 소식을 정탐하려고 시도했지만 그들은 결국 아무것도 알아내지 못했소.

오! 눈물이 흐른다고? 아니오, 나는 눈물을 흘리지 않소. 아가씨, 아가씨는 아직 나이가 어리니까, 어쩌면 삶의 오묘한 이치들을 이해하기 어려울 거요. 그 소식을 들었을 때 나는 희비(喜悲)가 한꺼번에

엇갈려 뒤섞였다오. 좋아요, 『시경(詩經)』에서 일리 있는 말을 한 바 있소. "형제가 앞 다투어 외부의 침입자와 맞섰노라." 죽음으로써 항전해 민족의 영웅이 되었으니 불행 중 다행이라고 할 수 있지요. 꺼런이 어떻게 죽었는지 나는 분명하게 알고 있었으므로 그를 대신해 만천하에 알려야 나 또한 빛이 날 수 있소. 그런 까닭에 나는 아주 특별히 일본 신문 『호치신문(報知新聞)』을 가져오게 했소. 그 신문에는 과연 꺼런의 죽음이 보도되어 있었는데, 얼리깡 전투는 자기들이 처음으로 승리한 귀중한 전투였노라고 대서특필해놓고 있었소.

대략 일주일 정도 지난 뒤에 샤오 성을 지닌 그 머저리 새끼가 암호 전보를 보내왔는데, 꺼런이 얼리깡 전투에서 순국했고 이미 추도식이 열렸다고 말했소. 나는 오래된 친구의 신분으로 옌안으로 조문을 보낼 생각이었소. 통일 전선이오. 이미 지나간 과거사이고, 내가 다시 조문을 보낸들 뒷북치는 것에 불과한 것 아니오! 다른 사람이 소금을 흩뿌려서 당신에게 고의적으로 상처를 입혔다고 여길 수 있기 때문인데, 그렇게 하도록 내버려둘 수는 없었소. 생각하고 생각하던 끝에 결국 그만두었소.

& 왜 만물은 개를 사육하는가

판지화이 노인이 머저리 새끼라고 부른 사람은 샤오빵지(蕭邦齊)이다. 사실 샤오빵지 선생은 결코 머저리가 아니다. 『중화민국전기사전』(미국 바이오 출판사, 1989년판)에 소개된 내용에 근거하자면, 샤오빵지는 일찍이 모스크바 의과대학을 졸업한 내과 전문의로서, 이 책의 제1부에 장잔쿤과 동창으로 같이 공부한 것으로 언급되어 있다. 1948년 홍콩으로 갔다가 나중에 샌프란시스코로 가서 대학교수가 된다. 샤오빵지 선생은 만년의 저서 『개인 신분의 재현』에서 과거 옌안 시절 꺼런과 왕래했었다는 내용을 쓰고 있다. 그중에 장잔쿤 피살 내용도 언급되어 있다. 다음의 글 내용은 원제(原題)가 '왜 만불은 개를 사육하는가'인데, 처음에는 홍콩 『동방해(東方海)』 잡지에 단독으로 발표되었다가 나중에 『꺼런 연구 간행물』 제3집에 들어가게 된다.

장자가 한 말 중에 이치에 닿는 명언이 있다. "불요근부, 물무해자, 무소가용, 안소곤고재!(不夭斤斧, 物無害者, 無所可用, 安所困苦哉!)" 큰 나무는 도끼로 벌목하지 않을 것이며, 그 어떤 물건도 그 큰 나무를 손상시키지 않을 것이니라. 비록 유용한 곳을 찾을 수가 없다 하더라도, 어떤 풍상인들 어디에나 있게 마련인 것을!* 나는 문득 의술을 이해했던 관계로 산베이로 파견되어서 의술을 펼쳤다. 대장정이 끝나고 나자 홍군 병사들 중에는 폐병 환자들이 소털처럼 많아졌다. 저우은라이(周恩來) 부부도 폐병이었고(원문과 같다), 꺼런도 폐병 환자 였으며, 계급이 낮은 하층 사병들 중에 폐병 환자들이 더욱더 많았다. 옷도 부족하고 약품도 부족했기 때문에 군집된 병사들 사이에선 원성이 드높았다. 나는 그 병의 두 가지 증세를 알 수 있었고, 늘 볼 수

* 전문은 "今子有大樹, 患其无用, 何不樹之于无何有之鄕, 廣莫之野, 彷徨乎无爲其側, 逍遙乎寢臥其下。不夭斤斧, 物無害者, 無所可用, 安所困苦哉!" 네가 아주 큰 나무를 무용하다고 우려해 그것을 심지 못하게 하고, 네 주위 그 어떤 곳에도 자라지 못하게 하더니, 일망무제한 광야에 심어놓고 나무 주위를 유유히 배회하면서 나무 아래 드러누워 유유자적하게 보내는구나. 비록 유용한 곳을 찾을 수가 없다 하더라도, 어떤 풍상인들 어디에나 있게 마련인 것을! (『장자』에서 인용한 말을 현대적인 말로 의역함.)

있었다. 하루는 변비가 생기고 이튿날은 결핵이 생긴다는 것이다. 군사 통치권을 쥐고 있었기 때문에 나는 적군 토비의 내막을 탐색할 수 있었다. 옛말에 이르기를, 남쪽을 향해 차라리 천 일을 갈지라도 북쪽을 향해서는 단 하루도 가길 원하지 않는다고 하였다. 숨김없이 사실 그대로 말하자면 그 당시 나는 당연히 그 일을 승낙하지 않았다. 판지화이가 나를 찾아서 얘기를 나눌 때 그가 이르기를, 후즈(胡適) 선생이 말씀하시는 것을 듣자니까 장닝(江寧)* 지역의 관리 조직은 챠오수에의 부친인 챠오엔(曹寅)이 그해의 내무부 최고 전략 책임자였고, 캉시예(康熙爺)가 실제 특무요원으로 있을 때 장난(江南)** 지역의 통일 전쟁이 일어났던 것인데, 그는 그대로 뒷사람에게 밀려났다는 것이다.

나는 처음으로 보안대로 갔는데, 그것이 대장정의 종점이었다. 나는 일찍이 동창생 장잔쿤이 말하는 것을 들은 적이 있다. 1869년 5월 28일, 태평군 잔여 부대가 엔쥔(捻軍)***의 보안이 시작되는 시기에 이르러서 청군에게 격파되었다고 한다. 그렇게 역사상의 일차 장정은 종결되었다. 역사를 본보기로 삼아 나는 홍군이 일간 정부군의 공격에 패할 것이라고 여러 모로 생각했다. 그때가 되면 나는 재빨리 몸을 피해 전원에서 은거하고 살리라. 노자가 말하기를 "천지에 어진 이가 없고 만물이 개를 사육하는구나" 하였다. 사방에서 전쟁으로 인한 재해가 발생하여, 나도 한평생 새싹을 한 뭉치 사육하였더니 한 마리 개일 뿐이구나. 천하태평은 아니더라도 어찌 나의 한평생의 일

---

* 중국의 지명으로 광서 장족 자치구(廣西壯族自治區)에 위치함.

** 양자강 하류의 이남 지역.

*** 청나라 가경 연간 1852~68년 사이에 안후이 북부와 허난 일대에 일어난 농민 봉기를 말함.

들이 우려되는가?

내가 처음으로 꺼런을 만나게 된 것은 그해 첫눈이 내리던 날이었다. 그 당시 나는 바이성타오와 장잔쿤과 함께 강변을 산책하고 있었다. 강물은 아직 얼지 않았고 강물 위에서 움직이는 작은 쪽배 위에 눈발이 흩날리고 있어서 색다른 운치를 띠었다. 배 위에 사람이 앉아 있었는데 그들이 바로 티엔한과 꺼런이었다. 판지화이로부터 꺼런의 병이 중하다는 것을 유심히 들은 바 있어서 나는 바이성타오에게 그 말을 했다. 풍문에 듣자니 꺼런의 병이 골수에 박혀 이미 치료할 수 없는 단계에 이르렀다고 하는데 지금 그 사람을 보아하니 헛소문이라는 것을 알 수 있다. 바이성타오는 꺼런의 폐병이 이미 심해졌으니 나한테 부디 먼저 가서 진료를 해본 뒤 치료할 대책을 세우라고 말했다. 일주일 뒤에 바이성타오는 나를 이끌고 꺼런을 만나러 갔는데, 해소결흉증으로 병세가 위험할 때였고, 나한테 좋은 대책이 있느냐고 물었다. 나는 혈거 생활을 하고 있는 꺼런을 만났던 것이다. 동굴은 어둠침침했는데 촛불이 동굴을 밝게 비추었다. 벽으로 밀어붙인 책상 하나가 놓여 있었고, 책상 위에는 구리로 만든 필기구 통이 놓여 있었는데, 그 필기구 통 안에는 붓 두 자루와 검푸른 연필 한 자루 그리고 수성펜 한 자루가 꽂혀 있었다. 상업적으로 출간한 톨스토이 책 한 권이 놓여 있었는데 취우바이가 번역자였다. 내가 그 책을 뒤적이자 죄다 검푸른 연필로 표시가 되어 있는 데다 이런저런 교정이 깨알같이 되어 있어 아주 복잡하기 이를 데 없었다. 새롭게 번역하려고 하는데 취우 씨의 저서를 참고하면 머리말도 함께 쓰려 한다고 그가 말했다. 그리고 또 당신이 러시아 시골 마을을 다녀온 적이 있다는 것을 외지에서 바이성타오에게 들은 바 있다고 내게 말했다.

그의 목소리는 아주 낮은 저음이어서 마치 피아노 발판을 누를 때 나오는 소리 같았다. 나는 좋은 말로 그에게 요양을 권유했다. 그는 감사하긴 하지만 시간이 촉박하다면서 한 가지 일도 제대로완성하지 못하고 있는데 다른 일들이 계속 쌓이고 있다고 했다. 예를 들어 그는 옌안에서 루쉰 문집을 출간하려 하고 있건만 지금까지 이루지 못하고 있다는 것이었다. 그는 아마도 내 진단을 굳이 필요로 하지 않을 뿐만 아니라 나와의 대화도 필요하지 않을 듯했다. 그는 러시아 지명 아스타보포가 원어로 무슨 뜻인지 내게 물었다. 나는 소상하게 아는 바가 없었다. 그는 투르키는 가본 적이 있고 투르키의 의미는 '차단'이라는 것을 알고 있는데, 아스타보포의 러시아 의미는 모르겠고 다만 기차역 이름이라는 것만 알겠다고 말했다. 나중에 장잔쿤이 일깨워주어서 나는 아스타보포가 톨스토이가 사망한 장소라는 것을 알게 되었다. 때문에 꺼런에게 주어진 '아스타보포'가 '얼리깡'인 것은 어쩌면 당위성이 있다.

얼리깡의 일에 대해서 꺼런은 친구 황옌(黃炎)에게 들은 바가 있다. 당시 황옌은 병원으로 찾아와서 꺼런을 진찰해주었다. 꺼런이 전사하고 난 뒤 그는 늘 밤에 잠을 이룰 수가 없어서 어지러웠고 숨쉬기가 곤란했다. 황옌은 꺼런의 영웅적 업적을 선별해 그 정신을 고양시키고 후대인에게 고취시킬 생각이었다. 그런데 무슨 까닭인지 나중에 나는 황 씨의 거작을 접할 수가 없었다. 오래지 않아 불순분자를 숙청하는 정풍(整風) 운동이 시작되었다. 동창인 장잔쿤이 구속되어 조사를 받게 되었다. 어떤 사람이 나와 장잔쿤의 관계에 대해서 조사한다는 말이 전해졌고, 나와 장잔쿤의 관계를 폭로하겠다는 암시를 보내왔으므로 나는 스스로를 보호할 필요가 있었다. 아주 오랫동안

이모저모 고려한 끝에 내가 만일 입을 꽉 닫고 말을 하지 않는다면 다시 죽음의 길로 들어설 듯하고, 내부의 사람들이 한자리에 모여도 희망이란 보이지 않을 듯했다. 전후 사정을 생각해보고 난 뒤 나는 결국 장잔쿤이 이미 언급한 옌쥔 장정 계획을 털어놓았고, 홍군 장정에 비교해도 결코 뒤지지 않을 거사가 됐을 거라고 덧붙였다. 그로 인해 가련하게도 그는 세상을 등지게 되었다. 수없이 훈시(訓示)하였듯이, 장정은 선언서이자 선전 부대이며, 파종기계이며, 반고가 천지를 개벽한 일이고, 삼황오제가 오늘에 도래한 것과 같으니, 그것은 전대미문의 장정인 것이다. 그 운동이 종결되기도 전에 장잔쿤의 목이 달아났다. 풍문에 듣자니 그는 참혹한 고문으로 무고한 일을 자백하였고, 스스로 옌안에서 파견된 특무를 자처하기에 이르렀다고 한다. 장잔쿤은 나 때문에 이 특별한 특무에 의해 단두대로 보내진 셈이다. 일이 이와 같이 되자 나는 자책을 하기에 이르렀으나, 자발적으로 양심의 가책을 느끼기에도 어려운 처지가 되고 말았다. 1947년 3월 12일, 정부군이 옌안을 공습했다. 나는 탄피엥 공격을 받아 은밀히 혈거 생활을 하던 중에 개처럼 자기 상처를 핥아야 했다. 시절은 비록 봄이었지만 오히려 대설이 흩날렸다. 3월 18일 황혼에 정부군이 옌안에 진입했고, 나는 당시 홍군의 전리품으로 붙잡혔다. 내 다리의 상처로 보아선 다행이었다. 만일 입에 부상을 입었다면 말을 할 수 없어 오히려 정부군에게 박살이 났겠지만, 그들은 나의 신분 때문에 중요한 정보를 얻게 되었다. 그들이 간절히 원해서 나는 부득이 홍군이었지만 공로상을 받을 수밖에 없었다.

시안에 도착하고 난 뒤 판지화이가 전화로 재촉하며 내게 태도를 바꾸라고 했다. 나는 다리의 상처가 아직 아물지 않았다고 알려주면서 전보를 빨리 보낼 수 없음을 양해 바란다고 했다. 여러 해가 지난 뒤에 나는 이미 반공(反共)은 아니었고, 장군의 면모도 잃었으며, 작은 누각에 숨어 사는 것만이 유일한 바람이었으니, 난세를 피해 무릉도원으로 숨자는 것이 아니겠는가.

이 책의 제1부에 바이성타오가 이미 언급한 내용을 독자들은 기억하리라. 장잔쿤의 죽음이 바이성타오의 폭로 때문이라는 것을. 그러나 지금 보니 장잔쿤의 목이 달아난 것의 공로는 샤오빵지 선생에게 돌아가는 것이 당연하다. 나는 이 일을 바이링에게 알렸고, 그 아가씨는 자신의 조부인 바이성타오에게 장잔쿤의 죽음에 대해 죄책감을 느낄 필요가 없다는 말을 했다. 나의 본래 의도는 그녀의 조부를 대신해 그 책임의 일부를 벗고자 함이며, 말하자면 어쨌거나 개가 개를 먹었다는 걸 말하고자 함이다.

@ 시론 담론

좋아요, 우리 계속 얘기합시다. 총칭 중산루에 도착한 따이리(戴笠) 장군이 군사총본부가 있는 초막으로 나를 불렀소. 무슨 초막인지 모르겠소? 그날 내가 아가씨를 데리고 이틀간 묵었던 그 오성급 호텔보다 틀림없이 편안한 곳이오. 오! 그런 곳에서 공무를 보는 따이리 장군은 당연히 아주 편안할 것이라고 아가씨는 상상하겠구려. 당연하지. 역사는 진보하는 것이고, 물론 하드웨어와 소프트웨어는 아주 크게 발전을 해서 예전보다 편안해졌지.

따이리 그 인간은 좀 고양이과에 속하는 동물인데, 웃는 얼굴이 호랑이 꼴이었소. 그 인간도 학문이 무척 깊은데, 그 이름만 봐도 알 수 있소. 그의 이름은 『시경』에서 유래되었소. '군승차, 아대립, 타일상봉하차읍(君乘車, 我戴笠, 他日相逢下車揖).'* 그의 이름 본래의 의미를 아가씨가 깨달았으니까, 그 양반을 만나면 당연히 읍을 해야 하오. 매일 그를 만날 때마다 나는 경례를 하는 것 이외에도 공수(拱手)하고 읍을 해야 했소. 그러나 나는 이제껏 살아오면서 읍을 한 경우는 손에 꼽을 정도요. 사실 그대로 말하자면 읍은 우리 중국인의 전통 미덕에 불과한 거요. 오늘날은 전 지구화하고, 에이즈가 창궐하고 있기 때문에, 나는 일찍이 대회(大會)와 소회(小會)를 번갈아 가며 연설하면서 악수와 키스 대신에 중국 전통식으로 읍을 하는데, 왜냐하면 병의 전염을 감소시킬 수 있기 때문이오.

좋소, 우리 계속 얘기합시다. 따이리는 그 당시 웃으면서 생략하라, 생략하라는 말을 계속하기는 합디다. 아가씨, 내가 온 세상에다 근거 있는 이론을 하나 펼쳐 보일 테니까 반박하지 마시오. 아가씨는 지식이 있으니 인재이고, 아가씨는 어디를 가든지 상관없이 존중받고 추앙받을 수 있을 거요. 나도 따이리를 무척 존중했소. 그는 내게 앉으라고 하더니 차를 타주었고 담배를 건네주었소. 그러고 난 뒤 그는 내게 말하기를 한 가지 문제를 가르쳐달라는 거였소. 난 무슨 문제인지 말씀해보시라고 했지. 나는 그에게 아첨을 해서 그 양반을 즐겁게 해주어야 했는데, 그에게 그런 식으로 말하는 것은 군중과 밀접한 관련이 있기 때문이오. 그가 말하기를 시 한 수를 보긴 했는데,

* 중국 고전 민가에서 유래된 말로 군주가 마차를 타고 삿갓을 착용해도 서로 만나면 마차에서 내려 읍한다는 뜻으로, 의역하면 친구 사이의 우정은 귀천이 필요 없다는 의미.

좋기는 아주 좋아 보이지만 아무리 보아도 제대로 이해가 되지 않는다는 거였소. 나는 마음속으로 쾌재를 불렀소. 좋아요! 바야흐로 그에게 내 재능을 발휘할 수 있었던 거요. 그는 내게 신문 한 장을 건네주었소. 쉬위청이라는 사람이 펴낸 『이징(逸經)』이라는 홍콩 신문이었소. 「찬또우화」라는 시가 가장 먼저 눈에 띄더군. 그 당시 나는 특별한 반응을 보이진 않았지만 그 시가 어쩐지 눈에 익은 게 언젠가 다른 곳에서 읽은 듯한 느낌이 들었소. 나는 그 양반에게 이 시는 「찬또우화」가 아니냐고 물었지. 내용은 없이 미사여구만 나열한 데다 시문으로서의 멋이 없는 따분한 시였소. 따이리는 천두시우가 찬또우를 아주 좋아했다고 들었는데, 이 시는 아마도 천두시우가 쓴 것은 아닌 것 같다고 말했소. 나는 그의 말에 긍정하지 않았소. 나는 천두시우의 시를 전부 읽었는데 그가 쓴 시는 고체시(古體詩)* 형식이었다고 말해주었소. 그렇다면 천두시우에게 바친 시가 아닌지 그는 또다시 묻더군. 나는 그 당시 웃는 호랑이 얼굴상을 바라보면서 생각하기를, 주정뱅이의 뜻은 술에 있는 것이 아니고 천종푸(陳仲甫)에게 달려 있구나 싶었소. 나는 그 양반에게 천두시우는 이미 죽은 게 아니냐고 물었지. 제기랄! 아이고, 할머니! 말을 하는 순간 나는 그 시가 꺼런이 일본에 있을 때 쓴 것이라는 생각이 떠올랐던 거요. 앞에서 아가씨한테 한 번 얘기했던 것처럼 5·4 운동 이후 그 시는 『신세기』 잡지에 게재되면서 이미 한바탕 소동이 벌어졌었지. 영문으로 된 저자의 이름을 보고 나는 예상했던 대로 요우위(YouYu)를 알아볼 수 있었소. 틀림없었어요. 필경 꺼런이 쓴 것인데, 왜냐하면 꺼런의

* 당대(唐代) 이후에 율시(律詩), 절구(絶句)와 같은 근체시(近體詩)와 구별하기 위해 불렀던 시의 형식.

러시아 이름이 요우위스키였기 때문이오.

저렇게 호랑이 얼굴로 웃는 것이 도대체 무슨 의미일까 나는 생각했소. 설마 내가 국공(國共)에 물들어 있다고 의심하는 것은 아니겠지? 나는 무척 조심스럽지 않을 수가 없었소. 왜냐하면 꺼런은 이미 얼리깡 임지에서 죽었기 때문에 어쨌거나 따이리가 나를 의심할 이유는 없을 텐데, 죽은 사람과 텔레파시라도 통한단 말인가? 나는 무슨 지시든 내리기만 하면 설명하겠다고 말했소. 따이리는 한가하고 진종일 무료하니 나를 찾은 것이라고 대답하더군. 그러고는 내게 평소에 시를 읽는지 물었소. 나는 시란 일종의 특수한 의식 상태를 경험할 수 있게 해주기 때문에 평소에 시를 읽는다고 대답했지. 그러자 그는 다시 말하기를, 그 시절의 시인 중에서 누구의 시를 읽느냐고 묻더군. 나는 이 물음의 의미는 무엇일까, 그런 생각을 했소. 많은 시인들을 절대 한마디로 정의할 수 없다는 걸 알고 있었기 때문이오. 쉬즈마(徐志摩)*의 시는 좋지만 그는 죽었다고 나는 말했소. 타고르의 시도 좋은데 그는 멀리 인도에 있다고 답했소. 두 시인 모두 사회 비판적인 내용보다는 하늘에 떠다니는 구름과 새 등 서정성을 노래해 시를 습작하는 사람들에게 좋은 귀감이 될 만하다고 말했지. 그렇소, 내가 그런 식으로 일갈하자 그는 군(君)의 말을 들으니까 십 년 독서한 것보다 낫다고 말하더군. 나의 진면목은 아직 드러내 보이지도 못했는데, 그는 곧장 내게 아첨을 떨기 시작하면서 술까지 권하는 거였소. 아가씨, 아가씨는 아직 잘 모르겠지만, 술을 먹는 문제인데, 전체 회의를 신봉하는 그런 정신으로 술 아홉 잔을 받으라고 나에게 권

* 1896년 출생해 1931년 사망한 중국 현대 시인.

유했으나 세 잔을 마시고 나니까 더 이상은 단 한 잔도 못 마시겠더군. 그러나 그날은 예외적으로 영도자가 술을 권했기 때문에 나는 여러 잔을 마실 수밖에 없었소.

나중에서야 그 작자가 드디어 본색을 드러내기 시작하더니 내게 꺼런의 시에 대해 물었소. 그가 말하기를 중앙텔레비전 사회자 췌이잉웬(崔永元)은 사실 그대로 말하지 않았을 테니까 당신이 사실 그대로 말해보라는 거였소. 나는 꺼런의 시를 아주 어렸을 적에 보았고 그 뒤로는 두 번 다시 읽은 적이 없다고 말했지. 그러자 그가 다시 말하기를, 꺼런의 시를 그동안 읽지 못했다는 말은 사실인 것 같다. 왜냐하면 방금 전에 당신이 보았던 시가 바로 꺼런의 시이기 때문이다, 라고 말했소. 시선을 피하느라 이마를 한 대 때리며, 이제야 생각났다는 제스처를 취하면서 대장님이 일깨워주니 갑자기 생각났는데 그 시는 꺼런이 일본에 있던 시절에 쓴 것이라고 대답했소. 그러자 따이리가 말하기를, 5·4 운동 시기 자신도 열렬한 청년으로서 신시(新詩)를 아주 즐겨 읽었고, 당시 이 시를 읽은 바 있는데 그때의 제목은 「예전의 나는 누구였던가」였다고 말했소. 개지랄! 다 알고 있으면서 뭘 묻는 거야? 비록 입 밖으로 뱉어내진 않았지만 속에서는 이미 화가 치밀어 오르고 있었소. 그 순간 그가 박수를 치자 여러 해 동안 그가 은밀히 감추어두었던 『신세기』를 여비서가 꺼내 들고 왔소. 그 비서는 정말 아름다웠고 향수 냄새가 코를 자극했는데 진정 제2의 후띠에였소. 잡지를 내게 건네준 뒤 그 여비서는 엉덩이를 흔들며 한 걸음씩 또박또박 걸어갔소. 따이리의 분석 태도는 아주 세밀해서 시 앞부분에는 이미 쭉쭉 줄이 그어져 있고, 지금 이 지면과는 다른 곳에 붉은 볼펜으로 줄이 처져 있었소. 그의 조롱박 안에 무슨 약이 들어 있는지 나는 바야흐로 그의 생각을 읽고 있었는데, 갑자기 그가 내게 물었소. "판 선생, 샤오빵지와는 가깝소, 가깝지 않소?" 나는 그에 관해서 당으로부터 여러 해 동안 교육을 받았지만, 그가 사상적으로 무슨 문제가 있다는 소리는 전혀 듣지 못했다고 대답했소. 그러자 그는 다시 묻기를, 꺼런이 죽었다는 정보를 그가 제공한 게 아니냐고 물었소. 나는 이미 장군에게 보고한 바 있는데 이제 와서 무슨 소리냐고 되물었지. 호랑이 얼굴로 웃는 그자가 비로소 내게 말하기를, 꺼런은 당연히 아직 살아 있다는 거였소. 그가 뭐라고 몇 마디 하는 동안 나는 별의별 생각을 다 해보았지만 그런 생각은 추호도 해본 적이 없었소. 아가씨, 그 당시 내가 품었던 불만이 뭔지 아시오. 당시 나는 그의 태도가 불분명하다고 생각되었고, 무슨 병이 난 게 아닌가 싶었소. 잠시 후에 나는 각하, 농담하고 계시냐고 물었지. 그는 군대 내에서는 농담을 할 수 없는데, 이 시를 읽어보고 나니까 꺼런이 아직 살아 있을 뿐만 아니라, 그것도 따황 산에 살아 있을 가능성이 높다고 말하더군.

술이 확 깨는 것 같았소. "따황 산이라니요? 그가 거기서 무엇을 한단 말인가요?" 나는 그렇게 물었소. 그는 자신도 그 문제를 생각하는 중이라고 말하더군. 이미 파악한 정보에 따르자면 「찬또우화」는 꺼런이 따황 산에서 쓴 시라고 그는 말했소. 그는 이미 따황 산에 사람을 보냈는데, 그의 보고에 따르면 현재 따황 산 바이포 진에 확실히 외지인 한 사람이 머물고 있다는 거였소. 그가 비록 꺼런을 모르지만, 그가 묘사하는 인물의 특징으로 보아서는 꺼런과 확실히 유사하다는 거였소. 나는 그에게 신중해야 한다고 말했지. 왜냐하면 모든 확실한 정보에 따르자면 꺼런은 이미 죽었기 때문이었소. 따이리는 술잔을 들고 일어서더니 술잔 바닥을 두 번 쿵쿵 부딪치면서 말하기를, 주의해서 조사 연구해야지 먼저 함부로 경거망동하지 말라는 거였소. 그는 이미 장제스 영감에게 보고드린 바 있고, 영감의 동의까지 얻은 상태라고 덧붙이면서 나를 파견해서 내막을 일일이 들추어낼 생각이라는 거였소. 만일 꺼런이 따황 산에 확실히 있다면, 꺼런이 거기서 무슨 용무가 있는지 소상하게 알아낸 뒤에 그에게 항복을 권유해서 당국(當國)을 위해 일하게 해야 한다는 거였소. 제기랄! 그가 나를 참호로 부른 진짜 의도는 그것이었소!

보아하니 그는 그 문제에 대해 이미 신중히 고려한 듯싶었소. 그럼에도 불구하고 방안을 찾지 못하고 있었던 거요. 방안은 여러 가지가 나왔는데, 세 가지로 압축되었소. 첫째, 어디까지나 당국의 이익을 중시한다는 원칙에 입각할 것. 둘째, 민첩하게 전략을 짤 것, 셋째, 보안상의 기밀을 유지할 것. 그는 내게 이 세 가지 요점만 제대로 파악하고 지켜지면 나머지 문제는 저절로 해결된다는 거였소. 나중에 그는 내게 정으로써 사람을 움직여야만 하고, 도리를 밝혀가며 상대방을 설득해야 하며, 꺼런 선생에게 다음과 같은 기본 도리를 이해시키라고 각별히 요구하더군. 그것은 물고기는 물을 떠나서 살 수 없고, 오이는 줄기의 꼭지를 떠나서는 살 수 없으며, 혁명을 도모하자면 삼민주의(三民主義)에 의지해야만 한다는 거였소.

아가씨, 따이리 그 인간은 속이 깊고 외유내강으로 웃음 속에 칼을 숨기고 있는 자였소. 그의 부하로서 그럭저럭 밥이나 얻어먹고 살자면 단단히 기억해야 할 것이 있었는데, 어떤 경우라도 그 작자를 화나게 해서는 안 된다는 것이고, 만약 그를 화나게 했다가는 절대 좋은 결과를 얻을 수 없다는 거요. 지시를 하달한 뒤 그는 내게 다분히 고의적으로, 만일 내가 그 일을 해내기 어렵다고 하면 다른 사람을 알아보겠다는 식으로 말했소. 실로 역사적인 순간이었지. 만일 내가 분연히 못하겠다고 했다면 그는 주저 없이 나를 없애버렸을 거요. 나는 그의 손에 죽을 생각은 없었소. 나는 눈도 깜박거리지 않고, 좋습니다, 제가 하죠, 그렇게 말했소. 따이리는 흡족한 표정이었소. 요구 조건을 제시하면 조직에서 반드시 만족스러운 방도를 강구해줄 거라고 그가 말했지.

& 쉬위청과 『이징(逸經)』

바야흐로 꺼춘따오 선생이 척살당한 뒤, 쉬위청 선생이 후안의 부탁으로 일찍이 저 멀리 항저우까지 찾아가서 꺼런을 받아들였다는 걸 우리는 이미 다 알고 있다. 그 뒤 이 년 안에 쉬위청과 꺼런의 두터운 우정이 싹텄다. 꺼런이 일본으로 건너가고 나자 쉬위청도 항저우를 떠나 홍콩으로 갔다. 쉬위청이 쓴 『첸탕몽록(錢塘夢錄)』에 따르면, 꺼런은 일본에 도착한 이후 여러 번 편지를 보내온 것으로 되어 있다. 홍콩에서 『이징(逸經)』을 창간했다는 소식을 접한 꺼런은 쉬위청을 향해 일찍이 이렇게 건의한 바 있다.

> 종뿌 천두시우와 시우창 리따젠이 『이징(逸經)』에 여러 차례 큰 글을 게재했다. 게다가 시우창은 「청춘」이란 글을 보내와서 읽는 사람의 폐부까지 감동시켰다. "봄날에 햇살이 실리고 동풍에 얼음이 녹는구나. 바다 섬 멀리에서 조국을 되돌아보지 못하는구나. 쓸쓸하고 우

울한 상을 맑은 물에 비추자 한없이 아름다운 상이로다. 얼음과 눈으로 뒤덮여 아주 춥던 어느 날, 백 가지 화초가 생기를 회복하는 그런 환상에 젖어보는 날이로다. 다시 새로운 절기가 찾아들어서 언제든지 그리움에 잠기는구나."

『이징』에는 과연 앞의 문장이 전부 게재되었다. 쉬위청 선생 말에 따르자면, 『이징』은 나중에 「청춘」이란 글로 인해서 '친뿌얼샤이웨이커(親布爾塞維克)'* 인상을 사람들에게 남겨주었다고 했다. 그 후 여러 해 동안 꺼런과 쉬위청은 서로 연락이 뜸하게 되었다. 1929년경 쉬위청은 꺼런으로부터 편지 한 통을 받았다. 꺼런은 편지를 통해 자신이 상하이 대학에서 교수 생활을 하고 있으며 자전적 소설 '걸어가는 그림자'를 창작할 계획이라고 알려왔다. 그는 즉시 꺼런에게 회신을 보내고, 그 소설이 『이징』에 연재되길 바란다면서 덧붙였다. "늙은 부친에 대해 아는 것이 한두 가지뿐인데도 돌아가시고 나니까 바다 위의 섬처럼 고독하구려. 만일 홍콩에 오시게 되어 서로 이야기를 주고받으면 저한테 많은 도움이 되겠지요." 그렇게 편지를 주고받은 뒤 그들은 또다시 여러 해 동안 연락을 하지 못했다. 꺼런과 뻥잉이 소비에트 구역으로 가고, 꺼런이 이미 대장정에 참가했다는 것을 쉬위청은 풍문에 들었을 뿐이었다. 나중에 쉬위청은 국민당 정부에 옌안을 취재할 수 있도록 허가해달라고 희망했다. 취재를 핑계 삼아 꺼런을 만나고자 하는 다른 목적이 있었던 것이다. 그런데 '친뿌얼샤이웨이커(親布爾塞維克)' 인상을 사람들에게 남겨주었다는 그것 때문에 그의

* 1927년 중국 상하이에서 간행된 중국 공산당 중앙위원회의 이론 간행물.

신청은 기각되었다. 1941년 옌안을 다녀온 홍콩 기자를 통해서 그는 꺼런이 그곳에서 번역 일을 하고 있다는 걸 알게 되었으며, 꺼런의 자전적 소설이 완성되었을지도 모른다는 생각에, 꺼런에게 보내는 한 통의 편지를 쓰면서 예전에 언급했던 것처럼 자신의 잡지에 그 소설을 연재하길 희망한다는 의사를 밝혔다. 그런데 1942년 겨울, 그는 홍콩의 친한 친구로부터 느닷없이 꺼런이 얼리깡에서 이미 사망했다는 소식을 접하게 되었다. 그 뒤 그다지 오래 지나지 않아서 여러 날 동안 애석하고 비통한 감정에 젖어 있던 쉬위청은 뜻밖에도 「찬또우화」 시 한 수를 접할 수 있게 되었다.

> 아주 오래전에 전해진 것이라서 책 표지는 이미 너덜너덜해졌고, 우표도 알아보기가 어려웠다. 시의 내용이 간결하면서도 아름다우니 그 시를 쓴 사람이 꺼런이라는 것은 의심할 여지가 없었다. 라틴어 자모로 적힌 서명을 확인해보니 요우위(Youyu)였다. 나는 꺼런이 이 글을 부치기 어려운 상황이었을 거라고 짐작하면서, 어쩌면 꺼런의 유언에 가깝다는 생각을 했다.

도대체 이 시가 언제 부쳐진 것일까. 왜냐하면 이 일과 관련한 판지화이와 꺼런의 면담은 여기서 잠시 중단되기 때문이다. 우리가 알고 있는 바로는 쉬위청이 곧바로 이 시를 『이징』에 실었다는 것이다. "꺼런을 절실하게 그리워하면서 동시에 중공(中共)의 선비로서 항전하다가 전사한 것에 존경을 표한다." 『이징』(1943년 1월 6일)에 게재된 「찬또우화」 전문은 아래와 같다.

일찍이 그 누구는 나인가
거울 속에 진종일 있는 나는 누구인가
칭껑 산 봉우리 아래로 흘러내리는 작은 계곡,
바이윈 강(白云河) 기슭에 무수하게 핀 꽃은 찬또우화인가?

일찍이 그 누구는 나인가
거울 속의 봄날 나는 누구인가
아얼파터 거리에서 상봉한 이는
찬또우화 속에서 노래하던 그 연인인가?

일찍이 그 누구는 나인가
거울 속에서 보낸 일생 나는 누구인가
동굴 집 속의 붉은 횃불은
찬또우화 꽃잎이 날아다니는 그림자인가?
나는 누구 때문에 어둠 속에서 다짐하는가
누가 나를 군중 속으로 걸어가게 했을까
누가 거울을 깨뜨린 것일까
나는 무수한 나로 변신한 것일까?

『신세기』에 실린 시 「일찍이 나는 누구였던가」와 비교하자면 이 시가 더 그의 진면목을 드러내고 있으며, 긴박하고 의연함을 잃지 않고 단어들 또한 각별한 의미를 지니는데, '칭껑 산 봉우리' '아얼파터 거리' '바이윈 강(白云河)' '동굴' 등등이 그렇다. 그 단어들은 한 꾸러미에 꿰어진 구슬처럼 꺼런의 일생을 꿰뚫고 있었다. 개 코보다 더 예리하게 냄새를 맡을 줄 아는 따이리가 당연히 그런 단어들을 놓칠 리 없었다.

뜻밖에도 「찬또우화」를 발표함으로써 쉬위청 선생은 꺼런의 죽음을 바꾸어놓았을 뿐만 아니라 꺼런과 관련이 있는 많은 사람들의 운명을 바꾸어놓았다. 당연히 그 자신의 운명도 바꾸어놓았다. 그는 1944년 6월 9일, 모래와 자갈이 깔린 홍콩 젠수이만 식당의 오솔길에서 군통(軍統)*의 특무요원에게 살해된다.

@ 내각 조직

나는 지도자를 향해서 사실 아주 간단한 것을 요구한다고 언급했소. 그것은 그러니까 내가 조수를 선정해 먼저 그 조수를 파견해서 빈틈없이 조사를 한 뒤 내가 가보겠다고 말했소. 따이리도 동의하면서 누구를 고르든 상관없다고 얘기했소. 그렇소, 황제의 보검을 들었으니 내각 조직을 만들 필요가 있었지.

무슨 내각을 조직하냐고? 그 문제에 대해서 일갈하자면 나는 죽을 고생을 수도 없이 해온 사람이라는 것을 아가씨는 이해해야 하오. 내가 선택한 사람은 앞에서 언급했듯이 양펑량이오. 나는 몇 가지 조건을 고려해서 그를 선정했소. 첫째, 그것은 꺼런이 예전에 그에게 의리를 저버리는 일을 한 적이 없다는 거요. 그는 비록 군통에 가입되어 있었지만, 내가 몰래 꺼런 문제를 언급했더니 그는 여전히 존경을

* 국민당 정부 산하의 군사위원회 조사통계국.

표했소. 내 생각에 그 사람이 정말 꺼런이라면, 양평량으로서는 일하기 거북스럽지 않을 거라는 생각이었소. 둘째, 양평량은 외교관 출신이고, 세 치 혀가 썩지 않아서 볏짚도 황금으로 만들고, 황금도 볏짚으로 만드는 재주가 있었소. 꺼런을 항복하도록 권고하자면 이런 고수가 아니면 안 되었지. 셋째는, 그와 나와의 관계가 상당히 좋다는 점인데, 소비에트 구역에 있던 시절 우리는 이족(異族)이었소. 무엇을 이족이라고 부르는지 아시오? 당신들이 말하는 다른 종류의 인간이라는 뜻이오. 물론 우리는 지혜로운 사람들이고 서로를 아꼈지. 총칭에 도착한 이래로 우리들은 빈번히 왕래했소. 아가씨도 이미 눈치 챘을 거요. 나 이 사람은 언제든지 군중들과 혼연일체가 되는 걸 좋아하고, 비록 몸이 고립되어 있다 해도 기본적인 성향은 버릴 수 없었소. 그는 늘 내게 놀러 왔고, 나는 언제든지 좋은 술과 좋은 안주로 그를 대접했으며, 그에게 여자까지 주선해주었지. 당연히 그는 여자는 필요 없다고 했소. 그는 고지식하게도 일편단심 '선화조'만을 생각했소. 나는 그 아가씨가 여전히 따황 산에 머물러 있고, 이미 그의 귀염둥이 애까지 낳았을 거라고 그에게 말해주었소. 그는 일찍이 흩어진 모자(母子)와 다시 만나기를 애타게 기다리고 있었던 거요. 군자는 타인의 장점만을 부각시켜주는 법이지. 그게 중국인의 전통 미덕인 것을 내가 왜 싫다 하겠소?

여기까지 얘기하고 나니 갑자기 작은 사건이 생각나는구려. 몇 년 전에 나는 베이위에(北岳) 헝산(恒山) 여행 페스티벌에 초대된 적이 있소. 그곳에서 우연히 한 스님을 만났는데, 머리 위의 계를 받은 흔적이 흡사 대추씨처럼 컸소. 그는 푸티사(菩提寺)에서부터 거기까지 구름처럼 떠돌았디더군. 푸티사라는 말에 나는 깜짝 놀랐는데, 비이포 진에도 푸티사가 있었기 때문이오. 그날 일정이 끝난 뒤에 그 젊은 스님이 호텔 방으로 나를 찾아왔더군. 나는 그에게 잠시 동안 앉으라고 말한 뒤 교활하고 영리한 자세로 앉아 있는 젊은 스님을 바라보았소. 아가씨, 아가씬 필경 생각하지도 못할 일이지만, 내 눈앞의 그 젊은 스님은 뜻밖에도 양펑량의 손자였소.

그의 말을 듣는 순간 나는 즉시 그의 양미간에서 양펑량을 찾아낼 수 있었소. 바깥쪽으로 뻗은 귀가 마치 거푸집으로 찍어낸 것처럼 똑같았소. 그의 눈은 '선화조'를 무척 닮아 있었고, 비록 스님 신분이긴 했으나 주위를 돌아보는 눈초리가 밝게 빛나 보여서, 마치 '선화조'와 함께 이야기하는 듯했지. 그는 경축 행사가 진행되는 곳에서 내 이름을 들은 바 있다고 말하면서 한 가지 일을 묻고자 나를 찾았다는 거였소. 그는 쑨궈장(孫國璋)이라는 사람이 내 이야기를 하는 것을 들었다고 말하더군. 쑨궈장이 어떤 사람인 줄 아시오? 나는 한참 동안 생각하다가 그가 양펑량이 총칭에서 데리고 나온 사람이라는 걸 알게 되었소. 나는 그에게 물었소. "어이, 젊은 스님, 쑨 씨가 당신한테 뭐라고 얘기를 하던가요?" 쑨궈장이 말하기를 조부가 어떻게 죽었는지 판지화이는 알고 있다고 말했다는 거였소. 지나간 과오에 집착하지 않기 위해 정신을 온통 불심에 쏟고 있다고 나는 그 젊은 스님을 향해 말했지. 그는 두 손을 합장하고 염불을 외우면서 갈 생각을 하지 않았소. 나는 아직도 뭐 물어볼 게 남았는지 그에게 물었소. 그러자 그는 대충 듣자니까 당신은 류파칭(劉法淸)과 친한 사이라고 하던데 맞느냐고 묻더군. 아가씨, 아가씨는 류파칭이 누군지 모르오? 그는 류샤오치의 손자이고, 항 산의 도사요. 나는 여행 페스티벌에 참석하려고 온 것이지 다른 일을 하려고 온 게 아니라고 그에게 말했소. 제기랄! 많은 공을 들였는데 그 젊은 스님 때문에 다 날아가버렸던 거요. 그가 일어나면서 내게 이렇게 말하더군. "시주께서 좀 기다리면서 쉬고 계시면 곧 류 도사와 연결될 것이오. 그러고 나서 나는 나중에 다시 한 번 당신을 찾아올 거요." 제기랄! 이 녀석 때문에 일이 꼬였는데, 설상가상이란 말인가? 그날 밤에 나는 산을 내려왔소. 아가씨는 나를 대신해 걱정하지 마시오. 이번에 바이포 진으로 가서, 사전에 이미 관계자들에게 인사를 해두었으니, 스님들이 일부러 찾아와서 경축 행사에 참석하는 일은 절대 없을 거요. 내가 보기엔 그래야 짜증나고 번거로운 일을 막을 수 있소.

& 양평량의 후손

판지화이가 언급한 양평량의 손자의 원래 이름은 양민(楊閩)으로서, 그 이름 자만 봐도 푸젠 성 사람이라는 걸 알 수 있다. 그의 할머니는 결코 '선화조'가 아니었다. 앞에서 서술한 것처럼 '선화조' 모자는 이미 아칭의 손에 죽었다. 게다가 양평량은 아내가 있었다. 1996년 바오포 시로 찾아가 제를 올리고 난 뒤 양민은 스님의 계를 받고 푸티사에 남았으며, 법명을 밍하이(明海)로 정했다.

오늘날 푸티사는 바이포 시 관내의 중산베이루(中山北路) 63번지에 위치하고 있다. 푸티사 맞은편에는 예전에 '선화조' 찻집이 있던 자리로 오늘날에는 삼성급 호텔이 자리를 잡고 있고, 그 이름을 취화웬(翠花圓)이라고 부르는데, 그 호텔은 어떤 보석 상인이 투자해서 건립한 것이다. 나는 전후 몇 차례 바오포 시로 가서 이 호텔에서 묵은 적이 있다. 취화웬은 완벽한 설비를 갖추고 있었고, 내부 인테리어는 무척 그윽하고 품위가 있었다. 유일하게 불편한 것이 있다면 기녀들이 너무 많아서, 호텔방으로 전화를 해 호객 행위를 하는 통에 잠을 제대로 잘 수 없다는 것이었다. 나는 언제나 취화웬을 슬그머니 빠져나와서 푸티사 안으로 들어가 어슬렁거렸다. 오늘날의 푸티사는 대략 오십 무(畝)*이고, 요철 형태의 정원으로, 담장 귀퉁이에 항아리가 놓여 있었다. 내가 일차로 갔을 때 그곳에서는 마침 서화 권법 시합이 열리고 있었다. 그날 우승자는 내가 앞에서 언급한 바 있는 꿔핑 선생이었다. 꿔 비서 설명에 따르자면 그는 여러 해 동안 서화에 익숙해서 특별한 영광을 얻는다는 것은 어쩌면 당연한 일이라고 말했다. 그 요철 형태의 정원 안에서, 나는 꿔 비서와 여러 차례 담화를 나누곤 했는데, 밍하이에 대해서는 전혀 언급하지 않았다.

판지화이의 자술 내용을 정리한 후 나는 또다시 바이포 시로 들어갔다. 처음으로 나는 꿔 비서가 밍하이에 대해서 얘기하는 소리를 들었다. 그 순간 꿔 비서의 한마디가 내 귀를 때렸다. "업장(業障),** 밍하이는 이미 열반으로 들었습니다." 죽다니? 아직 젊은데, 어떻게 벌써 죽었단 말인가? 그러나 그 말 한마디만 해놓고 꿔는 더 이상 아무런 설명도 하지 않았다. 푸티사에서 그다지 멀리 떨어지지 않은 곳에 찻집이 하나 있었는데 나는 거기서 한 스님과 얘기를 나누었다. 그는 밍훼이(明慧)였는데, 확실히 앞에서 언급한 바 있던 밍훼이가 맞긴 했으나 이미 환속을 했기 때문에 수염이 텁수룩하고 얼굴에 살이 올라서 통통해, 흡사 겨울이 지나고 발아한 감자 같았다. 그는 예전에는

* 토지 면적의 단위로 1무는 대략 170평.

** 불도를 수행하는 데 방해가 되는 업.

말단이었으나 환속한 뒤 찻집을 경영하고 있었다. 손님들이 비교적 스님을 신임하고 있기 때문에 찻집 이름을 밍훼이라고 지었다고 그는 설명했다. 찻집 안에 한 폭의 종탕(中堂)*이 걸려 있었는데, 위쪽에 청등황권(青燈黃卷)**이라고 씌어져 있었다. 그 글귀는 찻집의 상품을 상징했다. 종탕 앞쪽에 현금 계산대 위에는 붉은 얼굴의 관운장이 모셔져 있었다. 그곳은 관운장의 충의(忠義)를 상징할 뿐만 아니라 재화의 화신을 상징하기도 했다.

밍훼이와 밍하이의 관계는 무척 돈독한데, 애초에 베이위에에서 항 산으로 갈 때부터 그들은 동반자가 되었다. 밍훼이의 말에 따르자면 류파칭(劉法清) 도사를 이야기할 때 밍하이를 거론했다고 했다. 그 말을 하면서 그는 찻집의 아가씨를 불러 내 찻잔에 물을 더 붓게 하고는 계산대 쪽으로 몸을 돌렸다. 순식간에 그는 1995년 8월 6일자 『화동뉴스신문』 한 장을 집어 들었다. 상하이로 여행을 갔다가 지하철에서 산 것이라고 그는 말했다. 그 신문에 류파칭 도사에 관한 기사가 다음과 같이 실려 있다.

류사오치(劉少奇)의 손자 류파칭은 북악(北岳) 항 산(恒山)에서 도사가 되었다. 당시 류의 나이 서른이었다. 그가 막 태어났을 무렵 그의 부모는 '축사(畜舍)'***에 감금되었다. 얼마 지나지 않아 아버지 류원빈은 반동분자로 몰려 사형되었다. 훗날 어머니가 그를 칭하이(青海) 초원에 있는 친정집으로 데려갔다. 그곳의 유목민들이 먹이고 키우

* 중앙 거실의 정면에 거는 폭이 넓은 족자.
** 매우 청렴한 자세로 독서에 공을 들이는 생활 태도.
*** 문화대혁명 당시 사인방이 만든 사설 감옥.

면서 라마교 절의 라마승이 그에게 글자를 가르치며 염불을 외우게 했다. 그 뒤 그는 군에 입대하여 월남과의 전쟁에 참전했다. 군에서 제대한 다음 그는 칭하이 초원으로 돌아와 마을 이장직을 맡았다. 6년 전, 바오지(寶鷄)에 있는 용문동에서 출가해 도사의 길로 들어갔다. 류법정도사는 청렴한 생활을 했고, 부단히 수련하면서 각지의 유명한 사찰을 돌며 수련생활을 했다. 작년 봄, 그는 북악에 있는 항종단에 들어갔다. 공화국 주석의 손자가 머리에 두건을 쓰고 광목 바지를 입은 채 새끼줄로 허리띠를 대신하고 항상 몸에 칠성검을 지니고 산다.

환속한 스님 밍훼이의 설명에 따르면 그들은 북악 항 산에서 류 도사를 만나보진 못했다. 항 산에서 돌아온 뒤 밍하이는 그 신문을 수십 번 들췄다고 한다. 그러나 이름과 종교 외에는 세부 설명이 사실과 다르며, 신문에서 설명하는 사람이 바로 자기 자신이라는 것을 그는 느꼈다. 그의 할아버지가 비록 국가 주석은 아니었지만 외교관을 역임했으며, 그의 아버지 역시 반동으로 몰려 사형을 당했고, 어머니가 우이 산(武夷山) 속으로 그를 데려가 나무열매와 풀뿌리로 허기를 달래게 했으며, 그 자신은 월남과의 전쟁에 참전했을 뿐 아니라 폭탄에 맞아 갈비뼈가 부러지고 다리뼈가 부러지는 바람에 지금도 걸음을 걷자면 오리처럼 뒤뚱거려야 했다. 비록 그가 마을 이장을 맡진 않았지만 그렇다고 마을 이장직과 전혀 관계가 없다고 말하진 못한다. 그가 눈물을 흘리며(그 모습은 솔직히 말하면 불가의 존엄성을 상실한 모습이었다) 지난날의 이야기를 서술할 때, 조상의 묘자리 문제로 그와 마을 이장이 한 차례 다툰 적이 있다고 말했기 때문이다. 그 싸움의 결과 그는 꼴사납게도 파출소로 끌려갔다. 만약 그가 잘못을 인정하지 않으면 손전등의 불빛으로 동공을 줄곧 비출 기세였다고 한다. 그러나 환속한 스님인 밍훼이의 설명에 따르자면, 자신도 밍하이가 진술한 내용이 확실한 것인지 알 수 없다는 것이다. 왜냐하면 『능엄경(楞嚴經)』에서 '유심생고(由心生故), 종종법생(種種法生), 유법생고(由法生故), 종종심생(種種心生)'이라고 말하기 때문이라는 것이다. 『대승도천경(大乘稻芋經)』에서 말하기를, '약견인연즉능경법(若見因緣卽能見法)'이라는 것이다. 나는 그 이야기가 무슨 의미인지 모르겠는데, 밍하이의 설명에 따르면 의식은 물질을 만들고, 물질은 곧 의식을 만든다는 의미라고 덧붙였다. 그는 그래도 내가 이해하지 못할까 봐 차근차근 자세히 다시 설명해주었다. "예를 들면, 내가 돈을 벌어 마누라를 얻으려고 생각했기 때문에 이 찻집을 연 것이오. 그런데 돈을 벌게 되면 여자들이 줄줄이 따르게 될 것이고, 그렇게 되면 나는 마누라 얻을 생각을 하지 않게 될 것이오. 사립문 사이로 얼마든지 신선한 젖을 얻을 수 있게 되었는데 내가 무엇 때문에 굳이 젖소를 키우겠소? 이런 것을 두고 바로 '유심생고(由心生故)'라고 하는 것이고, 그것을 바로 '약견인연즉능견법(若見因緣卽能見法)'이라고 말하는 것이오."

비록 그들이 우연히 만나기는 했지만 류파칭은 얼마든지 도사가 되고 그 자신도 푸티사에서 작은 자리라도 하나 얻을 것으로 밍하이는 짐작했다. 염불을 외는 것 외에 그가 가장 열심히 했던 일은 단체를 만들어 문화 활동을 펼치는 것이었다. 지난번 서예대회는 바로 그가 주선했던 것이다. 그 대회를 위해 그는 수 년간 쌓아왔던 자신의 모든 것을 쏟아부었던 것이다. 대회를 치르기 전 그는 꿔 비서와 모종의 암약을 했다. 꿔 비서가 최우수상을 받게 되면 곧바로 관련 기관의 도움을 받아 그를 푸티사의 주지로 임명하기로 했던 것이다. 그는 꿔 비서의 마음이 변할까 염려되어 경내에 보관하고 있던 도자기 일부를 꿔 비서에게 선물로 보냈다. 꿔 비서는 그에게 아무 걱정하지 말라고 안심시키며, 능력 있는 젊은 간부의 입장으로 보자면 주지를 임명하는 일은 아무것도 아니라고 자신 있게 말했다. 결국 꿔 비서는 희망하던 대로 최우수상을 받았으나, 주지의 자리(밍훼이의 표현)는 다른 스님에게 돌아갔다는 것이다. 그가 꿔핑을 찾아가 영문을 캐묻게 되면서 두 사람 사이에 시비가 붙게 되었는데, 더 정확히 말하자면 그를 뒤쫓아온 주지와 함께 세 사람 사이에 다툼이 벌어졌던 것이다. 그런데 환속한 스님 밍훼이 이야기에 의하면 꿔 비서의 이야기 중 하나가 이치에 맞지 않는다는 것이다. 꿔 비서는 밍하이가 절름발이라는 것을 지적하면서, '바이포 진이 곧 시로 승격될 것인데 절름발이가 주지를 맡게 되면 시에 대한 인상이 좋지 않다'고 말했다는 것이다. 밍훼이의 말에 의하면, 바로 그 한마디 말 때문에 밍하이가 목숨을 끊었다는 것이다.

"바로 그것이 원인이 되어 입적했단 말이오?"

나는 환속한 스님 밍훼이에게 물었다.

"입적이오? 누가 입적이라고 했소?"

밍훼이가 내게 반문했다. 그 사람은 두 눈을 베어링보다 더 동그랗게 뜨고 죽었다는 것이다. 순간 어쩔 수 없이 나는 꿔 비서에게 들은 대로 말한 것뿐이라고 설명했다. 그러자 밍훼이는 곧바로 무릎을 치며 큰소리로 웃어댔다. 말하자면, 밍하이는 고요히 입적을 한 것이 아니라 바로 달마 대사 같은 모습으로 '일위도강(一葦渡江), 척리서귀(隻履西歸)'했다는 것이다. 어떻게 된 영문인지 나는 이해할 수 없었다. 그러자 밍훼이가 설명했다. 달마대사가 양무제와 불교의 교리를 놓고 토론을 벌이다가 말이 통하지 않자 갈대 하나를 꺾어 배를 만들더니 그것을 타고 강을 건너가버렸다는 것이다. 그리고 덧붙여 말하기를, 밍하이는 당시 그곳을 여행하던 미국인을 따라 떠났다는 것이었다. 당시 밍하이는 승려 생활을 어느 정도 했기 때문에 전도사가 되고 싶다는 생각을 했을 것이라며 밍훼이는 나에게 다시 또 설명해주었다. 그는 조지 덕(George Deng)이라는 미국식 이름을 갖고 있었다. 그 이름에는 약간 기이한 구석이 있어서, 고심하던 나날 속에서 어느 날 차를 우려내다 불현듯 깨달았는데, 그 의미는 바로 '덩저챠오(等着瞧)'*라는 것이 밍훼이의 설명이었다. 쳐다보면서 기다리다니, 대체 무엇을 쳐다본다는 것인가. 나는 그 의미를 이해할 수 없었다. 밍훼이가 설명하는 이야기가 불교에서 이야기하는 식으로 말하면 바로 '움직이는 듯하면서 정지해 있는 것 같고, 지나가는 것 같으면서도 제자리에 머물고 있는 듯하다. 신은 그렇게 할 수 있으나 인간이 그것을 실행하기는 매우 어렵다'는 의미인 것이다.

판지화이도 바이포 진에 머무는 동안 밍훼이가 운영하던 찻집에서 차를 마셨다는 걸 바이링이 일찍이 내게 알려주었기 때문에, 나는 밍훼이에게 판지화이에 대한 인상이 어떠했는지 물어보았다. 환속한 스님 밍훼이는 바이링과 일본인 가와다에 대해서는 기억하고 있었지만 판지화이가 누구인지 기억을 떠올리지 못했다. 내가 대략 설명을 해주자 드디어 밍훼이는 생각이 났는지 이렇게 말했다. "아미타불, 원래 그 작자를 말하는 거였구려. 그 작자는 꿔 비서가 데리고 왔소. 그 늙은이에게는 세 가지가 많았는데, 말이 많고, 가래가 많고, 오줌

---

* 쳐다보며 기다린다.

이 많았소." 그리고 덧붙여 말하기를 판지화이가 오줌 누러 가는 틈을 이용해 꿔 비서가 그를 조직에 가담하도록 이끌었다고 말했다. 나는 무슨 조직을 말하는가 했더니 다름 아닌 중국의 위대한 소비자 연맹이었다.

앞면에 보도된 문장에서 일본인 가와다와 판지화이가 누구인지 생각이 잘 나지 않는다고 말했다. 그런 식으로 내게 주의를 주더니 그는 갑자기 대오각성했는지 이렇게 말했다. "아미타불, 원래 그 녀석이었구나. 그 작자 꿔 비서가 데리고 왔소. 그 늙은이는 세 가지가 많았는데, 말이 많고, 가래가 많고, 오줌이 많았소." 그리고 다시 말하기를 판지화이가 오줌 누러 가는 일이 잦아서 꿔 비서가 조직에 가담하는 단계로 발전되었다고 했다. 무슨 조직인가 했더니 다름 아닌 중국의 위대한 소비자 연맹이었다. 국가는 이 조직을 이미 해체했지만 꿔 비서가 가입했으니까 그 자신도 어쩔 수 없이 가입했다고 그는 말했다. 그는 나를 향해 말했다. "동지, 여기 있으면 구입하지 않아도 되긴 하지만 알래스카 바다 오일은 한 깡통 사시죠."

@ 일거양득

양펑량이 떠날 무렵 그믐달이 천변에 걸려 있었소. 그날 저녁의 달은 꽤 날렵한 모양이었던 것으로 기억하는데 그것은 흡사 농민이 담장 위에다 칼끝이 날카로운 낫을 걸어둔 것 같았소. 나는 공항으로 가서 그를 배웅했소. 따이리가 지시한 세 가지 항목을 그에게 말해주었소. 그런 뒤에 나는 의미심장하게 당부했지. "평량, 평량, 무엇보다 먼저 그 사람이 꺼런이 맞는지 그것부터 분명하게 알아봐요. 맞으면 내가 가서 처리할 때까지 기다리고, 아니면 조용히 철수하되, 풀을 밟다가 뱀을 놀라게 해서도 안 되고, 조직의 얼굴에 먹칠을 해서도 안 되오. 우리 군통이 우스꽝스러워질 수 있으니까."

나는 꺼런의 암호 '○'을 알려주었소. 아가씨, 이 암호는 앞에서 내가 온갖 노력 끝에 겨우 알아낼 수 있었던 것이오. 제로, 아무런 뜻이 없다는 거지. 멍청이라는 것은 아니고, 내 말의 의미를 새겨들어야지요. 어쨌거나 그는 원숭이보다 교묘하니까. 맞소, 내 의미는 그러니까 만일 그가 꺼런이 아니라고 여겨지면 그를 놓아준다는 뜻이지. 그는 똑똑한 사람이니 당연히 어떻게 처리해야 하는지 알고 있었소. 비행기 트랩을 오르기 직전에 나는 그에게 '선화조'에게 안부를 전해달라고 말하면서, 몸은 혁명의 밑천이니 그곳에 도착하면 몸을 귀중하게 여겨야 한다고 말했소. 왜 웃는 거요? 왜 웃지? 별다른 의미가 없는 말이었소. 나는 그냥 부하에게 관심을 표하는 것에 불과했소.

양평량 일행은 모두 일고여덟 명이었소. 『좌전(左傳)』에서 말하기를, 비록 말의 채찍이 길어도 말의 배에는 닿지 못한다고 했소. 정확한 정보를 얻기 위해, 그리고 양평량이 중간에서 농간 부리는 것을 방지하기 위해, 나는 나의 양아들을 그 일행에 몰래 심어 두었소. 그는 아주 수려하게 생겼고 이름은 내 딸과 마찬가지로 취우아이화(邱愛華)라고 불렀지. 그애는 고아였소. 1941년 6월 초순, 일본군이 총칭을 폭격할 때 너무 많은 사람들이 한꺼번에 터널로 몰려드는 바람에 피난은커녕 모두 매몰되고 말았는데, 그중에 그의 부모도 끼어 있었소. 그렇소, 말하자면 정말 웃기는 노릇이었지. 팔 년간의 항전에서 일본군의 폭격에 죽은 총칭 백성들이 천 명에 불과했으니까 평균으로 따지면 일 년에 백여 명이 목숨을 잃은 셈이오. 그런데 그 단 한 번의 매몰 사고로 밟혀 죽고, 숨이 막혀 죽은 사람들이 뜻밖에도 일만 명이 넘었지 뭐요. 시체를 처리하느라 군용 트럭이 꼬리를 물고 달려왔소. 교외 지역으로 싣고 나가 매장하려는 순간, 시신들 속에서 갑자기 통곡 소리가 들리는 경우도 있었지. 그렇소, 그 무렵 양아들 취우아이화는 겨우 열네 살 소년으로 성기에 아직 털도 자라기 전이었소. 아, 미안합니다. 아가씨, 나는 실사구시 그대로요. 그 당시는 너무 가난해서 영양이 부족해 확실히 털이 자라지 못했고 불알 껍질이 아래로 내려가지도 않았소. 당시 정부에서 자선 운동을 대대적으로 벌이던 때라 나도 그 시책에 부응하기 위해 그 고아를 돌보기로 한 거요. 그 아이는 내게 아주 충성스러웠소. 뭐랄까, 내가 벌거벗은 채 얼음 덩어리 위에 앉아 있으라고 해도 그 아이는 군말 없이 내 말을 따랐소. 그 아이를 최고로 단련시키기 위해 군대에 보냈고, 더 큰 계획과 훗날을 기약하기 위해서 양펑량의 신변에 배속시켰던 거요. 그러나 양펑량은 나와 취우아이화의 관계를 전혀 몰랐소. 언젠가 한 번 내가 양펑량네 부대로 시찰을 나갔다가, 군용 장비를 제대로 정리하지 못했다고 양펑량이 그 아이의 따귀를 두 대 갈기는 것을 보았소. 나는 일부러 이렇게 물었소. "도대체 저 어린아이는 누구네 집 자식이오? 잘 가르쳐야겠소." 양펑량은 취우아이화를 발로 걷어차더니, 그 아이에게 시말서를 써내라고 했소. 맙소사! 그 애가 내 양아들이라는 것을 알았다면 감히 그렇게 하겠소?

좋소, 얘기를 계속합시다. 양펑량이 간 뒤 나는 전신(電信)이 오기만을 손꼽아 기다렸소. 하루 이틀 지나고 나면 당연히 양펑량에게서 전신(電信)이 오리라 생각했던 거요. 나는 저녁이 되면 아무 데도 가지 못하고 소식이 오기만을 기다렸지. 맙소사! 아무리 기다려도 소식이 없으니 나는 아주 급해졌소. 나는 양아들 취우아이화가 전화라도 걸어올 줄 알았는데 의외로 그 아이에게서도 소식이 없는 거요. 정말 괴상했소. 그 어린아이가 뭔가 농간을 부리는 게 아닐까 싶었지. 설마 내 계획을 훤히 꿰뚫고 있는 건 아닌지 싶기도 했고. 아, 아가씨, 아가씨는 정말 똑똑하군. 아가씨는 필경 43년에 놓아준, 특무요원을 짐작하고 있군. 내가 양평량을 보낸 것은 일거양득을 노린 거였소. 만일 양평량이 슬그머니 꺼런을 놓아준다면, 더군다나 귀신도 모르게 일을 처리해준다면 제일 좋았지. 그런데 만에 하나 아주 신중하게 생각하면 일이 뜻대로 되지 않을 수도 있었소. 만일 일이 틀어지면 따이리가 아마 언짢게 생각했을 거요. 좋소, 그것은 미안한 일이긴 하지만 그땐 내가 그를 위해 칼을 빼 들면 그만이오. 뭐라고? 나더러 그를 대신하라고? 어떻게 그렇게 할 수 있겠소. 기다리면 나는 많은 일을 하게 되어 있었지. 양평량이 개죽음을 당한다 해도 그건 사소한 일이고 별 가치가 없는 일이었소. 말하자면 진짜 멋진 사내대장부가 멋진 일을 해내는 거요. 만일 그가 아직도 진정한 사내라면 당연히 용감하게 나서서 그 일을 책임지겠다고 나설 거요.

& 취우아이화의 죽음에 대한 보충

판지화이 노인은 스스로 총명하다고 여기는 사람이었다. 쑨궈장의 진술에 따르자면 기실 양평량은 일찍이 취우아이화가 판지화이의 양

자라는 것을 알고 있었다.

총칭에서 바이포에 도착한 양 선생이 내게 말하기를 취우아이화를 각별히 보살펴주라고 했다. 취우의 얼굴은 여자아이처럼 생겼고 마치 미국의 아역 배우 셜레 템플 같았다. 나는 통조림밖에 없어서 그것을 취우에게 먹으라고 주었다. 그에게는 레코드플레이어가 있었다. 그것은 아마 판지화이가 만지작거리던 물건이었을 것이다. 양 선생 본인도 취우에게 매우 친절했다. 나는 일찍이 양펑량이 통조림 한 통을 따서 취우의 손에 건네주는 모습을 본 적이 있는데, 그가 되레 취우 소년을 시중들고 있는 모습이 감동스러웠다. 나는 양 선생의 행동거지에 이의를 제기한 적이 있는데, 양 선생이 말하기를 취우는 양친부모가 없는 고아이기에 자신의 친혈육처럼 대우할 수밖에 없다고 했다. 바이포 진에서 취우아이화는 항상 악몽에 시달렸다. 어느 날 저녁에는 침대에서 오줌을 쌌다. 확실히 침상이었다. 나는 그날 이후 그 아이의 꿈에 대해서 생각해보았다. 그 애는 어쨌거나 자기가 죽는 장면을 꿈에서 본 것이었다. 그 아이가 죽음의 고비를 넘긴 경험이 있기 때문에 그런 꿈을 꾼다고 나는 생각했다. 이미 당신도 알고 있겠지만 나는 나중에 철학을 연구하게 된다. 그때 나는 악몽에 대해 연구했다. 그리스어로는 '악몽'을 '에피알테스(efialtes)'라고 부르는데, 이것은 악몽을 유인하는 마귀의 이름이다. 라틴어로 악몽은 '잉큐버스(INCUBUS)'라고 불리며 악마주의와 상통한다. 독일어에서는 악몽을 '알프(ALP)'라고 부르며 도깨비를 지칭한다. 왕지링(王季陵) 선생이 내게 알려준 바에 따르자면, 내가 가버리고 난 뒤 그다지 오래지 않아 취우는 죽었다고 했다. 정말로 마귀가 데려간 것일까?

여기에서 말하는 것은 취우아이화의 '일차 사망 경력'인데, 판지화이가 앞에서 언급한 대참변이 그 배경이다. 역사적 자료에 기재된 바에 따르자면 일본군이 총칭을 폭격해서 괴멸시킨 것은 두 차례라고 되어 있다. 제1차 침략은 1939년 5월 3일에서 4일까지이다. 일본군 항공 함대는 우한(武漢)*기지에서 날아와서 국민당 정부의 공군을 무력화 한 후에 총칭을 맹렬하게 폭격했다. 그 당시 총칭은 해군 항공부대 소속으로서 제1차 공습 부대였다. 찻집에서 밍훼이와 한담을 나눌 때 촨징은 이미 꿔핑 비서와 바이링에게 그 당시의 상황을 얘기한 바 있다.

소화 14년, 즉 서기 1939년 여름의 일이었다. 우리는 중형 폭격기를 몰고 오후 1시경에 총칭으로 날아갔다. 나와 동일한 폭격기를 몰던 카무이 가쿠토가 내게 알려주기를 차오천문(朝天門)에서부터 중앙공원 번화한 지대까지가 목표 지점이라고 했다. 그는 이시우(一休) 선사(禪師)의 말을 인용해서 말했다. "성불하면 모든 살생을 망각할 수 있다." 당신들은 이 말의 의미를 알겠는가?

카무이 가쿠토는 아직 살아 있다. 지나인은 왜인들이 총명하다고 말하지 않았던가? 그의 신장은 5척(일본인의 1척은 0.303미터)에 불과하다. 그러나 그는 무척 총명하다. 그는 찻집의 밍훼이와 마찬가지로 전쟁이 끝난 후에 스님이 되었고, 법명은 얼시우(二休)이다. 그들은 모두 백 개의 폭탄과 소이탄 70개를 투하했다. 먼저 26대의 비행

* 중국 대륙 중부 지방.

편대가 일차로 공격을 한 후에 27대의 비행 편대가 이차로 공격을 했다. 비록 폭탄을 얼마 떨어뜨리지 않았지만 효과는 아주 컸다. 팔로군의 화살과는 비교할 수 없는 화력이 집중되어서 적의 병력을 궤멸시킬 수 있었다. 몇몇 교회당과 영사관이 파괴되었고, 부상을 입은 군중들이 얼마인지 짐작조차 할 수 없었다.

『일본 대폭격』(위따오 출판사, 1989년판)에 기재된 내용에 따르자면, 이틀간의 폭격으로 3,991명이 사망하고 2,323명이 부상을 당했으며, 847동의 건물이 파괴된 것으로 나타나 있다. 파괴된 교회당은 다음과 같다. 성사교회교당(聖社交會教堂), 안식회교당(安息會教堂), 공희회(公戲會), 중화기독회(中華基督會). 칠성강천주교회는 전소되어 프랑스에서 운반해온 30미터나 되는 엄청나게 큰 종루만 남았다. 책 속의 사진에는 파이프오르간이 폭탄 구덩이 속에 파묻혀 있었는데, 마치 관처럼 보였다. 그리고 책에는 총칭 창핑 거리의 『신화일보(新華日報)』 건물이 파괴된 모습도 실려 있었다. 그 당시 꾸어타이시웬(國泰戲院)에서도 200여 명의 관객이 죽었다. 이런 사례로 비추어 보건대 판지화이 노인이 앞에서 언급한 다음과 같은 진술은 사실과 달라 보인다. "8년 항전으로 일본군 폭탄에 사망한 총칭 시민은 천 명에 불과하고, 평균적으로 일 년에 백여 명의 목숨이 사망했다."

2년 후인 1941년 6월 5일, 일본군은 또다시 총칭을 공습했다. 이때의 공습이 판지화이 노인이 언급한 그 참혹한 터널 사건이다. 역사적인 자료에 따르자면 그날 오후 6시 전후로 귀를 찢는 공습경보가 들려왔고, 총칭 시민들은 대부분 터널로 들어갔다. 터널 안은 물이 흐르지 않고 신선한 공기가 줄어들면서 온도는 점점 높아졌다. 터널

안의 사람들은 바깥으로 밀치고, 터널 바깥의 사람은 안으로 밀치는 통에 혼란이 가중됐다. 적기는 그날 저녁 7시에 총칭에 도착했고, 터널 안에서는 산소 부족에다 서로 짓눌리는 바람에 이미 무수한 사람들이 죽어가고 있었다. 저녁 8시와 10시에 적기는 총 공격을 시작했고, 밤 11시가 되자 터널 안의 사람들은 이미 절반이나 죽었다. 오늘날 추론하건대 취우아이화의 부모는 아마 이 무렵 무참히 참변을 당했을 것이다. 비록 가와이는 공습에 참가하지 않았지만, 그는 이 문제에 있어서 결코 희생자들의 입장이 아니었다.

나는 소화 16년, 즉 1941년 폭격에 참가하지 않았다. 다른 부대의 일은 우리와는 무관하다. 우리 해군 항공부대의 6월 6일 폭격의 전과(戰果)는 볼품없었다. 그 1만여 명의 사람들이 질식해서, 깔려서 혹은 놀라서 죽은 것이 그들의 전술 때문이라고는 말할 수 없다. 하이쿠*에 이런 구절이 있다. "파초는 또다시 익고, 남풍이 느릿느릿 불자 들판에는 춘화 진달래꽃이 피는구나." 남풍이 불어올 당시에는 이미 파초가 익었으니까 자고로 남풍과는 무관하다.

판지화이는 죽은 사람들이 매몰된 곳에서 취우아이화를 구해냈기 때문에 그가 따황 산에서 죽었을 거라는 걸 생각하지도 못했다. 그가 꾼 여러 차례의 악몽 중에 이 내용이 포함된 것은 아닐까? 그 중요한 시각에 아칭은 이미 우리에게 완전히 새로운 진술을 했다. 한 덩어리의 비누로 인해서 아칭의 부하와 양펑량의 부하가 충돌하는 사건이

* 17글자를 1수로 하는 일본의 단시(短詩).

발생하자 아칭은 먼저 자기 부하를 죽이고, 나중에 양펑량의 부하까지 제거한 뒤 푸티사로 가서 양펑량에게 사람을 요구했다. 양펑량은 자연히 취우아이화와 바꾸었다. 우리가 이미 알고 있는 바와 같이 그 당시 저우칭수, 즉 아칭이 언급한 저우빠피 집안에서 비누를 훔친 사람은 취우아이화가 아니라 나중에 하이샤(海峽) 대학교 학장을 지낸 왕지링(王季陵)이다. 현재 우리는 이런 상상이 가능해진다. 양펑량이 취우아이화를 넘겨준 뒤, 아칭은 그를 제거했을 뿐만 아니라 판지화이에게 기밀을 몰래 알려주는 임무까지 대신하게 된 것이다. 아칭이 취우아이화 하나만 살해한 것이 아니라 이미 선화조 모자까지 전부 해치워서 강물에 고기밥으로 던져버렸다는 사실을 양펑량은 전혀 예상하지 못하고 있었다.

만일 이런 가정이 성립될 수 있다면 우리는 확실히 다음과 같은 사실을 증명할 수 있다. 첫째, 양펑량은 확실히 꺼런을 풀어놓을 생각이었다. 둘째, 양펑량이 다시 판지화이와 연결되었을 가능성은 희박하다. 셋째, 판지화이는 조직과 관계된 업무를 전보를 통해 양펑량에게 모두 말했을 것이고, 아울러 매우 자주 어울렸을 것이다.

@ 짙은 안개 속의 뻥잉

맙소사! 이틀이 지난 뒤 나는 결국 양펑량으로부터 암호 전보를 접수하게 되었소. 제기랄! 그는 한쪽 주전자가 끓지 않으면 다른 쪽 주전자를 드는 판국이었지. 오, 내가 제일 조심스러워했던 일이 발생하고 말았던 거요. 암호 전보는 열 글자였소. "○號在白陂, 妙手著華

章(문장의 고수 바이포에 있다)." 맙소사! 그것은 나를 고의적으로 난처하게 만드는 수작 아닌가? 나는 성질이 나서 두 눈이 어찔거렸소. 양평량은 살아 있었던 거요! 원 세상에, 이런 더러운 새끼를 봤나! 대장의 걱정을 조금도 대신하지 못할 놈 같으니라고!

그때 마침 심정이 갑갑해진 나는 뻥잉이 총칭으로 찾아온다는 걸 알게 되었소. 내 부하가 알려준 거요. 내 부하는 한 피아니스트와 우의를 맺고 있었는데, 어느 날 아이를 데리고 피아노 연습을 하러 갔다가 우연히 피아니스트 부부가 다투는 걸 보게 되었다더군. 사실 그 피아니스트는 총칭 지우롱포(九龍坡) 공항에서 우연히 뻥잉을 만났던 거요. 집으로 돌아가자 그를 바라보는 부인의 눈길이 점점 더 사나워졌던 거요. 부인이 그의 귀를 잡아당기면서 바람기가 동한 게 아니냐, 그 비결이 대체 뭐냐, 뭐 그런 식으로 다그쳤겠지. 아가씨, 그가 어떻게 대답했을 것 같소? 그는 피아노가 부서져서 이미 음정이 맞지 않는데, 두드려댄다고 감동적인 곡조가 나오겠느냐고 대답했소. 그러자 부인은 다른 한쪽 귀를 잡아당기면서, 누구네 집 피아노가 그렇게 음정이 맞지 않느냐고 물었소. 그는 말하지 않았다더군. 개인적으로 내 부하에게 그가 말하기를, 오직 한 대의 피아노만 음정이 잘 맞지 않는데, 그것은 뻥잉이고, 그가 우연히 총칭 지우롱포 공항에서 뻥잉을 만났던 일을 얘기하더라는군. 그는 상하이 대학에서 교편을 잡고 있을 때 뻥잉을 만난 적이 있는데, 세월이 흘러 뻥잉도 예전만큼 아름답지는 않더라고 말했답디다.

그는 별다른 의미 없이 말했지만 내 부하는 유심히 듣고 곧바로 내게 보고했지. 나는 이건 분명히 아주 중요한 역사의 갈림길이란 생각이 들었소. 그녀가 왜 이곳으로 온단 말인가? 꺼런을 위해서일까?

아무튼 나는 마음속으로 상당히 놀라고 당황했소. 나는 조심스럽게 그 피아니스트를 살폈지. 그 피아니스트로부터 정보를 얻은 나는 지우롱포로 차를 몰고 가서 삥잉에 관한 단서를 조사할 생각이었소. 아가씨는 지우롱포를 아시오? 그렇소, 현재 지우롱포 기차역이 있는 자리요. 그해 마오저뚱과 저우언라이(周恩來)가 총칭에서 담판을 짓기 위해 지우롱포 공항에 내렸던 거요.

내 근거지에서 삥잉의 행적을 샅샅이 살필 생각이었소. 하지만 그게 아주 간단한 요리 한 접시처럼 해치울 수는 없는 일이잖소? 나는 즉시 사람을 파견해 그녀를 감시하라고 일렀소. 사람을 시켜 미행하게 했더니 그녀는 사람들이 공자의 제례를 지내고 공자에게 축원을 올리는 푸즈츠(夫子池)*로 자리를 옮겼다고 했소. 그녀가 왜 푸즈츠로 옮겼는지 모르겠지만, 그렇다고 내 손아귀에서 달아날 수는 없었지. 감시하라고 파견한 동지가 내게 말하기를 삥잉은 오직 한 사람과 맞대면하고 있다는 거였소. 그녀가 맞대면하고 있는 자가 누구냐고 내가 물었더니 그 녀석은 자오야오칭(趙耀慶)이라더군. 그래요, 나는 부하에게 계속 감시하라는 지시를 내렸소. 나는 온갖 방법을 다 동원해서라도 그들의 대화 내용을 분명하게 조사하라고 지시를 내린 거요. 부하가 말하기를 그 두 사람은 그리 긴요한 일을 논의하는 것 같지는 않고 다만 공자 사당에 향을 피우는 듯하더니 나중에는 푸즈츠에 거북이를 방생하더라는 거였소. 그 무렵 선남선녀들은 푸즈츠에 거북이 방생하는 것을 즐겼지. 나는 즉시 차를 몰고 푸즈츠로 갔소. 창문을 통해서 보니 과연 삥잉과 아칭이 보이더군. 그들은 정말 몇 마리

* 공자의 묘를 모신 연못.

거북이를 사서 방생을 하고 있었지. 총칭에는 늘 안개가 자욱하오. 그 당시 안개가 아주 짙게 끼여 시야가 그다지 깨끗하지 않은 탓에 나는 뻥잉의 얼굴을 분명하게 보긴 어려웠소. 다만 옆모습만, 그것도 실루엣으로 보았을 뿐인데 확실히 그녀의 우아한 풍모가 아직 남아 있었소. 그녀는 정수리에 챙이 넓은 모자를 쓰고 있었는데, 바람이 불면 그 챙 넓은 모자가 비뚤어지곤 했지만 그것만으로도 그녀의 우아한 풍모가 드러나기에는 충분했소. 속된 말로 비스듬히 쓴 모자는 비딱하게 꽂힌 꽃이었소.

여기까지 말하고 나니 또 다른 사건이 하나 생각나는구려. 제8회 전국인민대회 전국대회 5차 회의에서 총칭이 직할시로 바뀌고 난 뒤 총칭에 간 적이 있는데, 그때 푸즈츠를 둘러본 일이 있소. 연못과 사당은 일찍이 메워지고 무너진 뒤 그 자리에 중학교가 세워졌소. 나와 동석해서 그곳을 참관한 어떤 동지가 내게 알려준 바로는 문화대혁명 당시 혁명 군중이 양 갈래로 나뉘어 그 사당과 연못 자리에서 진짜 총을 들고 서로를 향해 쏘아댔다는 거요. 그런데 그때 정말 괴상한 일이 발생한 거요. 수많은 거북이들이 화장실에서 마구 기어 올라오더니 마치 점령군처럼 여기저기를 두리번거렸다는 거요. 그러자 사람들이 겁에 질려서는 총을 버리고 도망을 가버렸다더군. 나중에 사람들이 말하기를, 그 역사적인 장면은 전대미문의 사례로 거북이들로 인해서 싸움이 평정되었다는 거요. 그 지역의 영도자 동지가 내게 이야기하기를, 그 사건과 관련된 부서의 직원이 고증한 바로는 그 당시 출현한 거북이는 바로 푸즈츠의 거북이들이라는 거였소. 그 거북이들은 어떻게 살아 나왔을까? 총칭은 여전히 산야로 이루어진 도시이고 지하에는 돌이 많으니까 돌 틈 사이로 피해 다니면서 겨우 살아남았던 거요. 총성 소리에 놀란 그 거북이 떼들이 기어 올라왔던 거지. 그들의 이야기를 듣던 나는 정신이 딴 데로 팔렸소. 거기 그렇게 기어 올라온 거북이 중에서 빵잉이 방생한 거북이들은 과연 몇 마리나 될까? 그 거북이들이 몇 차례 큰 재난을 당한 뒤에도 오늘날까지 아주 많이 살아남아서, 몇몇은 푹 달여져 마쥔런(馬俊仁) 같은 운동선수들이 복용하고, 올림픽 멀리뛰기 시합에서 금메달을 획득해 중국인으로서의 사명을 드높였다고 나는 생각하오.

방금 전에 내가 어디까지 얘기했소? 오, 그렇지. 빵잉과 아칭 이야기를 했었지. 평소의 아칭을 기세당당한 사람으로만 보지 말아야 하는 것이, 빵잉 앞에서는 최대한 공경을 다했기 때문이오. 아칭이 그녀에게 공손하게 구는 꼬락서니를 볼 것 같으면 내 신경이 마치 등불 심지처럼 튀어 오르는 듯했소. 이 녀석을 내가 따황 산으로 파견하려고 하지 않았던가? 아가씨도 대충 알고 있겠지만 아칭은 예전에 빵잉의 집에서 일하던 하인이었는데, 나중에 꺼런이 난창베이(南闖北)로 데리고 갔던 거요. 뭐라고? 내가 이미 말했소? 아가씨, 보시구려. 당대 역사가 변해서 고대사로 바뀌는 것이고, 그 역사는 눈 깜짝할 사이에 망각되는 것이지. 설마 내가 정말 늙었소? 늙은 판, 늙은 판, 당신들은 나를 늙은이라고 부르지. 아, 어떤 사람은 나를 판옹(范翁)이라고 부르더군. 앞으로 아가씨는 나를 판 노인이라고 부르지 말고 그저 판 선생이라고 부르시구려. 아가씨는 필경 한 가지 도리를 이해해야만 하오. 내가 아칭과 빵잉이 헤어지는 것을 보게 되었다는 거요. 아칭 선생이 가고 난 뒤 연못에 서 있던 빵잉도 가더군. 그녀가 멀리까지 사라진 것을 확인한 후에야 나는 비로소 차를 몰았소. 뭐라고? 미행을 했냐고? 나는 그녀를 미행하지 않았소. 내가 직접 미행을 하게 된다면 큰 인재가 소소한 일에 매달리는 꼴이 되고, 그렇게 되면 체통을 잃게 되오. 관리는 관리다운 면모가 있어야 하지. 내가 그녀를 추적하려는 것은 다만 나와 뻥잉 그리고 꺼런과의 우의를 복원하려는 것뿐이오. 안개는 점점 더 짙어지고 있는데 그 안개 속으로 홀로 그렇게 걸어가는 뻥잉의 모습이 드러났소. 그녀는 대체 어디로 가버린 걸까? 나는 일차적으로 그 문제를 생각했소. 그녀는 꺼런의 일 때문에 찾아온 것일까? 이미 그녀는 꺼런이 죽은 게 아니라는 것을 알고 있는 게 아닐까? 한 순간 나는 웃는 호랑이 얼굴을 한 따이리의 말이 생각났소. 당국을 위해서 꺼런을 총칭에 오라고 권유했다는 거였지. 만일 꺼런이 총칭에 찾아왔다면, 뻥잉과 꺼런이 만나게 되지 않을까? 내 생각은 그랬소. 친구로서 오랫동안 만나지 못한 그들을 만나게 해줄 필요가 있다고 말이오.

나중에 나는 한 식당에서 뻥잉을 보았소. 그래요, 내 기억에 그 식당 이름은 이허웬(怡和圓)이었소. 이화웬(頤花圓)이 아니라 이허웬(怡和圓)이었다니까. 심광신이(心曠神怡)*할 때의 '이(怡)'라는 거요. 뻥잉이 식당 안으로 들어가자 나는 오랫동안 바깥에서 우두커니 있을 수 없어서 식당 안으로 들어갔소. 나는 곧장 이층으로 올라갔지. 난간을 사이에 두고 나는 일층의 뻥잉을 지켜볼 수가 있었소. 누군가 뻥잉의 손에 입을 맞추는 것을 보았소. 꽈당! 난 심리적으로 뭔가 꽈당 무너지는 듯했소. 저 청년은 누구인가? 그 청년의 등을 바라보고 있었기 때문에 나는 상대방의 얼굴을 분명하게 볼 수 없었소. 당신도 상상할 수 있을 거요. 내가 그 순간 어떻게 밥을 먹을 수가 있었겠소! 보아

* 마음이 열려서 기분이 상쾌하다는 의미의 사자성어.

하니 그 청년이 빙잉에게 음식을 집어 주고 빙잉도 그 청년에게 음식을 집어 주고 있더군. 빙잉이 그에게 술을 한잔 권하자, 그 역시 빙잉에게 술을 한잔 권하는 거였소. 두 사람은 술잔을 부딪쳤소. 맙소사! 저건 누구란 말인가? 저런 외모를 지닌 사내가 어떻게 빙잉의 총애를 받고 있단 말인가? 줄곧 기다렸다가 그가 계산을 치르는 순간 나는 비로소 분명하게 알아보았소. 맙소사! 그는 콩환타이였소. 아가씨도 대충 알지 모르지. 5·4 운동 당시 꺼런과 그는 나란히 감옥에 갇혔었지. 나는 예전에 그가 프랑스에서 귀국했을 때 상하이에서 만난 적이 있는데, 아마 그때 상하이 대학에서 교편을 잡고 있었던 것으로 생각되는군. 내 기억에 그 사람이 공자의 74대손이라는 이야기를 꺼런이 내게 했던 것 같소. 예전에 그 사람과 밥을 같이 먹은 적도 있으니, 우리도 오래된 친구인 셈이지.

그들이 헤어진 뒤 사람을 시켜 빙잉을 미행하게 하고 나는 콩환타이를 미행했소. 그는 화간(滑竿)*에 오르더니 아주 천천히 시내로 쇼핑을 다니더군. 충칭이라는 도시는 산길이 많고 평탄하지 못하오. 나는 차를 몰 수가 없어서 차는 부하에게 맡겨두고 나 역시 화간을 탔소. 그가 도착한 곳은 다름 아닌 푸즈츠였소. 그 순간 푸즈츠에서 나를 기다리던 부하가 그를 발견하고 나서, 아칭도 방금 전에 도착했다고 내게 소리 질렀소. 그 순간 콩환타이도 나를 발견했소. 사태가 위급해지자 영웅의 기질이 드러났지. 나는 즉시 우연히 그를 만난 것처럼 아주 대범하게 그를 향해 걸어갔소. 아가씨, 아가씨 손을 좀 줘보시구려. 나는 이런 식으로 그 남자의 손을 거머쥐고, 그를 대뜸 껴안

* 두 사람이 메고 가는 지붕 없는 가마.

았소. 그는 완전히 내 열정에 감동해서 킁킁 콧소리를 내며 아무 말도 하지 않았소. 나는 그를 향해 말했소. "세상 정말 좁구려, 우연히 길을 지나다가 당신 뒷모습을 보고 왠지 익숙하구나 싶었더니, 정말 당신일 줄은 생각지도 못했구려." 나는 그를 콩푸즈(공자)라고 불렀고, 그는 나를 판 변호사라고 불렀소. 나는 그와 술을 마시고 나서 집으로 초대를 했소.

그날 저녁 그는 우리 집에 머물렀소. 나는 무슨 용건으로 총칭으로 오셨느냐고 물었지. 그는 콩푸즈의 묘소에 제례를 지내려고 찾아왔다고 말했소. 하하, 누굴 속이시려고? 이 녀석이 그렇게까지 먼 총칭으로 찾아온 것이 오로지 푸즈츠에 향을 사르기 위함이라고? 그가 총칭으로 찾아온 목적이 꺼런과 관계있는지 아닌지 분명하게 하기 위해서 나는 몇 년 전 상하이에서 만났던 일을 언급했소. 꺼런에 대해 언급하자 그가 하염없이 눈물을 흘리면서 마치 부모상을 당한 것처럼 슬퍼했는데 나로서는 미처 예상하지 못한 반응이었소. 그는 프랑스에서 이미 꺼런이 사망했다는 소식을 들어서 알고 있다고 말하더군. 그러고는 진정한 사내라면 피비린내 나는 전쟁터에서 생을 마감하는 것이 바람직하다고 말하더군. 비록 그가 진정 눈물을 흘리고, 콧물까지 흘렸지만 나는 그의 말을 믿을 수가 없었소. 그의 본심을 알기 위해서 나는 부득이 뻥잉을 언급하지 않을 수가 없었지. 만일 그가 뻥잉을 만났다는 것을 인정한다면 그때부터 그를 믿을 생각이었소. 만일 그가 인정하지 않는다면 그의 말은 감언이설인 셈이지. 만일 뻥잉 때문에 괴롭다면 금동옥녀(金童玉女)처럼 경배만 할 것이고 오로지 내세에서나 만날 것을 기약하라고 말했지. 그리고 뻥잉을 만나게 되면 우리는 반드시 그녀를 진심으로 위로해야 하고, 꺼런 농지의 유지를 계속 받들기 위해서 슬픔을 굳건한 의지로 승화시켜 국가를 위해 공헌해야 한다고 말했소. 콩환타이는 당연하다고 말하고는 삥잉의 상태는 나쁘지 않으며 특별히 고통을 받고 있는 것은 아니라고 덧붙였소. 콩푸즈 당신이 그녀가 고통을 받고 있는지 아닌지 어떻게 아느냐고 내가 물었소. 그러자 그가 깜짝 놀라며 방금 전에 삥잉을 만났고 프랑스에서 잠시 연극을 함께 공연한 적이 있었다고 말하면서 그녀는 꺼런에 대해서 언급하지 않았다고 했소.

"그럼 삥잉은? 삥잉은 총칭에 있는 거요?" 나는 일부러 놀라는 척 벌떡 일어서다 찻잔을 부딪쳤소. 콩푸즈가 말하기를 그녀가 지금 총칭에 있는 것은 맞지만, 그 누구도 만나길 원치 않는다는 거였소. 나는 비로소 그녀가 총칭으로 온 것은 꺼런과는 아무런 관계가 없다는 걸 알게 되었소. 나는 콩푸타이에게 총칭에서 친구들 몇 명을 만났는지 물었소. 그는 아칭을 언급하면서 말하기를, 아칭을 한 번 본 적이 있는데, 루쉰이 쓴 아큐(阿Q)를 떠올렸다는 거였소. 아큐는 오직 찌그러진 포잔마오(破毡帽)를 쓰고 우펑촨(烏篷船)*에 앉아 있었지만 아칭 선생은 중절모를 착용하고 지프차에 앉아 있더라는 거였소. 아(阿)는 같은 아(阿)인데, 그 아큐 동지는 사치스럽다고 나는 응답했소. 그러자 그는 당신 역시 사치스럽다고 말하더군. 나는 그에게 부산하게 설명하기를, 지위가 높은 공무원이긴 하지만 나는 여전히 국민을 위한 공복(公僕)이라고 말했소.

* 루쉰의 고향인 샤오싱 지방의 호수 위에서 이동 수단으로 사용되는 작은 쪽배.

& 페랑의 기술

이 책 제1부에 나는 일찍이 꺼런의 감옥 친구 콩환타이를 언급한 적이 있는데, 그는 프랑스 기자 페랑(Jacques Ferrand)의 협조 아래 루소를 신봉하는 사람으로 바뀌었다. 그와 페랑은 평생토록 우정을 유지했다. 1943년 봄, 그는 프랑스로 다시 돌아간 뒤 병에 걸려 세상을 등지고 말았다. 그가 죽은 뒤 페랑은 한 편의 글을 발표했는데 그 제목은 『끝나지 않은 담화』, 나중에 그가 문집에 사용한 제목도 동일한 것으로 기억한다. 그중에 콩환타이의 고향 길에 대해 언급된 부분이 있다. 나는 이 글을 통해서 콩환타이가 총칭으로 오게 된 것은 결코 공자 묘에 향을 사르기 위해서가 아니라 루쉰이나 기타 문인들의 저작권을 보장하기 위한 동맹관계를 되찾기 위해서라는 것을 알게 되었다. 다음의 글은 꺼런과 뻥잉 그리고 판지화이에 대한 내용이다.

> 1942년 말 콩환타이는 샤오보나의 중국 방문을 보도하면서(샤오보나가 중국을 방문한 시기는 1933년 2월임) 루쉰, 차이웬빠오와 양췐 등이 중국창작협회 소속 작가들의 저작권을 보장하는 동맹을 체결하고 정치범의 석방을 요구했다면서 출판 및 결사, 언론, 집회 등 국민의 자유를 획득하는 문제에 대해 언급했다. 그가 신봉하던 티엔무의 인권 개념과 맥을 같이하는 것이었다. 때문에 그는 즉시 조국으로 돌아가기 위해 바야흐로 동맹 관계를 유지한다. 그는 오래된 친구를 만날 수 있다는 생각에 밤에도 잠을 이룰 수가 없었다. 그 역시 꺼런을 자신의 감옥 친구이자, 시인이며, 한 송이 꽃과 같은 존재라고 언급

한 바 있다. 내 기억에 콩환타이는 매일같이 내게 꺼런의 시를 낭송해주었다. "예전의 나는 누구였나. 예전에 나는 누구의 일생이었나. 미풍 중에 흔들리는 푸른 불꽃은, 암흑 속에 핀 야생 장미인가?" 콩환타이 선생은 시 구절 중의 푸른 불꽃을 어두운 밤에 기이한 향기를 발산하는 야생 장미라고 언급했다. 여러 해 전의 일을 상기하던 나는 1933년 처음으로 콩환타이 선생을 만났을 때 그가 내게 이 시를 낭송해주었다는 사실을 기억해냈다. 그 당시 그는 막 군통(軍統)의 명령으로 아문의 마구간에서 석방된 상태여서 온몸에서 말똥 냄새가 진동했다.

그는 히말라야의 산맥인 마봉 위로 높이 날아 조국으로 되돌아온 뒤에야 1933년 6월 동맹이 해체되었다는 사실을 비로소 알게 되었다. 공연히 허탕을 친 것이다. 그해 샤오보나를 접대한 책임을 지고 있던 민권동맹의 간사인 양췐을 그는 여전히 만날 수 없었다. 그는 프랑스에서 돌아온 뒤 내게 이렇게 말했다. 1933년 6월, 일찍이 양췐은 동방의 파리로 불리던 상하이에서 국민당의 특무요원에 의해 암살되었다는 것이다. 그 사실을 언급할 때 콩환타이는 무척 진지했던 것으로 기억된다. 상하이 사람들은 어쨌거나 상하이를 파리, 뉴욕, 런던과 비교하기를 좋아했지만 어쩌면 상하이는 콸라룸푸르, 호치민, 마닐라와 비교될 수 있다. 최소한 파리와 뉴욕은 다른 나라의 식민지가 된 적이 없다. 상하이는 벌건 대낮에도 살인이 가능한 도시였다. 그가 말하기를 양췐은 일요일 아침 일찍 피살되었으며, 양췐의 아들까지 동시에 피살되었다는 것이다. 그가 몇몇 특무요원을 악당이라고 부른 것을 나는 아주 분명히 기억하고 있다.

총칭에서 그는 꺼런의 미망인 삥잉을 만난 적이 있었다. 여러 해

전 뻥잉과 꺼런은 성이 차오인(즉 아칭을 말함) 하인과 함께 상하이에서 법조인인 판지화이의 친구를 알게 되었다. 그는 뻥잉에게 프랑스로 함께 가자고 권유했지만 뻥잉은 자신이 이런저런 병에 걸려 함께 움직일 수가 없다고 말했다. 재미있는 사실은 그 성이 차오였던 하인과 성이 판이었던 법조인이 특무조직의 책임자였다는 사실이다. 판 법조인은 그에게 조국으로 돌아온 이유가 무엇인지 물었고, 그는 고향에서 조상의 제사를 받들기 위해서라고 대답했다. 꼼수를 써서 그 법조인의 신임을 얻으려는 듯 보였다. 우리는 이미 알고 있다. 공자는 기원전 6세기경에 생존했던 사람으로서 곧 콩환타이의 선조인 셈이다. 공자의 옛 가옥인 산둥(山東) 취뿌(曲阜)가 일본군의 손아귀로 들어간 뒤 총칭의 푸즈츠 가장자리에 있던 문묘(文廟)가 공자의 제례를 모시는 성지로 바뀌었다. 콩환타이가 말하기를, 대화를 나눈 지 이틀째 되는 날 아침 일찍 판지화이는 직접 그를 대동해 문묘의 조상에게 제례를 지냈다. 옛날의 우정은 흡사 번개를 맞은 꽃처럼 흔적도 없이 사라져버려서 그들은 정치와 우정의 갈림길에서 예전의 관계를 회복할 방법이 없었다. 그 당시 콩환타이는 법조인 판지화이를 향해 중국 국내 정치의 현 상태에 대해서 불만을 표시했다. 그때 법조인 판 선생은 영국에 머무르고 있던 중국 소설가 라오서(老舍)의 작품 『고양이 도시 기록』의 한 구절에서 사용한 'Sharekyism'이라는 독특한 어휘를 인용하면서, 완곡하게 설명하자면 그것이 바로 전쟁을 필요로 하는 이유라고 반박했다. 콩환타이를 일깨워주고 나서, 나도 비로소 라오서가 만든 신조어 'Sharekyism'의 의미를 깨닫게 되었는데, 그것은 "모든 사람들이 일을 해야 하고, 모든 사람들이 즐거워야 하며, 모든 사람들이 함께 행복을 누려야 한다"는 뜻이다. 판지화이는 의미심장한 뜻이 있어 라오서의 신조어를 인용한 것이다. 달리 표현하자면 해외에서 유랑 생활을 하는 중국인들의 정치 활동은 결코 생경하지 않다는 것이고, 다른 방식으로 더 설명하자면 콩환타이가 떠받들고 있는 천부인권 사상을 반대하면서, 그것은 단지 책임지지 않는 말장난에 불과하다고 여겼던 판지화이의 저의가 담겨 있기 때문이었다. 콩환타이는 나에게 말하기를, 판지화이가 마지막에는 농담처럼 이런 말까지 했다고 한다. "한 사람의 중국인으로서 줄곧 공자를 신봉했었는데, 당신은 공자의 후손임에도 불구하고 공자 도덕 관념의 배반자요."

판지화이의 말은 틀리지 않았는데, 중국에서 공자의 도덕관념은 영원한 가치를 지닌다. 때문에 인권에 대한 지지가 불필요하다. 공자의 세계는 이원론적이다. 정신노동자와 육체노동자, 소인과 군자, 노비와 귀족으로 이원화된다는 것이다. 이런 모종의 의의에서 말하자면 공자와 루소는 흡사 얼음과 숯처럼 서로 융합하기 어렵다는 것이다. 게다가 콩환타이 선생은 그 동방의 군자와 루소의 신봉자로서, 다시 말하자면 얼음과 숯불로 만들어진 길 위에서 앞으로 나가기 위해 애를 쓰다가 아마 지금은 하늘나라에 가 있을 것이다.

이 짧은 문장에서 표현된 것은 페랑이 중국 정세에 정통한 기자라는 것이며, 꺼런이 이미 전사한 것으로 인식하고 있다는 점이다. 사실상 그 무렵 이후 여러 해 동안 서방의 통신사들도 공통적으로 그렇게 인식하고 있었다.

@ 제길, 깨끗이 문질러버리다

좋소, 콩푸즈가 가버린 뒤 나는 아칭을 불렀소. 처음 양평량 이야기를 할 때 나는 그에게 말해주었지. 새로운 문제를 대하면서 나는 몇 가지를 고려하지 않을 수가 없었소. 나는 그에게 암시를 주고 이곳에 도착한 뒤에 양평량을 없애버릴 수밖에 없었소.

어떻게 암시를 주었냐고? 아주 쉽지. 그에게 이곳으로 와서 양평량과 합작을 하되 합작을 하지 못하면 양평량의 병권(兵權)을 박탈하라고 말했소. 아칭이 듣더니, 아내를 얻는 것처럼 매우 즐거운 일이고, 광명과 완성을 표시하는 것은 반드시 당국의 임무라는 거였소. 이치대로 말하자면, 그렇게 큰 임무를 수행하기 위해서는 내가 당연히 문서를 작성해 아칭에게 주어야만 하는 것이었지. 그래야 양평량이 순순히 병권을 내줄 것 아니겠소. 그러나 나는 문서를 만들어주지 않았소. 나는 고의로 문서를 만들어주지 않았던 거요. 아칭은 아주 영민한 사람이라 각별히 그 부분에 대해 언급했소. 나는 그에게 거짓말을 했지. 내가 양평량에게 이미 말을 해두었으며, 만일 내가 재차 사람을 파견하게 된다면 그 사람은 나를 대신해서 가게 되는 사람이니 반드시 그 사람의 명령에 복종하라고 지시해놓았다고 말이오. 복숭아 두 개로 세 명의 선비를 죽이는 식이지. 그렇게 되니 양평량과 아칭이 한 바탕 암투를 벌이지 않을 수 없게 되었던 거요. 그런데 양평량이 아칭과 싸워 이길 수 없다는 것은 누구보다 내가 잘 알고 있었소. 왜냐하면 양평량은 외교관 출신이라 무슨 일에 부딪히면 말로서 순리적으로 해결하는 타입이었소. 그러나 아무리 수재라도 군인에게는 순리라는 것이 먹혀들게 할 수 없단 말이오. 비록 아칭이 문화인에 들긴 했지만 양펑량과 비교하자면 작은 무당이 큰 무당을 바라보는 격이었소. 어쩌면 양펑량이 수다를 다 떨기도 전에 칼에 찔려 죽을지도 모를 판이었지. 물론 변증법은 우리들에게 문제를 정반의 측면에서 고려하도록 만들지. 그러므로 나는 다른 가능성을 고려하지 않을 수가 없었소. 그것은 양펑량이 아칭을 해치울 수도 있다는 것이었지. 실제로 그런 사태가 벌어지게 된다면 하늘조차 무너져 내리지 않을 수 없는 노릇이지. 양펑량은 내가 자신을 신임하고 있지 않다는 낌새가 느껴지면 꺼런을 데리고 따황 산으로 달아날 것이 뻔했소. 내 입장에서 그런 결과를 완전히 부인할 수는 없었지.

아칭 역시 지우롱포 공항에서 출발했소. 그를 배웅할 때 그는 별도의 지시 사항이 있는지 나에게 묻더군. 나는 단지 '궁둥이나 깨끗하게 닦게' 그런 식으로 한마디 했소. 그가 비행기 트랩에 올랐을 때 나는 큰 소리로 의미심장하게 한마디 고함을 쳤소. "이봐, 궁둥이!" 물론 그는 내 뜻을 간파했소. 내 생각에 그는 궁둥이를 닦을 때마다 아마도 내 지시를 생각했을 거요.

아칭이 떠난 뒤 나는 다시 오랫동안 기다리기 시작했소. 제기랄, 정말 괴상한 일이었지. 지난번처럼 좌불안석하며 온종일 기다렸지만 아칭에게서 회답은 오지 않았소. 그 기간 동안 영도자인 따이리가 전화를 한 번 걸어오긴 했지. 나는 그에게 좀더 기다려보자고 설득하면서, 현대는 정보 사회이고, 정보가 바로 모든 것인데, 확실한 정보 없이 무턱대고 행동하면 실수를 저지를 수 있다고 말했소. 나는 상관에게 약간의 인내심을 권유했던 거요. 상부에 정책이 있다면, 하부에서는 대책이 있다는 말처럼 나는 그가 의심할까 봐 다시 한 번 그에게 청심환을 먹였던 거요. 나는 상관에게, 아칭은 당신이나 나 그리고 당과 국가에 우직스럽게 충성을 다하고 있으니 절대 우리들을 배반하지 않을 것이며, 일단 그쪽에서 무슨 소식이 오게 되면 내가 즉시 움직일 거라고 말했소. 뭐라고 떠들었던 간에 결국 나는 그를 얼렁뚱땅 설득시켰지. 그러나 사흘째 되던 날, 따이리는 내게 다시 전화를 걸어왔소. 수루(漱廬)로 찾아와 자신을 만나라는 거였지. 그곳에 도착하고 나서야 그가 내게 우한(武漢)을 다녀오라고 한다는 것을 알게 되었소. 그곳에 있는 일본 군인들이 미국인 비행사 한 명을 포로로 잡고 있으니까, 우한으로 가서 일본 사람들과 교섭을 벌인 뒤, 우한에서 직접 따황 산으로 가라는 거였소. 보아하니 내가 직접 가지 않으면 안 될 일이더군. 나는 알았다고 대답하고 나서 곧바로 돌아와 짐을 꾸려 출발했소. 그가 지시하기를, 자신이 이미 장제스에게 연락을 해놓았으므로, 내가 따황 산에 도착한 뒤 만일 그자가 꺼런이 확실하다면, 꺼런이 어떤 요구를 하더라도 무조건 받아들이라는 거였소. 그리고 덧붙여 말하기를, 만일 그가 정부에 귀순하겠다면 정부는 문호를 개방해서 하나의 신당 창립도 허락할 생각이며, 국방 참의회(參議會)에 여섯 석의 자리를 마련해주겠다고 했소. 나는 따이리에게 장 위원장의 그 말을 책임질 수 있느냐고 물었지. 그러자 따이리가 하는 말이, "그가 뱉은 말을 책임지고 말고는 그때 가서 이야기하면 되고, 여섯 석이 아니면 다섯 석이라도 괜찮지 않겠나, 다섯 석이 없으면 네 석이라도 괜찮은 것 아닌가"라고 대답했소. 그래서 곧장 나는 네 자리만이라도 차지할 수 있다면 그것도 훌륭하다고 생각했지.

그러고 나서 우리는 포로로 사로잡힌 미국인에 관해 다시 이야기를 했소. 나는 그 자리에서 쪽바리 놈들이 간이 부어도 너무 부었지,

감히 미국인조차 포로로 잡다니,라고 말했소. 제기랄! 계란으로 바위를 치려는 짓 아닌가? 물론 두 가지 측면에서 문제를 보아야 할 것이오. 미국 놈들도 참 웃기지, 자신들은 곳곳에서 패권주의를 행사하며 다른 나라의 내정 간섭을 하고 있으면서, 쪽바리 놈들이 자기들처럼 행동하면 뭐 그리 나쁜가. 최소한 우리들이 미국인들에게 잘 보일 만한 기회를 주긴 하는군. 나의 이런 견해에 대해서 따이리는 무척 흥미를 가졌소. 그는 언제 중미 관계가 맺어지든 하여간에 그것은 우리나라의 외교관계 중에서 가장 중요한 일이니까 이번 일을 잘 처리하라고 지시했소. 나는 감히 태만하게 행동할 수 없어 곧바로 그 명령을 받아들였지. 나는 일본인 한 명을 데리고 여정에 올랐소. 그는 이나모또라는 일본 스파이였지. 나는 분명하게 기억하고 있는데, 그 사내는 중국말을 아주 유창하게 구사할 뿐만 아니라 광둥어도 구사할 줄 알았소. 당신이라는 말을 '레이(累)'라고 발음했으며, 아가씨를 '샤오가이(小改)'라고 불렀으며, 동지라는 말을 '통즈(通緝)'라고 바꾸어서 말하기도 했소. 하하하, 우리는 바로 그 일본 '통즈(通緝): 동지'를 그 미국인과 맞바꾸려고 했던 거요.

옛말에 이르기를 풍수지리는 바뀐다고 하였소. 총칭에서부터 한코우로 오는 동안 뱃전에서 나는 줄곧 생각했소. 역사는 아무튼 중복되는 것을 좋아하고, 차이가 있다고 해야 그저 미미하다는 생각을 했던 거요. 그렇소, 나는 줄곧 그런 이치를 생각하기에 이르렀소. 꺼런의 요청을 받아들인 내가 처음으로 따황 산에 들어갔다가 결과적으로 포로로 잡혔소. 그런데 이번에는 한 바퀴 순환을 해서 꺼런이 포로로 잡혔소. 과거를 돌이켜 생각해보면 도일(渡日)할 당시 우리는 한 우편선에 나란히 앉아 있었는데, 나는 꺼런에게 투항을 권유하면서 우편선에 앉아 있었던 거요. 과거 배에 오를 당시 나는 분명하게 기억하고 있는데, 국민참정회 참정원 한 사람과 배에 승선하며 마주쳤었소. 그의 이름은 장시뤄(張奚若)였지. 아가씨, 그 사람을 알고 있소? 그는 스파이 활동으로 이름을 날렸는데, 천성적인 반대파로서 라오장(老蔣)과 감히 충돌하던 인물이었소. 나를 한 번 보고난 뒤 그는 나를 붙들고는 삥잉이 총칭에 찾아왔는지 물었소. 나는 모른다고 대답했지. 그가 말하기를 같은 사람의 말은 믿을 것이 못 된다고 하더군. 장시뤄도 그때 프랑스에서 막 돌아왔던 것이오. 맙소사! 나의 이번 원행(遠行)이 꺼런과 관련이 있다는 것을 그는 이미 알고 있었던 거요. 일이 꼬이고 있었지. 그는 필경 천하의 모든 일을 다 알고 있었소. 아가씨, 나는 아가씨한테 사실 그대로 얘기하고 있소. 그의 명성이 그다지 알려져 있지 않았다면 나는 사람을 파견해 그를 해치울 수도 있었소. 그 당시 나는 부하에게 명령을 내려서 그를 감시하라고 했으니까! 그와 관계된 건 뭐든 엿들어서 즉시 내게 보고하라고 말이오.

& 장시뤄(張奚若)

바이링 아가씨처럼 나도 장시뤄 선생에 대해서 아는 것이 하나도 없었다. 판지화이 노인의 자술서를 읽은 뒤부터 나는 비로소 그와 관련된 자료에 유의하기 시작했다.

장시뤄는 꺼런보다 열 살 연장자였고, 산시(陝西) 자오이(朝邑) 사람이었다. 이 책 속에 등장하는 대부분의 인물처럼 그는 일찍이 의사였지만 나중에는 오히려 정치학을 연구했다. 그는 중국 현대 정치학의 장시자로서 칭화 대학의 정치학 주임으로 재직하다가 시난옌 대학(西南聯大) 정치학 주임으로 부임한 적이 있다. 1925년 10월 5일, 『천빠오부간(晨報副刊)』에서 쉬지마는 장시뤄에 대해 묘사하고 있다. 장시뤄는 아주 완고하고 꼿꼿한 사람이었다. 천성적으로 위엄이 있어 그 어떤 것도 침범하기 어려운 타입이었고, 예쁘고 사랑스러운 것과는 거리가 멀어 마치 장비와 우고(牛皋) 같았다.

항전 시기에 장시뤄는 이미 문화계 대표자로서 국민참정회 참정원으로 선출되었다. 판지화이의 말은 틀리지 않았다. 그는 확실히 라오장과 충돌했다. 1941년 그는 이미 장제스의 면전에서 정부의 부패와 장제스의 독재에 대해 호되게 꾸짖어서 라오장이 얼굴을 들지 못하게 만들었다. 장제스는 뭐라고 한마디하지 않을 수 없었다. "환영한다는 말을 그런 식으로 할 것까지야 뭐 있소." 장시뤄는 대뜸 화를 내더니 궁둥이를 흔들면서 가버렸다. 1946년 정부 회의가 열리기 전날 장시뤄는 시난옌 대학 학생회의 초청으로 일차 강연을 하던 도중에 이렇게 선포했다. "만일 내가 기회가 되어서 장제스 선생을 만나게 된다면, 나는 틀림없이 그에게 하야하십시오, 라고 말할 것입니다. 이것은 아주 정중하게 표현한 것이지요. 무례하게 표현한다면 그만 자리에서 물러나게, 라고 할 것입니다." 보아하니 늙은 판지화이 선생의 말이 틀리지 않는다. 장시뤄는 확실히 두려움을 모르는 사람이 분명했다.

『장시뤄 문집』에 소개되어 있는 내용에 따르면 1940년 9월 장시뤄 선생은 무당파(無黨派) 애국주의 인사의 신분으로 제1차 국정협의회 의원에 선출되었다. 국정 협의회의 제1회 제1차 회의에서 국명을 토론할 당시 '중화인민민주공화국'과 '중화인민민주국'이라는 두 가지

안이 언급되었다. 장시뤄는 그 두 명칭이 모두 번다하고 오히려 '중화인민공화국'만 못하다고 여겼다. 그 이유는 '인민공화국'이라는 말 속에 이미 인민이 주권을 행사하는 민주주의의 의미가 내포되어 있기 때문에 재차 '민주'라는 글자를 중복할 필요성이 없다는 것이었다. 제1차 회의에서 그는 운이 아주 좋았다. 그 회의에서 그의 의견이 채택된 것이다. 늙은 판지화이의 구두선이 먹히다니, 맙소사! 만일 판지화이가 그해 총칭의 부두에서 장시뤄를 처단해버렸다면 우리는 어쩌면 나라의 이름을 지금과 달리 부를 수도 있을 것이다. 1957년 5월, 정부는 당 외부 인사들의 협조를 얻어 정풍운동을 벌이고자 했다. 마오 주석은 그에게 의견을 구했고, 그는 그 자리에서 "큰 공을 세우기를 좋아하고, 급하게 눈앞의 명리만 추구하며, 지난 과거를 경시하니 머지않아 미신이 판치게 될 것이다"라는 말을 남겼다. 기실 1957년까지 그가 살 수 있었다는 것은 이미 하늘의 크나큰 조화였다. 『장시뤄 문집』 498쪽에 기재되어 있는 내용을 보면, 그해로부터 일 년 전 그는 "만세 구호를 외치는 것은 바로 인류 문명의 추락이다"라고 주장하고 있다.

1973년, 중국 대륙 전체가 '마오 주석 만세, 만세, 만만세'라고 환호할 때 장시뤄 선생은 운명을 달리했다.

@ 가와다 형님을 찾다

나는 배 안에서 이나모또(稲本潤一)에게 많은 얘기를 해주었소, 중일 양국은 하나의 물길로 연결되어 있으니 당연히 아주 좋은 연방이 될 수 있다. 좋고 나쁜 것을 인식할 수 있는 선비라면 선구자 역할을 할 수 있으니 이 정의롭지 못한 전쟁에 대해서 반대할 거라고 말이오. 그는 귀를 쫑긋 세우고 귀 기울여 듣기는 했지만 딱히 이렇다 할 반응을 보이진 않았소. 그러다가 내가 일본으로 유학을 다녀온 적이 있다는 것을 알고는 태도가 돌변하여 적극적이 되더군. 나는 일본에 아주 좋은 친구들이 많이 있다고 그에게 알려주었지. 그 좋은 친구들이란 당신이 얘기했던 가와다 집에서 우정을 나누었던 가와이, 가와다, 따이즈를 말하는 것이냐고 그가 물었소. 나는 전쟁이 끝나면 일본으로 다시 건너가 그 좋은 친구들을 만나 중일 양국의 우호 증진에 공헌할 생각이라고 그에게 알려주었지. 맙소사! 그런데 그는 여전히 믿지 않더군. 나는 중국인들도 말한 것에 책임을 질 줄 아니까 불신하지 말라고 말했소. 아가씨, 아가씨는 이미 알고 있을 거요. 나는 나중에 정말 일본을 방문했다오. 그렇지, 우리가 이번에 따황 산에서 가와이와 만나게 된 것도 중일 양국의 우호 증진에 공헌을 하게 된 것 아니겠소?

한코우에서 이틀간 머물고 있을 때 나는 지하조직(여기는 군통의 지시가 있는 곳)이 비밀리에 협조를 해서 아주 빨리 그 포로로 잡힌 미국인 조종사를 탈출시킨 뒤 다른 사람에게 부탁을 해 총칭으로 되돌려 보냈소. 이틀간 모든 장핑(江平) 평원에서 싸움이 벌어졌소. 포탄에 기다란 눈이 달린 것도 아니니까, 분명하게 장담하긴 어렵지만 지금 아가씨 머리 위치에도 떨어졌을 거요. 그래서 그 미국 놈을 보내버렸던 것이고, 나도 즉시 그놈처럼 그 고장으로 날아가고픈 마음이 간절했소. 그날 저녁 나는 준비 과정 중에 있는데 그 일본인이 귀신처럼 갑자기 눈앞에 나타났던 거요. 그 당시 나는 그를 알아보지 못했소. 그는 문설주에 기댄 채 손에 꽃 한 묶음을 들고 있었지. 그것은 한 묶음의 산앵(山櫻)으로, 꽃은 이미 말라비틀어져 있었소. 아가씨, 내가 아가씨에게 문제를 내겠소. 아가씨는 필경 그가 누군지 맞추지 못할 것이오. 하하하, 그는 그러니까 이번에 만나기로 했던 가와이였소. 오, 정말 말하기 난처하지. 난처한 문제에 이른 거요. 나는 방금 전에 이나모또에 대해서 언급했는데 그가 곧 찾아왔던 거요. 제기랄, 정말 빠르기도 하지. 그가 찾아온 목적은 자기 형님의 행방을 내게 묻기 위해서였소. 그 한 다발의 꽃은 자기 어머니가 자기 아버지의 묘소에서 꺾어온 것이고, 자기 형님인 가와이에게 건네주려고 갖고 왔다는 것이었소. 덧붙여 말하기를 자기 형님이 그 한 다발의 꽃을 보게 되면, 어머니의 의도를 보다 분명하게 알 수 있을 거라고 했지. 나는 그것이 무슨 의도인지 물어보았소. 그가 말하기를 형님이 고향으로 되돌아가서 가업을 승계해야 한다는 의미라는 거였소. 아가씨, 아가씨도 이미 대충 알고 있겠지만, 일본인들은 장자가 가업을 계승하고, 장자가 죽으면 비로소 차남이 이어받는 식이오. 그 당시 이리저리 생각해보니 가와다는 필경 이나모또에게서 내 주소를 알아냈을 거라는 느낌이 들었소. 팔격아노(八格牙魯)!* 그 골통이 어쩌면 여기까지 달려왔단 말인가?

가와다가 내게 말하길, 자기 어머니가 산앵을 자기 자신에게 건네주면서 말하기를 오로지 꺼런이나 황옌 혹은 판지화이를 찾아야만 자기 형님 행방을 알 수 있을 거라고 말했다는 거요. 지금 이미 꺼런은 죽어버렸고, 황옌은 비록 살아 있다고는 하지만 저 멀리 옌안에

* 찢어 죽일 놈.

있었으니, 가와다가 황옌을 만나보려고 해도 만날 수 없는 입장이었기 때문에 하는 수 없이 나를 찾아서 물었던 거요. 듣기 좋은 소리로 말하자니 나를 찾아와 묻는다고 하는 것이었지만, 차라리 나한테 그 사람을 내놓으라고 말하는 것보다 훨씬 듣기 거북했소. 이걸 도대체 어쩌란 말이오? 그의 형이 이미 죽어버렸는데, 내가 그에게 무엇을 건네줄 수 있단 말이오? 그런데 그의 행동거지를 보아하니 만약 내가 사람을 내놓지 않고서 어물쩍 한코우를 벗어난다는 것은 감히 상상도 못하게 생겼구려. 맙소사! 외국인들은 다 좋은데 어떤 일에 부딪히게 되면 너무 신중하다는 점이 바로 사람을 진저리치게 만든다니까. 사람은 이미 죽어버렸는데 이제 와서 그를 찾아서 무엇 하자는 것인지? 다시 말해서 당신 형님은 중국에서 죽었는데, 좋은 방향으로 따져보면 당신들 일본에서는 민족 영웅이니까, 당신은 응당 스스로 긍지를 느낄 수 있는 일 아니냐고 말했소. 얼굴에 수심이 가득한 걸 보니, 당신 형님을 잃는다는 게 상상이 되지 않는 모양이오? 당연한 일이지만, 마음속으로는 무슨 생각인들 할 수 있었지만 말로는 사실 함부로 뱉지 못하겠더군. 아가씨, 바야흐로 이렇게까지 생각하자 나는 갑자기 구름 속의 해가 느닷없이 솟구친 것을 바라보는 듯한 느낌이 들었소. 민족 영웅이라! 민족 영웅이라! 아가씨도 깨달을 수 있을 거요. 꺼런이 얼리깡 전투에서 죽었다는 소식을 접했을 당시 나는 이미 그런 식의 표현을 했소. 그런데 처음으로 일본인의 면전에서 나는 점점 더 강하게 그런 감정을 느끼고 있었지. 나는 거침없이 승승장구하면서 처음으로 이런 생각까지 했소. 하여튼 아주 절박하고 어쩔 수 없는 상황에서 가와이의 손을 빌리지 않고 부득이 꺼런을 사형에 처했던 것이고, 때문에 꺼런은 당연히 제일의 민족 영웅이 아니겠는가?

뭐라고? 그것은 칼로 살해한 것이라고? 아가씨 머리통은 비딱하지도 않고 썩어 문드러진 것도 아닐 텐데, 무슨 그런 엉터리 소리를 하시오! 나는 사실 언제나 꺼런을 생각했소. 다른 사람한테 벌어진 일인데도 내 심정이 편치 않았지. 좋아요, 만일 아가씨도 더 이상 생각할 필요가 없다는 생각이 든다면 나로서도 방법이 없소. 다만 연장자로서 당신에게 알려주려는 거요. 세상사란 모두 이와 유사하다는 것이지. 오로지 목표가 좋아 보인다면 수단이 좋아 보이지 않더라도 두려워할 필요는 없소. 그것은 흡사 변호사가 법정에서 피고인을 변호하는 행위 같은 것이오. 아가씨, 부디 기억하시오. 유사 이래로 변호사는 털끝만큼도 죄의식이 없는 사람을 변호하는 것이 아니오. 무고한 사람을 변호하자면 변호사는 입안의 타액조차 독소로 느껴질 거요. 아가씨, 혀를 내밀지 마시오. 아가씨처럼 어린 여자는 인생의 그런 이치를 아직 이해하지 못할 거요. 어떤 사람이든 자신의 유년기에 무엇을 보았느냐에 따라서 인생이 결정될 것이고, 그 사람 역시 자기 눈으로 보았던 방식 그대로 생활할 거란 말이오. 일단 자라서 어른이 되면 하나의 공민(公民)으로서, 타인이 당신을 어떻게 바라보느냐에 따라서 당신은 타인의 시선에 걸맞는 인물이 되어갈 것이며, 때문에 당신은 타인의 눈에 걸맞게 살아가는 것이지. 이해하겠소? 이해하셨으면 좋겠소. 그것은 절대 훼손되지 않는 진리요. 그것은 마치 하나나 둘을 첨가해서 다섯을 만드는 방식이지. 아가씨도 생각해 보시오. 꺼런은 아주 총명한 사람이오. 내가 이렇게 행동하는 것이 그를 좋아하기 때문이라는 것을 그는 필경 이해해줄 것이오. 듣고 있자면 좀 황당하기도 하겠지만 인간의 일생이란 원래 처음부터 끝까지 그 황당함이 사라지지 않는 법이고, 나는 필히 용감한 선택을 해야 했던 것이오. 나는 한 번 그를 데리고 따황 산으로 가서, 그가 꺼런에게 필요한 사람이라는 걸 인식시켜주고 싶었소. 그러나 마음뿐이었지, 직접 입을 열어 말할 수는 없었소. 당연히 그것은 하나의 아름다운 라디안*이었소. 나는 남쪽 지방으로 내려가서 한 친구를 살펴보고 올라올 생각이라고 그에게 말해주었소. 아마도 그 친구가 당신 형님의 행방을 알지 모르니까 찾아가서 물어보면 자세히 알려줄 것이고, 돌아와서 당신에게 전해주겠다고 했지. 아니오, 나는 그 사람이 곧 꺼런이라는 것을 그에게 알려주지는 않았소. 만일 내가 그에게 그런 식으로 말을 한다면 아마도 자신을 갖고 논다고 여기게 될 테니까. 왜냐하면 그는 꺼런이 이미 죽었다고 알고 있었으니 말이오. 내가 막 말을 마치자 그는 몸을 비틀면서 그 한 다발의 꽃을 내게 건네면서 말하는 거였소. "판지화이 선생, 당신은 정말 우리 일본인이 말하는 칠복신(七福神)이오. 우리는 모두 가족 같은데 너무 겸손하게 굴지 마십시오." 나는 그에게 칠복신이나 팔복신이니 그런 식으로 너무 대단한 지위를 들씌우지 말라고 말했소. 그것은 우리 중국인의 아름다운 전통 미덕이고, 예전에 우리 가족이 당신 가족에게 입은 은혜가 결코 적지 않으므로 그 은혜가 자연스럽게 샘솟았던 것이고, 남방으로 내려갔다가 다시 돌아오면 내가 적절한 방안을 생각해서 당신에게 통지를 해줄 것이오. 그는 연달아 나를 끌어 잡더니 이렇게 말하는 거였소. "당신이 가고 나면 나는 아마도 다시는 당신을 만나지 못하게 될 거요." 그래서 내가 물었소. "당신은 여전히 나를 믿지 못하

* 평면각의 단위.

는 거요? 만일 당신이 괴로움도 무서워하지 않고 죽음까지도 두려워하지 않을 수가 있다면, 그리고 당신에게 방해가 되지 않는다면 나하고 함께 갑시다."

작은 일본인은 성질이 급했소. 일을 제대로 처리하자면 능률을 생각해야만 하는 것이지. 나는 그날 밤 곧바로 여행을 떠났소. 아가씨는 아직 모를 것이오. 일본인은 화차(火車)를 기차(汽車)라고 말하며 기차를 자동차라고 부르지. 자동차로 우한을 떠난 뒤 나중에 기차로 갈아타라고 그는 내게 말했소. 내 조수는 그의 말을 이해하지 못했지. 그 개새끼는 일본을 아주 오랫동안 벗어나 있었기 때문이고, 나 역시 그 사람 때문에 혼미해졌소. 내 조수는 자동차란 곧바로 삼륜차(인력거)라고 인식하고 있었던 사람이기에 거리로 나가서 삼륜차 두 대를 불렀지. 나도 그를 불러 삼륜차를 출발시키라고 했소. 아니오, 삼륜차를 깔보는 것은 결코 아니오. 앞에서도 내가 서술하지 않았소? 그 당시 모든 장한(江漢) 평원은 전쟁터였소. 우한의 그 개새끼 같은 아문(衙門)은 안으로 진격해 들어온 뒤에 바깥으로 나갈 생각을 하지 않았소. 미안하오. 나는 사실 거친 말을 하고 싶지 않았으나 실사구시(實事求是)*를 하기 위해서 부득이 그렇게 말을 하지 않을 수가 없구려. 맙소사! 도망을 가기 위해서 우리는 얼굴에다 가마솥 검정을 칠하고 머리카락을 숯검정으로 물들였소. 보아하니 그것은 마치 진용(金傭)** 의 붓대 아래 놓인 가이빵(丐幫)*** 같은 격이었소. 아가씨가 말해보시오. 가이빵이 어떻게 삼륜차에 앉아서 갈 수 있겠소?

* 이때의 실사구시는 '현실에서 실감나게 구현한다'는 뜻임.

** 홍콩의 저명한 무협소설가.

*** 거지 두목 혹은 아사자의 두목. 진용 소설의 등장인물임.

말발굽은 쉬지 않고 그 우롱천(烏龍泉)이 샘솟는 고장으로 줄곧 달려갔소. 비로소 말을 멈춘 뒤에야 우리는 한숨을 돌렸고 얼굴을 씻었소. 물속에 비친 얼굴은 귀신보다 흉측했지. 그곳에서 그 사람은 세월을 보내고 있었던 거요. 나의 고통을 그 어떤 사람도 충분히 이해할 수 없었을 거요. 가와이는 내 옆에서 어서 가자고 나를 재촉했소. 재촉하자 화가 머리끝까지 났소. 양펑량아, 양펑량아, 아칭아, 아칭아, 너희들 여기서 요리를 만들고 있었구나. 만일 이 순간 아칭이 그 사람은 꺼런이 아니라는 전보를 보내온다면, 나는 고개를 돌려서 걸어갈 것이고, 절대 이 죄를 두 번 다시는 감수하지 않으리라 생각했소. 그러나 문제는 줄곧 따황 산까지 달려오는 동안 아칭의 전보를 받은 적이 없었다는 것이오.

& 칠복신(七福神)과 까치 연회

희망 소학교 테이프 커팅을 하기 하루 전날 판지화이와 가와이는 역사적인 회견을 하게 되었다. 장소는 취화웬 호텔로, 나의 면전에서 그들은 회담했다. 편한 대로 언급하자면, 취화웬이라는 세 글자는 꿔 비서가 손으로 쓴 것이다. 판지화이는 삼층에 묵었고 가와이는 이층에 묵었다. 바이링 아가씨가 유출한 내용에 따르자면, 판 노인이 냄새 나는 폼으로 단정하게 앉아 가와이의 방문을 기다리는 순간, 판지화이 노인이 잘 쉬었느냐고 꿔 비서에게 물었다. 그는 방금 전에 방으로 들어가 한 아가씨의 전화를 받고 서비스를 요구하고 있다고 판지화이 노인에게 설명했다. 그가 방을 정리한다고 여겨졌기 때문에 그녀는 곧장 방으로 들어갔다. 그녀는 문 안으로 들어선 뒤 곧장 그의 가죽 벨트를 풀어헤쳤다. 꿔 비서는 판지화이 노인에게 얼마든지 안심해도 좋다는 의사 표시를 했다. 그리고 그들의 풍기문란한 행위를 단속하기 위해 총력을 다하겠다는 의사를 표시했다. 판 노인이 말했다. "아, 막달라 마리아가 저지른 그 일은 육체를 돈으로 바꾼 것이지." 그러나 꿔 비서는 막달라 마리아가 누구인지 알 수 없었다. 듣자니 흡사 서양 이름 같아서 제일 좋은 방법으로는 서양 아가씨와 바꾸는 것이 좋겠다고 판 노인이 그에게 암시했다. 때문에 꿔 비서는 곧 판지화이 노인에게 가까이 다가가서 말했다. "여기 러시아 아가씨가 몇 있는데, 모스크바 아얼파터 거리에서 데려온 아가씨들이랍니다. 어떤 아가씨에게 당신을 시중들게 할까요?" 판 노인은 손을 흔들면서 말했다. "당신 마음은 받아들이겠소. 그러나 일이 우선이지." 바이링이 말하기를 가와이가 찾아왔기 때문이라는 거였다. 기다리던 끝에 그가 허리를 굽혀 절을 하자 판 노인과 그는 다 같이 살펴보았다. "오오, 마치 두 마리의 커다란 곰 같구나." 쌍방은 처음으로 우호적인 대화를 나누었다. 이 대담 중에 가와이는 다시 한 번 판 노인을 보고 칠복신이라고 언급했다. 나중에 나는 여러 가지 자료를 읽어보고 난 뒤 칠복신의 그 일곱 신을 비로소 제대로 알 수 있었다. 에비수(Ebisu), 다이코쿠텐(Daikoku), 호테이(Hotel), 후쿠로쿠쥬(Fukoroku), 비샤몬텐(Bishamon), 벤자이텐(Benten), 쥬로우진(Jurojin) 등이다. 칠복신의 구체적인 의미를 나는 알지 못했으나 글자를 보건대, 대개 행운과 축복의 의미를 지녔다고 여겨진다. 꿔 비서와 담화한 내용을 녹음한 것 중에서 선별해서 기록한다.

가와이: 판 선생은 저의 칠복신입니다. 두 분(바이링과 궈펑을 지칭함)은 칠복신에 대해서 아십니까? 당신들에게도 행복과 장수를 기원하는 신이 있듯이 우리에게는 칠복신이 있어요. 듣자하니 중국에는 다양한 신이 있고, 그중에서 행복과 장수를 기원하는 신을 가장 좋아한다고 하더군요. 저는 까치의 'XI(喜)'가 무슨 의미인지 명백하게 알지 못했으나 나중에서야 'XI'의 의미를 비로소 알게 되었어요. 판 선생님의 행복과 장수를 진심으로 기원합니다.

판: 피차일반입니다. 궈 비서, 자네가 탄사(彈詞)*를 찾아서 배치하게. 그리고 가와이 선생에게 「오작교 신선(鵲橋仙)」을 들려주게. 「오작교 신선」은 일본의 하이쿠와 유사하지. 자네도 들어보면 필경 손님이 돌아온 듯한 느낌이 들 거야.

가와이: 저와 판 노인은 확실히 연분이 있군요. 소화 18년(즉 1943년) 저와 판 선생이 바이포로 오지 않았다면, 저는 나가사키(長崎)로 되돌아가고 말았을 거예요. 제 몇몇 친구들도 인사 이동이 되어 돌아간 뒤 가미카제(神風) 돌격대에 가입을 했죠. 소화 19년, 그들은 나가사키로부터 필리핀으로 날아가서 결국 가루로 산화하고 말았지요.

판: 가미카제 돌격대 속에 대화(大和) 부대가 있지 않소?

가와이: 그렇습니다. 나가사키로 가지 않았다고 해도 죽었을 겁니다. 소화 21년 미국인이 원자폭탄을 히로시마와 나가사키에 투하했지요. 전쟁이 끝난 뒤 저는 나가사키로 갔는데 그 도시는 형편없이 무너져 있었어요. 나가사키에서 죽은 사람들을 위해 만든 노래 한

* 현악기에 맞추어 노래를 부르는 문예 활동.

소절이 있어요. "조국이 이 모양으로 일그러졌으니 그들의 성과가 애석하구나." 평성(平成) 2년, 즉 1990년 제가 나가사키에 도착했을 당시 항구에서 앵두꽃을 보고 판 선생님의 공덕을 떠올리지 않을 수 없었소.

판: 무슨 그런 소리를. 우리 중국 고어에 타인의 생명을 한 번 구해주면 칠층 불탑을 세울 수가 있다는 말이 있어요. 당신이 한코우에서 나를 찾는 순간 그때에도 당신 손에 한 다발의 앵두꽃이 들려 있었던 것으로 나는 기억하오.

가와이: 저는 그 앵두꽃을 따황 산에서 갖고 왔어요. 그 당시 저는 판 선생님이 저를 왜 살해하려고 하며, 왜 꺼런을 살해하려고 하는지 미처 알지 못했지요.

판: 중국 고어에는 이런 구절도 있소. 과거의 일은 이미 지나간 일이라는 것이오. 과거를 다시 언급하지 맙시다. 당신, 몸은 좀 어떻소?

가와이: 편안해요. 다만 나이가 드니까 위장이 좀 좋지 못하지요. 변이 좀 굳어서 나옵니다.

판: 여러 해 전에 어느 의사가 내게 알려주기를(바이성타오를 지칭함) 까치 고기가 위장에 좋다고 하던데, 필시 수컷 까치 고기를 먹어야 한답디다.

판 노인은 이쯤에서 대화를 중단하고 싶었지만 가와이는 눈치를 채지 못하고 한숨을 돌린 뒤에 다시 이야기를 해나갔는데, 사실 그는 일본군 항공부대에서 도망쳐 나왔다는 말을 했다. 첫째는 죽음이 두려웠고, 두번째는 형님을 찾고자 함이었다. 그는 곧 일본군의 포획 대상이 되었다. 그는 우한으로 다시는 돌아가지 못하고 홍콩으로 도망을 가야 했다. 홍콩에서도 그는 도처에서 일본군 특무요원의 추격을 받아야 했다. 나중에 그는 영국인과 연결이 되었다. 그들에게 그는 최선을 다해 전쟁 반역자에 대해 설명했다. 영국인의 도움 아래 그는 황후호(皇后號) 우편선을 타고 미국에 도착했다. 비록 전쟁 반역자의 신분으로 미국 땅을 밟기는 했지만, 유수같이 흐르는 세월 속에서 생활은 지속되었고, 날마다 고향에 남겨진 어머니와 누이동생에 대한 상념에 젖어 있었다. 여기까지 말해놓고 그는 일본의 저명한 시인인 요사부손(與謝蕪村, 1716~1783년)의 시 한 소절을 인용했다. '가을밤에 오직 두 사람의 혈육을 그리워하노라.' 소화 48년, 즉 1973년 우연한 기회에 일본 야스쿠니 신사(靖國神社)에서 새롭게 '까마귀 집(위패를 모시는 곳)'을 세운다는 것을 알게 되었다. 그는 즉시 비록 전쟁 반역자의 신분이지만 정성을 다해 받들고 유지해야겠다고 결심했다. 먼저 기부금을 모아서 '까마귀 집(烏居)'을 수리한 뒤에 나중에 가와다 형님의 위패를 야스쿠니로 모시기로 했다. 보아하니 전쟁 반역자의 신분에서 민족주의자로 진일보하기란 요원한 일이었지만 그러나 이것 역시 누이동생의 소망이었다고 그는 말했다. 어머니가 돌아가신 뒤 어머니의 유품을 정리하는 순간, 큰오빠의 편지 한 장을 발견하게 되었다고 누이동생이 그에게 말했다. 그 편지 내용 중에서 큰오빠는 어머니에게 언제든지 중국으로 돌아갈 것이라는 뜻을 분명히 밝혔다고 했다. 누이동생은 한 통의 편지를 가와이에게 부쳐 주었다.

그 편지를 보고 나서 저는 오빠를 이해했습니다. 시대에 맞서 오빠는 자부심을 느낀다고 편지에 썼더군요. 전쟁 전에 오빠의 생활은 나태했고, 게으르고 우유부단했으며 통속적이고 무의미했다고 편지에 써두었더군요. 게다가 오빠는 허무가 인생의 최종적인 가치라고 여겼답니다. 제가 중국에 가는 것을 어머니가 허락한다면 오빠와 함께 생활하게 될 것이라고 오빠는 어머니를 설득하고 있었어요. 그래서 저는 비로소 어머니가 어째서 저를 중국으로 가게 했는지 알 수 있었지요.

형님의 위패를 야스쿠니에 모시면 형님의 망령을 필시 칠복신이 보호할 것이라고 그는 생각했다. 때문에 그는 거금을 들고 일본으로 다시 돌아왔다.

가와이: 저와 누이동생은 지우단샤(九段下, 동경 전철역 이름이며 야스쿠니 바로 옆에 위치함)에서 만나기로 약속을 했어요. 누이동생은 한 손에는 큰형님의 사진을 들고 다른 한 손에는 작은 군기를 들고 있었는데 그것은 해군기였어요. 그 사진 속에 당신이 있었는데, 혹시 아시겠어요? 우리가 시즈랑 음식점에서 찍은 사진이었어요. 우리는 중국에서 온 꺼런 그리고 황옌과 대화를 나누곤 했지요.

판: 내가 있었다고요? 정말 귀중한 사진이로군요. 그리고 그 사진은 우리 중국과 일본의 우정의 상징이군요. 당신 누이동생은 안녕하시오? 그 시절 당신 누이동생은 한 떨기 찬또우화였소.

가와이: 누이동생도 늙었어요. 누이동생이 작은 보퉁이 하나를 갖고 왔었지요. 저는 그 작은 보퉁이 안에 필경 어머니의 유품이 들어 있을 거라고 생각했어요. 보자기를 열자 깨끗한 군복이 한 벌 나왔는데, 그것은 예전의 제 군복과 똑같은 것으로 견장이나 단추까지 찬

란하게 빛이 났어요.

판: 꿔 비서, 저 사진을 어서 복사할 방법을 구해서 희망 소학교 자료실에다 걸어두게. 당연히 중국과 일본의 우정은 대대로 전해져야 하오. 역사는 절대로 망각할 수 없소. 역사를 망각해버리면 그것은 결국 배반이라는 걸 기억해야 하오.

그 순간 종업원 아가씨가 찾아와서 그들에게 아래층에 마련한 저녁 만찬에 참석하라고 일렀다. 꿔 비서가 바이링 아가씨에게 자신이 곳곳에 신선한 꽃을 뿌려놓았다는 사실을 늙은 판에게 대신 말해달라고 작은 목소리로 간곡히 부탁하자, 늙은 판은 다시 가와이에게 이렇게 언급했다. "공개적인 장소에서는 '중국'이라고 해야지 '지나'라고 하면 무척 듣기 싫어요. 우리 시장도 이미 의견을 제시하기를, 중일간의 우호 관계에 지장을 초래하기 때문에 서로 마주보는 자리에서 언급해서는 안 된다고 했소." 바이링이 꿔 비서의 말을 늙은 판에게 알려준 뒤 늙은 판은 그녀의 손을 흔들면서 알았다는 표시를 했다.

저녁 만찬 상에 차려진 요리는 언급할 필요도 없이 붉게 조리된 까치 고기 요리였다. 이것으로 미루어 짐작하건대 늙은 판과 가와이가 회담을 나눌 때 대변을 깨끗하게 보는 문제를 거론한 적이 있었고, 정부에서는 이 문제를 아주 중요하게 받아들인 게 분명했다. 그 만찬이야말로 까치 고기 요리 회식연이라 부를 만했다. 순리대로 편안하게 말하자면 그때부터 붉게 조리된 까치 고기 요리는 취화웬의 특색 요리가 되었다. 때문에 그 지역의 까치가 점점 희소해져서 먼 곳에서 귀중한 손님이 찾아왔을 때만 비로소 그 특색 요리를 올려놓을 수 있었다. 그 지역의 시장이 옆에서 늙은 판에게 술을 권하자, 늙은 판은 이렇게 말했다. “일찍이 바이포 시는 두 번씩이나 어려움에 처했다가 비로소 안정을 찾고 있소이다. 자, 우리 다 같이 건배합시다.” 시장이 전체 인민회의를 기념해서 세 잔씩을 마시자고 제의했다. 연달아 술이 오르자 늙은 판은 한바탕 연설을 했다. 내가 두번째로 바이링 시를 취재했을 때 그 당시의 기록물 자료를 이미 구경했었다. 늙은 판의 갑작스런 연설은 갈피를 잡을 수 없었지만, 오해할 필요는 없었다. 예를 들어 가와이는 가와다 말만 하면 감정이 충만되어 있어 무척 감화력이 있었기 때문에 때때로 넌센스가 나타나기도 했다.

늙은 말처럼 갇혀 있어도 그 의지는 천리요. 예전에 우리는 큰 강은 동쪽으로 고개를 돌려버린다고 했는데 어째서 그랬을까요? 이 세상의 가난한 민중을 구하기 위해서 십 년 동안 벽을 바라보면서 수행을 한 것은 아니오. 오! ‘면벽십년’이란 말은 인도에서 온 말이고 ‘지나’라는 말도 이때 인도에서 유래된 말이오. 5세기경 중국의 불교학자들은 자칭 지나라고 했지요. 당나라 삼장법사가 서천으로 가서 취경을 할 때 “우리의 큰 지나” 이렇게 표현하는 것을 아주 좋아했다니까 정말 신기하지요. 불교가 중국에서부터 일본으로 전파된 이래 일본에서도 우리를 지나로 부르기 시작했어요. 몇몇 동지가 말하기를 에도 시대(江戶, 서기 1603년에서 1867년까지)가 돌아오자 영문 China가 일본으로 전달된 뒤 일본인은 비로소 우리를 지나라고 불렀다고 하오. 무책임하게 입에서 나온 대로 마구 떠들어댄 것이지. 법률은 사실적 근거를 중시하며 우리 법률가들은 사실을 가장 중요하게 여기죠. 이것은 중국과 일본의 우정을 고의적으로 훼손시키는 말이 아닌지 나는 묻고 싶소! 일본 사람들이 도대체 언제부터 우리 중국인들을 지나라고 불렀는지 가와이 선생에게 물어보시오. 좋아요, 보아하니 가와이 선생은 내 관점에 동의하고 있소. 일본이 전쟁에서 패배한 뒤 중화민국 정부는 일본 외무성과 교섭을 하면서 '지나'라는 표현은 비속하기 때문에 당신들은 앞으로 '지나'라는 표현을 사용하지 말 것이며, 반드시 중화민국이라고 불러야 한다고 말했소. 그 당시 나는 이미 국외로 이주를 하고 있었고, 이 소식을 들은 뒤 장제스가 완전히 끝장났다는 걸 알게 되었소. 스스로 비천하다고 표현했으니 정말 대단히 비천하지요. 머리카락이 있다면 사람이 전등을 언급해도 두려워할 필요가 없지. 하기야 당연하지. 장제스는 대머리였으니까 약간의 풀도 자랄 수가 없지. 제기랄, 다른 사람이 당신에게 아첨을 해야 하는 것이었소. 역사는 밑바닥이 두툼하고 유구하다고들 하는데, 당신은 모든 사람들이 오히려 당신을 욕한다고 여기고 있소. 정부가 이 모양이니 당연히 인심을 얻지 못하고 붕괴되고 말지. 동지 여러분! 방금 전에 저와 가와이(가와다) 선생이 만나서 얘기할 때 가와이(가와다) 선생이 우리 지나를 존중하고 있다는 말을 듣고 나는 기뻤소. 동지 여러분, 이것은 설명이 필요한 문제요. 가와다나 가와이 선생은 우리 역사를 존중했고 우리의 역사를 열렬히 사랑했다고 설명드릴 수 있어요. 이것은 곧 우리의 우정에 기초하고 있소. 그럼, 우리 중국과 일본의 우정을 위해 건배!

박학다식한 늙은 판은 모든 사람을 현혹시켰다. 바이링의 말에 따르자면, 까치 고기 만찬회를 끝낸 뒤 가와이 선생의 부축을 받으며 방으로 돌아간 늙은 판은 이렇게 입을 열었다는 것이다. "담배." 그는 긴급히 담배 한 대를 권했다. 그러자 늙은 판은 "물"이라고 말했다. 가와이는 종업원 아가씨로부터 찻잔을 받쳐 들었다. 늙은 판은 "불"이라고 말했다. 가와이는 늙은 판에게 불을 붙여주었다. 판 노인은 대뜸 한 모금 빨아들이더니 좋은 담배라는 말을 하면서 담배 필터를 눌러 불을 꺼버렸다. 그러고는 이렇게 말했다. "어쨌거나 당신이 엉덩이를 깨끗이 닦아준 셈이군요. 바이포 시를 떠나게 되는 순간 부디 두 번 다시 '지나'라는 말은 하지 마시오. 당신은 미국에서 멍청하게 있진 않았잖소. 그러니 당신은 우리를 당인(唐人)*이라고 불러야 하오. 다른 사람들이 어떻게 불러야 하는지 당신한테 묻거든, 미국에는 당인 거리가 있고, 당신은 미국에서 왔으니까 당인이라고 유창하게 대답할 수 있을 거요. 어이 당신, 이제 알겠소? 황옌은 오늘날에도 당인 거리에 있을 텐데, 죽었는지 모르겠소."

@ 조사 연구

맙소사! 그동안 얼마나 고생을 했는지, 얼마나 죄를 감수했는지 나는 더 이상 쓸데없는 말을 하지 않겠소. 왜냐하면 그건 당연하다고 여기기 때문이오. 매일 입에 달고 있어야 가치가 있소? 가치 없소. 나는 어떤 사람이 제일 껄끄러운가 하면, 다른 사람이 모를까 봐 일을 약간만 해놓고 마구 떠들어대는 사람이오. 친애하는 아가씨, 독자에 대한 책임이 다음 세대에까지 부과될 터인데도 불구하고 아가씨는 글을 쓰는 순간 역시 그 수고가 덧붙여진다는 것을 감수해야 하

* 중국인들은 당나라 사람이라고 불러줄 때 가장 기뻐함.

오. 그래도 좋소? 예를 들어 비행기를 어떻게 피하고, 어떻게 굶주렸는지 전부 기록해야만 하오. 부디 상상의 날개를 펴시오. 어떻게 말할까. 아무튼 아가씨가 상상하기 곤란하다면 내가 아가씨 상상력을 돕도록 하겠소. 가와이도 고생했다고 했소? 틀린 말은 아니지. 나도 인정하오. 그러나 그가 그 자신을 위해서 고생을 했다면 나는 오히려 꺼런을 위해서 고생했소. 본질적으로 다르니 뒤섞지 마시오.

따황 산에 도착한 뒤 나는 곧바로 바이포 진으로 가지 않고 창장(尙庄)*에 머물러 있었소. 그곳은 바이포 진과 제일 가까운 곳이지. 내가 제일 처음 창장에 도착했을 때도 그 작은 교회당을 찾았고, 이번에도 그랬소. 현재 그 작은 교회당은 깨끗하게 청소가 되어 있어서 얼른 보면 사람이 살고 있는 듯하지. 사람을 보내 살펴보라고 일렀더니 사람 그림자도 찾아볼 수 없더라는 거였소. 그곳에 앉아 눈앞의 정경을 바라보니 예전 모습이 떠오르며 상념에 젖게 되더군. 세숫대야에 물을 단정하게 받쳐 들고 아칭이 내 발을 씻어주었던 것으로 기억하오. 그 세숫대야의 물은 침상 앞에 놓여 있긴 한데, 달빛이 드리워지자 흡사 꿈속 정경 같구려. 흡사 내 심정을 이해한 듯 나의 조수가 세숫대야에 물을 떠 와서 내 발을 씻겨주는구려. 발을 씻으면서 나는 일을 하고 있소. 조사가 없으면 발언권도 없지. 확실한 정보가 없으면 확실한 결정을 내릴 수가 없소. 말하자면 일을 확실하게 수행하기 위해서 정확한 정보를 수집해야 한다는 거요. 나는 조수에게 말했소. "야, 이 마귀 새끼야, 이 물은 내가 버릴 테니까, 넌 가보렴. 넌 바오포 시로 가서 양펑량과 자오야오칭이 무슨 수작을 꾸미고 있는지 알

---

* 따황 산과 바이포 진 사이에 있는 교통 조직명.

아보고, 선화조를 데리고 오너라." 그렇게 지시했소. 그 자식이 내게 그녀가 부르는 통속적인 노래를 듣고 싶은지 물었소. 나는 즉시 그에게 한마디 했소. "제길! 언제까지 통속적인 노래를 들을 작정인가! 일이 첫째이고 통속적인 노래를 듣는 것은 둘째야. 어서 가봐!" 그러나 그 녀석은 내 발에 물을 부어주기를 고집하다가 나중에서야 갔소. 오, 그런 좋은 녀석을 오늘날에는 어디에서 찾을 수 있을까?

그 녀석이 가버린 뒤 가와이를 오라고 불렀소. 바야흐로 내가 담화의 각도를 모색하고 있을 때 내 조수가 왁자지껄하게 소란을 떨며 달려왔던 거요. 보아하니 가와이는 한쪽 편에 서서 약간 좀 주저하는 듯했지. 큰일이 아닌데도 불구하고 왜 그렇게 놀라느냐고 나는 그에게 물었소. 그는 방금 전에 이쪽으로 오는 외국인을 보았다고 내게 말했소. "외국인이라니? 아직도 이곳에 외국인이 있단 말이오? 현지의 목사를 말하는 거요?" 창문을 통해서 바라보았더니 과연 외국인 한 명이 보이긴 보였소. 그는 정말 목사로서 국제적십자단원이었는데, 그 사람은 꺼런이 예전에 나한테 언급했던 그 엘리스 목사이며 작은 교회당을 깨끗이 청소한 사람이라는 것을 나중에서야 나는 비로소 알게 되었소.

나는 조수를 보내 엘리스 목사를 불러 세웠소. 그가 나를 보고는 약간 의심스런 눈초리로 주저하더니 나를 판 선생이라고 부르는 거였소. 아니, 그 사람이 내 성이 판이라는 것을 어떻게 알게 되었을까? 설마 벌써 군사 기밀이 새어 나간 건 아니겠지? 나는 그에게 어떻게 내 성이 판인 줄 아느냐고 물어보았소. 그가 꺼상런(葛尙仁)이라고 말하던 것을 나는 분명하게 기억하고 있었지. 그의 발음이 정확하지 않았기 때문에 꺼런이라고 말한다는 것이 그만 꺼상런이라고 말했구나, 나는 그렇게 생각했소. 꺼런은 필경 양펑량과 아칭으로부터 내가 바이포 시에 있다는 걸 알고 있었을 거라는 생각이 든 거요. 좋소이다, 아마도 군사 기밀 제1항이 새어 나간 듯하니 나는 그 두 사람을 제거해버릴 생각이었소.

어떻게 말하든지 상관없이 나는 아무튼 대장 따이리의 정보가 틀리지 않았다는 것을 분명하게 알 수 있었고, 꺼런이 아직은 이 지방을 벗어나지 않았을 거라는 짐작을 할 수 있었소. 아가씨, 어떻게 말해드릴까. 하기야 내 생각이 엉뚱하긴 하지. 나는 여전히 목구멍이 짓눌린 물고기처럼 한마디도 뱉어낼 수 없었지. 잠시 후에야 나는 그 양반의 말을 분명하게 깨달을 수 있었소. 나는 그에게 좀 자세하게 말해보라고 했소. 그 당시 그는 목사라는 말은 하지 않고 자기는 단지 의사라고 하면서, 꺼상런의 병을 돌보고 있다고 말했소. 그리고 그는 덧붙여 말했소. "꺼상런을 데리고 여기를 떠날 생각이오. 꺼상런이 말하기를 유명한 의사 한 명이 자기 병을 돌보고 있는데 이름이 판지화이라고 했소. 그가 바로 당신 아니오? 당신, 일본에서 의학을 공부하지 않았소?" 그 순간 옆에 서 있던 가와이가 돌연 입을 열었소. 어찌 되었건 간에 나는 꺼런 때문에 한창 근심하고 있었으니 그와 시원스럽게 얘기를 나누고 싶었소. 나는 그를 내 앞에 끌어다 앉히고 말했소. "왜인이라고 하더라도 내가 당신에게 그를 만나보라고 했으니 우리는 다 함께 꺼런의 친구이고, 그가 아직 살아 있다니 당신 형님의 행방을 어쩌면 알고 있을지도 모른다고 생각하오." 그러자 가와이가 크게 벌린 입을 다물지 못하는 걸 나는 보았소. 어떻게 입을 다물지도 못할까. 곧이어 그는 꺼런을 만나고 싶다고 말했소. 나는 그를 끌어당겼지. "좀 솔직해보시오!" 나는 그에게 말했소. "다른 사람이 당신이 일본인인 줄 알게 되면 아마도 당신을 두들겨 패서 말벌 집으로 만들어버릴 거요." 그는 말벌 집이 무엇인지 몰랐기 때문에 멍한 표정으로 나를 바라보았소. 나는 리볼버 권총을 빼 들고 그를 향해 발사하는 자세를 취했소. 그는 대뜸 그 자세가 장난이 아니라는 것을 눈치 챘고, 그 자리에서 벌떡 일어서더니 온순한 개가 되었소.

그날 저녁 나는 엘리스 목사와 함께 지냈소. 나는 부하를 보내 가와이가 난동을 부리지 못하게 하라고 지시했지. 나는 문제를 연구하기 위해 잡다한 방식으로 늘어놓고, 엘리스 목사에게 꺼런 동지의 건강에 대해 물었소. 엘리스 목사는 꺼런이 폐결핵을 앓고 있다고 말했소. 헛소리! 나라고 어찌 그것을 모를까. 그러나 나는 드러내놓고 반박하지는 않았소. 꺼런에게 페니실린을 주사해주면 그의 증세가 약간 호전될 거라고 그가 말했소. "좋소, 병세가 호전된다면 주사를 놓아주시오." 나는 그렇게 말했소. 그는 의사 신분으로 돌아가서 자신과 함께 폐결핵 방지 대책을 강구하는 토론을 하자고 내게 건의했소. 외국인이 천진무구하게 그런 식으로 말을 하자 나는 정말 어떻게 대응해야 좋을지 알 수 없었소. 내가 그럴듯하게 그를 기만하면서 그의 종교를 신봉한다고 말하는 순간, 그 사람 눈빛이 밝아지면서 기쁜 나머지 쭉 뻗친 수염을 쓰다듬었소. 마르크스라고? 그렇소, 마르크스도 수염이 아주 길었지. 그들은 약간 닮긴 했지만 아주 많이 유사한 것은 아니오. 만일 마르크스의 수염을 한 필의 준마에 비유한다면 엘리스 목사의 수염은 아마 노새에 비유될 수 있을 거요. 하하하, 그는 정말 노새의 두상을 지녔소. 그는 내게 그곳에 남아서 병을 치료할 수 있는 방법을 강구하자고 권유했지. 질병을 치료하는 것은 신체와 관련된 문제이고, 종교를 전도하는 것은 정신적인 문제를 해결하는 것이니 당신 제안이 썩 훌륭하다고 나는 말했소. 신체는 물질에 기초하고 정신은 그 위에 구축되는 것이니 신체와 정신이 손을 맞잡으면 아주 견고해질 수 있다고 나는 응수했소. 그는 아주 즐거워하면서 점점 더 부지런히 수염을 쓰다듬더군. 이렇게 해서 나는 드디어 그의 신임을 얻을 수가 있게 되었소. 그는 입을 열더니 다물 줄 몰랐지. 때문에 나는 대뜸 꺼런이 팡커우 소학교에 머물고 있다는 사실을 알게 되었소. 그렇소, 팡커우 소학교는 우리가 이번에 찾아가려던 희망소학교가 맞소.

아가씨, 아가씨는 내게 바이성타오에 대해서 묻지 않았소? 좋소, 그 양반 얘기를 하리다. 그 당시 그 수염이 긴 외국인이 먼저 나에게 그 사람을 언급했소. 바이 의사 역시 그곳에 남아서 우리와 함께 일할 수 있다고 그가 말했지. 나는 금방 갑갑해졌소. "바이 의사라니? 바이 의사가 누구요?" 그러자 그는 바이 의사는 한의사인데 자오야오칭이 꺼런의 병을 치료해달라고 요청해서 온 사람이라고 말했소. 바이 의사가 개설한 약방은 정말 기이해서 약방 안에 여우의 똥이 있었다고 그가 나한테 말했소. 엘리스 목사가 그런 식으로 말하는 순간 나는 여전히 바이성타오를 현지의 유망한 한의사 정도로 여겼으나, 나중에서야 그가 옌안에서 찾아온 위장 분야의 전문의라는 사실을 비로소 알게 되었지. 내가 나중에 바이성타오 얘기를 할 테니까 아가씨는 너무 급하게 굴지 마시오. 나는 언제나 그를 생각하고 있다고 말하지 않았소? 오랜 세월 동안 변비가 있을 때마다 나는 그 사람을 생각하곤 했지. 변비가 있을 때만 그 사람을 상기했던 것이 아니라 바나나를 먹을 때도 그 사람을 떠올렸소. 왜 그랬겠소? 아가씨는 그래도 여전히 모르겠소? 편안하게 얘기하자면, 변비가 생기는 순간 약간의 바나나를 먹으면 대변이 마치 바나나처럼 변해서 비로소 변을 볼 수 있었기 때문이오.

좋아요, 하던 얘기로 돌아갑시다. 그날의 조사 연구는 한밤중에 일제히 진행되었소. 이튿날 아침 내가 엘리스 목사를 찾았더니 그는 이미 일찍 가버리고 없더군. 그는 한 가지 조건을 내게 남기고 떠났던 거요. 그는 꺼상런의 병을 치료해야 하니까 외지에서 약간의 약을 사오라고 내게 부탁했던 거요. 그 외지라는 곳이 구체적으로 어떤 고장인지 말하지 않았기 때문에 나는 그 외지라는 곳을 찾을 수가 없었소. 빠다귀? 정말 커다란 빠다귀요. 외국인은 정말 믿을 것이 못 된다니까. 뭐라고 했소? 그를 살해할 생각 아니었냐고 물었소? 하, 아가씨는 정말 똑똑하구려. 사실 그런 생각을 했었지. 불만 있으면 얘기하구려. 통속적인 말로 독이 없으면 사내대장부가 아니라고 했소. 그런데 나의 부하란 놈이 기다리지 않고 그따위 허튼소리만을 해대고 달아나버린 거요.

그날 아침 비서가 보고하기를 양펑량은 바이포에 없더라는 것이었소. 펑, 나의 뇌리 속에서 펑 소리가 났소. 보아하니 양펑량은 아칭이 이미 없애버린 듯했소. 나는 또다시 물었지. "그럼 선화조는?" 녀석은 선화조 역시 본 적이 없다고 말했소. 제기랄! 설마 선화조 역시 아칭이 벌써 없애버린 것은 아닐까? 어지럽게 날뛰던 여인을 아칭이 총으로 죽여버렸다는 생각이 들자 내 심정은 마치 당장에 고양이를 꽉 붙든 느낌이었소. 죄가 없는데도 함부로 죽였소. 그렇소, 죄가 없는데도 함부로 죽이는 전형적인 형태였지. 전형적인 무조직에다 규율도 없었고, 전형적인 무정부주의였소. 나중에 나는 바이 의사를 만난 뒤에야 비로소 자유주의라는 새로운 단어를 배울 수 있었소. 이론적으로 따지자면 그것은 최상이었소. 틀림없소. 아칭은 자유주의의 실수를 저질렀던 거요. 아가씨, 뭐라고 말했소? 내가 그의 일에 관여했다는 거요? 아가씨가 그런 식으로 말하니까 나는 어디서부터 어떻게 말해야 할지 모르겠소. 아니, 아가씨가 그렇게 말하니까 나도 오히려 상기되는구려. 그렇소, 그를 인계해주고 난 뒤 궁둥이를 깨끗이 싹 문지르고 모른 척하면 그만이지. 그러나 내가 모든 것을 자백하리다. 역사는 과거식이기 때문에 나는 좌우를 어지럽히지 못하오. 그러나 아가씨는 반드시 내 얘기를 들어야 할 의무가 있소. 내 말의 의미는, 양펑량을 천당으로 보낼 수는 있어도 절대 선화조를 지옥으로 보내서는 안 된다는 것이오. 맙소사! 경(經)은 좋은 경인데, 입 비뚤어진 중이 잘못 읽었군. 천 갈래로 찢어져도 똥은 문질러야 깨끗해지는 법인데, 그러자니 그의 똥구멍은 문질러서 찢어졌군.

나는 비서에게 말했소. "이 녀석아, 번거롭긴 하겠지만 다시 한 번 달려가서 취우아이화에게 내가 부르더라고 전해라." 그 녀석은 한동안 말을 하지 않았소. 한참 시간이 흐른 뒤에야 비로소 취우아이화와 양펑량이 다 함께 실종되었다는 거요. 스님의 체면은 고려하지 않더라도 부처의 체면은 고려해주었어야 하는데, 아칭은 아무튼 취우아이화까지 해치웠더란 말인가?

& 나에게 상서로운 일이 이루어지다

엘리스 목사가 바이포를 떠난 뒤로 빌 목사에게 보낸 편지 서신 중에 꺼런과 판지화이의 대화가 언급되어 있다. 다음의 편지는 『동방의 성전』이라는 책에서 일부 발췌한 것이다.

아칭이 허락을 해서 나는 티엔징(天井)에서 상런과 대화를 나누었다. 꺼상런은 나무 의자 위에 걸터앉아 나지막이 내게 속삭였다. 문밖에서는 큰 산이 숫양처럼 요동을 치고 작은 산은 마치 암양처럼 춤을 추었다. 호수의 물은 풍금처럼 울리고 강물은 피아노를 치듯 했다. "성씨가 판인 사람이 따황 산에 도착해서 지금 창장에 머물고 있소."

그가 그렇게 말했다. 나는 그의 말에 깜짝 놀랐다. 그는 웃으면서 말했는데 가벼운 기침을 해댔다. 나는 다시 한 번 어떻게 된 일인지 아느냐고 물었더니, 그가 대답하기를 한밤중에 꿈을 꾸었더니 일본으로 가는 우정선에 탄 판을 만나게 되었는데, 판이 이렇게 말을 하더라는 거였다. "침대가 줄곧 흔들거려서 흡사 바다에 떠 있는 배 같구려." 그런 식으로 말해놓고 그는 의연하게 웃어댔다. 나는 이렇게 말했다. "상런, 네 말이 정말 맞는다면 그것은 기적이고, 꿈속에서 현몽하였으니 너한테 바이포를 떠나라는 것이며, 그것은 흡사 이집트에서 이스라엘 사람을 구해내려는 모세의 기적 같구나. 주의 이름은 성스럽지만 두려운 것이고 주를 존중하고 두려워하는 것이 곧 지혜이니, 무릇 주를 따르는 자는 총명한 사람으로 영원히 주를 찬미하여야 한다고 했어." 그가 말하기를 꿈속에서 모세의 지팡이를 본 적이 없다고 했다. 악행을 일삼는 악당을 돕자면 시간조차 잘 풀려야 한다는 것을 당신은(이때의 당신은 빌 목사를 지칭함) 알아야 하기 때문에 나는 그를 그 당시 떠나라고 권유했던 것이다. "배가 곧 출발할 것 같은 조짐이 보이므로 당신은 당연히 꿈속의 예시를 믿어야 하오.” 그러나 오히려 그는 이렇게 말했다. “나는 목표는 있지만 오히려 길은 없고, 길이 있다고 해도 다시 한 번 주저할 수밖에 없어요.” 최후의 시각에 나는 그에게 차라리 종교에 귀의하라고 권유했다. 그러자 그는 말했다. “시간이 오늘에 이르니 나도 비록 목숨에 미련이 남아 연연하지만, 그래도 그 어떤 신앙이든 상관없이 거머잡을 것이오. 내 유일한 목표는 전기문을 쓰는 것이오. 나의 전기문은 소설보다 출중해야 하오. 그런 글을 쓰고 나면 나 한 사람이 어떤 식으로든 변하게 될 거요. 비록 완성하지 못할 것을 알고 있지만 아마도 내게 상서로운 일이 이루어질 거요.” 그는 몸을 일으키더니 한 장의 종이를 꺼냈다. 그 누런색의 종이에 몇 개의 글자가 적혀 있었다. “가버린 그림자.” 보아하니 그는 이 지역에 반드시 남을 생각인 모양이었다. 당시 내가 그를 위해 기도를 하는 순간 그는 눈물을 흘렸다. 아마도 그 자신의 부끄러움 때문에 울었을 것이다. 때문에 나는 그의 얼굴에 마치 물 위에 드리워진 아침놀 같은 부끄러운 홍조가 드리워진 것을 볼 수 있었다. 그는 말했다. “어린 시절의 경험은 잊을 수 없지만, 그 어떤 사람도 유년기로 돌아가진 못하지요.” 그리고 그는 나에게 즉시 바이포를 떠나라고 권유했다. “여긴 당연히 당신이 머물 곳이 못 되고 해서 나는 심각한 불안감을 느끼고 있어요.”

상런은 판이 올 것을 예견하고 있었고, 다시 한 번 그의 명운에 대해서 고려해야 한다고 설명했다. 그와 판의 우정으로 인해 죽음을 면할 수 있을 거라고 나는 생각했다. 「시편(詩篇)」에서 말하기를 우정은 반석도 저수지로 만들 수 있고, 사막도 샘물의 원천으로 만들 수 있다고 하였거늘, 나는 과연 상런에게서 판을 발견한다. 그는 몸이 바짝 여위었고, 점잖고 예의가 바르며, 경솔하게 말하거나 웃지 않았으니, 마치 중세 시기 수도원의 수도사 같다. 나는 마음속으로 밤새도록 그와 얘기를 나누는 것을 간절히 희망하고 있다. 상런이 그가 일찍이 의사라고 말한 적이 있기 때문에 나는 그를 판 의사라고 부른다. 솥을 만들자면 은을 제련해야 하고, 화로를 만들자면 금을 제련해야 하니, 사람은 고난을 찬미할 수 있다. 나는 그가 덕이 있는 사람이라고 찬미한다. 상런의 운명은 계획되어 있었기 때문에 나는 이번 행차의 진정한 목적을 묻지 않았다. 나는 그의 감정을 건드리고 싶지 않았다. 모래사막은 깊고 돌은 무거우며, 우둔하고 거만한 사람은 성질을 잘 내기 때문에 모래사막이나 돌에 비해서 묵직하다. 여기는 강물이 흐르고 있어서 봄이면 풀이 나풀거리고, 양떼들이 있으며, 교회당이 있고, 절구를 찧는 여인들도 있기에 그가 여기서 안정을 누릴 수가 있을 것이라고 알려주었다. 또한 가난한 사람들은 병을 치료 받기가 곤란하니까 그들의 병을 치료해주어야 한다고 말했다. 그는 당신 말이 이치에 맞으니까 한번 세심하게 고려해보겠노라고 내게 대답해주었다. 그가 힘들어하는 것 같아서 나는 좀 쉬라고 권했다. 그러나 이미 날이 밝은 뒤였다. 그가 잠든 틈을 타서 나는 상런이 머물고 있는 곳으로 가 판이 이미 기적적으로 창장에 도착해 있더라고 알려줄 생각이었다. 그러나 사병에게 저지를 당하는 바람에 나는 상런을 만나볼 수가 없었다. 사병이 말하기를, 꺼런은 어젯밤 전혀 잠을 이루지 못하다가 날이 밝은 뒤에야 비로소 잠이 들었다는 것이었다. 나는 다시 창장으로 돌아가지 않고 상런에게 약을 사주려고 광저우로 갔다. 바이포를 떠날 무렵 날은 이미 훤하게 밝아 있었다. 아마도 판은 이미 내가 보낸 편지를 읽었을 거라는 생각이 들었는데, 그 편지 안에 나는 잠언을 써두었다. "상처 난 갈대는 꺾을 수 없고, 간들거리는 등불은 입으로 불어서 끌 수 없으며, 그가 공정한 도리를 집행하려 든다면 공정한 도리는 승리할 수 있으며, 모든 사람이 그의 이름을 우러러 받들 것이노라." 그가 만일 자기 이름을 소중히 여긴다면 그는 두 번 다시 상련을 죽이지 않을 것이라고 나는 생각했다.

편지 끝에 추신을 달아두었다. 이 주일 후에 엘리스 목사가 다시 한 번 바이포로 돌아오는 순간, 이미 그 사람은 팡커우 소학교로 가버려서 건물이 비어 있을 거라는 내용이었다.

@ 아칭의 작업 보고

아칭의 코는 개보다 예민했소. 일반적인 개가 아니라 아마도 경찰견에 가까울 거요. 그날 아침 내가 꺼런을 만나려는데 아칭이 찾아왔소. 오케이, 안으로 들어서던 그가 꽈당! 내 머리와 부딪혀 꽈당 소리가 났던 거요. 나는 총을 머리 꼭대기로 치켜들어 그를 총살했소. 술 냄새와 함께 썩는 냄새가 났는데 그것은 양파 냄새 같기도 했소. 나는 다른 사람이 양파 먹는 것을 제일 싫어하오. 아가씨, 아가씨는 양파를 좋아하오? 좋아하지 않는다고? 아주 좋아요, 아주 좋아. 보아하니 우리는 함께 생활해도 되겠구려. 수도로 돌아가면 아예 우리 집 쓰허웬(四合院)*에서 머무시오.

좋소, 우선 아칭 얘기부터 합시다. 당시 내 생각으로는 그 자식이

* 중국 전통 가옥.

필경 지우종첸훼이(九盬全會)* 정신을 집행했던 것은 아닐 거요. 우리가 가장 경계해야 할 것은 술에 취하는 거였소. 술기운에 진담을 뱉어내게 되면 그 어떤 진실보다 위험해지게 마련 아니오? 나는 양미간을 찌푸렸소. "일어나!" 일개 군인이 군인의 풍모에 대해서 거론하지 않는다면 도대체 무슨 말을 할까? "일어나!" 그는 비로소 천천히 기어서 일어났소. 그는 아직 임무를 완성하지 못해서 영도자인 내게 부끄럽다고 말했소. "천천히 말해, 앉아서 천천히 말해도 된다니까." 그는 감히 앉지 못하고 순순히 일어나더니 무릎을 주무르면서 말했소. "처참해요, 양펑량에게 처참하게 당했어요." 아가씨, 나의 비서가 알 것이니 아가씨는 내 비서에게 물어보시오. 나에게 약간의 장점이 있는데, 나는 군중들과 나의 수하들에게 아주 특별한 관심이 있다는 것이오. 나는 도대체 어떻게 된 일이냐고 그에게 물었소. 바이포 진에 도착한 이래 양펑량은 자신에게 단 한 번도 좋은 낯빛을 보여주지 않았고, 일을 할 때마다 협력을 하지 않았을 뿐만 아니라 그가 가는 곳마다 거치적거렸다고 말했소. 막 도착했을 당시에 그는 꺼런을 만나볼 생각이었으나 양펑량이 그를 만나지 못하게 했고, 꺼런이 어느 지방으로 가게 되었는지 그가 모르게 조치했다는 거였소. 그리고 양펑량은 지시한 규칙 삼항(三項)을 준수하지 않았을 뿐만 아니라, 게다가 꺼런이 바이포 어디에 있는지 그의 소식을 낱낱이 전해야 한다는 걸 준수하지 않았답디다. "그래? 그럼 다른 사람들도 이 일을 알고 있는가?" 나는 그에게 그런 식으로 물었지. 그가 말하기를, "종뿌가 알고 있지만 기밀이 누설되지는 않았을 텐데요?" 종뿌는 뉴스를 보도

* 1961년 마오쩌둥이 주관한 중국 공산당 전체 회의.

하는 일을 하고 있고, 총칭 텔레비전 보도국은 그 무엇보다 무서운 곳인데, 종뿌가 알게 되었다면 온 천하의 누군들 모를까. 맙소사! 이건 내 예상과는 완전히 다르게 돌아가는 정황이었으니 흡사 대나무 가지로 바느질을 당한 듯 내 심장이 쿡 찔리는 기분이었소.

"얘기해, 얘기를 계속하라고." 나는 아칭에게 얘기를 계속하라고 명령했소. 그가 말했소. 어느 날 꺼런이 팡커우 소학교에 머물고 있다는 사실을 알아낸 뒤 이른 아침 자리에서 일어나 언제쯤 그를 만날까 생각하고 있었다는 거였소. 그런데 그가 막 문을 나서려고 하는데 양펑량의 부하가 그를 눌러 앉혔다는 거요. 손을 결박하더니 무릎을 꿇게 했다면서, 아칭은 양펑량 부하에게 어떻게 기합을 받았는지 내게 자세히 설명했소. 그 순간 꺼런을 볼 수가 있었다고 그가 말했소. 두 명의 보초병이 꺼런을 지키고 있는 가운데 양펑량이 산책에서 돌아오더라는 거였소. 그는 꺼런에게 인사를 할 생각이었는데, 양펑량의 보초병이 수건으로 그의 주둥이를 틀어막아 꼼짝할 수가 없었다는 거였소. 지금까지 통틀어서 수건으로 입이 틀어 막힌 게 이번이 두번째인데, 정말 분하고 억울했다더군. 그가 입을 여는 것을 계기로 나도 울화가 치밀어서, 일전에 어디서 그런 일을 겪었느냐고 그에게 물었소. 언젠가 항저우에 있을 때 꺼런의 장인인 후안이 그의 입을 강제로 틀어막으면서 꺼런의 아버지가 연발식 권총에 의해 사살되었다고 함부로 주둥이를 놀리고 다녀서는 안 된다고 했답디다. 이 뺀질뺀질한 놈은 이런 중요한 순간에 어떻게 제 마음속 생각을 이렇듯 늘어놓는 걸까? 자기 자신과 꺼런이 한 가족 같다는 것을 설명하는 걸까, 아니면 꺼런의 일가에 대해 불만이 있다는 걸 설명하는 걸까? 하나가 나누어져 둘이 된다는 아가씨 말은 틀렸소. 그가 설명하는 문제를 나는 이렇게 이해하오. 비록 꺼런이 예전에 나한테 은혜를 입긴 했지만 나는 그 사람에게 다른 사심이 있는 것이 아니라는 것이오. "좋아요. 오늘날 벌써 결국 지독하게 욕을 먹었으니 당신이 어떻게 보든, 하여간 꺼런에 대해서 어떤 식으로 처리하든 나 아칭과는 무관한 일이오." 맙소사! 이 빌어먹을 녀석을 보시오.

그의 방귀 뀌는 소리 같은 헛소리를 듣고 난 뒤에 내 의견을 말할 참이었소. 그는 바이포에 도착한 뒤 양펑량을 찾아 나섰다고 말했소. 그가 양펑량에게 사과하려 했다고 생각한다면 그건 오해요. 그는 양펑량과 모든 국면을 고려해서 하나하나 따질 생각이었소. 그러나 희망 소학교(팡커우 소학교)에 머물고 있는 꺼런에 대해 양펑량이 세밀하게 조사하고 있다는 사실을 과연 누가 그에게 유출했을까 하는 것이오. 조사를 거듭하던 끝에 양펑량은 취우아이화라고 불리던 자를 눈여겨보게 되었다는 거요. "취우아이화라니? 취우아이화가 누구지? 그 이름이 왜 내 귀에 익숙할까?" 나는 일부러 이런 식으로 말했소. 아칭에 따르면 취우아이화는 양펑량의 부하로서, 총칭 사람이고 대단히 총명하고 능력이 있는 자이며, 또한 대단히 정직하며 양펑량이 정당한 업무 외에 공연히 선화조 같은 일에 관여해 일을 자기 멋대로 뒤흔들어놓아도 전혀 상관하지 않았다는 거였소. 장 위원장의 신생활 운동과는 엇나가는 방향으로 양펑량은 그를 눈엣가시처럼 여겼기 때문에 기회가 되면 그를 해치울 생각이었다고 했소. "그리고 어떻게 되었지?" 나는 물었소. 아칭이 곧 말하더군. 그날 저녁 순찰 경계에서 돌아오던 그의 부하가 보고하기를, 갑자기 어떤 사람이 바이윈 강에서 "거북아, 너희들 잘 죽었구나." 이렇게 큰 소리로 곡을 하더라는 거였소. 그리고 연달아 총소리가 펑, 펑, 펑 들리더라는 거요. 그의 부하가 사실을 그에게 보고하자, 그는 급히 유능한 요원을 외부로 파견해 철저히 조사하게 했다는 거요. 여기까지 얘기를 해놓고 아칭은 눈물을 흘렸소. 그는 머뭇거리더니 다시 말하기를 취우아이화의 시체를 볼 수는 없었고, 다만 땅바닥으로 흘러내린 피만 볼 수 있었다는 거였지.

"그 당시 왜 나에게 보고하지 않았지?" 나는 그에게 물었소. 따황산에 도착한 뒤 그는 곧 내게 보고를 하기 위해 준비했으나 양펑량이 전보 송신기를 부숴버렸다는 거였소. 그런 식으로 얘기를 해놓고 그는 다시 한 번 무릎을 구부리면서 영광스럽게 임무를 완성하지 못했으니 제발 영도자가 중죄로 다스려 달라고 말했소. 나는 그에게 다시 물었지. "그렇다면 양펑량은 지금 어디에 있는 거야?" 그러나 그는 대뜸 일어서더니 남의 공로로 상을 청하는 입버릇 그대로 나를 향해 말하는 거였소. 내가 부득이 바이포로 찾아올 것에 대비해, 나의 안전을 목적으로 형제의 원수를 대신 갚기 위해 이미 양펑량을 죽여 없애버렸다고 말했소. "그럼 선화조는?" 나는 그에게 물었소. 그러자 그가 대답하기를 암캐가 꼬리를 치지 않는다면 수캐가 다가오기란 쉽지 않다고 말하면서, 양펑량이 그런 지경에 이른 것에는 그녀와의 관계 역시 그 책임을 벗어나기 어려운 것이니만큼 그는 그 여자까지 해치워버렸다는 거였소.

그의 일방적인 주장을 나는 당연히 전부 신임할 수 없었소. 하지만 그는 술에 흠뻑 취한 자세로 여전히 나의 신임을 얻어낼 낌새였지. 술 취한 뒤에 직언을 뱉어낸다고 했소. 말을 되돌리자면, 그를 믿지 않는다면 내게 달리 무슨 뾰족한 수가 있겠소? 나는 당장 그 자리에서 아칭을 해치우고 싶었지만, 그런다고 해도 아무 소용이 없었지.

그러므로 나는 그 당시 양심을 속이고 그를 표창함과 동시에 그 공적을 영웅 사적에 보고해달라고 따이리에게 부탁까지 했던 것이오. 그러자 앞으로 잘 돌봐달라고 그는 수십 번 감사의 인사를 내게 했소. 오, 그런데 이틀 뒤에 바이 의사가 어디서 아칭의 정체를 알아냈던 거요. 아울러 양평량의 죽음의 비밀이 밝혀지자 아칭은 이미 달아나버렸더군. 아니오, 그는 총칭으로 다시 돌아오지는 않았고, 대관절 어느 지방으로 도망을 갔는지 알 수 없었소. 그러나 그 당시 나는 아칭의 연기력에 대해서 깊이 감복하지 않을 수 없었소. 나는 그 작자가 고의적으로 술을 마셔서 나를 미몽에 빠뜨렸다고 생각하지 않을 수 없었지. 아가씨, 한 방울의 물속에서 태양의 광채를 볼 수 있는 거요. 그 순간 나는 확신할 수 있었소. 아칭과 같은 그런 인간이 그와 같은 영웅적인 업적을 만들어내도록 내버려두었으니 장제스는 필경 완전히 등신이 되는 것이고 공산당은 필경 완전히 승리할 수밖에 없다는 걸 말이오. 내가 누구에 대해 얘기한단 말이오? 전부 후일담에 불과한 걸.

내 기억에 아칭은 얘기를 다 하고 난 뒤 문가에 몸을 비스듬히 기대고 서서 내게 먼저 나가라는 자세를 취했소. 장애물을 없애기 위해서 꺼런을 만나러 가야 한다고 내게 말했던 것으로 기억하오. 그의 말을 듣는 순간 나는 살아서 꺼런을 만날 수 있게 된 것은 전부 그의 공로가 아닌가 싶었소. 길가에 세워둔 한 필의 말을 타기 위해 하얀 장갑 끝을 잡아당겼소. 그런데 장갑이 흡사 손만큼 길어졌는지 끌어당겨지지 않았소. 맙소사! 내 손바닥이 온통 물이라서 장갑이 축축해졌다는 것을 나는 비로소 발견했소. 내가 어떻게 오래된 친구를 만나러 갈 수 있겠소? 양평량과 아칭은 남을 원망할 가능성이 있는 사람이라는 것을 나는 퍼뜩 의식했소. 정녕 꺼런이 떠나길 원했다면,

아칭과 양펑량도 물론 그를 놓아주었을 거라는 생각이었소. 그러므로 그는 거기에 남아서 떠나지 않고 있으면서 내가 도착하기를 기다렸다가 옛 우정의 회포를 풀고자 했다는 것이었소. 여기까지 생각이 미치자 내 눈에서 눈물이 한 줄기 흘러내리더군. 아가씨, 그것은 감동의 눈물이었소. 나는 아칭에게 먼저 말을 타고 가서 꺼런에게 곧 내가 도착한다는 것을 알리라고 했소. 그런데 곤드레만드레 취한 척하며 아칭은 말 등에 오르지 못하겠다는 거였소. 나는 하는 수 없이 부하에게 말했소. "어이 머저리, 저자를 부축해서 데리고 가. 하하하, 아칭의 추태는 그 정도로 충분하군. 자네가 그를 말의 잔등으로 끌어올리니까 그자가 한쪽으로 고꾸라지고 있는 거라네." 결국 그는 돌에 대퇴부를 부딪혀 피를 보고 말았소.

& 진실과 허구

아칭과 판지화이 노인의 자술을 비교해보면 우리는 다음과 같은 사실을 발견할 수 있다. 그러니까 아주 오랜 시간이 지난 뒤에 동일한 사건이 아칭의 입을 통해서 말해질 때와, 늙은 판의 입으로 말해질 때, 각각 달랐던 것이다. 예를 들자면 아칭은 판과 팡커우 소학교 입구에서 만날 당시, 부하들에게 꺼런을 위해 급히 가마를 만들어 일부러 높이 치켜들고 팡커우 소학교로 가서, 꺼런을 안전한 곳으로 이동시키기 위해 준비했다고 주장했다. "소학교 입구에서 빨리 걸어가는 순간, 갑자기 세 발짝 옮기면 초소요 다섯 발을 옮기면 보초병이 대기하고 있다는 것을 알아챘다. 천지가 놀라고 귀신이 흐느껴 울 지경이라서 나 아칭의 머리조차 한 바퀴 뱅글 돌았다. 나는 즉시 판지화이는 벌써 도착했을 것이고 꺼런은 이미 달아나긴 틀렸다는 생각이 퍼뜩 들었다." 그런데 늙은 판의 말로는 창장에서 아칭을 만났고, 더군다나 아칭이 문을 더듬고 있더라고 말했다.

글을 읽을 때는 관성의 지배를 받게 마련이기에 나를 비롯해 많은 사람들은 늘 다음과 같은 하나의 착각에 빠져들곤 한다. 즉 중복 진술되는 이야기가 있다면 최후에 진술된 내용이 항상 진실에 가까운 것이 아닌가 하는 착각에 빠진다는 것이다. 다시 말하면 늙은 판의 녹음 테이프를 듣고 있노라면 나는 종종 아칭의 이야기가 거짓말 같고, 오히려 늙은 판의 얘기가 더욱 진실에 가까운 것처럼 느껴졌다. 유명한 정신과 의사가 내게 알려준 바에 따르면, 그렇게 느끼는 것은 내 잠재의식 속의 인격이 진화되어 하나의 인격 진화론자가 되었기 때문이라는 것이다. 즉 시간이 흘러갈수록 인격이 완성되는 것으로 믿고 있다는 것이다.

사실 '진실'이라는 것도 하나의 허구적 개념에 불과하다. 이를 테면 판 노인이 말한 양파에 비유해서 언급하자면 '진실'은 마치 양파의 핵심에 있는 듯하다. 한 겹 한 겹씩 벗길수록 당신은 그 무엇도 찾지 못할 것이다. 그렇다면 결국 양파에다 비유해서 내 방식으로 편안하게 몇 구절 더 서술하자면, 판 노인의 얘기대로 아칭이 일을 할 때 양파를 먹었을지 그것은 회의적이다. 왜냐하면 바이포에서 양파를 심기 시작한 것은 1968년부터이기 때문이다.

진실과 허구를 인식하는 문제에 대해 나는 이미 바이링 아가씨와 얘기를 나눈 바 있다. 나는 바이링에게 이렇게 말했다. "당신은 판 노인의 자술을 통해 꺼런의 죽음과 관련된 내막을 유추하고 있는데,

나는 절대 당신에게 잘못이 없다는 것을 알아요." 그러나 바이링은 즉시 반박했다. "제가 그 양반 말이 진실인지 거짓인지 어떻게 알겠어요." 그리고 이어서 판 노인 자신도 자기가 한 말이 진실인지 거짓인지 잘 모르는 눈치더라고 덧붙였다. "그 양반은 자기 치아가 좋다는 것을 증명하기 위해서 기차에서 수십 개의 얼음 덩어리를 깨먹었어요. 그 양반 치아는 정말 좋아서 얼음을 깨 먹을 때마다 으드득 소리가 났지만 사실 그 치아는 틀니였어요. 그렇다고 틀니는 이가 아니라고 말하기란 어려운 거예요." 그녀가 너무도 자신있게 말해서 나는 벙어리가 된 채 아무 말도 할 수가 없었다. 그녀는 이어 명언을 내뱉었다. "나를 기만하지 마세요! 모든 것이 가짜고 오로지 미국 돈만 진짜라니까." 이렇게 되자 취재에 응한 보수를 지급할 무렵 그녀가 인민폐는 필요 없다고 고집했기 때문에 나는 그녀에게 달러를 주고 녹음기를 받을 수밖에 없었다. 나는 일부러 그녀에게 시비조로 말했다. "미국 돈도 가짜가 있소. 나의 외조부는 일찍이 미국 돈을 위조하던 고수였소." 그 당시 그녀는 나의 외조부가 이미 고인이 된 후안이라는 것을 모르고 있었기에 나지막한 목소리로 도움을 줄 수 있는지 물어왔다. 그녀가 말하기를 학교 부근에 있는 은행에 지폐 감별기가 있는데, 흡사 귀머거리에게 달려 있는 귀처럼 모양만 갖추었을 뿐이지 수많은 위조지폐를 단 한 장도 식별해내지 못하고 있다는 말을 했다. "어떤 순간 갑자기 감별기가 끽끽 괴상한 소리를 낼 때 그 지폐를 들어 자세히 살펴보면 되레 그것은 진짜였어요." 그것은 그 지폐 감별기 역시 가짜로서 질 나쁜 모조품이라는 것을 설명하는 거라고 나는 말했다. 그 이야기를 하던 중 나는 갑자기 진실이라는 것이, 사실은 판 노인이 묘사하는 것처럼 아칭이 말에 오르는 동작 같다고 느껴졌다. 즉 아칭이 말 잔등에 오를 때 이쪽에서 오르다가 곧바로 다른 한쪽으로 곤두박칠 치는 모습이 진실 아닌가. 내가 그런 생각을 하고 있을 때 바이링 아가씨가 갑자기 정색을 하며 내게 말했다. "저를 속이려고 하지 마세요. 내가 전문가에게 확인해볼 거예요."

바이링이 정말 그렇게 할 것이라고 그녀의 남자 친구가 나에게 알려주었다. 그녀의 남자 친구, 즉 그녀가 말한 전문가라는 사람의 이름은 미국인 믹 재거로서 그룹 롤링 스톤즈의 창시자인 믹 재거와 동명이인이다. 나는 줄곧 그의 이름이 본명이 아닐지도 모른다고 의심해왔다. 내가 그의 이름이 본명이 아닐지도 모른다고 의심했던 것은 결국 증명이 된 셈이었다. 믹 재거 2세가 되기 위해서는 그도 어깨가 뒤덮히도록 머리를 길렀어야 하고 아울러 성형 수술을 해서 입술을 두툼하게 만들었어야 했다. 만일 당신이 원숭이의 입술이 두툼해 섹시하다고 느낀다면 필경 당신은 믹 재거 2세의 입술이 섹시하다고 인정해야 한다. 그런데 유감인 것은 그 섹시한 믹 재거 2세 역시 그 미국 돈의 진위(眞僞) 여부를 분별해내지 못했다. 식사를 하면서 그녀가 내게 말하기를, 믹 재거 2세라는 친구가 그녀를 데리고 위폐 여부를 감별하러 갔을 때 자신에게 좀 무안해하는 느낌이 들더라고 했다. 나는 절대로 그런 일로 인해 스스로 수치스럽게 생각하지는 않는다고 그녀에게 말했다. 가장 좋게 해석해본다면 나는 그런 행동을 진실에 대한 갈망이라고 본다. 결국 모든 물건이 가짜라고 하더라도 최소한 그런 갈망만은 여전히 진실이란 것이다.

나는 바이링에게 얘기함과 동시에 나에게 말하는 셈이었다. 만일 이런 진실에 대한 갈망이 존재하지 않는다면 나는 이 세 가지 자술(自述) 내용을 도무지 정리할 수가 없었을 것이고, 아울러 분명한 문자

상의 오류와 절대 빼서는 안 될 부분을 뺀 경우에 수정을 하지 못했을 것이고, 그리고 진실과 다르게 표현된 부분들을 찾아내 바로잡고 부족한 부분을 보충하면서 정리할 수 없었을 것이다. 나는 그동안 짙은 안개 속을 너무 오래 걸어왔다. 도저히 진위를 밝힐 수 없는 진술들이 나를 어쩔 수 없는 상황으로 몰고 갔고, 그와 동시에 점점 더 명백하게 한 가지 사실을 알게 되었다. 이 책 속의 모든 사람들의 진술이란 기실 역사를 함께 되돌아보는 회귀의 목소리라는 것이다. 그것은 모든 것을 양파에다 비유했던 판 노인의 화두와 비슷한 것이다. 비록 양파의 중심이 텅 비어 있다손 치더라도 그것이 양파의 독특한 맛에 영향을 그리 미치는 것은 아니다. 겹겹이 싸고 있는 조각 모두 하나같이 동일하게 매운 맛을 지니고 있듯이 말이다.

@ 바이성타오

아칭은 끝내 올라타지 못했고, 어쩔 수 없이 한쪽 다리를 절뚝거리면서 앞에서 길을 가이드했던 거요. 바이윈 다리를 걸어갈 무렵 정면에서 어떤 사람이 걸어오고 있었소. 아가씨, 그가 누구일지 생각해보시오. 아니오, 종뻐는 아니오. 내가 따황 산에 도착했을 무렵 종뻐는 이미 가버렸소. 아가씨는 줄곧 바이성타오의 일을 궁금해했던 게 아니었소? 바로 그 사람이었소. 나는 아주 분명하게 기억하고 있소. 그 당시 그는 손에 말 재갈을 들고 있었는데 아마도 잃어버린 말을 찾아낸 듯싶었소. 그 순간 한쪽 다리를 절뚝거리던 그 모습에 아칭은 유혹되었소. 그가 그곳에 서자 아칭이 내게 그를 소개하기를, 이 사람은 바이 의사로서 환자를 진찰할 때 시진(視診), 문진(聞診), 문진(問診), 촉진(觸診) 등 네 가지 방법을 다 동원하는 사람이라고 소개했소. 나는 그의 손을 마주 잡고 당신이 바이포에 찾아온 것에 대해 감사한다고 말했지. 그는 거기서 무슨 치료든지 할 수 있다고 말했소. 나는 그에게 아칭의 다리 찰과상을 좀 살펴봐달라고 말했소. 그 당시 내 수중에는 치료약이 아무것도 없었으니까. 바이 의사가 좋은 방법이 있다면서 말 재갈로 말의 똥을 한 덩어리 뜯어내면 된다고 했소. 말똥이라면 충분히 치료할 수 있다고 덧붙이면서 말이오.

좋아요, 말똥이라. 값도 싸고 품질도 좋지. 그렇게 좋은 방법을 어떻게 알았느냐고 내가 물었더니 그가 하는 말이 『성경』에서 보았다는 것이오. 내가 당신은 기독교인이냐고 물었더니 그는 부정도 긍정도 하지 않았소. 다만 예전에 교회 병원에서 일한 적이 있다고만 말하더군. 그가 후끈후끈한 열기가 남아 있는 말똥을 들고 아칭 쪽으로 다가가자 아칭은 술이 확 깨는 모양이었소. 아칭은 이것은 분뇨인데 어떻게 약재로 사용할 수 있단 말인가 하고 크게 고함을 질렀소. 가짜 영웅 왕하이(王海, 판 노인을 지칭하는 말)도 감히 약이 아니라고 말하지 못하는데 당연히 약이지 뭐겠냐고 바이성타오가 말했지. 그런데 아칭은 코를 막고 연신 뒷걸음질쳤소. 나는 비록 그 말똥이 외용약으로 사용된다는 것을 알고 있긴 했지만 일부러 아칭에게 이렇게 말했소. "좋은 약은 입에 쓰기 마련이고 충언(忠言)은 귀에 거슬리기 마련이니까 자네는 그 약을 들게나." 아칭은 여전히 내 뒤쪽으로 몸을 피했는데 흡사 금방이라고 터질 듯한 폭탄 같았소. 혁명은 아직 성공하지 않았으니까, 동지는 반드시 노력을 다해야만 병세가 좋아질 것이고, 그래야 계속해서 혁명을 할 수 있다고 내가 말했지. 그 순간 바이 의사가 말하기를 말똥은 먹는 것이 아니라 외용약이라고 말했소. 그러자 내 면전에서 아칭이 바짓가랑이를 걷어 올렸소. 바이 의사는 아칭의 대퇴부에 말똥을 발랐소. 그가 얼마나 정성을 다해서 꼼꼼하게 바르던지 마치 과실수가 석탄으로 바뀌는 듯했지.

말똥을 바르고 난 뒤 우리는 계속해서 팡커우 소학교 쪽으로 갔소. 그곳은 예전에 내가 전투를 했고 생활과 공부를 했던 곳이기에 감회가 무척 새로웠지. 이렇게 냄새가 풍기니 이 상태로 꺼런을 만난다는 것은 적당하지 않다고 아칭이 말하더군. 나는 그의 말에 대꾸를 하지 않았소. 나는 바이성타오에게 이렇게 물었지. "의사 선생, 선생은 근자에 여러 명의 환자들을 접촉했을 텐데 선생의 정신 상태는 어때요? 그래요, 나는 꺼런의 이름을 거론하는 것이 아니라 환자를 거론하는 거요." 그러자 바이성타오가 대답했소. "당신, ○호를 일컫는 것이 아니오?" 그를 어떻게 아는지 나는 다시 물었소. 그는 자오 장군이 말해주었다고 대답하더군. 그 명칭이 정말 너무 괴상해서 대뜸 기억하게 되었다고 그가 대답했소. 나는 다시는 다른 사람 얘기를 하지 말라고 명령했소. 그러자 그는 한 사람의 교회 의사로서 다른 사람의 병을 치료하는 것 외에는 세상 일 따위에 전혀 관심이 없다고 말하더군. 내가 다시 꺼런의 증세에 대해서 묻자, 그는 먼저 아멘이라고 한마디 뱉어낸 뒤 비로소 ○호는 폐결핵 환자이고 요양이 필요하다고 대답했소. 나는 ○호가 얼마나 더 버틸 수 있을지 물었지. 그는 '아멘'이라고 또다시 한 번 탄성을 내지르더니 하나님께서는 언제든지 그를 데려갈 수 있노라고 대답했소. 나는 경비 문제는 고려하지 말고 어쨌거나 페니실린이든 뭐든 다 사용하라고 말했소. 장군의 첫 마디에 저는 장군이야말로 베테랑이라는 것을 알게 되었고, 영도자로서의 경험이 풍부해서 노력을 적게 해도 효과가 크게 나타나는 사람이라는 것을 알게 되었다고 그가 대답하더군. 아가씨, 나는 그의 속내를 알 수 있었소. 서열이라는 것이 거기 떡 버티고 있었으니 어느 누군들 복종하지 않고 견딜 수 있겠소. 바이 의사는 ○호를 만나게 되면 정시에 약을 복용하라는 말로 그를 타일러달라고 내게 부탁했소.

이런저런 얘기를 하는 사이에 우리들은 학교 정문에 도착했소. 아가씨, 내 나이만 따지지 마시오. 그 당시의 광경이 나는 여전히 눈앞에 선하니까. 그 당시 꺼런은 나를 보자 곧바로 껴안았소. 나는 정말 과분하고 황송했지, 나 때문에 그가 고생하고 있었기 때문이오. 사실대로 말하자면 그의 행동 때문에 나는 무대에서 내려올 수 없는 처지였지. 나는 오로지 그를 향해 말하기를, 『이징』에 발표된 시를 보고 나서야 당신이 아직도 살아 있다는 것을 알게 되었고, 그래서 특별히 당신을 방문하게 되었다고 말했소. "그는 아주 예민해졌더군. 내 어조가 낮지 않았던 탓인지 그는 곧바로 서둘러 해석을 했소. 자기 일과 『이징』은 전혀 관계가 없으므로 쉬위칭을 찾아나서는 번거로운 일은 말아주었으면 하는 것이 자신의 바람이라고 말하더군. 총리인 쑨중산(孫中山)이 세상을 떴다고 해서 천하가 모두 공동의 소유물이 될 수는 없다고 나는 웃으면서 말했소. "좋아요, 당신 친구라면 내게도 친구이고 더군다나 쉬위칭과 함께라면 통과하지 못할 것이 없으니 부디 안심하시오." 그는 안심을 하지 못하는 것 같지는 않았고 다만 쉬위칭 역시 필경 자기가 죽었다고 인식할 것이라고 말했소. 그 한 수의 시는 얼리깡 전투가 일어나기 전에 부친 것이라고 그는 대답했소. 당시 그는 쉬위칭으로부터 한 통의 편지를 받았는데, 자서전을 아직 완성하지 못했느냐고 그가 물었다는 거였소. 아주 오랫동안 그는 마음이 불안정해서 글을 쓸 수가 없었기에 오로지 그 짧은 한 수의 시만 고쳐서 쉬위칭에게 부쳤다더군. 아, 그 일을 상기하자 나는 그다지 재미가 없었소. 아가씨, 아가씨도 조용히 생각해보시오. 모든 것을 추측하건대 그가 발표한 시로 인해 오히려 그의 목숨이 위태로워졌으니 나로선 황송할밖에.

그는 시를 고쳐서 쓴 뒤에 기회다 싶어 따황 산으로 다시 한 번 찾아가서 바이윈 강을 둘러볼 생각이었고, 다시 한 번 자신이 잃어버린 여인을 찾아볼 생각이었다고 말했소. 만일 자신이 발견되지 않았다면 그는 후안이 출자해서 건립한 소학교에 주저앉아 자신의 책을 쓸 생각이었고, 그렇게 되면 유년기의 꿈이었던 문인이 될 수 있다고 생각했다는 거였지. 좋아요, 아가씨, 웃지 마시오. 뭐라고 말하든지 하여간에 그는 당연히 문인이오. 그는 편지를 발송하는 시간이 그렇게 오래 걸린다는 생각을 전혀 하지 못한 채 곧바로 얼리깡으로 떠났다고 말했소. "중과부적이었기 때문에 그들은 계획만 도모했던 거요. 나는 비록 상처를 입기는 했지만 살아서 도망을 나올 수 있었소. 나중에 나는 바이포에 도착한 뒤 이름을 감추고 그곳에 머물면서 나라는 존재는 이미 죽고 없는 것처럼 행동했는데, 용케도 나를 알아보는 사람이 없었던 탓으로 여러 날 동안 평온한 날들을 보낼 수 있었소." 여기까지 말해놓고 그는 쉬위칭도 다른 사람들과 마찬가지로 필경 내가 이미 죽었다고 인식했을 것이고, 그렇지 않다면 민족적 영웅이 그런 시를 발표했을 리가 없다고 생각할 것이라며 나를 향해 다시 한 번 강조했소. 자신이 한 말을 확실하게 증명하기 위해서 그는 아주 특별한 설명을 덧붙였소. 바이포 시에는 그 무렵 아직 우체국이 없어서 시를 부치려고 해도 부칠 방법이 없었다는 거요. 그가 아주 급하게 자기 의사를 표명했기 때문에 쓸데없이 사족을 붙인 듯한 느낌을 면하기 어려웠소. 나중에야 사람을 보내 알아보았지. 오, 시관장(西官庄)에는 우체국이 하나 있었는데 그 우체국은 국제적십자단에서 건립했다는 거였소. 그 무렵 꺼런은 이미 죽고 없었기 때문에 나는 그를 대질심문할 수가 없었지. 내 기억에 시관장 우체국 안에서 일하는 사람은 절름발이였소. 그 사람이 말하기를 개에게 물려서 다리를 절게 되었다고 하더군. 내 부하는 정말이지 배짱이 있는 놈이었소. 일을 할 때 최대한 책임을 회피하고, 좋지 않은 일이 누설되는 경우를 철저히 배격하며, 안정과 단결을 위해서 그리고 또한 궁둥이를 깔끔하게 닦아내기 위해서 그는 절름발이에게 주도권을 내주었던 거요. 뭐라고? 내 부하의 이름이 어떻게 되느냐고 물었소? 오, 나이가 드니 이렇게 입가에서 뱅뱅 돌기만 하고 통 떠오르지 않는구려.

그런데 나와 꺼런이 얘기하는 순간, 꺼런은 오히려 따황 산으로 가기 전에 이미 그 시를 부쳤다고 딱 잘라서 말했소. 내가 보기에는 그 사람도 뭔가 좀 다급해 보였소. 연달아 기침을 하면서 가슴팍을 두들겨대는 통에 하는 수 없이 알겠다고 했지. 좋아요, 쉬위청이 알았든 몰랐든 하여간에 당신이 아직도 이렇게 건재하니 나 역시 쉬위청을 참형시킬 생각은 없소. 아가씨, 법률가로서 나 이 사람의 한마디는 천금 같았소. 나중에 나는 정말 쉬위청을 풀어주었소. 하지만 나중에 그는 결국 가슴에 아홉 발의 총을 맞고 피살되었지. 그 일은 나와는 상관없는 것이오. 그 기막힌 일은 나와 무관하단 말이오.

& 시관장 우체국

『중국 지방 우체국사』(남방출판사, 1998년판)를 조사해보면 알 수 있다. 시관장 우체국은 따황 산에서 최초로 건립된 우체국으로서 건립 날짜는 1935년 10월이다. 판 노인의 기억은 정말 뛰어났는데, 그 우체국은 정말 국제적십자단 선교사들이 건립한 것이었다. 생각나는 대로 일갈하자면 엘리스 목사는 빌 목사에게 여러 통의 편지를 보낸 적이 있는데, 대부분의 편지는 이 우체국에서 보낸 것이었다. 『중국 지방 우체국사』에 삽입된 삽화를 보면 우리는 그 우체국 사진을 쉽게 식별할 수 있다. 그것은 한 채의 회색빛 기와집으로 문 입구에 쥐엄나무 한 그루가 서 있다. 그 쥐엄나무는 현재도 살아 있는데, 잎이 너무 넓어 나무 아래 커다란 그늘이 드리워져서 여름이면 피서지가 되곤 한다. 내가 찾아갔을 때 나무줄기에는 빨간색 페인트로 '단단한 각오로 두 줄기 힘줄을 끊어버리자'라는 표어가 적힌 팻말이 걸려 있었으며, 그 아랫 부분에 '사정판(社精辦)'이라는 낙관이 찍혀 있었다. 현지인이 일깨워주고 나서야 나는 '두 줄기 힘줄'이 지칭하는 것이 남성의 정관(精管)과 여성의 나팔관이라는 사실과 사정판이 시관장의 '사회주의 정신문명 사무실'을 지칭한다는 것을 알게 되었다. 그 팻말 앞에 서게 된 나는 어쩌면 꺼런이 이 나무 아래에서 그의 시 「찬또우화」를 쉬위청에게 보내야겠다는 결심을 하게 되었을지 모른다는 생각이 불현듯 들었다.

물론 그가 도대체 언제 그 시를 발송했는지는 지금까지도 정확한 결론을 내리기 어렵다. 판 노인의 말대로라면 꺼런은 따황 산에 오기 전에 그 시를 부쳤다고 단언할 수 있지만, 내 생각으로는 기실 그것은 쉬위청 선생을 보호하기 위한 방법론에서 비롯된 것이라는 점이다. 앞에서 밝힌 바와 같이 내가 인식한 바로는 그 시를 부친 시기는 당연히 꺼런이 따황 산에 도착한 뒤였다는 것이다. 그 이유는 간단하다. 첫째, 그가 찬또우를 찾아다닌 것이 분명하고, 그렇다면 틀림없이 시관장에 들렀을 것이다. 판지화이(혹은 그의 부하)도 우체국에 근무하는 절름발이가 어쩌면 꺼런을 알고 있다는 생각에 후환을 없애려고 그를 죽이게 된 것이다. 둘째, 만일 쉬위청의 『첸탕몽록』에 씌어진 내용대로라면 그가 시 「찬또우화」를 받게 된 시기는 1942년 연말이다. 만일 꺼런이 연안에 있을 때 그 시를 부쳤다면 아무리 늦어도 1942년 5월 하순경이 될 것이고, 그가 차오양포에 있는 창장(宋庄)으로 떠나기 전이다. 내 생각을 말하자면, 비록 그 당시 전쟁으로 인해 사회가 혼란한 시기였다지만, 한 통의 편지가 배달되는 데 길 위에서 반 년 이상이나 걸렸다는 건 시간상으로 너무 오래 걸리는 것이고 그 가능성이 희박하다는 것이다.

만일 나의 추론이 성립할 수 있다면 문제는 이렇게 정리된다. 꺼런은 무슨 까닭으로 쉬위청에게 그 시를 보내려고 했을까? 가까운 친지들에게 자신이 얼리깡 전투의 민족적 영웅이 아니란 것을 알리려고 했더란 말인가? 아니면 세상을 향해 자신은 진실한 사람이며 진실한 생활은 이제부터 시작이란 것을 선포한 것일까? '오늘의 나를 만든 것은 곧바로 나의 마음가짐이 시발점이었다.' 그렇게 말한 엘리스 목사의 말처럼 말이다. 이 문제에 대해 나는 대답을 할 수가 없다. 차라리 나는 이 책을 읽은 독자가 스스로 답을 찾길 바랄 뿐이다.

@ 순서를 따라 전진하다

우리가 얘기를 나눌 무렵 꺼런의 얼굴에는 붉은 윤기가 감돌았지만 좀 여윈 듯했소. 그의 얼굴은 매우 정갈해서 마치 상하이 대학에서 강의를 하는 교수 같았지. 뭐랄까, 만일 기침을 하지 않는다면, 그러니까 각혈을 하지 않는다면, 그는 조금도 환자처럼 보이지 않았소. 문제는 그의 각혈 때문에 부득이 나는 그에게 관심을 보내지 않을 수 없었소. "귀체가 만강하지 못하신지요?" 나는 그에게 그런 식으로 물었소. 그가 대답하기를 꿈속에서도 자신의 폐를 바라보곤 하는데, 흡사 간장에 절인 두부 같았지만 바이 의사나 목사가 말하기를 두부 같은 것이 아니라 치즈 같고, 그 치즈에 혹이 맺혀 있다고 말했다는 거였소. 나는 그에게 병을 치료하라고 권유하면서, 병이 치료되어야 혁명을 계속할 수 있는 것이고, 신체는 곧 혁명의 근본적인 재산이라고 타일렀지. 내 기억은 아주 분명하오. 그는 한 개비의 담배에 불을 붙이더니 느릿느릿 말을 했소. 바이 의사는 그가 담배 피우는 것을 반대했다지만 어쨌거나 얼마 있지 않아 곧 죽을 목숨이라 계속 담배를 피운다는 거였소. 그는 내게 차 한잔 갖다 주라고 바이 의사에게 시키더군. 아칭이 차를 들고 와서 좋은 차라고 말했소. 맙소사! 그는 비로소 처음으로 영도자의 요구에 부합하는 의사 표시를 했소.

아가씨, 보시오. 그날의 면회는 순서에 따라 전진한다고 말할 수 있었소. 얕은 뜻에서 심오한 뜻으로 심화되고 있었지. 외교적인 관례요. 내 기억에 꺼런은 이렇게 말한 듯싶소. 옛 친구를 만났으니 국사는 함부로 논하지 맙시다. 나는 좋다고 말하면서 어기는 자는 벌주가

석 잔이라고 선언했지. 그러니까 아가씨, 마치 지금처럼 이런 식으로 나와 꺼런은 막 간단하게 인사말을 시작했소. 따쩐환(大貞丸) 우편선, 가와다, 가와이, 황옌, 후안 등등 기억나는 모든 사람들의 안부를 확인했소. 당신이 무엇이든 더 필요한 것이 있으면 내가 조직에다 말해줄 수 있다고 했소. 그랬더니 그는 거기가 무척 편안하니까 모든 것에 일체 만족한다더군. 그리고 그는 내게 반문하기를, 애당초 당신이 여기가 상하이보다 편안한 곳이라고 말하지 않았느냐, 그랬소. 아가씨, 보시오. 아주 오래전에 했던 말을 그는 그렇게까지 분명하게 기억하고 있다니, 어쩌면 머리가 그처럼 좋을 수가 있을까. 나는 아칭과 바이 의사에게 그에게 하드웨어나 소프트웨어 할 것 없이 최상의 서비스를 제공해주라고 지시했소. 그리고 꺼런에게 찬또우를 만나지 못했는지 물었소. 그는 도처로 찾아다녔으나 지금은 외부에서 들어와 정착해 사는 사람들이 대다수이기 때문에 그 시절의 일에 대해 잘 알지 못해 찾을 수가 없었다고 대답했소. 나는 그를 위로하려고 시도했지. 여자애가 열여덟 살이면 많이 변했을 테고 예뻐졌을 텐데, 벌써 여러 해가 지났으니 분명하게 말할 수 없긴 하지만 아마도 찬또우는 시집을 갔을지도 모르고, 설사 당신이 그 애와 마주친다 해도 쉽게 알아보지 못할 거라고 말했소. 그랬더니 그가 대답하기를, 찬또우가 다 자랐으면 필경 뻥잉을 닮았을 테고, 그 애를 보기만 하면 얼른 알아볼 수 있을 거라더군. 그 기회를 틈타 나는 그에게 말하기를 아마 찬또우는 누군가 소비에트 지역으로 데리고 갔을지도 모른다고 했지. 수레가 산 앞에 와도 반드시 길은 있게 마련이고 길이 있으면 반드시 수레는 풍부한 들판을 만날 것이며, 그 여자애도 지금껏 필경 잘 살고 있을 것이니 걱정할 필요가 없다고 말했소. 내 말을 듣고 나서 그는 탄식을 했소. 나는 가죽도 없는데 털이 어디 붙어 있을 수가 있을까, 오로지 몸을 잘 돌봐야 당신 부녀도 다시 만나 좋은 세월을 보낼 수 있다고 권유했다오.

사실 나는 원래 이런 말을 하고 싶었소. 맙소사, 찬또우는 당신 친자식도 아닌데 그렇게 정성을 쏟고 있느냐, 그런 말을 하고 싶었던 거요. 하지만 나는 말하지 않았소. 그런 말을 해봐야 소용이 없었기 때문이오. 아무튼 그 문인은 죽는 순간까지 그 여자애에 대한 부정(父情)에서 벗어나지 못할 테니까. 나는 그에게 세상에 해결하지 못할 어려운 일은 없는 법이니까 오로지 등반을 즐기는 심정으로 한 걸음 한 걸음 올라가면 되는 것이니, 내가 이번 일을 끝내고 나면 반드시 군사통치국과 관련된 정보망을 이용해서 당신 딸 찬또우를 찾을 수 있도록 돕겠다고 약속했소. 그러나 그는 자신에게는 시간이 얼마 남지 않았다는 거였소. 죽기 직전에 딸을 한번 만날 생각인데, 그렇게 하려는 것은 첫째, 자신의 과실을 벌충하려는 것이고, 둘째, 뻥잉에게 딸을 건네줄 수 있기 때문이라는 거였소. 그런데 지금으로선 그야말로 책도 완성하지 못했고, 여태까지 자신의 딸도 찾지 못하고 있다는 거였소. 그가 마침내 뻥잉을 거론하자 나는 속으로 이때다 싶었지. 사실 원래 뻥잉이 나를 대신해 그에게 항복을 권유해주었으면 하는 생각이었으나 차마 입을 뗄 수가 없었던 거요. 나의 외손녀인 판예(范曄)는 늘 화장실 안에서 당신은 내 가슴 안의 영원한 아픔이라는 둥 뭐 그런 노래를 불러댔소. 누가 내 외손녀인 판예 가슴속의 아픔인지 내가 어떻게 알겠소? 그러나 나는 꺼런 가슴속의 아픔은 뻥잉으로 인해 생긴 것이라는 걸 알고 있었소. 그리고 그 한 구절, 그러니까 딸아이에 대한 사랑 때문이기도 했지. 그러나 외교적인 예절상 그의 면전에서 뻥잉을 거론한다는 것은 쉽지 않았소. 그런데 그 순간 그 양반이 먼저 제기를 했으니 나를 원망할 수 없는 일이었지. 나는 재빨리 뻥잉을 만났다고 그에게 말했소. 그 말을 듣고 난 뒤에 그는 경악을 하며 뻥잉을 데리고 무슨 짓을 한 것이냐, 모든 것이 연출이 아니냐고 물었소. 나는 이내 황당해져서 연출은 결코 아니며 그의 근황을 자세히 알아보기 위해서였다고 말했소. 나는 그에게 한 개비의 담배를 건네주면서 이렇게 말했소. "꺼런, 꺼런, 당신은 여복이 있소. 보아하니 그녀는 여전히 의연하게 당신을 사랑하고 있었으니까."

그의 마음이 요동치는 듯했지만 나는 나의 법관복을 벗어 던질 순 없었소. 쇠뿔도 단김에 빼랬다고 나는 대뜸 말했지. "꺼런 형님, 나와 총칭으로 함께 가서 뻥잉을 만납시다." 그런 식으로 말해놓고 나는 갑자기 마음속이 환하게 밝아지면서, 꺼런은 과거에 총칭으로 여행을 다녀온 적이 있을 것이고, 아마도 그 여행은 과거의 사랑에 대한 추억 때문이라는 것을 의식할 수가 있었소. 그래서 나는 면전에서 그와 뻥잉이 따황 산에서 지냈던 행복했던 시절을 거론했지 뭐요? 그러자 그는 웃으면서 말했소. "늙은 판, 판 노인이시여, 당신은 결국 속셈을 밝혔구려. 결국 항복하라는 뜻 아니오?"

& 고모할머니의 우려

지금 보아하니 꺼런이 따황 산에 간 이유에 관해 최소한 몇 가지를 추론해볼 수 있다. "그 주된 이유는 문인으로서 아마 안정된 환경에서 글을 쓰자는 것일 테고, 그렇지 않다면 요양을 하기 위해서였을 것이다. 그의 폐병에는 남부 지방의 습도와 햇살이 필요했다"(바이성타오), "일생 동안의 혁명 경험을 총결산하기 위해서 혁명의 이론적 근거를 제공할 필요가 있었다는 점이다"(자오야오칭). 그런데 지금 판 노인은 꺼런의 입을 빌려, 꺼런이 그곳에 가게 된 이유를 제기하면서, 책을 써야겠다는 것 이외에 찬또우를 반드시 찾겠다는 꿈을 실현하기 위해서 '과거의 사랑'이라는 말까지 언급하고 있다. 그들의 설명 중에서 누구 말이 사실일까. 확실한 것은 찬또우를 어떤 사람이 데리고 가버렸을지도 모른다는 것이다. 그 일에 관하여 나의 고모할머니는 이렇게 말하고 있다.

1936년 겨울이 돌아오자 상런이 루쉰에게 전신을 보내온 것을 보고 나는 상런이 아직 살아 있다는 것을 알았다. 찬또우 일을 그에게 알릴 필요가 있을까. 나는 그걸 생각했다. 어렵진 않았다. 국제적십자회에서 언제나 어떤 사람을 산베이(陝北)로 보내곤 했는데, 그 편에 한 통의 편지를 부치면 되긴 했다. 그러나 나는 그렇게 하지 못했다. 시간이 흐르고 장소가 바뀌었으니 그는 이미 그 일을 잊어버렸을 것이다. 만일 찬또우가 병으로 성장하지 못했다는 것을 알았다면 아마도 그는 심하게 자책했을 것이다. 쓸데없이 상런의 고통이 점점 더 가중된다면 나로서도 견디기 어렵다. 내가 삥잉에게 알리지 않았던 것도 그런 이유 때문이다. 잠시 찬또우의 안전을 계획해보았지만 나로서도 어떻게 해야 할지 쉽지 않은 일이었다. 유다가 갈 곳은 어디에도 없는데, 만일 그 애가 공산당 분자의 여식이라는 것을 다른 사람이 알게 되었다면, 그 애는 타인의 비방과 희롱을 감수해야 될 것이기 때문에 정확하게 말할 순 없지만 아마도 관청에 버려졌을 것이고, 만일 그렇다면 그 일로 죽었을 것이다. 때문에 여러 해가 지난 뒤에도 나는 입을 병의 아가리처럼 다물어야 했다. 그 애가 상런과 뻥잉의 딸이라는 것을 아는 사람은 없었다. 문화대혁명 시절 천두시우의 문장을 비판하는 중에 어떤 사람이 상런을 제기했다. 그 당시 그 사람이 찬또우가 상런의 딸이라는 것을 알았다면, 맙소사! 그 결과는 상상조차 할 수 없다.

그런데 애당초 따황 산에서 찬또우를 찾았다는 앞의 진술은 나의 고모할머니 이외에 엘리스 목사도 진술했다. 때문에 1943년 봄 판지화이가 따황 산에 도착하기 이전에 이미 엘리스 목사가 꺼런을 만났다는 것이고, 단언건대 그와 꺼런이 담화를 나누는 순간 찬또우를 구출하는 문제를 제기했을 가능성이 높다. 엘리스 목사는 고모할머니처럼 염려하지는 않았기 때문이다. 더군다나 그는 찬또우가 톈진에 도착한 이래 병을 얻었다는 사실도 알지 못하고 있었다. 유감인 것은 엘리스 목사와 꺼런의 대화 내용을 나의 어머니인 찬또우가 그 어떤 언어로도 일체 기록한 사실이 없다는 점이다. 오직 고모할머니의 추측으로 꺼런과 엘리스 목사가 그곳에서 대화를 나눌 때 찬또우의 처지를 알게 되었다는 것이고, 때문에 그는 따황 산을 떠나 톈진으로 온다는 것이 불가능했을 것이다. 흡사 그는 어떤 사람이 따황 산에 찾아온다는 것을 예감하고 있었던 것처럼 설령 그가 톈진에 도착했다손 치더라도 여전히 어떤 사람이 집으로 찾아왔을 것이다. 가까스로 죽을 고비를 다해서 꺼런 혼자 도착하는 순간 찬또우는 이미 나의 고모할머니의 권유로 도피하고 없었을 것이다.

@ 항복

아가씨도 이미 눈치 챘을 것인데, 나라는 사람의 장점이 있다면, 공명정대하고 절대 뒷공론을 하지 않는다는 점이오. 좋소, 기왕지사 그가 살아 있다는 게 까발려진 이상 나도 과감하게 나가기로 했소. "좋아요, 그렇다 치고, 나는 당신한테 항복을 권유하러 찾아왔어요," 나는 이런 식으로 말했소. 나는 그에게 술을 따르고 담배에 불을 붙여주면서, 총칭을 떠날 때 따이리가 얘기해주었던 신당 성립에 관한 일을 그에게 말해주었소. 나는 이런 식으로 말했던 거요. "장제스가 하는 말이, 당신이 총칭으로 가길 원한다면 당신은 신당을 성립할 수 있고, 아울러 국방 참의회에 여섯 자리를 내주겠다고 했소. 그렇게 되면 하늘만큼 큰 얼굴이 되는 거요." "여섯 자리라? 그럼 천두시우 선생보다 한 자리가 더 많은 게 아니오?" 그는 돌연 웃었소. 그의 말은 틀리지 않았소. 천두시우가 죽기 전에 국민당은 그에게 신당을 창립할 수 있다고 허락했고, 때문에 그에게 다섯 개의 의석이 주어졌소. "장제스는 나를 살려둘 생각이오?" 그는 내게 그런 식으로 물었소. 나는 그가 상당히 흥미롭게 느껴져서 즉각 잔을 부딪치면서 최고의 성지를 교지하듯 한 구절을 백만 구절처럼 말했소.

아가씨, 내가 꺼런의 동작을 따라할 테니 아가씨도 배우시오. 아가씨 손을 내게 건네주시오. 아가씨 손은 정말 부드럽소. 웬링위보다 부드럽구려. 내가 여자 손을 습관적으로 잡는 것이 아닌가 그렇게 오해하지 마시구려. 이것은 어디까지나 내가 시범을 보이자는 거니까. 그 당시, 내가 꺼런에게 의회의 여섯 자리를 내줄 수 있다고 말하는 순간, 꺼런은 자신의 손가락을 이런 식으로 바짝 붙여서 잠시 동안 꽉 누르더니 이렇게 말했소. "판 변호사, 여섯 자리는 너무 많아서 갈 수 없으니까 다시 셈해보시구려." 제기랄! 애당초 나는 그를 겸허하게 받아들였건만 나중에서야 비로소 그에 대해 정말 털끝만큼의 흥미도 없게 되었소. 그가 하는 말이, 당신 말뜻을 알겠다는 거였소. "당신은 꺼런이 살아 있다는 것을 민중들에게 알리고자 하는 것뿐이오. 얼리깡 전투는 날조된 것이고, 옌안 방면의 군사 정보는 거짓이라고 알려서 중앙정부로부터 상을 타려는 거겠지."

나는 꺼런의 총명함을 인정하지 않을 수 없었소. 진정 총명했지. 그는 확실히 정부의 장난을 꿰뚫고 있었던 거요. 그렇소, 따이리는 그런 연유로 인해 꺼런을 항복시키는 것이 중요하다고 나에게 확실히 말했소. 그러나 실제 담판하는 자리에서 나는 오히려 이를 앙다물고 인정하지 않았소. 나는 이렇게 말했지. "꺼런, 당신은 지나치게 걱정하고 있구려. 정부에서는 당신의 학식을 존경하고 우러러보고 있기 때문에 나를 바이포로 파견해 당신을 총칭으로 데려오라는 것이고, 이건 모두 당신의 장래를 위해서요." 아가씨도 짐작을 해보시오. 그가 과연 나에게 어떻게 회답했을지 말이오. 그는 이렇게 말했소. "항일 전쟁은 머지않아 곧 끝날 것이고, 연이어 내전이 벌어질 것인데, 그때가 되면 장제스의 군대는 흡사 산이 무너지듯 공산당의 손에 패할 것이오." 말이야 바른 말이었지만 나는 그 당시 좀 얼토당토 않다는 생각을 하면서 그가 고열로 인해 헛소리를 하는 것이라고 치부했소. 왜냐하면 당시 공산당이 점유한 지역이라고 해봐야 고작 엉덩이 반쪽만큼밖에 안 되었거든. 당시 나는 반대파 입장에 서서 그에게 말했소. "이보게, 꺼런, 좀 현실적일 수 없나? 현재 코앞에서 국난을 당하고 있으며, 또한 장제스는 자타가 공인하는 항일 전쟁의 대장 아닌가. 심지어 장시뤄(張奚若)조차 정부를 위해 혼신의 힘을 쏟고 있지 않은가. 그런데 자네는 어째서 자신의 신념에 꼭 사로잡혀 있기만 한단 말인가? 신념이 밥을 먹여줍니까? 어림없지요. 늙은 장제스가 당신에게 해를 끼칠까 걱정할 필요는 없소. 장시뤄라는 인간을 좀 보시오. 그는 비록 항상 장제스와 으르렁대는 사이지만, 장제스에 대해서 그는 여전히 서 푼어치 만큼은 존경하는 척이라도 하잖소."

내가 거기까지 말하자 꺼런이 내 말을 잘랐소. "나는 신념에 코뚜레가 뚫려서 끌려 다니는 것은 결코 아니며, 여기서의 생활은 신념과는 무관한 것이오." 그렇게 말해놓고 그는 편안하게 자기 이름을 한 차례 해석해주었소. 자기 이름은 '꺼런(個人)'과 발음이 같은데, '꺼런'이라는 것은 결국 개인의 신분을 의미할 뿐 당파의 쟁론과는 전혀 무관한 것이라고 말이오. 그래서 내가 말했소. "노형, 여기 외지인은 없으니 지나친 겸손은 거두시오. 나는 여전히 당신의 깊은 속을 잘 모르겠지만, 그저 공산주의를 믿으며, 일부 사람들에게 상당히 위력이 큰 대표자라는 것만 알고 있소. 내 골자는 당신들을 존경한다는 것이오. 인생은 꿈과 같은 것인데 어찌하여 한 그루의 나무에다 목을 매달고 죽어가야만 하오?" 아가씨, 나는 감언이설로 희롱할 생각은 아니었소. 말하는 것마다 전부 핵심을 끄집어내는 거요? 그러나 그는, 그러나 그 사람은 털끝만큼도 동요하지 않았소.

오, 나는 도무지 그를 설복시킬 수가 없었는데, 그런데 갑자기 그가 내게 설복당한 거요. 정말 천만뜻밖이었소. 나도 사실 낚시를 드리우긴 했지만 바로 고기를 낚을 생각은 없었소. 다시는 자신을 데리고 돌아갈 생각을 하지 말라고 그가 내게 권유하는 거였소. 그렇지 않다면 조만간 마치 진시황 능의 병마총처럼 라오장의 순장품이 된다는 거였소. 뭐요? 그 시절엔 병마총이 없지 않았냐고? 아가씨, 아가씨도 보아하니 내가 그쪽으로 이사를 가서 과외 지도라도 해야겠소. 진시황의 병마총은 만들어질 당시에는 당연히 세계 제일의 기적이었고, 오늘날에도 여전히 세계 팔대 기적의 하나요. 2년 전에 나는 외국인을 데리고 그곳에 간 적이 있었는데 그들은 눈앞의 광경에 눈을 크게 뜨고 입을 딱 벌렸소. 중국인의 총명한 지혜에 부득불 승복하지 않을 수가 없었던 거지. 뭐라고 했소? 꺼런이 살았을 때 그 병마총이 출토된 적이 없다고 했소? 그건 나도 인정하오. 좋아요, 우리 작은 문제로 왈가왈부하지 맙시다. 어쨌거나 당시 꺼런이 다시는 총칭으로 돌아가지 말라고 내게 권유했다니까. 그래서 나는 말했소. "당신 정말 재미있군요. 나더러 옌안에서 투항하란 거요?" 꺼런은 다시 한 번 웃었소. "당신한테 투항하라고 권유한 것이 아니라 그저 권력이 없는 자로서, 오직 친구의 말에 감격해서 그런 식으로 말했을 뿐이오." 나중에 자연스럽게 그는 내게 다시 말했소. 그는 일찍이 내가 일에 너무 심혈을 기울여 고생이 많다는 것을 알았다는 것이었고, 내가 아칭과 양펑량을 파견한 것도 그 자신을 놓아주기 위한 방책에 불과하다는 걸 이미 알았다는 거요. 나를 알아주는 자는 역시 꺼런이었구려! 나는 그를 와락 껴안았소. 그러고 나서 그는 아칭과 양펑량을 책망하지 말라고 덧붙였소. 그 자신이 거기서 놓여나길 원하지 않았을 뿐인데, 아칭과 양펑량을 원망해야 아무 소용이 없다는 거였소. 그의 말을 듣고 있자니, 그는 아직도 양펑량이 고기밥이 되어버린 사실을 모른다는 생각이 들었소. 나는 즉각 그에게 안심하라고 일렀지. "새가 짝을 구하는 것은 꽃이 피었기 때문이고, 그것은 자연의 이치요. 나와 그 두 잡종 녀석과는 오랜 친구이니까, 그들을 난처하게 만들진 않을 거요."

어느새 날이 밝았소. 바이성타오가 우리 곁에서 날이 밝았음을 일깨워주었소. 우리들이 대화를 나눌 때 바이 의사는 내 지시대로 줄곧 우리 옆에 앉아 그를 보살피고 있었던 거요. 그가 하는 말이 새벽닭이 벌써 세 차례나 울었다는 거요. 그는 꺼런에게 쉬라고 재촉했고, 아울러 꺼런을 이런 식으로 대하면 그의 몸이 금방 망가진다고 나를 원망했소. 그가 꺼런의 등을 꺼버렸으나 꺼런은 다시 등을 밝혔소. 그가 꺼런에게 여전히 책을 쓰고 싶은 것이냐고 묻자, 꺼런이 말했소. "쓰긴 뭘 쓴다고 그래, 난 내 원고를 불태울 건데. 담배 한 대 피우고 다시 잠을 잘 생각이오." 나는 꺼런의 말을 듣고 있었지. 인생에는 작은 휴식과 큰 휴식이 있게 마련이오. 잠자는 것이 작은 휴식이라면 죽음이 큰 휴식이라고 할 수 있지. 그는 그 순간 큰 휴식을 기다리고 있었던 거요. 나는 그 말이 귀에 익숙했소. 희망(팡커우) 소학교를 막 떠날 무렵 나는 비로소 그 말이 애당초 취치우빠이(瞿秋白)가 말하던 화두라는 것을 알게 되었소.

& 작은 휴식, 큰 휴식

나이가 너무 많은 탓에 판 노인의 말은 시간적으로 모순이 있다. 여기 한 예가 있다. 그가 앞에서 제기하기를 판과 꺼런이 대화를 나누는 동안 제삼의 인물은 등장하지 않은 것으로 되어 있다. 그런데 나중에 말하기를 바이 의사가 그의 지시에 따라 줄곧 옆에서 시중을 들었던 것으로 되어 있다. 그렇다면 바이 의사는 사람이 아니란 말인가? 그를 사람으로 여기든 여기지 않든 잠시 동안 거론하지 않겠다. 내 생각을 말하자면, 그 당시 그곳에는 바이성타오 외에도 판의 조수였던 띵쿠이(丁奎)가 있었다는 것이다.

1996년 봄, 바이성타오의 자술서를 읽은 뒤에 나는 몇 번인가 주기적으로 접촉하다가 결국 그 책의 기록자이자 정리자인 띵쿠이 선생을 인터뷰하게 되었다. 앞에서 거론한 것처럼 그에 대한 내 인상이란 '꺼런 연구회'에서 발간한 한 장의 사진으로만 국한되어 있었다. 사진상의 띵쿠이 선생은 바람 앞의 촛불처럼 꺼져가는 모습이었다. 아래턱은 겹이었고, 까치양태처럼 부운 눈에다, 눈빛은 탁해지고, 얼굴 근육은 축 늘어진 상태였다. 이 대화 중에 그는 꺼런의 책 '가버린 그림자'를 거론하고 있으며, 그는 저물어가는 판지화이의 목숨을 받들고 있구나!

당시 담화에 참석한 사람은 세 명이었소. 상하이 사투리를 이해하지 못하오?* 좋아요, 그렇다면 내가 보통어로 얘기하리다. 세 사람이란 판, 꺼런 그리고 나였소. 그리고 바이 의사가 있었지. 우리는 한편으로 두부를 먹으면서 다른 한편으로 교섭을 하고 있었소. 꺼런은 투항하지 않았소. 판이 장제스가 그에게 몇 개의 의석을 내줄 거라고 얘기했지만 그의 귀에는 들리지 않았던 모양이오. 몇 석이었는지 나는 잊어버렸소. 그가 말하기를 오로지 쉬고 싶다고, 작은 휴식은 잠이지만 큰 휴식은 죽는 것이라고 했지. 그는 큰 휴식을 할 참이었

* 여기서 띵쿠이는 상하이 사투리를 사용하고 있었다.

소. 나도 지금 큰 휴식을 할 때지. 오, 간도 나빠졌고, 심장도 나빠졌으니 죽을 날이 멀지 않았소.

인간은 죽을 때가 되어서야 비로소 선해지지. 죽을 때가 되니까 나도 진실한 얘기를 하겠소. 당신, 다른 사람 얘기를 함부로 하지 마시고 내가 죽은 뒤에 다시 얘기하시오. 꺼런의 책은 내가 불태웠소. 나는 읽지 않았소. 단 한 장도 읽지 않았소. 무릇 그 일을 장이 명령을 내렸다고 들었고, 판이 나에게 불태우라고 했소. 황토색의 두툼한 책은 마치 『신화사전』 같았소. 판의 얘기로는 그것을 불태우는 것은 꺼런을 안전하게 보호하기 위해서라고 했소. 그것을 불태우지 않으면 크게 번거롭게 된다는 거였지. 무엇이 번거롭다는 것인지? 아주 많은 사람들이 꺼런이 얼리깡 전투에서 죽지 않았다는 것을 알게 될 것이니까, 그렇게 되면 제기랄, 우리들의 행동이 곧바로 탄로 난다는 거였소.

인간이 죽을 때가 되어서야 비로소 선해진다는 말, 나는 차라리 띵쿠이 선생의 그 말을 믿는다. 그를 만난 지 그다지 오래 지나지 않아서 과연 그는 죽었다. 사실상 나는 띵쿠이 선생의 자존심을 줄곧 존중해왔다. 만일 그가 바이성타오 자술서 자료를 내놓는 데 공헌하지 않았다면, 나는 영원히 나의 외조부가 어떻게 죽었는지 알 수 없었을 것이다. 당연한 일이지만 나는 나중에 그의 손녀가 어디에 있는지 알게 되었고, 그 자료는 기실 무상으로 공헌된 것이 아니라 꺼런 연구회에 팔린 것이었다.

띵쿠이 선생이 죽은 뒤 나는 그의 손녀로부터 한 통의 편지를 받았는데, 나와 얘기를 좀 하자는 것이었다. 그녀는 내게 이렇게 말했다.

나와 당신이 얘기를 나눈 지도 일주일이 흘렀군요. 어느 날 나의 조부께서 침상에 누우셔서 시 한 수를 읽고 있었어요. 맞아요, 당신이 말씀하신 「찬또우화」인가 뭐 그런 시였어요. 읽긴 읽었는데, 읽으면서 머리를 흔들곤 하셨어요. 우리는 조부께서 시끄러운 것을 싫어하실 듯해 바깥으로 나가서 몸을 숨겼어요. 점심때가 되어서 우리는 집으로 돌아와 밥을 짓고 있는데, 조부께서 누워 계신 침상에서 아무런 소리도 들리지 않는다는 것을 알게 되었지요. 달려가서 대뜸 살폈더니 조부의 머리가 한쪽으로 비뚤어져 있었고, 입 가장자리에서 피가 흘러내렸으며, 문 쪽으로 비스듬히 기댄 채 눈을 부릅뜨고 있었는데, 아마 누군가 들어오기를 기다렸던 모양이에요. 손으로는 나무 상자를 거머쥐고 있었는데, 윗면이 회색이었어요. 조부는 필경 그 나무 상자에 걸려 넘어진 듯했어요. 모든 게 너무 늦어버렸죠. 이미 숨을 거두었고 얼굴색은 창백했는데 몸에만 아직 열이 남아 있었어요.

내 생각이긴 하지만 그 나무 상자에 들어 있는 물건은 필경 꺼런과 관계가 있을 듯했다. 나는 그녀에게 그 상자를 한번 보여줄 수 있는지 물어보고 싶었다. 그러나 그 상자를 가족들이 어디에 두었는지 모르겠다며 그녀가 먼저 입을 열더니 말을 에둘러서 한 가지 제안을 했다. 자기 조부의 장례식에 든 비용이 적지 않았는데, 오늘날은 사회주의 시장경제 체제니까, 기왕지사 그 나무 상자에 든 물건을 보고 싶다면 경제적인 개념에 따라 일을 처리해줄 수 없겠느냐는 내용이었다. 나는 그녀의 제안이 그리 낯설게 느껴지지 않았다. 앞에서 진술했던 것처럼 위성까오의 아들 위리런도 그런 비슷한 요구를 했었다. 당연한 일이겠지만, 위리런보다 그녀의 요구는 한 단계 수위가 높았는데, 즉 자기 부모에게 그 일을 내가 말해서는 안 된다는 것이었다. "제 부모님이 알게 되면 틀림없이 돈도 안 받고 그런 걸 왜 그냥 보여줬냐고 나무랄 거예요. 당신에게 있는 그대로 말해 줄게요. 사실 제 부모님은 꺼런 연구회에서 이미 한 번 큰돈을 받았거든요. 젠장, 그런데 그 돈을 몽땅 오빠에게 주었단 말이에요." 그녀는 화장대 밑에서 그 나무 상자를 꺼내더니 손뼉을 두들기면서 말했다. "정말 엄청난 특종감의 자료이니까 그만한 가치가 있다구요!" 그녀가 손가락 하나를 곧추 세웠다. 나는 천 위안인 줄 알았으나 나중에서야 그것이 일만 위안을 가리킨 것을 알게 되었다.

가격 때문에 한 차례 논쟁을 벌이다가 결국 최종적으로 내가 알래스카 바다표범 오일 두 상자를 사용해도 된다고 말하자 그녀가 동의했다. 기실 그 바다표범 오일은 나에겐 무용지물이었다. 그 나무 상자를 얻기 위한 수단이었다. 상자를 열고 난 뒤에야 그 안에 갈무리된 것이 아주 오래된 신문이라는 것을 알았는데, 그 신문은 찢어진 채 무더기째 쌓여 있었다. 그 안에는 쥐들이 오줌을 싼 흔적이 그럴듯하게 나 있었다. 간신히 그것을 식별하긴 했다. 『변방××일보』라는 두 부의 신문이 있었는데, 한 부는 1942년 10월 11일자 『변방전투일보』였다. 나는 이 책의 제1부에서 이미 언급한 바 있는데 황옌의 신문 '백중의 전투력이 강한 부대,' 그 일기에 게재된 바 있는 내용이다. 두번째 신문은 나중에서야 그 날짜를 식별할 수 있었다. 어떤 부분은 『민중일보』였고, 다른 어떤 부분은 『×일보』 시내 판이었는데, 내 생각에 그것은 당연히 종뻐와 황옌이 편집한 『션뿌보(申埠報)』였다. 그리고 나머지 일부는 『×징』이었는데 판지화이가 아래와 같이 서술하는 과정에서 나는 확실히 쉬위청이 홍콩에서 출간한 『이징』이라는 것을 알게 되었다.

@ 역사는 승자가 쓴 책이다

그렇소, 작은 휴식도 있고 큰 휴식도 있다는 것, 취치우빠이는 확실히 그런 말을 했소. 그의 목소리를 듣자면 징을 두들기는 소리를 듣고 있는 듯했소. 내 생각에 꺼런은 이미 자신이 충분히 살았다는 것을 암시한 것이 아닐까 싶소. 나는 송시롄(宋希濂)에게 공부를 했는데 내가 그를 죽였겠소? 아가씨, 송시롄이 누군지 알겠소? 그는 국민당 34사단의 사단장으로 황푸(黃埔) 군관학교를 졸업했소. 어떤 사람이 말하기를 천하의 까마귀는 일반적으로 까맣고, 홍동현(洪洞縣) 안에는 좋은 사람이 없다고 했소. 맙소사! 지나치게 일방적으로 치우쳐져 있고, 전형적인 형이상학이로군. 송시롄은 좋은 사람이오. 그렇지 않다면 그가 나중에 어떻게 전국 정치협회 인민대표위원이 될 수 있었겠소. 나 역시 좋은 사람이오. 비록 꺼런을 구원하진 못했지만 그러나 나도 좋은 사람이오. 그렇지 않다면 백지에 까만 글씨가 박힌 신문지상에서 어떻게 나를 덕성과 명망이 높다고 말할 수 있을까.

아가씨한테 어떻게 말해줄까. 아가씨, 어쨌거나 나는 한 발 더 나아가 꺼런의 생명을 보호하고 싶었소. 나는 생각했지. 무슨 방법이 없을까? 따이리와 담판을 하면 될까? 비록 아무것도 거머쥔 것은 없지만 돌이 마모되자면 강을 거쳐야 하는 것이고, 무슨 일이든지 대뜸 쟁취할 필요가 있는 것이오. 그래서 꺼런과 대화를 나누던 와중에 나는 따이리에게 전화를 걸었소. 나는 따이리에게 말했지. "분명하게 간추려 말하자면 그 사람은 꺼런이 확실하긴 하지만 절대 투항을 하지 않겠다는 거요." 꺼런이 병중이라는 소식도 나는 그에게 말해주었소. 나는 따이리에게 다시 물었소. "그다음은 어떻게 해야 하는지 제발 지시를 내려주십시오." 그는 잠시 후에 다시 전화를 해달라고 하더니 전화를 끊었소. 아가씨, 아가씨는 정말 똑똑하구려. 그 역시 주관적으로 일을 처리할 수 없었던 것이, 라오장에게 지시를 받아야 했기 때문이오. 잠시 후에 나는 다시 전화를 했소. 호랑이 얼굴로 웃는 따이리 이 사람은 정말 성격이 음흉하고 하는 짓이 악랄했소. "기왕지사 곧 죽을 목숨이라면 쓰러뜨려버리시오." 나는 이 사람을 총칭으로 데려갈까 말까 다시 물었소. 그러자 그의 말이, 무엇 때문에 데리고 오느냐, 만일 정말 투항하지 않겠다면 오락가락하는 사이에 비용만 들고 또 힘을 들여봤자 수지타산이 맞지 않는다는 거였소. 아니오, 전화상으로 나는 가와이에 대해서 언급하지 않았소. 전화로 얘기를 한다는 것은 분명하지 않을뿐더러 내가 일본인과 내왕한다는 것을 그가 알게 되면 분명히 나에 대해서 의심했을 것이오. 그렇소! 당면한 그런 일은 어쨌거나 성의를 가지고 이 사람 저 사람을 대할 수밖에 없다는 것이오. 모든 일은 천천히 도래하고 있었소. 오, 아가씨, 아가씨는 나와 함께하는 동안 정말 적지 않게 투쟁의 경험을 배우고 쌓는구려.

전화를 내려놓은 뒤 내 마음이 아프지 않았다고 말한다면 그건 분명히 거짓이오. 그런데 큰일과 작은 일은 결정된 것이고, 나로선 달리 방법이 없지 싶었소. 실사구시의 정신으로 얘기하자면 나는 더 이상 살고 싶은 의욕이 없었소. 첫째, 나는 일찍이 마음의 준비를 해오고 있었소. 따이리 같은 인간이 자신의 개 주둥이로 상아를 토해내지는 않는다는 것을 알았던 것이오. 둘째, 내가 꺼런에게 도움을 주고 권유를 하는 것도 이미 한계 상황에 이르렀다는 것이고, 기실 그 순간 그를 죽여 없애는 것이 그의 목적을 이루는 데 오히려 도움을 주는 길이라는 생각이 들었소. 결국 그의 표현처럼 국민당은 필경 뒤집힐 것이고 공산당이 승리할 것이며, 그렇게 되면 나는 그를 죽여야 하는데, 그가 왜 열사가 아니란 말인가? 후스가 말하기를 역사는 마치 나이 어린 소녀 같아서 당신이 그 소녀에게 어떤 모양으로 분장을 시키면 그 소녀는 곧 그런 모양이 된다는 것이오. 승자는 왕이지만 패자는 도둑이 되는 거요. 역사는 승리자가 쓴 책이니까.

방침은 명확했소. 그러나 어쨌거나 확실히 문제는 문제였소. 뭐라고? 내가 직접 손을 쓰면 된다고 했소? 안 되오. 나는 내 손으로 직접 하지 않소. 조심을 해도 노출되면 지위와 명예가 땅에 떨어지지 않겠소? 나는 당신이 지금 무슨 생각을 하는지 알겠소. 당신만 그런 식으로 생각한다는 것이 아니라 귀염둥이 소녀들은 다 그런 식의 생각을 한다는 것이오. 작년에 어떤 귀염둥이 소녀가 내게 유유히 묻기를 그 당시 격렬한 사상적 투쟁을 경험하지 않았느냐, 그랬소. 그렇지 않소, 정말 그런 적 없다고 나는 분명히 말했소. 나는 그 귀염둥이 소녀에게, 너의 예술단 이름이 신티에신(心帖心)으로 불리니까 난 너에게 내 마음에서 우러나오는 진실한 말로 얘기하는 거야. 그러자 귀염둥이 소녀는 나를 보면서 웃더니 이렇게 말하는 거였소. 저것 좀 보래요. 얼굴이 붉어졌대요. 저것 봐요. 얼굴이 붉어졌다니까. 웃기는 일이었소. 무슨 꿀불견일 일도 없었건만 왜 내 얼굴이 붉어졌단 말이오? 나는 사실 그 소녀에게 잘 설명해주고 싶었으나 나중에 생각해보다가 그만두었던 것인데, 그 소녀의 상식적인 소견머리로를 어떻게 할 수가 없겠다는 생각이 들었소. 그 소녀는 필경 예술인이었지만 지적 능력과 배합은 좋지 못했으니 얘기해봤자 소에게 피아노를 치는 격이지. 아가씨, 아가씨는 그 귀염둥이 소녀와는 다르니까 아가씨에게는 좀 상세하게 말을 해주어도 무방하겠지. 때문에 이 전기를 어떻게 창작하든지 그것은 아가씨의 재량인 것이고 나는 간섭할 생각이 없지만, 나는 아가씨에게 한 구절만 각성시켜주려는 것에 불과하오. 다음에 서술할 몇 구절의 말은 책에는 쓰지 않는 것이 최상책이오. 내가 아가씨에게 어떤 식으로 말해줄까. 나는 직접 손을 쓰지 않았소. 왜냐하면 공산당은 필경 승리할 것이고 국민당은 패배할 것이라고 거론한 꺼런의 말이 가장 중요한 관건이었는데, 그것을 여전히 좀 반신반의하고 있었기 때문이오. 꺼런의 일생은 대단히 신중했고, 큰일에는 뤼단(呂端)*처럼 흐리멍텅하지 않았소. 장기적으로 투쟁을 실천하던 과정 중에서 내게도 그런 품격이 길러졌지. 만에 하나 팔로군이 전쟁에서 패배한다면, 그렇다면 꺼런은 공연히 총에 맞는 셈 아니오? 나는 제일 현명한 방법으로 이 일을 가와이에게 맡겨야겠다는 생각을 했소. 누가 이기든 누가 승부에서 패배를 하든 상관이 없었소. 그리고 누구 손에 의해 역사가 어떻게 씌어지든 상관없는 일이고, 꺼런에게는 민족적 영웅이라는 월계관이 씌워질 테니까. 오, 훌륭한 나의 아가씨, 내 심정을 이해하지 못하는구려. 내가 어떤 요구가 있어 여기 머물고 있는지 아가씨는 전혀 인식하지 못하기 때문이오. 천지에는 양심이 있고 나는 꺼런을 열렬히 사랑하고 있으니,

* 북송(北宋) 때의 정치가.

비로소 그렇게 했던 것이오. 그 당시 내 생각에는 그 일을 처리하는 최상의 방법은 아무한테도 말하지 말아야겠다는 거였소. 만일 정말 다른 사람들에게 떠들 생각이었다면, 나도 곧바로 다른 사람에게 말했을 것이오. 틀리지 않았소. 꺼런은 확실히 따황 산에서 죽었고, 그것도 일본인이 저지른 일에 불과했소. 나는 한 발 늦어서 꺼런을 구출할 수가 없었던 거요. 옳아요, 아가씨 말이 맞소. 우한에 있을 때 나는 손수 일을 처리할 생각으로 가와이를 데리고 갔던 거요. 지금은 새로운 국면이고 새로운 문제에 봉착해 있는데, 그 당시에 나는 미처 생각하지도 못한 일이 발생했기 때문이오. 꺼런은 정말 따황 산에 머물고 있었고, 더군다나 그는 정말 달아나지도 않고 있었던 거요.

나는 부하에게 말했소. "가서 그 왜놈을 데려오게." 가와이는 작고 검은 방에 갇혀 있었기 때문에 그가 내 앞에 나타났을 땐 머리와 얼굴이 거무죽죽했고, 머리카락 그루터기에 온통 거미줄이 쳐져 있었소. 그는 오자마자 그 순간을 간절하게 기다렸다는 눈빛으로 나에게 말했소. "판 노인, 제 형님은 어찌된 거요?" 나는 그에게 앉으라고 했소. 나는 그에게 차를 한 잔 따르면서 단숨에 그의 형님에 대해 애도를 표하면서 말했소. "동생, 꺼런에게 물었더니 당신 형님은 이미 죽었다는군. 슬프겠지만 그래도 절제하기 바라오." 그 말을 듣고 그는 사납게 울어대면서 반나절 동안 말을 하지 않았소. 제길! 나까지 절반은 멍청해져버렸지. 그래서 나는 한 차례 닦달을 했소. 마치, 당신은 지금 그치지 못하는 비바람 같은데 언제쯤 무지개를 볼 수 있겠소, 하는 식이었지. 아가씨, 마음 편한 대로 뒤죽박죽 한마디 덧붙이자면, 나는 오늘날 경제가 전 지구화되었다고 여기고 있소. 그가 경제적인 업적을 달성할 수 있었던 것도 그 당시 내가 그를 엄하게 다스렸던 것과도 아주 깊은 관련이 있는데, 제호탕을 정수리에 붓듯 지혜를 하사해 득도를 이루게끔 유도했던 거요. 울고 난 뒤에 그는 천천히 정신을 차리더니 자기 형님이 어떻게 죽었느냐고 내게 물었소. 의욕이 고취된 나는 여러 차례 그 얘기를 반복해주고 싶었지. 내 말을 듣는 가와이에게 나는 얼리깡 전투를 누가 지휘했는지 아느냐고 물었소. 그러자 가와이는 꺼런이 지휘한 것으로 알고 있다고 말하더군. 당신 형님은 얼리깡 전투에서 죽었다고 나는 말했소. 그런 후에 나는 당신이 꺼런을 한스럽게 여기면 안 된다고 말하면서, 당신 형님은 천황을 위해서 죽은 것이고, 당신네 일본인 방식으로 얘기하자면 당신 형님의 위대한 인생은 죽음으로써 영광을 얻었으니 당신은 차라리 꺼런에게 감사를 해야 하오,라고 말했지. "꺼런에게 감사하라고요?" 그가 벌떡 일어나며 소리쳤소. 나는 다시 그를 눌러앉혔지. "함부로 나대지 마시오." 나는 우선 그렇게 말했소. "당신은 그에게 감사하게 생각하고 그를 도와야 마땅하오. 꺼런은 지금 병이 위중하니, 내가 당신께 그를 도울 수 있는 기회를 줄 것이오. 그를 죽이시오. 그렇게 되면 첫째, 꺼런을 우리 민족 영웅이 되게 하는 거요. 둘째, 좀 기다렸다가 당신이 우한으로 돌아간 뒤 당신은 당신네 지도자에게 꺼런을 해치웠다고 말하시오. 그러면 당신은 일본 민족의 영웅이 되는 것이오." 내가 말을 마치자 그는 얼굴이 엉덩이보다 하얗게 변했소. 변변치 못한 녀석! 연신 뒷걸음질치더니, 가랑이를 벌리고 뒤뚱거리며 줄곧 뒤로 물러나더니, 결국 땅에 주저앉았소. 그런 연후에 그는 무릎을 꿇고 얼굴을 가린 채 통곡을 하기 시작하는 거였소. 보아하니 방금 전에 내가 잠시 엄하게 다스렸던 효과가 나타난 게 아닌가 싶었지. 나는 그에게 얘기했소. "어떤 생각으로 어떤 얘기를 하고 싶은 거요? 울긴 왜 우는 거요? 울지 마시오!" 그는 눈물을 닦아 내더니 숨을 헐떡거리면서 내게 묻기를, 그를 꼭 죽여야 하느냐는 거였소.

나는 웃었지. 나는 지나칠 정도로 유치하게 웃었는데, 그 때문에 그는 오히려 나를 오해했소. 그가 내 웃음 속에 칼이 갈무리되어 있을 것이라고 여겼기 때문인데, 정말 그 사람 머리로는 그런 생각을 했을 거요. 젠장! 내가 그 작자 머리를 어디다 쓸까? 아가씨도 보시오. 그 당시 그는 그런 모양으로 문 입구에서 서성대면서 미끄러졌소. 문 입구에 나의 부하가 서 있었기 때문에 그는 몇 발짝 미끄러지더니 엎드린 뒤에 또다시 나를 자신의 칠복신으로 칭하며, 자기 형님 자기 어머니의 얼굴을 봐서라도 자신이 굶어 죽을 수는 없다고 말했소. 나는 그의 엉덩이를 발로 걷어차면서, 어서 일어나서 열중 쉬어, 하고 명령을 내렸지. 그가 안심하고 일을 할 수 있게 하자면 나는 그에게 청심환 한 알을 먹여야 했소. "나는 당신을 풀어줄 것이오. 반드시 그렇게 하리다. 우리 중국인은 뱉어낸 말은 반드시 지켜야 하오."

일은 그렇게 정해졌던 거요. 그날 저녁, 꺼런은 민족의 영웅이 되었던 것이오. 그날은 양력으로 3월 6일이라 마땅히 경칩 전후였고, 천둥소리가 끊이지 않았기 때문에 이미 어떤 사람은 바이윈 강에서 새싹을 틔우고 있었소. 그 당시 나는 현장에 없었는데, 하늘에서 줄곧 비가 내려서 바깥으로 나가는 것도 귀찮았소. 당연한 일이지만 나는 한가하지 않았소. 나는 창장의 작은 교회당 안에서 암호 전보문 기초를 작성하고 있었는데, 그것은 따이리에게 보내는 암호 전보였소. 아가씨, 허풍 치는 것이 아니오. 물론 나중에 오지의 『민중일보』와 홍콩의 『이징』 전면에 그 뉴스가 발표되었는데, 전부 암호 전보에 근거해서 그 내용이 개작된 거요. 암호 전보문을 봉하던 중에 나는 다시 중앙 정부에 꺼런을 민족 영웅으로 추대해달라고 선의했소. 민족의 본보기잖소. 암호 전문을 다 쓰고 나자 이미 날이 밝았더군. 일을 그렇게 오랫동안 했으니 나도 잠시 잠을 자야 했소. 그런데 막 잠이 드는 순간, 나는 얼핏 꿈을 꾸었소. 뭐라고? 백일몽이냐고 그랬소? 뭐 그렇게 말할 수도 있지. 날이 이미 훤하게 밝아 있었으니까. 나는 꿈속에서 꺼런을 만났는데, 그의 얼굴에 행복한 미소가 걸려 있었소. 무슨 의미요? 내가 그런 식으로 물었더니 그는 바야흐로 당신의 모든 행위 일체에 대해서 진정 감사드린다는 거였소. 나 이 사람은 그 말을 듣고 나자 부득이 다른 사람을 표창해야겠다는 생각에 다급히 대답했소. 천만의 말씀이오, 천만의 말씀이라니까. 이 모든 일은 당연히 내가 해야 했소. 맙소사! 그 순간 나의 조수가 소란스럽게 깨우더니 아칭과 바이 의사가 맞붙어 싸우고 있다고 다급하게 전하는 거였소. 그들의 싸움을 뜯어 말려야만 한다고, 바이성타오 의사가 곧 죽을 판국이라고 내 부하가 소리쳤소. 그 말을 듣고 나자 나는 무척 화가 났소. 아칭이 지나칠 정도로 지식인을 존중하지 않는다는 생각이 들었기 때문이오. 나는 조수에게 어서 조사를 해보라고 명령을 내렸소. 먼저 쌍방이 어째서 맞붙어 싸우기 시작했는지 분명하게 조사한 뒤에 아칭이 쓴 조서를 올리면 나중에 처리하겠다고 지시했소.

조수가 가버린 뒤에 나는 다시 잠들지 못했소. 내 생각에 그들은 필경 말똥 때문에 싸우기 시작했을 거라는 생각이 들었지. 내가 아가씨한테 말한다는 것을 잊었소. 어느 날 아칭이 말 위에서 곤두박질쳐서 다리가 으깨져 바이성타오가 말똥으로 그의 다리를 치료해주었소. 뭐라고? 이미 말했다고? 아가씨, 내 머리를 좀 보시오. 당대사가 변해서 고대사가 되었구려. 물론 아칭은 내가 배후에 있다고 여겼기 때문에 바이성타오를 농락했을 거라는 생각이 들었소. 감을 부드럽게 손끝으로 집어 먹었다면 감히 그가 나를 향해 화를 내지는 않았을 터인데, 바이성타오 의사는 어쩔 수 없이 마음속의 분노를 토해냈던 것이오. 그다지 오래 지나지 않아 돌아온 조수가 조사를 했더니 아칭 선생이 일에 착수한 것이 분명하더라는 말을 내게 해주었소. 나는 말똥을 발랐기 때문이냐고 물었소. 그랬더니 내 조수가 하는 말이 그것 때문이 아니라 가와이 탓이라는 거였소. 바이성타오 의사는 아칭에게 말하기를, 이른 저녁부터 밤이 깊을 때까지 가와이와 꺼런이 한담을 즐기고 있는 모습을 자신이 분명히 보았는데, 야밤 삼경을 넘긴 뒤에도 꺼런의 침실에 등불이 켜져 있는 모습을 보고 꺼런에게 잠을 자라고 재촉하려고 침실로 들어갔다는 거였지. 침실로 들어선 뒤에 침상 위에 누운 꺼런이 문에 몸을 비스듬히 기댄 채 문 입구를 바라보고 있는 모습을 발견했다는 거였소. 그리고 좀 나중에서야 비로소 그는 꺼런의 몸이 이미 차갑게 변했다는 것을 알아챘다고 말했소. 바이성타오는 이것은 분명히 가와이의 짓일 거라고 아칭에게 말했지. 그런 해명을 전혀 듣지 않고 아칭은 곧 총대를 앞으로 내밀며 바이성타오와 다투었다고 조수가 보고했소. 나는 말했소. "이 머저리 같은 녀석아, 아칭을 불러. 회의를 해야 하니까. 그리고 넌 어서 다시 뛰어가서, 새로운 문제가 있는지 얼른 알아봐." 그런데 조수는 되레 나를 향해 이렇게 말하는 거였소. "아칭은 달아났는데요." "달아나? 어디로 달아났단 얘기야?" 그가 하는 말이 가와이를 추격하러 갔다는 거였소. "제길! 아칭은 정말 일을 성공으로 이끌기에는 부족하고, 실패로 만들기에는 남음이 있는 자로군! 상관의 고통을 전혀 이해하지 못한다니까. 내가 고의적으로 길을 열어 가와이가 달아나게 했다니까. 곧 비가 내릴 텐데, 어미가 재가를 하려고 허둥대는구나. 아칭아, 가버려라. 넌 어서 가서 바이성타오에게 내가 오란다고 전해."

그렇소. 그 당시 나는 바이성타오를 데리고 총칭으로 돌아갈 생각이었소. 만일 상관 따이리가 물으면 그가 나의 증인이 되어줄 것이기 때문에, 돌아간 뒤에 암호 전보 구절마다 증명을 해 보일 생각이었소. 나중에서야 나는 그 양반이 말이 너무 많아 실수를 피하기 어렵다는 걸 알게 되어 조심하게 되었지.

홍콩으로 가는 길에 그는 나를 풀어놓았소. 당연한 일이지만 나는 그에게 놓여나긴 했지만 내 스스로도 그로부터 놓여나야겠다고 고려했던 문제였소. 그렇소, 그 당시 나도 이미 퇴로를 생각하고 있었지. 만일 따이리가 나를 의심했다면 나는 곧장 삼십육계로 도망갈 계획이었지만, 홍콩으로 건너갈 무렵 아마도 그는 드디어 풀어놓을 장소를 찾은 듯했소.

어떻게 말하건 상관없이 바이성타오 의사는 죽는 날까지 내가 베푼 큰 은혜와 큰 덕에 대해서 깊이 감사하고 있었소. 아가씨, 나는 그가 끌려올 무렵 그의 몰골을 기억하고 있소. 하하하, 코뼈가 으깨져서 코에서 피가 멈추지 않고 줄곧 흘러내렸으니 흡사 두 줄기 분수 같았다오. 나는 내 조수에게 먼저 얼굴을 씻겨주라고 이르고, 나중에 어디로 갈 생각인지 그에게 물었었지. 그랬더니 그는 아주 빠르게 나와 함께 가겠다고 하더군. 국가에서는 바야흐로 사람이 필요할 때이고 그는 아마도 드디어 적당한 일거리를 찾은 듯했소. 아가씨, 불만이 있으면 어디 말해보구려. 만일 그 당시 그가 말하는 순간 약간이라도 실수를 했다면 나는 필경 권총을 꺼내 그를 천당으로 보내주었을 거요.

& 에필로그

판 노인의 자술서는 완성되지 못했는데 꺼런과 관계되는 부분에서 그만 중지되어버렸기 때문이다. 앞에서 서술한 문장을 완전히 정리한 뒤에 나는 띵쿠이가 그동안 보존해온 그 보도자료 몇 부를 별도로 정리했다. 민국 32년 6월 1일자 『이징』, 6월 2일자 『민중일보』, 6월 3일자 『션뿌보』, 아울러 6월 4일자 『변방전투일보』까지 포함한다. 이 몇 부의 신문들이 꺼런의 죽음을 언급하고 있다. 그런데 이 시기는 꺼런이 죽은 3월 6일 전후와 이미 3개월 간의 시차가 벌어진다.

그중에서 『이징』은 신문 전면에 기사를 싣고 있다. 같은 날 신문에 보도된 내용은 '물가 폭등하자 강탈하는 도둑 떼' '성벽이 수몰되자 일본군 윤간하다' '차부가 첩을 두자 기방은 80퍼센트로 할인하다' '군이 미얀마 공격을 추진하자 도로가 막혀서 갇히다' '오솔길 미로에서 젊은 부인이 반항하다' 등등의 기사였다. 꺼런에 관한 다음 기사는 인단(仁丹) 광고와 지극히 훌륭한 피부 보호제 고약 광고 사이에 발표되었다.

근자에 신문사에 동인(同仁)들은 꺼런 선생을 다시 추억하고 있다. 꺼런은 칭껑인(青埂人, 저장 성[浙江省] 후조우 인[湖洲人]을 지칭함) 씨(氏)로서, 꺼훙 이후에 부친은 꺼춘따오였고, 그는 오래전에 수이캉을 따르던 난하이 선생이었다. 꺼런은 일본에서 유학을 했고, 귀국한 뒤에 5·4 운동에 참가했으며, 나중에 러시아 10월 혁명의 사회 상황을 조사하기에 이른다. 러시아에 있었던 경력으로 일찍이 소비에트 구역에 이르게 되고, 중국 푸얼싸이웨이커(布爾塞什維克)*에서 한 단계씩 지위가 높아진다. 오랜 세월 동안 꺼런 선생은 '걸어가는 그림자'라는 책을 한 권 썼으나 지극히 애석하게도 지금은 그 책 원고의 종적을 찾을 수가 없다. 지난해 이맘때쯤, 갑옷을 입고 무기를 든 채 일본 침략자들에게 맞서 전투를 치르다가 얼리깡 전투에서 희생되더니 지금에 이르러서 그의 시체조차 발견되지 않고 있다. 그리고 여러 날 전에 들리는 말에 따르면 꺼런은 여전히 이 세상에 살아 있다는 것이고, 이에 신문사의 동인들은 환희에 들떴다. 근자에 알려진 바로는 꺼런 선생의 정신은 영원불멸하다는 것이다. 오호라! 큰 도(道)가 행하여지면 천하가 널리 공정해진다고 했나니. 그는 자기 일생을 하나의 원만한 대문자로 마침표를 찍었으니, 그것은 실로 천하 문인의 본보기로다.

이 기사 중의 마지막 한 구절 때문에 그 당시 중앙정부에서는 불안감을 느꼈다. 문장 중에 표현된 '원만한 대문자의 마침표'는 꺼런의 ○호를 암시하는 것으로서 은연중에 꺼런이 얼리깡 전투에서 사망하지 않았다는 것을 지시한다고 정부에서는 인식했기 때문이다. 그러므로 그 이튿날 『민중일보』에서는 아래와 같은 내용의 소식을 게재하고 있다.

* 제2차 중국 공산당 혁명전쟁 당시 1924년 상하이에서 창간된 중국공산당 중앙위원회의 이론을 다룬 간행물.

기자는 오늘 정보를 얻게 되어서 여명을 밝힌다. 국가 정부에서는 바야흐로 항일 전쟁 영웅의 선진 사적 활동이 고조될 수 있도록 학습을 시키고 있다. 당파도 관계없고, 나라를 구별하지 말며, 오로지 항일 전투에서 죽었으면 이로서 국민의 본보기 대상이 되어야 한다. 타이얼장(台儿庄)*의 장즈총(張自忠)의 희생, 헝양(衡陽)**에서 희생된 미국인 프랭크 스키헬(Frank Schiel), 얼리깡 전투의 꺼런의 희생, 황스커우(黃石口)***의 캐나다 사람 노만 베트슨(Norman Bethune)의 희생 등등 열 사람이 먼저 선정되어야 한다.

다음 날 종뻐는 『션뿌보(申埠報)』에다 원래 봉해진 그대로 건드리지 않고 이 소식을 복사하면서 어울러 편집자의 견해를 첨가했다. 1943년 5월 10일, 미국 기자 펄 벅(Pearl Buck) 여사는 잡지 『생활(生活)』에다 「중국에게 보내는 한 경고」라는 글을 발표하게 되는데, 다음과 같은 내용을 담고 있었다. '정부는 예전보다 더 강압하고 있다.' '중국인은 지금 이미 미국에게 아주 간곡하게 원조를 요청하고 있으므로 당연히 직접 중국 민중에게 교부해주어야 하며, 민중에게 직접 사용되어야지 모종의 당파 집단이 사용하면 아무런 소용이 없다.' '현재 국부(國府)에서는 강압적인 태도를 없애는 것이 상책이다.' 나는 황지스(黃濟世)의 『반생록(半生綠)』을 보고 이 안건을 종뻐 자신이 스스로 편집했다는 것을 알게 되었다. 편안하게 한 구절 더 얘기하자면, 내가 신문을 두루 조사할 당시, 일정 시간 안에 국민당 정부에서는 결코 그런

* 중국 산둥 성의 지명.
** 후난 성(湖南省) 남부 지명.
*** 후베이 성(湖北省) 동남부 지역에 있는 지명.

활동이 일어나지 않았다.

6월 4일 발간된 『변방전투일보』의 윗면에서 나는 다시 황옌의 문장을 읽었는데, 그 제목은 「전투의 일 년」이다. 이 문장은 작년 6월 4일, 제1차로 트로츠키파 우두머리인 왕스웨이(王實味)가 대회장으로 불려 나와서 비판받는 정황을 추억하고 있다. 문장 말미에 꺼런의 행위가 정면으로 형상화되어 드러난다.

> 지난 일 년은 전투의 일 년이었고 승리의 일 년이었다. 작년 이날 우리는 대회장에서 왕스웨이의 추악한 범죄를 낱낱이 비판했었고, 금년 오늘 우리는 혁명 부대 내부에 은밀히 숨어 있던 트로츠키파들을 모두 열거하고 전복시켰다. 기풍을 바로잡겠다는 목표가 이미 완전히 실현되고 실천되고 증명되자, 식견이 짧아 하늘이 높고 땅이 두툼한 것을 모르고 무모하게 함부로 날뛰며 치욕인 줄도 모르고 날뛰던 왕스웨이가, 자신의 유일한 특징인 구구한 변명만을 늘어놓을 뿐이었다. 며칠 전에 나는 우연히 옌허(延河) 강변에서 티엔한 동지를 만났는데, 티엔한 동지가 내게 한 가지 사건을 얘기해주었다. 나로 인해서 왕스웨이의 상판때기에 대해서 한 단계 더 인식하게 되었다는 것이었다. 꺼런 동지가 희생되기 전에 그에 대해서 말한 적이 있다고 티엔한은 말했다. 왕스웨이의 러시아어는 아주 형편없었는데 오히려 가는 곳마다 전문가인 것처럼 사칭하고 다니면서 동지들의 비평적인 의견은 듣지 않았다는 것이었다. 다른 사람이 한 마디를 하면 그는 열 마디를 했다. 지금 그는 부득이하게 입을 닫았다. 우리는 꺼런 같은 좋은 동지가 점점 더 그립지만, 왕스웨이 같은 인간에게는 점점 더 한이 맺힌다. 동지들, 우리들은 중대한 승리를 얻었지만, 그

러나 우리는 여전히 계속해서 경계심을 제고시켜야 하고 열심히 학습해야 한다. 오로지 그렇게 해야만 우리는 비로소 혁명의 노정 위에서 곤란을 뛰어넘고 장애를 극복해서 용감하게 앞을 향해 전진할 수가 있다.

나는 소화 18년, 즉 1943년 6월 6일에 출판된『아사히 신문』한 장을 찾아냈다. 그중 한 편의 제목이「나는 조국의 산앵두이다」였는데, 꺼런의 이름이 나타나 있었다.

6월 1일은 국제 어린이날이다. 기자는 일전에 교토의 한 유치원에서 아동 활동을 참관한 적이 있다. 아동들은 황군을 위해「나는 조국의 산앵두」라는 노래를 부르기 위해 그곳에 모였다. 그 장면은 보는 사람으로 하여금 눈물을 자아내게 만들었다. 소화 17년, 즉 1942년 오늘, 황군은 얼리깡 전투에서 팔로군의 우두머리 꺼런을 섬멸하게 되면서 얼리깡 전투에서 승리를 거두게 되는데, 이는 우리 대동아 전쟁에서 아주 중요한 사건이었다. 팔로군은 유격전을 아주 좋아했다. 그런데 오늘 기자가 원고를 송고할 당시, 황군의 게메야마(龜山, 일본 미에 현[三重縣]에 있는 산 이름) 부대는 이미 화베이(華北) 스자좡(石家庄) 일대에서 팔로군 당나귀 소대장으로 불리는 썬푸루(沈福儒)가 지휘하는 부대의 근거지를 포위하고 있었다. 아동들이 부르는 노래 가사가 바다 건너 저 멀리까지 전해져 게메야마 부대 장병들을 격려하고 얼리깡 전투 이후 다시 한 번 승리를 거두기를 기원하고 있었다.

내가 특별히 이 문장을 찾을 수 있었던 것은 가와이의 누이동생 요코가 작가였기 때문이다. 이것으로 보건대 가와이는 따황 산으로 가는 일을 그 누구에게도 알려주지 않은 듯하다. 희망 소학교 개막식 테이프 커팅 의식에 참가한 뒤, 수력발전소 현장을 참관하기 위해 바이원 강가를 향해 차를 몰고 가던 도중에 그녀는 소리를 낮추고 꺼런이 따황 산에서 죽었다는 소식을 언론에 왜 보도하지 않았는지 은밀히 가와이 선생에게 물어보았다고 바이링은 내게 알려주었다. 가와이 선생이 일체 입을 열지 않자 판 노인이 그를 대신해 먼저 선수를 치고 대답했다. "아가씨, 그것을 그 사람이나 우리에게 물어볼 필요가 있을까, 우리는 여전히 사랑하고 있기 때문이오." 나는 그 한 구절이 귀에 쏙 들어오긴 했으나 약간 좀 막연했다. 판 노인이 말한 '우리'가 누구인지, 그가 말한 '사랑'의 대상이 누구인지 나는 여전히 알지 못한다.

만만치 않은 지략형 작가 리얼과의 포스트 조우

박재우
(한국외국어대학교 중국어과 교수)

근래 중국의 현역 작가들과 만나는 기회가 적지 않은데, 중국 작가들이 워낙 인해전술처럼 많다 보니 송구스럽게도 사전 지식 없이 만나는 일도 종종 있게 된다. 40대 초반의 허난(河南) 출신 작가 리얼(李洱)을 만나게 된 경우도 그러했다.

2007년 11월, 전주에서 열린 '아시아 아프리카 문학 페스티벌'에 참가 후 서울에 들른 그를 잠깐 만났던지라, 별로 대화를 나누지도 못하였고, 특별한 인상도 없었다. 그러다가 최근 그의 장편소설 『감언이설(花腔)』을 접하고, 또한 자료를 조사해 보니 결코 만만한 작가가 아니라는 생각이 들었다. 아니 만만하지 않은 정도가 아니라, 오늘날 중국에서 혁명적 지식인의 운명에 대해 이처럼 각고의 노력으로 고심과 퇴고를 거듭해가며 성숙한 서사 능력을 보여준 작가도 있었나 하고 스스로의 부족한 독서량에 회의를 느낄 정도가 되었다. 이런 경우를 뭐라고 표현하면 좋을까? 만남 이후의 재발견? 겉치레 만남 이후의 속 깊은 만남? 포스트 조우?

리얼의 소설 세계는 크게 '지식인 제재 소설'과 '농민 제재 소설'로 나눌 수 있다. 농민 제재 소설인 『석류나무에 맺힌 앵두 열매(石榴樹上結櫻桃)』에서는 무거움과 고통을 배경으로 하면서도 아이러니로 그를 기쁨과 즐거움으로 전화시켜 고통에서 벗어날 줄 아는 농민들의 일상생활을 리얼하게 묘사한 바 있다. 이는 5·4 시기 루쉰(魯迅) 등의 리얼리즘적인 향토소설과도 다르고, 토지혁명 시기 철저히 농민화된 작가로서의 자오수리(趙樹理)의 혁명적 농민소설과도 다르며, 근년 류전윈(劉震雲)이나 옌롄커(閻連科)가 심각하게 문제 있는 농촌을 찾아 그 어두운 면을 집중 부각하는 신현실주의적 농촌소설과도 다른 것이다. 그리하여 오늘날 급속한 변화 속의 농촌을 현실적으로 이해하는 데 꼭 필요한 소설이라는 평가를 받았다.

그렇지만 소설가로서의 리얼의 탁월함은 『감언이설』 같은 현대 중국 역사 속의 지식인의 운명과 생존 양식에 대한 서사에서 보여주는 안목과 통찰력, 그리고 복잡하면서도 성숙한 서사수법의 운용을 통해 더욱 잘 드러난다.

또한 리얼이 각종 인터뷰와 대담, 강연 등에서 보여주는 문학에 대한 독창적인 예지나 평론을 통해 왕왕 드러나는 번득이는 통찰력은 예사롭게 보이지 않는다. 오늘날의 중국 작가 중 보기 드문 지략형 작가라는 말이 새삼 와 닿는다.

『감언이설』은 꺼런(葛仁)의 외손녀가 항일전쟁(1937~1945) 시 전쟁에서 희생되어 항일영웅 칭호를 받은 외조부의 생사에 얽힌 수수께끼를 축으로 하여 서사가 전개된다. 의사 바이성타오와 수감자 자오야오칭, 법학자 판지화이 등 당사자 세 사람이 각각 근 30년의 세월을 격하여 구술한 내용으로 이루어진 본문과 여러 관련 인사들의 이야기와 인용문 등으로 이루어진 보충문으로 구성되어 있다. 그런데 기이한 것은 이 중에 완전히 믿을 수 있는 서술은 없다는 것이다. 꺼런이 항일전쟁에서 죽지 않고, 따황 산에 숨어 지내는 행적이 드러난 뒤 출현한 희극적인 상황에 대해 이 소설은 독자의 의표를 찌르는, 지극히 창의력 있는 서사를 전개시키고 있다.

리얼은 이 작품의 창작 과정에 대해 다음과 같이 말한 바 있다.

"오늘날의 중국의 상황은 크게 보아 역사상에서 지식인들이 선택이나 선택을 강요당한 결과라고 할 수 있습니다. 저는 특히 루쉰과 천두슈, 취추바이 등의 처음의 선택에 대해 알아보기 위해 많은 책을 읽었습니다. 〔……〕 먼저 이 시기 역사에 대해 흥미를 느꼈고, 아픔을 느꼈습니다. 저는 심지어 이러한 아픔은 쌍방향적이라고 생각했습니다. 우리가 그 시기의 역사에 대해 아픔을 느끼지만, 그들이 만약 오늘의 생활을 생각했더라면 당시 역시 아픔을 느꼈을 것입니다. 저는 그들의 입장에 서서 그들의 처음의 선택과 가능한 또 다른 선택에 대해 생각해보지 않을 수 없었습니다. 눈을 감으면 그들의 모습이 떠올랐습니다. 이러한 생활이 7~8년 계속되었지요. 그러나 진정으로 눌러앉아 이 소설을 쓰는 데는 3년이 걸렸습니다."

이렇게 하여 탄생된 이 작품은 현대의 혁명적 지식인의 운명에 대한 사고와 탐구에 있어 이전의 작품들의 도식성과는 다른 그야말로 심도 있는 인식 수준을 보여주었고, 예술적인 성취에 있어서도 "80년대 선봉파 문학의 잘 익은 열매"라는 평가를 받게 되었다.

우리는 이제 문학과지성사를 통해 『감언이설』 한국어판을 만나게 되었다. 리얼의 진가를 늦게 인지한 만큼 역설적으로 더욱 반가운 마음이다. 이제 이를 필두로 하여 『석류나무에 맺힌 앵두 열매』 등 리얼의 문제작들이 계속 좋은 번역으로 출간되어 한국 독자와 만났으면 좋겠다. 그리고 동아시아적 시야를 바탕으로 좀더 깊이 있는 다층적 대화가 이루어지고, 나아가 동아시아 각 나라 사이에 문학적 아이덴티티가 한층 더 두터워졌으면 하는 바람이다.

2008년 겨울

중국 난징 대학에서

서술하되 창작하지 않는 감언이설 속의 역사의식

박명애

1. 술이부작(述而不作)

『논어』「술이편(述而篇)」에 다음과 같은 말이 있다.

"子曰述而不作 信而好古." '서술은 하되 창작하지는 않으며, 옛것을 믿고 좋아한다고 공자께서 말씀하셨다'는 뜻이다. 온고지신(溫故知新) 역사관을 내세웠던 공자가 철저한 상고주의(尙古主義)자였다면, 장편소설 『감언이설(花腔)』을 발표해 중국 문단에 획기적인 반향을 일으키고 있는 작가 리얼은 철저한 자료 수집을 통해 역사를 재편성하는 기술문학(記述文學) 혹은 보고문학주의(報告文學主義) 소설가이다.

그는 이 한 편의 소설을 발표하기까지 무려 13년간 자료 수집만 하고 다녔다고 역자에게 밝힌 바 있다. 그렇게 철저하게 수집된 자료를 역사적 사실과 부합시켜 재배치하고 서술하는 작업에 주력했을 뿐 작가는 좀처럼 창작하지 않는다. 뿐만 아니라 작가는 수집되는 자료를 나열하는 기술자의 자세만 고수하면서 등장인물의 사상이나 감정에는 전혀 개입하지 않는다. 종전의 소설이 인물의 사상이나 감정까지 만든다는 측면에서 작은 신(神)에 버금가는 예술가라면, 『감언이설』의 작가 리얼은 역사의 뒤안길에 흩어진 자료를 하나하나 수거해 새롭게 정돈하는 '정리 전문가' 역할을 충실히 함으로써 집요하고 철저한 '글쟁이' 기질을 극대화하고 있다. 통상적으로 소설가의 기본 자세라면 '얼마나 새롭게 창작할 것인가'에 있지만 리얼은 '얼마나 잘 정돈할 것인가'에 주력한다. 그것은 단지 리얼이라는 작가의 새로운 기법이라고 보긴 어렵고, 어쩌면 지난 한 세기의 역사를 수집해서 나열하기만 할 뿐 아직도 완전히 해석할 수 없는 것이 이 시대의 현실적 한계일 수도 있다.

2. 살아 있는 목소리—구술자의 미학

중국의 상하 오천 년 역사 중에서 근현대 백 년간은 그 어느 때보다 복잡다단하게 변천해왔는데, 그 변천사를 당대 젊은 작가 리얼은 역사가가 아닌 소설가의 시각으로, 바늘을 들고 조각이불을 짜깁듯 꼼꼼하게 근현대사를 재구성하고 있다. 지금 중국 문단에서 문학사조의 한 흐름으로 자리 잡고 있는 신역사주의 소설 기법이 현존하는 역사를 재해석해서 얼마나 창조할 것인가에 주력한다면, 『감언이설』은 역사의 이면에 숨겨지고 누락된 자료까지 낱낱이 찾아내 각 단락마다 출전을 정확하게 밝히는 형식으로 작품을 전개하는데, 기존의 신역사주의 형식의 소설과 비교하자면 『감언이설』은 창작이 아니라 마치 하나의 논문처럼 절대적 고증을 핵심으로 한다. 더군다나 오백

명 이상 등장하는 작중인물의 90퍼센트는 실존적 존재들이고 그것도 실명 그대로 나열된다. 13억 중국 대륙 공동체 전체를 송두리째 뒤흔든 근현대 백 년간의 역사적 실상을 살아 있는 목소리로 구술하는 데 이 작품의 미학이 살아 있는 것이고, 신랄하게 폭로하는 데 이 작품의 생명력이 있는 것일 뿐, 결코 역사를 픽션화하지 않는다. 그것은 지난 백 년간의 역사적 실상이 아직도 허상 속에 갇혀 있기 때문일 것이다. 단적으로 말해서 발생했던 사실을 진실하게 기록하는 것이 역사적 사료라고는 하지만, 기실 그 사료 안에는 마법의 거울을 들고 온갖 사건을 고의적으로 조장하면서 무지몽매한 백성들을 한낱 '장난의 도구'로 삼았던 흔적도 사실 역사로 기록되어 있을 것이다. 그렇다는 측면에서 보았을 때 이 작품의 주인공은 하나의 역사적 사료이다. 이미 기록되어 있는 역사적 사료이지만 그 시대를 나란히 겪었던 세 명의 인물이 죽어갈 무렵 자기 관점으로 당대 역사를 구술하고 있는데, 이들 세 명은 백면서생(白面書生)이 아니라 역사적 산 증인이라는 측면에서 일말의 기교 없이 역사가 나열된다. 그러나 동일한 사건이고 동일한 역사임에도 세 명 모두 관점이 다르다는 점에서 이 작품의 묘미가 있다. 때문에 역사적 사료에서 과거 역사의 진실성을 획득하고 있던 독자들은 이 작품 『감언이설』을 다 읽고 나면, 어쩌면 피골이 상접한 역사는 오히려 충실하게 기록되지 않을 수도 있거니와 우리가 알고 있는 역사적 사료 그 종잇장 속에 감춰진 감언이설의 기교를 은근히 재확인할 수 있게 될 것이다.

이 소설의 주인공은 꺼런인데 그는 당대 사상가이자 공교가이며, 학자이자 한 편의 소설을 쓴 문인이다. 꺼런은 얼리깡 전투에서 죽은 인물로 모두들 알고 있었으나, 사실 기구한 운명으로 인해 죽음 그 자체가 수수께끼가 된다. 꺼런이라는 인물을 둘러싸고 있는 이야기 구조는 우선 뻥잉이라는 실존 여배우와 함께 엮이는 애정사와 관련된 내용이 한 축을 이룬다. 둘째는 한 개인의 운명이 정치적 상황에 휩쓸리게 되면서 실존적 존재의 철학과 역사와 사상이 왜곡되는 과정을 전개하고 있는데, 초점 그 자체는 꺼런이라는 인물 한 명이지만 그 초점을 바라보는 세 명의 구술자는 각자 관점이 다르고, 지향하는 바도 상이하며, 역사를 소급하는 행위 방식도 달라지고 있기 때문에, 누가 어떤 초점으로 주인공 꺼런을 바라보느냐에 따라 한 존재의 내면 풍경도 현저하게 달라진다.

결국 꺼런이라는 주인공을 바라보는 세 명의 구술자가 제각기 자기 입장에서 진술하고 있다는 것이다. 더군다나 너무도 자세하게 인용되는 보도자료나 역사적 자료 내용은 작가의 상상력에서 구현되는 허구의 세계가 아니라 실제 과거에 현존했던 자료를 하나하나 꼼꼼히 정리하면서 이 글을 읽는 독자들에게 몇 가지 질문을 던지고 있다. 첫째, 역사와 현실이란 어떤 관련성이 있는가? 둘째, 역사적 진실과 현실적 진실과는 어떤 괴리감이 있는가? 셋째, 소설은 인간미학의 재발견이 우선인가, 그렇지 않으면 과거 역사의 재정립이 우선인가? 주인공 꺼런의 삶을 경험한 세 명의 구술자가 자기 생애를 마감할 무렵 자기 관점으로 꺼런의 죽음을 구술하는 것이 이 작품의 가장 큰 특징인데, 때문에 지문으로 전개되는 것이 아니라 어디까지나 구술자가 진술하는 내용을 녹음해서 생생한 육성을 써내려가고 있으며, 신문 자료나 잡지 같은 다량의 인용문을 활용해 구술한 육성을 보충 설명하면서 글을 완성해나가는 서사 방식을 취하고 있다.

제1부의 구술자 바이성타오는 꺼런을 보필하던 의사의 입장에서 구술하고 있다면, 제2부의 아칭은 과거 꺼런의 심복으로 일하던 자이지만 결국 역사의 소용돌이에서 이중적인 가치관을 드러내는 인물이다. 이때의 이중성이란 개인의 성격이라기보다 차라리 역사의 이중성이라는 데 이 소설의 흥미진진한 복선이 깔려 있다. 이 복선은 단순히 아칭이라는 인물에 대한 이중적인 잣대만은 아니다. 국민당 중심의 장제스 일파는 우경(右傾) 세력이고, 중국 공산당 중심의 마오쩌둥 일파는 좌경(左傾) 세력일 터인데, 좌경도 우경도 한때의 역사일 뿐이며, 존재하는 자의 위치 혹은 관찰자의 시선이 어디에 초점을 두는가에 따라 한 개인의 역사적 사관이나 사상은 상당히 달라질 수 있다는 게 이 소설의 독특한 주제관이다.

이 작품은 허구와 진실의 간격이 모호하고 인물의 성격도 모호하다. 제3부의 구술자는 판지화이인데, 그는 고령의 노인으로 상당한 유머 감각을 곁들인 채 풀리지 않는 수수께끼인 역사를 강팍한 목소리로 전달하고 있다. 우리는 이 작품 『감언이설』을 읽는 순간, 역사와 현실 그리고 진실과 허구라는 사각형 구조를 생각하지 않을 수 없게 된다. 우리는 역사가 과거의 현실을 기록하고 있다는 점에서 진실에 가깝다고 인식한다. 그러나 역사를 기술하는 자의 사관이나 사상이 왜곡되어 있다면 진실한 역사라고 일반인이 알고 있는 상식도 완전히 허구일 수 있다. 때문에 역사적으로 기술된 진실과 실제적 진실은 상당한 거리감이 있을 수밖에 없다는 것이다. 바이성타오는 자신의 잣대로 세상을 바라보고 자기 방식의 역사를 기록할 것이고, 아칭은 또 자기 방식의 사상이나 관념에 따라 역사를 구술하며, 판지화이 장군 역시 자기 방식의 시선으로 세상을 바라보기 때문에 역사의 완벽한 진실이란 구현되기 어렵다. 그러므로 동일한 시대를 살아간 세 사람의 구술을 통해 근대사를 재정립해야만 하는 책임은 독자 개개인의 판단에 있다는 것이 이 소설의 주된 메시지인 것이다.

이 소설은 구성 그 자체도 다소 복잡하고 매우 특이하다. 우선 등장인물 당사자 세 명의 구술과 역사적 사료 및 정리자의 관점 등 크게 세 가지 형태로 구성되어 있다. 소설의 주된 골격을 이루는 부분이며 세 명의 구술자가 진술하는 내용은 부호 '@'로 표시되어 있다. 부호 '@' 다음에 등장하는 부호는 '&'인데, 구술자의 진술 내용을 현실에서 전해지는 역사적 사료를 근거로 재해석하며, 그 사건에 관련된 내용을 보충 설명함으로써 구술자의 모순된 화두를 바로잡는 동시에 관련 자료 수집가의 평설을 첨부해놓았다.

이 작품의 주인공은 꺼런이지만 어디까지나 그는 제삼자로서 그의 인물 됨됨이는 전부 타자의 입과 글을 통해 나타나고 있다. 다만 소설 속의 캐릭터는 다들 한결같이 주인공 꺼런을 존경하는 것으로 표현되어 있다.

타자의 입에서 구술되고 묘사된 내용을 간추려보면, 꺼런은 유년기에 기독교식 유아원에서 성장했고, 청년기에는 일본으로 유학을 가게 되는데, 도일(渡日)의 궁극적 동기는 의학을 배워 국가를 재건하는 데 이바지하려는 것이었고, 다른 이유는 현실적 곤경을 탈출하는 피난 생활이었다. 그 뒤 꺼런은 모스크바로 떠나는데, 그 시절 개인적인 목적이라면 경제적인 문제가 해결되면 영원한 연인인 뻥잉을 찾아 프랑스로 떠날 생각이었다. '꺼런'이라는 이름의 숨은 의미는 '개인(個人)'이라고 서술해둔 부분이 이 소설에 등장하는데, 발음이 같은 만큼 꺼런이라는 캐릭터는 한 개인의 내적 세계와 한 개인의 희망을 소중하게 생각했던 인물이라는 것이다. 꺼런이라는 인물이 살았던 그 당대는 위대한 이념이라는 것이 삶의 전부였지만 꺼런이 주력했던 것은 그 위대한 이념이라는 것도 사실 개개인으로 이루어진 대중의 몫이라는 것이다. 때문에 꺼런은 우익도 아니고 좌익도 아닌 존재이다. 공산당의 기세가 등등한 소련의 점령지대를 거들떠보지 않고, 어느 조직이나 집단의 투쟁 속에 끼어들지 않는다. 게다가 그는 장제스 일파도 용인하지 않는다. 그들의 명성과 기세는 하늘을 찌를 듯했지만 비적 떼와 다름없이 암살 행위를 일삼고 국민들 세금만을 갹출하기 위해 혈안이 되어 있다는 측면에서 그들 역시 민중이나 개인주의를 무시한 일파로 보았기 때문이다.

이런 인물인 꺼런의 최후 운명은 어떻게 결론이 나는 것일까. 꺼런은 민족적 영웅으로 만들어져 일본인의 손에 의해 죽게 된다. 미래의 역사가 앞으로 어떻게 기록되든지 꺼런은 양측 모두의 영웅으로 간주하게 된 셈이다.

그런데 문제는 이 꺼런이라는 주인공을 다루는 세 명의 구술자 입장이 모두 다르다는 점이다. 세 명의 구술자는 제각기 역사적 사건이나 이야기를 다루는 방식이 독특하고 능수능란해서, 이 글을 읽는 독자는 탐정소설을 읽듯 구술자의 화두 속에 갈무리된 역사적 진실을 보석처럼 캐내는 재미를 은근히 느낄 수 있다.

세 명의 구술자 중에서 제1부의 바이성타오의 구술 시점은 1940년대인데, 그 당시 중국 정세는 장제스가 이끄는 국민당과 마오쩌둥이 이끄는 공산당 간의 대립이 상당히 긴박한 시기였다. 때문에 바이성타오가 구술하면서 뱉어내는 신중하고 의미심장한 언어는 어쩌면 긴박했던 당시의 역사적 분위기를 조성하는 작가의 기법일 수 있다. 반면에 제2부의 아칭, 즉 자오야오칭은 1970년대 문화대혁명 시기의 노동개조범의 입장에서 구술한다. 지금 당장 자기 눈앞에서 노동개조범인 자신을 조사하는 심문자의 질문에 응답하는 방식으로 구술하고 있으므로 그의 화법은 거칠면서도 신중하다. 그는 구술하는 동안 마오쩌둥의 어록을 구구절절 들먹이기도 하고, 앞뒤가 조응하지 않는 불성실한 태도로 욕설을 퍼붓기도 한다. 그러나 부록으로 기술된 부호 '&' 내용을 근거로 추리하건대, 자오야오칭이란 인물은 결코 거칠지도 않고, 꺼런에 대해 부정적인 태도를 지닌 인물도 아니며, 역사를 왜곡하고 있는 인물도 아니라는 점을 알 수 있다. 그는 중국 내전 당시 '군통(軍統)' 내부에 잠입된 첩보원이었으니, 자연히 일반적인 인물과는 달리 이중 혹은 삼중의 신분을 지닐 수밖에 없었다. 차라리 자오야오칭이란 인물의 세계관은 그가 노동개조범의 입장에서 거칠게 쏟아내고 있는 구술의 행간 속에 숨어 있다고 보아야 한다. 반면 법학자 판지화이의 어조는 다분히 성공한 자 또는 승리자의 화두로 구술되어 있다. 유년 시절부터 승자의 입장에 서 있었고 출세가도를 달렸기 때문에, 늘그막에도 세상사에 달관한 노련한 인물로서 여유작작하게 구술하고 있다.

그런데 세 명의 구술자의 구술 내용은 제각기 자기 입장에서 떠들어대는 말이기 때문에 객관성이 결여되어 있는 부분이 상당한데, 결국 독자 스스로 그들의 구술 내용을 비교해보면서 하나의 사건 안에 도사린 매우 복잡한 현실의 얼개를 들추어내야 한다. 역사적 현실을 양파 껍질 벗기듯 한 겹 한 겹 벗겨내고 나면, 역사적 현실이란 과연 얼마나 진실한가 하는 명제 앞에 '역사적 진실'은 그야말로 최종적인 양파 속 알맹이처럼 텅텅 비어 있다는 걸 알게 될 것이다.

3. 누가 역사의 승리자인가?

역사 앞에 누가 승자인가?

끝까지 자신의 이념을 지키던 꺼런이라는 인물은 일본인에 의해 살해되고, 스파이로 적지에 잠입했던 자오야오칭은 문화대혁명 시기에 자살한다. 바이성타오는 홍콩에서 피살되며, 마지막으로 유일하게 남은 인물 판지화이는 간사하고 교활하며 기준이 없는 존재로서 자신에게 유리하면 언제 어디서나 쉽게 어울리는 호색한이다. 그런 존재가 죽지 않고 21세기 초반까지 활동하며 출세가도를 달렸다고 해서 그가 과연 역사의 승자인가. 그러나 역사의 승자는 결코 당대 역사에서 판가름되지 않는다. 바이성타오가 승자처럼 그려진 것은 단지 하나의 풍자가 아니겠는가?

지난여름 필자는 『감언이설』의 저자인 리얼을 만나기 위해 베이징으로 잠시 나들이를 간 적이 있다. 리얼과 함께 베이징 시내의 유명한 관광명소인 '789예술가 거리'를 산책한 적이 있다. '789예술가 거리'는 과거에 군수공장이 즐비해 있던 삭막한 곳이었으나, 이제는 예술가 거리로 만들어 수많은 화랑이 즐비해 있는 베이징의 명소가 되었다. 그곳에 독일 국적의 화교 한 사람이 화랑을 열고 있는데, 우리 일행은 화랑 주인의 초대를 받아 중국 현대미술 작품을 관람하였다. 마침 화랑 중앙에는 마오쩌둥의 사진이 기관차 앞면에 박혀 있는 '마오쩌둥 호'가 진열되어 있었다. 그 사진 앞에서 필자가 화랑을 안내

해주는 젊은 여대생에게 마오쩌둥을 어떻게 생각하느냐고 물은 적이 있다. 그 여대생은 잘해야 스물두 살이나 되었을까 싶다. “제가 가장 존경하는 인물이고, 우리 중국 역사에서 가장 존경하는 영웅 중의 한 명입니다.” 여대생의 대답은 전혀 망설임이 없었기 때문에 그럴 수도 있겠구나 싶어 고개를 끄덕이고 있는데, 저만큼 떨어져 있던 리얼이 달려와서 지나가는 말처럼 이렇게 뇌까렸다. “학생이 그 양반을 어떻게 알아요? 그 양반을 전혀 모르는 세대잖소?”

“왜 우리가 그분을 모른다고 생각하시죠? 역사책에 기록된 그분의 행적으로 보아선 충분히 존경받을 수 있는 현대사의 영웅입니다.”

리얼은 “흥!” 하고 콧방귀 소리를 내면서 그 자리를 지나갔을 뿐 여대생에게 더 이상 설명을 하지는 않았다. 어쩌면 그날 작가 리얼이 필자가 보는 앞에서 애매모호한 반응을 보인 것은 아직도 중국 근현대사를 모호하게 다룰 수밖에 없다는 소리 없는 아우성은 아니었을까.